LUCA

DU MÊME AUTEUR

La Chambre des morts, Pocket, 2006
La Forêt des ombres, Pocket, 2007
Train d'enfer pour ange rouge, Pocket, 2007
Deuils de miel, Pocket, 2008
La Mémoire fantôme, Pocket, 2008
L'Anneau de Moebius, Pocket, 2009
Fractures, Pocket, 2010
Le Syndrome E, Fleuve Éditions, 2010 ; Pocket, 2011
GATACA, Fleuve Éditions, 2011 ; Pocket, 2012
Vertige, Fleuve Éditions, 2011 ; Pocket, 2012
Atomka, Fleuve Éditions, 2012 ; Pocket, 2013
Puzzle, Fleuve Éditions, 2013 ; Pocket, 2014
Angor, Fleuve Éditions, 2014 ; Pocket, 2015
Pandemia, Fleuve Éditions, 2015 ; Pocket, 2016
REVЗЯ, Fleuve Éditions, 2016 ; Pocket, 2017
Sharko, Fleuve Éditions, 2017 ; Pocket, 2018
Le Manuscrit inachevé, Fleuve Éditions, 2018 ; Pocket, 2019

Jeunesse

La Brigade des cauchemars, vol. 1, avec Yomgui Dumont, Jungle, 2017
La Brigade des cauchemars, vol. 2, avec Yomgui Dumont, Jungle, 2018

FRANCK THILLIEZ

LUCA

fleuvenoir

Il a été tiré de l'édition originale de cet ouvrage cent cinquante exemplaires sur papier Munken Premium numérotés de 1 à 150 hors commerce

MIXTE
Papier issu de
sources responsables
FSC® C003309

Fleuve Éditions, une marque d'Univers Poche,
est un éditeur qui s'engage pour
la préservation de l'environnement
et qui utilise du papier fabriqué à partir
de bois provenant de forêts gérées
de manière responsable

Le Code de la propriété intellectuelle n'autorisant, aux termes de l'article L. 122-5, 2e et 3e a, d'une part, que les « copies ou reproductions strictement réservées à l'usage privé du copiste et non destinées à une utilisation collective » et, d'autre part, que les analyses et les courtes citations dans un but d'exemple ou d'illustration, « toute représentation ou reproduction intégrale ou partielle faite sans le consentement de l'auteur ou de ses ayants droit ou ayants cause est illicite » (art. L. 122-4). Cette représentation ou reproduction, par quelque procédé que ce soit, constituerait donc une contrefaçon sanctionnée par les articles L. 335-2 et suivants du Code de la propriété intellectuelle.

© 2019, Fleuve Éditions, département d'Univers Poche
ISBN : 978-2-265-11781-5

Dépôt légal : mai 2019

Composition et mise en pages
Nord Compo à Villeneuve-d'Ascq

Imprimé en France par CPI
en avril 2019
N° d'impression : 3032514
R11781/01

À Claude Mesplède

« Souviens-toi de cette nuit, c'est la promesse de l'infini. »

Dante Alighieri

« Les lumières qui sont en nous sont transformées en ténèbres, et les ténèbres dans lesquelles nous vivons sont terribles. »

Léon Tolstoï

PROLOGUE

Juillet 2016

Le rendez-vous était fixé dans un hôtel bas de gamme du Mesnil-Amelot, à deux kilomètres des pistes de l'aéroport Charles-de-Gaulle. Pour Hélène et Bertrand Lesage, un couple marié jusque-là sans histoires, les minutes à venir seraient cruciales. Leur véhicule stationnait au fond du parking, phares éteints. Dans son siège, Bertrand ne tenait plus en place.

— Natacha devrait arriver d'ici un quart d'heure. Je lui enverrai le numéro de la chambre quand je serai à l'intérieur.

Même si Hélène Lesage avait attendu ce jour depuis une éternité, un mot de son mari suffirait pour qu'elle abandonne. C'était trop risqué, trop aléatoire. Et comment accorder sa confiance à cette Natacha qu'ils n'avaient jamais vue ? Tout ce qu'ils savaient d'elle se résumait à une compilation de messages électroniques.

— On peut encore faire demi-tour.

Bertrand manipulait une épaisse enveloppe – cinq mille euros en billets de cinquante, plus de deux ans d'économies.

— Non. On galère depuis trop longtemps. S'il te plaît, Hélène, épargne-nous ça. On a étudié toutes les possibilités, il n'y a pas d'autre moyen, et tu le sais.

— Mais on ne connaît rien d'elle ! On n'a aucune garantie, aucune assurance ! Tout s'est passé si vite ! Tu te rends compte ? Et si elle disparaît ? Et si... je ne sais pas moi, et si elle boit ou se drogue pendant que...

— On en a déjà discuté. On se prépare à ce moment depuis des semaines, on ne peut plus reculer. Et puis, je vais filmer. Au moins, on aura une trace.

— C'est un cauchemar.

Il lui caressa le visage. Ça l'avait toujours apaisée dans les moments difficiles.

— Je suis conscient de tous les sacrifices que ça implique et que ça impliquera. Je le sais, Hélène. Mais dis-moi, là, maintenant, que tu ne veux pas de ce bébé. Dis-le-moi, et on arrête tout.

Hélène ne trouva pas la force de répondre, alors Bertrand fourra l'enveloppe au fond d'une sacoche en cuir et sortit.

Il apercevait les pistes, au loin. Le tarmac, brûlant dans la journée, refroidissait avec langueur et luisait désormais sous les balisages des feux blancs et rouges, qui se perdaient à l'horizon.

Il serra son sac contre son flanc et avança vers l'hôtel lugubre. Des distributeurs automatiques de chambres géraient l'ouverture des portes et la location des nuitées. Il fallait taper le code fourni par une machine pour prendre possession de la chambre, quatre murs anonymes, des meubles et rideaux couleur taupe. Un vrai clapier pour voyageurs en transit. Bertrand disposa un réveil à affichage digital sur le meuble, sous la télé face au lit. On n'arrêtait pas le progrès : l'insoupçonnable leurre contenait une caméra grand-angle qui filmait en haute définition, ainsi qu'une carte mémoire capable de contenir des heures de vidéo. Il activa l'enregistrement par pression du bouton « Réveil », puis pianota un mail sur son téléphone, à destination de *natacha.nat@gmail.com*. Sa correspondante témoignait d'une prudence maladive et n'avait pas voulu lui donner un numéro de portable.

`J'y suis. Chambre numéro 22.`

Il faisait les cent pas. Au bout de cinq minutes, il songea à tout arrêter et à déguerpir avec sa femme. Ne plus donner de nouvelles, ne plus répondre aux mails que Natacha enverrait si elle ne découvrait personne au lieu de rendez-vous.

Vingt minutes plus tard, on frappa à la porte. Natacha correspondait à la description : brune, taille moyenne, de petits yeux bleus enfoncés, trop près d'un nez en trompette. « 24 ans », avait-elle indiqué, seize ans de moins que lui. Pas le genre de fille sur laquelle il se serait retourné dans la rue, mais un physique pas désagréable non plus. Elle portait un pantalon en coton fluide et un sweat beige à manches longues.

Elle tendit la main droite, garda l'autre serrée contre son corps. Ils se saluèrent. Gêné, Bertrand ne trouva pas les mots, alors elle prit les devants :

— Tout va bien se passer, d'accord ? J'ai déjà fait ça deux fois. Et maintenant, ces personnes qui m'ont accordé leur confiance sont les parents les plus heureux du monde. Vous avez le test ?

— Le test... Oui, oui.

Bertrand lui présenta le papier en question, qui certifiait l'absence de contamination par le VIH. Elle s'assit sur le lit, face caméra, et lut avec attention. Il la dévisagea. Sa longue chevelure brune, son visage subtilement disproportionné, avec cette pommette gauche juste en deçà de la droite. Les trous à la base de ses narines et aux lobes de ses oreilles signalaient la présence de piercings, qu'elle avait sans doute ôtés pour avoir l'air plus présentable. Qui était-elle ? D'où venait-elle ? Pourquoi louait-elle son ventre ? Était-ce uniquement pour l'argent ?

Hélène avait raison : se retrouver ici, avec cette inconnue qui ne serait ni plus ni moins que la mère biologique de leur futur enfant, relevait de la folie. Mais la loi française et ses nombreuses contradictions leur offraient-elles une autre option ?

En contrepartie, elle lui tendit des résultats d'analyses sanguines vieilles d'un mois. Elle avait noirci au feutre son identité, son adresse et le nom du laboratoire. Bertrand observa que les différentes mesures approchaient les normes indiquées, ce qui laissait présumer un bon état de santé général. Mais il n'était pas médecin et, en fait, il n'en savait rien.

— Comment être certain que ce sont vos résultats ?
— Question de confiance. C'est bien la confiance qui nous a réunis ici, non ?

Tout avait commencé deux semaines plus tôt, sur le forum d'un site médical hébergé en Belgique. Au terme de longues recherches, Bertrand et Hélène y avaient déniché des annonces postées par des femmes françaises.

Je suis Natacha, une jeune femme célibataire française de 24 ans, généreuse et ouverte d'esprit. Je souhaite pouvoir aider un couple à découvrir le bonheur d'être parents en leur proposant de porter leur bébé. J'ai une petite vie tranquille et équilibrée. Je fournis l'ovule, mais je veux que vous sachiez que ce ne sera pas mon enfant. Ce sera le vôtre. J'accoucherai dans une maternité française, vous n'aurez donc aucun souci avec les démarches administratives, je vous expliquerai exactement la marche à suivre pour récupérer votre enfant.

Si vous êtes intéressés, écrivez à cet email : natacha.nat@gmail.com.

Une suite d'échanges privés par courrier électronique avait suivi, menant jusqu'au rendez-vous : Natacha entrait en période d'ovulation et c'était la bonne fenêtre pour agir.

Le couple avait décidé de s'en remettre au corps d'une inconnue parce qu'ils n'avaient tout simplement trouvé aucune autre solution. Hélène avait subi une ablation de l'utérus à 25 ans. La demande d'adoption, après quatre années de procédures, avait échoué. Ils avaient écumé les institutions pour se renseigner sur les législations des différents pays concernant la gestation pour autrui, sans résultat. Combien de couples tentaient de se rapprocher d'agences étrangères – comme celles employant ces mères porteuses ukrainiennes – et se retrouvaient bloqués à la frontière, avec l'interdiction de ramener le bébé sur le territoire ? Combien d'enfants naissaient dans le ventre de mères américaines et se voyaient refuser la nationalité française ? Pas de papiers, pas d'école, pas de protection sociale... Ces dernières années, l'État avait renforcé les contrôles et ne transigeait plus. Bertrand le savait : les fraudeurs devaient en assumer les conséquences.

Puis ils entendirent parler de cette possibilité d'avoir recours aux services d'une mère porteuse française : il suffisait de fouiner sur des forums francophones. Les administrateurs des sites hébergés en France – doctissimo.com, aufeminin.com – surveillaient ce genre d'annonces illégales et les supprimaient, mais ceux des pays voisins étaient plus laxistes.

Une fois en relation directe avec la mère porteuse, on en venait à parler argent. Et tout se payait : le ventre comme l'ovule « fourni ». La GPA était interdite sur le territoire, mais la loi pouvait être contournée, à condition de disposer de l'argent nécessaire pour s'offrir un utérus et, surtout, de nerfs solides. Ce dont Bertrand manquait cruellement.

Natacha le sentit et essaya de le rassurer :

— Détendez-vous, ça ne fonctionnera pas, sinon. Vous avez l'argent en coupures de cinquante ?

Il acquiesça et resta planté là, figé. Il avait encore des questions, mais maintenant qu'il se tenait debout, devant elle, il se sentait déstabilisé, incapable de se remémorer la suite des événements. Elle fouilla dans son sac à main, lui tendit une pipette dans un emballage et une paire de gants en latex.

Au bout de vingt minutes, Bertrand n'était toujours pas sorti de la salle de bains. Elle s'impatienta :

— Alors ?

— Je n'y arrive pas !

— Ne me dites pas que vous ne vous êtes jamais astiqué. On ne va pas y passer la nuit...

Enfin, il réapparut, le front luisant, la pipette remplie de sperme pincée entre le pouce et l'index droits. Natacha avait aussi enfilé des gants. Elle était assise au bord du lit, la culotte baissée jusqu'aux chevilles. La moiteur de la chambre, l'incongruité de la situation, la caméra qui filmait en cachette... Bertrand ressentit un mélange de tristesse et de honte, surtout lorsque la femme glissa la pipette entre ses cuisses, l'enfonça dans son sexe et en fit disparaître le contenu. Il remarqua les cicatrices sur ses cuisses. De vieilles coupures ? Des lacérations ?

C'était terminé. Lorsqu'elle vit à quel point il fixait ses balafres, elle remonta sa culotte et son pantalon d'un geste vif.

— L'acompte...

Bertrand lui livra le contenu de sa sacoche. Elle soupesa la liasse et l'empocha sans compter.

— Parfait. Je vous recontacte plus tard par mail. Si ça a pris, je vous enverrai une échographie de datation du début de grossesse, ce sera la seule. Dans le cas contraire, nous nous reverrons et recommencerons.

— Pourquoi seulement une échographie ? On ne...
— Je vous l'ai déjà expliqué : on ne suit pas les mères qui vont accoucher sous X si elles ne donnent pas leur identité. Et n'oubliez pas : ne parlez jamais de ça à personne.

Elle cassa la pipette en morceaux, jeta les débris dans la cuvette des toilettes et tira la chasse d'eau.

— Officiellement, vous trompez votre femme et on a eu une relation sexuelle non protégée. Rien n'interdit ça, d'accord ?
— D'accord.

Elle lui adressa un dernier regard avant de filer vers la porte. Bertrand tendit un bras, comme pour attraper ce fantôme qui, déjà, s'évanouissait.

— Parfois dans les mails, vous écrivez Natacha avec un « c », et d'autres fois, avec un « s ». Ce n'est pas votre vrai prénom... Je ne sais même pas comment vous vous appelez.
— Continuez à m'appeler Natacha et écrivez-le à votre sauce. C'est mieux.

Puis, sans un mot de plus, elle disparut.

* *

Pour le couple, les semaines suivantes se couvrirent des gros nuages noirs de l'angoisse. D'abord, ils crurent avoir été roulés dans la farine, car Natacha ne donna aucune nouvelle. À l'hôtel, le soir de l'insémination, elle était venue et repartie à pied. Ils n'avaient aucun moyen de la retrouver. Son annonce avait disparu du forum le soir même de la rencontre. Les mails qu'essayait d'envoyer Bertrand lui revenaient avec le message d'erreur « *Destinataire inconnu* ». Tout ce dont ils disposaient, c'était une vidéo et donc, le visage de Natacha. Mais qu'en faire ? L'option police était exclue. Ils étaient piégés, et Natacha le savait. Les disputes furent nombreuses, interminables, et manquèrent de mettre fin à leurs huit années de mariage. Certes, ils avaient perdu l'argent, mais ce qu'on leur avait pris, c'était l'espoir d'élever un enfant.

Au bout de trois mois, le message de la délivrance arriva d'une adresse électronique identique à la première, à une lettre près : *natasha.nat@gmail.com*. Ils apprirent alors qu'un bébé les attendait, un haricot sombre à peine visible sur la seule échographie. Cet être fragile, désiré par-delà la raison, existait.

Vint enfin le temps où ils ne cessèrent de se convaincre de leur juste choix. Non, ce n'était pas du trafic d'être humain ni une forme quelconque d'exploitation, mais un désir légitime qu'ils avaient, comme tout un chacun, de chérir un enfant. Pourquoi une femme dont on avait ôté l'utérus à cause d'un cancer ne disposerait-elle pas du droit au bonheur d'être mère ? Elle n'imaginait pas vivre ni mourir sans une fille ou un garçon à chérir. Ce que ni la nature ni la France n'avaient voulu leur donner, ils l'avaient pris.

Avoir ce bébé demandait des sacrifices. Quitter Paris et leur cercle d'amis pour éviter les nombreuses questions qui, sans nul doute, se seraient posées à l'arrivée du nouveau-né. Affronter leurs parents et leur expliquer la situation une fois devant le fait accompli. Bertrand chercha un nouveau poste de commercial en province et en dénicha un à une centaine de kilomètres au sud de Paris. Ils quittèrent leur appartement du 20e et louèrent une maison à Saran, non loin d'Orléans. Hélène ne reprit pas son travail d'assistante de direction, le bébé à venir constituerait une activité à plein temps.

Ils contractèrent un prêt à la consommation de vingt mille euros. Avec leurs cartes bancaires respectives, ils retirèrent, chaque semaine, quatre cents euros, et cachèrent l'argent liquide au fond d'une boîte à chaussures, elle-même remisée dans un recoin du grenier. Hélène déclenchait des accès de paranoïa et se persuadait que le monde entier connaissait leur secret. Elle racontait que la police viendrait, un jour, pour leur arracher l'enfant avant de les jeter en prison. Bertrand la rassurait, avec l'espoir que la présence du bébé mettrait un terme à ses tourments.

Après six mois, ils commencèrent à décorer la chambre du futur nourrisson. Fille ou garçon ? Ils l'ignoraient. Ils choisirent du vert pour la tapisserie et achetèrent une poussette mixte qu'ils déployèrent au milieu de la pièce. Hélène ne portait pas l'enfant, mais elle ressentait, au fond du cœur, la gamme d'émotions d'une future maman. Il lui arrivait de dormir avec un oreiller serré contre son ventre, comme si elle voulait déjà protéger le petit et lui donner l'amour d'une mère. Pas une nuit ne se passait sans une pensée pour le bébé.

L'ultime mail arriva le premier jour du printemps 2017, un vrai signe du destin. Natacha avait accouché sous X la semaine précédente, avec une quinzaine de jours d'avance. Un petit gars, ce fils qui comblerait leurs désirs. Selon ses mots, tout s'était bien passé, sans la moindre complication. *Comme une lettre à la poste*, avait-elle écrit. Le bébé affichait un beau poids et une taille dans la moyenne.

Natacha donna rendez-vous à Bertrand au jardin du Luxembourg, à Paris, le lendemain de l'arrivée du message, à 19 h 30.

Hormis quelques joggeurs, elle attendait seule dans le froid, les mains enfoncées dans de fins gants en cuir, à proximité des terrains de tennis. La grossesse puis l'accouchement lui avaient creusé de gros cernes noirs sous les yeux. Ses cheveux coupés court et désormais teints en blond encadraient un visage plus rond, aux joues d'une blancheur cadavérique. Les piercings brillaient à présent sur les ailes de son nez et à ses oreilles. Bertrand la reconnut à peine, mais il éprouva le besoin de la serrer dans ses bras. Malgré le stress, les nuits blanches dont elle était responsable, elle avait abrité, protégé son fils en son sein. Leur fils, à Hélène et lui.

— Merci...

Elle ne put le repousser, puis elle lui tendit une photo.

— J'ai réussi à la tirer discrètement.

Bertrand sentit les larmes monter à la vue de la photo mal cadrée. Le bébé reposait dans une couveuse, les yeux plissés et fermés, ses mains minuscules rejetées vers l'arrière. Il était d'une beauté d'ange. Bertrand se dit qu'il lui ressemblait. Il aurait tant aimé le prendre contre lui, l'entendre pleurer, sentir sa chaleur. Il demanda s'il pouvait garder le cliché, mais elle le lui arracha des mains.

— Ce sera mon seul souvenir de lui. Je la garde.

Elle lorgna autour d'elle, avança vers un bosquet.

— Encore une fois, je vous réexplique la suite. Vous devez suivre mes indications à la lettre si vous ne voulez pas vous attirer de problèmes. Compris ?

— Compris.

— Je vais vous donner les trois prénoms de l'enfant, le nom de l'hôpital et la date de naissance, contre les vingt mille euros que vous me devez. Vous les avez ?

— Ils sont là. Coupures de cinquante comme vous le souhaitiez.

— Très bien. Avec ces infos, vous allez d'abord vous rendre dans n'importe quelle mairie pour établir une déclaration de reconnaissance de paternité. L'officier d'état civil ne peut pas vous la refuser, elle est basée sur la bonne foi. OK ?

— OK.

— Mais il peut déclencher une enquête s'il sent une embrouille. Vous devrez rester calme, naturel. Vous avez retenu l'histoire que je vous ai écrite dans mes messages ?

Le genre de récit à répéter à tous ceux qui poseront des questions ?

— Oui... Je vous ai rencontrée lors d'un déplacement, il y a environ huit mois et demi.

— Début juillet. Soyez précis.

— Début juillet, oui. On a bu un peu trop, on a eu un rapport non protégé dans une chambre d'hôtel. Je ne connaissais que votre prénom, Natacha, mais je vous avais laissé mon numéro de téléphone. Je n'ai jamais eu de vos nouvelles, sauf il y a trois mois, pour me signaler que vous étiez enceinte et que j'étais le père...

— Continuez.

— Vous n'avez pas pu avorter parce que vous vous y êtes prise trop tard. Vous m'avez raconté que vous alliez accoucher sous X, parce que vous ne souhaitiez garder aucun lien avec cet enfant. Mais vous ne vouliez pas m'empêcher de vivre ma paternité, alors vous deviez m'informer à la naissance.

Natacha acquiesça et s'arrêta. Elle guettait partout autour d'elle, la tête rentrée entre les épaules. Bertrand sentait sa peur. Était-ce à cause de l'obscurité et des ombres qui circulaient ? Ou de cette somme d'argent qu'elle allait devoir transporter sur elle ?

— Parfait, c'est exactement ce qu'il faudra dire. Finissons-en, maintenant.

Bertrand lui remit la sacoche remplie de coupures de cinquante euros. Elle vérifia d'un coup d'œil, palpa quelques billets avec discrétion, puis glissa le tout sous son blouson.

— Les trois prénoms que je lui ai donnés sont Luca, Antoine et Victor. Il est né à la maternité du centre hospitalier d'Auxerre, le 17 mars, à 9 h 10. À l'heure qu'il est, il a probablement été récupéré par l'aide sociale à l'enfance et doit logiquement se trouver à la pouponnière de l'Ermitage, pas loin de l'hôpital, en attente d'adoption. Si ce n'est pas celle-là, vous irez à l'hôpital et leur demanderez, mais il n'y en a pas d'autre à Auxerre de toute façon. Rendez-vous directement à la pouponnière quand vous aurez votre déclaration de paternité. Vous avez deux mois à compter de la date de naissance pour vous faire connaître. Ils ne vous donneront pas le bébé d'un claquement de doigts, ils vont mener une enquête sociale, c'est normal. Ils interrogeront votre femme sur les raisons qui la poussent à accepter dans son foyer un bébé né d'un adultère. Sur votre volonté, à vous, de garder cet enfant. Ayez de bons arguments.

Bertrand acquiesça sans rien dire. Il saurait faire face et se défendre. Il connaissait la douleur, pour un enfant, de grandir sans père. Il n'avait jamais connu le sien.

— Ne parlez pas de votre demande d'adoption ni de l'incapacité de votre femme à porter un enfant, sinon ils vont trouver ça louche et se mettre à fouiner, compris ?

— Compris.

— Ensuite, le bébé sera à vous. Il aura un nouvel acte de naissance vous mentionnant comme son père. Il portera votre nom.

Elle remonta son col, glissa ses mains au fond de ses poches.

— Si j'ai un conseil à vous donner, restez discret avec cet enfant. Vivez votre vie tranquille, élevez-le du mieux possible et ne cherchez surtout pas à attirer la lumière sur vous. Jamais. Vous comprenez ? La lumière attire aussi les ombres...

Cette dernière phrase le refroidit. L'air lui sembla soudain plus frais.

— Les ombres ? Quelles ombres ?

Après un coup d'œil circulaire, elle hésita, puis ajouta :

— Il est spécial, ce bébé. Votre anonymat sera sa meilleure protection.

Et, de la même façon qu'elle l'avait fait presque neuf mois plus tôt, elle partit, au lendemain de ce premier jour de printemps, sans se retourner. En l'observant s'éloigner, une certitude ébranla Bertrand : cette femme était morte de trouille.

Première partie

L'ANGE

1

Novembre 2017

Un ciel volcanique d'un noir de cendre écrasait Paris depuis presque dix jours, avec l'une de ces pluies continues où les gouttes chutent comme des poignards. De quoi finir de vous achever, au cas où il vous resterait un peu de chaleur au fond du cœur. Sans doute parce que cette saison marquait le passage de la vie à la mort, de la lumière à l'obscurité, et explosait le compteur des suicides, des gastro-entérites et des genoux douloureux.

Franck Sharko haïssait l'automne. Le col de sa parka imperméable remonté jusqu'aux oreilles, les chaussures enfoncées dans un humus gorgé d'eau, il progressait, seul, en forêt de Bondy, à une quinzaine de kilomètres à l'est de Paris, en Seine-Saint-Denis. Il s'était écarté des sentiers de randonnée pour s'aventurer dans une végétation plus dense, un marécage de fougères brunes et de boue épaisse, en direction des étangs. Sa femme Lucie et le lieutenant Pascal Robillard piétinaient depuis deux heures : Franck entrapercevait, au loin, parmi d'autres, leurs silhouettes détrempées entre les troncs nus des hêtres et des chênes.

Un randonneur matinal avait donné l'alerte aux alentours de 8 heures : son berger malinois avait filé d'un bond à travers les fourrés, pour s'immobiliser soudain et aboyer sans discontinuer. Après sa découverte, l'homme avait composé le 17. L'appel téléphonique était d'abord remonté au commissariat d'Aulnay-sous-Bois puis, vu la nature sordide du crime et la zone géographique, à la brigade criminelle de Paris. Sharko étant en réunion avec la direction de la PJ, Pascal Robillard, leur procédurier, avait lancé la machine, sur ordre du procureur de la République. L'Identité judiciaire venait d'arriver afin de sécuriser la zone et d'installer le matériel pour les premières analyses de police scientifique. La journée promettait d'être longue et humide.

Sharko salua tout ce beau monde, y compris les flics d'Aulnay et le randonneur avec son chien. Visages gris et fermés sous la pluie. Lucie tremblotait dans son anorak noir et, malgré sa capuche, des mèches de cheveux blonds dégoulinantes collaient à ses joues rosies par le froid. Franck lui adressa un bref signe de la main.

— Pourquoi les flics ne prennent jamais de parapluie ? Il n'y a pas de honte à tenir un parapluie quand il pleut. C'est quoi ? Une question de virilité ?

— Plutôt de la compassion pour les victimes. Elles ont froid, alors nous aussi.

Lucie désigna la fosse, cinq mètres devant elle.

— Pas beau à voir.

Les techniciens de scène de crime plantaient des piquets pour installer des barnums, ces tentes blanches avec un toit pointu, afin de protéger au mieux la zone et le corps. Avec la forte pluie, leur tâche, déjà compliquée dans des conditions idéales, allait relever du parcours du combattant.

Sharko demanda au capitaine responsable de l'IJ l'autorisation de circuler derrière la Rubalise disposée autour du trou et s'approcha, à travers les fougères-aigles et les clématites, par le chemin balisé. Avant de plonger vers les abysses, il ferma les yeux. Son rituel. La découverte d'une scène de crime restait un moment intense dans la vie d'un flic, même après vingt-neuf ans de terrain. C'était la promesse malsaine d'une nouvelle traque, un shoot brutal d'héroïne dont on savait, à la longue, qu'il vous détruisait. Sharko aimait autant qu'il détestait ces moments et, ce matin-là, il allait détester. Parce qu'il tombait des trombes d'eau, parce qu'on pataugeait en pleine forêt et que ces crimes-là, perpétrés au milieu de nulle part, se révélaient les plus coriaces à résoudre.

Le cadavre d'un homme nu gisait dans un mélange d'eau et de boue, au fond d'une fosse carrée d'un mètre sur deux et profonde d'environ un mètre cinquante. En ce sombre matin de novembre, on parvenait à observer que ce corps, d'une blancheur de lilas encore jeune, était marbré de lacérations violettes, d'entailles profondes, surtout sur les bras et le torse, rendues noires et luisantes par la pluie. Un trou foncé lui creusait le ventre, au niveau du foie, et l'organe à moitié sorti formait une langue diabolique.

Le type était méconnaissable. Le visage semblait avoir fondu, empêchant Sharko d'estimer son âge. Les cavités oculaires vides révélaient une profondeur de gouffre. En dépit de son état, le corps à demi flottant devait être frais – tout au plus, une douzaine d'heures. Les premiers signes de putréfaction ne s'étaient pas encore manifestés, et malgré un foie offert à la nature, les larves d'ordinaire friandes étaient aux abonnés absents.

Sharko scruta les parois détrempées de la fosse, renforcées à l'aide de six palettes de bois, qui empêchaient au trou de s'effondrer sur lui-même. Un travail de mineur, net et précis. Il plissa les yeux et se décala d'un mètre sur la gauche. Remarqua une minuscule demi-lune fichée dans le bois.

Un ongle ? Ça y ressemblait, en tout cas. Il revint vers les mains de la victime, trop noires de boue pour en discerner les détails.

Le flic évita de piétiner en dehors des balises et rejoignit sa femme. Il remarqua la présence d'une large planche en contreplaqué, un peu plus loin.

— Qu'est-ce que c'est ?
— Le couvercle du tombeau.

Sharko essuya l'eau de pluie qui ruisselait sur son visage. Il aspirait déjà à un bon café chaud. Ils n'allaient pas camper dans cette forêt, mais y croupir au moins quatre ou cinq heures. L'injection de caféine en intraveineuse se révélerait indispensable et les Thermos, posés contre un arbre, étaient là pour ça.

— Tiens, viens voir.

Lucie l'emmena auprès de la planche. Elle désigna les paquets de feuilles mortes et de chèvrefeuille arrachés. Ça sentait le bois humide, la pourriture, la terre retournée, comme si la forêt s'inhumait elle-même.

— La végétation arrachée et les feuilles servaient à dissimuler la planche qui recouvrait l'excavation. Heureusement, ce chien a eu un bon flair, le corps aurait encore pu pourrir des jours avant qu'on le découvre. Cette fosse ne date pas d'hier et n'a pas été faite à la va-vite. Il a fallu la creuser, l'étayer avec les palettes. Ça pèse lourd, ces trucs, c'est compliqué à transporter, ça ne se fait pas en deux heures. On est dans un coin isolé, loin des sentiers. L'auteur du trou voulait s'assurer qu'on ne trouve pas sa cache.

Des giclées de gouttes glacées claquaient contre la toile de leurs vêtements. Cette forêt où aimaient se promener des familles aux beaux jours revêtait un air funeste, avec ses arbres dépouillés et le vide stellaire qui l'habitait. Sharko remonta à fond la fermeture de l'anorak de sa femme.

— T'es gelée. Retourne au 36.

Il n'arrivait pas à dire le « Bastion », le nom qu'on donnait à leur nouveau bâtiment situé dans la rue du même nom.

— J'ai connu pire.

Le commandant de police enfouit ses mains au fond de ses poches. De loin, sa massive carrure se découpait comme un chêne de plus.

— Il y a un truc qui m'a tout l'air d'un ongle, planté dans le bois des palettes, tu l'as vu ?

— Je me suis surtout concentrée sur le corps.

— Si c'est bien un ongle, ça veut dire que notre homme était vivant. L'assassin l'a contraint à se mettre à poil et l'a balancé là-dedans. La fosse n'est pas si haute, alors, pourquoi il n'est pas remonté ?

— Peut-être qu'il était blessé à mort, à l'agonie et incapable de se relever. T'as vu l'état de son ventre ?

— Et il a essayé de s'agripper de son mieux, en vain, avant de mourir... Puis l'assassin lui a gentiment ouvert le bide et refait le portrait pour nous éviter de l'identifier trop facilement.

— Trop tôt pour tirer des conclusions. En tout cas, on a affaire à un sacré taré qui n'y est pas allé de main morte.

Sharko observa les alentours, puis fixa les collègues, en lutte pour installer un des barnums au-dessus du trou. Pascal Robillard les aidait.

— Allons leur filer un coup de main.

Vingt minutes plus tard, trois tentes étaient installées en enfilade et offraient un couloir au sec d'environ neuf mètres de long. Les techniciens avaient multiplié les allers-retours vers leur fourgon pour récupérer du matériel. Les pieds pataugeaient dans la boue, les semelles s'engluaient, accompagnées d'insupportables bruits de succion.

À présent, des ballons lumineux Sirocco éclairaient la scène de crime en contre-plongée et, disposés de la sorte, évitaient les zones d'ombre. L'un des hommes, équipé de bottes et de gants, y descendit à l'aide d'une petite échelle. Il confirma la présence de l'ongle, arraché à la main gauche de la victime.

Pascal Robillard veillait au bon déroulement des analyses, enregistrait avec la plus grande précision la scène au moyen d'un dictaphone : circonstances de la découverte, description des lieux, de la victime, conditions météo... Depuis le départ du lieutenant Jacques Levallois pour la SAT – la section antiterroriste –, Robillard avait hérité du rôle de procédurier du groupe *Sharko*. Restait donc une place à combler dans l'équipe et pour ce faire, un nouveau brigadier-chef, attendu de tous avec impatience, arrivait le lendemain.

Sous l'abri, Lucie réchauffait ses mains autour d'un gobelet de café brûlant. L'humidité lui donnait mal aux genoux. Une flaque grandissait à ses pieds.

— Drôle de journée pour notre deuxième anniversaire de mariage.

— C'est comme ça. Les assassins qui s'invitent au banquet ne préviennent pas. On se fera un resto une prochaine fois.

Sharko ne s'attarda pas sur le sujet et enchaîna avec des coups de fil, y compris au substitut du procureur pour demander une levée de corps et une autopsie dans le délai le plus bref. Lucie savait à quel point le souvenir de leur mariage, dont il disait que ç'avait été l'un des plus beaux moments de sa vie, lui était aussi douloureux : ils voyageaient à Venise lors des attentats du 13 novembre 2015. Sharko n'avait pas pu être au front avec ses camarades, ceux du 36 entrés dans le Bataclan trois heures après le drame. Ceux-là mêmes qui avaient pu dessiner, au détail près, le visage de l'horreur. On se pourrissait l'existence à être flic pour affronter ces moments-là et quand on les manquait, un grand vide vous aspirait et vous donnait l'impression de vous être défilé.

Les flashes du reflex Canon crépitaient sous la toile. Une pompe alimentée par un groupe électrogène tournait afin d'aspirer le liquide – eau, sang, boue – dans lequel baignait le corps. Il fallait préparer le relevé d'empreintes digitales en milieu humide, d'ADN, la recherche d'insectes *in situ* pour les histoires de datation. Un vrai travail de fourmi, mais aucun détail ne devait être négligé puisque, Sharko le savait, c'était toujours dans les détails que se cachait le diable.

Plus loin, Robillard et deux techniciens se courbaient dans les fougères au bord d'une paroi de la fosse. À l'abri sous un barnum, l'un d'entre eux utilisait un séchoir électrique, peut-être pour isoler des empreintes de pas avant de les mouler avec du plâtre. Lucie écrasa son gobelet et regarda fixement son homme.

— Nicolas risque de mal vivre que tu ne l'aies pas prévenu. Il va encore prendre ça pour une mise à l'écart.

— Son protocole commence en début d'après-midi, je préfère qu'il le suive de A à Z. C'est important pour lui, comme pour son avenir au sein de la brigade.

— Envoie-lui au moins un message pour lui demander de passer au Bastion après l'hôpital, qu'il soit dans le coup. Si on pouvait éviter les frictions…

— Je le ferai.

Sur ces mots, Sharko resta là, les yeux dans le vague. Son esprit s'évadait depuis leur départ du quai des Orfèvres pour le quartier des Batignolles. Lucie se demandait s'il n'était pas en train de céder à un coup de blues consécutif à son arrivée dans les nouveaux locaux et à sa prise de responsabilité au sein de la brigade criminelle.

En d'autres mots, on avait déraciné le chêne de ses terres, et peut-être le chêne était-il en train de crever.

2

Revivre l'enfer d'une scène, *ad vitam æternam*. En traversant la rue. À la boulangerie. La nuit. Dans son sommeil. Une scène qui se dessinait avec une précision encore plus diabolique quand on baissait les paupières pour la fuir.

Cet enfer portait un nom : syndrome de stress post-traumatique, ou SSPT. On pouvait le prendre de plein fouet, même quatre ans après le drame, même en flic aguerri aux affaires les plus sordides.

— Petite parenthèse : j'ai vu dans votre dossier médical que vous aviez été traité à la doxycycline il y a deux ans, pour lutter contre la variante d'une maladie à prions dont je n'avais jamais entendu parler. Le... koroba... En avez-vous conservé des séquelles ?

Nicolas Bellanger était assis face au Dr Thierry Hébert, au service de psychiatrie adulte de l'hôpital de la Pitié-Salpêtrière, dans le 13e arrondissement. Il crispa ses deux mains sur ses genoux. L'affaire autour du koroba[1] avait sans doute été l'une des plus sinistres et éprouvantes de sa carrière.

---

1. Voir *Sharko*, Fleuve Éditions, 2017.

— Aucune. On s'y est pris à temps, la maladie n'avait pas encore pu se développer.

— Parfait. Bon, revenons-en à notre programme. Je vous réexplique comment fonctionne un souvenir.

Nicolas participait à une étude appelée France Mémoire Vive, destinée en priorité aux victimes des attentats de Paris et de Nice, touchées par des SSPT et toutes volontaires. Certes, son traumatisme à lui était différent, il remontait à 2013 et n'avait rien à voir avec les attaques islamistes, mais le calvaire qu'il vivait au fond de sa tête et les tentatives vaines pour l'atténuer – hypnose, anxiolytiques, cocaïne – justifiaient sa place dans le protocole.

— Un souvenir n'est pas figé dans le cerveau. Chaque fois qu'il est ramené à la conscience, il se transforme. Par exemple, une situation vous évoque un souvenir de votre enfance, lorsque vous étiez gamin sur une plage. Dans ce souvenir vous êtes vêtu d'un maillot de bain vert, alors qu'en réalité, ce maillot de bain était bleu. Le cerveau a horreur du vide, et comble en permanence pour que le souvenir puisse se formuler de façon logique. C'est cette nouvelle version, celle avec le maillot de bain vert, qui va être réenregistrée dans la mémoire à long terme, jusqu'à la fois suivante. Contrairement aux idées reçues, plus on se remémore un souvenir, plus il se modifie et plus on s'éloigne de la vérité.

Nicolas fixait la lettre ouverte devant lui, écrite dans la pièce d'à côté, et qui retranscrivait ce mal inopérable dont il souffrait : celui du pire souvenir d'une vie. Chaque phrase posée sur le papier avait été une lacération. Son croque-mitaine l'attendait là, sur ce rectangle blanc.

— Le souvenir est composé d'une partie sensorielle – sons, images, odeurs – et d'une partie émotionnelle. C'est cette dernière partie qui génère le stress et les cauchemars. Ce médicament que vous avez avalé il y a maintenant une heure, le Duméronol, va empêcher la charge émotionnelle de se reconsolider lors de l'évocation, et donc du réenregistrement du souvenir traumatisant. Le Duméronol est normalement un bêtabloquant réservé aux hypertendus ou aux grands migraineux. Il est possible que vous souffriez d'effets secondaires assez significatifs : des insomnies, des palpitations, des tremblements, mais aussi des épisodes d'angoisse assez brefs. Aussi, il serait préférable que vous évitiez les endroits en rapport avec votre trauma : lieux sombres, caves ou souterrains, en ce qui vous concerne... Tout est clair ?

— Pas tout à fait. Je ne veux pas tout oublier. Ça peut vous sembler paradoxal, mais je veux me rappeler ce qui s'est passé, je veux garder ça au fond de moi. Je ne veux pas oublier les circonstances de la mort de Camille.

— Vous ne les oublierez pas. Comme je vous l'ai dit, vous en conserverez les images, les sons, les odeurs, mais vous vous détacherez des émotions qui y sont reliées au fil de nos séances hebdomadaires. Ce sera comme appuyer sur une dent malade, mais dépourvue de nerfs. Camille n'envahira plus votre vie de manière intempestive. Cette impression que vous avez de sa présence trop pesante, pareille à un fantôme, va disparaître progressivement. Dès que vous vous sentirez prêt, vous pourrez me lire votre lettre.

C'était le prix à payer pour guérir : accepter qu'on trafique sa mémoire, qu'on joue avec ses souvenirs. Ouvrir le coffre de ses émotions les plus intimes et les livrer à un inconnu. Nicolas trouvait cette invasion de son esprit effrayante, mais avait-il le choix ?

Il s'empara de la feuille. Il avait fallu rédiger au présent et à la première personne. Revivre et prendre de plein fouet, avec des mots choisis, l'horreur de cette fin novembre 2013.

— C'est moi qui avance en tête, cette nuit-là. Je descends des marches qui me mènent sous terre dans l'obscurité, puis je progresse dans des carrières. Il y a des statues sculptées dans la pierre, des écritures probablement laissées par les soldats allemands de la Seconde Guerre. Tout ça est terriblement sinistre, mais je m'enfonce dans l'obscurité, toujours plus, avec ma seule lampe. Puis les couloirs se font plus étroits, barrés par des éboulements, je dois avancer à genoux pour circuler, avant d'atterrir dans une grande salle noire, d'où je vois, plus loin, des petites flammes de bougies. J'entends des bruits de pierres qui roulent, derrière moi. C'est Franck Sharko, mon collègue, qui m'a rejoint. Son visage est fermé, sombre, et au moment où j'écris cette lettre, j'en vois chaque trait, distinctement, comme s'il était là, juste en face de moi. C'est sans doute ce qui reste le plus difficile à supporter dans ma tête : ce réalisme. Sharko m'ordonne de rester sur place et me double. Je le suis, il ne veut pas me laisser entrer dans la salle, mais je force le passage... Je...

Nicolas leva ses yeux embués de larmes vers le psychiatre. Des trémolos encombraient sa voix.

— Excusez-moi, je ne suis pas du genre à pleurer.

— C'est normal d'être affecté, sinon, vous n'auriez rien à faire ici. Néanmoins, il est primordial que vous alliez au bout de votre lettre.

Le flic prit une longue inspiration. Thierry Hébert parlait d'une voix rassurante et en aucun cas Bellanger ne se serait imaginé un jour face à un psy, mais hors de question de rebrousser chemin. Il ne voulait plus connaître l'enfer de la drogue ou de l'alcool. Les nuits à vomir, à s'arracher les cheveux, à trembler, recroquevillé au sol. Ce programme, c'était sa dernière chance.

> — *... Je discerne un grand drap blanc, suspendu et éclairé par-derrière. On dirait l'aile d'un oiseau géant. J'y vois l'ombre chinoise d'un corps crucifié, les bras écartés, flottant à un mètre du sol. Je sais que c'est elle, je sais que c'est Camille, et c'est le monde qui s'effondre. Je contourne le drap. Camille me fixe, les yeux grands ouverts. Sa poitrine est béante, on lui a fait du mal. C'est cette image-là qui revient sans cesse. Ce regard qu'elle m'adresse, cette plaie noire, pareille à un gouffre qui m'aspire, et m'aspire encore.*

Nicolas jeta sa lettre sur le bureau, le papier lui brûlait les mains. Quatre ans, et il n'y arrivait toujours pas. Comment l'évocation d'un souvenir pouvait-elle vous détruire, provoquer de tels suées et tremblements ? Cette lettre, il allait devoir la relire, à chaque séance pendant huit semaines, après l'ingestion du Duméronol. Un long chemin de croix.

Le psychiatre prit quelques notes, lui demanda de la rapporter à chacune de leurs rencontres.

— Conservez-la près de vous, dans un tiroir par exemple. C'est bien que vous y pensiez, que vous soyez conscient de sa présence proche de vous, mais ne la relisez pas en dehors d'ici, c'est préférable. On se revoit dans une semaine.

L'entretien était terminé. Selon lui, il fallait au moins deux ou trois séances pour que les effets bénéfiques de la thérapie commencent à se faire sentir.

Nicolas sortit de la salle la tête lourde, presque douloureuse. Son regard accrocha alors le visage d'une femme, la trentaine, assise dans la salle d'attente. Elle tenait son sac à main sur ses genoux, le dos droit, et elle écarquilla les yeux lorsqu'elle le vit. Nicolas voulut s'arrêter, mais le Dr Hébert était dans son dos. La femme se leva et lui lâcha juste, au moment où ils se croisèrent :

— S'il vous plaît, ne dites rien. C'est très intime, et personne n'est au courant.

Elle entra d'un pas vif dans la pièce d'où il venait de sortir. Nicolas n'en revenait pas. Perturbé et pensif, il déploya son parapluie et descendit à pied le boulevard de l'Hôpital. Il marchait vite pour décompresser, oublier la séance et sa carapace qui s'était fracturée devant le spécialiste.

Un œil sur sa montre : 16 heures. Sharko lui avait demandé de passer à la brigade, sans davantage de précision. Il alla attraper le métro à la gare d'Austerlitz. Avec ces averses ininterrompues, Paris était aussi gris que le ciel.

Il remonta vers le nord jusqu'à la porte de Clichy, en direction des Batignolles, à cinq minutes à pied de la station. Le quartier abritait le nouveau fief de la police judiciaire parisienne. Des milliers de flics déversés au lever du soleil dans son quadrillage de rues populaires et multi-ethniques. Adieu, le mythique 36 quai des Orfèvres et ses bureaux exigus, si peu pratiques. Nicolas ne le disait à personne, mais il préférait les nouveaux bâtiments. Ses ascenseurs évitaient de se farcir les cent quarante-huit marches matin et soir. Et puis, les locaux, l'organisation des services étaient plus fonctionnels.

Mais on ne déracinait pas sans peine les flics du Quai des Orfèvres, surtout les plus anciens, fabriqués dans le même moule que Sharko. Alors, pour garder la mythologie, le Bastion, ultra-moderne et sécurisé, avec ses faux airs de centre hospitalier, portait lui aussi le numéro 36.

36, rue du Bastion.

Nicolas regrettait néanmoins la vue sur le Pont-Neuf et la Seine, les Halles pas loin et ce que Paris offrait de mieux en termes de bars, de restaurants et de diversité. À la place, des grues, des bâtiments en chantier, un quartier en mutation et le futur Palais de justice, deuxième plus haut édifice de Paris après la tour Montparnasse, colosse de verre et d'acier, avec un accès souterrain direct au Bastion.

L'entrée des flics s'opérait sur la droite du bâtiment, par un tourniquet sécurisé dont on déclenchait la rotation avec un badge tricolore à puce. Sur le chemin, Nicolas avait remarqué, depuis une centaine de mètres, un homme piétinant nerveusement sous la pluie, le nez rivé sur sa montre. À deux reprises, l'individu, la cinquantaine et trempé de la tête aux pieds, était parti vers l'entrée principale, avant d'opérer un demi-tour et de se repositionner à son point de départ, sur le trottoir d'en face, à côté d'un grand chantier désert. Nicolas s'approcha.

— Vous cherchez quelque chose ?

L'homme s'éloigna d'abord sans lui répondre, puis s'arrêta et revint vers lui :

— Vous êtes policier ?

— Capitaine à la brigade criminelle.

À nouveau, la montre.

— Une minute. Encore une petite minute. Il a dit à 17 h 02, pas avant.

— Vous êtes devant un bâtiment de la police nationale. Ou vous m'expliquez la raison de votre présence ici, ou vous partez.

L'homme roulait les yeux. Attendait-il quelqu'un ? Il affichait une nervosité suspecte. Quand il ouvrit subitement la fermeture de son blouson et glissa la main à l'intérieur, le flic lui attrapa le poignet et le poussa contre une grille.

— Oh ! Doucement ! C'est juste...

Le type sortit une enveloppe beige fermée.

— ... une lettre. Une lettre à remettre à la police.

— Pourquoi ? Qu'est-ce qu'elle contient ?

— Je n'en sais rien. Prenez-la, et laissez-moi partir. Je vous en prie. C'est une question de vie ou de mort.

Il n'avait pas l'air de plaisanter, son corps était tendu, ses mâchoires si crispées qu'elles semblaient vissées l'une à l'autre. Ses mains tremblaient.

— Aidez-moi... Aidez-moi, je vous en prie. Je suis sûr qu'il est là... Qu'il me surveille...

Ses yeux exorbités semblaient empreints d'une brutale folie. Il avait murmuré ces phrases, apeuré à l'idée qu'on l'entende. Nicolas ne toucha pas à l'enveloppe. Il demanda à l'homme d'écarter les bras et opéra une rapide palpation.

— Venez avec moi. Et allons éclaircir ça à l'intérieur.

— Non... S'il vous plaît... Prenez la lettre et laissez-moi...

Nicolas le tenait par l'épaule d'une poigne ferme. Véritable bloc de nerfs, l'homme s'arquait et il s'agitait au point que Nicolas dut renforcer sa prise. L'individu poussa un cri.

Soudain, le corps se déroba sous sa main. L'homme s'écroula sur le bitume trempé et se recroquevilla, le visage déformé, la bouche grande ouverte à la recherche d'air. Des veines saillaient sur son cou, son front, et plus un son ne sortait de sa gorge. Ses yeux se gorgèrent de sang, et Nicolas crut qu'ils allaient sortir de leurs orbites. L'enveloppe tomba dans l'eau. Le policier alerta la sécurité d'un cri. Deux flics accoururent, ainsi que du personnel qui avait assisté à la scène de l'intérieur du bâtiment.

— Appelez une ambulance, vite !

Le policier s'agenouilla et essaya de basculer l'homme sur le dos, en vain : l'individu était un pavé de souffrance, ses doigts rétractés tentaient d'agripper les visages au-dessus de lui. Le sang se répandait dans ses globes oculaires.

— Bon sang ! Quelqu'un sait ce qu'il faut faire ? cria Nicolas.

Dans un élan de panique, on tenta de le placer sur le côté pour qu'il puisse reprendre son souffle. Sa gorge émit un curieux gargouillement, puis il cessa de respirer. Son corps se détendit.

Quelques minutes plus tard, en dépit des décharges du défibrillateur et des tentatives de réanimation, il était mort.

3

Sharko avait mis son jean et son blouson à sécher sur le radiateur, enfilé un costume gris anthracite, une cravate et des chaussures noires, redonné du volume à sa brosse poivre et sel avec la main, puis il s'était effondré sur son fauteuil sans plus bouger, les yeux fixés sur la cloison devant lui et la myriade de photos qui y étaient accrochées.

En tant que chef de groupe, Franck possédait désormais son propre bureau, au sixième étage du Bastion, celui du droit commun et de la section antiterroriste. Avant, au Quai des Orfèvres, on montait, on descendait les escaliers, on voguait de place en place, tout se mélangeait dans un joyeux bordel. Désormais, rigueur, organisation, efficacité, chacun à son étage, dans son compartiment, dont certains protégés par accès à empreinte digitale.

Un mal pour un bien, sans doute, mais Sharko n'avait rien connu d'autre que le 36 d'origine. Ce bâtiment jugé obsolète et inadapté avait été toute sa vie, avait rythmé ses joies, ses peines, ses colères. Le métier évoluait et c'était cette fuite en avant qui effrayait le plus ce flic aux méthodes traditionnelles. Tous ces ordinateurs, cette technologie, et ces affaires résolues de plus en plus grâce aux machines ou aux fichiers... Il n'y comprenait plus grand-chose. Ça lui fichait le cafard. Quand il voyait tous ces jeunes, autour de lui, des gamins d'à peine la moitié de son âge, lui aussi se sentait obsolète, pareil au vieux Minitel remisé au fond du placard. En même temps, il plaignait ces mômes qui bientôt ne goûteraient plus le sel de la traque comme lui l'avait connu dans ses jeunes années. Des flics version 2.0.

La brume de la nostalgie l'enveloppa. Les miettes qu'il avait pu ramasser de son ancienne vie s'entassaient dans son bureau : plaque de rue du 36 – refaite au détail près à l'image de l'authentique –, mug du 36, médailles du 36, photos de groupe dans la cour du 36, et même un morceau du filet antisuicide découpé et partagé avant le déménagement. Franck avait attendu d'être seul pour verser sa larmichette, ce jour-là, tout en gravant « *Ici fut FS* » sur le vieux plancher, sous sa place. Une époque était révolue, et ça lui avait fichu un sacré coup au moral.

Nicolas frappa à la porte et entra. Il apparut dans le même état que lui quelques heures plus tôt : trempé de la tête aux pieds. Franck Sharko se leva d'un coup et essaya de retrouver un air plus enjoué. Il lui jeta une serviette éponge tirée de son armoire.

— Alors ? Ton protocole ?

— Une vraie partie de plaisir. Tu gobes une pilule, tu lis la lettre traumatisante que tu as écrite, tu réponds à quelques questions et tu t'en vas jusqu'à la semaine suivante, et rebelote.

— Quoi, c'est tout ?

Bellanger ne préférait pas trop en dire, notamment sur les effets secondaires. Un ou deux cheveux gris se nichaient dans sa chevelure noire, la ride du lion lui barrait le front en profondeur, mais c'était davantage à cause des excès que de l'âge : il avait à peine 40 ans. Malgré tout, il affichait encore une allure de trentenaire. Blouson en cuir sur les épaules, belle gueule, tout en muscles, un prototype sorti d'une troupe de comédie musicale.

— Qu'est-ce que tu croyais ? Qu'ils allaient m'ouvrir le crâne pour en extraire le mauvais souvenir avec des pincettes ?

— À peu près, oui. Tu peux continuer à faire ton boulot, donc ?

— Aucun souci.

Sharko le sonda quelques secondes, et récupéra la serviette.

— Tout à l'heure j'ai vu par la fenêtre l'ambulance et tout le toutim. Un type est mort devant le 36, il paraît ?

— Il a claqué dans mes bras, tu veux dire. Une cinquantaine d'années, pas de papiers, pas de téléphone sur lui. Nerveux, apeuré, le genre dont t'as l'impression qu'il va t'exploser à la tronche. Il voulait à tout prix remettre une lettre à un flic. Elle a pris l'eau, mais ça reste lisible. Je l'ai mise dans le séchoir[1] et je l'ai photographiée en attendant. Il faut que tu y jettes un œil. Je t'envoie tout de suite le fichier par mail.

Nicolas fit une manipulation avec son portable, qui provoqua l'arrivée d'un message sur l'un des deux écrans situés face à Sharko.

— Mort de quoi ?

— Ça ressemblait à une crise cardiaque, mais t'aurais vu ses yeux… ils étaient rouge sang. J'ai pas l'impression que ça fait ce genre de chose, un infarctus. Enfin, bref, on n'a pas pu le sauver. En cinq minutes, il était parti. Pour l'instant, l'ambulance l'a embarqué pour Bichat, je leur ai demandé de ne pas y toucher et de le garder au frais. Il faudrait rédiger la demande de transfert à la Râpée, pour une autopsie en bonne et due forme.

---

1. Pièce spéciale, située au même étage, qui permet de faire sécher les objets ou vêtements liés à des affaires criminelles.

— Une autopsie en bonne et due forme ? Pourquoi ?
— Ouvre le mail. Et jette un œil au dessin, en haut, à gauche de la lettre.

Franck s'exécuta. Il observa le symbole dessiné au feutre marron. Il avait pris l'eau, mais Sharko reconnut une tête de chimpanzé réalisée à la va-vite, l'air agressif, avec des yeux blancs sans iris et une mèche folle au-dessus du crâne.

— Ça me dit quelque chose.
— T'as la mémoire courte. C'est le symbole qu'on a retrouvé sur la page d'accueil du site de l'Élysée, il y a deux ans. Le hacker avait réussi à pirater un compte administrateur et à publier le profil génétique du président. Profil accompagné d'une menace, si tu t'en souviens. « *Si la France s'engage dans la course à l'intelligence artificielle et dans l'industrialisation de la pensée humaine, alors attendez-vous au pire. Signé : l'Ange du futur.* »

Sharko se rappelait, à présent. L'affaire avait fait le tour des médias et mis les services de sécurité sur les dents. La page piratée avait indiqué, entre autres, que le président était issu du peuple viking et risquait de développer une maladie d'Alzheimer avec une probabilité de 73 %. Elle avait été supprimée par l'Élysée dans le quart d'heure qui avait suivi sa mise en ligne, et l'information qualifiée sur-le-champ de *mauvaise plaisanterie*. Mais les réseaux sociaux s'en étaient emparés. En plus du profil et du message de menace, la page avait mentionné que les journalistes pouvaient vérifier qu'un échantillon d'empreinte digitale, collée sur du film adhésif fin double face, avait été envoyé à un laboratoire situé à Gibraltar, WorlDna. L'entreprise dominait le marché du décryptage du génome et de l'analyse ADN. Elle avait pu extraire l'ADN des quelques cellules abandonnées sur la trace papillaire du président et en établir le profil génétique pour quelques centaines d'euros.

— Tu devrais lire cette lettre...

Sharko revint vers son écran. La lettre était manuscrite, rédigée à l'encre noire. Une écriture sèche, nerveuse, mais lisible.

Je pourrais vous parler de ce qui se passe à Oslo, mais il est probable qu'à ce stade trop précoce, vous vous en fichiez. De même, si je vous disais qu'une épidémie de choléra va se déclarer à Cuba, que la gare d'Austerlitz aura bientôt les pieds dans l'eau ou que des affrontements vont éclater au Soudan dans quelques jours, vous me prendriez sûrement pour un fou. Mais si je vous disais qu'à 17 h 02, ce mardi 7 novembre 2017, l'homme qui tenait cette lettre vient de mourir devant chez vous ? Ah... Voilà qui est intéressant. On dirait que j'ai votre attention maintenant, les chimpanzés...

Sharko jeta un œil à sa montre, puis dirigea son regard vers Bellanger.

— L'homme est mort à quelle heure ?
— 17 h 02, exactement.

Le flic resta un instant pensif. Pourquoi 17 h 02 ? Pourquoi pas un chiffre rond, genre 17 heures ?

— Je rêve, ou on nous traite de chimpanzés ?
— Toi aussi, ça t'énerve ?

Il revint vers la lettre.

... En précurseurs au début, ils divertissaient. En conquérants ensuite, ils surprenaient. En monstres aujourd'hui, ils effraient. Et demain ? Jamais, jusqu'à présent, une poignée de gens et d'entreprises – Google, Apple, Facebook, Amazon... les GAFA – n'ont façonné à ce point les pensées d'un milliard de chimpanzés et guidé leurs choix. Les robots, les algorithmes vous envahissent. Le portable est devenu le prolongement de votre cerveau, que vous

offrez sans contrôle à des bases de données. Je vous plains plus que je ne vous hais, pauvres chimpanzés, votre vie appartient désormais à Google et Facebook ! Votre existence est construite sur des « J'aime » et sans eux, vous avez l'impression de n'être rien.

Si, en fait, vous êtes quelque chose : des produits. Des produits pour les assurances, les banques, les publicitaires, les vendeurs de voitures et les partis politiques. Vous pensez bénéficier d'un tas de services gratuits, mais cette gratuité a un prix : celle de votre identité. De votre liberté.

En parallèle, les scientifiques, gouvernés par ces puissances peu scrupuleuses, tuent la mort et manipulent vos gènes, pour vous rendre plus performants, vous améliorer, vous faire vieillir moins vite. Un eugénisme nouveau est né, un eugénisme qui ne détruit pas, mais améliore. C'est pour moi la même chose, car ceux qui ne sont pas améliorés, ceux qui n'en ont pas les moyens, deviennent des maillons faibles, des parias que, tôt ou tard, la société éliminera d'elle-même. De la minuscule puce au gigantesque monstre de l'Hydre, il n'y a qu'un pas à franchir. Bon Dieu, vous êtes les animaux de laboratoire de demain, et personne ne dit rien ! On laisse faire. On encourage.

Malgré mon avertissement, le président a signé son engagement pour la course à l'intelligence artificielle. Il laisse des fonds d'investissement opaques financer des entreprises chez nous et partout en Europe. Que font-ils dans leurs labos ? Derrière leurs ordinateurs ? Le savez-vous seulement ? Moi, je le sais.

Nous vivons, nous ne fonctionnons pas. Nous sommes enfantés, non fabriqués. Dans quel monde sommes-nous tombés pour que la vie se crée dans des éprouvettes ? Pour que des femmes louent leur ventre contre une poignée de billets ? Pour que des gens utilisent des robots afin d'ouvrir plus facilement la porte de leur maison ?

Les chimpanzés qui livrent leur vie aux machines, qui les nourrissent et qui contredisent les lois de la nature doivent payer. Bientôt, des millions d'yeux rivés sur leurs écrans découvriront

mon manifeste, et les horreurs que ce monde est en train d'engendrer. Et lorsque vous comprendrez à quel point il est déjà trop tard (je vous montrerai de quoi les monstres cachés en France, avec leurs sbires comme le Punisseur, sont capables), vous applaudirez mon action.
Rendez-vous ici : http://www.manifeste-angedufutur.com. Le jeu commence.
Si vous coupez l'accès à ce site, je les tue et diffuse la vidéo sur Internet. Et petit conseil : prenez ce message TRÈS au sérieux.

Sharko digéra sa lecture et regroupa ses mains sous son menton.
— T'en penses quoi ?
— Ça sent mauvais.
Le commandant bascula sur le second écran et pianota sur son ordinateur l'adresse Web indiquée. Une page noire s'afficha. En haut était écrit en gros caractères blancs : « Là où se cache le masque se trouve le singe. » Et en bas à droite : « *Connexions simultanées : 3* ». Rien d'autre.
Sharko se renfonça dans son siège, sans un mot. Trois rides parallèles profondes lui creusaient le front. D'un coup, le compteur indiqua 4. Nicolas lui montra l'écran de son téléphone.
— C'est moi qui viens de me connecter. Le site trace le nombre de visiteurs. Ça veut dire que, hormis nous, deux autres personnes se sont connectées sur cette page depuis des endroits différents. L'Ange du futur, probablement, et... quelqu'un d'autre.
— C'est quoi, *manifeste-angedufutur.com* ?
— Je n'en sais rien. Mais il faut ouvrir une procédure. Trouver l'identité du type qui a remis cette lettre, et découvrir de quoi il est mort. Si on en croit ces propos, il n'était qu'un messager. Un « chimpanzé ». Il était sous tension, très nerveux. Il m'a demandé de l'aide, tout bas, comme si on le

surveillait. Quelque chose de fort a dû le contraindre à venir ici. Et puis, il y a ce logo, et cet avertissement : « Je les tue. »

Sharko supprima le mail devant le regard surpris de son collègue.

— OK... Alors voilà ce que tu vas faire. Tu n'es pas venu ici, tu ne m'as pas envoyé ce mail ni parlé de cette histoire. Tu vas voir le boss tout de suite et tu t'arranges pour qu'il refile l'affaire à un autre groupe.

— Un autre groupe ? Tu déconnes ?

Franck ouvrit une pochette fermée et en sortit un paquet de photos tout juste imprimées, qu'il lui tendit.

— On l'a levé ce matin en forêt de Bondy. C'est pour ça que je voulais que tu viennes cet après-midi. On va être bien occupés.

Le capitaine de police observa les clichés avec attention. Celui du cadavre en gros plan retint son attention. Les plaies noires. Le visage méconnaissable, rongé jusqu'à l'os... Le foie à l'air... Sharko se leva et se dirigea vers la fenêtre. Barres d'immeubles, échafaudages, grues et bulldozers. Il appuya ses doigts sur la vitre.

— L'autopsie a lieu demain matin, et notre nouveau brigadier-chef accompagnera l'un d'entre vous. Ça sera parfait pour une mise en jambes. Qu'est-ce que t'en penses ?

— Ce que j'en pense ? Je pense que tu te défiles. On a souvent plusieurs enquêtes sur le feu, où est le problème ? Le type m'a demandé de l'aide, et il m'a littéralement claqué dans les pattes. Il y a cette lettre, ce site... C'est la promesse d'une belle affaire. Je veux bosser là-dessus.

Sharko revint vers son bureau et décrocha son téléphone pour mettre un terme à leur entretien.

— Il ne suffit pas de vouloir. Va voir Jecko. Je me tape déjà je ne sais combien de réunions par semaine. J'ai une femme, des jumeaux, et même une vie. Deux patates chaudes en même temps, c'est trop. Ton histoire sent le soufre à plein nez et je n'ai pas envie d'y sacrifier mes week-ends. Et puis, ces trucs d'informatique, d'intelligence artificielle ou je ne sais pas quoi, ce n'est pas pour moi. La vie est précieuse et le temps passe trop vite.

Nicolas balança la photo sur le dossier d'un geste sec.

— T'es chef d'un groupe crim, tu n'es pas chez Disney. Si tu ne supportes pas ton bureau qui sent le bois neuf et les réunions qui vont avec, pourquoi t'as accepté le poste ?

— Parce que j'ai l'âge pour. Je n'ai plus les jambes ni le souffle d'avant. Mon poste, c'est bien pour commencer à entrevoir un début de fin de carrière.

— C'est bien ? Tu rigoles ? Tu crèves d'envie de retourner sur le terrain. Ce bureau, c'est pire qu'une prison pour toi, ça transpire par chaque pore de ta peau. Dès que tu peux mettre le nez dehors et coller tes chaussures dans la boue, tu le fais. Pas vrai ?

— Pas faux. Mais ça...

— Je n'irai pas voir Jecko. Vas-y, toi, et débrouille-toi avec lui.

Nicolas se dirigea vers la porte. Avant de sortir, il se retourna :

— C'est foireux, ton idée de l'autopsie. On n'accueille pas les gens de cette façon, en leur collant sous le nez un macchabée dès leur première heure de travail. Tu vieillis mal, mon gars.

Et il claqua la porte derrière lui. Sharko ponctua sa sortie d'un geste de la main et reposa son téléphone, les yeux rivés à son écran.

— Rien à foutre de tes critiques à deux balles. Je fais encore ce que je veux, bordel !

Tout en maugréant, il orienta le curseur vers la croix pour fermer la page. Il vit alors un point rouge apparaître puis disparaître, sur la gauche de l'écran. Sur cette page noire, l'objet se déplaçait et clignotait, toutes les cinq secondes environ. Sharko se rapprocha de l'image, les yeux plissés. À quoi cela pouvait-il correspondre ? Y avait-il quelqu'un, derrière, dans l'obscurité ? Que signifiait cette énigme de singe et de masque ? Qui était « le Punisseur » ? Il détestait ce genre de jeu de piste macabre.

Il lança une recherche sur Google : *manifeste-angedufutur.com*. Mais hormis des liens menant au site en question, il n'y avait rien.

Si vous coupez l'accès au site, je les tue, disait la lettre. Un homme avait lâché son dernier souffle au pied du 36, ces mots entre ses doigts, pile à l'heure indiquée. 17 h 02. Comment quelqu'un pouvait-il mourir à une heure aussi précise, et devant chez eux de surcroît ? On lui avait envoyé une fléchette empoisonnée avec une sarbacane, ou quoi ?

Un truc de barge. Franck resta là, longtemps, immobile et indécis. Bellanger n'avait pas tort : avant, il se serait jeté sur ce type d'affaire, peu importait la charge de travail et les nuits blanches. C'étaient ces nuits-là qui avaient forgé leur équipe... Leur famille...

Il ne toucha plus à son écran et se leva dans un grognement.

— Tu me les brises menu, Bellanger.

4

C'était comme si on lui avait enfoncé des morceaux de verre pilé dans la gorge avec une cuillère à soupe. Des éclats infimes, fichés dans les muqueuses et qui lui donnaient envie de vomir. Florence déglutit avec une grimace ; la salive lui manquait. Ses paupières étaient lourdes, et lorsqu'elles se relevèrent et dévoilèrent deux iris d'un bleu de Prusse, il ne se passa rien. Le noir régnait dedans et dehors.

La jeune femme souffrait à partir de la nuque jusqu'au bout des orteils. Sa tête lui tournait, de vrais coups de marteau frappés à l'intérieur. Elle était recroquevillée sur elle-même, les genoux près du menton, pareille au chien lové dans son panier.

Lorsqu'elle voulut étirer son dos, elle sentit de la résistance. *Idem* quand elle essaya de tendre les jambes. La forme circulaire autour d'elle l'avait sans doute contrainte à se prostrer dans cette position douloureuse. À chaque geste, elle entendait le froissement du nylon contre sa peau. Elle était habillée de sa veste de survêtement et d'un pantalon de K-Way imperméable, semblait-il. Et tout était sec.

Elle se rappela son footing sous la pluie, dans l'éclat des lampadaires. Sa course le long du port de Javel. La Seine, gonflée et noire, mue par son énergie sourde. Comme d'habitude, elle avait bifurqué en direction du parc André-Citroën afin de regagner la rue de la Montagne-de-l'Espérou, mais sans jamais l'atteindre. Elle avait perçu ce bruit surgi des arbustes, dans une allée du parc. Elle avait à peine eu le temps de se retourner pour apercevoir, parmi les arbres, ce visage de cire, avec un grand sourire, une moustache noire, des orbites vides à la place des yeux. Il y avait alors eu la main sur sa bouche, la pointe douloureuse dans son épaule. Puis les ténèbres.

Florence se redressa, après plusieurs contorsions, et le tournis la plaqua au sol encore quelques secondes. À genoux, puis debout, les mains grandes ouvertes à la découverte de son environnement. Elle ne pouvait pas tendre les bras à l'horizontale sans que son dos ne heurte la paroi. Partout autour d'elle, une paroi courbe. Elle frappa contre la surface invisible, de toutes ses forces, et ses poings ne firent que rebondir sur du plastique ou du Plexiglas... Florence tendit les bras au-dessus de sa tête ; du bout des doigts elle pouvait toucher une autre surface, horizontale, cette fois, et lisse. Un cercle. Un couvercle. Elle sauta et cogna, avec la vive énergie que sa jeunesse lui conférait. Rien ne bougea. Elle hurla.

— Je veux sortir !

Dans quoi l'avait-on enfermée ? Pourquoi ? Le mot cheminait dans son esprit, lettre après lettre. K-I-D-N-A-P-P-I-N-G. Oui, c'était ça : un malade l'avait enlevée et il allait la laisser croupir ici, la violer. Puis la tuer parce que ce genre d'histoire finissait toujours mal. Mais pourquoi elle ?

Florence n'ignorait pas que des pervers, des voyeurs, la suivaient sur les réseaux sociaux. Les messages d'insultes et les menaces avaient été monnaie courante ces derniers mois, et elle se contentait de supprimer les profils. Mais si l'un d'entre eux avait voulu la punir, la torturer, pour elle ne savait quelle fichue raison ? Pourtant, elle pensait avoir pris toutes les précautions. Sur Facebook, son pseudo lui assurait un parfait anonymat. Personne n'avait vu son visage. Elle ne fournissait pas d'informations personnelles. Comment aurait-on pu la tracer ?

À nouveau elle hurla, les mains sur le crâne. Elle sentit alors le système d'attache de sa minicaméra, pareil à un casque de cycliste. Son index remonta l'une des sangles, jusqu'à atteindre l'arrière de sa tête. L'engin était resté en place. Elle l'arracha de son support et retrouva espoir : sous la lentille, le point rouge clignotait. Cela indiquait que d'un, la batterie alimentait toujours le système et de deux, qu'il cherchait à émettre. Elle fouilla dans la poche arrière de sa veste de survêtement.

— Allez, allez, s'il te plaît !

Florence explora chaque poche, chaque repli de vêtement, en vain. Ce salopard avait pris son portable. Elle se positionna à quatre pattes, palpa le sol et sa surface circulaire. Toucha des objets emballés. Arracha, renifla. Des barres chocolatées, des paquets de chips... Puis une bouteille. De l'eau. Dieu merci. Elle mourait de soif.

— Qui vous êtes ?

Florence arracha ses lèvres de la bouteille et tourna la tête. La voix d'homme venait de derrière. Elle se retourna contre la surface, les paumes plaquées sur la paroi.

— Qui parle ? Pourquoi je suis enfermée ici ?

Le silence qui suivit sa question lui parut interminable, à un point tel qu'elle se demanda si elle n'avait pas rêvé.

— Je n'en sais rien. On vous a ramenée ici il y a deux jours. Dimanche. Enfin, je crois. On doit être mardi. Vous n'avez pas bougé depuis. J'ai cru que vous étiez morte. Vous avez dû recevoir la dose.

— Deux jours ? C'est pas vrai... Et vous ? On... on vous a enfermé aussi ?

— Oui. Je suis là depuis au moins trois jours. Je me suis réveillé avec de l'eau et de la nourriture. Il ne me reste plus rien à boire et... un peu à manger. Si vous avez à boire, ne faites pas la même erreur que moi et économisez votre eau, on ne sait pas combien de temps on va rester ici... Et puis, ça vous évitera de... d'avoir à pisser.

Elle serra la bouteille contre elle.

— Qui êtes-vous ?

— Je m'appelle Bertrand Lesage. Et vous ?

Ce nom lui disait quelque chose, mais Florence n'arrivait pas à resituer le contexte. La brume flottait dans sa tête.

— Florence Viseur. Est-ce que... qu'on se connaît ?

— Je ne crois pas, non.

— Où on est ?

— Je ne sais pas. Dans une cave, ou un vieux bâtiment. Sans doute pas loin d'une voie de chemin de fer. Avant votre réveil, j'ai entendu un coup de klaxon. Celui d'un train, j'en suis sûr. On est bloqués dans une espèce de cylindre avec un couvercle. Sur mon cylindre, il y a un trou dans le couvercle, avec un tuyau qui part vers l'extérieur. Pour pouvoir respirer, je crois.

Florence se redressa, palpa.

— Moi aussi, il y a un trou. Et... Oui, je sens un tuyau.

Le trou n'était pas gros, on ne pouvait même pas y glisser la main. Elle s'y agrippa, essaya de se hisser pour l'agrandir, mais se cisailla les doigts.

— La seule fois où j'ai pu voir notre environnement, c'est quand notre ravisseur vous a amenée, dit Bertrand. Il tenait une lampe. C'était un homme avec un masque blanc, ce genre de masque horrible que portent les hackers. Je l'ai entendu haleter quand il vous a descendue là-dedans. On aurait dit... une bête.

Le masque blanc... Le sourire... La barbichette noire...

— Il a parlé ? demanda Florence. Il vous a dit quelque chose ?

— Il a exigé le login et le mot de passe de ma page Facebook, ou il menaçait de vous tuer. Il l'aurait fait, alors, je le lui ai donné.

— L'accès à votre compte Facebook ? Pourquoi ?

— Je n'en sais rien, sûrement pour le contrôler à ma place. Écoutez, j'ai vu la paroi de mon cylindre, celle du vôtre juste à côté. Puis... On est dans une grande pièce, le sol autour est bétonné. À ma gauche, il y a un rideau qui, je pense, sépare cet endroit en deux. Des câbles et des tuyaux passent au-dessus et en dessous de ce rideau. Et je crois que... qu'il y a une caméra sur un trépied, à un ou deux mètres d'ici. Enfin, je ne suis pas vraiment sûr. Et puis, entre nos cylindres, accrochés au plafond, il y avait aussi...

— Quoi ?

Florence entendit le grincement de la peau sur le plastique. Son interlocuteur devait se tenir debout, peut-être à quelques centimètres seulement.

— Ce point rouge en mouvement, qu'est-ce que c'est ? demanda-t-il.

— Une lentille sur un boîtier fixé par une sangle sur l'arrière de mon crâne. Elle photographie toutes les minutes. Elle est reliée au réseau de mon téléphone, qui envoie automatiquement des photos dans mon album Facebook. Des gens peuvent le consulter en temps réel.

— Vous êtes en train de me dire que notre ravisseur vous a laissé votre caméra ? Qu'on peut voir ce qu'elle filme, en ce moment ?

— Non. On m'a pris mon portable. La caméra ne peut plus transmettre les photos. Elle ne sert à rien. C'est pour ça qu'il n'y a pas touché. Il savait exactement comment ce truc fonctionnait. Il devait m'observer.

Cette idée la tétanisa plus encore. L'avait-il suivie depuis des jours ? Faisait-il partie des internautes connectés à ses réseaux ? Un « ami » ?

Un silence, avant que la voix ne revienne.

— Donc, des internautes ont pu assister à votre enlèvement en direct par l'intermédiaire de ces photos ?

— Oui... non, je ne sais pas, ça dépend de quand a été prise la dernière image. Mon système poste un cliché toutes les minutes. Peut-être que... notre kidnappeur ne l'a pas éteinte tout de suite, je n'en sais rien. Ma caméra, je ne l'active qu'à certains moments que je veux partager, quand je cours par exemple. En plus des photos, le parcours de la course que je faisais l'autre soir s'affichait en temps réel sur Facebook.

Bertrand avait le front plaqué sur la surface de la paroi. À bout. Il écoutait sans rien dire.

— Enfin bref. Si le ravisseur a brutalement coupé mon portable pendant mon footing, mes abonnés se sont peut-être posé des questions avant d'appeler la police...

Florence posa ses longues mains osseuses sur son visage. Elle n'y croyait pas elle-même. Elle croupissait ici depuis deux jours, d'après le type, et personne n'était venu pour la secourir. Sa véritable identité n'était pas divulguée sur Facebook. Sur les réseaux, elle était Flowizz. Elle photographiait des moments de sa vie vus de l'arrière de son crâne, mais elle ne se photographiait pas, elle. C'était là toute l'originalité de sa démarche. Malgré tout, elle protégeait au maximum sa vie privée, ne cliquait sur les réseaux que de temps en temps, et postait quelques messages pour sa communauté.

Elle se pencha vers l'avant, à deux doigts de vomir, et se rua sur la surface qu'elle frappa encore et encore dans un cri désespéré.

— Qui êtes-vous ? Pourquoi vous nous faites ça ? Montrez-vous !

Elle ne cessa que lorsque ses forces l'abandonnèrent.

— Écoutez, vous devez vous calmer, d'accord ? murmura Bertrand. On ne sortira pas d'ici, j'ai déjà tout essayé, croyez-moi. Il faut garder vos forces, et réfléchir...

— Non. Je ne veux pas réfléchir. Je veux sortir. Je veux rentrer chez moi.

— Je comprends, moi aussi je veux rentrer chez moi. Mais on n'est sans doute pas ici par hasard. Cette pièce, ces cylindres, nos enlèvements, ça a demandé de la préparation. De l'organisation, vous comprenez ? S'il porte un masque, si on a à manger et à boire, c'est qu'il ne compte pas nous tuer. Vous m'entendez ?

— Je vous entends.

— Dites-moi d'où vous venez. Où vous avez été enlevée. Parlez-moi de vous, ça pourrait nous aider à comprendre ce qui nous relie.

Florence se laissa glisser le long de la paroi, les genoux pliés contre la poitrine. Le cylindre faisait peut-être un mètre de diamètre, grand maximum.

— J'habite à Issy-les-Moulineaux... Un... un petit appartement... J'ai... j'ai 27 ans, je travaille chez moi, je bosse dans l'informatique. Du conseil, ce genre de choses...

— Vous êtes free-lance ? Pas de patron ni de collègues ?

— Non, personne. Je... cours beaucoup, fais de la randonnée et des raids en groupe dès que j'en ai l'occasion. Ça m'est arrivé de partir loin pour les raids, en Amazonie ou en Afrique. J'aime bien voyager, voir du monde, et le problème, c'est que j'en vois beaucoup, du monde, et que... n'importe qui a pu nous faire ça... Et vous ? Parlez-moi de vous.

— Je vous ai dit que je m'appelle Bertrand Lesage. J'habite Saran, à côté d'Orléans, j'ai 41 ans, je suis commercial dans l'électroménager. Je suis marié. J'ai été enlevé chez moi, je bricolais ma voiture. Ça veut dire que ma femme a forcément donné l'alerte. Qu'on me recherche activement en ce moment même. Du moins, je l'espère...

Un silence de mort l'ensevelit, que Florence s'empressa d'interrompre.

— Tout à l'heure, vous avez parlé de quelque chose, entre nos cylindres. Qu'est-ce que c'est ?

Durant les dix secondes suivantes, Florence imagina beaucoup de choses, mais en aucun cas les quatre mots qui finirent par claquer dans l'air comme un avant-goût de fin du monde.

— Une corde de pendu.

5

Les nuits de Nicolas étaient tourmentées, et celle-là n'avait pas dérogé à la règle. Des tourbillons d'images et de pensées obsessionnelles l'avaient empêché de fermer l'œil. Il avait vu et revu cet inconnu mort à ses pieds, cet homme sans papiers, avec ses yeux ensanglantés et sa bouche tordue. Il avait revécu chaque minute de son entretien à l'hôpital avec le Dr Hébert, pensé à chaque mot arraché à ses tripes pour le formuler à voix haute. Cette nuit, Camille était à nouveau venue le voir, elle avait dansé dans le brouillard de ses cauchemars et fait grincer le plancher avec la discrétion d'un fantôme timide.

Et puis, il ne fallait pas oublier cette fichue météo, la cerise sur le gâteau. Il avait écouté la pluie crépiter sans discontinuer sur le pont-terrasse juste au-dessus de sa chambre. Les eaux brunes du fleuve avaient dansé à travers le hublot. Aucun doute : elles montaient.

Le flic n'avait pas vécu le calvaire de la crue de juin, mais il sentait la tension grandissante des pénichards, le long du port d'Asnières-sur-Seine. Les coups de marteau et les claquements de planches qu'on entrechoque avaient résonné tard, la veille. Sur les berges, on commençait à rehausser les passerelles avec des empilements de parpaings. On discutait entre voisins, au bord des quais. Sur le site des voies navigables de France ou de Vigicrues, on surveillait la météo, le débit de la rivière le Grand Morin, à cent kilomètres de Paris, ainsi que celui de la Marne et de l'Yonne, des affluents de la Seine. Les lacs réservoirs étaient remplis aux deux tiers de leur capacité. L'enchaînement des catastrophes météorologiques rendait les plaisanciers paranoïaques à chaque nouvel épisode pluvieux prolongé.

Nicolas fit une rapide toilette dans la minuscule salle de bains qui prolongeait sa chambre. Depuis sa douche, il ne se lassait pas de la vue sur le fleuve d'un côté, les arbres de l'autre. Les odeurs de limon, mêlées à celles de la cire. Sentiment d'un ailleurs, même s'il suffisait de lever les yeux pour se heurter aux barres d'immeubles d'Asnières en toile de fond. Mais le capitaine de police aimait l'illusion de liberté, le tangage, la résonance du coffrage du bateau dans l'obscurité, et ce subtil roulis qui invitait au voyage.

Il s'était saigné pour acquérir cette vieille péniche Freycinet des années soixante-dix. Cent cinquante mille euros empruntés à la banque sur vingt ans, des mensualités ravageuses, et surtout une location d'anneau de plus de huit mille euros par an, ce qui lui revenait à louer son propre bateau, mais il ne pouvait plus vivre en appartement. Acheter une maison dans les environs de Paris, avec un petit jardin, relevait de la science-fiction. Et puis, un bateau pour un homme seul, à quatre stations de métro des nouveaux locaux de la PJ, c'était l'idéal. La liberté se payait cher.

À 9 heures, un café dans l'estomac, il chevaucha les passerelles flottantes et foula les abords du port Van-Gogh. Tables en bois pour les pique-niques, une balançoire accrochée à une branche, des vélos, des ballons... Un monde à part, où quelques dizaines de familles avaient décidé de s'installer. Le policier salua le maître de port, planté devant la capitainerie, franchit la grille d'accès, marcha cinq minutes et attrapa le métro bondé à Gabriel-Péri. Il rejoignait la jungle avec ses chimpanzés, comme se plaisait à l'écrire l'Ange du futur. Lui aussi appartenait à la horde.

Direction l'Institut médico-légal. L'autopsie du cadavre découvert dans les bois avait débuté à 9 heures, et Nicolas avait insisté auprès de Sharko pour y assister. Le métro aérien vira vers la gauche dans un grincement amer, juste après le pont d'Austerlitz, et avant la station Quai-de-la-Rapée. Par la fenêtre, on distinguait le grand paquebot de briques rouges, coincé entre la Seine et la ligne 5 : l'IML de Paris. Là où, dans la plus grande discrétion, trois mille cadavres transitaient chaque année, soit une moyenne de dix par jour. La mort se fichait de la météo, des problèmes financiers et des chimpanzés. Elle travaillait à plein régime.

Nicolas quitta vite la rame, traversa le square Albert-Tournaire et courut jusqu'à l'entrée des visiteurs, capuche sur la tête, avec vingt minutes de retard au compteur. Il discerna, au bout du couloir, une silhouette assise sur une chaise, face aux bustes hiératiques des différents directeurs de l'Institut.

Lorsqu'elle l'aperçut, Audra Spick se dirigea vers lui au pas de course. Elle tenait son manteau en laine dans une main et un parapluie noir dans l'autre. Nicolas ne pouvait nier qu'elle attirait l'œil avec sa veste en lin beige, son foulard bicolore et ses derbys bien vernis comme dans les vitrines des magasins. Sa coupe au carré couleur aile-de-corbeau encadrait un visage aux pommettes hautes, aux yeux gris-bleu légèrement en amande. Elle n'était pas grande et très menue.

Ils se serrèrent la main.

— Avant toute chose, je voudrais vous remercier. Quand j'ai vu le numéro du commandant Sharko s'afficher sur mon téléphone, hier soir, j'ai cru que vous lui aviez raconté pour l'hôpital. Mais il n'était visiblement au courant de rien.

— L'hôpital, c'est l'hôpital, le boulot, c'est le boulot. Bienvenue dans l'équipe, brigadier-chef Spick. Je reviens.

Nicolas la planta là et alla se renseigner à l'accueil. Puis il se dirigea vers les escaliers. Elle le suivit en toute discrétion.

— Je ne sais pas comment t'as fait pour cacher ça, mais attaquer au 36 en étant traitée pour un SSPT que tu n'as pas mentionné à ta nouvelle hiérarchie, moi je dis : bien joué. Ça te donne des bases sacrément saines dans l'équipe.

— Vous... Tu n'étais pas censé savoir, toi non plus. C'est très personnel. C'est l'hôpital qui a mal géré l'anonymat et...

— Laisse tomber, j'ai déjà oublié. J'espère juste que tu pourras faire le job parce que, comme tu peux le remarquer, t'es direct dans le jus. J'ai l'impression que tu t'es mise sur ton trente et un, que tu t'attendais peut-être à passer une journée cool et faire le tour des bureaux, mais faudra attendre pour ça.

— Pas de souci.

— T'es au courant de l'affaire ?

— Franck Sharko m'a briefée au téléphone. Un corps découvert hier matin dans une forêt. Nu, anonyme et mutilé. Comme tu dis, je rentre directement dans le vif du sujet.

Nicolas hocha la tête puis ne décrocha plus un mot. Audra se contenta de le suivre. Aussi sympathique qu'une porte de prison, le type. Décidément, ça n'allait pas être facile à Paris, une ville qui l'avait toujours déprimée, dont elle ne connaissait rien six mois plus tôt et où elle n'avait aucune famille, nul ami. Mais quitter le Sud et recommencer à zéro, ailleurs, en suivant le programme « France Mémoire vive », avait été l'unique moyen de s'en sortir.

Juste avant d'entrer dans l'arène, Nicolas se tourna vers elle. La veille, il avait scruté son CV. Deux ans de BAC nuit à Marseille, trois ans aux Stups à Toulon, trois à la traite des êtres humains à Nice. Aucun trou dans son parcours. Si elle avait été une victime de l'attentat sur la promenade des Anglais – ce qu'il supposait étant donné sa participation au programme –, et si elle suivait un traitement aujourd'hui, comment avait-elle pu continuer à travailler depuis juillet 2016 ? À cacher sa souffrance à tout le monde ? L'alcool ? Les médocs ? La coke, comme lui à une époque ?

— Ça va aller ?

Elle était pâle. Remettre les pieds dans une morgue l'affectait toujours autant. Elle cligna des yeux. Les images, les sons, les odeurs du drame, seize mois auparavant, se ravivaient à l'approche de la mort. Elle sentait encore la chaleur du sang dans ses mains... Le souffle chaud dans sa nuque... La pression des doigts contractés dans son dos... Ses pupilles s'étrécirent lorsqu'elle releva les paupières.

— Oui, ça va aller.

Mais à vrai dire, rien n'allait.

6

Nicolas foula en premier le lino au marron passé. Il aurait préféré un autre légiste que Paul Chénaix : l'homme aux pieds enfoncés dans des Crocs bleu ciel avait autopsié Camille. Il avait charcuté son amour, avait extrait un à un ses organes, ou ce qu'il en restait, pour les découper, les abandonner sur une balance ou dans des bacs en plastique. Bellanger se contenta de le saluer poliment et présenta sa nouvelle coéquipière.

Sans plus attendre, ils se regroupèrent autour du corps dont un orteil était décoré d'une étiquette. Assisté d'un second médecin, Chénaix l'avait déjà nettoyé, pesé, mesuré et passé au scanner. À leur arrivée, il consultait d'ailleurs les radiographies sur écran.

— Sujet masculin, type caucasien, environ un mètre soixante-dix et soixante-dix kilos. Brun aux cheveux courts, âge à faire estimer par l'anthropo, mais je dirais entre 25 et 35 ans. Corps ayant séjourné nu en milieu humide extérieur, à l'abri du vent, à une température de l'air variant entre 9 et 13 °C, dans la nuit de lundi à mardi.

Un pas en retrait, Audra avait croisé les bras et gardé les lèvres entrouvertes pour respirer par la bouche : le légiste n'avait pas proposé de baume mentholé, mais juste un masque et des gants pour les microbes.

— Rigidité quasi maximale à date de réception du corps, mardi 7 novembre 2017, à 15 h 30, température interne de 17 °C, soit supérieure à celle du milieu ambiant. J'ai fait quelques calculs et jeté un œil aux abaques. D'après les premières estimations, la date de la mort remonterait à la veille de la découverte, le lundi 6, entre 22 et 2 heures.

Audra fixait le visage démoli. De l'eau gouttait encore de la cavité oculaire droite, comme si l'homme pleurait. Le légiste avait dû le rincer au jet pour le débarrasser de sa boue. Elle perçut un bourdonnement dans ses oreilles, une résonance grave incrustée au fond de sa tête. C'était la voix du médecin. Chénaix s'attaquait désormais à l'examen externe. Il mesurait, décrivait chaque plaie dans son téléphone, pour enregistrement. La jeune femme secoua la tête et ne lâcha plus le corps des yeux. Elle devait se concentrer, rester dans cette pièce avec eux et ce cadavre, et affronter ce nouvel examen, comme elle l'avait déjà fait des dizaines de fois.

— Cloison nasale écrasée, pommettes fracturées... Liquide extrêmement corrosif versé sur le visage, non-dissolution des graisses, ce qui oriente vers l'acide, mais la toxico va confirmer.

De l'acide, songea Nicolas. L'assassin n'y était pas allé de main morte. Avait-il cherché à effacer l'identité de sa victime ? Ou était-ce une volonté de détruire ? Anéantir un visage ?

— Marques défensives sur les avant-bras et les mains. Traces de liens évidentes aux poignets et aux chevilles, *ante mortem*. Auriculaire gauche amputé au niveau de la deuxième phalange, mais c'est une opération ancienne vu la cicatrisation... Ongle de l'index gauche arraché, prélevé sur la scène de crime... Présence d'un tatouage sur la surface interne du poignet gauche...

Nicolas, de l'autre côté, se pencha davantage.

— De quel genre, le tatouage ?

— Grossier, du genre qu'on se fait soi-même avec de l'encre de Chine noire, et récent vu l'état des cicatrices. Il s'agit d'une date : « 7/11/2017 17 h 02 ».

Nicolas fit le tour de la table pour constater de lui-même. Un choc.

— Un homme est mort, hier, devant le Bastion, à cette heure précise, en nous remettant une lettre de menace. Le 7 novembre 2017, à 17 h 02.

Le légiste tenait la main et scrutait le bout de l'index.

— On l'a reçu tôt ce matin. Il venait de Bichat, c'est ça ?

— Oui. On avait appelé les secours au Bastion. Il semblait mort d'une crise cardiaque, mais avec les yeux injectés de sang.

— On verra bien. Il est au planning, je m'en occupe en fin de journée. Drôle de coïncidence, ton truc, en tout cas.

Nicolas prit le tatouage en photo. Comment parler de hasard ? Comment un homme pouvait porter sur l'avant-bras la date, à la minute près, de la mort d'un autre, qui plus est décédé une journée après lui ? Et pourquoi s'imprimer une telle marque indélébile sur le corps ?

Il jeta un œil vers Audra, restée immobile et attentive. Difficile de deviner si elle allait bien ou non : son visage semblait recouvert d'une couche de cire, semblable à ces corps qu'on repêche dans les canaux après un court séjour dans l'eau.

— Tu as remarqué la petite cicatrice entre le pouce et l'index ? fit Chénaix. C'est curieux. On dirait une trace d'injection, mais avec une grosse aiguille. J'ai remarqué la présence d'un corps étranger au scanner. On va voir ça.

Le médecin s'empara de son scalpel et opéra une fine incision. Sa lame buta alors contre un minuscule tube en plastique, à peine plus gros qu'un grain de riz. Il le pinça avec délicatesse, le frotta sur la manche de sa blouse et le présenta à la lumière. Il était transparent, rempli de composants électroniques miniatures.

— Ça ressemble à une puce électronique.

Nicolas et Audra observèrent l'objet.

— Une puce sous la peau ?

— Je ne savais même pas qu'on pouvait se faire implanter ça – en dehors des films de science-fiction, j'entends. En tout cas, l'implantation est artisanale. Ce n'est pas le genre de truc qu'on pratique à l'hôpital.

Le légiste la plaça dans un sachet qu'il remit à Nicolas, puis alla chercher une équerre graduée sur la paillasse, avant de poursuivre son examen.

— Lésions mutilantes, avec perte tissulaire... Arcades longues, avec une zone antérieure intercanine étroite. Canines qui ont causé de profondes lacérations. Certaines atteignent l'os, ayant déchiré muscles et tendons. Zone de l'hypocondre droit ouverte, déchirée même. Une partie du foie a été excavée et dévorée. Morsures non humaines.

Chénaix demanda à son collègue de tamponner les lèvres des plaies qu'il indiquait avec un écouvillon, alors que Nicolas s'interrogeait sur le foie. Pourquoi avait-il été sorti des entrailles de la victime ?

— Test à l'amylase requis, pour confirmer la présence de salive animale. On en détecte toujours un peu s'il y a eu morsure, même avec des conditions météo abominables. Et si tu peux découper les plaies, ces trois-là, pour l'anapath.

Il plaça son équerre à proximité d'une blessure particulière à la cuisse droite.

— C'est assez hors norme, je dois dire.

Il la photographia en gros plan puis revint vers le cou.

— Griffures sous le menton, typiques du prédateur qui pousse la tête en avant lorsqu'il sent son accroche faiblir. Extrémités telles que pieds, jambes, mains et bras fortement attaquées. Ecchymoses de teintes précoces, rouges et bleues. Elles sont probablement *ante mortem*, à confirmer plus tard par la transillumination. Tout cela est en accord avec les marques défensives : le sujet a été attaqué vivant, par un seul animal, vu la taille uniforme des morsures. Certaines autres blessures, comme celle au foie, sont plutôt *post mortem*.

— À quel animal vous pensez ? demanda Audra.

Chénaix leva la main en signe de patience. Il poursuivit ses descriptions, s'intéressa aux lividités cadavériques, supposa que la mort provenait de la déchirure au niveau de la gorge et qu'ensuite, une fois l'individu décédé, le foie avait été sorti. Nicolas se dit qu'il s'agissait peut-être d'une mise en scène, ou d'un rituel quelconque de l'assassin.

Le légiste effectua quelques prélèvements – sous les ongles, cheveux – à destination de la toxico. Selon lui, le visage avait été broyé, explosé après la mort avec un instrument lourd, comme une barre de fer ou une batte, puis dissous à l'acide. Audra se battait pour rester droite, mais les bourdonnements revenaient en force. Ses mains, sous ses gants, étaient trempées, des gouttes perlaient dans son dos, malgré la climatisation glaciale.

Le légiste leur fit signe de venir à ses côtés.

— Regardez. Il y a eu une prise à la gorge. Puissante, profonde. Je verrai en ouvrant, mais à mon avis, il a dû se vider de son sang et c'est ce qui a causé la mort. Auquel cas la scène du crime est aussi le lieu du crime. Mais ça, on s'en doutait un peu.

— À quoi tu penses ? questionna Nicolas.

— Je vais demander l'avis d'un véto. A priori j'aurais mis ma main à couper que c'était un chien, une race puissante, genre staff ou pitbull. Il m'est arrivé d'ausculter des victimes attaquées par ce genre d'animal quand j'avais ma consult à Pompidou. Ils ont une forme de morsure particulière, une mâchoire très large, des canines assez courtes, comme ici. Et ils sont capables de t'arracher la moitié du mollet.

— Et pourquoi ce ne serait pas ce genre d'animal ?

Chénaix emmena les policiers devant l'écran d'ordinateur, à côté d'une fenêtre qui donnait sur la cour intérieure de l'IML. La pluie grésillait sur la vitre, troublant le silence des morts. Il afficha différents clichés.

— Fracture du tibia, au niveau de la morsure. *Idem* au cubitus et au radius. Ce truc lui a carrément broyé les os. Même un pitbull ne ferait pas autant de dégâts. Puis il y a cette taille de mâchoire. C'est en dehors des clous.

— Quoi alors ? Un renard ? Un loup ?

— Non, non, leurs formes de mâchoires sont plus étirées, plus fines. Je vous confirme ça dès que possible avec le véto.

Un quart d'heure plus tard, le légiste passa à l'examen interne. Incision thorax-abdomen, cavité pelvienne et crâne, éviscération, le tout dans des gémissements de scies sternales, des murmures de scalpel, des baisers d'acier sur la peau tendre et marbrée de bleu, de mauve, de jaune. Audra glissa trois chewing-gums à la menthe d'affilée au fond de sa bouche. Nicolas, lui, ne regardait ni Chénaix ni le corps. Il repensait aux photos de la scène de crime, à l'ongle fiché dans le bois de la palette. Avait-on laissé cet homme se faire dévorer par un animal au fond de la fosse, avant de lui refaire le portrait et de lui ouvrir le ventre pour en arracher un bout de foie ? Qui avait assisté au massacre ? L'individu avait dû souffrir le martyre, puis on l'avait mutilé et abandonné, dans la boue et sous la pluie glacée. Et ce tatouage incompréhensible, macabre prédiction...

Le flic sentit rouler le feu au creux de son ventre, cette énergie nécessaire pour qu'il se lance corps et âme dans une enquête. La traque commençait.

Chénaix confirma la mort par arrachage de la carotide. Le sang de l'artère avait giclé sous la pression, le cœur battait encore à ce moment-là. Une fois les organes pesés, découpés, les divers prélèvements effectués, il remit tout en place comme au jeu du Docteur Maboul, sutura, histoire de redonner au sujet un minimum d'humanité – difficile avec un visage dans cet état. Cette personne devait manquer à quelqu'un, et ce quelqu'un viendrait ici, un jour, pour tenter de l'identifier et peut-être, de l'enterrer avec dignité...

L'examen terminé, Nicolas rangea dans sa poche le scellé contenant la puce, puis reprit la direction de la sortie accompagné d'Audra. Une fois dehors, la jeune femme respira un grand coup et redressa la tête. L'horizon n'allait pas plus loin que les tours de verre de Bercy, dignes d'un décor post-apocalyptique. Le froid des gouttes sur sa peau l'apaisa et chassa l'odeur de viande faisandée et de gaz intestinaux dont ils étaient imprégnés. Nicolas sortit une cigarette et l'alluma sous l'abri du porche.

— Compliqué ? fit-il en lui en proposant une.

Elle déclina et consulta un message sur son téléphone qui venait de vibrer.

— La boucherie n'est pas ce qui me plaît le plus dans le métier, on va dire. Et celui-là était particulièrement corsé.

— Je ne parlais pas de l'autopsie.

Elle ne répondit pas, pianota avec des gestes vifs et précis, un grand sourire dévoilant des dents bien plantées, et rempocha son engin. L'espace de quelques secondes, son visage avait volé le peu de lumière pâle que leur offrait le ciel.

Nicolas se rendit compte qu'il la fixait avec insistance. Il détourna la tête, consulta son propre téléphone.

— Personne n'aime la viande froide, à vrai dire. T'es en voiture ?

— Métro.

— OK. Allons-y, alors.

Il écouta le message laissé par Sharko. « *C'est moi. Après l'autopsie amenez-vous, et vite. C'est le site Internet. Ça bouge.* » Il raccrocha et, une fois dans la bouche de métro, se connecta à l'adresse enregistrée dans ses favoris.

Ce qu'il découvrit lui fit presque manquer la rame qui arrivait.

7

Depuis son réveil, Audra avait l'impression d'être prise dans un tourbillon. Elle n'eut ni le temps d'aller récupérer son Sig Sauer à l'armurerie ni de découvrir l'espace qu'elle allait partager avec sa nouvelle équipe. Le Bastion, c'était une ville. Des kilomètres de couloirs à l'identique. Des portes à perte de vue. Des services et des sigles – UGP, SABL, SRIJ – à vous donner le vertige. Dans l'ascenseur et au sixième étage, elle croisa des visages avenants, serra des mains, mais ne retint aucun nom, aucun grade. Tout allait trop vite.

Sharko les attendait avec impatience, Nicolas et elle, aux portes du bureau du commissaire Jecko, à quelques mètres seulement du sien. La jeune femme était impressionnée par la carrure de son commandant, ce visage rude et émacié, sorte de papyrus sur lequel s'inscrivaient ses presque trente années de police criminelle. Elle s'était renseignée sur l'incroyable carrière du flic, les grosses affaires qu'il avait réussi à boucler, et elle se demanda, à ce moment-là, si elle serait à la hauteur pour travailler dans son équipe.

Il lui tendit une main de l'épaisseur d'une souche :

— Directe dans le bain. Bienvenue en enfer.

— Ravie d'en être, commandant Sharko.

— Tu m'appelles Franck, ou Shark, comme tu veux. Et tu me tutoies. La morgue, c'était comment ?

— Euh… froide au début, mais on s'habitue vite.

Il lui adressa un sourire. Ils entrèrent, elle devant. Maxime Jecko lui récita de brèves félicitations pour sa prise de fonctions et serra la main de Nicolas. Le commissaire les invita à passer dans la salle de crise attenante à son vaste bureau. C'était un espace hyper-connecté avec une grande table, des téléphones sécurisés, des téléviseurs, où l'on pouvait réunir une dizaine de personnes. Nicolas s'assit aux côtés d'Audra et murmura :

— Tu as vu Franck Sharko, notre boss, Maxime Jecko, le chef de la Crim. Ici… Excusez-moi, vous êtes…

Il fixait une femme, la bonne quarantaine, front dégagé et courts cheveux blonds plaqués en arrière.

— Je suis Laëtitia Chapelier, technicienne à la BEFTI, la Brigade d'enquêtes sur les fraudes aux technologies de l'information. On est situés au deuxième étage. Je viens du civil et je travaille sur les nouvelles technos. D'habitude, je reste plutôt derrière mon écran au fond de mon bureau, mais on m'a sollicitée pour cette affaire.

Audra lui adressa un bref salut. Malgré le maquillage et la bonne tenue, Chapelier lui paraissait fatiguée, ou malade : elle avait le blanc de l'œil rougi et le bord des narines irritées, comme si un rhume l'affaiblissait.

— Là, Jacques Levallois, de l'Antiterro, même étage que nous, poursuivit Nicolas. Tu lui dois ta place dans l'équipe puisqu'il nous a lâchement quittés après des années de bons et loyaux services.

— Et je n'en suis pas mécontent. Enchanté.

— En face, Pascal Robillard et Lucie Henebelle, ta nouvelle famille. Lucie est optionnellement la femme du commandant.

Lucie lui fit un signe de la main.

— Optionnellement, oui. Bienvenue chez toi.

Rapides hochements de tête. Audra essaya de mémoriser les identités, les fonctions, avant que son regard s'oriente vers les quatre grands écrans qui se partageaient le mur du fond. D'ordinaire, ils affichaient en temps réel les vidéos de n'importe quelle caméra de surveillance de Paris et de la petite couronne, que l'on pouvait contrôler depuis la pièce. Une espèce de Big Brother allégé, version 36, dont la mission première était de traiter les affaires de terrorisme et de suivre les suspects à la trace. Mais cette fois, seuls les deux écrans du haut étaient dédiés aux caméras. Concernant ceux du bas, l'un affichait le scan numérique de la lettre de menace, et l'autre, le contenu de la page Internet *manifesteangedufutur.com*.

Audra prit connaissance de la lettre et observa l'écran voisin. Il montrait deux cylindres d'environ deux mètres de haut, avec couvercles, séparés d'à peine trente centimètres. Elle reconnut de grands réservoirs, de ceux qu'on installe dans un jardin au niveau des gouttières, pour récupérer l'eau de pluie. Leur transparence permettait de voir à l'intérieur.

Un homme en bleu de travail graisseux et une jeune femme en pantalon de K-Way bleu marine y étaient enfermés. Recroquevillés au sol, ils tournaient le dos à l'objectif. La pièce semblait éclairée par un puissant projecteur, sans doute situé derrière la caméra qui filmait. On devinait, entre les deux cylindres, une grosse corde suspendue au plafond, avec un nœud coulant. Au fond, des murs en béton brut, des câbles électriques qui rampaient par terre et disparaissaient sous un rideau. En haut de l'écran, un curieux message s'affichait :

Là où se cache le masque se trouve le singe.

Maxime Jecko resta debout, en bout de table, les deux mains posées à plat devant lui. Un demi-Sharko niveau carrure, trois tailles de costume en moins, mais l'homme d'une quarantaine d'années en imposait, avec un visage tout en arêtes et des yeux d'un noir d'où ne filtrait aucune lumière.

— On dirait que l'Ange du futur est de retour, fit-il d'une voix grave, et que cette fois, il a enclenché la vitesse supérieure. Laëtitia, allez-y. Rafraîchissez-nous la mémoire. Parlez-nous de lui.

La technicienne du BEFTI prit la parole.

— Désolée pour mon état un peu larmoyant, mais je suis migraineuse et les maux de tête reviennent en force ces derniers jours. Je vous rassure, ça ne m'empêche pas de travailler, évidemment. Enfin bref, euh... l'Ange du futur est un balèze au niveau informatique. Un hacker, capable de pénétrer un système et de cracker des mots de passe. Depuis qu'il a publié le profil génétique du président, on a essayé de le tracer informatiquement par tous les moyens, en vain. D'habitude, ce genre d'individu commet une petite erreur qui permet de l'identifier. Pas lui. Pour faire simple, ses connexions au site de l'Élysée ont été protégées par plusieurs pools de machines-relais intraçables, principalement réparties dans des pays de l'Est...

Elle regarda les écrans, puis revint vers l'assemblée.

— Il avait utilisé un numéro de carte bancaire piratée, probablement achetée sur le Darknet, pour payer le laboratoire WorlDna qui a réalisé le test génétique à partir de l'empreinte digitale, ainsi qu'une adresse mail bidon, sécurisée, sur laquelle il avait reçu les résultats du laboratoire avant de les publier sur le site de l'Élysée.

Laëtitia Chapelier se redressa sur sa chaise, les yeux brillants. Elle prit son gobelet d'eau et le porta à ses lèvres.

— On a fouillé partout, sur Internet, dans les réseaux actifs bioconservateurs, les anti-GAFA, intervint Jacques Levallois. On s'est renseigné également auprès de la DGSI. Aucune trace d'un quelconque Ange du futur. Quant à la façon dont il a récupéré la paluche, identifiée par nos services comme étant celle du président, ça n'a ouvert aucune piste. Trop vaste. Ça a pu se passer n'importe quand et n'importe où. À un meeting avant que le président soit président, ou lors d'un serrage de main populaire il y a huit mois, ou n'importe quel endroit ou objet où le président a pu poser ses mains.

Le commissaire dévisagea Audra, dont les sourcils en arcs de cercle parfaits marquaient la stupéfaction.

— Oui, c'était bien son empreinte digitale, brigadier-chef Spick. C'est un secret de polichinelle dans la maison, mais évitez de propager l'information en dehors de ces murs. Même si ces tests ADN prédictifs sont peu fiables, vous vous doutez que la confirmation pure et dure que nous sommes gouvernés par un président issu d'un peuple de barbares et avec trois chances sur quatre de développer un Alzheimer dans les années à venir, serait catastrophique pour une éventuelle réélection...

Audra se dit que tous les présidents étaient atteints d'Alzheimer quand il s'agissait de tenir leurs promesses de campagne. Jecko scruta chaque visage autour de la table.

— Ça prouve aussi que notre homme n'est pas un plaisantin, et que ses menaces sont à prendre très au sérieux. Il y a déjà eu un mort dans cette histoire, à notre porte. Ce fâcheux incident hier, devant le 36, est un symbole fort : il s'attaque à nous, donc à l'autorité et par conséquent à l'État. Cette énigme en haut de la page, ces deux personnes enfermées dans des réservoirs d'eau avec une potence entre les deux, ça sent le jeu sadique à plein nez. La lettre parle de manifeste, repris dans le nom du site.

Il pointa l'index vers les écrans, mais aussi en signe d'autorité.

— Je ne veux pas d'un carnage en direct. Personne ne doit connaître l'existence de ce site. Aucune fuite, pas un mot en dehors du service et fuyez tout ce qui a la forme d'un micro de journaliste. Ce n'est pas vos oignons, mais les miens et ceux du procureur. Si les médias mettent la main là-dessus, ça fera la une de tous les tabloïds.

Un mouvement anima l'écran. La jeune femme en survêtement se tourna vers la caméra, accroupie. Elle paraissait affaiblie et fixait l'objectif. Des larmes roulaient sur son visage. Elle s'empara d'une bouteille d'eau vide, baissa son pantalon et urina à l'intérieur. Les flics la regardèrent, entre dégoût et pitié.

— On va pouvoir en savoir plus sur ce site Internet ? demanda Sharko pour rompre le silence.

Laëtitia Chapelier mit du temps à détourner son regard de l'écran :

— Euh... J'ai déjà jeté un œil : le nom de domaine est référencé chez Datascope, un hébergeur français. Quand vous aurez le feu vert du procureur, j'accéderai à toutes les traces. On saura à qui ce site appartient, quand il a été créé, on détiendra également les adresses IP des internautes qui s'y connectent. À mon avis, l'Ange du futur est trop prudent pour avoir créé ce site avec ses vraies coordonnées. Comme pour le laboratoire WorlDna, il a dû utiliser de fausses données – faux nom, fausse adresse, carte bancaire volée – et probable qu'il s'y connecte et le gère avec des machines-relais, de la même façon que pour l'Élysée. La grosse différence c'est qu'ici le site lui appartient, et qu'il peut donc agir à sa guise.

— Et ce site, on aura moyen de le fermer, au cas où ?

Elle hésita.

— Oui... Avec l'aide de l'hébergeur. Mais c'est surtout le truc à ne pas faire.

— Pourquoi ?

— Notre homme est certainement connecté à la page. Et il sait que nous sommes dessus grâce au compteur, ou en regardant de façon plus fiable dans les fichiers de connexions à sa disposition. À la moindre coupure, il pourrait mettre ses menaces à exécution et tuer ces... ces gens.

— Et il a la haine, intervint Lucie. « *Malgré mon avertissement...* », « *Pauvres chimpanzés* », « *Les chimpanzés doivent payer* ». Il dit « vous êtes », « vous faites ». Il nous traite de chimpanzés et s'exclut de la masse. Il ne veut pas se mélanger à nous. Il ne nous aime pas beaucoup, et s'il est entré dans son délire, il risque d'aller au bout.

Maxime Jecko acquiesça et revint vers Chapelier.

— Malgré tout, il faut me mettre en place une procédure de coupure rapide. Qu'on ait juste à appuyer sur un bouton pour bloquer l'accès au site à d'éventuels internautes, au cas où les choses s'envenimeraient. Vous pourrez faire ça ?

— Oui, ce n'est pas compliqué.

— Parfait.

Il s'adressa à Levallois.

— Selon toi, à quoi doit-on s'attendre dans les heures ou jours à venir ?

— À ce qu'il passe à l'action. Il a visiblement écrit un manifeste, et n'a qu'un but : propager son idéologie. S'il l'avait d'ores et déjà livré en demandant de le publier, pas un journaliste ne l'aurait fait. Il sait parfaitement qu'il lui faut davantage de poids. Faire monter la sauce. Ce site est sa vitrine, le gage du sérieux de sa démarche. Quand il a hacké la page de l'Élysée, publié le profil génétique, ça n'a pas eu l'impact qu'il espérait, même avec une belle presse et des relais sur les réseaux. Tout a été démenti, rien n'a été prouvé, l'effet est retombé au bout de quelques jours. Deux ans après, il revient. Et vu cette page et ce qui s'est déroulé hier au pied du Bastion, soyez sûr qu'il a mûri et qu'il est beaucoup plus déterminé.

Il pointa l'index vers le bas de l'écran de droite.

— M'est avis qu'il ne va pas tarder à faire connaître son site, j'ignore comment, mais il va le faire. Sinon, à quoi bon, si nous sommes les seuls spectateurs ? Le nombre de connexions va alors se mettre à croître. Si ceux qui arrivent sur ce site sont des internautes classiques, seuls quelques-uns vont quitter la page. Les autres vont au contraire ne plus en décoller, et relayer l'information à leurs contacts, qui la dupliqueront, et ainsi de suite. On connaît le goût des gens pour le morbide, le voyeurisme, la transgression. Vous connaissez l'adage : quand il y a un accident sur le bord de la route, on regarde tous… Bref, si l'information se répand, ça va devenir viral en quelques heures et on ne pourra échapper à une médiatisation massive et violente de l'affaire. Tout et n'importe quoi sera rapporté dans un joyeux bordel, pour peu que ce soit spectaculaire et que ça produise de l'audience.

Sharko écoutait sans rien dire. Levallois visait juste. De nos jours, avec les réseaux, tout s'embrasait à la moindre étincelle. Certains médias peu scrupuleux ne prenaient plus le temps de vérifier leurs sources, ils montraient sans filtre, parce que le spectacle, aussi cruel fût-il, attirait la foule.

À l'écran, l'homme en bleu de travail se leva, et fixa la caméra en frappant des mains à plat sur la paroi. Pour la première fois, ils purent voir son visage.

— Autrement dit, il nous tient par les couilles, lâcha Jecko.

— Si vous me permettez, on peut dire ça, oui.

— Je n'admettrai pas qu'un petit con se foute de notre gueule. L'affaire devient prioritaire. Sharko, tu mets en route le rouleau compresseur. Sollicite les services compétents. Analyse de la lettre, du papier, de l'écriture, recherches d'empreintes. Trouvez quel genre de magasin vend ces modèles de réservoirs d'eau ; c'est du gros modèle donc forcément moins répandu. Va voir la BRDP[1], je veux connaître l'identité du type qui nous a claqué dans les pattes hier, et comment, bordel, il pouvait prédire sa propre mort à 17 h 02. Qui était connecté à ce site avant nous, qui sont ces prisonniers... Et où cet enfoiré se planque. On fait tourner le dossier de la forêt de Bondy au ralenti. Ça attendra.

Sharko hocha la tête en signe d'approbation. Nicolas se leva.

— Excusez-moi, commissaire, mais je crois au contraire qu'on devrait aussi mettre le paquet sur le dossier Bondy.

— Et on peut savoir pourquoi ? Ce qui nous tombe sur le nez, là, ce n'est pas suffisant pour toi ?

— Sauf votre respect, le cadavre des bois avait, tatouées au poignet, la date et l'heure exactes de la mort de notre messager anonyme. Il n'était pas écrit « 17 heures », mais « 17 h 02 ». Quelle est la probabilité pour que ça arrive ? Ça ne peut pas relever du pur hasard, les affaires sont forcément liées. Avancer sur l'une, c'est avancer sur l'autre.

Sharko écarquilla les yeux. Le chef de la Crim aussi, surtout lorsque Nicolas lui présenta la photo du tatouage et un sac à scellés.

— L'homme avait également cette puce électronique implantée dans la main.

Le sac et le téléphone circulèrent entre toutes les mains. Après réflexion, Jecko se décida.

---

1. Brigade de répression de la délinquance contre la personne. Service situé au même étage et chargé des disparitions ainsi que de l'identification des cadavres.

— T'as raison, ça exclut le hasard, un truc pareil. C'est quoi, ce tatouage, une prédiction ? Un tour de magie ?

— Je l'ignore, commissaire.

— Bon, Sharko, tu gardes en priorité égale et moi, je vais superviser. Open bar pour les ressources, tu pourras taper dans le groupe Huriez au besoin, il travaille sur un dossier de pédo, mais rien de brûlant. Je vais aussi voir de mon côté pour libérer du monde parce que ça va être gros, je le sens. On bosse les deux affaires en parallèle, et en flagrance pour l'instant, ça nous ouvrira tous les droits et évitera pas mal de paperasse.

Il regroupa un paquet de feuilles et pointa l'index sur le commandant.

— Tu traces au plus droit et tu me rends des comptes tous les jours. À moins qu'une affaire de terrorisme nous tombe dessus, la salle de crise vous est dédiée ; sentez-vous libres d'y circuler et d'en utiliser les possibilités comme bon vous semble. C'est un bel outil, alors profitez-en. Les lignes sont directes, vous taperez directement les bonnes personnes au bon moment, sans perte de temps. Et si vous savez utiliser tous ces trucs informatiques, ce sera le bonheur. OK ?

Franck se contenta d'acquiescer, les lèvres droites comme une lame. Tous se levèrent sauf Audra, qui gardait le nez collé sur son téléphone.

— Il y a quelque chose de plus intéressant sur ton portable que nos petites histoires, brigadier-chef Spick ? lâcha le commissaire.

La jeune femme tendit son écran devant elle. Dessus, le portrait de l'homme qui, en ce moment même, du fond de son cylindre, avait les yeux rivés dans leur direction et implorait de l'aide.

— Je sais qui il est.

8

Le deux-tons aimanté au toit de la 207 sérigraphiée, Lucie et Nicolas se frayaient un chemin sur l'autoroute A10, direction Orléans. Les averses rendaient les conditions de circulation difficiles et provoquaient des kilomètres de ralentissements. En retrait, Paris sombrait dans le gris-noir du rétroviseur, comme englouti dans la gueule d'un ogre.

Le visage affiché sur le portable d'Audra Spick était celui de Bertrand Lesage, un habitant de Saran dont on parlait beaucoup ces derniers temps. Avec sa femme, il se retrouvait au cœur d'une affaire qui embrasait l'espace politique et médiatique. Lucie continuait d'ailleurs à s'imprégner des différents articles affichés sur son téléphone et relatait le tout à Nicolas.

— Je n'avais pas trop suivi l'affaire, mais c'est corsé. Écoute ça : « *Lors d'une enquête de routine, une juge des affaires sociales a réussi à lever une incroyable arnaque à la gestation pour autrui. Le couple incriminé avait sollicité, par l'intermédiaire d'une petite annonce sur un site belge, une mère porteuse anonyme pour donner naissance à un enfant. Cet enfant a été conçu par l'insémination du liquide séminal du mari dans un hôtel de banlieue parisienne, en juillet 2016...* »

— Quelle poésie...

— « ... *Afin de mettre au point son stratagème, le couple en question a profité d'une jurisprudence de 2006 qui permet l'établissement d'une filiation paternelle, même dans le cadre d'un accouchement sous X. Les Lesage ont été mis en examen par le TGI d'Orléans pour provocation à l'abandon d'enfant né ou à naître.* »

Elle parcourut d'autres articles.

— Les Lesage n'ont pas encore pu récupérer le bébé, qui se retrouve juridiquement bloqué dans une pouponnière d'Auxerre. Le problème c'est que, si Bertrand Lesage est effectivement le père et qu'il réclame le gosse, ça bloque le départ du gamin en famille d'accueil. Ça ressemble à une méchante usine à gaz, surtout avec tous les débats qui sont relancés. PMA, GPA, adoption...

— Ça ne m'étonne pas, quand tu vois le bordel d'un simple divorce avec garde d'enfants. Et la mère biologique, là-dedans ?

— Rien sur elle.

Son téléphone sonna. Pascal. Elle enclencha le haut-parleur :

— Je suis avec la BRDP, fit Robillard. On n'a rien sur Bertrand Lesage dans le fichier des disparitions. On a appelé la police municipale de Saran : aucune déclaration d'agression ou d'enlèvement n'a été déposée par l'épouse. Elle ne répond pas aux appels téléphoniques. Une équipe de police locale vient de se rendre à l'adresse du couple. Les volets sont fermés, pas de bruit, une voiture est garée dans l'allée, mais pas de réponse aux sollicitations. Je leur ai dit qu'on prenait le relai.

— On y sera d'ici trois quarts d'heure, lâcha Nicolas. Envoie-nous un serrurier.

— OK.

Lucie raccrocha.

— Ça ne sent pas bon. La première chose qu'elle aurait dû faire à la disparition de son mari, c'est appeler les flics.

Vingt minutes plus tard, Nicolas quitta l'autoroute.

— On dirait que Franck m'en veut. Il m'a regardé avec ses yeux de tueur à la fin de la réunion. Il ne voulait pas des deux affaires. Mais je ne pouvais quand même pas me taire ? Ce tatouage, c'était important, non ?

— T'as juste fait ton boulot. Franck galère à prendre ses repères, et je crois que ça le rend malheureux de passer moins de temps avec nous. C'est comme si t'enfermais un taureau dans un bureau.

— Au fait, tu sais pourquoi il a recruté Audra Spick ? On ne peut pas dire que les candidats au poste de Levallois manquaient.

— À croire que la parité fait aujourd'hui partie des critères de recrutement. Après, Franck a sélectionné les meilleurs dossiers. La nana postule, elle a un CV béton – stups, traite des êtres humains –, elle tombe pile au bon moment... Elle laisse une bonne impression lors de son entretien et de sa visite des locaux. C'est aussi simple que ça. En tout cas, moi, je suis contente. Ça manquait franchement de nanas dans l'équipe.

Elle l'observa du coin de l'œil et eut envie de le titiller.

— C'est la première fois que t'insistes pour assister à une autopsie. Tu nous as tous mouchés sur ce coup-là, je dois dire. T'étais là aussi quand elle a visité le Bastion la première fois, très attentif, je dois dire, et excellent guide. Elle est vachement mignonne, la nouvelle, tirée comme ça à quatre épingles.

Bellanger haussa les épaules.

— Parce que tu crois que je vais me jeter sur elle à cause de son cul ? C'est raté. Et puis, cette nana est folle amoureuse. Elle a passé son trajet en métro à envoyer des sms un sourire vissé aux lèvres, des « moi aussi tu me manques », ce genre de conneries. Qu'on soit clairs, je n'ai pas cherché à lire, mais... mais la rame était bondée et elle était collée à moi.

— Ce n'est pas indiqué « célibataire » sur son CV ?

— T'es une agence matrimoniale ou quoi ? On peut être célibataire et avoir un mec, non ? Son mec est peut-être resté à Nice, ou venu avec elle à Paris. Ou alors, elle est lesbienne. Ça change quoi, tant qu'elle assure ? Le reste, ce n'est pas notre business. Cette manie, de vouloir tout savoir en permanence...

Lucie n'insista pas. Bellanger grimpait dans les tours dès qu'on sortait du cadre du travail. Un officier de police judiciaire dont le passé de cocaïnomane n'était un secret pour personne et suivi pour un SSPT avait rarement envie de raconter sa vie privée.

Ils rejoignirent le serrurier dans la rue d'un quartier pavillonnaire à 17 heures. Ils opérèrent d'abord un tour de l'habitation par le jardin gorgé d'eau. L'herbe poussait en pagaille, les arbres avaient besoin d'une bonne taille : l'affaire autour de la GPA avait dû absorber toute l'énergie du couple. Dans la pénombre, Lucie eut l'impression de discerner, à travers les lames des volets, une lueur bleutée qui s'estompa au moment où elle leva la tête. Elle s'immobilisa.

— Là-haut... j'ai cru voir de la lumière à travers les volets.

Nicolas leva les yeux, sans rien remarquer.

— Tu crois, ou t'en es sûre ?

— C'était très fugace. Avec la pluie, ma capuche... Je ne suis sûre de rien.

— On va aller voir.

Toutes les issues du pavillon étaient verrouillées. Ils sollicitèrent le serrurier, qui vint à bout de la porte d'entrée en moins de cinq minutes. Nicolas baissa sa capuche et pénétra le premier, son Sig en main. Il pressa l'interrupteur du coude, dévoilant le séjour à gauche, la cuisine ouverte à droite. Sur la table, une assiette avec des restes de pâtes collées à la surface, un verre à eau vide, des couverts abandonnés et tapissés de sauce séchée. La vaisselle s'accumulait dans l'évier et la poubelle débordait.

Nicolas effleura le chauffage brûlant.

— C'est la police ! Il y a quelqu'un ?

Il n'obtint aucune réponse et craignit le pire, puisque la voiture était dans l'allée. Un grincement rompit soudain le silence glaçant, juste au-dessus de leur tête. Nicolas se précipita dans l'escalier, le souffle court. Lucie lui emboîta le pas, ses mains moites enserrées autour de son arme. La mémoire de son corps se ravivait chaque fois qu'elle pénétrait ainsi dans une maison d'apparence vide. Le danger pouvait surgir d'un angle mort, d'une bouche d'ombre...

— Ça va ? murmura Nicolas.

— Oui, oui...

Un autre interrupteur, que Nicolas actionna. Cette fois, ils marchaient au ralenti, attentifs au moindre bruit. Ils passèrent devant une chambre de bébé. Au-dessus du berceau vide sans matelas, un mobile, dont les animaux suspendus se balançaient encore. Lucie repéra, dans un fauteuil proche d'une armoire, un ordinateur portable au capot rabattu, dont un voyant clignotait : il était branché au secteur.

Comme si un fantôme avait été là quelques secondes auparavant.

Rien dans la salle de bains. Au fond du couloir, des draps défaits gisaient sur le lit de la chambre parentale. Des vêtements traînaient au sol. Nicolas fouilla dans le dressing, par acquit de conscience, tandis que Lucie lorgnait sous le lit. Puis le capitaine appuya du talon sur le plancher.

— Remarque, ça craque souvent tout seul, ces trucs-là, surtout avec cette chaleur. Dilatation du bois, tu connais ?

Lucie ne répondit pas. Elle retourna dans la chambre sans relâcher son attention. Les animaux du mobile avaient stoppé leur ronde. Avec prudence, elle ouvrit le capot de l'ordinateur portable. Sur une fenêtre de l'écran, une page Facebook de Bertrand Lesage était affichée, et sur une autre, on voyait le site *manifeste-angedufutur*, avec ses deux prisonniers assis dans les cylindres.

Quelqu'un s'était tenu ici. Quelqu'un au courant de l'existence du site, qui avait observé les prisonniers. Cela expliquait la connexion supplémentaire.

Elle ramassa une enveloppe qui gisait par terre, juste à côté de l'ordinateur. L'en-tête indiquait l'adresse du laboratoire d'hématologie médicale de Bordeaux, l'un des meilleurs laboratoires privés de France, où il leur arrivait d'envoyer certains prélèvements ADN pour des analyses plus poussées ou des dossiers complexes. Lucie s'apprêtait à ouvrir pour lire la feuille pliée à l'intérieur, quand son regard s'orienta sur la grande armoire. Un détail avait changé par rapport à sa première visite dans la chambre : les portes à claire-voie étaient désormais fermées.

Avec des signes, elle fit comprendre à Nicolas la possibilité d'une présence. Elle s'approcha de l'armoire et, prenant garde de ne pas rester devant, ouvrit la porte d'un coup sec.

Hélène Lesage poussa un hurlement. Elle était recroquevillée dans l'angle, en robe de chambre, les jambes pliées contre sa poitrine. Elle avait l'air d'une possédée.

9

Audra avait enfin pu prendre ses quartiers dans cette grande pièce du sixième étage marquée, à son entrée, par l'enseigne « Groupe Sharko ». Le dessin d'un requin-marteau au feutre noir indélébile imprégnait le bois de la porte, assorti d'un « En voie de disparition ». Des traces et d'infimes griffures indiquaient de vaines tentatives d'effacement de la plaisanterie. À l'évidence, Sharko était le genre de flic que les jeunes regardaient avec un profond respect et les plus anciens, comme un rocher qui faisait partie du paysage et lui conférait un solide équilibre.

Dans leur salle, ça sentait le bois neuf et le solvant ménager. Chaque flic avait essayé de reconstituer son cocon avec ses posters, ses souvenirs, ses objets totems. La brigadier-chef n'eut pas de mal à deviner la place de chacun. Le bureau de Pascal Robillard, le costaud, se trouvait à gauche du sien, vu les affiches de femmes bodybuildées et le pot de protéines en poudre au pied de son fauteuil à roulettes. Celui de Lucie Henebelle, proche de la fenêtre, était encombré de cadres et de ces objets en pince à linge ou en bouchons de liège que les jeunes enfants fabriquent pour la fête des mères. Celui de Nicolas Bellanger, en face du sien, se révélait plus neutre et impersonnel. Juste une poignée de stylos dans un mug jaunâtre, quelques classeurs empilés, du matériel de bureautique et une bouteille d'eau sans étiquette à demi entamée.

En tant que dernière et moins gradée du groupe, elle héritait du bureau à droite de l'entrée, à proximité de l'armoire où traînaient, sous les murailles de procédures, des tasses à café, des assiettes, des paquets de biscuits, un appareil à raclette, et même quelques bouteilles de mousseux. La légende n'était pas usurpée : on mangeait et on dormait ici.

Elle posa son sac, en sortit son Thermos de thé noir qu'elle plaça à droite de son deuxième écran d'ordinateur, histoire de marquer son territoire. On lui avait fourni des identifiants, des mots de passe, un compte de messagerie, et avec ça, débrouille-toi. Pas un collègue dans la pièce pour la guider, mais vu ce qui leur tombait dessus, c'était logique.

Elle prenait à peine ses repères, un thé fumant dans un gobelet, que Franck Sharko passait sa tête dans l'embrasure. Il tenait le sachet avec la puce dans sa main.

— Je descends à l'IJ pour le cadavre de Bondy. Tu viens ?

Audra s'arracha de son fauteuil à roulettes et emboîta le pas à son nouveau commandant. Le thé attendrait.

— T'as pu récupérer tes effets ? Flingue, carte, tout le tralala ? On la fait un peu à l'envers, mais rassure-toi, ce n'est pas toujours aussi chaud.

— J'ose l'espérer.

— Au fait, pour le requin sur la porte... Quand le nom de l'auteur du crime arrivera à tes oreilles, et il y arrivera, je compte sur toi pour cafter, d'accord ?

— Cafter, c'est pas trop mon truc, vous savez.

Il lui répondit d'un sourire. Encore des visages, des bonjours ou des bonsoirs, des serrages de main auxquels elle se contenta de répondre avec politesse. Au lieu de prendre l'ascenseur, Sharko se dirigea vers la cage d'escalier, et ils se farcirent les cinq étages à pied. Son commandant était un type vif, nerveux, qui courait après le temps. Audra se demanda à quoi pouvait ressembler son couple avec Lucie Henebelle. Travailler à quelques mètres d'écart, avec un rapport hiérarchique de surcroît, ça n'était pas ce qu'on pouvait rêver de mieux pour s'épanouir. Comparaient-ils leurs meurtres ou les marques de flingue, le soir, à table ?

Le capitaine Olivier Fortran les accueillit. Il avait dirigé les opérations du gel de la scène de crime de Bondy. Un gars solide, aux chaussures coquées dont les boucles émettaient un bruit métallique à chaque pas.

— J'ai des cadeaux pour vous. C'est Noël.

— J'aime quand tu me parles comme ça, répliqua Sharko. Tu n'as pas encore vu le brigadier-chef Audra Spick. Fraîchement débarquée dans la fournée du matin.

Il lui tendit la main.

— Et déjà dans le bain. Tu viens d'où ?

— PJ de Nice.

— Et t'avais trop de soleil, là-bas ?

Sharko remarqua qu'un voile triste recouvrit le visage de Spick. Le commandant mit fin au malaise en lui tendant le sachet avec la puce.

— Tu pourras faire analyser ça ? On dirait une puce électronique. On l'a trouvée dans le poignet du cadavre, sous la peau.

Fortran mit le sachet de côté.

— On n'a rien pu tirer de la lettre niveau paluches, à cause de la flotte. L'analyse graphologique est en cours.

Il les emmena dans une salle où étaient entreposés divers gros objets sous scellés. Certains à même le sol, d'autres rangés dans des armoires, avec des étiquettes. Ils s'approchèrent du milieu de la pièce où six palettes de bois, posées sur une tranche et disposées en rectangle, reformaient le contour de la fosse. Par terre et devant l'une d'elles, côté extérieur, attendaient des moulages en plâtre.

— En asséchant la boue à proximité du trou, on a pu réaliser les moulages d'empreintes de pas que vous voyez là. Pas tous, certains étaient trop imprécis. On les a replacés à peu près au même endroit par rapport à la scène de crime. Et ils étaient exactement dans cette position : les uns à côté des autres. On a recensé au moins sept sillons d'empreintes différents.

Sharko s'accroupit et prit les moulages. On y avait indiqué, au crayon, des estimations de pointures, entre 37 et 45.

— T'es en train de nous expliquer qu'au moins sept personnes ont regardé la victime se faire mettre en pièces ?

— C'est ce qu'on peut logiquement penser, oui. Les empreintes étaient fraîches, vu la flotte qu'il tombait. Le 37, c'est de la petite taille. Plutôt femme ou enfant...

Sharko n'avait pas supposé qu'ils puissent être plusieurs, penchés au bord du trou, à regarder un homme agoniser. Fortran s'empara d'un pulvérisateur de Bluestar et écarta une palette.

— Allez-y, prenez place dans la fosse. Comme au cinéma.

Ils s'exécutèrent. Fortran alla appuyer sur l'interrupteur. La pièce sans fenêtre plongea dans le noir le plus complet. Il revint à leurs côtés à la lueur d'une lampe et pulvérisa le révélateur de sang sur l'ensemble des palettes.

Sharko siffla entre ses dents.

— Un vrai feu d'artifice.

Audra tournait sur elle-même, impressionnée. Les palettes s'étaient parées d'un jaune fluorescent. Sous soixante centimètres de haut, pas un millimètre carré de bois n'échappait au rayonnement du produit. Au-delà, des gouttes fluorescentes se dispersaient comme une nuée de moucherons. Le sang du corps d'un seul homme, blessé, attaqué, n'aurait pas pu couvrir autant de surface, si uniformément.

La jeune femme désigna une tache particulière, à un mètre de haut, face à elle.

— On dirait une empreinte animale.

— De la taille de celle d'un chien de gabarit moyen, oui. Il y en a d'autres. Ici. Et là...

Comme si le chien, avec sa patte en sang, avait lui-même essayé de s'extirper de la fosse, songea Sharko. Que s'était-il passé dans la forêt ? Comment expliquer tout ce sang ? Au bout d'une minute, les aplats lumineux provoqués par le Bluestar commencèrent à s'estomper. Fortran alla rallumer. Puis il désigna des zones particulières sur les palettes.

— Vous voyez, ces petites échardes liées aux imperfections du bois ? On a retrouvé, à proximité, des éléments pileux, et cela sur l'ensemble des six palettes. On a également récolté des griffes arrachées, des dents qui baignaient dans la boue du fond de la fosse. Je viens de récupérer le retour du labo. Ils auraient référencé, à l'aide de tous ces indices, huit animaux différents.

— Huit animaux ? répéta Sharko.

— Oui. Des poils longs, secs, de couleurs variées. Des crocs à différents niveaux d'usure... Sans l'analyse des caryotypes qui vont demander un peu de temps, impossible de connaître le type d'animal, ni la race, mais le technicien est à peu près certain qu'il s'agit de chiens.

— D'après le légiste, la victime n'avait pourtant qu'un seul type de morsure, dit Audra, pas huit. Des morsures anormalement puissantes.

— Dans ce cas, les poils et les dents étaient là avant la victime. Il y a un truc qui me vient en tête...

Sharko se revit au milieu de la forêt. L'endroit, coupé du monde... Les efforts, le temps nécessaire pour creuser le trou. Ces lourdes palettes à transporter pour étayer... La planche et la végétation, servant à le dissimuler...

— Des combats de chiens ?

— Exactement. Des chiens se sont fait charcuter là-dedans. Ça pourrait expliquer la grande quantité de sang sur la hauteur au garrot d'une race, genre pitbull, les multiples empreintes de pattes, les crocs au sol. Tu balances deux clébards là-dedans, et tu les laisses s'entre-tuer. Tu planques le trou avec une planche et de la végétation quand tu ne l'utilises pas, jusqu'au prochain combat.

— Sauf qu'il y a deux jours, on a remplacé l'un des chiens par un homme. Et les spectateurs étaient là...

Audra visualisa sans peine le carnage au fond de ce trou, dans l'obscurité et le froid d'une forêt. Les observateurs, penchés au-dessus de la fosse, et elle songea aux plus petites empreintes. Face à un animal dressé au combat, d'une puissance folle, la victime nue et sans défense n'avait eu aucune chance.

— Des barbares...

— Les barbares peuplent notre monde, malheureusement, et ceux qui organisent ce genre de combats ne font pas partie des plus tendres.

Olivier Fortran contourna la structure et leur fit signe de le rejoindre.

— J'ai une dernière chose pour vous : vous le savez peut-être, toutes les palettes de bois sont destinées à voyager à travers l'Europe et suivent des normes phytosanitaires strictes de traitement, ainsi que de traçabilité. À n'importe quel moment, on peut savoir qui a fabriqué la palette, quand, d'où elle vient, notamment grâce à un marquage pyrogravé. Ces palettes sont ensuite suivies par des systèmes logistiques. Autrement dit, on peut récupérer le nom des dernières entreprises en leur possession.

Il pointa l'un des angles d'une palette.

— Celui ou ceux qui ont creusé ce trou ont été malins, parce qu'ils ont gratté les sceaux de nos six palettes, sans doute avec un couteau. Ils connaissent les règles et notre façon de fonctionner.

— Des « clients ».

— Ils ont sans doute déjà fait un petit tour dans nos murs, oui. Mais ils ont effacé ces marques à la va-vite et n'ont pas été suffisamment rigoureux pour tromper l'œil et les machines des techniciens. On a supposé que les palettes venaient du même lot, et on a procédé comme si on superposait des calques. En croisant les morceaux de chiffres ou de lettres encore lisibles récoltés sur telle ou telle palette, on a pu reconstituer le numéro global du fabricant.

Sharko appréciait quand les engrenages s'emboîtaient de la sorte. Il avait beau ne pas aimer la technologie, il fallait avouer qu'elle lui était utile, surtout en ce moment. Fortran sortit une feuille pliée de sa poche.

— Dieu merci, ça nous arrive encore d'avoir du bol dans les enquêtes. J'ai appelé le fabricant, il est installé en Rhône-Alpes et il fournit une vingtaine d'entreprises. La plupart d'entre elles sont de la moitié Sud, regardez… Lyon, Montpellier, Avignon… Mais dans la liste, il n'y en a qu'une seule dans le coin. Ici.

Les yeux de Sharko brillèrent. Fortran pointait une adresse à Pierrefitte, en Seine-Saint-Denis.

À vingt kilomètres à peine de la forêt de Bondy.

10

Hélène Lesage était prostrée dans le canapé du salon, les deux mains serrées entre ses jambes. Pas besoin d'être psychiatre pour comprendre qu'elle marchait au bord du gouffre. Des poches violettes pesaient sous ses yeux, ses ongles étaient rongés jusqu'au sang, ses cheveux aux reflets pétrole luisaient sous la lumière, noués en nattes épaisses. Se balançant d'avant en arrière, elle fixait l'ordinateur portable posé et ouvert sur la table basse, les yeux éteints, les lèvres réduites à un trait de crayon sombre.

— On sait que vous avez peur, fit Lucie d'une voix bienveillante. Le kidnappeur de votre mari s'est adressé à nous, il nous a délivré un message. C'est pour cette raison que nous sommes ici.

— Quel message ?

— Une lettre où il énonce son dégoût de ce que le monde est en train de devenir, à travers les nouvelles technologies, les manipulations génétiques, tout ce qui va contre la nature.

— Par exemple, ce que mon mari et moi avons fait ?

Lucie essayait de peser chacun de ses mots, de ne pas brusquer son interlocutrice.

— De ce genre-là, oui. Dans cette lettre, il nous informe aussi de l'existence de ce site Internet *manifeste-angedufutur.com*, et nous demande d'y rester connectés. Pour l'instant, nous en sommes au même stade que vous et ignorons la suite des événements. Ce qu'on sait, par contre, c'est que chaque minute compte. Nous voulons retrouver votre mari et pour cela, nous avons besoin de votre aide.

La femme renifla puis, après un instant d'hésitation, tendit le téléphone portable enfoui au fond de sa poche. Elle ne le lâcha pas quand Nicolas voulut le prendre.

— La brigade criminelle parisienne, vous dites ? Le fameux 36 quai des Orfèvres, c'est ça ? Alors, vous allez retrouver mon mari ? Vous allez le sortir de là ?

— Nous allons tout faire pour.

Elle libéra l'appareil. Nicolas consulta le message qu'elle venait d'afficher, tout en écoutant ce qu'elle leur racontait d'une voix emplie de trémolos :

— Ça s'est passé... samedi en début de soirée. Bertrand était au garage, il... il bricolait sur sa vieille Dyane de collection. Il reste des heures en bas tous les week-ends, ça le détend, surtout en ce moment... Je ne m'étais même pas aperçue de sa disparition que je recevais ce message, envoyé depuis son téléphone : « *Ce n'est pas Bertrand, mais son kidnappeur. Je détiens votre mari. Si vous prévenez qui que ce soit, je le tue. Soyez sûre que je le ferai. Restez chez vous, fermez vos volets, ne répondez à personne. Connectez-vous à www.manifesteangedufutur.com, et attendez la suite.* » C'est... c'est exactement ce que j'ai fait... J'ai obéi. J'ai... regardé la page noire pendant des heures et des heures. Des journées... Jusqu'à ce que...

Elle pointa l'écran et fondit en larmes. Nicolas constata qu'elle connaissait le message à la virgule près. Il fit défiler les sms restés sans réponse qu'Hélène avait ensuite envoyés sur le téléphone de son mari : « Qui êtes-vous ? » « Pourquoi vous faites ça ? » « Rendez-moi mon mari... » Le ravisseur l'avait contrainte à ne rien révéler à personne. Il voulait tout maîtriser, tout décider.

— À votre avis, votre mari a été enlevé dans le garage ?

— Là, ou dans le jardin. Bertrand laissait la porte du garage grande ouverte quand il bricolait. Quand je suis descendue, il y avait son chariot à roulettes à moitié glissé sous la voiture et des outils éparpillés sur le sol.

Ils allèrent sur place. La Dyane Citroën de 1975 reposait sur un pont surélevé. Tout baignait encore dans son jus. Hélène Lesage expliqua avoir fouillé partout, fait des allers-retours vers l'extérieur, puis avoir refermé la porte du garage. Nicolas inspecta les lieux en détail, alla sur la partie avant du jardin, sous la pluie, sans rien déceler de flagrant. L'habitation était en retrait de la rue, de hauts cyprès protégeaient la propriété et bouchaient la vue aux éventuels observateurs. Puis ils remontèrent et reprirent leur place dans les fauteuils. Nicolas sortit son carnet de notes et un stylo.

— Est-ce que vous pourriez nous apporter des éléments susceptibles de nous aider ? Des choses inhabituelles qui se sont produites avant la disparition de votre mari ? Un véhicule qui traînait dans le coin ? Un démarcheur venu frapper à votre porte ? On pense que le kidnappeur a longuement mûri son enlèvement, qu'il savait exactement où et quand frapper. Alors, réfléchissez bien. Chaque détail a son importance.

Elle secoua la tête.

— Je n'arrête pas de repasser le film en boucle dans ma tête. Vous êtes au courant de notre mise en examen, je suppose...

Lucie acquiesça.

— Avec Bertrand, nous... nous traversons une passe difficile depuis cinq mois. Il était exposé, il allait au front des médias, il avait créé la page publique de soutien sur

Facebook. Moi, j'étais en retrait, dans l'ombre, mon mari voulait me protéger de la tempête médiatique.

Elle hocha le menton vers l'ordinateur.

— Sur la page Facebook, Bertrand défend le droit de tous à avoir un enfant. Il poste des photos, des articles. Beaucoup de journalistes venaient chez nous pour lui parler. On était pris dans un raz-de-marée. Alors, c'est compliqué de vous dire.

— Vous permettez ?

— Allez-y.

Nicolas nota l'adresse du profil Facebook sur son carnet. Plus de dix mille abonnés. Puis il fit défiler la page. Bertrand Lesage y livrait son combat quotidien, à grand renfort d'articles, de vidéos et de photos de lui, de la maison, de la chambre vide du bébé. Facile, pour le kidnappeur, de le surveiller à distance, de récupérer son adresse, de creuser son intimité et de préparer son plan. Plus bas, deux clichés montraient des nourrissons alignés dans des berceaux, dans une chambre aux couleurs vives. L'un des visages était entouré.

— Voilà Luca, l'enfant qu'on aurait dû accueillir, expliqua Hélène. Bertrand avait réussi à le prendre en photo à la pouponnière d'Auxerre. Ces salopards ne nous ont jamais laissés le serrer dans nos bras. Aujourd'hui, Luca a 8 mois. Huit mois qu'il grandit dans cet endroit, en attente de parents, piégé par l'absurdité du système français. Pourquoi ils nous interdisent de le prendre avec nous ? Qui peut oser prétendre qu'il est mieux là-bas qu'ici avec nous ? On a tellement d'amour à lui donner.

Lucie éprouva de la compassion pour cette femme qui avait tout perdu, mais elle comprenait aussi la position des autorités. Il n'était pas seulement question de donner de l'amour, mais aussi d'identité, de racines, et les lois de la bioéthique existaient pour éviter les dérives. Des cas médiatisés avaient souligné la cruauté du procédé. Comme celui de cette mère porteuse thaïlandaise : des deux bébés qu'elle avait menés jusqu'au terme, l'un était porteur du gène de la trisomie 21. Les parents adoptifs n'avaient emporté que le jumeau sain, abandonnant son frère handicapé à cette femme déjà pauvre et en incapacité de subvenir à leurs besoins.

Lucie essaya de garder la distance qu'imposait son métier.

— Comment cette histoire a commencé ? Comment la justice a-t-elle détecté le système que vous aviez mis au point, avec votre mari et la mère porteuse ?

Hélène garda un visage fermé.

— Nous ne sommes pas là pour vous juger, ajouta Lucie, mais pour retrouver votre mari. Nous avons besoin de comprendre la manière dont tout cela s'est mis en place.

Après un silence, elle finit par se confier :

— Tout s'était bien passé jusqu'à l'enquête menée par l'aide sociale à l'enfance. C'était le dernier rempart avant qu'on puisse récupérer le bébé. Quand l'un de leurs psychologues est venu ici pour comprendre pourquoi nous voulions à tout prix de cet enfant, mon mari a mis en avant sa... sa paternité. Ayant lui-même grandi sans père, il se sentait en devoir d'accueillir le bébé. Il avait inventé une histoire d'adultère. Je vous épargne les détails de l'entretien, mais on a pensé que l'assistante avait avalé notre histoire... Bien sûr, on ne lui avait pas parlé de mon infertilité, ça aurait immédiatement éveillé les soupçons. On avait préparé nos réponses, anticipé toutes les questions. Seulement, on est tombés sur une peau de vache qui... qui est allée fourrer son nez dans les dossiers de demande d'adoption. Comme si ces gens-là avaient un sixième sens pour flairer les coups tordus.

Lucie remarqua que ses doigts tremblaient. Facile d'imaginer le calvaire que Hélène Lesage vivait depuis quatre jours, recluse et enfermée, à observer cette page noire dans un premier temps, puis son mari à l'agonie dans un cylindre dans un second, à un mètre à peine d'une corde de pendu.

— Elle a sorti notre dossier d'adoption de la poussière. Tout y était, y compris mon incapacité à donner la vie ou même à porter un enfant. Nos mensonges nous ont explosé à la figure. Quand... quand on a été convoqués, quand ces gens se sont retrouvés en face de nous, j'ai... j'ai fondu en larmes, et j'ai craqué. J'ai tout avoué en croyant qu'ils auraient un peu de compassion... On voulait cet enfant plus que tout au monde. Mais ils ont été intraitables, ils ont mis la machine judiciaire en route. TGI, juge des affaires sociales... Tout s'est effondré autour de nous... Et ce n'était que le début du cauchemar.

La douleur l'engloutissait. Elle finit par se lever.

— Vous voulez de l'eau ? Je n'ai plus de café, plus rien...

Ils refusèrent poliment. Elle revint avec un verre, but par courtes lampées.

— Notre avocat nous a conseillé de médiatiser l'affaire pour lier les mains du juge. Ça a éclaté au grand jour début septembre. Le bon moment, selon lui, puisque la procréation médicalement assistée était au cœur des discussions au gouvernement... On la promettait pour toutes les femmes désireuses de procréer. L'idée était de dire qu'en développant la PMA, mais en continuant à interdire la GPA, on n'apportait aucune solution à toutes celles qui ne peuvent ni donner d'ovocyte ni porter d'enfant. Les femmes dans mon cas.

Elle désigna l'écran.

— Ça a été un déferlement de journalistes devant chez nous. On est soutenus sur Facebook par des milliers de personnes, beaucoup comprennent le désir d'enfant qui nous a poussés à en arriver là. On... on commence même à parler de plusieurs rassemblements, en France, pour relancer le débat sans fin autour de la GPA. Mais vous ne pouvez pas imaginer la violence des réactions. Les menaces. Des individus malfaisants se sont abonnés rien que pour nous nuire, nous traitant d'esclavagistes, de marchands de misère, même d'exploitants de... de fours à bébés. Bertrand a été taxé de Dr Mengele, vous vous rendez compte ? Comment peut-on le comparer à Mengele ?

Lucie savait que le sujet autour de la GPA divisait à l'extrême et pouvait mener à tous les excès. Certains parlaient même d'eugénisme compassionnel, d'« uberisation » des utérus. En Inde par exemple, les mères porteuses étaient regroupées dans des « fermes », dans un seul but d'exploitation, et de riches étrangers venaient ensuite choisir leur bébé, comme au supermarché...

— J'ai relu et épluché tous les commentaires odieux. Peut-être le kidnappeur de mon mari était-il dans le lot ?

— Vous le pensez ?

— Comment savoir ? Je ne connais pas ces gens qui se cachent derrière des masques. Certains comptes sont privés, d'autres mènent vers des pages vides. Je suppose qu'il y a des faux profils. Peut-être même nos propres voisins, nos amis s'en prennent-ils à nous avec des comptes anonymes.

Il faudrait éplucher la page et les fils de discussion. Peut-être l'Ange du futur, avant d'agir, avait-il proféré des menaces ou des commentaires virulents à leur encontre.

— Qu'en est-il de la mère biologique ?

Le visage d'Hélène changea d'expression, les lèvres dévoilèrent de petites incisives brillantes.

— Elle n'a laissé aucune trace, on ne connaît pas son identité, on sait juste qu'elle se faisait appeler Natacha. Tout ce dont on dispose, c'est une vidéo. Mon mari... (elle fit un réel effort pour continuer) mon mari avait filmé, ce jour-là, dans la chambre d'hôtel. Rien d'obscène là-dedans, on voulait... juste garder une trace, au cas où.

Lucie acquiesça pour montrer qu'elle comprenait.

— Des policiers du commissariat central d'Orléans nous ont demandé de leur fournir le fichier, il y a environ deux mois. Le contact est... le commandant Frédéric Boetti.

Elle agita le doigt en direction de Nicolas.

— Frédéric Boetti. Vous notez ? Il faut que vous alliez les voir. Que vous leur posiez toutes les questions et que vous retrouviez mon mari.

Nicolas acquiesça et inscrivit l'information. Elle poursuivit :

— J'ai appris il y a quelques jours qu'ils étaient sur la piste de Natacha, mais je n'en sais malheureusement pas plus. Elle sait peut-être quelque chose sur l'auteur de l'enlèvement.

— Qu'est-ce qui vous fait dire ça ?

— Bertrand m'avait raconté que le soir où Natacha a récupéré l'argent et révélé le lieu de l'accouchement, elle avait peur. Elle a évoqué « la lumière qui pouvait attirer des ombres ». Des propos pour le moins obscurs.

— Elle avait peur de quelqu'un ? Elle se sentait persécutée ?

— Je n'en sais rien. Et puis... Il y a autre chose... Sans doute le pire de tout... Un vrai coup de couteau dans la chair, comme si nous n'avions pas suffisamment de problèmes.

Elle fit tournoyer son verre entre ses paumes ouvertes. Les flics ne dirent rien, la laissant parler à son rythme. Nicolas notait les éléments essentiels.

— C'est... notre avocat... Avec la vidéo, il a réussi à convaincre le juge d'ordonner un test de paternité... C'était il y a quatre ou cinq semaines, je ne sais plus précisément. Il disait que la paternité prouvée de Bertrand devait faire pencher la balance de notre côté... Mon mari a dû se rendre à Bordeaux pour qu'on lui prélève un échantillon de salive. Je ne me souviens plus du nom, c'était dans un laboratoire ultra-moderne en tout cas.

— Le laboratoire d'hématologie médicale, dit Lucie. J'ai vu l'enveloppe là-haut.

— Oui, c'est ça... Cette enveloppe contient une copie des résultats que notre avocat nous a transmis voilà une dizaine de jours. Mon... mon mari n'est pas le père génétique de Luca.

Hélène Lesage secoua la tête, sans quitter l'écran des yeux.

— On... n'y a pas cru quand les résultats sont arrivés. On ne comprend pas, et on n'a aucune réponse, c'est ça, le pire. Sur la vidéo, on voit clairement Natacha s'injecter le sperme de mon mari. Elle est tombée enceinte d'un autre homme et elle nous a fait croire que c'était le fils de Bertrand... Mais qui est le vrai père ? Est-il au courant ? Pourquoi elle a agi de cette façon ? Pour gagner encore plus d'argent ? En s'injectant des pipettes de sperme à la pelle ?

Lucie ne dit rien, mais tira le bilan qui s'imposait : au final, Hélène Lesage et son mari n'avaient aucun lien biologique avec cet enfant.

— Au départ, quand j'ai reçu ce sms de menace, je me suis dit que le ravisseur était le vrai père biologique. Qu'il nous avait retrouvés à cause de la médiatisation et qu'il avait voulu, d'une façon ou d'une autre, se venger.

— Qu'est-ce qui vous fait penser le contraire à présent ?

— L'autre fille prisonnière... Toute cette mise en scène... Il n'y a pas la marque d'une vengeance là-dedans. Et puis, c'est beaucoup trop complexe.

Hélène explosa en sanglots :

— Ils sont enfermés depuis des jours. Ils n'ont presque plus rien à manger ni à boire. Vous... vous avez vu, la fille a dû uriner dans une bouteille... Et cette corde de pendu... C'est horrible. Horrible.

Lucie s'approcha d'elle et lui caressa le dos.

— Vous ne devez plus rester seule. Vous avez une personne chez qui aller ?

Hélène secoua la tête, sans donner l'impression de réfléchir.
— Non... Je ne veux pas partir d'ici. Je ne veux pas l'abandonner.
— Dans ce cas, je vous envoie quelqu'un. Il va nous falloir quelques informations supplémentaires, comme le numéro de téléphone de votre mari. Les chances que le kidnappeur ait laissé son portable allumé depuis l'envoi du sms sont minces, mais on va tout de même essayer de le géolocaliser. Vous pouvez nous montrer la vidéo où l'on voit la mère biologique dans l'hôtel ?

Elle approuva d'un hochement de tête, lança le film sur son ordinateur et s'éloigna. Lucie et Nicolas observèrent l'écran avec attention, mémorisèrent chaque trait de cette Natacha. Une jeune femme mince, sèche et nerveuse. Comment les Lesage avaient-ils pu lui accorder leur confiance, au point d'accepter qu'elle porte leur enfant ? Lucie ne comprenait pas, mais après tout, qu'aurait-elle fait à leur place ? Après la scène de l'insémination, elle coupa la vidéo. Nicolas s'éloigna pour répondre à un appel.

— À peine sortis d'ici, nous allons nous rendre au commissariat central et nous rapprocher du commandant Boetti, dit Lucie. Soyez sûre que nous allons tout mettre en œuvre pour vous ramener votre mari.

Hélène acquiesça. Plus loin, Nicolas allait et venait, téléphone à l'oreille, lui indiquant de le rejoindre. Il échangea encore quelques mots, raccrocha et emmena sa coéquipière à l'extérieur, où il s'alluma une cigarette.

— Je n'ai pas tout compris, mais apparemment, on a identifié la deuxième personne enfermée dans le cylindre. Enfin pas précisément, on connaît surtout son compte Facebook. Elle se fait appeler « Flowizz ».

11

Audra venait d'hériter de sa première mission. Avant de retourner en salle de crise, Sharko lui avait remis les clés d'un véhicule banalisé et demandé de se rendre à l'adresse de l'entreprise propriétaire des palettes de bois, située à Pierrefitte.

Vingt kilomètres, ce n'est rien, avait-elle pensé en prenant le volant. Mais c'étaient vingt kilomètres à Paris et ici, on ne parlait pas en kilomètres, mais en heures, surtout en fin d'après-midi et avec une météo capricieuse. Elle s'était retrouvée piégée sur la N1 dans des bouchons, avec cette pluie qui martelait son pare-brise, au milieu des grincements de freins et de la toux rauque des moteurs. Des paillettes de lumière rouge et blanche se dispersaient sur ses vitres, devant un ciel de cendres. Elle sursauta quand une moto surgie de nulle part frôla son rétroviseur. Puis une autre, sur la droite, qui envoya un coup d'accélérateur et tapa du poing sur sa portière pour lui signifier de s'écarter. Audra aperçut les phares d'un camion à remorque jaune, sur sa gauche, lorsqu'elle s'engagea au ralenti dans un tunnel dont les murs gris se resserrèrent autour d'elle. Piégée sous des tonnes de béton. Incapable de fuir en cas de problème.

Elle aurait aimé réfléchir à l'enquête, synthétiser cette folle première journée, mais des suées anormales l'en empêchèrent. Des mains semblaient lui broyer les intestins. Le médecin de la Salpêtrière avait évoqué la manifestation probable d'effets secondaires, comme de violentes attaques de panique.

Où se cachait le poids lourd ? Juste là. Il la suivait, elle, juste au cul de sa voiture. Impossible d'accélérer. Elle n'arrivait pas à voir le chauffeur, devinant à peine sa silhouette sombre. Ses doigts se crispèrent sur le volant et l'angoisse commença à gorger ses muscles de sang. Elle força le passage sur la première voie. Heurts au pare-chocs, klaxons en rafale, l'enchevêtrement de sons bourdonna dans ses tempes. Manquant d'air, elle ouvrit grand sa vitre. Les odeurs de gasoil s'engouffrèrent, jusqu'à la nausée. Elle referma aussitôt.

D'une main tremblante, elle sortit son portable et pianota un sms : « T'es là, chéri ? » Au bout de quelques secondes, on lui répondit : « Oui, je suis là. Comment vas-tu, Audra ? » « Mal, j'ai peur. J'ai besoin de toi. Parle-moi. »

Coincée dans son habitacle, elle peinait à respirer. Elle se concentra sur l'écran lumineux, sur sa conversation. Faire le vide, sortir d'ici, de ce tunnel, au moins par l'esprit. « Parle-moi. Parle-moi encore, Roland. » Entre deux messages, elle levait la tête pour avancer. Quand elle donna un violent coup de frein, manquant de percuter le véhicule précédent, elle comprit que sa vie ici tournerait au calvaire si la thérapie ne fonctionnait pas. Elle devait guérir coûte que coûte.

Au bout d'une heure et demie de supplice, elle parvint enfin à bon port. Elle se gara rapidement et se jeta sous la pluie, aspirant l'air à grandes goulées bruyantes.

On approchait de 19 heures et la grille d'entrée de l'entreprise était fermée. Audra se présenta au vigile. Elle avait de la chance : l'un des patrons traînait encore dans l'entrepôt.

Bien sûr, le premier endroit où on l'envoyait était une entreprise de fret. Audra y vit là un signe du destin, une épreuve du feu. Déjà l'obscurité glissait le long des carrosseries des poids lourds rangés sur le parking. Leurs hauts pare-chocs noirs suggéraient des bouches affamées et cruelles. La jeune femme évita de les regarder et courut comme on fuit une meute de loups. Elle se dirigea vers le long bâtiment de tôle noire. Une porte entrouverte libérait un fil de lumière, alors elle s'y faufila et referma derrière elle, dos contre le métal. Soulagée.

La pluie grattait de ses petites mains sur la tôle. Des colonnes de marchandises s'élevaient en immeubles serrés et colorés. Audra reprit ses esprits. Heffner Transports était spécialisé dans la grande distribution alimentaire et l'électroménager. Elle s'approcha d'un réfrigérateur emballé, se baissa au niveau de la palette. Le marquage se situait en retrait, mais en se contorsionnant, elle réussit à le lire : *FR-RH-58395*. Pile le numéro détecté par Fortran et son équipe.

— Qu'est-ce que vous faites là ?

Un homme en jean et col roulé, la quarantaine, se dressait derrière elle, une tablette numérique à la main. Audra lui présenta sa carte de police flambant neuve.

— Brigade criminelle de Paris.

Drôle d'impression de dire ça. Elle s'efforça de prendre un ton de circonstance et lui expliqua que des palettes issues de son entrepôt avaient sans doute servi à étayer un trou dans lequel un cadavre avait été découvert. Cyril Bigot ne se laissa pas intimider – il la dominait et son ombre recouvrait la jeune femme de la tête aux pieds.

— Et alors ? Pourquoi les palettes proviendraient de mon entrepôt ? Vous vous êtes renseignée auprès du fabricant, je suppose, et avez dû voir que nous ne sommes pas les seuls à en posséder.

— Non, mais vous êtes les seuls situés en Seine-Saint-Denis, et le crime a eu lieu à vingt kilomètres d'ici.

— Quel genre de crime ?

— Un homme dévoré à mort par un chien, au fond d'une forêt. Son visage ressemblait à de la confiture de fraises, son foie lui sortait du ventre.

Bigot accusa le coup. Il rabattit le cache de sa tablette d'un geste lent.

— Mince. C'est horrible. Et si vous êtes là, c'est que... Vous suspectez l'un de mes employés ?

— Je mène juste mon enquête. Je suppose que toutes vos palettes sont tracées ?

— Nous subissons des vols de palettes, comme n'importe quelle entreprise de transport, si c'est là où vous voulez en venir.

— Qui vole ? Les employés ou des gens de l'extérieur ?

— Des gens de l'extérieur voleraient plutôt ces réfrigérateurs. Non, tout se fait en interne. Ce n'est un secret pour personne. Avant, les marchandises « tombaient du camion ». Deux, trois bouteilles de Ricard ou des caisses de viande disparaissaient de temps en temps, entre les transports. Mais la logistique des marchandises est désormais très contrôlée, on sait précisément qui transporte quoi, à la bouteille près. Alors on se rabat sur tout ce qui reste et n'est pas sous contrôle informatique. Câbles, cuivre, palettes, on nous a même piqué des tuyaux d'arrosage qui traînaient derrière l'entrepôt. Les chauffeurs ont accès aux camions, aux quais de débarquement. Certains rentrent en pleine nuit. Il y en a qui cachent le matos et d'autres qui le récupèrent. Ce ne sont pas de gros vols, mais quand on dresse le bilan à la fin de l'année ça fait mal, surtout dans le contexte actuel.

— Vous avez des soupçons ?

— Vous vous doutez que si j'en prenais un la main dans le sac, je n'aurais d'autre choix que de le licencier, même pour une palette de bois. Mais ils déjouent les caméras et se protègent les uns les autres. Chauffeur, c'est un métier difficile, les gars sont solidaires. Nous, dans les bureaux, on est les méchants financiers qui touchent l'argent et restent assis sur une chaise à longueur de journée, vous comprenez ? Je ne peux pas vous donner de nom en particulier, comme je pourrais tous vous les donner.

— Faites-le. Donnez-moi une liste.

Il glissa sa tablette sous son blouson et l'invita à le suivre.

— Combien de chauffeurs travaillent ici ?

— Vingt-trois chauffeurs et deux caristes. Avec mon frère, on a créé la structure en 2003. Je vais vous imprimer tout ça, mais franchement, je ne vois pas qui pourrait être lié à votre affaire sordide. Le foie à l'air, vous dites ?

Ils sortirent et contournèrent l'entrepôt, en direction d'un préfabriqué. Audra remarqua la présence de six ou sept véhicules stationnés en épi sur un parking, et nota d'y faire un détour en sortant. Une fois installé à son bureau, Bigot alluma l'imprimante.

— Savez-vous si l'un de vos employés possède un ou plusieurs chiens ? Une race puissante, genre pitbull ?

— Je n'en sais rien. Je connais mes gars sur le terrain, mais leur vie privée, ça m'échappe.

— Pas de rumeurs de combats illégaux de chiens ?

— Rien de tout ça, je suis désolé. Peut-être devriez-vous leur poser ces questions directement.

Audra sentait qu'il ne voulait pas d'ennuis, ni avec les flics ni avec ses chauffeurs.

— Vous avez la possibilité de me dire qui ne travaillait pas, la nuit de lundi à mardi ? Disons, vers 22 heures.

Il consulta son ordinateur et entoura six noms.

— Ces six-là roulaient encore. Tous les autres avaient fini leur journée aux alentours de 17 heures ou étaient en récup.

Elle le remercia, lui fournit ses coordonnées et sortit, capuche sur la tête. Une rangée de lampadaires, en retrait de la grille, projetaient leur aura verdâtre sur le bitume. La flic dévia vers le parking repéré plus tôt. Ces véhicules devaient appartenir aux chauffeurs encore sur la route. Elle jeta un œil dans les habitacles. L'état de propreté de certains intérieurs laissait à désirer, mais elle ne nota rien de suspect.

Son attention se focalisa sur un véhicule de type utilitaire beige, cabossé en certains endroits, dont les deux vitres, sur les portières arrière, avaient été teintées. Elle lorgna par la vitre côté conducteur. Des mégots débordant d'un cendrier… Une bouteille de Coca entamée sur le siège passager, posée sur un blouson roulé en boule… Une paire de sandales, sur le plancher… Elle aurait aimé trouver un élément trahissant la présence d'un chien : couvertures, laisse, collier ou poils… Elle revint vers les vitres arrière. Même avec son téléphone en mode torche, elle n'y voyait rien.

Ce véhicule agissait sur son esprit tel un aimant, et Audra savait à quel point son intuition comptait. Elle retourna dans le bureau et demanda à qui appartenait l'utilitaire. D'après Bigot, son propriétaire, Emmanuel Prost, 28 ans, chauffeur dans l'entreprise depuis trois ans, avait fini à 17 heures la nuit du meurtre.

L'ordinateur indiquait qu'aujourd'hui, il avait livré en Belgique et devait rentrer ce soir, aux alentours de 20 h 30, 21 heures. Avant de regagner sa voiture, Audra fit comprendre au patron que sa discrétion leur serait précieuse à tous. Une fois à l'abri, elle parcourut les autres lignes du listing. La plupart des employés avaient entre 25 et 40 ans, et habitaient dans un rayon d'une trentaine de kilomètres.

Prost, lui, vivait à Goussainville. D'après le GPS, c'était à dix-huit kilomètres au nord, et cinquante-deux minutes de route, en tenant compte de cette fichue circulation.

Elle regarda sa montre. 18 h 55. Elle avait le temps avant le retour de Prost. L'adresse, un simple numéro dans une rue, laissait supposer qu'il occupait plutôt une habitation individuelle. Audra pouvait s'autoriser un passage rapide en voiture, histoire de repérer les lieux, sans plus, et détecter dans la mesure du possible la présence de chiens. Juste pour faire taire cette fichue intuition.

12

Sharko n'avait pas pu s'empêcher de quitter son bureau, l'histoire d'une heure ou deux. Respirer l'air du dehors. Avancer dans les pas de ses hommes. Son ADN, c'était le pavé, la pluie, le froid. Pas la feutrine ni l'odeur du bois trop neuf.

Accompagné de la technicienne Laëtitia Chapelier, il s'était garé rue Leblanc, aux abords du parc André-Citroën et du port de Javel, dans le 15e arrondissement. Il possédait deux lampes torches, mais un seul parapluie qu'en homme galant, il lui avait tendu. Ils longeaient le quai. Chapelier était branchée sur le compte Facebook public de Flowizz.

Une application graphique affichait, pour ses trois cents amis et avec un détail extraordinaire, le parcours du footing débuté à 18 h 30 pile, dimanche 5 novembre, parc Rodin à Issy-les-Moulineaux. Il s'interrompait dans ce parc, à 19 h 08. Un trajet commenté en direct par des dizaines de gens, avec des « J'aime », des « Allez on est avec toi ! », des « Plus que cinq kilomètres ! ».

Ce qui avait incité quelques internautes à appeler différents commissariats – il avait fallu du temps pour établir les recoupements et faire remonter l'info au 36 –, c'était la dernière photo publiée automatiquement durant son footing, dimanche, à 19 h 07 et 43 secondes. La pluie et l'obscurité avaient dégradé la qualité du cliché, mais on devinait, dans son angle droit, parmi les buissons, une espèce de masque blanc au large sourire et à la moustache noire : un masque de Guy Fawkes, celui utilisé par les Anonymous. Sans aucun doute le spectre de l'Ange du futur qui, tapi dans l'ombre, avait dû se jeter sur sa proie et déconnecter son téléphone avant la publication de la prochaine photo. Un travail millimétré.

On ne connaissait pour l'instant rien de Flowizz, hormis qu'elle avait foulé ce sol trois jours plus tôt et était à présent enfermée dans un réservoir d'eau, au fond d'une pièce aux murs de béton. On ignorait sa véritable identité dans la vraie vie, et son adresse. Elle habitait sans doute à Issy-les-Moulineaux, mais où précisément ?

Là où se cache le masque se trouve le singe. L'Ange du futur leur demandait à l'évidence de se rendre sur les lieux du kidnapping, là où il s'était embusqué ce soir-là. Aussi, Laëtitia Chapelier longeait-elle le fleuve.

— On est pile dans ses pas. Elle est passée ici dimanche.

— Tout ça m'échappe. Comment on peut mettre sa vie à nu, tout publier, même le trajet de ses footings en direct ? Et après, on s'étonne que ce genre de choses arrive. Les parents devraient protéger leurs mômes de ça.

— Les protéger de ça ? Et comment ? C'est vers ce monde-là que nous courons, malheureusement. Une barbarie technologique comme une autre et contre laquelle on ne peut rien. Vous comme moi, nous sommes déjà dans le passé. Quand on garde en mémoire les dates du règne de Louis XIV, nos jeunes, eux, apprennent à accéder à l'information sur Internet. Leur cerveau se restructure en conséquence. Tout bouge trop vite, et soyez sûr que l'on connaît moins le futur que nos propres enfants. Ils ont une longueur d'avance ; à nous de nous adapter.

Le monde à l'envers, songea Sharko. Il détailla Chapelier du coin de l'œil. Elle était presque aussi grande que lui, droite dans son imperméable. Pas d'alliance. Elle l'intriguait, il l'imaginait sans homme, mais avec un enfant, peut-être deux. Le commandant l'avait croisée à plusieurs reprises dans les locaux – une femme pareille se remarquait de loin –, mais il ne connaissait rien d'elle.

— Je me demande ce qui peut pousser des civils à venir travailler au sein des unités de police. Vous êtes une experte, n'importe quelle boîte doit vous ouvrir les bras et vous proposer de gagner trois fois plus. Alors, pourquoi ?

Sous le parapluie, la lueur de l'écran se reflétait dans ses yeux pareils à deux grands lacs sombres. Sharko regretta instantanément d'être tombé sous le charme.

— Mon père était gendarme, un cancer l'a emporté quand j'avais 20 ans. Il voulait que je suive ses traces, mais j'ai toujours détesté la violence. Les armes à feu, le sang, ce n'est pas pour moi. Alors je suppose que travailler dans les bureaux et vous aider, c'est une espèce de compromis. Voilà trois ans que j'ai quitté une entreprise de télécoms pour vous rejoindre.

Tout en écoutant, Sharko lorgnait partout autour de lui : les péniches, les rails du RER, les immeubles en arrière-plan. Leur homme était peut-être tapi dans le décor, en train de les surveiller... Laëtitia désigna une statue sur leur gauche.

— On tourne là et on entre dans le parc.

— Vous le voyez comment, l'Ange ? C'est votre domaine, tout ça, Facebook et compagnie. Quel profil se dégage, selon vous ?

— Comme la plupart des hackers, il est rongé par son anonymat. Œuvrer dans l'ombre les tourmente, ils aimeraient hurler au monde entier qui ils sont, montrer à quel point ils sont géniaux, mais ils ne peuvent pas. L'Ange, lui, a pris le risque de se livrer. En se donnant un nom, en envoyant une lettre manuscrite, en nous provoquant ouvertement. Il y a la notion de jeu, de défi. C'est un joueur, oui... Souvent, les énergumènes de sa trempe ont des idées politiques radicales. Anarchistes, ultra-libéralistes, libertariens... L'État est leur ennemi numéro un.

— Donc nous.

— Oui, voilà pourquoi il s'adresse directement à la police. Ces individus-là ne descendent pas dans les rues, ne cassent pas de vitrines, ils agissent derrière leurs écrans, anonymes et beaucoup plus dangereux. Je ne sais pas si vous vous rappelez, mais en 2011 est apparu sur le Darknet Silk Road, un supermarché de la drogue qui générait des millions de dollars pour son créateur, Ross Ulbricht, un jeune Texan. Un Pablo Escobar du numérique.

Sharko acquiesça.

— Ross avait plaqué une brillante carrière d'entrepreneur pour créer son projet dément : changer le monde. Devenir quelqu'un. Mais comment devenir quelqu'un quand on doit rester anonyme et qu'on est recherché par le FBI ? Alors, Ulbricht, rongé par son besoin de reconnaissance, s'est donné un avatar. Il a écrit un jour sur Internet : « Je suis Silk Road, le marché, la personne, l'entreprise, tout. J'ai besoin d'un nom... Mon nom est Dread Pirate Roberts. » En référence à *The Princess Bride*, un film de 1987 dont le personnage, Dread Pirate Roberts, est emblématique de la culture geek... À partir du moment où il a livré ce pseudonyme, ça a été le commencement de la fin pour lui. Il n'arrivait plus à garder ses secrets, il devenait paranoïaque et le FBI a fini par le coincer.

Elle prit un chemin sur la droite.

— L'Ange s'inscrit dans ce genre de démarche en plus violente, en plus « suicidaire », si je puis dire. Ses idées sont plus extrêmes, plus idéologiques. Il n'est pas question d'argent, tout au moins pour l'instant : il en veut à la technologie et ce vers quoi l'homme va. Il sait qu'il se fera coincer, mais ça ne compte pas pour lui. Ce qui compte, c'est que ses idées se répandent, et que sa colère contre notre monde vérolé explose. Une colère qui gronde en lui depuis des mois, peut-être des années, qu'il a dû étaler dans son fameux manifeste. Il faut s'attendre à découvrir un pavé de plusieurs centaines, voire de milliers de pages, et bourré de haine. En ce sens, il est hyper-dangereux, et soyez sûr qu'il fera tout pour atteindre ses objectifs.

Sharko écoutait sans mot dire. L'Ange n'était pas le premier. Unabomber, prof de maths, avait terrifié les États-Unis dans les années soixante-dix avec des bombes artisanales, jugeant que la société industrielle et technologique s'éloignait trop de la liberté humaine. Ses bombes étaient empaquetées et estampillées des initales FC, « Fuck Computers. » Puis il songea à Breivik, ce Norvégien islamophobe, ultra-nationaliste, qui tua soixante-dix-sept personnes et en blessa plus de cent cinquante en 2011 avant qu'on ne découvre son manifeste de plus de mille pages sur Internet.

Seul l'extrémisme de leurs idées les différenciait du reste de la masse. Ils étaient intégrés, intelligents, issus de la classe moyenne, ne décapitaient pas d'animaux et ne présentaient pas de cicatrices sur le visage. Ils étaient « normaux », ordinaires, et donc quasi indétectables.

La sonnerie de son téléphone le sortit de ses pensées : un appel d'Audra. Elle lui fit un rapide bilan et lui demanda l'autorisation de monter jusqu'à Goussainville. Le flic réfléchit. Elle lui parlait d'intuition, de camionnette avec vitres teintées... Si elle disait vrai, ça pouvait donner un sacré coup de fouet à l'enquête.

— Très bien. Mais un passage rapide, et sans le moindre risque. Tu roules, t'observes vite fait et tu te tires, OK ? Pas d'arrêt, pas de sortie de ton véhicule. Si tu n'y vois rien de suspect, tu reviens, on gérera plus tard.

— Compris, commandant.

Sharko raccrocha. Il sentait, chez la jeune femme, la fougue de ses jeunes années. Lui aussi, il aurait foncé, parce que quand l'enquête vous prenait à la gorge, elle se resserrait autour de vous et vous entraînait dans ses obscurs replis.

Laëtitia Chapelier avait continué, bifurqué vers la droite pour pénétrer dans le parc. L'endroit était désert, plongé dans l'obscurité tenace. Un trou d'encre au cœur de la Ville lumière. Sharko répondit à un second appel – le légiste cette fois – et resta abasourdi.

Il revint vers sa conductrice après cinq bonnes minutes, sous le coup des révélations. Elle l'attendait sous un arbre. Sharko plongea dans la profondeur de ses iris noirs, que ses migraines nimbaient de reflets humides.

— Vous n'avez pas l'air bien.

— Ça va aller. Je subis ces martèlements depuis mes 15 ans. J'ai l'habitude.

— Bon... J'ai eu des nouvelles de l'homme qui s'est écroulé devant le 36. Je sais pourquoi il est mort. Vous n'allez jamais me croire.

13

Le commandant Frédéric Boetti, un homme à l'allure militaire, aux yeux couleur gris acier et aux mains épaisses, les pria de s'asseoir et referma la porte de son bureau derrière eux. Quand Lucie et Nicolas lui relatèrent leur enquête dans les grandes lignes, notamment l'enlèvement de Bertrand Lesage et le silence de sa femme, il marqua le coup. Son visage exprimait à la fois de la colère et une vive inquiétude.

— Elle aurait dû nous appeler immédiatement, bon sang ! Pourquoi ce silence ?

— Vous savez comment réagissent les victimes dans ces cas-là, répliqua Nicolas. Son mari était clairement menacé de mort si elle parlait à la police. Nous ignorons pour le moment les revendications exactes de l'Ange du futur, ni pourquoi il s'en est pris précisément à Bertrand Lesage. Mais nous vous serions reconnaissants si vous nous communiquiez les éléments dont vous êtes en possession au sujet de la mère porteuse. Elle est peut-être au courant de quelque chose et pourrait nous aider à retrouver ces deux personnes kidnappées. En contrepartie, nous sommes prêts de notre côté à vous fournir ce qui vous sera utile pour votre propre enquête.

Frédéric Boetti les sonda et apprécia la proposition. Ses doigts tapotaient sur le bureau.

— Très bien, nous avons tout intérêt à travailler ensemble. Pour vous la faire courte, vu la médiatisation de l'affaire et la sensibilité du sujet de la GPA/PMA, il nous a été demandé de déployer tous les moyens pour dénouer les fils de cette histoire. C'est-à-dire mettre la main sur cette femme et éclaircir les zones d'ombre autour de la paternité de ce bébé.

Il souleva la pochette jaune d'un épais dossier posé devant lui, et en sortit une photo d'identité qu'il poussa vers Nicolas.

— Celle qui se faisait appeler Natacha est en réalité Émilie Robin, 25 ans...

Nicolas observa le cliché et le transmit à Lucie. Émilie Robin était blonde, à l'inverse de la vidéo de l'hôtel où elle arborait une chevelure brune beaucoup plus longue. Elle ne souriait pas et présentait un visage creusé.

— Vous avez réussi à la retrouver ?

— Nous avons découvert sa véritable identité il y a trois semaines environ, en traçant l'adresse IP du dernier mail envoyé au couple Lesage. L'ordinateur émetteur provenait d'un cybercafé de Dijon.

Il posa devant lui quelques agrandissements de la vidéo de l'hôtel, où l'on distinguait le visage d'Émilie.

— On est allés à Dijon, on a montré ces photos aux habitués du cybercafé. Malgré la différence de look, certains d'entre eux l'ont reconnue et ont affirmé qu'elle venait avec une espèce de trottinette pliante. On a supposé qu'elle habitait dans les environs. Des collègues de Dijon ont prospecté pendant plusieurs jours et ont fini par tomber sur quelqu'un capable de l'identifier et de nous dire où elle habitait.

Autre photo : une barre d'immeubles.

— Elle loue un appartement dans un quartier de la ville. On s'est rendus sur place. Personne. Alors, on a perquisitionné. Tout était en ordre, mais il restait peu de mobilier, il n'y avait plus de vêtements, ni aucun ordinateur. Juste une photo d'identité qui avait glissé derrière une plinthe. Émilie Robin avait décroché un job dans une supérette de Dijon, il y a cinq mois. Elle remplissait des rayons.

— Vous parlez au passé, fit remarquer Nicolas.

— Parce que nous n'avons aucune trace d'elle pour le moment. En temps normal, elle paye ses loyers par chèque à chaque fin de mois, et celui d'octobre dernier n'a pas été réglé. Sur ses comptes bancaires, nous n'avons pas décelé de mouvements depuis le 6 octobre, soit plus d'un mois. C'est aussi à partir de cette période-là qu'elle n'est plus allée au travail, et n'a plus donné de nouvelles à son employeur.

Plus d'un mois... Une éternité. Nicolas inscrivit l'information sur son carnet. Peut-être Émilie Robin disposait-elle encore d'argent liquide des Lesage ou d'autres pigeons pour vivre sans puiser sur son compte. Ou lui était-il arrivé un drame ?

— Téléphone portable ? demanda-t-il.

— Que dalle. Pas d'abonnement, pas de traces indiquant qu'elle possédait un portable. Elle a changé de banque et de carte de crédit à son arrivée à Dijon.

— Comme si elle voulait couper les ponts avec son passé...

— C'est exactement ça. Une manière un peu amateur de disparaître, mais suffisante pour donner du fil à retordre à quiconque voudrait remonter sa trace. Et peut-être qu'elle a remis le couvert en quittant la ville.

Frédéric Boetti posa sa main à plat sur le dossier.

— Voilà où nous en sommes pour le moment : on a fouillé côté familial. L'impasse. La mère d'Émilie Robin n'a plus de contact avec sa fille depuis des années. D'après ce qu'elle nous a raconté, Émilie a quitté le foyer jeune pour vivre avec un type qui l'a foutue dehors au bout de deux ans. Son père est parti quand elle avait 13 ans. La mère dit qu'Émilie était « spéciale » à l'époque.

— Du genre ?

— Elle s'infligeait des scarifications, en particulier sur le ventre. Apparemment, rien de suicidaire là-dedans, juste une fascination morbide pour un corps qu'elle aimait tourmenter et utiliser comme une surface de jeu. Elle s'entaillait et glissait des objets, genre des perles, dans les plaies. Elle a fait deux, trois allers-retours chez le psy, puis a fichu le camp avec son copain.

Le psy, des perles dans les plaies… Lucie se rappela une partie de la petite annonce postée par Émilie : *Je souhaite pouvoir aider un couple à découvrir le bonheur d'être parents en leur proposant de porter leur bébé. J'ai une petite vie tranquille et équilibrée.* Sacrément équilibrée, en effet.

Boetti poussa une feuille vers ses interlocuteurs.

— D'après les impôts, nous savons qu'elle a loué un appartement à Pontoise de 2013 à août 2016. On ne sait pas encore si elle bossait, si elle était en couple, enfin bref, tout ça reste à approfondir. En septembre 2016, elle s'installe dans l'appartement de Dijon, à trois cent cinquante kilomètres de là. Chose curieuse, elle déménage deux mois après s'être fait inséminer par le sperme de Bertrand Lesage. Ou tout au moins, après le lui avoir laissé croire.

— Car il n'est pas le père biologique, d'après ce qu'on a compris, répliqua Lucie.

Le commandant de police acquiesça.

— Le test de paternité ne ment pas : Bertrand Lesage n'a aucun lien biologique avec ce bébé. On a demandé au labo bordelais de pousser les analyses sur l'ADN de l'enfant, de faire des recherches sur certaines parties de l'ADN. On veut pouvoir acculer Émilie Robin avec les analyses. Quand on l'aura retrouvée, on comparera ces parties d'ADN avec celles de l'enfant. En cas de correspondance, on aura une certitude à 99,99 % qu'elle est la mère. C'est une pièce essentielle pour le procès.

Lucie essaya de rassembler les pièces du puzzle.

— Donc, pour résumer, après cette fausse insémination, Émilie Robin quitte la banlieue parisienne et s'installe à Dijon. Elle est sans doute déjà enceinte d'un homme qui n'est pas Bertrand Lesage. Elle change de coiffure, de banque, n'a pas de téléphone, se connecte à Internet dans un lieu public… On peut supposer qu'elle fuit quelque chose, ou quelqu'un.

Nicolas se pencha en avant.

— Le vrai père biologique ?

Frédéric Boetti hocha la tête.

— C'est une hypothèse plausible, oui. Elle se planque. À Dijon, Émilie Robin reste très discrète. Parmi ses voisins ou ses employeurs interrogés, personne ne la connaît, tous la décrivent comme une femme mystérieuse, quasi mutique. Bonjour, au revoir, le minimum syndical. Même quand ils l'ont vue enceinte, ils n'ont jamais réussi à en savoir plus.

Lucie tenta de se mettre à la place de cette jeune femme. Quel drame avait pu la pousser à abandonner l'enfant dans une maternité ? Quel secret cachait-elle ? Qu'avait-elle cherché à fuir ?

Boetti poursuivait ses explications :

— En octobre 2016, trois mois après l'épisode de l'hôtel à Charles-de-Gaulle, elle reprend contact par mail avec les Lesage. Le contrat tient toujours : elle va leur donner cet enfant qu'ils attendent tant.

Il se recula dans son siège, les lèvres pincées.

— Il y a vingt mille euros à la clé, quand même, une sacrée somme. Elle la joue extrêmement fine. En mars 2017, elle accouche sous X à Auxerre, à cent kilomètres de Dijon, histoire de brouiller les pistes. Depuis un cybercafé, elle donne rendez-vous à Bertrand Lesage à Paris. Auxerre,

Dijon, Paris : elle ne veut laisser aucune trace, aucun moyen de se faire localiser. Elle récupère le fric et disparaît. Fin de l'histoire. Une histoire à multiples inconnues. J'y ai beaucoup réfléchi, et je ne pense pas que ce soit juste une question d'argent.

— Votre hypothèse ?

Boetti posa sa main à plat sur son épais dossier et hésita, ennuyé de fournir le fruit de plusieurs semaines d'enquête à deux flics de passage. Mais il lui sembla qu'ils poursuivaient les mêmes objectifs.

— Le soir où elle a rencontré Bertrand Lesage pour lui expliquer comment récupérer l'enfant, elle aurait confié que le bébé était « spécial », et que l'anonymat de sa famille d'accueil serait sa meilleure protection.

— Elle avait également peur, d'après Hélène Lesage, ajouta Lucie.

— Oui, elle avait peur. Alors moi, ça me suggère le scénario suivant : Émilie Robin découvre un jour qu'elle est enceinte. Immédiatement, elle poste une annonce sur Internet en proposant de louer son ventre. C'est la petite annonce en date du… (il sort un feuillet de son dossier) … 2 juillet 2016. Le couple Lesage manifeste un vif intérêt et quinze jours plus tard, c'est le rendez-vous dans l'hôtel proche de l'aéroport, car Émilie est censée ovuler, il faut aller vite. Elle s'injecte le sperme, sachant que celui-ci n'aura aucun effet. Si on part du principe qu'elle a réalisé un test urinaire pour détecter sa grossesse, elle doit en être, à ce moment-là, à quelques semaines de grossesse. Un embryon existe déjà dans son ventre quand elle insère la pipette dans son sexe.

Lucie plissa le nez. Elle revoyait les images du film, la froideur du procédé.

— Tout au long du processus, elle fait croire aux Lesage que ce bébé est le leur. Ça veut dire, si on omet l'aspect financier, qu'elle ne veut pas de ce bébé, or elle n'avorte pas non plus : elle souhaite le mettre au monde. Dès lors, elle part s'installer à Dijon. Elle s'y cache, peut-être pour protéger l'enfant à naître. Après avoir accouché, elle fournit toutes les informations à Bertrand Lesage pour qu'il devienne le père. Et voilà que le petit Luca disparaît dans la nature, entre les mains d'un couple inconnu qui a tout intérêt à dissimuler, lui aussi, l'origine exacte du bébé. La planque parfaite pour le môme...

Il prit la photo d'Émilie entre ses mains, et la scruta tel un mathématicien face à une énigme.

— Émilie Robin a utilisé un *modus operandi* très astucieux. Elle aurait pu simplement l'abandonner aux services sociaux, mais elle savait qu'un couple prêt à lâcher une petite fortune pour obtenir l'enfant lui fournirait de l'amour et de l'attention. Il ne grandirait pas dans des foyers, livré à lui-même... Elle lui assurait un avenir.

Le scénario se tenait, mais ni Lucie ni Nicolas ne comprenaient le comportement de cette mère qui voulait prendre soin de l'enfant tout en l'abandonnant. Qui étaient ces ombres à ses trousses ? Lucie eut un flash de l'enfant dans son berceau, des succubes noirs et malfaisants penchés au-dessus de sa tête.

— Sauf que l'anonymat a sauté, et de la plus belle des façons, compléta Boetti. Le gamin se retrouve brutalement au cœur d'une tempête médiatique, le débat sur la GPA est remis sur le tapis, l'affaire s'étale dans tous les journaux. L'enfer pour Émilie Robin, qui se sent peut-être menacée à Dijon.

— La mise en lumière de l'enfant qui attire les ombres...

— Oui. Émilie Robin pense que le père, où qu'il soit, peut la pister, se rendre à la maternité d'Auxerre, la traquer comme nous l'avons fait. Alors, elle quitte l'appartement et disparaît une nouvelle fois dans la nature. Elle a de l'argent de côté, ça lui permet de ne plus laisser de traces bancaires pendant un certain temps.

— Ou alors, elle n'a pas essayé de fuir, se sentant en sécurité, et elle a été attrapée, proposa Lucie.

Boetti approuva d'un hochement de tête.

— C'est une hypothèse envisageable, en effet. Auquel cas, son silence n'est pas du tout bon signe.

14

Laëtitia Chapelier s'était arrêtée au milieu de l'allée.
— Un pacemaker... Il serait mort à cause de ça ?
Sharko acquiesça.
— Oui. L'appareil a complètement grillé. D'après Chénaix, il est devenu brûlant au point de faire fondre la pile au lithium qui l'alimentait, et tous les tissus alentour. Je ne vous explique pas le carnage dans l'organisme de la victime. Ça a créé des hémorragies, le cœur s'est subitement arrêté de battre.

Laëtitia baissa les yeux vers son portable, consulta le trajet, et ils reprirent leur marche.
— Ça n'arrive jamais, ce genre de truc.
— Non. C'est la première fois que le légiste rencontre ce cas-là, ces appareils sont d'ordinaire fiables à 100 %, et heureusement d'ailleurs. Mais notre victime a attendu 17 h 02 pour nous remettre le courrier. Cette heure était aussi inscrite dans la lettre, sur le tatouage du cadavre des bois, et c'est exactement à cette heure-là que le pacemaker a grillé. Le dysfonctionnement a été provoqué, il n'y a pas d'autre explication possible.

Laëtitia pointa les ténèbres.

— Encore une centaine de mètres avant que le signal s'interrompe.

— Notre homme était nerveux et mort de peur. Mon collègue m'a raconté qu'il avait demandé de l'aide. Supposez qu'il ait été au courant de la présence d'une bombe dans sa poitrine. Que, d'une façon ou d'une autre, il savait que s'il ne remettait pas cette lettre pile à 17 h 02, la bombe exploserait.

Un pacemaker transformé en bombe miniature... Si tel était le cas, Sharko imaginait le supplice de l'inconnu, sa terreur. Avec une telle menace au fond de la poitrine, l'Ange du futur aurait pu le contraindre à commettre des actes d'une gravité tout autre, mais il avait choisi de lui faire remettre une lettre qu'il aurait pu envoyer lui-même par la poste. Et il avait éliminé le porteur, devant leur « maison ». Un acte gratuit. Une démonstration de force. Sharko avait beau se creuser la tête, il ne comprenait pas par quel lien la victime des bois pouvait être reliée à tout cela.

— On sait comment cette bombe aurait été contrôlée ? demanda Chapelier.

— Ça reste à définir. Normalement, l'engin porte un numéro de série, mais seuls quelques chiffres ont réchappé des dégâts, ainsi qu'une partie du nom du fabricant : « Car SA » quelque chose.

— C'est maigre.

— La maigreur, c'est la chair de notre métier.

L'allée se rétrécit, la végétation se resserra autour d'eux. Laëtitia Chapelier s'arrêta.

— On y est, je dirais à une vingtaine de mètres près. C'est dans ce coin-là que ça s'est passé.

Sharko traversa la pelouse, se glissa entre les arbres jusqu'à une haie longeant un trottoir, rue de la Montagne-de-l'Espérou.

— Facile de l'emmener ici, de traverser la haie et de l'embarquer dans un véhicule.

— Avec les immeubles juste en face ?

— Les arbres, l'obscurité, la pluie... Il a dû agir en combien, vingt secondes ? Vous ouvrez la portière côté parc, vous fourrez la fille à l'intérieur. Pour peu que ce soit une camionnette, personne n'y voit rien. Ce genre d'acte passe davantage inaperçu dans une grande ville qu'à la campagne, où n'importe quel véhicule étranger est suspect. Ici, les Parisiens regardent leurs pieds.

Il alla sur le trottoir d'en face, observa les environs sur la droite et la gauche, et revint en courant.

— Le kidnappeur avait parfaitement planifié son rapt. Il savait que la jeune femme courait ici le dimanche, à la même heure. Il connaissait son parcours et a choisi le meilleur endroit pour agir. Pas de lampadaires, pas de caméras de surveillance, une météo pourrie... Il était là, dans les arbres, et il a jailli.

Sharko réfléchit. L'Ange du futur avait analysé les photos publiées par sa proie. Facile de connaître ses habitudes. Il se cachait dans la masse de ses contacts. Sans doute sous un faux profil, mais il y était.

Laëtitia scruta les alentours.

— Maintenant qu'on est là, que fait-on ?

— On fouine. Il y a forcément quelque chose pour nous.

Ils retournèrent dans l'allée. Sharko demanda à Laëtitia d'afficher la dernière photo prise par la caméra de Flowizz, celle où l'on apercevait le masque blanc.

— Il faut retrouver cet endroit précis. C'était côté gauche, et elle allait dans cette direction.

Tout en progressant sous la lueur de leurs lampes, ils observèrent la forme des arbres, des branches. Sharko sentait le sel de l'excitation sur ses lèvres. Il était bien, ici, à fouiller, à vivre l'enquête sur le terrain. Talonné par Laëtitia, il s'engagea dans la végétation lorsqu'il reconnut à peu près l'endroit où le kidnappeur s'était dissimulé, à proximité d'un gros tronc. Il fit le tour de l'arbre. Dénicherait-il un message gravé dans l'écorce ? Un indice au sol ?

Laëtitia s'était éloignée, son parapluie abandonné contre un arbre. Soudain, elle se baissa et s'apprêta à ramasser un objet.

— N'y touchez pas !

Le flic se précipita. Un sachet en plastique zippé reposait au pied d'un tronc, hors de vue du chemin. Après avoir enfilé une paire de gants, Sharko le souleva entre le pouce et l'index. Face à lui, les yeux enflammés de Laëtitia se troublèrent à travers l'opacité du plastique.

À l'intérieur du sac, le même genre d'enveloppe beige que celle remise par l'inconnu au pacemaker.

15

Ce fut dans le laboratoire de dactyloscopie du premier étage qu'une technicienne en tenue stérile ouvrit avec la plus grande précaution le sac zippé. Tous les éléments – sachet, enveloppe et lettre – allaient subir différentes opérations de recherche d'empreintes en fonction du type de support. Pour une surface en papier, la méthode la plus efficace restait le bain de ninhydrine, mais la réaction chimique demandait environ vingt-quatre heures pour révéler la présence éventuelle de traces papillaires.

Sharko ne voulait pas attendre une journée complète avant de pouvoir récupérer la lettre. Aussi, la technicienne allait-elle prendre son contenu en photo en amont du traitement, et l'envoyer sur le téléphone portable du commandant de police, déjà en réunion cinq étages plus haut.

La salle de crise était pleine à craquer, de la brigade de recherche à la cybercriminalité. En tout plus de vingt flics ou techniciens – dont certains debout, faute de place – avec diverses compétences qui, les uns après les autres, venaient faire le point sur les avancées de cette longue journée. Ainsi fonctionnait la brigade criminelle : un rouleau compresseur qui sollicitait les différents services et grossissait, grossissait au fil de l'enquête. Une fois en marche, le rouleau compresseur était impossible à arrêter.

En bout de table, Sharko compilait les informations sur un tableau blanc divisé en trois colonnes : « Forêt de Bondy », « Inconnu à la lettre », « Ange du futur ». Les quatre écrans géants au fond attiraient tous les regards. Bertrand Lesage était couché dans son cylindre, les mains serrées sous la joue droite. Flowizz restait assise, les bras autour de ses jambes. Les pages de leurs comptes Facebook étaient affichées. L'ultime photo prise par la caméra de la jeune femme, agrandie et donc de qualité dégradée, occupait quant à elle le dernier écran. Le masque blanc se détachait en arrière-plan, et l'on devinait à peine la fine silhouette de l'Ange du futur.

Sharko essaya de ne pas se laisser déborder par l'ampleur et les ramifications de l'affaire, même s'il avait l'impression de gérer dix choses en même temps et de transformer son cerveau en un paquet de confettis. Il énonça les priorités :

— Demain à la première heure, il me faut deux brigadiers rue de la Montagne-de-l'Espérou. On se coltine du porte-à-porte et on demande si personne n'a rien vu ou entendu le soir de l'enlèvement de la jeune femme.

Il écrasa trois billets de vingt euros sur la table.

— Quelqu'un se dévoue pour les pizzas et les boissons ? Il en faut au moins une à la bolognaise. N'oubliez pas le piment et le Coca. Pas que du light, j'ai besoin de sucre, la nuit va être longue.

Un jeune collègue se leva, prit l'argent et sortit. Sharko entoura « fabricant pacemaker "Car SA" ».

— Il faut me retrouver le fabricant du pacemaker, il ne doit pas y en avoir des masses. Tout est tracé, entre les hôpitaux qui achètent ces engins, les médecins qui les introduisent dans les poitrines, les patients qui les portent... Un peu comme une plaque d'immatriculation, je suppose.

Quand on aura un nom de société, et d'un, on ne sera pas loin de l'identité de notre porteur, et de deux, on se rapprochera forcément de l'Ange : il savait que la victime portait un pacemaker. Ce genre de truc, ce n'est pas écrit sur votre front. Est-ce qu'il bosse ou a bossé dans cette société ? Dans l'hôpital qui a opéré la victime ? A-t-il accès aux données médicales liées à ce genre d'opération ? Je veux savoir.

Il se tourna vers Pascal Robillard.

— Niveau victime des bois, t'en es où ?

— Le profil ADN est revenu du labo dans l'après-midi : il n'a rien matché, la victime reste inconnue. Concernant le visage : d'après la toxico, de l'acide chlorhydrique à fort pourcentage a été utilisé. De l'acide industriel dont l'assassin ne devait disposer qu'en petite quantité, sinon, il aurait dissous tout le corps. Ce genre d'acide n'est pas très compliqué à dégotter tant que t'en achètes pas des fûts. J'ai tapé les PV et envoyé il n'y a pas plus tard qu'une heure une requête à Nanterre pour une recherche dans le SALVAC[1], en précisant au mieux les caractères du crime à traiter en priorité : visage démoli, le doigt coupé, les morsures, l'acide chlorhydrique industriel... Le technicien m'a répondu qu'il se mettait dessus dès demain matin. On ne sait jamais.

Il acquiesça, puis fixa Nicolas et Lucie.

— Un point sur Orléans ?

— Les flics de la DCPJ coordonnés par le commandant Boetti bossent à plein temps sur le sujet, répliqua Lucie. Ils vont nous apporter une aide précieuse et s'occuper d'interroger le voisinage des Lesage. On a demandé un bornage du numéro du portable du mari, Bertrand. C'est avec ce téléphone que l'Ange a envoyé des sms à Hélène Lesage après le rapt. On en saura plus demain.

---

1. Système d'analyse des liens de la violence associée aux crimes.

Lucie relata leur entretien avec Frédéric Boetti : la fuite de la mère porteuse à Dijon. Sa disparition. La possibilité qu'elle ait utilisé le couple Lesage pour faire disparaître le bébé dans la nature, tout en lui assurant un avenir. À ce stade, les flics ignoraient s'il pouvait y avoir le moindre lien entre Émilie Robin et l'enlèvement de Bertrand Lesage, mais il fallait garder à l'œil l'avancée de l'enquête des collègues d'Orléans.

Sharko acquiesça et parcourut ses notes.

— Très bien, affaire à suivre, donc... Sinon, concernant les réservoirs d'eau ? Une idée de leur origine ?

Un brigadier-chef leva la main et expliqua que seules deux enseignes de bricolage vendaient ces modèles, mais que d'après ses recherches, trois cents magasins existaient dans toute la France et une trentaine rien qu'aux alentours de Paris. Or, rien n'indiquait si ces gens étaient enfermés en région parisienne ou au fin fond de la Bretagne.

— Continuez à creuser, on ne lâche aucune piste. Appelez ces magasins un à un s'il le faut. Vu la taille, ce n'est sans doute pas le genre de réservoir qu'on achète tous les jours. Surtout deux d'un coup.

Il écrasa la pointe de son marqueur sur le papier derrière lui, puis reprit :

— Côté forêt de Bondy, Audra Spick a avancé sur l'histoire des palettes qui ont servi à fabriquer la fosse. Elles proviennent bien de l'entreprise de Pierrefitte. Ils sont une vingtaine d'employés, il y a des vols réguliers de palettes, et peut-être que l'un d'eux a fait le coup. Elle se dirige vers Goussainville, elle a des doutes sur l'un des employés et y va juste pour une visite.

Il lorgna sur son tableau, y nota quelques informations clés.

— Pour les morsures, j'ai du neuf. Le légiste a vu le véto et confirmé qu'il s'agissait d'une mâchoire de chien de race american staff, aucun doute là-dessus. Vous vous rappelez, la taille anormale des plaies et la puissance des morsures ? Pour le véto, c'est lié à un problème génétique. Des races particulières naissent naturellement surdéveloppées, suite à une mutation qui se transmet de génération en génération. D'après ce que j'ai compris, c'est une erreur dans la fabrication d'un truc qui limite la croissance musculaire. Ça arrive de temps en temps chez les bœufs blanc bleu belge, les lévriers whippet bully et, je vous le donne en mille, nos fameux american staff... Vous jetterez un œil sur Internet, vous taperez « chien myostatine », un truc dans ce genre-là, vous comprendrez. Faut me lancer des recherches sur les réseaux de combats de chiens illégaux, voir si des collègues ont bossé sur ce genre d'affaire ces derniers temps.

Il regarda Laëtitia Chapelier qui pianotait sur son ordinateur portable avec une oreille attentive. Elle avait posé, à côté d'un gobelet d'eau, une boîte de médicaments que Nicolas et Audra lorgnaient : du Duméronol... Le médecin de la Salpêtrière avait parlé d'un médicament avant tout destiné aux grands migraineux.

— Flowizz vient d'Issy d'après les cartes de ses footings, qui démarrent et se terminent au parc Rodin, continua Franck. On peut supposer qu'avant chaque course, elle sort de chez elle, marche un peu sans déclencher le système pour éviter que les internautes sachent où elle habite, et qu'ensuite, au moment où elle se met à courir, elle démarre sa caméra et le GPS. Il nous faudrait des petites mains pour éplucher son compte Facebook... Rechercher des propos agressifs, des profils communs avec le compte de Bertrand Lesage. On doit partir du principe que l'Ange y est abonné.

— Ou « était » abonné, auquel cas, on ne le trouvera pas facilement, répliqua Laëtitia. Je peux essayer de voir avec mes supérieurs pour mettre une ou deux personnes sur le coup. On dispose aussi de stagiaires, on va les mobiliser.

— Parfait. Vous avez du neuf au sujet du site *manifeste-machin* ?

— Oui, rien de réjouissant malheureusement. Comme on pouvait s'y attendre, le propriétaire du nom de domaine *manifeste-angedufutur* n'existe pas. J'ai mis nos meilleurs experts sur le sujet, qui m'ont confirmé que ses connexions au site sont intraçables, relayées par de nombreux serveurs à l'étranger. L'hébergeur nous a donné l'accès aux traces et aux répertoires du site dans lesquels l'Ange peut installer des programmes ou créer des pages Web, du type de celle affichée sur l'écran. Dans ces répertoires, on a découvert un tas de trucs bizarres, des programmes exécutables, sans doute créés par l'Ange.

— À quoi servent ces programmes ?

— Je n'en sais rien, le code source n'est plus disponible, puisque ces programmes sont cryptés. C'est du jargon d'informaticien, mais il est évident qu'ils sont là pour interagir avec la page affichée à l'écran et se déclencher à certains moments. Quand ? Pourquoi ? Je l'ignore encore. Nous allons nous pencher là-dessus… Dès que nous aurons le temps.

Sharko observa son téléphone qui vibrait et revint vers les policiers.

— Le temps, le temps… C'est ça, notre problème. Voilà, la technicienne du labo m'a envoyé le contenu de la lettre. Manuscrite, encore une fois. Quelqu'un peut me l'afficher à l'écran ?

Pendant qu'un policier se chargeait de la manipulation, Lucie s'occupa de la tournée de café ou de thé avant l'arrivée des pizzas. Les visages étaient graves, personne ne parlait alors que d'ordinaire des plaisanteries fusaient. Mais comment rire avec ce qu'affichaient les écrans ?

Entre-temps, Nicolas regarda sur Internet, au sujet de ces fameux chiens dépourvus d'un gène qui permettait de fabriquer la myostatine. Les animaux étaient monstrueux, avec des muscles semblables à des kystes énormes. Pas le genre d'animal qu'on croisait tous les jours. Face à une bête pareille, la victime n'avait eu aucune chance.

Il sortit deux minutes pour répondre à un appel : le maître de port lui demandait de laisser l'accès libre à son bateau pour le lendemain matin 9 heures. Des soudeurs avaient besoin d'intervenir pour renforcer les piquets d'amarres, en prévision de la montée des eaux. Manquait plus que ça...

Lorsqu'il retourna dans la salle, encore plus inquiet, le contenu de la lettre était affiché. Ils lurent en silence.

16

N'était-il pas énoncé, dans la première loi d'Asimov, que les machines ne doivent en aucun cas nuire à l'intégrité humaine ? Monsieur G. allait permettre aux robots et aux objets connectés d'envahir nos maisons, nos corps. De nous posséder un peu plus, de nous asservir, nous googliser. Monsieur G. voulait nous transformer en cyborgs. Il est mort hier, à 17 h 02, devant les locaux de la police judiciaire, tué par les machines, donc en rupture complète avec la première loi.

Vous allez écrire ça dans vos journaux.

Bientôt, un autre de ces chimpanzés va mourir. L'un s'appelle Bertrand Lesage, exploiteur d'utérus, créateur d'un groupe de soutien sur Facebook. Lesage estime avoir le droit de contrer la nature, il participe à cette grande foire à la génétique, à la procréation et à la vente de corps à laquelle nous sommes en train d'assister. Les lois de la bioéthique ? Il ne connaît pas, il se croit au-dessus.

L'autre est connue sous l'identité de Flowizz, vous le savez déjà puisque vous êtes en possession de cette lettre. Au passage, félicitations, vous êtes moins stupides qu'il n'y paraît. Je sens qu'on va bien s'amuser, ensemble.

Flowizz est une petite pute qui nourrit les algorithmes, des machines qui la connaissent mieux que ses propres parents. Elle pense être anonyme sur Internet en ne publiant rien sur sa vie privée. Pas de visage, rien de personnel, elle allume sa caméra en dehors de chez elle...

Et pourtant... Pauvre idiote...

Flowizz a 27 ans, elle habite un appartement à Issy-les-Moulineaux. Elle est hétérosexuelle, vit seule, son animal domestique est une chatte norvégienne qui répond au doux nom de Câline et mange des croquettes pour femelles stérilisées commandées sur Amazon. Ces dernières semaines, elle a regardé les séries Altered Carbon, Black Mirror *et en est à l'épisode 5 de* Mister Robot *sur Netflix. Elle prend des cours d'espagnol sur Babbel, télécharge des playlists de musique folk sur Deezer, qu'elle écoute souvent juste après ses footings le mercredi et le dimanche, à 18 heures, connectée à Runtastic. Elle mange souvent bio, se fait livrer à domicile, commande des Uber pour se déplacer (je vous épargne ses trajets), a voté Les Républicains au premier tour, a eu une aventure de vingt-quatre jours, il y a six mois, avec un homme de 29 ans, A. T., grand brun aux yeux bleus rencontré sur Tinder qui lui, a voté à gauche, et pratique le tennis à un bon niveau. En août dernier, elle est restée dix-neuf jours en Guyane et a logé dans un hôtel de Cayenne réservé sur Booking dont je tairai le nom, ce serait trop simple sinon. Elle avait un Pentax K-5 à 695 euros acheté sur eBay pour ses 1 484 photos stockées sur iStockphoto.*

Flowizz vit dans une bulle, une chambre d'écho, une caverne de Platon, qui ne la laisse pas voir le monde tel qu'il est. Facebook, Google trompent la réalité, la guident, ordonnent sa vie, lui dictent quelles chaussures elle doit acheter, et quand. Lorsqu'elle clique sur « J'aime » après la lecture du Figaro, *eux, les algorithmes, estiment qu'elle vote à droite et affinent leurs affichages en conséquence, ne lui proposant plus que des articles de droite, et l'enfermant davantage dans sa caverne. Même si elle ne les a jamais énoncés, Facebook connaît ses croyances religieuses, son orientation sexuelle, son niveau de bonheur, et si elle va divorcer* dans l'année avant même qu'elle en ait conscience, uniquement par son comportement sur les réseaux, son maillage d'amis, ses interactions et sa façon d'envoyer des putains de smileys. Flowizz n'a jamais lu 1984, d'Orwell, elle aurait dû. La neurodictature et l'emmurement définitif de la caverne sont en route.

Flowizz n'a sans doute pas reçu l'éducation qu'il fallait, elle a un besoin infini de reconnaissance, de « J'aime », mais elle porte des œillères, comme des millions d'autres personnes.

Elle nourrit l'intelligence artificielle. Vous pensez que Google cherche seulement à conquérir les pays ? Non, son territoire, son empire, ce sont vos cerveaux. Google possède la plus grande base de données mondiale sur le psychisme humain : vos quatre mille milliards de requêtes annuelles livrent tout de votre fonctionnement cognitif. Google vous connaît mieux que n'importe quel psychologue. Vous ne pourrez plus vous passer de lui. Google est la pire des drogues dures.

Chaque jour, ce sont trois milliards de milliards de nouvelles données saisies par vous, les chimpanzés, qui viennent renforcer la connaissance des machines sur notre comportement et notre monde. Trois milliards de milliards qui remplissent les disques durs du Big Data en une seule journée.

Je vous donne un exemple, bande d'ignares : une étude qui vient d'être publiée par l'hôpital de Stanford a montré que l'intelligence artificielle de Google analyse mieux les cancers de la peau que les meilleurs spécialistes dermatologiques du monde. Pas mal, hein ? Bientôt, des drones vont livrer vos courses. Les cours en ligne remplaceront les professeurs et les gosses resteront enfermés dans leur chambre, des casques sur les yeux et les oreilles. Vous leur enverrez un sms pour qu'ils viennent manger. Vous discuterez au téléphone avec des robots sans vous en douter, des robots aux intonations humaines, capables de prendre des rendez-vous ou de réagir à vos émotions quand rien ne va dans votre tête. Amazon a déjà créé la première grande surface sans le moindre employé. Des *millions de métiers vont être détruits par l'IA dans les prochaines années. Vous êtes livreurs, chauffeurs routiers, préparateurs en pharmacie ? Vous êtes déjà morts. Vous êtes des individus, des compétences, des âmes, qu'on va jeter comme des rebuts à la poubelle.*

En ce sens, Bertrand et Flowizz accélèrent notre mort et doivent payer, pour l'exemple.

Qui allez-vous sauver ? Qui mérite plus de vivre que l'autre ? Rendez-vous à cette adresse : http://172.15.356.1

Le jeu continue. J'ai honte, tellement honte de vivre sur la planète des singes...

Au fur et à mesure de leur lecture, les flics se tortillaient en silence sur leurs sièges. Des soupirs, des exclamations, quelques insultes pour la poignée d'entre eux qui ne se faisaient pas à l'idée qu'on les traite de singes. L'Ange du futur se fichait d'eux, les provoquait. Mais pour l'instant, ils ne pouvaient que subir sa loi et suivre ses règles.

Tous les regards convergèrent vers Sharko, dont le visage trahissait l'impuissance.

— Au moins, on en sait plus sur ses motivations, on sait pourquoi il s'en prend à ces deux-là : c'est purement idéologique. L'un, exploiteur de... d'utérus et l'autre, esclave des réseaux sociaux... S'il croit qu'on va servir sa soupe à tous les étages, il peut aller se faire foutre. Non, mais je rêve...

Le commandant orienta ses yeux furieux vers Laëtitia :

— Vous vous connectez à l'adresse qu'il indique ?

Le chef d'équipe vint se planter derrière elle. À quoi fallait-il s'attendre, encore ? Laëtitia Chapelier tapa la succession de chiffres et de points, puis valida. Une page s'afficha sur l'animation d'un chimpanzé qui se cassait des noix de coco sur la tête d'un geste répétitif, en répétant « Aïe ! ».

— À quoi ça rime ? grogna le flic qui perdait patience.

À peine dix secondes plus tard, sur les écrans de la salle de crise, les pages Facebook indiquèrent une notification de nouvelle publication, l'une étant censée être saisie par Flowizz et l'autre, par Bertrand. Sur le site *manifeste-angedufutur.com*, le message à propos du masque et du singe venait de laisser la place à un compte à rebours, incrusté dans une nouvelle phrase : « Dans 23h59m48s, ce sera à vous de décider. »

Laëtitia s'écarta de son ordinateur, mains levées.

— Ça a posté des messages sur Facebook et déclenché un compte à rebours. C'est pas vrai. Mon… arrivée sur ce site a sûrement activé les programmes dont je vous parlais tout à l'heure.

On était mardi soir, pile 20 h 30. Les yeux étaient rivés sur les écrans. D'un coup, le compteur en bas de la page *manifeste-angedufutur.com* grimpa à sept connexions. Puis onze, puis quinze… Un vent de panique balaya la pièce.

— C'est… c'est ma faute, j'aurais dû me méfier, marmonna Laëtitia, la tête baissée.

Sharko se précipita sur son ordinateur et remonta vers le haut des pages Facebook, afin de lire les messages les plus récents. Sur chacune d'entre elles s'affichait, à quelques détails près, le contenu de la lettre qu'ils venaient de lire.

Le message se terminait par la même phrase :

Rendez-vous dès à présent sur le site www.manifeste-angedufutur.com, si vous voulez sauver votre ami(e) d'une mort certaine.

17

Audra évoluait dans un autre monde. Après avoir traversé le centre de Goussainville, elle roulait désormais dans un quartier à l'écart, côté vieux village, avec des rues exsangues bordées de façades ravagées, taguées, aux fenêtres recluses derrière des volets clos ou démolis.

Cette partie avait été vidée de sa substance même : ses habitants. Et pour cause, une piste de l'aéroport Charles-de-Gaulle se déroulait à une centaine de mètres, côté sud. La jeune femme suivit le décollage d'un avion dans un bruit insupportable de réacteurs, persuadée que depuis les étages de certaines habitations, on pouvait apercevoir les voyageurs à travers les hublots.

Le GPS l'orienta vers une rue au revêtement craquelé qui paraissait plantée au milieu d'une forêt. Les arbres, le lierre, les arbustes défonçaient la brique, jaillissaient des toitures, des fenêtres, en un signe de revanche de la nature sur l'homme. Les maisons en ruine se succédaient et, dans cette hécatombe, quelques villageois avaient refusé de quitter les lieux. Aussi, brillaient çà et là de timides lumières.

Prost occupait la maison contiguë à une décharge de métaux. Des montagnes alambiquées de ferraille s'élevaient en chignons crépus. Des portières, des pare-chocs formaient des œuvres d'art démentes. Essuie-glaces en action, Audra circula une première fois devant un grand portail vert, en métal plein, casé entre deux hauts murs graffités qui empêchaient de voir de l'autre côté. Ils protégeaient l'habitation jusqu'à la maison voisine, sans aucun doute abandonnée depuis des années.

Elle opéra un demi-tour plus loin, au bord des champs. De l'autre côté, les lumières de l'aéroport, les tours de contrôle, le ballet infernal des avions. Audra hésita. Elle se souvenait des mots de Sharko, mais elle était sur place. La décharge était accessible et il lui semblait qu'un simple grillage la séparait de la propriété de Prost. Elle ne risquait rien à aller voir.

Elle rangea sa voiture dans un endroit discret, coupa le contact et redescendit la rue fantôme, le nez dans son blouson. Cette pluie perpétuelle lui tapait sur le système. Même la décharge était à l'abandon. Elle s'y engagea.

Des flaques de boue accueillirent ses derbys, entre les carcasses de lave-linge et de scooters désossés. Elle s'en voulait de s'être habillée comme une hôtesse de salon de l'auto, avec ce tailleur ridicule. Elle qui croyait passer la journée au bureau à poser ses cadres et à écumer les couloirs pour les présentations...

Elle sursauta lorsqu'une fusée noire fila juste devant ses pieds pour se réfugier sous une portière. Un rat... Audra accéléra le pas et veilla à ne pas se tordre la cheville : des objets sourdaient de la boue comme des pierres tombales. Vers le fond de la zone, elle put accéder à une partie de grillage à l'agonie. Elle n'eut qu'à l'écraser de tout son poids pour le chevaucher.

À présent, elle évoluait sur le terrain de Prost, un chaos de mauvaises herbes et de ronces voraces qui lui lacéraient le pantalon et s'accrochaient à ses chevilles. Elle pourrait jeter son tailleur à la poubelle. Elle progressa au jugé, sans lumière, comme empêtrée dans une jungle hostile. Le sol bourdonna au décollage d'un avion. Si l'enfer existait sur Terre, ça devait être ici.

Elle arriva sur un sol de gravier, fit le tour de la maison plongée dans l'obscurité, et ne détecta rien en rapport avec la présence de chiens. Ni cabanons, ni enclos, ni niches. À l'évidence, elle faisait fausse route. Elle aurait rebroussé chemin si la porte arrière, en piteux état, n'avait pas été simplement maintenue fermée à l'aide d'une grosse pierre.

Une invitation à pénétrer à l'intérieur.

Elle fit rouler la pierre et se contenta de passer sa tête dans l'embrasure. Deux voix se battaient en elle, l'une qui la poussait à entrer, l'autre à rebrousser chemin. Ses soupçons ne reposaient sur rien, elle se trouvait sur une propriété privée, or s'aventurer là-dedans, seule et sans arme, devenait dangereux. Elle faillit abandonner quand elle perçut d'étranges bruits semblables aux raclements de gorge d'un silicosé. Ils provenaient de l'étage.

Comptait-elle bousiller sa carrière dès le premier jour ? Peut-être bien, oui... Peut-être que plus rien n'avait d'importance, après tout... Tout ça – sa fuite du Sud, sa venue à Paris, son nouveau job – n'était-il pas qu'une mascarade ? Se prendre une balle dans le ventre ne l'arrangerait-il pas, au final ? Et pourquoi n'avait-elle pas embarqué son arme de service ?

Mais peut-être aussi que son geste sauverait la vie de deux personnes enfermées dans des cylindres. Elle se devait d'aller voir.

Alors, elle frotta ses chaussures dans l'herbe et les graviers, chassa les gouttes d'eau de son blouson pour éviter d'abandonner des traces. Elle entra et alluma la torche de son portable. L'intérieur sentait le salpêtre et le cannabis, la tapisserie d'un autre âge ondoyait sur les murs. Des gouttes perlaient sur le papier. Un vrai trou à rats. La toux de silicosé s'intensifia lorsqu'elle s'engagea en direction de l'étage.

Vu l'état du bois, elle se demanda si ses chaussures n'allaient pas traverser les marches. Une fois sur le palier, une forte odeur d'excréments et d'urine l'alerta. Elle se précipita dans la première pièce du couloir et pointa la nuit de sa torche improvisée. Trois paires d'yeux avalèrent la lumière. Audra manqua de tomber à la renverse quand les crocs jaillirent vers elle, avant de se heurter à des grilles aux fils de fer épais.

Elle se tenait face à deux pitbulls et un staff enfermés dans des cages séparées, qui reposaient elles-mêmes sur des palettes. Des gueules lacérées de vieilles blessures rosies, des empreintes de crocs dans le pelage, des corps musclés passés à la moissonneuse. L'un des trois chiens avait un œil crevé. Les bêtes, debout sur un lit de paille souillée, aboyaient avec rage, pourtant seul un râle infime filtrait de leurs mâchoires.

Aucun doute : cet enfoiré de Prost leur avait coupé les cordes vocales.

Tout tournait en accéléré dans la tête d'Audra. Prost était impliqué. Il avait volé les palettes, creusé dans la forêt, et il possédait des chiens de combat en piteux état. En apercevant des barres de fer et des battes de base-ball posées contre un mur, elle devina le calvaire de ces bêtes. Audra connaissait les techniques de « debarking » qui rendaient les chiens muets, mais pas moins agressifs. Pratique pour l'élevage ou les combats clandestins.

Elle s'approcha pour essayer de distinguer l'inscription sur le carton collé au-dessus de l'une des cages. Elle crut que les animaux enragés allaient défoncer leur prison et elle songea à leur victime nue qui avait succombé aux morsures. La pire des morts.

Il était noté : « *Te plante pas cette fois. C'est cette cage-là, pas une autre. D192, parking du Faîte, Chauvry. Ce soir, 22 heures.*

Gros enjeu. Sois à l'heure, je te rejoins direct depuis le boulot. Fais rien sans moi. »

Prost n'agissait pas seul. Un individu devait embarquer l'une de ces cages pour un rendez-vous dans à peine une heure et demie. Plus de temps à perdre : il fallait fuir et tout relater à son commandant. Mais avant, elle prit des photos, jusqu'au sceau sur l'une des palettes de chez Heffner Transports.

Elle entendit le bruit d'un moteur dans la rue. Puis le ronflement persistant d'une voiture à l'arrêt devant la maison. Elle se précipita vers la fenêtre de la chambre, de l'autre côté du couloir. Une ombre ouvrait le portail. Deux phares blancs éclairèrent alors la façade et l'intérieur de la pièce. Audra bascula sur le côté, le souffle court. La silhouette remonta dans le véhicule et s'avança sur la propriété.

Audra pensa à la pierre déplacée à l'arrière de la maison. Le type allait s'en rendre compte. Plus le temps de réfléchir. Elle se rua dans les escaliers et gagna la porte. Le moteur venait de s'éteindre. Un claquement de portière. Le raclement du bas du portail contre les graviers. Elle remit la pierre à sa place et fila dans l'obscurité du jardin, sans se soucier où elle posait les pieds : les ronces lui lacérèrent le pantalon, les chevilles, les genoux, jusqu'à sa chair. Elle chuta de tout son poids, les mains droit devant, en plein sur les épines. Elle se retint de hurler quand les ronces lui mordirent la chair. Le feu du poison se déversait dans son corps.

Elle ne bougea plus. Cinq mètres devant elle, l'homme, équipé d'une lampe-torche, arrivait. Il fit rouler à son tour la pierre et pénétra à l'intérieur. Quand la lumière jaillit de l'habitation, Audra se releva avec difficulté, en grinçant des dents tant elle souffrait, et fila dans les broussailles, direction le grillage de la décharge.

Cinq minutes plus tard, elle regagnait sa voiture en boitillant. Elle s'y enferma et poussa un cri de douleur. Elle constata l'état de ses mains, de ses poignets et surtout de ses jambes, sous son pantalon. Un carnage. Du bout des doigts, elle retira quelques épines, frotta le sang avec un chiffon pris dans la boîte à gants.

Elle se soignerait plus tard. Elle s'efforça de décrocher son téléphone et composa le numéro de Sharko :

— Commandant ? Oui, je suis encore là-bas. Je... Écoutez, Prost est impliqué, trois chiens dressés au combat sont enfermés chez lui... Oui, tout va bien, je... Non, enfin oui... Écoutez-moi, commandant, s'il vous plaît. J'ai une adresse, je crois qu'ils vont y faire combattre un chien... Je... Non, pas de chien aussi musclé, mais ils sont balèzes quand même... Oui, je vous expliquerai, mais il faut foncer. Le rendez-vous est dans à peine une heure et demie.

18

Ils n'eurent pas le temps de préparer une intervention en règle. Pas de planification, pas de brigade spécialisée du genre BRI, pas de renforts. Mais huit flics aguerris, armés, qui avaient rempli trois véhicules et foncé après l'appel paniqué d'Audra. Les pizzas gisaient dans leurs boîtes tièdes, au nez de Jecko qui avait enchaîné les appels. Laëtitia Chapelier était retournée s'enfermer dans son bureau, au deuxième étage, avec le poids de la culpabilité de celle qui a appuyé sur le mauvais bouton.

Dans la voiture conduite par Sharko, à l'arrière, Nicolas et Robillard restaient collés au GPS de leurs téléphones pour trouver le meilleur trajet possible en tenant compte de la circulation. Ils venaient de passer Asnières. Côté passager, Lucie étudiait l'adresse du lieu de rendez-vous sur Internet, à une trentaine de kilomètres de là, dans le Val d'Oise.

— Le parking du Faîte se situe en pleine forêt de Montmorency, le long d'une départementale, au niveau d'un croisement. Vu l'endroit et l'heure, il y aura zéro circulation, on ne pourra pas planquer. J'ai repéré un sentier goudronné où on pourrait se garer, à environ trois cents mètres du point de rendez-vous. On pourra ensuite s'approcher à pied, à travers bois.

— On devrait y être avec une demi-heure d'avance sur eux, répliqua Nicolas, à condition de ne pas traîner.

Sirène hurlante, Sharko slalomait entre les files. Quand il sortit de la nationale pour gagner l'A15, la circulation se fluidifia. Une tension électrique crépitait dans l'habitacle, à l'idée de ce qui allait arriver, et due aussi à ce qui s'était produit dans la salle de crise. C'étaient eux qui avaient déclenché le compte à rebours et provoqué l'affichage des messages sur les comptes des victimes. L'Ange du futur savait donc à quel rythme ils progressaient dans leur enquête, à quelle vitesse ils ramassaient les cailloux blancs. Il avait prévu la suite des événements menant au déclenchement du compteur. Ce mec-là était un infernal joueur d'échecs.

Même pas une demi-heure plus tard, le site *manifesteangedufutur.com* avait franchi les mille cinq cents connexions, et le nombre ne cessait de croître. Sharko imaginait les internautes, jeunes, vieux, peut-être même des adolescents, en pyjama, en tenue de sport ou en train de dîner, abonnés au compte de Flowizz ou à celui de Bertrand Lesage, qui se rendaient sur le site et tombaient sur cette terrifiante vidéo en direct. Des palanquées de journalistes étaient abonnés au compte de Lesage. L'information allait se propager avec la violence d'une tempête de crachats sur tous les réseaux sociaux, dans les médias, et il n'existait aucun moyen de freiner l'hémorragie. Il aurait fallu couper l'accès au site immédiatement, mais ç'aurait été prendre le risque que l'Ange du futur diffuse l'exécution sur YouTube. Pire que mieux.

Ils avaient perdu le contrôle, et il leur restait environ vingt-trois heures pour sauver les prisonniers. Vingt-trois heures d'enfer pour identifier un type sans visage, caché derrière un masque de Guy Fawkes et des écrans, qui pouvait se nicher n'importe où en France et les narguait sans retenue. Mission impossible, et Sharko savait que si tout cela tournait mal, on les tiendrait pour responsables.

Il se tourna vers Lucie, qui venait d'appeler la nounou.

— Comment ils vont ?

— Un peu grincheux qu'on ne soit pas là. Jaya gère jusqu'à demain, le chien y compris.

Franck ne dit rien et fixa la route. Bon Dieu, ses fils lui manquaient, et il se demanda s'il pourrait les protéger de toute cette violence encore longtemps. La violence pervertissait ce qu'elle n'anéantissait pas, et ses gosses allaient grandir dans un monde où les bombes menaçaient d'exploser à chaque coin de rue, où des adolescents se suicidaient en direct sur Periscope et où on parlait de mettre des flics dans les écoles. Chaque nouvelle génération allait devoir supporter les maux des générations précédentes. Sharko se sentait dans la peau d'un vieux Romain qui un matin se réveille et ne reconnaît plus sa ville. Laëtitia Chapelier avait raison : le futur ne leur appartenait plus.

Il sortit de l'autoroute à Saint-Leu-la-Forêt et prit la direction de la mairie, où il avait demandé à Audra de les attendre. Il reconnut la voiture banalisée et s'arrêta. Nicolas tapa un coup sur le siège.

— On vous colle au train.

Bellanger sortit en courant et se précipita aux côtés d'Audra, qui ferma le convoi. Il posa un pistolet sur le tableau de bord.

— Sors couverte la prochaine fois.

Audra glissa son arme le long de son siège. Nicolas n'en revint pas quand il vit l'état de ses mains, puis le sang, partout.

— Qu'est-ce qui s'est passé ?

— C'est rien. Juste des ronces.

— Juste des ronces ? On dirait qu'une débroussailleuse t'est passée dessus !

Il sortit un paquet de mouchoirs en papier et lui en tendit plusieurs. Elle le remercia, se tamponna tout en conduisant d'une main.

— À quoi je dois m'attendre ? demanda Audra. Pour... mon action.

— Ton rodéo, tu veux dire ? T'as mis ta vie en danger, t'aurais pu compromettre l'enquête. Ce qui te pend au nez, c'est un blâme et une mise à pied, ce qui, dans ta situation, se résumerait à une sortie définitive. Pas encore arrivée et déjà partie. La prise de fonction la plus courte de toute l'histoire du 36.

Le visage de la jeune femme s'assombrit encore plus, entre douleur et résignation. Nicolas désigna du menton les feux arrière rouges, juste devant.

— Mais même derrière ses airs bourrus, Sharko ne tirera aucune conclusion de tout ça. On a tous fait ce genre de conneries, lui le premier. T'as de la chance qu'on enquête en flag. Ce soir, j'étais avec toi chez Prost. On avait de forts soupçons pour les chiens, on est entrés chez lui tous les deux, on a trouvé l'adresse du rendez-vous. C'est ce qui sera dit au proc et écrit dans le PV, OK ?

— OK... Merci...

— Ouais. Ce n'est pas une raison pour agir de cette façon à tout bout de champ. T'étais déjà une tête brûlée dans le Sud ?

— Je vais là où mon intuition me guide.

— L'intuition... ça ne colle pas trop avec notre job.

— Bien sûr que si. Sans l'intuition, ou le flair, appelle ça comme tu veux, on aurait tous été remplacés par des machines et des ordinateurs. Je fonctionne à l'intuition. C'est dans ma nature et jusqu'à présent, ça a plutôt bien fonctionné.

Les véhicules quittaient à peine la ville que la forêt se déploya, puis sa grande main noire s'abattit sur le monde pour le broyer. Cinq kilomètres de départementale, et ils y étaient. La jeune femme grimaça en enfonçant la pédale. Ces griffures risquaient de la démanger toute la nuit.

— Sacrée première journée, hein ?

— Pire qu'un *black friday*...

Le capitaine lui lança un regard en coin. Les ombres formées par les feux et les ondulations de l'eau sur le pare-brise glissaient sur son visage, et révélait la structure complexe, avec ces pommettes si hautes, ce grain de peau lisse comme une surface de pollen. Il lui raconta leur réunion en salle de crise. Le compte à rebours de vingt-quatre heures, le nombre croissant de connexions. Elle accusa le coup et, à cette seconde précise, elle lui parut fragile et inébranlable à la fois. Pareille à ces fleurs qui jaillissent au beau milieu d'un territoire glacé et inhospitalier. Il se surprit lui-même à la dévisager et détourna la tête.

Il était 21 h 30 passées quand les trois voitures bifurquèrent le long d'une route étroite, s'arrêtèrent au bord d'un chemin et coupèrent les moteurs. Extinction des feux. Sharko sortit les gilets pare-balles du coffre et les distribua. Il remarqua alors l'état de Spick, qui lui relata sa mésaventure dans le jardin.

— Tu n'aurais pas dû venir. Tu restes dans la voiture. Pas d'intervention pour toi. Quand on aura tapé, je veux que tu te soignes et que tu te poses. Pas besoin d'être à cinquante cette nuit. Je préfère t'avoir fraîche et dispose demain à la première heure.

Audra préféra la jouer discrète et acquiesça. L'un des flics s'empara de son Canon EOS haute sensibilité avec un téléobjectif à grande ouverture, afin d'obtenir des clichés lisibles, même la nuit.

— On éteint les portables, ordonna Sharko. Possible qu'ils viennent dans les bois, peut-être qu'il y a une autre fosse, quelque part, alors on se planque et on observe. On n'intervient qu'à mon signal. D'après Audra, Prost possède un véhicule de type utilitaire beige aux vitres arrière teintées. On se concentre sur ce type. Si on peut l'interpeller, on l'interpelle, mais s'il y a le moindre risque, ou s'ils sont trop nombreux, on ne bouge pas et on les coincera plus tard.

Bonnets vissés sur les crânes, ils s'engagèrent derrière lui, en file indienne, et se laissèrent avaler par la végétation. Sharko sentit le goût de la traque sur sa langue. Dans ces moments-là, il existait, il existait de toutes ses forces. Les huit flics arrivèrent aux abords du parking vide d'où partaient des chemins de randonnée. Chacun trouva sa place, derrière un tronc ou des buissons.

À 21 h 50, une Mercedes vint se garer dans le renfoncement. Les phares s'éteignirent, des basses sourdaient de l'habitacle. Deux ronds de cendre rougeoyante dansaient dans l'obscurité, ainsi que l'aube bleutée des écrans de portables. Les flics retenaient leur souffle et gardaient leur concentration : tout pouvait vite basculer. Quelques minutes plus tard, un gros véhicule avec un large coffre vint se ranger à côté du premier. Un seul conducteur à son bord.

Les trois hommes sortirent de leurs voitures respectives. Serrages de main. Bribes de conversation inaudible. Du fond de la forêt, on entendait à peine le déclic discret du Canon qui mitraillait. Sharko adressa un coup d'œil à Lucie, recroquevillée, trempée et tremblotante. Elle lui indiqua d'un mouvement de tête que ça allait.

Il reporta son attention sur les individus et plissa les yeux : à la lueur de leurs portables, chacun comptait le paquet de fric de l'autre. Puis ils allèrent ouvrir leurs coffres respectifs, une poignée de secondes à peine. Sharko sentit l'électricité dans l'air, leur excitation monter d'un cran. L'un d'eux esquissa des gestes de boxeur, sautant comme un fou. À l'évidence, ils comparaient leurs chiens, déjà ils salivaient sur les événements à venir. Puis ils refermèrent et continuèrent à discuter.

Les membres glacés des flics commençaient à s'engourdir, les gilets pesaient des tonnes, les doigts se raidissaient plus encore sur le métal froid des armes, mais quand l'utilitaire beige arriva dix interminables minutes plus tard, l'adrénaline donna un coup de fouet aux organismes.

Emmanuel Prost en sortit. Difficile de détailler sa physionomie, mais il était le plus grand des quatre, et d'une maigreur de phasme. Sharko enragea quand il vit que les hommes se remettaient à discuter et à fumer des cigarettes. Hors de question d'agir maintenant : jusqu'à preuve du contraire, ces types n'avaient rien fait de mal. Il fallait les prendre en flag pour leur coller un délit sur le dos, ce qui justifierait une garde à vue.

Soudain, deux d'entre eux montèrent à l'avant de la Mercedes. De son côté, Prost alla chercher une cage dans le coffre de la Mondeo, referma à clé, et s'approcha du dernier type qui venait d'ouvrir le sien. Les couinements atroces des chiens aux cordes vocales détruites parvinrent aux oreilles des flics, ça ressemblait à des cris lointains de vieux phoques fatigués. D'un coup, Prost bascula la cage, puis une masse sombre fila vers le coffre de la Mercedes, que referma le quatrième type. La voiture commença à bondir sur ses amortisseurs.

Lucie adressait des signes à Sharko, pour lui dire « on fonce », mais le directeur d'enquête fit « non » de la tête. Personne ne bougea. Dix secondes plus tard, la voiture démarrait sur les chapeaux de roues, basses à fond, les quatre hommes à son bord.

Lucie se redressa, hors d'elle.

— On attendait quoi ? Ces ordures laissent des chiens s'entretuer dans le coffre de leur voiture !

— Ces salopards ont une imagination de romancier. C'est une sorte de rodéo macabre, ils vont forcément revenir. On doit les cueillir au retour, quand ils seront tous dehors. Trop dangereux de taper avec les deux dans la voiture. Peut-être qu'ils étaient armés ? Qu'est-ce qu'on aurait fait s'ils nous avaient allumés ? Je préfère la vie de mes hommes à celle d'un chien...

Les policiers se regroupèrent autour de lui.

— On s'approche au plus près de l'endroit où était garée la Mercos. Trois hommes sur la gauche du parking, le reste à droite. On va les cerner. Vous devez m'avoir en visu. Dès qu'ils sont tous dehors, je lève le bras et on leur rentre dedans.

Il s'engagea à travers les arbres. Lucie fulminait et elle éprouva des difficultés à calmer sa colère envers son mari. Mais au fond, elle dut admettre qu'il avait pris la décision la plus sage. Attraper ces salopards sans dommages était la priorité absolue.

Robillard alla uriner, Nicolas planquait en première ligne, auprès de son chef, alors que les autres filaient vers la gauche. Au bout d'un quart d'heure, la Mercedes était de retour. Elle se gara à la même place. Les quatre hommes sortirent en même temps, claquèrent les portières et se regroupèrent autour du coffre, surexcités à l'idée de découvrir l'issue du combat.

À ce moment précis, les flics jaillirent de la végétation, par la droite comme par la gauche, avec la force d'une vague, armes braquées en hurlant de ne pas bouger. Sharko fondit de tout son poids sur Prost et le plaqua au sol. Il ne se priva pas pour lui écraser la joue sur les graviers. L'homme hurla.

Le coup de filet fut un succès. Les individus finirent menottés, assis par terre, on leur cita leurs droits. Avec prudence, Lucie s'avança vers le coffre. Il fallait ouvrir.

Les deux animaux s'étaient entretués et gisaient dans un bain de sang, au cœur de cet espace clos et tapissé de film plastique.

Elle eut du mal à discerner laquelle de ces pauvres bêtes respirait encore.

19

— La trousse est dans la salle de bains. Assieds-toi, je reviens.

Asnières-sur-Seine étant sur la route du retour vers le Bastion, Audra et Nicolas avaient dévié vers le port Van-Gogh afin qu'elle se soigne et que lui puisse régler l'urgence liée à la montée des eaux. Les auditions ne démarreraient pas avant deux heures, le temps des procédures et que les avocats s'arrachent de leur lit.

Audra se posa au bord du mini-canapé pliant, face à la mini-table. Elle avait vite compris que Nicolas Bellanger était un brin marginal, et sa vie sur cette péniche la confortait dans ses impressions. L'endroit était d'une franche chaleur, avec ces plantes vertes sur les rebords des fenêtres, ce vieux lambris teinté du sol au plafond, l'omniprésence du bois clair, ces meubles rétro qu'on achetait pour trois fois rien dans les brocantes. Ça lui rappelait la mer et la changeait, en tout cas, de son appartement d'Ivry avec vue sur les rails du RER. Mais comme au bureau, elle nota l'absence de photos, de souvenirs personnels, d'une vraie touche féminine qui chamboulerait cet univers ordonné où chaque objet avait sa place. Et puis, ça manquait cruellement de livres.

Nicolas revint avec des compresses, de l'antiseptique et une pince à épiler.

— J'ai trouvé ça. Mon immense salle de bains est à toi. Fais gaffe de ne pas te perdre.

Elle avait enlevé ses chaussures, retroussé le bas de son pantalon. Ses mollets et ses tibias étaient lacérés. Nicolas s'accroupit pour constater les dégâts.

— Faudra attendre un peu pour un tango.

— J'aurais pu rentrer, Nicolas. Ça me gêne d'être ici et...

— Que tu reprennes le métro dans cet état ? Mais bien sûr...

Nicolas aperçut le maître de port, qui attendait au bout de sa passerelle flottante.

— Va te soigner. Je reviens.

Il embarqua son parapluie et alla rejoindre Yassine. L'homme d'origine algérienne avait une lointaine ressemblance avec le capitaine Haddock. Un col roulé bleu caressait son menton en galoche. Avec son visage au teint de plomb et tavelé, ses fines mains noueuses, Nicolas estimait qu'il devait approcher les 70 ans.

— Que disent les nouvelles ?

— Vous revenez d'où ? De Mars ? On en parle sur toutes les ondes !

— Disons que j'ai eu une journée... chargée...

— Sept départements du nord de Paris viennent de passer en vigilance orange, et deux dans le sud. Les lacs réservoirs sont quasi pleins. La Marne et l'Yonne devraient entrer en crue demain. Des tas de villes vont avoir les pieds dans l'eau.

— Super.

— Le niveau de la Seine va encore monter. Ils ne savent pas jusqu'à combien, mais d'après les conditions météo, ça va pas être simple. Les pluies continuent à gorger les sols et ne devraient pas s'arrêter avant demain.

Nicolas observa le fleuve. Sous les lueurs d'Asnières, la Seine prenait ses aises. Brièvement, il aperçut la silhouette d'Audra par la lucarne de la salle de bains. Yassine aussi la remarqua et se figea quelques secondes à la vue de cette présence inhabituelle.

— La Seine pourrait monter comme l'année dernière ? s'inquiéta Nicolas.

Yassine sortit un vieux mégot de sa poche. L'alluma malgré la pluie, protégeant la flamme de son briquet dans le creux de sa main.

— Ils restent optimistes, mais ce sera plus, je le sais. Ils surveillent la hauteur d'eau au barrage de Suresnes, ça monte vite. Faudra s'attendre à des coupures de courant dans le port demain soir ou après-demain : on aura l'électricité sous l'eau.

Nicolas pressentait la galère. Plus d'électricité, cela signifiait plus de pompe pour la cuve d'eau potable. Plus de broyeur chimique ni de traitement des eaux grises et noires. Yassine pointa les deux ducs-d'albe, ces gros pieux en acier éloignés de la berge, auxquels sa péniche était amarrée.

— Comme je vous le disais au téléphone, il me faudrait l'accès à votre ponton. Demain matin, on va renforcer les amarres et souder des barres en T au sommet des ducs-d'albe, par précaution. Vous inquiétez pas, il restait encore plus d'un mètre cinquante de visible lors de la crue de l'année dernière, il y a de la marge.

À chaque bouffée, des reflets orangés dansaient dans les yeux du vieux Yassine.

— Crue ou pas, faut le faire une bonne fois pour toutes, et c'est l'occasion. La barre horizontale en T éviterait aux amarres de ficher le camp, et à votre péniche de partir à la dérive ou de percuter les autres bateaux ; ce serait la misère. Il y a quand même un risque à cette opération, faut que je vous informe.

— Lequel ?

— Votre péniche est du mauvais côté des ducs-d'albe par rapport à votre voisin, c'est-à-dire qu'elle se retrouve plaquée contre eux par le courant. Si l'eau venait un jour à atteindre leur sommet, ils pourraient arracher votre coque.

Nicolas leva la tête. Les pieux dépassaient encore d'au moins deux mètres la surface du fleuve. Il lui paraissait inconcevable que l'eau puisse monter jusque-là. Il tendit un double des clés de la barrière située entre la passerelle et le bateau.

— Je ne serai sans doute pas là demain matin. Faites au mieux.

Il regagna la passerelle et marqua soudain un arrêt.

— Dites, Yassine… La gare d'Austerlitz inondée, ça vous paraît un jour possible ou c'est de la science-fiction ?

Yassine glissa une main dans sa courte barbe grise.

— Il faudrait une montée de la Seine aux alentours des sept mètres cinquante. Ouais, à peu près. C'est arrivé, en 1910, l'eau était montée jusqu'à huit mètres soixante-deux au niveau du Zouave… Les Parisiens circulaient en barque devant la gare et dans les rues de Paris. Avec ce truc du dérèglement climatique, on parle de plus en plus de la fameuse crue centennale. Celle-là, par Allah, elle ferait mal. Mais vous faites pas de bile. Ça va aller.

Il lui tourna le dos et disparut. « Ça va aller… » Il n'avait pas l'air convaincu. Dans ce cas, pourquoi installaient-ils ces barres en T ? Nicolas calcula. Une crue de l'ordre de celle de 1910 atteindrait le haut de ces pieux. Il se remémora les propos de l'Ange du futur, dans sa première lettre. Il avait évoqué Austerlitz avec les pieds dans l'eau…

Audra avait repris des couleurs et en terminait avec les derniers pansements, au niveau des poignets.

— Rien de grave ?

— Non, juste des détails à régler. La vie sur l'eau ça a son charme, mais comme pour tout, il y a des inconvénients.

Nicolas s'empara des clés de la voiture.

— Faut déjà que j'y retourne pour les auditions. Sauf si quelqu'un t'attend, tu peux te poser ici. Il y a des trucs dans le réfrigérateur, ce canapé douillet et le roulis pour te bercer.

— Personne ne m'attend. Du moins, pas ici, à Paris, je veux dire. Mais ce n'est pas pour ça que je ne vais pas rentrer en métro. Merci quand même.

Elle renfila ses chaussures et réajusta son pantalon mal en point.

— J'aurais pu retourner au Bastion avec toi.

— Fais ce que dit Sharko. Il est tard, on est assez nombreux sur place pour la nuit. Pas besoin de te cramer tout de suite. On a déjà eu des dégâts dans les troupes, alors…

— Dans ce cas je serai là demain, à la première heure. Et s'il te plaît, tiens-moi au courant du résultat de ces auditions. Appelle-moi, envoie-moi un message, même à 3 heures du mat. Je veux savoir si on a une chance de sauver ces gens.

Elle le remercia encore, enfila son blouson et se dirigea vers l'arrière, à la sortie.

— Hey, Spick !

Elle se retourna, l'air étonnée. Nicolas lui adressa un sourire :

— Bien joué pour Prost, putain…

20

Les quatre hommes interpellés avaient tous suivi le même parcours : arrivée par les sous-sols du Bastion, niveau −1, fouille et signalisation par des équipes de nuit dédiées – photo anthropométrique, empreintes, ADN –, ensuite au premier, puis détention au quatrième, l'étage des gardés à vue, une longue forteresse de cellules aux portes vitrées et blindées. Après la rapide visite médicale obligatoire, les avocats étaient arrivés, deux commis d'office et deux désignés par leurs « clients » aguerris à la GAV. Ils paraissaient ravis qu'on les arrache de leur lit.

Sharko et d'autres OPJ[1] ayant procédé à l'interpellation se tenaient à un couloir de là, dans ce qu'on appelait des box, des bureaux impersonnels pour les auditions. Finis les suspects interrogés sous les combles de l'autre 36, au milieu de la paperasse et des emballages de sandwichs. Ici, sur un étage complet s'alignaient des salles aux murs et linoléum blancs, aux fenêtres scellées et incassables, avec une table, quatre chaises et un ordinateur équipé d'une webcam, avec image et son : les auditions étaient filmées.

---

1. Officier de police judiciaire.

Nicolas venait d'arriver dans le box de Sharko. Il ôta son blouson et le posa sur le dossier d'une chaise. La lumière crue du plafonnier et la fatigue creusaient des tombeaux sous leurs yeux. Longue, interminable journée, qui s'était transformée en une nuit sans fin. L'ambiance rappelait celle d'un hôpital : couloirs vides, silence de mort, parfois perturbé par les cris lointains ou les coups contre les portes de certains spécimens.

Bellanger tira une chaise et s'y effondra. Il fit rouler sa nuque et aurait donné cher pour un massage.

— D'après Lucie, les quatre sont des clients ?

— Ouais, drogue, vol, recel, ce genre de trucs. Emmanuel Prost est tombé en 2013 avec son pote Tony pour un vol de cuivre sur des lignes SNCF. Il s'est pris six mois ferme avant d'être embauché par Heffner Transports quelque temps après sa sortie de taule. Les combats de chiens vont nous permettre de le travailler sur le meurtre, mais on n'a aucune preuve directe de son implication pour le moment. Pas d'ADN, pas d'empreintes...

— Les semelles ?

— J'ai pu vérifier quand on a récupéré ses lacets. Ni les siennes ni celles de ce Tony ne correspondent aux empreintes relevées au bord de la fosse.

— C'est pas bon.

— Heureusement, il y a les photos des palettes chez Prost, prises par Spick. Il ne pourra pas nier le vol. On va lui faire cracher sa Valda à ce fumier.

Sharko tapota sur son écran.

— T'as vu le nombre de connexions ?

— Combien ?

— Plus de neuf mille, alors qu'il est 1 heure du mat et que la plupart des gens dorment. Qu'est-ce que ce sera demain ?

— Neuf mille ? Comment c'est possible ?

— Je viens de voir Jecko. Son téléphone n'a pas arrêté de sonner. Ce compte à rebours qu'on a déclenché, ces programmes que Laëtitia Chapelier a détectés ont aussi envoyé des mails à des dizaines de journalistes, presse papier, mais surtout télé. Ils ont balancé l'info sur BFM, il n'y a pas plus tard qu'une heure.

— Tu déconnes...

— Jecko a hurlé au téléphone, tu sais ce qu'ils ont répondu, chez BFM ? « Si on ne le fait pas, ce sera un autre. Et de toute façon, il est trop tard puisque l'information a déjà fuité sur Twitter et Facebook. » Twitter et Facebook, bordel...

Son regard se perdit dans le vague, puis revint se poser sur Nicolas.

— À 6 heures du mat, on aura toute la presse de France et de Navarre en bas des bâtiments, dans leurs fichus camions satellites. Ils voudront savoir jusqu'à la couleur des chiottes. Ils vont nous coller au train comme des chiots affamés.

Nicolas était abattu. La course à l'horreur, au clash, au scoop, symptomatique d'un monde où les réseaux sociaux régnaient en maîtres et désorganisaient la presse. Le flic se rappelait la tuerie de *Charlie*, et cette séquence filmée par un amateur dans laquelle on avait vu un des frères Kouachi exécuter à bout portant l'un de leurs collègues policiers. Le vidéaste avait diffusé sa vidéo sur Facebook avant de la retirer un quart d'heure après, mais ça avait été trop tard. Les chaînes et les journaux s'en étaient emparés. Tout ce qui tombait dans la marmite d'Internet y cuisait pour l'éternité.

— Il nous reste environ dix-huit heures avant l'ultimatum, continua Sharko. On ne perd pas de temps avec tout ce qui pourrait nous écarter de l'urgence, à savoir : sauver les prisonniers. Autrement dit, on trace la route et on rentre dans le tas.

Ses lèvres se refermèrent telle une mince cicatrice, or, chez lui, cet air-là traduisait une profonde colère. Nicolas retrouvait le Sharko d'avant, sans concession, le requin assoiffé de sang. Et au fond, il s'en réjouit. Son commandant regarda sa montre.

— Marre de ces conneries.

Il se leva d'un coup et entra dans la cellule de Prost, qui s'entretenait avec son avocat. Il attrapa le prévenu par l'épaule et l'entraîna avec lui, malgré ses protestations.

— Tu feras tes confessions plus tard. Amène-toi.

Une fois dans le box, il claqua la porte derrière lui avec un geste exagéré. Nicolas orienta Prost vers la chaise de droite, son avocat s'installa à sa gauche et demanda, non sans proférer quelques menaces pour la forme, qu'on déclenche l'enregistrement. Sharko lui aurait volontiers écrasé la tête contre l'angle de son bureau, mais à la place, il déroula les formalités obligatoires.

Prost n'avait rien d'un caïd arrogant. Pas de regard provocateur, attitude prostrée, des yeux plutôt fuyants. Il se tenait courbé, les mains entre ses cuisses. Sa joue droite portait encore la marque des gravillons. Franck sortit une pochette à élastique, qu'il posa devant lui.

— Ça a l'air de rapporter pas mal, les combats de chiens, Emmanuel. T'avais trois mille euros sur toi, pareil pour l'un des types de la Mercos, ce... Lecointre. Ton chien a raflé la mise, mais vu son état, un véto doit être en train de le piquer, à l'heure qu'il est.

Prost s'agitait sur sa chaise, mais il se contenait. Selon toute vraisemblance, son avocat lui avait conseillé de faire profil bas. Par la petite fenêtre de la porte, Sharko vit du monde circuler. Les trois autres auditions allaient commencer en simultané.

— Bordel, tu leur as coupé les cordes vocales, à tes clébards ! Tu sais ce que ça coûte de commettre des actes de cruauté sur des animaux en captivité ? Deux ans d'emprisonnement et trente mille euros, minimum ! À tout ça, tu t'en doutes, on ajoute le trafic, la possession illégale de chiens dangereux non déclarés, j'en passe... Mais comme tu sais, t'es pas là que pour ça, Emmanuel. Il est tard, on a tous eu une journée de merde, alors on va éviter les détours inutiles et faire vite, avant que je m'énerve.

De sa pochette, Franck sortit les photos de la scène de crime de Bondy et les fit glisser vers le suspect.

— Qui est-ce ?

Prost observa les clichés, grimaça et les repoussa d'un geste sec.

— J'en sais rien, je vous jure que j'en sais rien. Je sais même pas de quoi vous parlez, putain ! J'ai rien à voir avec ça !

Sharko étala d'autres photos devant lui, comme des cartes pour une réussite. La fosse, le corps, le tatouage, les morsures...

— Qu'est-ce que tu faisais dans la nuit de lundi à mardi ?

Prost regarda son avocat, qui fit un bref signe de la tête.

— J'étais chez moi, tout seul. J'avais eu une grosse journée.

— Sans déconner. Une grosse journée comme celle d'hier ?

Prost ne répondit pas. Nicolas s'était rapproché de sa chaise. Il se tenait debout, juste derrière lui, une main sur le dossier. Il lui demanda ce qu'il avait fait ce jour-là, ce qu'il avait mangé, quel programme télé il avait visionné. Prost répondit en bafouillant, pas très sûr de lui. Il disait avoir bu de l'alcool et fumé du cannabis, ne plus se rappeler.

— Bon, on va te la faire courte, fit Sharko en écrasant son index sur l'une des photos. Cet homme a été dévoré par un chien, un staff, le genre de bestiole que t'élèves clandestinement au combat. T'es le seul des quatre à travailler chez Heffner Transports et ces palettes que tu vois là, dans la fosse, proviennent de chez Heffner Transports, et de nulle part ailleurs.

— C'est pas une preuve, c'est pas moi.

Sharko lui montra les photos qu'Audra lui avait transmises. Zoom sur le sceau de la palette.

— On a retrouvé ces palettes chez toi, à l'étage, sous les cages des chiens. Même sceau, même origine. Heffner Transports.

Prost accusa le coup. Il resta figé, sur la défensive.

— Putain, vous êtes entrés chez moi !

— On s'est frotté les pieds avant, t'inquiète. On va retourner perquisitionner dans ton taudis de Goussainville. Désosser ton ordinateur, éplucher tes comptes, tes factures, et surtout borner ton téléphone. Tu sais très bien que ces petits engins sont de véritables mouchards. D'ici quelques heures, on connaîtra tes moindres déplacements de ces derniers mois, à dix mètres près.

Sharko désigna la caméra.

— Et devine ce qu'un juge d'instruction va penser, si tu nous dis que t'es jamais allé dans la forêt de Bondy, et que ton portable nous indique le contraire ? Tu sais, comme moi, que les juges détestent les mensonges, et qu'un mensonge peut rallonger ta peine du simple au double.

Sharko comprit qu'il avait tapé juste, quand il vit comment Prost pâlit. Le chauffeur routier se tortilla sur sa chaise. L'avocat lui rappela son droit au silence, lui dit que le policier parlait sans les preuves des relevés téléphoniques, mais le prévenu savait que les flics le coinceraient avec le portable. Alors, il lâcha le morceau.

— Ouais, avec Tony, on a fabriqué la fosse pour des combats de chiens. On a organisé trois ou quatre *fights*, mais on l'utilisait plus depuis des semaines parce qu'on préfère bouger, ça attire moins l'attention. Alors ce corps, je sais pas ce qu'il fout là. C'est pas moi, j'ai rien à voir avec ça, je suis pas un criminel.

— Parce que c'est pas criminel ce que tu fais à ces chiens ? hurla Nicolas en lui collant une tape derrière la tête.

L'avocat voulut ouvrir la bouche, mais Sharko se leva en tirant sa chaise, ce qui provoqua un grincement désagréable. Il fit le tour de la table et brandit la photo du cadavre devant son nez.

— Donc, pour résumer, ce trou, tu l'as fabriqué au fond d'une forêt et tu le planquais avec une planche et de la végétation. Un trou... introuvable. C'est bien ça ?

Pas de réponse.

— Et nous, à l'intérieur, on ramasse ce pauvre type, mordu par un clébard qui lui a broyé la moitié des os, arraché la gorge et dévoré le foie on ne sait pas trop comment. Alors explique-nous : si t'es pas responsable, c'est qui ? La Sainte Inquisition ?

Prost prit l'une des photos d'une main molle et moite. Puis une autre, où l'on voyait les morsures en gros plan.

— Des os broyés, vous dites ?

— Tibias, cubitus, radius... De la vraie farine.

— Je vois qu'un chien capable de faire un truc pareil...

Ses yeux quittèrent la photo et ses pupilles s'agrandirent. Il fixait un point imaginaire sur le bureau.

— La première fois qu'on l'a rencontré, on n'avait jamais vu un staff aussi balèze que ça... Je vous jure, c'était un putain de monstre, ce clebs. Pas beaucoup plus grand que les autres au garrot, mais il était bourré de muscles, ça lui sortait de partout, comme... comme Schwarzenegger, mais en version animale. Et une gueule deux fois plus large que la normale. Je vous jure que c'est pas des conneries. Y a pas une bête qui tenait plus de cinq minutes contre lui. Ce chien, il était pas humain.

— Tu m'étonnes, fit Nicolas. Et son proprio, c'est qui ?
— Il se fait appeler le Punisseur.

Nicolas échangea un regard avec Sharko, qui avait lui aussi tilté. Le commandant de police fouilla de nouveau dans sa pochette et récupéra la première lettre de l'Ange. L'homme au masque avait évoqué ce pseudonyme. « *Je vous montrerai de quoi les monstres cachés ici, en France, avec leurs sbires comme le Punisseur, sont capables.* » Cette fois, ils avaient la preuve formelle de l'existence d'un lien entre les affaires. Si l'Ange connaissait le Punisseur, l'inverse devait être vrai. Sharko referma la pochette et posa ses deux mains à plat sur le bureau, penché en avant.

— Accouche.
— Je le connais pas, je sais pas d'où il vient, il est très prudent. Je pourrais même pas vous dire quel genre de caisse il a.
— Fais un effort, Emmanuel.
— Je vous jure. C'est une couleuvre, ce mec. La quarantaine, crâne rasé, un vrai balèze, pas autant que son chien, mais costaud. Toujours engoncé dans son bombers kaki. Un peu le genre skin. Il a un doigt coupé, mais il est capable de… Je veux dire, il fait des trucs bizarres avec ses mains. Ses doigts attirent le métal. Je l'ai vu, je vous mens pas. Il passe ses doigts au-dessus d'une vis ou d'un boulon et elle vient s'y coller.
— T'as parlé d'un doigt coupé. Lequel ?

Prost observa ses propres mains.
— Un morceau du petit doigt, à gauche, je crois…
— Comme lui, fit Sharko en désignant la photo. Continue.
— Il veut de l'original, du spectacle. Des combats dans des lieux chelou, très isolés, parce que son chien, il lui a pas coupé les cordes vocales et que l'animal, il gueule comme un ours. Des endroits chaque fois différents, et qu'il demande à connaître à l'avance. Il veut que personne voie son animal trop zarb.

— Il vient seul ?

— Ouais. Si c'est pas sa came, il se pointe pas. S'il sent un coup foireux ou si ça manque d'exotisme, pareil. Avec Tony, on s'est dit qu'après des cuves désaffectées, le genre fosse dans une forêt, ça lui plairait. À chaque rencontre, on voulait que certains de nos meilleurs chiens se mesurent à son mastard. Il y avait un sacré paquet de pognon à ramasser, avec la cote qu'il avait. Mais... la plupart se sont fait mettre en pièces.

— La fosse, c'était quand ?

— Il y a un bon mois. Début octobre. On l'a réutilisée deux ou trois fois après pour d'autres combats, puis on l'a abandonnée. On reste jamais au même endroit bien longtemps, histoire de pas... de pas se faire prendre.

Sharko entrevoyait un début de scénario. Ce type, le Punisseur, avait réutilisé la fosse pour son « usage personnel ». Il y avait emmené l'homme au tatouage et l'avait jeté au fond avec son staff. Et des gens avaient regardé...

— Comment vous vous contactez ? Quand est-ce que tu dois le revoir ?

Prost hésita, puis regarda la caméra, avant de revenir vers les flics.

— J'ai rien à y gagner, à balancer.

Nicolas posa sa main sur l'épaule du prévenu et enfonça ses doigts dans son muscle deltoïde. Il poussa un cri. Le flic ignora les protestations de l'avocat.

— On n'en a rien à foutre de ton réseau, Prost, de la manière dont tu te procures ces clebs et du sort que tu leur réserves. Même si ce que tu fais nous débecte, on est prêts à t'accorder une certaine clémence. Limiter les chefs d'accusation pour les chiens et s'arranger pour que tu t'en sortes sans trop de dégâts. Hein, commandant ?

Sharko acquiesça.

— On veut du lourd. Et si tu nous le donnes pas maintenant, on l'extirpera du fond de ta gorge avec une clé à molette. Ta garde à vue va devenir interminable. Quarante-huit heures, plus vingt-quatre, plus vingt-quatre, c'est le tarif pour criminalité organisée, crime avec torture, actes de barbarie...

— Vous n'avez pas le droit ! (Il se tourna vers son avocat.) Dites quelque chose, vous, au lieu de jouer avec votre putain de cravate !

L'avocat échangea quelques mots avec les policiers et, compte tenu de la situation, conseilla à son client de coopérer : il avait tout à y gagner. Prost prit le temps de la réflexion, demanda un café, que Nicolas lui rapporta, même si ça lui faisait mal de servir une ordure pareille. Mais il pensait avant tout aux prisonniers dans leurs cylindres et au temps qui filait. Le suspect serra son gobelet entre ses mains menottées et but par petites lampées, en prenant son temps.

— Il y a un forum pour les combats de chiens, finit-il par lâcher.

— L'adresse.

— C'est sur le Darknet. Je sais pas qui l'a créé ni depuis quand il existe. Mais quand tu connais l'adresse, tu peux aller dessus, t'inscrire et après c'est comme n'importe quel forum. Tu peux participer à des combats ou en organiser. Un lieu, une heure, une description, un nombre de participants maximum... Enfin, c'est pas si simple, y a des histoires de points de confiance, de parrainage et d'ancienneté, mais c'est le principe. Et personne pour te choper, parce que le Darknet, c'est le Darknet...

Il avait raison. Le Darknet était la plaie des services de police et de cybercriminalité. Tout ce qui s'y déroulait – pédophilie, trafics en tout genre, vente d'armes – était intraçable et le seul moyen de coincer les responsables était d'infiltrer les réseaux.

Sharko lui tendit une feuille et un crayon. Prost écarta le papier.

— L'adresse est imbitable et je ne la connais pas par cœur. Elle est sur mon téléphone. Mais...

— Mais quoi ?

— Ben avec Tony, ça fait une semaine qu'on a préparé un nouvel endroit. On devait avoir un autre rencard avec le Punisseur. On voulait remettre ça avec lui, à deux pitbulls contre son staff. Sur le forum, on lui a envoyé un message privé la semaine dernière, et il a accepté. Y avait dix mille balles à la clé.

Les yeux de Sharko brillèrent.

— Tu vois, quand tu veux ! Où ? Quand ?

— Il y a un cimetière de péniches à Janville, sur la rive de l'Oise. C'est à soixante bornes de chez moi, à côté de Compiègne. Y a pas plus glauque et isolé. Avec Tony, on a préparé la cale d'une d'entre elles. La péniche a plus de nom, mais si vous allez là-bas vous verrez, c'est la dernière, au bout de la passerelle... Une vieille péniche commerciale bouffée par la rouille.

Il baissa les yeux, et quand il les releva, ils brillaient d'un éclat nouveau.

— Le combat doit avoir lieu dans trois jours, la nuit de dimanche, à 23 h 30.

Dimanche... Sharko se mit à aller et venir, tel un lynx entre quatre murs. Point positif : ils avaient une chance de coincer rapidement le tueur. Point négatif : l'ultimatum expirait ce jeudi soir, à 20 h 30. Il se tourna vers Prost.

— La nuit de dimanche, c'est trop tard. Faut avancer le combat à ce soir.

— Hein ? On fait surtout pas ça ! Si je touche au rendez-vous pour le décaler d'un coup si tôt, il va se douter qu'il y a un truc qui cloche et on le reverra plus.

Sharko médita, Prost avait raison. Avancer le rendez-vous, c'était prendre le risque de perdre la trace du Punisseur. Il disparaîtrait dans la nature et ils mettraient plus de temps à le coincer.

Le prévenu sentait qu'il pouvait encore marquer des points. Que, selon toute vraisemblance, ces flics de la brigade criminelle avaient d'autres priorités que de le coffrer pour combats illégaux. Alors, il lâcha ses dernières cartouches.

— On parle beaucoup de ce mec-là, avec les autres, quand on se voit pour des *fights* comme ce soir. On est quasi sûrs qu'il va repérer les lieux quelques jours avant, histoire de sentir l'ambiance et de s'assurer que tout roule. Et s'il le fait cette fois et qu'il n'est pas encore allé là-bas, vous avez une bonne chance de le choper avant dimanche soir.

21

Installer un aquarium dans son bureau, c'était sa dernière lubie. Des poissons rouges qui évolueraient dans une dizaine de litres d'eau et l'apaiseraient chaque fois que les ténèbres s'abattraient sur lui. Peut-être ces petits animaux l'aideraient-ils à retrouver un équilibre, une respiration, et lui permettraient d'échapper, l'espace de quelques minutes, au tourbillon de ses tourments. Oui, il ferait ça. Bientôt.

La pluie crépitait contre la vitre avec un bruit hypnotique, les radiateurs ronflaient et se dispersait une sorte de bruit blanc propre aux grands bâtiments vides. Sharko ne parvenait plus à situer la frontière entre le réel et l'imaginaire. À un moment, il crut voir un corps se balancer au bout d'une corde au-dessus de son bureau, avec deux grands trous noirs creusés au milieu du visage. Ce n'était que l'ombre du portemanteau.

Quand Lucie entra sans frapper, son cœur endormi tapa dans sa poitrine. À 5 heures du matin, avec toute l'adrénaline déversée depuis la découverte du cadavre de Bondy deux jours plus tôt, les organismes avaient besoin de se recharger, et Sharko dormait les yeux ouverts.

Sa femme se glissa derrière lui et l'enlaça :

— Tu devrais rentrer deux, trois heures. Personne ne te le reprochera. On est des êtres humains, pas des machines.

Franck recouvrit les mains de sa femme avec les siennes, deux foyers de chaleur dans la nuit glaciale. Ses yeux se tournèrent vers l'écran de son ordinateur. À l'image, Flowizz dormait, recroquevillée en position fœtale, sous le regard de plus de douze mille voyeurs. Se doutait-elle du branle-bas de combat à l'extérieur ? Bertrand se tenait à genoux, il soufflait sur la vitre et y inscrivait des lettres.

— Il note « klaxon train » depuis tout à l'heure. Comme ça, en pleine nuit.

— Ils seraient enfermés à proximité d'une voie de chemin de fer ?

— Probable. Ils attendent notre aide... Mais s'il ne nous livre que ces deux mots, c'est qu'il ne dispose d'aucune autre information sur l'endroit de sa détention. Pas une seule indication nous permettant de les localiser. Klaxon, train, tu parles d'un scoop. Qu'est-ce qu'on peut faire avec ça ? Appeler la SNCF ?

Il secoua la tête, résigné.

— On t'annonce qu'il te reste vingt-quatre heures à vivre. Qu'est-ce que tu fais ?

Lucie cala son menton au creux de la nuque de son mari. Elle percevait les frémissements de son artère jugulaire, le long écho de sa respiration qui sifflait dans ses bronches et, à la façon dont il lui serrait les mains, la colère qui roulait en lui.

— Je reste avec toi et nos enfants. Je passe tout ce temps avec vous, au bord de la mer, à vous dire que je vous aime et que notre vie, ensemble, c'était bien. Je regarde le soleil se coucher et se lever une dernière fois. Ça peut paraître bateau, mais c'est ça que je ferais.

— Alors, imagine nos enfants, là, dans ces cylindres. Remplace Flowizz et Bertrand par Jules et Adrien...

Les yeux de Lucie s'embuèrent. Sharko le remarqua, il savait parfaitement à quel point il la choquait. Elle avait perdu ses jumelles dans des conditions abominables et le temps ne cicatrisait rien.

— Pourquoi ? Pourquoi tu me dis un truc pareil ?

— Est-ce que t'irais dormir, ne serait-ce qu'une seule minute ? Et ce que tu n'essaierais pas de tenir quelques heures de plus, et te battre jusqu'au bout ? Flowizz est la fille de quelqu'un. Une mère, un père qui vont se réveiller, allumer la télé et découvrir ces images insupportables de leur enfant obligée de remplir une bouteille d'eau avec sa pisse. Alors non, je n'irai pas dormir, Lucie, pas tant que je n'aurai pas tout fait pour ces gens. Et je n'irai pas non plus voir mes fils, et Dieu sait combien ils me manquent...

Il venait de mettre un coup d'épée dans le cœur de sa femme, mais pour le moment, rien ne lui importait plus que ces deux vies prisonnières de leur géométrie mortifère. Parce que, au fond, il avait toujours été ce fichu prédateur, plus qu'un père et un mari.

D'un geste, il bascula vers un forum de combats de chiens, aux tons noir et rouge, dans un navigateur Tor relié au Darknet. Il cliqua sur un lien connecté sous le compte fourni par Prost. Il avait accès à des pseudonymes, des photos de chiens, de combats. Sang, horreur... Le pire de l'être humain. Il dénicha le profil du Punisseur, mais rien ne permettait de récolter des données concrètes sur lui. Sharko ressentait une frustration électrique au bout de ses doigts. L'un des hommes qu'ils traquaient les narguait à un clic de souris, inaccessible.

— Des écrans, encore, entre nous et eux. Des types qui se planquent derrière leurs ordinateurs d'un côté, des victimes qui souffrent de l'autre, et nous on est là, entre eux, comme des rats dans des labyrinthes, de bons petits esclaves impuissants.

Lucie frotta ses yeux humides. Elle sortit un papier de sa poche et le posa devant son clavier.

— Cardiotex SA. Une entreprise de fabrique de pacemakers, basée à Reims. À 9 heures, la petite esclave impuissante sera devant leurs bureaux...

Sharko considéra le papier, mais ne répondit rien. Cette nuit, son cœur était froid.

— Dans la matinée, tout ce qui est bornage téléphonique va remonter, poursuivit-elle. D'autres esclaves bossent, des étages plus bas, sacrifiant eux aussi leur famille. Ils décortiquent tous les indices qu'on leur apporte ou épluchent des comptes Facebook pour essayer de trouver des traces. Nicolas s'est proposé d'attaquer la planque à Janville d'ici quelques heures pour mettre toutes les chances de notre côté. On est tous concentrés sur ce compte à rebours, on se bat. Et toi, t'es en train de t'apitoyer sur ton sort ? De me coller des coups bas dignes d'un vieux coq aigri de basse-cour ?

Elle écrasa son index sur la feuille.

— Non, on n'est pas impuissants, on agit et on fait tout ce qui est en notre pouvoir pour leur venir en aide. Je sais que c'est dur pour toi, mais ça l'est pour nous tous.

Sharko s'arracha de son fauteuil. Ses vieux os craquèrent quand il se dirigea vers la fenêtre. La nuit emprisonnait la ville, les grues s'érigeaient en squelettes indistincts, perdues dans un halo mi-orangé, mi-verdâtre. En contrebas, au bout de la rue, il discernait des camions bardés d'antennes satellites, illuminés de l'intérieur. La presse qui, au rythme de l'aube, prenait ses quartiers.

— C'est nous qui allons tuer ces malheureux. Par notre façon de consommer du vide. Par nos yeux rivés sur ces écrans. Par nos clics et nos saloperies de hashtags. Il y en a un sur ce truc, là, Twitter, qui fédère déjà une centaine de réactions, #SauvonsFlowizzetBertrand, né d'on ne sait où. Oui, comment ça démarre, ces machins-là, hein, les trucs genre #balancetonporc ? Qui a l'idée de publier un truc pareil, et de quelle façon ça se propage ? Des gens qui veulent aider la police et sauver le monde, mais qui ne font que l'asservir à la loi des machines...

Il détestait sombrer dans ce monde dépourvu de nuance, une époque où chaque mot pouvait être mal interprété, où il fallait se positionner pour ou contre, mais jamais entre les deux.

— C'est exactement ce que l'Ange cherche. Fédérer plus de... chimpanzés. Il transforme ces réseaux en arme de destruction. Il veut nous montrer que même derrière nos écrans, chacune de nos actions a une conséquence, aussi infime soit-elle. Que chacun se sente responsable. Que chacun appuie sur le bouton, comme nous l'avons fait.

Lucie détestait quand les ombres l'ensevelissaient et l'entraînaient dans les replis les plus obscurs de son propre esprit. S'il cherchait la plupart du temps à oublier son passé, le passé, lui, ne l'oubliait pas et revenait pour tout balayer avec la rage d'une lame de fond.

Sharko fixa son écran sans le voir.

— Je ne sais pas ce que l'Ange leur réserve, mais ça va être horrible, je le sens. J'espère juste que ces personnes ne vont pas mourir devant mes yeux. Parce que je ne me le pardonnerai pas. Aucun d'entre nous ne se le pardonnerait.

22

La lumière resurgissait par touches subtiles. Mais elle n'avait rien à voir avec ces teintes chaudes qui encourageaient à lever le visage vers le ciel. Non, cette lumière-là se contentait de combler le vide de la nuit, de remplir le néant de nuances poisseuses de gris et de pousser les machines-hommes à remplir les rames de RER, pour aller nourrir les robots qui bientôt occuperaient leurs places dans les usines.

— J'ai apporté des munitions avant le grand départ. Croissants, pains au lait, chaussons aux pommes.

À 6 heures du matin, Audra posa la corbeille de viennoiseries sur le coin de son bureau, en même temps que son Thermos de thé et une pile de gobelets. Seul Nicolas était dans la pièce, droit dans son fauteuil, le nez rivé à l'écran. Il n'avait rien lâché. Audra avait déjà croisé des flics de sa trempe, des loups des steppes dopés à la hargne qui ne trouvaient l'apaisement que dans les abysses d'une traque.

Il se leva en s'étirant, décontracta sa nuque par quelques rotations de la tête et vint piocher un croissant. Il détailla d'un œil rougi la nouvelle tenue de sa partenaire : jean, pull à col roulé beige et Kickers bleu nuit. Seules ses mains portaient encore les stigmates de ses blessures de la veille.

— On dirait que t'es devenue une vraie flic.

Audra servit les thés et désigna du menton le sac de sport qu'elle avait rapporté.

— Disons que je vais éviter de transformer mon corps en champ de bataille, cette fois-ci. Tu crois que ça va marcher, notre planque ? Qu'on a une chance de le choper avant l'ultimatum ?

Après les auditions, Nicolas l'avait appelée, à 4 heures du matin, et lui avait proposé de s'occuper de la série de planques avec lui à Janville. Il avait réussi à convaincre Sharko, et Audra avait accepté.

— C'est la piste la plus directe, on ne peut pas manquer l'opportunité. À cause de l'ultimatum, Sharko veut qu'on se concentre sur ce qui a le plus de chance de donner des résultats rapidement. C'est une course contre la montre et le Punisseur est une clé essentielle...

Ils burent leur boisson d'un trait, et Nicolas rassembla leur matériel : ordinateur portable, une batterie externe pour recharger les téléphones, un boîtier photo, une balise GPS. Même enfermés dans une voiture à planquer, ils pourraient ainsi continuer à travailler et rester connectés au reste du groupe, en attendant la relève. Ils en prenaient pour douze heures.

— Allez, en route.

Ils allèrent prévenir Sharko de leur départ. Dix minutes plus tard, ils s'engageaient sur le périphérique, porte de Clichy, en direction du nord. À 6 h 30, les voies s'engorgeaient. Une bruine opaque brouillait la vue, malgré les essuie-glaces. Nicolas ne tarda pas à sentir sa collègue sous tension. Elle avait les mains scellées à ses genoux et scrutait sans discontinuer la circulation dans les rétroviseurs. Il ne lui fallut pas longtemps pour faire le rapprochement.

— Les camions ?

Audra se ressaisit sans répondre et augmenta le son de la radio. Sur les ondes, l'information tournait en boucle : d'après le journaliste, l'Ange du futur, ce hacker auteur du piratage du site de l'Élysée, avait kidnappé le surmédiatisé Bertrand Lesage et une jeune femme connue sur les réseaux sous le nom de Flowizz. Il résumait l'affaire à une course contre la montre d'une cruauté exceptionnelle, puisque le calvaire de deux victimes était exposé en direct sur un site Internet dont il taisait l'adresse. Il demandait néanmoins à ceux qui la possédaient de ne pas la diffuser.

— Tu parles, grogna Nicolas. Ça revient à jeter un morceau de viande devant un lion et à lui ordonner : « N'y va pas ! » Bien sûr que les auditeurs vont aller sur le site. Peut-être seront-ils horrifiés, mais ils vont regarder, et ils ne repartiront pas avant de connaître le fin mot de l'histoire. On est revenus au temps des jeux du cirque... Et tous ces fichus terroristes, quels qu'ils soient, le savent mieux que quiconque.

Audra ne parlait pas, trop tendue, trop concentrée sur la circulation autour d'elle. Elle sortit son portable et commença à pianoter.

— Il y a un truc que je ne pige pas encore chez l'Ange, continua Nicolas pour entretenir la conversation. Pourquoi il s'en est pris à cette Flowizz ? Bertrand Lesage, je comprends, il est médiatisé. Mais elle ? *A priori* personne ne la connaît, elle n'a que trois cents « amis ». Juste une anonyme de la Toile qui court deux fois par semaine et filme de temps en temps depuis l'arrière de sa tête. Alors, pourquoi elle et pas une star de la téléréalité ou un youtubeur avec des millions d'abonnés ? Est-ce qu'il la connaissait personnellement ? Un proche ? Un voisin ? Un collègue de travail ?

Pas de réponse. Elle regardait son écran, rien que son écran. Son addiction au portable énerva Nicolas, qui avait l'impression de parler à un mur.

— Si tu ne supportes pas la circulation ou la voiture, ça va être compliqué, tu sais. La bagnole, c'est notre seconde maison.

Audra leva les yeux :

— Tu crois que je vais à l'hôpital seulement pour faire joli ? Que cette thérapie, c'est juste... (elle claqua des doigts) histoire de me la couler douce ? Tu devrais être le premier à comprendre.

— Je ne vois pas le rapport avec ton téléphone.

— C'est parce que tu ne peux pas c...

Nicolas plaqua son doigt sur ses lèvres et augmenta le volume de la radio.

— « ... *qu'un tout premier cas de choléra vient d'être détecté cette nuit dans une petite ville du sud-est de Cuba, dans la province de Granma, à sept cent cinquante kilomètres de La Havane. La maladie avait disparu depuis les années cinquante, mais les épidémies semblent se multiplier sur l'île ces dernières années, les deux plus récentes ayant eu lieu en 2013 et 2016. Et maintenant, la météo...* »

Le flic fit taire l'autoradio d'un mouvement sec. Audra rempocha son portable.

— Le choléra... C'était dans la première lettre, celle de mardi, non ?

Main sur le volant, Nicolas lorgna sur l'écran de son téléphone. Il lança une rapide recherche sur Internet.

— Rien sur d'éventuelles émeutes au Soudan.

Il afficha ensuite la lettre.

— Oui, c'était dans la lettre. Et voilà exactement ce qui était marqué : « *Si je vous disais qu'une épidémie de choléra va se déclarer à Cuba, que la gare d'Austerlitz aura bientôt les pieds dans l'eau ou encore, que des affrontements vont éclater au Soudan dans quelques jours, vous me prendriez sûrement pour un fou.* »

Il se concentra à nouveau sur la route.

— À supposer, je dis bien à supposer qu'il dise vrai pour les trois événements, qu'est-ce qui peut relier une crue à Paris, une maladie à Cuba et des émeutes au Soudan ?

— Rien. Ce sont des catastrophes, réparties qui plus est aux quatre coins du monde.

— Des événements imprévisibles, plutôt que des catastrophes, car il y a les émeutes. Hormis la montée des eaux chez nous et le fait que, sans doute, l'Ange extrapole, comment il pouvait savoir pour le choléra ? La radio a parlé d'un premier cas détecté cette nuit. On a reçu la lettre mardi, mais elle a dû être rédigée bien avant. Alors, comment il a fait ?

Nicolas ne comprenait pas. Il devait y avoir une explication, un tour de passe-passe, comme lorsque l'inconnu s'était effondré devant le Bastion à 17 h 02 : la conséquence d'un pacemaker trafiqué. Personne ne pouvait prédire l'avenir, pas même cette ombre qu'ils traquaient et qui se faisait appeler Ange du futur. Cependant, le flic ne pouvait s'empêcher de repenser au tatouage de l'inconnu des bois. Une étrange prédiction, là aussi, dont ils n'avaient pas l'explication rationnelle.

Une fois à Janville, ils allèrent acheter sandwichs, desserts et boissons dans une boulangerie, puis suivirent les indications fournies par Emmanuel Prost. Écrasée sous la grisaille, la ville se mourait, avec ses maisons de briques rouges et ses avenues désertées. Le cimetière de carcasses les attendait au bout de l'île Jean-Lenoble, accessible par un vieux pont tellement rouillé que Nicolas se demanda s'il allait supporter le poids de son véhicule.

Ils passèrent devant un chapelet d'habitations – des courageux habitaient encore ici –, et firent une première fois le tour de l'île, environ deux kilomètres le long d'un chemin au revêtement défoncé. Ils avaient aperçu les bateaux en question, à l'extrémité nord, derrière des murailles de broussailles et d'arbres morts.

Il leur fallut moins de cinq minutes pour revenir vers les péniches. Nicolas décida de se garer à deux cents mètres de là, dans l'ombre de bâtiments d'un chantier naval abandonné. Leur véhicule était invisible depuis le chemin.

— On prend seulement les lampes, histoire de jeter un œil...

La pluie rendait le gris plus gris, la surface de l'Oise se mêlait au ciel sans dégradé de couleurs. L'automne avait réduit les arbres à des mains décharnées, sinistres gardiennes d'une berge inaccessible. Heureusement, ils dénichèrent une passerelle en mauvais état qui s'enfonçait droit dans la végétation.

— Moins glamour que chez toi, fit Audra.

L'épisode de stress dans la voiture paraissait envolé, Audra avait retrouvé des couleurs. Ils marchèrent sur une cinquantaine de mètres et atteignirent la rive. Les croisillons oxydés de la passerelle gémissaient, ses ramifications s'élançaient vers les péniches en ruine, certaines en partie découpées. Nicolas comprenait mieux la présence du chantier naval : des travaux de démantèlement avaient été entrepris, mais laissés en plan. Les coques à nu saignaient, rongées par le ressac perpétuel des eaux troubles. Emmanuel Prost avait raison : difficile de choisir un endroit plus sinistre et isolé. Le terrain de jeu idéal pour des combats clandestins.

Ils gagnèrent le dernier bâtiment, une péniche commerciale flamande, pareille à une baleine échouée. Ils s'y engagèrent avec prudence – le niveau de l'Oise avait monté et rendait l'accès dangereux. En tête, Nicolas tenait sa main pas loin de son arme.

— Fais attention où tu mets les pieds...

Le pont défoncé, troué, était encombré de cordages, de détritus. Des pics de rouille saillaient des coursives et des garde-fous. Un lierre étranglait la timonerie, s'enroulait autour de la roue du gouvernail. Nicolas s'empara de sa lampe torche et éclaira une bouche noire en contrebas. On n'en voyait pas le fond, les marches se perdaient dans l'obscurité. Soudain, il sentit une pression sur sa gorge, une main invisible qui cherchait à l'étrangler. Ses muscles se durcirent et ses doigts se mirent à trembler. *Pas maintenant...*

Il inspira et avança, courbé, dans l'écho des gouttes, des grincements d'acier à l'agonie. Flashes sur ses rétines. La roche, les ténèbres... Camille, attachée les bras en croix et éventrée... Nicolas secoua la tête, son cœur lui écartait les côtes avec ses battements violents. Suées. Il stoppa net et Audra lui rentra dedans.

— Oh ! Ça va ?

Nicolas hocha la tête et s'écarta.

— Faut juste que ça passe, continue seule. On forme la paire, toi et moi...

Bataclan, songea Audra. Les lieux clos et sombres devaient le ramener là-bas, comme elle avec ses camions, et le médicament amplifiait tout. Elle ne dit rien et progressa dans la cale, si longue que le rayon de sa lampe en mordait à peine le bout. Ça sentait la tourbe et l'oxyde de fer. La rouille colonisait le sol, le plafond, les parois. Elle découvrit, au plus profond de la cavité, un grillage tendu entre des battants d'acier, qui fermait un compartiment carré d'environ trois mètres de côté. De la paille couvrait le sol, sous une guirlande d'ampoules suspendue et reliée à une batterie de voiture. Tout était prêt pour l'affrontement des chiens. Elle se tourna vers Nicolas, resté loin en arrière et réduit à un point lumineux dans la nuit. Elle courut le rejoindre.

— L'arène est là-bas. Qu'est-ce qu'on fait maintenant ?

Nicolas remonta à la surface. Emplit ses poumons d'air et laissa son visage accueillir la pluie. Le sang bruissait dans ses oreilles.

— On... on se planque dans la voiture et on attend. S'il se pointe et s'engage sur la passerelle, on n'aura pas beaucoup de temps. Il faudra aller coller la balise GPS sous son véhicule. C'est tout. Avec ça, il sera ferré et les équipes pourront le taper en toute sécurité. Reste à espérer qu'il vienne. Au mieux ce soir, au pire, dans la nuit de dimanche...

Avant de quitter le navire, Nicolas se tourna vers sa collègue.

— Pour ce qui m'est arrivé là-dedans, pas un mot. À personne.

— Il ne s'est rien passé non plus dans la voiture.

Nicolas acquiesça.

— Je ne veux pas qu'on en discute, même entre nous, poursuivit Audra. J'ai déplacé mon rendez-vous à la Salpêtrière au samedi au lieu du mardi, comme ça, on ne s'y croisera plus. Je ne veux en parler avec personne. OK ?

— Et moi je l'ai calé au lundi, répliqua Nicolas avec une pointe d'agacement dans la voix. Heureusement qu'on n'a pas encore choisi le même jour.

Audra se remit en route.

— C'est bien. Je crois qu'on est sur la même longueur d'onde, tous les deux.

23

Basé à la périphérie de Reims, Cardiotex SA s'étalait comme un long vaisseau de verre à la structure métallique en forme d'alvéoles. Lucie ne se laissa pas distraire par le caractère austère et futuriste du bâtiment ni par les différents dispositifs de sécurité qu'il fallait franchir pour atteindre l'étage administratif de l'entreprise. Le directeur venait d'être informé de la venue matinale d'un officier de police et patientait dans son bureau.

En montant, Lucie contempla son reflet dans le miroir de l'ascenseur et réajusta les mèches rebelles qui tombaient en désordre sur son blouson. Deux heures et demie de route dans les bottes après une nuit blanche. Elle détestait quand ses yeux en manque de sommeil gonflaient de la sorte, quand la fatigue et le stress lui prêtaient des propos ou des comportements extrêmes. Elle en voulait à Sharko. Même si cette affaire le mettait sous pression, comment avait-il pu avoir des paroles aussi dures ?

La secrétaire l'abandonna devant la porte du bureau d'Olivier Van den Bussche. Le directeur lui proposa de s'asseoir et ne s'embarrassa pas des formalités d'usage.

— Désolé, mais j'ai peu de temps, d'ici une demi-heure nous avons un comité de direction. En quoi puis-je vous aider ?

Lucie l'avait imaginé en vieux professeur de médecine, mais il était un homme d'à peine 40 ans à la mise impeccable. Le genre businessman entre deux avions. Derrière lui, sur une étagère, un slogan barrait une plaquette publicitaire : « De la qualité de nos produits dépend la vie de nos clients. » Tu m'étonnes. Une fois installée, Lucie se présenta et poussa devant elle plusieurs agrandissements du pacemaker carbonisé.

— Il s'agit bien de l'un de vos appareils ?

Le directeur lorgna les clichés avec la plus grande attention. Son visage de jeune premier se fit plus grave.

— On dirait, en effet. D'après la forme, ce serait l'avant-dernier modèle, celui commercialisé avant février 2016. Que s'est-il passé ?

— Il a grillé mardi dans le corps d'un homme venu mourir devant le QG de la police judiciaire parisienne. Il est décédé sur le coup, et le médecin légiste a sorti de sa poitrine ce que vous voyez là : un appareil issu de votre usine. Et avant que vous ne l'évoquiez vous-même, ce n'était malheureusement pas un hasard ou une panne quelconque, monsieur Van den Bussche. La victime se savait menacée et était bien consciente qu'à 17 h 02 exactement, une bombe pouvait se déclencher en elle.

— C'est... impossible...

— Ça l'est apparemment. Et je suis ici pour comprendre.

Van den Bussche perdit de sa prestance. Son visage s'affaissa comme un pâté de sable sous l'assaut d'une vague. Il se pencha pour s'assurer de la bonne fermeture de la porte derrière Lucie, et garda le silence.

— Excusez-moi, mais c'est... terrible. Vous dites le QG de la police parisienne... Ça a un lien quelconque avec ce qu'ils racontent à la radio ? L'homme et la femme enfermés dans des tubes ? Ils ont aussi parlé d'un homme qui serait mort devant les bâtiments de la police.

— C'est lui.

Le directeur accusa le coup.

— Je suis désolé. On ne s'attend pas à ce genre de nouvelles, surtout que nos pacemakers n'ont jamais rencontré de problèmes aussi graves. Vous l'avez compris en montant jusqu'ici, la sécurité et la fiabilité de notre matériel sont notre obsession. Un pacemaker doit fonctionner sans aucun problème durant toute la vie de sa batterie, soit environ sept ans. Sur les centaines de milliers de produits sortis des usines, seuls trente-deux ont posé problème et...

— Il faudra rajouter celui-ci à vos statistiques.

Elle lui tendit un cliché. Le directeur considéra les chiffres rescapés de la destruction.

— Si vous m'aviez fourni le numéro de série complet, j'aurais pu vous orienter vers le bon médecin du bon hôpital, et vous auriez pu récupérer l'identité du patient par le dossier médical. Mais là... Malheureusement, la plupart de nos numéros de série commencent par ces quatre chiffres. Ce sont les suivants qui sont importants. Vous n'avez aucune donnée sur... sur la victime ?

— La cinquantaine, M. « G » quelque chose... Il travaillait dans l'intelligence artificielle, ou un domaine technologique. Je suis désolée, c'est tout ce qu'on possède, avec la photo de son cadavre.

— Ça ne m'aide pas. Vous vous doutez qu'on ne connaît pas les métiers ni les visages des porteurs de pacemaker. Nous sortons de notre usine mille cinq cents appareils par jour, et chaque année, plus de douze mille pacemakers Cardiotex sont posés sur des patients avec des déficiences cardiaques, rien qu'en France.

Douze mille par an... Ça lui paraissait astronomique. Lucie ne savait même pas si le G se rattachait au nom ou au prénom de leur victime. Elle comprit vite qu'elle n'y arriverait pas, et qu'il était inutile de demander des listings d'hôpitaux ou de cardiologues. Autant chercher une aiguille dans une botte de foin.

— Donnez-moi votre avis sur ce qui s'est passé. Comment un pacemaker peut-il devenir une arme ?

— La plupart des pacemakers que vous trouverez sur le marché sont devenus des objets connectés, comme votre montre qui va vous demander de courir un kilomètre de plus ou un réfrigérateur capable de commander des yaourts à votre place lorsqu'il en manque. Nos produits communiquent sur une certaine fréquence radio avec une base fixe située chez le patient, pour transmettre des informations cryptées et presque en temps réel du patient à un système informatique et donc, au cardiologue. Le médecin peut ainsi détecter rapidement les problèmes cardiaques éventuels, comparer à des bases de données de porteurs de nos pacemakers et réagir au plus juste : c'est ce qu'on appelle une médecine ultra-personnalisée. Mais comme la plupart des objets connectés, les pacemakers peuvent être la cible d'attaques de pirates informatiques. Vous avez peut-être entendu parler du problème avec Dick Cheney, en 2013 ?

Lucie secoua la tête, bluffée. Même un pacemaker était connecté au réseau et alimentait cet infini nuage de données appelé Big Data. Existait-il encore un jardin secret que nous ne livrions pas aux bouches insatiables des machines ?

— Le vice-président américain a désactivé la fonction sans fil de son pacemaker pendant son mandat, de peur d'une attaque terroriste ou d'un cyber chantage sur son appareil. Ce n'était pas une phobie injustifiée, de nombreuses sociétés d'audit avaient décelé d'innombrables failles et montré qu'on pouvait contrôler un pacemaker à distance, comme augmenter artificiellement le rythme cardiaque d'une personne. En provoquant l'emballement d'un pacemaker, il est facile de faire exploser sa pile au lithium. L'issue, pour le patient, est fatale.

Il appuya sa main sur d'épais dossiers.

— De nombreux dysfonctionnements ont été détectés et résolus au fil des années, il y en avait des milliers, et ça allait des pacemakers aux pompes à insuline implantées ou aux implants cochléaires[1] qu'on pouvait contrôler à distance. Il n'y a pas longtemps encore, un pirate a pris la main sur une poupée connectée pour enfant. Il pouvait voir l'intérieur de la chambre de la gamine par les yeux du jouet, et prononcer des propos obscènes. Il existe encore de nombreux progrès à réaliser, mais en ce qui concerne les objets connectés ultra-sensibles comme des pacemakers, la sécurité est aujourd'hui extrême, les échanges entre émetteur et récepteur sont cryptés, ce qui les rend quasi inattaquables.

— Quasi. Comment le pirate s'y est-il pris pour agir sur un pacemaker dans une poitrine ?

L'esprit d'Olivier Van den Bussche se heurtait au choc des révélations. Lucie devinait les conséquences pour son entreprise si l'affaire du pacemaker venait à s'ébruiter : qui voudrait encore porter un stimulateur Cardiotex, sachant que l'engin pouvait exploser dans votre poitrine ? Elle visualisait déjà le slogan : « Éclatez-vous bien avec les pacemakers Cardiotex. »

Après un silence, il reprit la conversation.

— Ça s'est passé en pleine rue, vous dites ? Il n'y a pas trente-six solutions. L'ordre a forcément été donné en direct. Le hacker devait disposer d'un ordinateur portable ou d'un téléphone relié à une petite antenne pour être sur la bonne fréquence de 175 kHz. Il a très bien pu développer une application exploitant la faille qu'il lui suffisait d'activer

---

1. Implants électroniques visant à fournir un certain niveau d'audition pour les personnes atteintes d'une surdité profonde ou sévère.

lorsque sa victime se trouvait suffisamment proche de lui. L'application a dû se connecter au système interne du pacemaker, déjouer les systèmes de protection et donner des ordres à l'appareil.

— Quand vous dites proche de lui...

— Vingt, trente mètres, grand maximum. Au-delà, il n'y a plus de signal.

Lucie buvait chacun de ses mots. Ainsi, la bombe n'avait pas été programmée pour exploser d'elle-même. Le tueur s'était trouvé dans les parages pour déclencher le système, à deux pas du Bastion.

— N'importe qui peut dénicher la faille dans vos engins ? N'importe quel internaute suffisamment brillant ?

— Non, non, vous vous doutez bien... Même si un petit génie disposait des plans qui sont en lieu sûr, ça ne suffirait pas, car il faut accéder à la couche logicielle, présente *dans* le pacemaker. Tout est crypté, hyper-sécurisé. Votre... votre pirate devait avoir accès à l'un de nos appareils afin de l'ouvrir, de l'étudier. Il avait probablement aussi accès à des programmes confidentiels de fabrication.

— Comme vos employés ?

— Je ne vais pas vous mentir, parce que je n'ai rien à cacher : si vous pensez au personnel qui développe les programmes ou les logiciels, à celui qui assemble, celui qui accède aux fichiers ou aux ingénieurs qui se rendent dans les hôpitaux pour mieux cerner les besoins des médecins, en tout plus de trois cents personnes, alors nous pourrions tous être coupables. Bien sûr, ça exigerait une touche de génie et des compétences incroyables sur l'ensemble des process, sachant qu'un soudeur n'est pas un informaticien, ou qu'un technicien de laboratoire ne s'y connaît pas forcément en cryptage, mais ça reste faisable... Cependant...

Il en revint au dossier sur son bureau.

— Je suis vraiment ennuyé. Si ça s'est produit comme vous le décrivez, ils auraient dû voir la faille. Ils n'ont pas pu passer à côté.

— Qui ça, « ils » ?

— Cyberspace, un cabinet de conseil en stratégie numérique et spécialisé dans le domaine médical de pointe. Il y a environ deux ans et demi, peu de temps après la sortie de ce modèle, nous l'avons mis entre leurs mains. Nous avons payé leurs services une fortune pour justement éviter le genre de drame qui vous a amenée aujourd'hui.

Il se leva, alla fouiller dans une armoire.

— Voici leur rapport. Ils ont réalisé des mois de tests, des centaines de scénarios de panne, d'attaques informatiques. Ils ont relevé vingt-sept bugs mineurs sans impact sur la santé des patients, bugs qui ont été redirigés vers nos équipes informatiques pour correction et intégration dans des versions futures. Je ne comprends pas qu'une faille capable de détruire notre pacemaker à distance leur ait échappé.

— Quelqu'un aurait pu détecter un problème de sécurité chez eux et ne pas le signaler ?

— Je ne peux incriminer personne, vous vous en doutez. Je dis juste qu'ils ont eu entre les mains tout le matériel nécessaire pour fiabiliser davantage nos produits, des plans aux composants et que, selon toute vraisemblance, le travail n'a pas été fait à 100 %.

— Et... avaient-ils aussi accès aux identités des porteurs de tel ou tel pacemaker ?

— Ils avaient accès à tout, c'est pour cela que nous signons des chartes avec eux et qu'ils sont soumis au secret professionnel le plus strict sur les données traitées. Bref, avec le numéro de série d'un produit, nous offrons la possibilité à tout patient implanté, ou qui souhaite se faire implanter, d'accéder aux résultats de tests que nous faisons nous-mêmes lors de la fabrication de *leur* pacemaker. Le client peut même accéder à des photos des étapes clés, dans un souci de transparence... Cela signifie que si vous, cliente, utilisez cet accès même une seule fois, vous êtes tracée dans nos fichiers.

— Et on peut donc savoir que je porte ou m'apprête à porter l'un de vos pacemakers...

— Exactement. Et Cyberspace était en possession de ces fichiers clients.

Lucie commençait à entrevoir un début de scénario.

— Votre rapport, là, il mentionne les identités des experts de chez Cyberspace qui ont travaillé sur votre pacemaker ?

— Non. Désolé. Mais vous les retrouverez facilement en contactant la société.

Elle lui tendit une carte de visite.

— Mes coordonnées. Vous allez être appelé sous peu par la brigade criminelle pour officialiser tout ça. En attendant, il est impératif que vous ne parliez à personne de notre conversation, pas même à vos employés. Ne contactez pas Cyberspace. Il est de toute façon dans votre intérêt de ne pas ébruiter cette affaire.

— Comptez sur moi.

Lucie lui serra la main. De retour à sa voiture, elle frissonna en imaginant le carnage que l'Ange aurait pu faire à chaque porteur de pacemaker Cardiotex, à l'aide d'un simple téléphone portable et d'une antenne... Des dizaines de milliers de personnes, rien qu'en France... Des meurtres à distance, sans avoir le moindre rapport avec la victime. Vous la croisez dans la rue, vous appuyez sur votre écran de téléphone portable, et c'en est terminé. Une nouvelle forme de terrorisme.

Lucie en prenait peu à peu conscience : avec la numérisation de nos vies, de nos cerveaux et même de nos organes, avec les voitures autonomes, les métros sans chauffeur, les hackers ou cybercriminels risquaient de devenir les Escobar ou les Ben Laden de demain. Cette perspective lui flanquait le vertige.

Avant de reprendre la route, elle donna un coup de fil à Robillard :

— C'est moi. Deux choses. Un, il faut que tu récupères des infos sur une entreprise du nom de Cyberspace. C'est un cabinet spécialisé dans l'informatique et le traitement des données médicales. Possible que notre Ange ait un rapport avec cette boîte. Et deux, trouve les enregistrements des caméras de surveillance du soir où la victime est morte devant le Bastion. Le tueur se trouvait à moins de trente mètres de là.

24

Lucie entra dans leur bureau avec l'énergie d'une balle éjectée du canon d'un pistolet. Si essoufflée que Pascal savait qu'elle avait gravi les six étages en courant. Les vieilles habitudes avaient la dent dure. Elle balança d'un geste ses vêtements sur sa chaise et vida une petite bouteille d'eau. Puis elle leva la tête vers son collègue.
— Alors ?
Il montra la clé USB fichée dans son unité centrale.
— Je termine de copier les vidéos de surveillance. T'as vu toute cette presse, en bas ?
— On dirait un camping. Il y a même la BBC et d'autres médias étrangers. Je plains Jecko, on ne le voit même plus dans son bureau. Qu'est-ce que tu veux leur dire, franchement ?
— « *La police fait tout ce qui est en son pouvoir pour...* » Ce genre de conneries.
Il reprit sa clé USB et se leva.
— C'est tout bon. Franck nous attend en salle de crise.
Ils empruntèrent le couloir.
— Pour ta boîte, Cyberspace... Je suis allé sur leur site Internet. Ils sont basés à Clamart. Société composée d'une vingtaine de cracks, spécialisée dans l'informatique

du secteur médical, et visiblement très réputée pour ses compétences. Il y a une page où ils affichent leurs références, dont Cardiotex, l'un des leaders en dispositifs médicaux implantables.

Lucie afficha un air satisfait.

— Parfait. Je le sens bien. Un de leurs ingénieurs découvre une faille lors des tests poussés du pacemaker Cardiotex, et ne la signale dans aucun document. Il n'en parle à personne. Il possède donc la méthode exacte pour exploiter le dysfonctionnement. Ensuite, il trouve une cible en scrutant les fichiers de données en sa possession.

— Notre Monsieur G.

— Oui. D'une manière ou d'une autre, il entre en contact avec lui et le menace : « *Si vous ne faites pas exactement ce que je vous dis, je fais exploser votre pacemaker.* » Il donne un petit avertissement en augmentant la fréquence cardiaque de sa victime, juste comme ça, en manipulant son téléphone portable.

Pascal plissa le nez en signe de dégoût.

— Ça doit être un cauchemar. Tu sens ton cœur s'emballer et tu ne peux rien faire.

— Et ça te pousse forcément à obéir.

Ils arrivèrent à la salle de crise où les attendait Sharko, collé à son téléphone. Il releva les yeux vers sa femme et lui adressa l'un de ses regards de chasseur à l'affût. Elle l'avait mis au courant de ses avancées sur le trajet du retour.

— On a identifié Flowizz grâce au hashtag, lâcha-t-il après avoir raccroché. Un voisin de palier l'a reconnue en allant sur le site et a posté l'identité sur Twitter...

Lucie sentait que ça lui était pénible de prononcer ces mots d'une époque qui n'était pas la sienne, il détestait que des réseaux sociaux se mêlent de leurs affaires. Mais il fallait l'admettre : grâce à eux, tout allait beaucoup plus vite.

— Elle s'appelle Florence Viseur. Je viens à l'instant d'envoyer trois hommes chez elle pour une perquise. On avance, on avance.

Florence... Lucie observa l'écran où la pauvre fille, de profil, se rongeait les ongles. Les emballages vides de nourriture s'amoncelaient. Pour s'occuper, ou parce qu'il devenait fou, Bertrand agrandissait un trou dans le pantalon de son bleu de travail, tirant des fils de tissu. Les deux prisonniers ignoraient sans doute l'existence de l'ultimatum et que chacun de leurs gestes, en ce moment même, était décortiqué par plus de cinquante-neuf mille anonymes : l'équivalent d'une ville de la taille de Lorient. Lucie songea à une pandémie de grippe en train de se répandre dans tout le pays, et que plus rien n'était en mesure d'arrêter.

Sharko ne tenait plus en place, les informations rapportées par Lucie l'avaient revigoré. Il avait évoqué la piste de Cyberspace à Jecko, qui jonglait entre les informations à communiquer au procureur de la République et les réunions avec les grands pontes.

— J'ai aussi d'autres nouvelles. Il n'y a aucune paluche sur cette seconde lettre, aucune trace biologique qui nous permettrait de lancer des recherches dans les fichiers. L'Ange a été extrêmement prudent.

Il balança un fin dossier sur la table.

— Le rapport du graphologue est dispo. Vous pourrez y jeter un œil, mais si vous avez du temps à perdre, lisez plutôt un guide du Routard. Ensuite... la puce extraite du cadavre de Bondy est une puce RFID. Pour abréger, ça peut interagir avec ce qu'on appelle des radio-étiquettes, lorsqu'elles sont à proximité. Par exemple, ouvrir une porte magnétique. On peut aussi y stocker des informations personnelles. Ça ressemble à de la science-fiction ce que je vous dis, mais si vous passez votre main pucée devant le lecteur adéquat, on peut avoir accès aux données qu'elle contient. Par exemple, l'identité...

— Et que contenait-elle ? demanda Robillard.

— L'expert a parlé de signature électronique complexe et cryptée. Il est incapable de nous dire à quoi ça peut servir.

— Ça, c'est de l'expertise. On se demande pourquoi on les paye.

— Revenons-en à nos moutons : les vidéos de surveillance.

Sharko alla se positionner dans le dos de Robillard, qui effectuait des manipulations sur un ordinateur afin d'afficher le contenu de sa clé USB. Trois vidéos apparurent sur les différents écrans, avec la date affichée en bas : *mardi 7 novembre, 16 h 40.*

— Voilà, expliqua Pascal. Ce sont les enregistrements des caméras qui longent le Bastion. On verra quiconque approchera du bâtiment dans un rayon de soixante mètres. À part le chantier, il n'y a rien en vis-à-vis. Impossible de se planquer là, ce n'est qu'un champ de boue. Si l'Ange a voulu s'approcher pour agir, c'est forcément par la route.

Les flics scrutèrent les images avec attention. Les puissants éclairages des lampadaires compensaient la pluie et la pénombre. L'interdiction de se garer le long du QG limitait les planques. À 16 h 46, un couple de civils sortait de l'entrée principale. Une minute plus tard, deux policiers badgeaient au portique de sécurité et disparaissaient.

— Là ! s'écria Franck, pointant le troisième écran.

Monsieur G entrait dans le champ de l'une des caméras par la droite, à 16 h 50. Il n'avait pas de parapluie et était emmitouflé dans son blouson à la fermeture remontée jusqu'au col. Il allait, puis revenait en arrière, indécis, nerveux, scrutant l'heure en permanence.

— Vous voyez quelque chose ? demanda Sharko en balayant du regard les écrans.

— Que dalle.

Nicolas arrivait à 16 h 57, lui aussi par la droite. Lucie, Franck et Pascal assistèrent à la vive altercation, ainsi qu'à l'empoignade qui suivait. Arrivait ensuite la chute de l'individu, son agonie, les mains sur le cœur. Lucie examinait le moindre pixel.

— L'Ange vient de déclencher le système, à ce moment précis. Il doit être là.

Le chantier restait une vaste étendue de boue vierge, personne sur la route, ni à droite ni à gauche. Aucun véhicule de passage. Au premier plan, Nicolas s'agenouillait en criant et gesticulant. Quatre policiers accouraient en provenance de l'accueil.

Lucie n'y comprenait rien.

— Il est peut-être dans un angle mort ? Dans...

— Les champs des caméras se recoupent, intervint Robillard. Le système s'est sans doute déclenché d'une autre façon ou alors, l'Ange était beaucoup plus loin, à une centaine de mètres.

— Non, le directeur a été formel. Aucun de ses appareils n'émet à plus de trente mètres.

Ils observèrent encore une dizaine de minutes, puis Sharko s'éloigna vers le bout de la salle, la main au menton. Il se mit à aller et venir comme un lion en cage et sortit d'un bond. Sans un mot, ils dévalèrent les étages, franchirent le sas, l'accueil, les portes sécurisées, les grilles devant le bâtiment, pour se retrouver, sous une bruine désagréable et froide, à l'endroit exact où Monsieur G. était tombé. Plus loin, une barrière de policiers empêchait la presse d'approcher.

Sharko tournait sur lui-même. Il leva alors les yeux au ciel.

— Vous ne voyez rien ?

Lucie haussa les épaules.

— Si. Le Bastion...

— C'est ça. C'est exactement ça. Le 36. L'Ange se tenait à l'intérieur.

Lucie échangea un regard halluciné avec Pascal. Franck ne plaisantait pas. Il ne quittait pas des yeux les centaines de vitres fumées qui s'élevaient en un rempart de verre. Derrière, sans doute, des visages qui les observaient.

— Il n'y a pas d'autre solution. S'il n'était pas dans le champ des caméras et si ce que tu dis au sujet de la distance est vrai, alors il se trouvait dans le bâtiment. Derrière n'importe laquelle de ces vitres. Il a déclenché son système et il a regardé l'homme mourir. Aux premières loges.

Robillard se lissa les cheveux en arrière, jusqu'à brider ses yeux. Lucie peinait à y croire. L'un des leurs ? Un loup dans la bergerie ? Ils étaient plus de deux mille à l'intérieur. Un flic ? Un fournisseur ? Un employé de l'équipe de nettoyage ? Un chargé de maintenance ? Quelqu'un venu déposer une fausse plainte à l'accueil ? Était-il derrière une vitre ?

Malgré l'évidence, Lucie n'arrivait pas à se défaire de l'idée que l'Ange avait un rapport avec la société Cyberspace. L'un de leurs experts se trouvait-il dans leurs locaux au moment du drame ?

La sonnerie du téléphone de Robillard la sortit de ses pensées. Il alla s'abriter à l'accueil, décrocha, eut une brève conversation et fit de grands signes à ses collègues, qui le rejoignirent en courant.

— C'était le technicien de Nanterre. L'un des critères liés au crime de la forêt de Bondy a matché dans le SALVAC.

Sharko sentit une poussée de sang dans ses veines.
— Quel critère ?
— L'acide sur le visage et dans les cavités oculaires. Les os défoncés pour empêcher l'identification. La correspondance s'est faite avec un crime vieux de trois ans qui a eu lieu du côté de Mennecy, dans l'Essonne...

25

La crue rendait la circulation quasi impossible à Paris. Aussi Lucie avait-elle choisi d'utiliser le métro pour se rendre à Versailles. Mais sous terre, l'enfer brûlait. Rames bondées, voyageurs nerveux, sensation d'étouffement. À cause des différentes stations et rues fermées, les piétons se repliaient sur les mêmes lignes. Des agents en tenue orange tentaient de réguler les flux, bloquaient, poussaient à chaque fermeture des portes.

Dans le chaos, elle se dénicha une place assise pour parcourir une copie du rapport graphologique. Barre qui croise les « t », emplacement du point du « i », écriture serrée, espacement des mots, pression du stylo, inclinaison... L'analyste avait tiré ses conclusions et décelait un esprit introverti, organisé, doté d'une grande imagination, un joueur. Sens du détail, tendance à l'indépendance, capacités de concentration... Pas de fautes d'orthographe ni de conjugaison, une bonne éducation, des références nombreuses... Bien, mais trop générique. En définitive, Facebook en savait dix fois plus sur un internaute face à un clavier qu'un graphologue décortiquant une lettre manuscrite.

Deux heures plus tard – deux fois plus de temps qu'à l'ordinaire –, Lucie marchait aux côtés de la capitaine Magali

Ferrand, la Sharko au féminin, en charge d'un groupe de la brigade criminelle du SRPJ de Versailles.

La femme d'une cinquantaine d'années en imposait, avec son grand cou d'oie et une posture raide, comme si un corset lui maintenait la colonne vertébrale. Elle portait le pantalon noir d'intervention, les chaussures assorties, et un sweat-shirt à manches longues de couleur jaune canari, au dos duquel était écrit « Je peux pas, je suis de garde ».

Après les politesses d'usage, Lucie lui expliqua la raison de sa venue : le crime de Bondy qui semblait relié à la traque de l'Ange du futur, dont Ferrand était informée par les médias. Une fois installée dans un bureau, elle montra les photos de la scène de crime, exposa les conditions de la découverte du corps, les résultats des analyses toxicologiques et de l'autopsie. La capitaine de police observa les clichés.

— De l'acide chlorhydrique dans les cavités oculaires et sur un visage défoncé. C'est un critère suffisamment discriminant pour qu'on le prenne au sérieux, même si, d'après ce que vous me racontez, le reste du mode opératoire semble très différent.

Elle posa sa main à plat sur un gros classeur.

— Je l'ai ressorti de l'armoire avant votre arrivée. L'affaire Mennecy. Malheureusement toujours pas résolue, trois ans après... Un collègue de mon équipe bosse encore dessus à mi-temps, aussi tout ce que nous pourrons partager et qui nous permettra à toutes les deux d'avancer m'intéresse.

— Bien sûr, vous serez mise en relation avec mes supérieurs. Je pense que si l'hypothèse d'un meurtrier unique est avérée, ils organiseront une réunion pour mettre tout à plat. Nous avons tout intérêt à travailler ensemble.

Ferrand approuva d'un hochement de tête.

— Le corps a été découvert complètement par hasard par des plongeurs, dans un étang à proximité de Mennecy, un matin de septembre 2014. Ils recherchaient la voiture d'un braquage ayant eu lieu dans un Intermarché du coin, dont on soupçonnait qu'elle avait été jetée dans l'eau. Ils n'ont jamais trouvé le véhicule, mais ils ont remonté ce corps...

À son tour, Ferrand poussa plusieurs photos des lieux du crime et du corps vers Lucie. Une bâche noire saucissonnait la victime, avec des chaînes, des cadenas, des cordes reliées à de grosses pierres. Sur d'autres clichés, la bâche était ouverte, sur la berge, dévoilant le cadavre, une surface de matière organique visqueuse, aux couleurs brunes, vertes et grises. Le visage n'existait plus, seuls subsistaient de rares lambeaux de chair accrochés aux os défoncés et fracturés. Des gros plans détaillaient les mâchoires cassées, l'arrière du crâne meurtri. Lucie s'attarda sur les mains. Putréfiées, mais rien indiquant une amputation.

— Il s'agit d'une femme, âge estimé entre 45 et 50 ans. D'après le légiste, son séjour dans l'eau avait été court, trois ou quatre jours maximum, on a donc eu de la chance de le récupérer relativement frais. Enfin, façon de parler... Le corps était putréfié, une grande partie de l'ADN dégradé, il a fallu faire appel à des experts du labo de Bordeaux, qui ont réussi à récupérer des cellules encore intactes dans le fémur pour les analyser. On ignore l'identité de cette femme, mais il y a eu des expertises poussées à l'époque, afin de dresser un portrait génétique de la victime à partir de ses cellules : ils sont capables de faire ça, à Bordeaux. On a eu affaire à un juge d'instruction qui, au vu du caractère odieux du crime, avait déployé de grands moyens pour l'identification. Il faut dire qu'il était aussi féru de technologies.

Elle tendit une feuille à Lucie.

— Les techniciens ont réussi à établir ce portrait à partir du caractère de certains gènes. On n'arrête plus le progrès. Ça donne une bonne idée de la victime : peau claire, yeux bleus, cheveux blonds. Il indique d'autres caractéristiques, comme le positionnement des oreilles, l'écartement des yeux et la forme du nez. En bec d'aigle, pour celui-là.

Lucie observait le portrait-robot. Cela restait impersonnel, certes, mais elle ne pouvait que saluer la puissance de la science.

— Je pourrai vous transmettre les rapports d'autopsie et de toxico, si vous le souhaitez, fit Magali Ferrand. La blessure à l'origine de la mort est une fracture du crâne. La plaie est isolée à l'arrière, alors que les os du visage, les dents, le nez ont été réduits en bouillie après la mort, pour éviter toute forme de reconstruction faciale. Le légiste a relevé d'infimes éclats de verre dans la chair autour de la fracture. Vu la forme de la blessure, sa profondeur, on pense que la victime a chuté, s'est cognée à un objet, genre table en verre, ou a été frappée avec une bouteille par-derrière, quelque chose dans ce genre-là. En tout cas, le choc a été à l'origine des bris de verre incrustés à l'arrière de son crâne.

— Une bagarre ? Un accident ?

La capitaine de police se replongea dans les clichés apportés par Lucie.

— Difficile à dire en l'état, mais assurément, il n'y a pas eu ces morsures, ni cette mise en scène. Dans votre affaire, on sent la volonté de faire souffrir la victime. Pour nous, c'est différent. L'assassin a voulu se débarrasser du corps, le rendre méconnaissable, et a tout mis en place pour qu'on ne le retrouve jamais, ou le plus tard possible.

— Vous n'avez strictement aucune piste sur l'identité de cette femme ?

— Rien, hormis ce portrait que vous avez entre les mains. Vous verrez dans le dossier, on a balayé large. Niveau toxicologique, on a eu un semblant d'os à ronger. Les cheveux accumulent, au sein de leur structure protéique, tout un tas de données correspondant à notre milieu de vie, et poussent d'un centimètre par mois d'existence. L'analyse segmentaire des longs cheveux de la victime avait révélé des épisodes répétés de prises d'anxiolytiques, notamment la dernière année de sa vie.

— Dépression ?

— La moitié de la France est dépressive, ça n'aide pas. L'analyse a aussi révélé, toujours grâce aux cheveux, une exposition prolongée et supérieure à la moyenne aux oxydes de métaux – plomb, fer, cuivre –, mais le critère n'a pas été assez discriminant pour orienter l'enquête. L'inconnue avait peut-être bu trop d'eau du robinet, vécu à proximité d'usines d'incinération, d'eaux polluées, ou simplement de sols riches en oxydes que l'érosion avait libérés…

Elle connaissait son dossier par cœur. Lucie n'avait pas encore connu la hantise d'une affaire non résolue. Vivre, chaque jour, avec les fantômes du passé et l'idée que le meurtrier courait toujours.

— Quant à son assassin, on n'en sait guère plus. Pas de traces, pas de témoins. L'acide chlorhydrique était industriel, certes, mais utilisé en petite quantité, ce qui ne nous a pas permis de mener des recherches pertinentes. En trois ans, on a eu le temps de passer au crible un bon nombre de numéros de portables qui ont déclenché l'antenne-relais la plus proche. On s'est coltiné des fadettes à n'en plus finir. Pas de piste, là non plus. Le néant, jusqu'à votre visite, aujourd'hui, et cette histoire d'acide. Mais est-ce suffisant ? Le temps écoulé entre les crimes ne joue pas en notre faveur.

Lucie était circonspecte, indécise. Elle se leva et déposa sa carte de visite devant elle. Magali Ferrand lui tendit la sienne en échange.

— On reste en contact et on se transmet les dossiers.

Lucie parcourut les rues de Versailles en direction du RER. Peut-être les deux affaires n'avaient-elles rien en commun, hormis une volonté de rendre méconnaissable une victime avec un produit chimique. Cela ne prouvait en aucun cas qu'il y avait un tueur unique. Allaient-ils perdre un temps précieux à chercher d'hypothétiques liens ? Valait-il la peine de se plonger dans ce dossier ?

Son téléphone sonna. Le technicien de la téléphonie la recontactait au sujet du portable de Bertrand Lesage, celui utilisé par l'Ange pour envoyer des messages de menace à l'épouse, le soir du kidnapping.

Il émettait un signal.

26

Après l'appel de Lucie, Pascal s'était jeté au volant d'un véhicule avec Franck. Les deux hommes venaient de scruter le registre des visites de l'accueil du Bastion. L'hôtesse prenait soin de demander la carte d'identité des visiteurs, notait le motif de leur visite, le nom de la personne à joindre dans le bâtiment et les horaires d'entrée et de sortie. À première vue, personne de chez Cyberspace n'était venu dans les locaux le jour de la mort de l'inconnu au pacemaker.

Pascal conduisait. À ses côtés, Sharko tenait une tablette avec un point bleu clignotant au milieu d'une carte. Il représentait le signal GPS émis par le téléphone de Bertrand Lesage. Lorsqu'ils n'étaient pas éteints, les portables étaient de vrais mouchards, et la plupart des applications installées récoltaient à tout moment des informations concernant ses utilisateurs, même quand elles paraissaient inactives. Ces données volées nourrissaient l'ogre Big Data qui les exploitait, les analysait, pour mieux connaître les vies sociale, personnelle et professionnelle, et proposer à chacun, chacune, la destination de ses prochaines vacances ou le modèle de sa nouvelle voiture. En fouillant sur Internet, on pouvait même lire cette phrase, qui donnait une idée de la direction que prenait le monde : « Où étiez-vous hier et où irez-vous demain ? Google peut vous le dire. » « Hier », parce que chacun était tracé et que le passé appartenait aux machines. « Demain », parce que, en décortiquant les habitudes, les goûts et les comportements, les intelligences artificielles pouvaient anticiper toute action future.

Depuis l'enlèvement de Bertrand Lesage, une ou plusieurs applications communiquaient avec Internet et son appareil, ce qui avait permis au technicien de localiser l'engin avec une précision chirurgicale : un terrain bitumé, au bord d'un quartier résidentiel d'Aulnay-sous-Bois, en banlieue parisienne. À l'aide de Google Earth, les policiers avaient zoomé pour découvrir un espace occupé par une série de garages extérieurs.

L'un d'eux abritait le téléphone.

Pascal venait de s'engager dans l'impasse qui menait aux six box, tous fermés par une porte métallique verte. Il se gara en vitesse le long d'un mur. Le serrurier rangea son Kangoo juste derrière.

Les deux flics sortirent, affectés par leur nuit blanche. Robillard avait bâillé pendant tout le trajet et fait l'impasse sur ses exercices de musculation ce qui, de mémoire d'homme, n'était jamais arrivé. Sharko avait tenté de gérer en route le travail administratif qu'il aurait dû boucler au bureau. Jecko gueulait au téléphone que Franck n'était plus un homme de terrain et qu'il devait laisser agir ses équipes !

Eh bien, Jecko pouvait aller se faire foutre. Sous un parapluie pour protéger la tablette, Sharko lorgna autour de lui et prit un air renfrogné.

— Un type de la trempe de l'Ange n'aurait certainement pas commis l'erreur du portable allumé. Et puis, l'appareil aurait dû se décharger depuis le jour de l'enlèvement, surtout avec le GPS. Il y a un truc qui cloche.

Il détailla les façades beiges, les terrasses lointaines garnies de plantes à l'agonie. L'endroit était cerné d'immeubles et de verdure, à quelques pas du RER A. Où était le loup ? Que faisaient-ils dans cette espèce de trou à rats ?

— Il savait qu'on bornerait le téléphone et qu'on se pointerait ici. C'est un autre rendez-vous. Ce fumier tient les cartes en main et déroule son plan. Il se fout de notre gueule.

— Ce n'est pas nouveau.

Sharko tourna sur lui-même, observa les fenêtres, persuadé que, derrière une vitre ou une palissade, l'Ange se jouait d'eux.

— Montre-toi ! Allez, montre-toi, face de Pierrot !

Pascal, lui, gardait son calme. Quoi qu'en pense Franck, ils progressaient vite et bien, même si l'Ange les menait par le bout du nez. Un bref sentiment d'optimisme le portait à croire qu'ils pouvaient y arriver. Il regarda à son tour le signal, s'approcha du premier garage et composa le numéro de portable de Bertrand Lesage. Une sonnerie retentit. Il se déplaça vers la droite et plaqua l'oreille contre la troisième porte.

— C'est là.

Sharko rangea la tablette. Il détestait ce jeu de piste, et sa haine pour l'Ange grandissait telle une maladie sournoise. Il se voyait déjà, face à lui, seul... Le serrurier voulut se mettre au travail, mais constata que la serrure avait été forcée. Dans un soupir résigné, il leur fit signer des papiers, s'écarta et laissa les flics prendre la suite en main.

— Je vous enverrai la facture.

Après son départ, les policiers se concentrèrent sur leur tâche.

— À ton avis ? demanda Pascal.

— Faut qu'on tente. Pas le temps d'attendre. Écarte-toi, au cas où. Et si je me transforme en confettis, mange du blanc de poulet à ma santé.

— Arrête tes conneries.

Pascal fit trois pas en arrière, arme à la main. Franck s'accroupit, prit son inspiration et leva la porte au ralenti, attentif au moindre déclic. Il jeta un œil entre l'ouverture et le sol, la joue collée au bitume. Rien n'explosa, et les deux policiers purent enfin respirer.

Une Clio rouge dormait dans le garage. Sharko fit glisser ses doigts gantés sur le toit et récolta un film de poussière : la voiture n'avait pas roulé depuis un bout de temps. Le coffre et les portières étaient verrouillés. Pascal alluma sa lampe et éclaira le fond du box encombré d'objets en tous genres, bibelots, meubles, accessoires...

À nouveau, il composa le numéro de téléphone. La sonnerie provenait d'un meuble calé dans l'angle gauche. De l'un des tiroirs en particulier. Sharko déglutit – un diable pouvait lui sauter à la figure –, mais quand il ouvrit, il ne découvrit rien d'autre que le téléphone, relié à une batterie externe sans fil à haute capacité.

Mains gantées, Pascal tenta d'activer le portable.

— Verrouillé par accès à empreinte digitale. Et vu le modèle, il va falloir des plombes pour faire sauter la sécurité. Une vraie plaie.

— Des heures ? Des jours ?

— Plutôt des jours.

Sharko réfléchissait, tandis que Pascal glissait l'appareil et le chargeur dans un sac à scellés. Plusieurs jours... Une incohérence avec l'ultimatum de vingt-quatre heures et ce jeu auquel l'Ange les conviait. L'important n'était sans doute pas l'engin et son contenu, mais le lieu. Le kidnappeur avait utilisé le portable de l'une de ses victimes pour les amener à cet endroit précis, dans ce box-là et pas un autre.

Le commandant de police revint vers le véhicule et ne détecta rien de particulier à l'intérieur. La plage arrière avait été retirée et il pouvait voir le contenu du coffre par le pare-brise. Vide. Il n'y avait rien à récupérer ici. À qui appartenait cette voiture ? Qui entreposait ses affaires dans le box ? La clé se trouvait peut-être dans la réponse à cette question.

Il donna un coup de fil à Lucie.

— Il me faut une immat.

— Deux secondes, j'arrive juste au bureau. La galère dans les transports en commun...

Elle lui parut essoufflée. Franck revint au niveau de la porte. Lorgna en direction des immeubles, derrière les barreaux de pluie. Puis sa montre. Déjà 15 heures. Ce que le temps filait. Et toujours aucune nouvelle de Nicolas. La probabilité pour que le Punisseur se pointe avant l'expiration de l'ultimatum lui paraissait proche de zéro.

— Vas-y, dit Lucie.

— Foxtrot Delta – 6 8 0 – Écho Golf.

Il l'entendit taper au clavier. Pascal secoua la tête : il n'avait rien trouvé d'autre parmi les objets stockés. D'un coup, la respiration de Lucie s'effaça. Franck n'entendit plus rien et crut que la communication était coupée.

— Lucie ? Tu es là ?

— J'ai... j'ai une identité. Bon sang, Franck... C'est... c'est impossible...

27

Sharko se tint quelques secondes immobile face à un bureau fermé du deuxième étage. L'impression d'avoir été touché en plein cœur, dans ses fondations mêmes de flic. Lorsque Lucie avait évoqué le nom par téléphone, le sol avait tremblé. Pascal s'était figé, les bras ballants, ses grosses mains d'ogre le long du corps. Que leur restait-il si le virus gangrenait aussi ce en quoi ils croyaient le plus, à savoir leurs propres hommes ?

Après une grande inspiration, il entra sans frapper, accompagné de Lucie. Il lui avait demandé de ne rien dire à personne, de ne pas agir avant son arrivée, seulement de vérifier qu'*elle* était là et qu'*elle* n'essaierait pas de quitter le bâtiment. Sharko avait pris le risque de ne pas informer Jecko avant d'être fixé. De comprendre.

Laëtitia Chapelier se tenait voûtée sur sa chaise, les yeux vides et tristes, devant son ordinateur. Seule une petite lampe éclairait son bureau, elle était comme un lièvre dans son terrier. Lorsqu'elle découvrit les visages fermés du couple de flics, elle ne marqua aucun signe de surprise. Elle baissa juste la tête, écrasée par la culpabilité. Affronter ces regards perçants lui était insupportable.

— Je savais que vous viendriez ouvrir cette porte, ça ne pouvait pas durer bien longtemps. Dès que... dès que l'identité de Florence Viseur a été connue, j'ai compris que c'était terminé. J'espérais juste qu'on la retrouverait avant votre arrivée.

Elle braqua ses pupilles sombres sur l'écran de son ordinateur.

— Ma fille...

Les flics furent sonnés par la révélation. La jeune femme enfermée dans son cylindre était la fille de Chapelier.

Sharko tira une chaise pour s'asseoir face à elle.

— Comment vous avez su ? demanda-t-elle. J'ai pourtant pris soin d'enlever toute... toute trace de mon identité dans l'appartement de Florence. Elle porte le nom de mon ex-mari qui doit vivre quelque part au fin fond de l'Afrique. Alors, comment vous avez fait pour aller aussi vite ?

— Le téléphone de Bertrand Lesage émettait un signal GPS. Il était caché dans votre garage, à Rosny.

Elle semblait résignée, presque indifférente à cette nouvelle dévastatrice. Sharko désigna la boîte de médicaments, tandis que Lucie fermait la porte.

— Comment ne pas craquer en voyant sa fille enfermée de l'autre côté d'un écran ? Vous n'avez jamais été migraineuse, n'est-ce pas ? Ces médocs, c'était un moyen de tromper les radars. De dissimuler votre détresse derrière des maux de tête.

— Expliquez-nous, lâcha Lucie en s'approchant. Tout, de A à Z.

Laëtitia ne put empêcher les larmes d'arriver. Elle inspira fort pour ne pas exploser en sanglots une énième fois. Elle n'en pouvait plus de mentir et, en définitive, la présence des policiers la soulageait. Elle déverrouilla son portable posé devant elle, fit une manipulation et le leur tendit.

— Voilà ce que j'ai reçu dans la nuit de dimanche...

Une vidéo... Florence, un faisceau lumineux sur le visage, couchée à l'arrière d'une camionnette. Vêtue d'une veste de survêtement et d'un pantalon imperméable ; elle semblait dormir. Les portes du véhicule étaient ouvertes, la vidéo avait été réalisée dans l'obscurité, au milieu d'une campagne boueuse et sous la pluie. Les images fichaient le frisson.

Sharko lut le message associé au MMS, envoyé du portable de Florence à 21 h 39, dimanche soir : « Je détiens votre fille. Si vous prévenez qui que ce soit, je la tue. Soyez sûre que je le ferai, sans hésitation. Je vous donnerai une suite d'instructions dans la nuit, que vous allez devoir suivre. Rien de bien compliqué. Obéissez, et d'ici quelques jours, vous retrouverez votre fille vivante. »

Laëtitia Chapelier regardait le flic avec tristesse. Franck imaginait sans peine le calvaire de cette femme. La spirale infernale dans laquelle elle avait sombré, à partir du moment où elle avait décidé d'entrer dans le jeu de l'Ange. Elle avait cru en sa bonne parole, et ce salopard la livrait à la police après l'avoir utilisée.

Il reposa le téléphone. Dire que, depuis la toute première réunion dans la salle de crise, elle avait su.

— Que s'est-il passé ensuite ?

Elle essuya ses larmes du dos de la main.

— Il y a eu un autre message, lundi, à 1 heure du matin. Toujours émis par... par le portable de Florence. Ce message me disait d'aller récupérer un autre téléphone dans... dans mon garage, à Rosny, et de le garder sur moi... À ce moment-là, j'ai vraiment pensé tout dire à la police, je vous le jure. Mais... j'avais peur. Peut-être qu'il me surveillait. Qu'il allait tuer Florence si je désobéissais. Comment savoir ? Qu'auriez-vous fait à ma place ?

Sharko gardait son sang-froid, mais il était touché. Il n'existait pas de réponse à une telle question, pas de choix idéal. Les affaires d'enlèvement finissaient rarement bien, quelles que soient les décisions prises.

— J'y suis allée en pleine nuit, la porte avait été forcée... Le portable était dans un coin. Un modèle assez ancien, relié à une petite antenne par une prise jack... J'ai... j'ai essayé de voir ce qu'il y avait dans l'appareil, mais je ne pouvais rien en faire, l'accès était verrouillé par un code PIN.

— Où est ce téléphone ? demanda Lucie.

Laëtitia secoua la tête.

— Après le drame de mardi soir devant le Bastion, je m'en suis débarrassée. J'ai paniqué, je... je l'ai passé au destructeur. Je suis désolée...

— Et vous ne vouliez surtout pas vous faire prendre, vous aviez encore l'espoir de vous en sortir.

— Je voulais sauver ma fille.

— Continuez, répliqua Lucie sans lui laisser le temps de respirer. Vous allez récupérer ce téléphone dans votre garage, vous le gardez sur vous comme on vous l'ordonne. Ensuite ?

— J'ai reçu un dernier message, qui date de lundi midi... Encore du téléphone de Florence. On me donnait le code PIN, 6831, et on me disait de l'activer mardi 7 novembre, à 17 h 02 précisément, à l'accueil du Bastion... Ça... ça me certifiait qu'ensuite, je retrouverais ma fille saine et sauve...

Elle sombra dans un long silence, fixant un point invisible devant elle. Sharko vérifia dans les sms et relut ceux adressés par l'Ange. À côté de chaque message, une icône affichait la photo de Florence.

— Je l'ai fait... Mardi, je suis descendue au niveau de l'accueil, je me suis mise près de la machine à café et...

et à 17 h 02, j'ai tapé le code PIN, en me disant qu'il y aurait forcément d'autres instructions dans le portable. Il s'est déverrouillé, mais il n'y avait rien, pas une icône, juste un fond d'écran avec la photo d'un chimpanzé... Alors, j'ai entendu les cris, dehors. J'ai vu les policiers courir. Cet homme gisait au sol, les mains sur le cœur... J'ai vite compris. J'ai vite compris que je l'avais tué par l'intermédiaire du téléphone, en tapant ce maudit code...

Elle osa affronter Sharko. Droit dans les yeux.

— De par mon métier, je savais qu'on pouvait pirater des pacemakers, c'est ce à quoi j'ai pensé sur le coup... Un téléphone avec une antenne capable de tuer quelqu'un, qu'est-ce que ça pouvait être d'autre ? Je n'ai jamais voulu la mort de personne. Je... voulais juste récupérer ma fille en vie.

Sharko avait la haine, elle les avait trompés, roulés dans la farine, mais il ne douta pas une seconde du fait qu'elle aimait sa fille et qu'elle avait déployé toute son énergie pour la retrouver.

— Vous vous doutez que ça va être compliqué pour vous, maintenant, lâcha-t-il d'une voix éteinte.

Elle acquiesça, sans animosité ni rancœur.

— Je suis prête à payer. Mais je vous en prie, sortez ma fille de cet enfer...

Une partie de la colère de Lucie était aussi retombée. Chapelier n'était qu'une victime de plus de l'Ange. Le vil instrument de sa vengeance.

— Aidez-nous. Dites-nous tout ce que vous avez découvert.

Laëtitia sombrait, ses yeux s'éteignaient. Sharko regretta d'être celui qui la collerait derrière les barreaux.

— Rien que vous ne sachiez déjà au niveau informatique... Je vous ai tout dit... Il n'a laissé aucune trace, n'a commis aucune erreur qui permettrait de le localiser... J'ai pensé au téléphone de Florence. Vous pouvez essayer de le borner, mais ça ne donnera rien, j'en suis sûre. Il a dû le désactiver quand il ne l'utilisait pas, et envoyer les messages depuis des endroits neutres...

— Des erreurs sont possibles, précisa Sharko, c'est pour ça qu'on finit par les coincer. On va borner ce téléphone.

Elle acquiesça.

— Quand il a kidnappé Florence et a commencé à m'envoyer ces messages, je ne comprenais pas. Pourquoi ma fille ? Pourquoi moi ? Que voulait-il ? Au moment où j'ai vu ce type s'écrouler, j'ai compris qu'il m'avait utilisée comme une arme.

Le corps lourd et fatigué, elle se leva de sa chaise et s'approcha de la fenêtre verrouillée. Regarda en bas. Vue plongeante sur la rue du Bastion, à moins de vingt mètres.

— Il savait que je travaillais ici, mais pas dans quel bureau précisément, voilà pourquoi il m'a demandé de descendre à l'accueil... J'aurais très bien pu déclencher le code PIN de l'endroit où je me tiens en ce moment... Ça veut dire qu'il ne me connaît pas en personne, mais il connaît ma fille. En chair et en os, et pas seulement sous le pseudonyme de Flowizz : elle ne parlait jamais de moi sur les réseaux et donc, il l'a côtoyée et lui a posé des questions en direct pour savoir qui j'étais et où je travaillais.

— Vous n'auriez pas une petite idée ? demanda Sharko. Des pistes sur une identité possible ?

— Non. Ma fille vivait sa vie, je la voyais environ tous les quinze jours. J'ai parcouru la liste de ses amis Facebook, un à un, mais rien... L'Ange peut être n'importe qui, et je suis même certaine qu'il s'est retiré de la liste pour ne laisser aucune trace... J'ai une clé de l'appartement de Florence, j'ai tout retourné. Mais je n'ai rien trouvé. Pas un seul indice.

Elle s'effondra sur son siège.

— Elle travaille dans l'informatique en free-lance depuis quatre ou cinq ans. Elle se déplace beaucoup, rencontre du monde. C'est une jeune femme très active. L'Ange est peut-être un de ceux-là, un employé, un client, un de ces experts en informatique qui gravitent autour d'elle. Mais nous disposons de si peu de temps. Comment voulez-vous que...

— Cyberspace, ça vous dit quelque chose ? l'interrompit Lucie.

Laëtitia Chapelier réfléchit quelques instants avant d'acquiescer.

— J'ai déjà entendu ce nom. Je crois que... que Florence a travaillé avec eux, oui, elle m'en avait parlé... C'était il y a un an ou deux... (Ses yeux retrouvèrent une lueur d'espoir.) Pourquoi ? Vous avez une piste ?

Plus une piste, mais une certitude. L'Ange était employé de Cyberspace, il avait rencontré Florence et avait su que sa mère travaillait pour la police. Lucie capta le regard de Sharko : il fallait en finir et foncer à Clamart, on était à moins de cinq heures de l'ultimatum, ça urgeait.

Le commandant de police tendit la main.

— Le protocole de coupure rapide du site, vous l'avez ?

Laëtitia hésita, deux pierres bleues et brillantes frappèrent le cœur de Sharko.

— Si vous faites ça, vous la tuerez.

— Nous n'allons pas le faire. Mais il me faut ce protocole.

Elle décrocha une clé USB de son unité centrale et la lui tendit. Il la récupéra, puis se leva de sa chaise.

— Il va falloir suivre les procédures. J'en suis désolé, Laëtitia...

— Retrouvez ma fille.

Sharko la dévisagea, d'un regard sans doute trop appuyé, et Lucie capta cet échange. Lisait-elle des regrets dans les pupilles de son mari ? Une forme de compassion ? Franck inclina la tête et observa sa montre.

— Il est 16 h 12, le jeudi 10 novembre. Laëtitia Chapelier, je vous place en garde à vue...

28

Un grand calme avait envahi l'habitacle de la 206 une fois que Nicolas eut raccroché son téléphone. Après presque onze heures de planque, Audra et lui n'entendaient même plus le doux crépitement de la pluie sur le toit et avaient l'impression d'être seuls au monde sur cette île paumée de l'Oise, avalés par l'obscurité, sans possibilité d'allumer ni la lampe du plafonnier, ni les phares.

Ils connaissaient désormais le moindre recoin de ce chantier naval abandonné, chaque mètre carré qu'ils avaient exploré à tour de rôle, histoire de se dégourdir les jambes, de tuer le temps, de sortir de leur confinement saturé de buée et d'odeurs de nourriture. Planquer était sans doute la partie la plus désagréable du métier, mais elle était nécessaire. Il était prévu qu'une équipe vienne les relayer d'ici peu, la planque devait se maintenir non stop, par groupes de deux, au moins jusqu'à dimanche, minuit. L'attente devenait insupportable et le duo s'était persuadé que le Punisseur ne viendrait pas ce soir.

— Laëtitia Chapelier... Je n'en reviens pas, souffla Nicolas.

Les deux policiers venaient d'apprendre la nouvelle au téléphone. Une onde de choc. Audra appuya sa nuque contre l'appuie-tête de son fauteuil, mais ses muscles restèrent tendus. Elle s'était remise à dessiner des bonshommes sur le haut du pare-brise, du bout de l'index.

— Une mère en perdition qui s'est fait manipuler et a tout tenté pour sauver sa fille, dit Nicolas. Elle a été prise dans un engrenage. Comment elle pouvait savoir qu'un code PIN tuerait quelqu'un ?

— Ça n'excuse rien, répliqua Audra d'un ton sec. Elle est comme *eux*, au final. Elle agit, et des gens meurent. Des familles sont détruites. Les survivants ne guériront jamais d'avoir perdu un proche, même avec tous ces médicaments qu'on leur fait ingurgiter, même avec ces séances chez des psychiatres. Tout ça, ce sont juste des pansements temporaires, des anesthésiques.

Elle remonta la fermeture de son manteau d'un geste sec.

— La ligne est trop ténue, Nicolas. Un jour, tu te retrouves avec le torse ceinturé d'explosifs parce que tu as franchi cette ligne. Même si la société a sa part de responsabilité parce qu'elle anéantit ceux qui sont en marge, tu avais le choix de ne pas le faire, mais tu l'as fait. On ne peut pas tolérer ça, on ne peut pas pardonner. On n'a pas le droit, pour nos enfants et ceux qui souffrent de l'infernal malheur que ces gens causent. Si on pardonne, on fait de nos enfants les monstres de demain.

Nicolas sentait toute l'amertume qu'elle avait au fond du cœur. Le pardon libérait du passé, mais Audra avait fait le choix d'en rester prisonnière. Elle sortit et claqua violemment la portière. Son partenaire la vit disparaître le long de la paroi en tôle d'un hangar. Elle était une jeune femme intelligente, plutôt joviale. Pendant toutes ces heures, ils avaient parlé de fragments de vie, du boulot et des racines. Audra avait étudié à la faculté de droit de Toulon, avant de réussir le concours pour devenir flic. Elle revendiquait des origines nordiques, elle descendait des peuples lapons par ses grands-parents, et une partie de sa famille lointaine résidait encore aux alentours d'Alta, en Laponie norvégienne. Elle n'y était jamais allée, Nicolas ignorait pourquoi. La coquille s'était refermée dès qu'il avait voulu creuser des aspects plus personnels de sa vie. Il s'était aussi rendu compte à quel point elle réagissait de façon excessive sur les questions de justice. Pire encore à l'évocation du terrorisme. Le sujet était inabordable.

Que lui était-il arrivé pour provoquer une telle souffrance, et cette volonté de ne plus jamais pardonner ? Avait-elle vu le camion fou lui foncer dessus ? Un ou plusieurs de ses proches avaient-ils été renversés par le chauffeur ? Ou avait-elle fait partie de l'escouade envoyée sur place après le massacre, ce soir-là ? Impossible de savoir, mais le traumatisme existait, enfoui dans les replis obscurs de son subconscient.

Elle avait laissé son téléphone branché sur le chargeur de secours, et l'écran afficha un message. Nicolas ne put s'empêcher d'y jeter un regard. Encore lui, encore ce Roland Casulois. Audra avait passé sa journée à lui envoyer des messages, à surfer sur son profil Facebook. Son petit ami, sans doute possible. Cette fois-ci, Roland lui envoyait la vidéo d'un clip de Mylène Farmer, avec un mot « Souvenir de fac de 2004... Où il s'était passé beaucoup de choses ! » accompagné d'une série de smileys débiles.

Nicolas observa l'icône associée au visage de Roland. Rien d'extraordinaire, une chevelure couleur feu, un front dégarni et des joues constellées de taches de rousseur. Alors comme ça, ils se connaissaient depuis la fac... Un vieux couple, mais pas marié, vu qu'elle ne portait pas d'alliance. Où habitait Roland ? Avec elle, à Paris ? Était-il resté dans le Sud ?

Nicolas se rendit compte qu'il tenait l'appareil et le remit vite en place. Que lui arrivait-il ? N'était-il pas en train de ressentir une pointe de jalousie ? Il refusa l'idée que tout puisse aller aussi vite, que son cœur fermé depuis quatre ans se rouvre en si peu de temps. Sans savoir pourquoi, il songea à la floraison des bambous : il existe un moment où, partout à travers le monde et par un phénomène inexplicable, les bambous de la même espèce se mettent à fleurir, tous en même temps, parfois après cinq ou dix ans en dormance. Puis ils meurent.

Son cœur fleurissait comme un bambou.

Conneries. Nicolas ne voulait pas retomber amoureux. Encore moins d'une femme en couple. Et encore moins maintenant, au milieu des ténèbres.

Soudain, sur la droite, des phares trouèrent la nuit à travers la végétation. Le flic se remit à l'affût et jeta un œil sur le côté. Où était sa collègue ? Audra réapparut et se glissa dans l'habitacle en se frottant les mains l'une contre l'autre.

— C'est lui ?

Le véhicule se rapprocha et bifurqua dans leur direction, avant d'émettre une série d'appels de phares. Nicolas ne cacha pas sa déception.

— Nos remplaçants, un peu en avance... Super...

Audra afficha elle aussi sa déception. Mais la chance ne pouvait pas arriver à tous les coups. Ils sortirent, échangèrent quelques mots avec les deux policiers venus assurer la relève, et reprirent la route.

Au moment de s'engager sur l'autoroute, un message arriva sur le téléphone de Nicolas. C'était Yassine.

« Aux propriétaires des péniches du port Van Gogh : les compteurs électriques sont sous l'eau. Plus d'électricité... »

29

L'étau se resserrait.

Pourtant, tout en se garant sur le parking de Cyberspace, Sharko échouait à comprendre la logique de l'Ange. Pourquoi tardait-il à publier son manifeste ? Qu'attendait-il de plus que les sept cent mille connexions actuelles ? Voulait-il davantage d'audience ? Que le monde entier ait les yeux rivés sur son site ?

Sept cent mille... Le compteur situé au bas de la page explosait de façon exponentielle. D'ici une demi-heure, on dépasserait le million. Le hashtag #SauvonsFlowizzet-Bertrand se propageait sur la planète des datas, transitait le long de câbles et de fibres optiques qui crachaient des 0 et des 1, relayé par des milliers d'internautes et dans toutes les langues, le tout en même pas vingt-quatre heures. Combien de bits, de signaux informatiques circulent par seconde sur notre planète, reliant les êtres humains les uns aux autres comme les neurones d'un même cerveau ?

Et combien seraient-ils, en direct et devant leurs écrans, à 20 h 34 ?

L'onde de choc de l'implication de Laëtitia Chapelier se diffusait en interne au Bastion, des réunions d'urgence avaient lieu dans tous les services pour éviter les fuites.

La spécialiste en informatique allait morfler pendant les prochaines quarante-huit, voire quatre-vingt-seize heures, car l'affaire flirtait avec le terrorisme et la SAT était sur les dents. Ni Jecko ni les gars de l'Antiterrorisme n'allaient la lâcher. Elle était prise dans les rouages d'une machine qui la broierait, et Sharko ne pouvait plus rien pour elle. Il espérait juste qu'elle trouve du réconfort si sa fille s'en tirait.

Franck et Lucie entrèrent dans le bâtiment de Cyberspace. À l'accueil, ils demandèrent à parler à un responsable. Les locaux étaient froids et fonctionnels. Un poste de secrétaire à l'entrée, quelques bureaux en enfilade et un open space au fond, où se détachaient une dizaine de silhouettes penchées sur des ordinateurs.

Alors que l'assistante de direction allait frapper à une porte, Sharko s'approcha des abords de la grande pièce informatique. Il scruta les visages. Des jeunes qui n'avaient pas la moitié de son âge, certains avec des casques sur les oreilles. Jeans, tee-shirts, baskets... Une forêt d'yeux se relevèrent dans sa direction, avant de se replonger dans le travail. Pas de regards suspects ni inquiets. L'Ange devait avoir d'autres chats à fouetter que de rester derrière l'une de ces tables.

L'homme qui les accueillit, Benoît Dassonville, n'était autre que le cofondateur de Cyberspace. La cinquantaine, le poids des responsabilités sur un visage terne et pâle. Ils déclinèrent leur identité, et il les emmena dans son bureau.

— Que se passe-t-il ?

— Nous disposons de très peu de temps, monsieur Dassonville, aussi nous irons droit au but, expliqua Sharko. Plusieurs éléments d'enquête nous laissent croire que l'un de vos employés ou ex-employés est impliqué dans une grave affaire criminelle.

Lucie présenta la photo du pacemaker détruit. L'homme la prit d'une main hésitante.

— Nous savons qu'il a travaillé au sein de votre entreprise sur la sécurisation du pacemaker Cardiotex, il y a environ deux ans et demi. Ce pacemaker a tué un homme mardi. Il a été déclenché à distance par un téléphone portable relié à une antenne.

Le visage de Benoît Dassonville se ferma.

— Ne... ne me dites pas qu'il y a un rapport avec ce qui est en train de se passer en ce moment ? Ces malheureux enfermés dans des cylindres ? Cette histoire d'Ange du futur ?

— Si. On pense qu'il s'agit du même individu. Et l'idée semble vous traverser la tête, à vous aussi.

Le responsable venait de recevoir une gifle en pleine figure. Il se rencogna dans son fauteuil, déstabilisé comme un candidat à un entretien d'embauche.

— Mon Dieu...

Son esprit partit ailleurs, puis revint au bout de quelques secondes vers les policiers.

— Il s'appelle Fabrice Chevalier. Un spécialiste en réseaux et sécurité informatiques. Un vrai crack... Il travaillait pour nous depuis 2013, il a fait partie des trois experts que nous avons placés sur l'étude du pacemaker de Cardiotex. Nous avons été contraints de le licencier il y a deux ans pour faute grave. Voilà pourquoi son identité m'est immédiatement venue à l'esprit.

Sharko bouillonnait. L'Ange n'était plus un avatar derrière un écran. Ils disposaient d'un nom, de l'identité d'un être de chair et de sang.

— Quel genre de faute grave ?

Dassonville secoua la tête. Il paraissait assommé. Un vrai boxeur en fin de round.

— C'est compliqué à expliquer, mais pour faire simple, nous avons découvert qu'il était responsable de bugs dans les programmes informatiques qu'il étudiait ou développait pour nos gros clients, et ce depuis son arrivée dans nos effectifs. Des instructions codées, qu'il dissimulait dans les programmes et qui s'exécutaient sous certaines conditions.

Son téléphone sonna. Il le mit en mode silence.

— L'été 2014, quelque temps après son arrivée, le parc informatique d'une grande entreprise de fabrique de prothèses, dont nous avions étudié une partie du système d'information, est tombé en panne. Les pertes se sont chiffrées en millions d'euros, on en a beaucoup parlé dans la presse spécialisée. Des mois plus tard, c'étaient des séquenceurs à ADN qui faisaient défaut. La panne a failli faire couler le fabricant. Et ainsi de suite. Ça peut paraître facile, vu de l'extérieur, de dire que le problème vient de nous, mais les process informatiques sont très complexes, les clients font appel à des dizaines d'entreprises, entre la maintenance, le développement, la sécurité des réseaux, et tout se perd dans un maillage gigantesque. Aussi, quand un problème arrive, parfois des mois voire des années plus tard, il est très compliqué de savoir d'où il vient et de connaître le responsable, surtout si le responsable en question est brillant.

— Ces différents problèmes venaient de chez vous, c'est ça ?

Il hésita, puis haussa les épaules.

— Rien n'a été formellement prouvé, sinon nous n'existerions plus. Les dysfonctionnements informatiques existent et existeront toujours. Un programme informatique complexe, ce sont souvent des millions de lignes. Des millions, je ne sais pas si vous vous rendez compte... L'alerte nous est remontée par l'un de nos ex-employés, Ethan Loupain. Sans doute le plus proche collaborateur de Chevalier à l'époque.

— On peut le voir ?

— Loupain nous a quittés voilà six mois pour un poste aux États-Unis, je n'ai plus ses coordonnées. Mais ce que je peux vous dire, c'est que Chevalier ne parlait à personne. Il passait des journées entières dans son coin, et il quittait les lieux en dernier. Il travaillait beaucoup et bien, ce qui contrebalançait son comportement asocial. Du moins, le pensait-on. Bref, Ethan avait remarqué certains propos réactionnaires chez lui en dehors des heures de bureau. Vis-à-vis de nos hommes politiques, de la technologie, du progrès de manière générale. Dès qu'il avait bu un coup, Chevalier crachait sur les clients pour lesquels il travaillait. Il les accusait de... corrompre la nature humaine, d'accélérer sa déchéance à travers leurs recherches en génétique ou par l'augmentation de l'homme.

— L'augmentation de l'homme ?

— L'amélioration de la santé et des performances du corps humain grâce à l'informatique et aux machines. Une prothèse de bras ou un pacemaker, c'est de l'amélioration. Tout comme les implants cochléaires ou rétiniens qui permettent à des aveugles de retrouver la vue... Au départ, il s'agit certes de guérir une pathologie, mais à l'arrivée, on a affaire à une hybridation homme-machine. Nous sommes spécialisés dans l'informatique médicale, les entreprises qui travaillent sur ces technologies constituent le gros de notre clientèle...

Il désigna quelques plaquettes étalées sur son bureau. De belles images de processeurs, de locaux ultra-high tech, de gens en blouses aux dents ultra-blanches... Lucie reconnut Cardiotex.

— D'après Ethan, Chevalier trouvait une certaine forme de... jouissance lorsqu'il apprenait que nos clients étaient confrontés à de graves problèmes informatiques. Ethan s'est mis à douter de la fiabilité de Chevalier. Il a commencé à s'intéresser à son travail au moment du problème avec les séquenceurs à ADN. Il a travaillé en toute discrétion, personne n'était au courant. Ça lui a pris d'interminables nuits blanches, mais il a fini par dénicher les lignes de codes suspectes dans les parties de programmes sous la responsabilité de Chevalier, des blocs cachés qui s'exécutaient à des dates précises et enrayaient le système. Des espèces de bombes à retardement, ou des chevaux de Troie, pour simplifier. Il m'en a fait part. J'ai tout de suite convoqué Chevalier, je lui ai demandé de s'expliquer. À ce moment-là, Chevalier n'a rien dit, il est resté d'un calme troublant, presque souriant. Je dois vous avouer que ça m'a glacé le sang. Je lui ai alors annoncé que nous allions devoir nous séparer de lui. Il n'a plus jamais touché à un ordinateur chez nous.

— C'était quand, exactement ?

— Quelques semaines après notre analyse du pacemaker Cardiotex, en juin ou juillet 2015, dans ces eaux-là.

Il baissa les yeux et se frotta les tempes.

— Je n'arrive pas à y croire. Alors ce truc de profil ADN avec le président, c'était lui aussi ? C'est lui, l'Ange du futur ?

— Donnez-nous ses coordonnées, s'il vous plaît.

Il leur demanda de patienter et sortit. Sharko ne tenait plus en place, l'œil rivé en permanence sur sa montre. Il n'y avait plus aucun doute : Fabrice Chevalier était l'Ange du futur. Travailler chez Cyberspace avait été un moyen pour lui de commencer à corrompre le système, le détruire de l'intérieur. Après son licenciement, il avait enclenché la vitesse supérieure. Le site de l'Élysée, l'empreinte digitale du président, les menaces, qui s'étaient finalement transformées en actions pour arriver à un scénario à la mécanique implacable. Plus d'un an à préparer ses plans, choisir ses victimes, orchestrer les enlèvements…

Cinq minutes plus tard, le responsable revint avec un CV.

— L'adresse indiquée sur le CV est bien celle de sa dernière fiche de paie de 2015, j'ai vérifié.

Franck s'empara de la feuille. Le curriculum datait de 2011. Ingénieur réseaux. La photo de Chevalier était dans un coin, en noir et blanc. Cheveux en pétard, yeux foncés, un bouc sombre. Un physique ordinaire. La banalité, songea Sharko avec dépit. Un sourire, une intelligence, une façade derrière laquelle se nichait le mal le plus abject. Chevalier avait aujourd'hui 27 ans. Franck focalisa sur l'adresse : Villejuif.

Les policiers le remercièrent, mais avant de sortir, Franck ajouta :

— Vous nous avez parlé de prothèses et d'implants. D'augmentation de l'homme. Est-ce qu'une puce RFID ou un aimant très puissant sous la peau, ça vous dit quelque chose ?

Il réfléchit quelques instants et acquiesça.

— J'ai déjà entendu parler de ça, oui, mais... Je crois que l'un de mes employés est au courant. Je me renseigne et je vous recontacte rapidement. Vous avez une carte ?

Sharko lui en tendit une et lui demanda de le rappeler au plus vite. Ils regagnèrent leur voiture en courant. Le commandant appela Robillard et lui fournit l'identité ainsi que la date de naissance de l'Ange pour une vérification d'adresse en urgence auprès des services fiscaux.

Il se jeta dans sa voiture et n'attendit pas que Lucie ait claqué sa portière pour démarrer.

30

Selon les impôts, Fabrice Chevalier n'habitait plus à Villejuif, mais à Gentilly, quelques kilomètres plus au nord. Il vivait au dernier étage d'un immeuble sans âme, face au périphérique, coincé entre un garage et un magasin d'alimentation aux vitres si grises qu'y acheter de la nourriture relevait du suicide. Alentour, le bruit infernal de la circulation, les odeurs d'échappement écrasées par une lourde pluie qui plombait davantage l'atmosphère sous les câbles électriques et téléphoniques. Ici, les piétons arpentaient les trottoirs le visage fermé, sans traîner, non pas parce que le quartier craignait, mais parce qu'il n'y avait rien à voir, rien à espérer.

Sharko attendait avec Lucie dans la voiture, sur le boulevard. Cette fois, il avait sollicité la brigade d'intervention et les hommes allaient arriver d'un instant à l'autre. Il restait deux heures avant l'expiration de l'ultimatum. Lucie raccrocha son téléphone.

— Nicolas et Audra ont été relayés. Ils rentrent au Bastion.

Sharko fit grise mine.

— Je crois que le Punisseur ne viendra même pas au combat de chiens. Il est comme nous, collé à son écran, à attendre la suite. Peut-être qu'il se sent menacé lui aussi par le manifeste et les révélations que l'Ange s'apprête à faire.

Lucie posa ses deux mains à plat sur son visage et opéra de vifs mouvements de friction, afin de se redonner de l'énergie.

— Il s'est passé quoi dans le box avec Chapelier, tout à l'heure ?

— Comment ça ?

— J'ai vu la façon dont tu l'as regardée. Ce n'était pas un regard de flic.

— Tu crois que c'est le moment de parler de ça ?

— Peut-être bien, oui...

Il secoua la tête de dépit.

— Dommage que tu le prennes de cette façon.

— Comment je dois le prendre ?

Sharko serra les lèvres. Il aurait aimé se retenir, et c'était sans doute ce qu'il aurait fait en temps normal. Pas cette fois. Pas ce soir.

— Tu te rappelles, une cave sordide, il y a deux ans ?

— Franck, on ne doit...

— Toi, qui venais de buter un homme et moi, en train de trafiquer la scène de crime et de charcuter le cadavre, les vêtements couverts de sang... Tout ça pour te protéger. Nous protéger, tous, avec les enfants. Ce regard que j'ai adressé à Laëtitia Chapelier contemplait un miroir qui me renvoyait mon propre reflet. Parce que toi comme moi, on aurait pu se retrouver à la place de cette femme. Du mauvais côté de la table. La différence, c'est que nous, on est libres et qu'elle, elle risque de passer une bonne partie du reste de sa vie derrière les barreaux.

Les images affluèrent, par flashes. La bagarre dans la cave... Le coup de feu qui part... Ses mains en sang et l'homme qui s'effondre...

— On s'était juré de ne plus jamais parler de ça, quelles que soient les circonstances. On se l'était juré, Franck !

— Tu voulais savoir, tu sais. On se permet de juger des gens alors qu'on est exactement comme eux.

— On n'est pas comme eux, on...

— On est comme eux. Et maintenant, lâche-moi.

Il tourna la tête vers la vitre. Lucie se recroquevilla dans son coin. Mieux valait éviter que ça s'envenime. Cette interminable journée qui avait succédé à une nuit tout aussi longue devait prendre fin, ou ils allaient devenir dingues.

À 18 h 50, six hommes de la BRI s'engagèrent en file indienne dans la cage d'escalier en ruine de l'immeuble. Les semelles des chaussures d'intervention grinçaient à peine sur le béton des marches. Cette masse noire se déplaçait comme un coup de vent vif et glacé.

Lucie suivait son homme et fermait la marche. Y avait-il une chance infime pour que l'Ange mène la danse dans son appartement ? Elle en doutait, mais elle refusait de perdre espoir, convaincue que chaque nouveau pas dans cet escalier les rapprochait des prisonniers.

Les hommes se positionnèrent au bout d'un couloir où une moquette couleur de pisse se décrochait des murs. Ils avaient progressé dans l'obscurité, car les lampes des paliers ne fonctionnaient plus. Sharko tiqua lorsqu'il sentit une odeur infecte à l'étage : celle de la putréfaction.

Pas de sommation. Deux coups de bélier, et ils fonçaient à l'intérieur dans un roulement de voix graves, de cris, investissant les pièces les unes après les autres. Le tour du cloaque fut effectué en dix secondes : personne. Sharko et Lucie traversèrent un court hall pour atteindre le minuscule salon attenant à la cuisine, plongée dans le noir à cause du volet baissé. Des mouches bourdonnaient en masse.

Quelqu'un alluma. L'endroit était certes habitable, mais insalubre. Une ampoule agonisait au bout d'un câble, les prises sortaient des murs, des fissures dans le plâtre zébraient le plafond. Un unique meuble en kit, un canapé pliant en toile beige taché, le carrelage du plan de travail de la cuisine qui se décollait...

Lucie baissa la fermeture de son blouson : elle crevait de chaud. Combien faisait-il dans cet appartement ? 25 °C ? L'insupportable odeur provenait de l'autre côté du mur.

Le lit reposait dans l'angle pour laisser place, sur le plancher, à une immense pièce de viande posée à même la moquette. Une carcasse de porc sortie d'une boucherie, qui devait peser une cinquantaine de kilos. Putréfiée à un point tel qu'elle baignait dans du liquide brunâtre, sorte de mayonnaise abandonnée au soleil, et bougeait toute seule à cause des mouches. L'une d'elles, retournée sur le dos, effectuait des mouvements vains pour parvenir à s'envoler. À proximité, un oscilloscope, une antenne, du matériel électronique et des feuilles représentant des plans de circuits intégrés.

Alors que les membres de la BRI libéraient l'espace, Sharko s'efforça de respirer par la bouche. Partout, sur les murs de la chambre, des feuilles punaisées, enchevêtrées, superposées. Des photos par centaines : Florence Viseur, Bertrand Lesage, Laëtitia Chapelier et même Monsieur G avaient été photographiés de loin ou en gros plan. Il y avait aussi des clichés de bains de foule du président, prises du point de vue du public.

Le flic s'approcha, lut les notes sur des Post-it, sur des impressions en couleurs. Des horaires, des adresses, des copies de profils Facebook. Tout y était. Il se tourna vers Lucie, accroupie, une main gantée dans l'ouverture de la carcasse, une autre devant la bouche.

— Qu'est-ce que tu fiches ?

— J'essaie de comprendre pourquoi des fils partent de ce porc.

De la poitrine putréfiée, elle extirpa avec dégoût la pièce de métal, la frotta sur un coin de moquette propre et la leva devant ses yeux.

— C'est un pacemaker Cardiotex...

Lucie se redressa, l'engin intact au creux de la main. Elle réprima un haut-le-cœur, reprit son souffle.

— Je crois que ce taré est allé jusqu'à faire des essais en enfouissant le pacemaker dans une carcasse d'animal.

Obsessionnel jusqu'au bout des ongles, songea Sharko. Lucie scruta l'objet, le retourna, et ses sourcils se froncèrent.

— Il y a une inscription.

Elle lui montra le pacemaker, intriguée. Sous le numéro de série au feutre noir à pointe fine était noté à la main : « Secret Luca = > LP/8/9/14/P3 ». Sharko fit crisser les poils de son menton. Luca... Le gamin au centre des enjeux de cette histoire de GPA. Que venait faire son nom ici ?

— C'est quoi, ce délire, encore ?

— Un nouveau message pour nous, tu crois ?

La tête lui tournait. Dans l'urgence, il donna un coup de fil à Pascal et lui transmit l'information. Il fallait essayer de décrypter le message au plus vite. Il raccrocha, retourna vers le mur, pointa alors une photo où Monsieur G parlait devant une foule lors d'une conférence. Le cliché avait été pris depuis l'auditoire, sans doute par l'Ange en personne.

— On tient notre Monsieur G. Il est écrit : « Grégoire Priester, conférence de Grenoble sur le corps et les technologies, février 2017. » Tout y est. Ici son adresse, dans le 2ᵉ arrondissement. Là, on le voit à la sortie d'un club de squash. Et là encore, en train de mettre des cannes à pêche dans sa voiture.

Il fit trois pas sur la droite, l'œil rivé aux clichés.

— L'Ange les a traqués, étudiés, tous. Il les a suivis dans leurs déplacements. Regarde, les horaires, les lieux qu'ils fréquentent... On est dans sa tête, Lucie. On est dans le cerveau de ce malade qui, du jour de son licenciement, a eu une seule obsession : tuer Grégoire Priester le mardi 7 novembre 2017 devant nos locaux et déclencher la chaîne d'événements qu'on connaît. Tu imagines le temps et la préparation qu'il a fallu ? L'intelligence, derrière tout ça ? Quel gâchis, bordel !

Il la regarda.

— T'as vu un ordinateur, un téléphone ?

— Rien...

— Va jeter un œil dans le salon.

Sharko observa le lit, s'approcha de la fenêtre qui donnait sur le périphérique saturé. La misère, le désespoir... L'Ange s'était sans doute installé dans ce trou à rats pour ne jamais se détourner de son but. Y penser jour et nuit. Tracer ses plans avec une précision d'architecte, allongé sur cette moquette effilochée. Analyser chaque signal de l'oscilloscope, des heures durant, pour peaufiner ses préparatifs.

Il s'approcha d'un pan de mur vierge, du côté de la tête de lit, et fit glisser ses doigts sur la surface de peinture blanche. Tous ces trous, ces excroissances dans le plâtre... Résigné, il rejoignit Lucie dans le salon. Elle fouillait dans les tiroirs de l'unique meuble.

— Tu ne trouveras rien, annonça-t-il. Il y a des trous de punaises sur l'un des pans de mur. Tout a été décroché avec soin. On ne saura pas où il retient Florence et Bertrand, parce qu'il a été suffisamment prudent pour se débarrasser de tous les éléments susceptibles de nous aider...

Il s'appuya contre le sofa, en pleine réflexion, essuya une goutte de sueur qui perlait sur son front.

— Le jus de la barbaque doit commencer à suinter au plafond du dessous. Lui qui est si prudent, pourquoi n'a-t-il pas mis de bâche plastique sous la carcasse ? T'as senti dans le couloir : un voisin aurait fini par appeler.

Il chercha du regard le radiateur et alla poser sa main dessus.

— Il est brûlant.

— Comme pour accélérer la décomposition...

— Oui. Il voulait qu'on finisse par se pointer, au cas où on aurait manqué d'intelligence pour remonter jusqu'à lui par notre enquête. Et qu'on découvre le pacemaker.

Il tendit la main. Lucie lui donna l'appareil glissé à l'intérieur d'un mouchoir en papier. Secret Luca = > LP/8/9/14/P3. Ça pouvait être n'importe quoi.

— Le jeu continue, annonça-t-il. Mais cette fois, on n'a pas été à la hauteur, on arrive trop tard. On ne passera pas à l'étape suivante avant la fin de l'ultimatum...

En quelques secondes, Sharko sentit ses forces l'abandonner. Sa charpente de flic commençait à se fissurer.

— Ça fait des jours qu'il n'est pas venu entre ces murs, et il ne reviendra pas. Il se planque. Il est peut-être à cinq cents kilomètres d'ici, dans la cave d'une baraque de location ou au fond d'un entrepôt désaffecté. C'est fini, Lucie.

La flamme au fond de ses yeux s'était éteinte. Il annonça à l'équipe de la BRI, en attente dans le couloir, qu'elle pouvait disposer. Jecko venait aux nouvelles par téléphone. Sharko lui fit un bilan de l'opération et écouta l'autre cracher ses ordres. Oui, une équipe de la Scientifique allait venir. Oui, ils allaient se rendre dans la salle de crise parce que le ministre de l'Intérieur et le chef de la PJ voulaient être en direct avec eux au moment où le compte à rebours se terminerait, d'ici une heure... Oui... Oui... Tout ce que vous voulez, patron...

Il raccrocha, las, fatigué. Il ne sentait même plus la puanteur de la carcasse, et plus rien ne comptait désormais, hormis ces quelques centimètres carrés d'écran de téléphone serrés entre ses mains. Il s'assit sur le rebord du canapé et afficha le site de l'Ange.

« Dans 00h59m26s, ce sera à vous de décider. »

1 850 429 connexions.

Parmi celles-ci, sans doute celle de la femme de Bertrand Lesage. Et peut-être même Laëtitia Chapelier, si on l'autorisait à regarder. Tout le personnel du 36 allait visualiser en direct le drame annoncé. Les infirmières dans les hôpitaux. Les conducteurs coincés dans les bouchons. Les jeunes, en cachette, au fond de leur chambre, malgré l'interdiction des parents. Tout le monde voulait savoir, et Sharko était certain que même les chaînes de télé étaient branchées sur le site en léger différé. Pour pouvoir couper à temps, au cas où. L'audience, encore l'audience...

Avec ses hommes, avec Lucie, Audra, Nicolas, Pascal, ils avaient réalisé l'impossible, mais Sharko se retrouvait désarmé. Il n'y avait plus rien à faire, hormis rentrer vite au 36 et attendre la fin de l'ultimatum. L'avenir de Florence et de Bertrand ne leur appartenait plus. Il ne leur avait jamais appartenu.

Lorsque le compte à rebours fut écoulé, deux boutons apparurent sur la page Web.

L'un sous le cylindre de Florence, l'autre sous celui de Bertrand.

Sur chacun d'entre eux était écrit : « *Cliquez pour me sauver.* »

31

La soif ou la corde... La soif ou la corde...
Comme tout un chacun, Florence avait sottement essayé d'imaginer la pire façon de mourir. La pendaison et surtout la noyade tenaient les premières places dans son classement morbide. Non pas que l'écartèlement ou l'éviscération fussent une partie de plaisir, mais rien ne surpassait dans l'horreur les derniers instants d'un noyé, cet ultime seconde où un réflexe de survie poussait à inspirer de l'eau et à sentir chaque alvéole des poumons se remplir de liquide.

Dans ses obscures réflexions, elle avait songé à la noyade, mais jamais à la soif. Pas une seule fois elle n'avait envisagé la mort par déshydratation. À l'évidence, la pire de toutes, la plus longue, la plus perverse. La soif était un cri d'alarme perpétuel, une vague de feu qui vous embrasait la trachée, faisait doubler votre langue de volume et transformait chaque inspiration en un indescriptible calvaire. Ça n'avait ni début ni fin, ça ne se voyait pas. Elle était en vous, accrochée à vos cellules pour les priver, elles aussi, de leurs propres réserves d'eau. La soif vous consumait ainsi de l'intérieur.

C'était donc de déshydratation qu'elle mourrait à 27 ans, dans un pays où l'eau abondait. Combien de temps allait-il encore s'écouler avant de succomber ? Comment se dérouleraient les dernières heures ? Allait-elle finir par s'endormir et ne plus se réveiller ? Suffoquerait-elle avec l'élégance d'un poisson échoué sur une berge, avant que son cœur ne s'arrête ?

Florence n'arrivait plus à varier ses pensées. Elle voyait de l'eau partout, nageait dans une piscine tropicale, entendait le baiser des vagues, la respiration humide de l'orage, et ressentait le choc imbécile des gouttes de pluie sur sa peau. Elle se rappelait sa course au bord de la Seine gonflée. L'eau, l'eau. Chaque fois qu'elle relevait ses paupières pleines de sel, qu'elle s'échappait de ses rêves, ses yeux tombaient comme du plomb sur la petite bouteille de plastique, posée debout entre ses jambes recroquevillées.

— Il paraît qu'on peut la boire.

Elle parlait pour elle-même et ne s'attendait pas à une réponse, ça faisait longtemps – combien ? Des heures ? Des jours ? Était-on le jour ou la nuit ? – que Bertrand n'avait pas ouvert la bouche. Il la fixait, couché en boule, avec ses yeux de truite desséchée. Ses lèvres pelaient, la peau de ses mains s'était fripée à une vitesse incroyable. Il continuait, autant que ses forces le lui permettaient, à tirer des fils de tissu de son bleu de travail troué de partout, et en roulait des boulettes qu'il propulsait ensuite d'une pichenette. Il avait subi un jour d'enfermement supplémentaire et était l'image de ce qu'elle allait devenir. Son double temporel.

— J'ai vu ça pendant un raid en Guyane. Tu sais, ces trucs où on doit se débrouiller dans la jungle avec une carte et une boussole ? Un des participants buvait un verre d'urine tous les matins. Genre, tranquille, comme si c'était un jus de citron. Il n'en est pas mort, enfin je crois. Tu sais qu'il y a de l'eau dans l'urine ? Beaucoup d'eau.

Elle répéta cette dernière phrase une dizaine de fois, avec un léger mouvement de balancier.

— Je vais boire, puis encore uriner, puis reboire, et ainsi de suite. Oui, pourquoi ça ne fonctionnerait pas ? On doit pouvoir survivre quelques jours de plus en procédant de cette façon.

Malgré la souffrance invisible, elle avait une farouche envie de vivre. Contre son gré, sa main alla saisir la bouteille. La convoitise se transforma en dégoût après qu'elle eut ôté le bouchon et reniflé l'insoutenable odeur d'ammoniaque. C'était imbuvable, l'urine aussi devait être périssable et, pour couronner le tout, elle n'avait plus envie d'uriner.

Elle repoussa la bouteille dans un coin et abandonna vite cette idée stupide.

La soif ou la corde...

Elle observait désormais la potence, et cette grosse boucle de chanvre brune qui attendait une gorge fragile pour se refermer. Au moins, la mort par pendaison aurait été beaucoup plus rapide. D'une douleur insondable, sans doute, mais juste un sale moment à passer, l'histoire d'une minute à peine. Que représentait une minute dans une vie ?

Alors que là...

Florence allait crever sans réponse, et c'était sans doute le pire. Pourquoi leur ravisseur ne se montrait-il pas ? Préférait-il les scruter derrière cette caméra, ou était-il dissimulé de l'autre côté du rideau, silencieux et pervers ?

Tout cela n'avait aucun sens. On n'enlevait pas des gens pour qu'ils agonisent au fond d'un cylindre, sans même venir les voir, sans leur expliquer la raison de leur détention. Certes, leur bourreau avait peut-être des raisons d'en vouloir à Bertrand avec cette histoire médiatisée de GPA, peut-être ce malade avait-il perdu un gosse, ou une femme en couches, un truc dans ce genre-là.

Mais elle ? Rien ne les rapprochait avec son codétenu : ils n'avaient aucun point en commun, ne se connaissaient pas. Il n'était pas question de vengeance, ni de torture, ni de perversion sexuelle ou autres. Il était question… de rien. Incompréhensible.

À défaut d'un bouton en plastique, Florence se remit à sucer le lacet imprégné de salive tiré de la capuche de sa veste. Une astuce évoquée dans un reportage sur la survie, afin de stimuler les glandes salivaires. Elle pensa à sa mère, qui devait ignorer sa disparition. Elles ne s'appelaient qu'une fois par semaine, le vendredi, se voyaient tous les quinze jours et Laëtitia ne suivait pas Flowizz sur Facebook.

La jeune femme éprouva de la colère à l'idée de ne plus revoir sa mère, de ne pas pouvoir la serrer dans ses bras. Comme un dernier rempart contre la fatalité, elle se redressa une ultime fois. Ses jambes endolories la soutinrent à peine lorsqu'elle cogna de ses maigres poings contre le plastique et vida ses poumons en un long cri animal.

En réponse à son hurlement, jaillit de la nuit un ronflement de machine, de l'autre côté du rideau. Elle perçut un bruit d'aspiration, une sorte d'écoulement inattendu.

À sa droite, Bertrand venait de s'agenouiller, les yeux rivés vers le haut du cylindre. Sur le coup, elle ne comprit pas : le visage de son voisin de souffrance affichait une expression si lumineuse qu'elle songea à un croyant frappé par la grâce divine. Il était là, la bouche à moitié ouverte, la langue sortie et recourbée à la pointe, comme celle d'un caméléon.

Que lui arrivait-il ? Avait-il entendu, lui aussi ? Une gerbe d'eau soudaine vint lui frapper le front. Bertrand se rua au sol et récolta les plus petites gouttes du bout des doigts, avant de les porter à sa bouche.

À ce moment précis, Florence sentit une caresse fraîche sur son crâne et le long de sa nuque. Un courant électrique la parcourut des pieds à la tête.

De l'eau. Aussi pure et glacée que jaillie d'une source.

Était-il possible que ses prières aient été entendues ? Que leur ravisseur se manifeste enfin et fasse preuve de clémence ? Elle écrasa ses paumes sur ses cheveux puis les lécha jusqu'à absorber la moindre trace d'humidité. Dirigea son regard vers le haut.

Giclée en pleine figure.

Une cascade sortait du trou, tout là-haut, au niveau du couvercle. Florence se plaqua contre la paroi et ouvrit grand la bouche, la langue courbée vers son nez, la tête basculée en arrière. Dans son cylindre, Bertrand adoptait une autre stratégie, les mains en coupe, et tendues au-dessus de lui. Dans les deux cas, la majeure partie du liquide fuyait, s'écoulait entre les doigts, mais une petite quantité se frayait un chemin jusqu'au fond des gorges.

Les jets se multiplièrent à une cadence plus soutenue.

Florence éprouvait une joie sans limites à chaque infime gorgée, une joie mêlée à la crainte que la générosité de leur ravisseur s'arrête aussi vite qu'elle avait commencé. Après tout, ça pouvait être un jeu pervers destiné à leur redonner de l'espoir, mais elle s'en fichait. Dans l'instant, rien ne lui paraissait aussi bon que ce liquide d'ordinaire sans saveur, cette coulée de vie qu'on ne regardait même plus. Elle en recueillit chaque goutte comme un précieux délice.

Elle ne sut estimer combien de temps et d'efforts il lui fallut, mais arriva le moment où elle n'eut plus soif. Elle avait tant bu que son ventre ressemblait à une poche de cornemuse. Bertrand aussi s'était arrêté de boire. Il avait ôté le haut de son bleu de travail et son tee-shirt, et laissé le filet d'eau ruisseler sur sa poitrine, avec un air béat.

L'idée lui plut. Elle se tourna pour que ni Bertrand, ni la caméra dans son dos ne puissent voir, ôta son tee-shirt imprégné de la sueur rance de son footing, son soutien-gorge et frotta avec vigueur ses bras, ses seins et son abdomen musclé. Dans sa tête, elle remercia le ravisseur. Du fond du cœur.

Il fallait garder espoir ! Il veut qu'on reste en vie. Il tient à nous !

Elle s'essuya avec sa veste de survêtement et renfila son tee-shirt, mue par une énergie renouvelée. Elle eut alors le fort sentiment que le calvaire allait se terminer. Elle allait revoir la lumière du dehors, respirer la liberté à pleins poumons.

Sa liberté...

Lorsqu'elle se retourna, Bertrand se tenait accroupi. Il plongeait ses doigts dans la couche d'eau formée au sol, chercheur d'or épuisé en quête de l'ultime pépite. Dans une grimace, il se releva et observa le trou proche du couvercle, ainsi que le tuyau qui partait vers le haut et disparaissait derrière le rideau. Son visage avait retrouvé sa gravité. L'eau continuait à couler.

— Ce salopard ne nous a pas donné à boire, il n'a pas cherché à nous soulager. Ce bruit de pompe derrière le rideau, cette eau, que nous voulions plus que tout au monde...

Il se tut, les deux poings serrés contre la paroi. Lorsqu'elle le regarda, les yeux dans les yeux, Florence eut l'impression de voir un château de cartes s'effondrer. Sur le coup, elle ne comprit pas ses mots, mais en saisit le sens une fois dissipée l'euphorie des dernières minutes. À son tour, elle observa sa veste détrempée, puis le niveau de l'eau qui commençait à monter.

— On avait l'évidence sous notre nez depuis le début, Florence. Ces cylindres, ce ne sont pas juste des prisons. Ce sont des... des réservoirs d'eau.

Une frénésie s'empara de la jeune femme.

— Non, non... Ce n'est pas possible. Ça ne peut pas être ça. Non, pas ça.

Bertrand surveillait le flux irrégulier qui arrivait par à-coups, comme si quelqu'un, caché de l'autre côté de ce maudit rideau noir, ouvrait et fermait une vanne, libérant plus ou moins de liquide. Son visage disparut derrière la buée qui s'échappa de sa bouche et opacifia la surface de plastique.

— Il va nous noyer.

32

Le silence.

Le même silence religieux qui avait envahi les couloirs du 36 quai des Orfèvres, un jour de novembre, lorsque des terroristes avaient frappé à plusieurs endroits de la capitale. Comme une vague qui se retire avec une infinie discrétion après s'être fracassée sur la plage, et qu'on regarde avec l'espoir de ne plus jamais devoir affronter ça. Mais la vague finit toujours par revenir, c'est sa raison d'être.

Plus personne dans les ascenseurs ni dans le hall, juste des gens enfermés dans leur bureau ou partis pour fuir, traîner dans les rues ou le métro, pour ne pas assister à cet infâme sacrifice sur la place publique.

Même dans la salle de crise, c'était la consternation. On subissait une lourde défaite. Personne n'avait réussi à décrypter le message sur le pacemaker enfoui dans la carcasse. Le groupe Sharko au complet occupait des sièges sans desserrer les lèvres, les yeux sur les écrans. Cinq officiers de police judiciaire impuissants, désabusés, ainsi qu'un technicien de la BEFTI en remplacement de Laëtitia Chapelier. Malgré leurs efforts, leur nuit blanche, en dépit de tous les fils qu'ils avaient pu démêler, ils ne sauveraient pas les prisonniers.

Face à eux tous, sur l'un des écrans s'affichaient les visages fermés du ministre de l'Intérieur et de Dominique Ladurain, le grand chef de la police judiciaire, assis à sa droite. Un autre écran diffusait des chaînes d'information en continu. On alternait entre les plateaux télé, les interviews au bas du Bastion, le site Internet, dans un fouillis indescriptible. Les journalistes étaient dépassés. L'identité de Fabrice Chevalier venait d'être révélée en direct par Jecko, la photo agrandie de son CV – la seule dont ils disposaient – tournait en boucle. De son ton le plus solennel, le procureur de la République demandait aux téléspectateurs connectés au site d'arrêter d'appuyer sur les boutons, car on supposait que chaque clic sous un cylindre libérait de l'eau dans le cylindre voisin. Sauver l'un revenait à tuer l'autre. Mais la requête n'avait aucun impact. Tout allait trop vite, rien n'était préparé. Le flux d'eau coulait de façon quasi continue des trous, et déjà son niveau atteignait le haut des mollets de Bertrand et les genoux de Florence, qui était plus petite.

— Combien de temps il leur reste ? demanda le ministre.

Damien Blancart, de la BEFTI, se leva et prit la parole, après avoir griffonné en pattes de mouche sur une feuille blanche. D'après sa dégaine, tee-shirt de black metal, cheveux longs et jean troué, on pouvait facilement supposer qu'il se décollait de son écran tous les trente-six du mois. Il avait apporté son propre ordinateur portable, sur lequel était installé le programme destiné à couper d'urgence l'accès au site.

— Euh... Ça va aller vite, monsieur, très vite. J'ignore quelle quantité d'eau chaque clic libère, mais au nombre de connexions, je dirais qu'il doit y avoir au bas mot des centaines de clics à la seconde. En tout cas, je pense qu'il s'écoule là-dedans plus ou moins un demi-litre par seconde. Le volume d'un cylindre d'un mètre de diamètre et de deux mètres de haut est d'environ un mètre cube et demi. Ça fait mille cinq cents litres. Trois mille secondes.

— Moins d'une heure... Pourquoi les gens continuent-ils à appuyer ?

Sharko serrait ses deux poings sur la table.

— Parce qu'ils sont plus de deux millions, monsieur le ministre, et que même si 99 % arrêtent de cliquer, le 1 % restant suffit à faire monter le niveau. Tout va beaucoup trop vite, les requêtes des journalistes ou du procureur n'y changeront rien. Certains se fichent des informations ou ne les regardent même pas, d'autres appuieront, quoi qu'il arrive, pour sauver l'un ou tuer l'autre, juste par envie, par sadisme ou par réflexe. C'est une machine impossible à arrêter. Exactement ce que l'Ange voulait. Ce n'est pas lui qui tue ces gens, mais chacun d'entre nous.

Certains spectateurs avaient dû s'attacher à Florence ou à Bertrand. Ils devaient éprouver l'envie de leur venir en aide. Sans doute qu'en appuyant, les plus naïfs avaient l'impression de faire une bonne action. De participer au sauvetage.

— Peut-on au moins empêcher les internautes d'appuyer sur ces boutons ? lança le chef de la PJ. Les supprimer de la page ?

Blancart secoua la tête.

— Avec du temps, on pourrait sans doute. Mais pour faire simple, l'Ange du futur a rendu le système trop complexe pour qu'on le contrôle en quelques heures. La seule possibilité que nous ayons dans l'immédiat, c'est de couper l'accès au site et de supprimer tous les fichiers présents sur le serveur. C'est ce qui se passera si je lance le programme contenu sur la clé USB. En espérant que la procédure stoppe le flux d'eau.

— Mais en prenant le risque que Chevalier mette sa menace à exécution et tue ces gens, objecta le ministre. Et que, d'une façon ou d'une autre, il livre leur exécution au public. Si on coupe, on continue à avoir un accès, nous ?

— Oui. L'hébergeur m'a donné les moyens de me connecter directement au flux vidéo émis par la caméra. Nous serons les seuls à voir ce qui se passe.

Le ministre s'adressa à un interlocuteur hors du champ, puis revint vers l'écran.

— Nous vous rappelons très vite, commandant Sharko. Restez à disposition.

L'écran devint noir. Sur celui de droite, le spectacle virait au cauchemar. Les prisonniers avaient tenté de boucher le trou avec leurs vêtements, les emballages de nourriture, leurs mains, en vain. L'eau s'infiltrait par le moindre interstice et les rapprochait peu à peu d'une issue fatale. Les niveaux de liquide étaient à peu près équivalents et à ce rythme, ils risquaient de se noyer à quelques minutes d'écart.

Nicolas pensait à la femme de Bertrand Lesage, collée derrière son écran... À Laëtitia Chapelier, enfermée dans leurs murs... Un tel châtiment n'était pas humain. Il se leva, il ne pouvait pas rester là, inerte. Et pourtant, que faire d'autre pour le moment ? On approchait de 21 heures, les administrations permettant des recherches plus poussées sur Chevalier étaient fermées. Et quand bien même ? Ce n'était plus qu'une question de minutes.

Il alla s'adosser au mur, les mains dans ses cheveux ébouriffés, et jeta un coup d'œil vers Audra, au bout de la table. Elle était blême, un voile translucide de tristesse à la surface des yeux.

— Qu'est-ce qu'il attend, bordel ? Il a obtenu ce qu'il voulait. Pourquoi il ne le livre pas, son manifeste ? Pourquoi il n'exprime pas sa pensée, puisque des millions de personnes ont les yeux rivés sur son site ?

Bellanger avait raison. Pas une seule fois Chevalier ne s'était manifesté en chair et en os. Où se cachait-il ? Quel était son plan précis ? Comment allait-il réagir, maintenant que toutes les polices de France le pourchassaient ? Lucie ne comprenait pas non plus. Était-il planqué de l'autre côté du rideau ou avait-il fui à l'étranger ? Opérait-il à des milliers de kilomètres de là, derrière un clavier et un écran ? Le schéma du mal avait aussi sa logique, alors, quelle était celle de l'Ange ? Cette mise à mort en direct n'était-elle qu'une étape dans son processus de destruction ?

Elle dévia son regard sur les écrans et leurs images impitoyables. L'eau atteignait désormais le haut des cuisses. Florence griffait la paroi et, même sans le son, on pouvait deviner la puissance de ses hurlements. Comment pouvait-on continuer à appuyer sur des boutons ?

Au fil des minutes, l'air dans la pièce devenait irrespirable. Tous attendaient le coup de fil du ministre. Aussi dingue que cela puisse paraître, le nombre de connexions continuait à croître. La possibilité de transgresser, de franchir les frontières, sans risque de se faire arrêter. De regarder l'insoutenable, une fois dans sa vie, comme au Moyen Âge, lors des exécutions publiques. De dire, un jour : « T'étais là quand c'est arrivé ? Moi j'ai vu. J'ai même appuyé sur le bouton. » Un vrai shoot.

L'eau arrivait à présent au milieu du torse de Florence. Si son niveau était inférieur à celui de Lesage, il y avait fort à parier qu'elle serait submergée la première. Sharko avait soif, mais il se refusa à boire. Chaque geste destiné à satisfaire leurs propres besoins lui paraissait indécent.

Enfin, le téléphone sonna. À cet instant précis, chacun retint son souffle. Sharko décrocha, émit deux sons en signe d'approbation, lâcha un « Très bien, monsieur le ministre », et raccrocha. Ses deux mains, qu'il posa à plat sur la table, se rétractèrent comme des araignées brûlées.

— Ils disent qu'on ne peut pas laisser nos concitoyens assister à une noyade en direct. Qu'on ne peut pas rester passifs ! On coupe l'accès.

Il examina chaque visage, en particulier celui de sa femme, y cherchant du soutien. Existait-il un choix meilleur qu'un autre ? Lucie hocha la tête, elle approuvait peut-être la décision. Le commandant se focalisa sur Damien Blancart et souffla du bout des lèvres :

— C'est la pire chose que nous ayons à faire de notre vie, mais... il n'y a pas d'autre solution. Hors de question qu'on les laisse se noyer. Si vous ne voulez pas prendre la responsabilité de lancer le programme, je m'en chargerai.

Le technicien secoua la tête avec gravité.

— C'est mon job...

Il saisit sa souris, opéra quelques clics. Dans un premier temps, la vidéo se figea et signala une erreur de lecture. Puis l'écran tout entier afficha « Page non trouvée » lorsqu'il testa en appuyant sur l'un des deux boutons.

— C'est fait. Plus personne n'a accès au site. Je vais maintenant me brancher sur le flux vidéo privé.

Chacun retenait son souffle. Au bout d'une dizaine de secondes, les cylindres et leurs prisonniers réapparurent.

L'eau coulait encore plus fort, à un rythme continu.

— Pourquoi ça coule encore ? s'étonna Sharko.

Blancart s'était reculé sur son siège, impuissant.

— Je... je suppose que... qu'il y avait un système de sécurité anti-coupure. La destruction des programmes a dû provoquer l'ouverture automatique et définitive des vannes.

— Faites quelque chose, bordel !

— Je suis désolé, mais... que voulez-vous que je fasse ? Les vannes sont dans la pièce, nous sommes ici, et il n'y a plus rien entre les deux. On est coincés.

Personne ne voulait y croire, ça ne pouvait pas se terminer de cette façon. Chevalier allait surgir au dernier moment et tout arrêter. Florence et Bertrand ne pouvaient pas mourir. Pas maintenant, pas devant eux.

La jeune femme était à présent immergée jusqu'au cou. Encore cinq minutes et elle se mettrait sur la pointe des pieds, essaierait de nager à la verticale, retiendrait son souffle, plongerait et s'élancerait vers la poche d'air, mais après ? Quand le niveau d'eau lécherait le couvercle ?

Sharko se leva d'un coup et s'adressa à son équipe.

— Sortez ! Sortez tous !

Et puisque pas un ne bougeait, il haussa le ton :

— Ce n'est pas une demande. Fichez le camp de cette pièce !

Il avait hurlé. Il ignorait comment s'y prendre autrement avec eux. Sa petite famille... Audra quitta la salle en premier, à la limite de renverser sa chaise. Blancart, Nicolas et Pascal suivirent, la tête basse. Lucie fut la dernière. Elle essaya de le convaincre de les accompagner, lui aussi, mais l'un d'eux devait rester jusqu'au bout pour rendre des comptes au patron de tous les flics. Il la poussa dans le dos, presque avec force, et ferma la porte à clé dès qu'elle eut franchi le seuil.

Lucie resta dans le couloir, immobile, une main plaquée sur la porte. Elle en voulait à l'Ange, au ministre, aux assassins, à ce fichu métier qui les détruisait chaque jour davantage. Elle n'en pouvait plus, elle força sur la poignée pour qu'il sorte, en vain. Derrière, Audra avait disparu dans l'ascenseur sans se retourner. Les regards fuyaient, chacun fixant le sol ou les murs. Chacun dans sa bulle.

Dans leur bureau, Nicolas cassa un mug avec violence. Lucie se raccrocha à l'image de ses enfants. Leurs sourires, leur innocence. Bientôt, elle allait rentrer à la maison, avec Franck, et ils les serreraient contre eux de toutes leurs forces, comme si ce jour était le dernier. *Vingt-quatre heures à vivre.*

Jamais minutes ne lui parurent aussi longues.

Puis il y eut le déclic de la poignée de porte. Et Sharko apparut dans l'embrasure. Il resta figé, le visage déconfit, puis ses lèvres annoncèrent :
— L'image a été brusquement coupée alors qu'ils étaient encore tous les deux en vie. Tout est devenu noir. Je ne sais pas ce qui s'est passé. Je ne sais pas s'ils sont morts.

33

Les flammes des bougies vacillaient sur la table de cuisine et sur la commode proche du lit. Une pluie éparse, fatiguée, crépitait sur la toiture de la péniche, un murmure d'une douceur hypnotique, un signe d'accalmie bienvenue. Engoncé dans une veste polaire, à plus de minuit, Nicolas se réchauffait avec des spaghettis bolognaise sans goût avalés devant la fenêtre.

Comme la pluie, il s'accordait quelques heures de répit.

Dehors, ce qui une semaine plus tôt s'apparentait à un morceau de paradis prenait des airs de planète hostile. La Seine avait dévoré une partie de la berge en pente et avalé le bas des troncs d'arbres et la moitié des arbustes. Des feuilles mortes et une multitude de déchets tourbillonnaient le long des coques ou dans des renfoncements naturels. Les péniches et les pontons flottants avaient monté, en soudaine apesanteur. L'eau aux couleurs de vieux cuivre sale ne circulait plus qu'à une trentaine de centimètres de la rambarde qui bordait la route et le parking privé. Si cet espace était envahi – ça avait failli en 2016, et Yassine était très pessimiste cette fois –, outre les dégâts considérables que la crue causerait, il ne resterait plus qu'un muret de soixante centimètres à franchir pour engloutir la départementale 7. Dans ce cas,

Paris connaîtrait l'une des plus grandes meurtrissures de son histoire.

Et d'après le capitaine de port, les prévisions étaient catastrophiques. La météo devait s'améliorer, certes, mais l'eau était là, dans les sols, gorgeant la terre. Le niveau continuerait à monter, au moins durant les trois prochains jours.

L'eau… Fantôme insaisissable, porteuse de vie et de mort. Matière des larmes de joie et de peine. Miracle qui vous composait à 70 %, mais vous tuait dès qu'il s'introduisait dans vos poumons. C'était cette mort-là que l'Ange du futur avait choisi de mettre en scène, d'offrir au public.

Au Bastion, Damien Blancart n'avait pas pu se reconnecter au flux vidéo. Selon lui, la caméra avait été débranchée. L'Ange se révélait encore plus pervers, parce que en les privant des dernières images, il leur redonnait de l'espoir et leur imposait le devoir de poursuivre une traque acharnée. D'après Sharko, Florence et Bertrand pouvaient respirer, contraints de rester debout. Combien de temps tiendraient-ils dans cette position ?

Nicolas se leva d'un bloc et chassa violemment sa chaise sur le côté. Camille aussi avait été tuée de la pire des façons. Elle aussi, elle avait souffert le martyre entre les mains de bourreaux. Son corps crucifié lui apparut, spectral, au milieu de la pièce. Une figure christique qui allait et venait au-dessus de son regard.

Le flic sentit une flamme lui brûler l'intérieur du crâne. Il alla plonger son visage dans l'eau glacée du lavabo, se frotta le front, les pommettes, observa la surface, pour y voir son reflet malmené par les ondes. Son œil gauche s'étira, sa bouche se courba, et les cris de Florence et Bertrand, dont il ignorait pourtant les tonalités, retentissaient désormais si fort qu'il crut devenir fou.

Alors, il augmenta le débit de l'eau jusqu'à ce que le niveau atteigne le trop-plein du lavabo, prit sa respiration et y plongea son visage. Il compta dans sa tête. Vingt, puis trente secondes… À un moment, il se sentit en apesanteur, en dehors de lui-même, captant chacune de ses pulsations cardiaques. Les cris avaient disparu, il entendait le sang couler dans ses veines, l'air crépiter dans ses poumons, et décida de prolonger… Le monde, ses horreurs, ses guerres résonnaient en lointains échos. Dans un soudain état de béatitude, il se sentait bien.

Quand arriva la douleur, quand ses doigts se rétractèrent sur la faïence, il ne bougea pas. Une pulsation était montée dans ses oreilles, une mâchoire lui écrasait la gorge et chaque seconde écoulée s'étirait en un siècle. Étrange paradoxe : son cerveau n'avait qu'à ordonner à ses bras de le pousser, mais la volonté, elle-même enfermée dans le cerveau, donc sous son contrôle, était pourtant la plus forte. Ressentir ce qu'ils avaient dû subir dans les cylindres, jusqu'au dernier souffle. Effleurer la Faucheuse. L'affronter, même. Basculer de l'autre côté. Pourquoi pas.

Mais il demeure une force qui surpasse la volonté : l'instinct de survie. Cette poigne, jaillie du fond des âges, qui l'arracha du lavabo et le chassa vers l'arrière. Une grande bouffée d'air s'engouffra dans sa trachée et il se courba en toussant.

Que lui arrivait-il ? Ses yeux se heurtèrent au reflet dans le miroir. Il était encore là, bien vivant. Trop vivant même, alors que Bertrand et Florence gisaient peut-être, leurs corps prisonniers dans leurs cercueils translucides.

Il fallait les retrouver au plus vite, même si le pire était arrivé. Et attraper l'Ange, coûte que coûte, pour donner aux proches des victimes une raison de continuer à vivre. Pour qu'eux-mêmes ne finissent pas au fond du trou. Il s'agissait, là encore, d'une question de survie.

Il s'essuyait quand il perçut soudain un claquement à l'autre bout du bateau. Il sortit de la salle de bains, traversa la chambre d'un pas vif et jeta un œil vers l'avant : la porte battait au vent.

Il s'avança, grimpa les quelques marches et découvrit au sol, sur le seuil, de petites flaques d'eau. Des traces de pas. Plus loin, au bout du ponton, une ombre disparaissait sous la pluie. Nicolas se précipita, parcourut la passerelle flottante dans un numéro d'équilibriste.

La forme s'évanouissait derrière les arbres. Il accéléra puis, d'un geste ferme, plaqua sa main sur l'épaule de la frêle silhouette, au niveau du parking.

34

— Nicolas...

Audra était trempée, tremblante, des traces noires de maquillage avaient coulé sur ses joues. Elle se colla à lui et pleura.

Il l'étreignit, lui aussi, et son cœur s'emballa dans sa poitrine. Il n'avait pas étreint une femme avec une telle intensité depuis Camille.

— Je ne veux pas rester seule, murmura-t-elle au creux de son épaule. Pas cette nuit, pas après ce qui s'est passé.

Autour, de pâles lueurs brillaient par les fenêtres des péniches, un théâtre à la fois triste et beau. Il l'emmena à l'intérieur, alla déplier des serviettes. Au milieu du salon, Audra fixait les bougies, comme hypnotisée. À quoi pensait-elle ? Nicolas se demanda si elle était rentrée chez elle ou si elle avait erré dans les rues de Paris pour faire taire la douleur. Et puisqu'elle ne bougeait pas, il lui passa la serviette sur les cheveux, puis sur les épaules. Après avoir ôté son blouson, elle finit par se blottir dans le moelleux de l'éponge.

— Il faut qu'ils vivent, Nicolas. Florence et Bertrand ne peuvent pas mourir comme ça.

Elle savait donc que la vidéo avait été coupée avant la fin. Était-elle retournée au Bastion après son départ précipité ?

Avait-elle appelé Sharko ? Elle lui paraissait toute cassée, brisée de l'intérieur. Nicolas avait déjà connu ça : la violence d'une rencontre, la perte de contrôle dans un moment de fragilité, le tourbillon qui vous entraîne dans un flux d'émotions incontrôlables, comme pour vous isoler de la fureur du monde.

— Qu'est-ce qui t'est arrivé de si grave, Audra ? Quelles horreurs tu as traversées dans le Sud, pour venir seule ici ?

Elle ne lui répondit pas et alla cueillir ses lèvres. Nicolas aurait aimé la repousser, lui dire qu'elle commettait une erreur, que tout allait trop vite, que c'était le désespoir qui l'avait ramenée ici, mais il n'en eut pas la force ni l'envie. Elle était là, et elle l'embrassait dans le froid pour s'échapper, fuir le monde. Elle répétait « Nicolas », et c'était tout ce qui comptait.

Elle souffla sur les bougies, et seul le miroitement du fleuve en colère esquissa leurs silhouettes. Comme une créature des abysses, elle cherchait l'obscurité et, dans sa fougue, elle entraîna Nicolas vers le lit, sous le brasier de ses baisers et le froissement des vêtements qu'on ôte. Il n'y eut pas de mot échangé. Parler, c'était réfléchir. Et aucun d'entre eux ne voulait réfléchir.

Nicolas s'abandonna aux ténèbres, une nuit profonde, froide et sans étoiles, dans laquelle il interdisait à Camille de pénétrer. Pourtant il la sentait là, penchée sur son épaule, mais, cette fois, l'envie surpassait l'angoisse de sa présence fantôme. Les hormones se distillaient telle l'héroïne dans ses artères, des poussées délirantes, des vagues de plaisir si intenses que, dans l'étreinte, il s'accrocha à Audra avec la force du boa qui prive sa proie d'oxygène.

Et plus il serrait, plus elle serrait de son côté, comme deux parties d'un soufflet, les doigts contractés dans son dos, deux corps brûlants roulés dans les draps, qui tanguaient au rythme du bateau, elle dessous, lui dessus, ou l'inverse. À aucun moment ils ne distinguèrent leurs visages, ne découvrirent leurs expressions, parce qu'il ne pouvait y avoir de lumière cette nuit-là, ni dehors ni dans leurs cœurs, et que faire l'amour au milieu de toute cette eau, c'était un retour aux origines du monde, de leur monde, et sans doute le seul moyen de rester en vie quand la mort flottait tout autour.

Plus tard, Nicolas s'assit sur le bord du lit, reprenant son souffle. Audra se tenait lovée contre lui, enfouie jusqu'au cou sous la couette. Elle ne parlait pas, elle le caressait, ses petites mains chaudes contre ses flancs. Malgré tout, dans ce qui devait être l'un des moments les plus rudes de sa carrière de flic voire de sa vie, Nicolas ne s'était jamais senti aussi vivant.

Il se tourna vers elle.

— Tu as moins peur, maintenant ?

Elle ne répondit pas, ne posa pas de questions. Juste une présence, une trace féminine pareille à un parfum dans l'air. Son souffle contre sa peau gardait sa chaleur fauve, ses caresses transpiraient d'intensité. Par le hublot, sur la droite, les lumières de la ville tanguaient, des orange, des jaunes se mêlaient en touches subtiles aux teintes plus foncées de la surface du fleuve. Ce décor évoquait un tableau de Monet.

Leurs corps étaient épuisés. Il faudrait dormir deux ou trois heures pour repartir au combat. Nicolas éprouva le besoin de caresser la chevelure d'Audra. Il lui sembla effleurer un nuage. Il n'arrivait pas à saisir que ce moment était réel, qu'une femme dont il tombait amoureux se tenait là, dans son lit. Il existait, enfin.

La sonnerie d'un portable retentit une fois, signalant l'arrivée d'un message. Aussitôt, Nicolas sentit les mains d'Audra se crisper dans son dos et disparaître aussi vite. La jeune femme s'écarta, ne bougea plus durant quelques secondes.

Elle pouvait aller à gauche, vers le téléphone, ou à droite, pour revenir vers lui et reporter la lecture de ce message à plus tard. Nicolas ne réagit pas, il ne voulait rien forcer.

Audra se redressa et posa le pied de l'autre côté du lit, à gauche. Elle avait laissé la couette en place, comme si, soudain, elle ne voulait plus déranger. Un rectangle de pixels lumineux se dessina dans la nuit et éclaira son profil. Nicolas put voir la façon dont elle se mordit la lèvre inférieure, et le voile funeste de la culpabilité qui affaissa ses paupières. Et il sut, il sut que l'histoire ne s'écrirait pas tel qu'il l'espérait, parce que rien n'était simple dans la vie.

Elle éteignit, ramassa vite ses affaires, les renfila dans le noir.

— C'est lui ? demanda Nicolas.

— Je... je suis désolée. Je n'aurais pas dû venir ici.

— Bien sûr que c'est lui... Ton Roland... Qui d'autre que lui enverrait des messages à 2 heures du matin ?

Nicolas n'arrivait pas à se remettre de la violence de cette soirée. Après le shoot et l'extase, la descente. Cruelle, insupportable. Le flic la connaissait par cœur. La descente vous précipitait vers l'abîme, vous broyait les tripes à un tel point que seule l'envie de vous écraser au fond vous importait.

— Alors c'est tout ? L'histoire s'arrête là ?

— L'histoire ? Quelle histoire ? Je suis navrée, Nicolas, mais... elle n'a jamais commencé. Ce soir, c'était... Enfin... Tu comprends, j'espère ?

Plus rien. Feulement des vêtements, zip de la fermeture Éclair, frottement de semelles. Le tout en moins d'une minute. L'impression d'un cambriolage du cœur. Le claquement de ses pas. Nicolas crut qu'elle allait sortir, disparaître, sans rien ajouter, sans même se retourner, mais elle lui accorda une dernière parole, loin là-bas, à la porte, alors que sa silhouette reprenait forme dans le clair-obscur des lumières diffuses. Une parole qui lui perça le cœur, tant elle était neutre :

— On se voit au Bastion.

Et elle disparut dans ses vêtements trempés, claquant cette fois la porte derrière elle, comme une rupture ferme et définitive. Seul, dans le froid, le noir, et privé d'électricité, Nicolas alla raviver la flamme d'une bougie. Le bateau grinçait, et la pluie riait sur la tôle, au-dessus de sa tête. Il se servit un grand verre de gin mélangé à du Coca. Il le but cul sec, et s'en resservit un quelques minutes plus tard.

— Tu vas voir...

Il alla ramasser son carnet et y récupéra les identifiants d'un des nombreux faux profils Facebook créés pour ses recherches dans des affaires criminelles. Il choisit celui d'Angel Benllasoric – anagramme de Nicolas Bellanger –, 34 ans, célibataire, physique méditerranéen, habitant Nice et, à l'aide de son téléphone, se connecta au réseau social.

Il tapa une requête sur Roland Casulois. Un seul résultat, la photo, le type à la chevelure de feu... C'était lui. Nicolas cliqua sur le lien, mais tomba sur un compte privé. Bien sûr... Il fit une demande d'amis avec, pour message :

« *Bonjour, Roland. Nous nous sommes connus à la fac de droit à Toulon entre 2002 et 2004. Peut-être ne te souviens-tu pas de moi, mais j'aimerais renouer contact avec mes anciens camarades. Merci de m'accepter comme ami.* »

Nicolas hésita avant d'appuyer. À quoi jouait-il ?

Il vida son verre, et cliqua. Avec l'espoir que l'autre finisse par lui répondre.

Il ressentait les effets fulgurants de l'alcool quand, soudain, la flamme de la bougie vacilla et s'éteignit, soufflée avec force malgré l'absence de courant d'air. Nicolas eut un frémissement.

— Je ne cherche pas à t'oublier, je te le jure...

Il ralluma avec son briquet et fixa la flamme, espérant une réponse, un vacillement, mais elle restait droite et s'étirait à peine. À demi chancelant, il ouvrit le tiroir de la commode. Il revint à table avec la lettre écrite à la Salpêtrière, qu'il déplia en douceur.

— Ce qui est arrivé cette nuit n'aurait pas dû arriver. Tu vois, j'ai cru que... J'ai été trop naïf...

Il se tut et offrit l'un des coins de la lettre à la flamme qui se délia en une longue langue orangée. Celle-ci dévora le papier.

— Je ne veux pas t'oublier. Je ne veux pas guérir de toi.

De ces mots censés apporter la libération de son âme ne subsistèrent que cendres et larmes.

35

Le lendemain, vendredi en début d'après-midi, le niveau de la Seine atteignait cinq mètres quatre-vingts, soit vingt et un centimètres de plus que la veille. Les quais de Paris étaient sous l'eau, le RER C coupé, mais le plus inquiétant, c'étaient ces techniciens de la RATP qui bouchaient l'accès à la station Champ-de-Mars-Tour-Eiffel avec des parpaings et du mortier. Du jamais-vu.

D'après les informations, Vigicrues prévoyait six mètres vingt, le niveau de 2016, pour le dimanche, avec un risque estimé à plus de 70 % que le niveau monte encore jusqu'au milieu de la semaine suivante. Certes la météo s'améliorait, il ne pleuvait plus en amont, mais le pic de crue était loin d'être atteint. Aussi, le plan ORSEC serait lancé dans les heures à venir. La préfecture de police, les pompiers, et les milliers d'acteurs impliqués dans les plans de prévention du risque inondation, les PPRI, étaient sur le pied de guerre.

En amont comme en aval de Paris régnait le chaos. Certaines villes en bordure des affluents de la Seine et du fleuve lui-même étaient envahies par les eaux. À Villeneuve-Saint-Georges, par exemple, les habitants s'apprêtaient à dormir dans les gymnases, sous des couvertures de survie, chassés de chez eux par la débâcle.

Tout semblait s'accélérer : les dérèglements climatiques, la folie humaine, la violence. L'homme et la nature paraissaient avoir atteint un point de rupture : c'était à présent un combat à l'issue duquel, peut-être, un seul finirait par subsister. Mais si la nature pouvait exister sans l'homme, l'inverse était faux.

Et Sharko résistait au milieu de l'ouragan, point invisible qui courait de bureau en bureau, d'un bâtiment microscopique à l'échelle terrestre. Dans sa sphère insignifiante, il tentait, tant bien que mal, d'apporter son infime contribution pour arracher le monde à son funeste destin.

En dépit des horreurs affrontées la veille, malgré la fatigue qui gonflait comme la crue, de multiples équipes travaillaient d'arrache-pied pour retrouver Fabrice Chevalier et ses deux prisonniers. Jecko et le chef de la police judiciaire sollicitaient l'ensemble des services compétents. Des avis de recherche circulaient dans tous les commissariats et brigades du territoire. L'affaire faisait la une des journaux, en France comme à l'étranger. Le procureur avait communiqué jusque tard dans la nuit, expliquant que la caméra s'était coupée alors que Florence et Bertrand étaient encore en vie. Et que tant que subsistait l'espoir, bla-bla-bla…

Sharko se foutait des médias, des journaux et du baratin. Il bataillait ferme pour avancer, conscient que chaque heure, chaque minute, comptait. Tôt dans la matinée, il n'avait pas lâché le technicien de la téléphonie. L'expert s'était acharné à décortiquer les signaux émis par le portable de Florence, utilisé par l'Ange pour communiquer avec sa mère. D'après lui, le kidnappeur avait pris soin d'ôter la batterie du portable en dehors de son utilisation, ce qui le rendait intraçable.

Les sms envoyés à des moments distincts, les dimanche et lundi qui avaient précédé, provenaient d'antennes relais situées dans les alentours de Montargis, à une centaine de kilomètres de la capitale. L'Ange avait peut-être roulé des kilomètres depuis sa planque pour allumer le portable de Florence et émettre, afin de brouiller les pistes, mais les flics savaient désormais dans quel coin de France concentrer les investigations.

Un indice précieux que Sharko avait transmis aux équipes installées dans la salle de crise. Lucie, Pascal et les autres mettaient en place les pièces du puzzle les unes après les autres, décortiquaient la vie administrative de Fabrice Chevalier, scrutaient chaque photo décrochée du mur de sa chambre, avec l'espoir de dénicher sa planque. Personne n'avait encore résolu l'énigme inscrite sur le pacemaker. De même, d'autres flics s'étaient plongés dans les dossiers relatifs à l'affaire du corps lesté dans un étang de Mennecy, essayant de déceler la moindre faille, le plus petit indice qui leur permettrait d'avancer.

Dans son bureau, entre deux coups de fil, Sharko fixait son écran noir, branché sur le site *manifeste-angedufutur*. À quoi fallait-il s'attendre dans les heures à venir ? À ce que le film de l'agonie de Florence et Bertrand débarque sur les réseaux et se propage avec un souffle impossible à stopper ? Serait-ce à cette occasion que l'Ange livrerait son manifeste ? Le flic n'avait aucun doute concernant l'imagination de l'individu qui soulevait l'indignation dans la France tout entière, et même au-delà des frontières.

La perquisition dans l'appartement parisien de l'homme au pacemaker avait eu lieu dans la matinée avec une autre équipe. Son téléphone portable avait été trouvé sur la table de la cuisine, tout comme ses clés de voiture et son portefeuille. Il avait dû s'en délester juste avant d'aller remettre la lettre à Nicolas aux portes du 36.

On en savait plus sur lui. Grégoire Priester dirigeait la start-up MySmartHome, basée en région parisienne. Il vendait de la domotique – des objets connectés au réseau pour une maison plus intelligente –, et travaillait sur un projet novateur qui allait révolutionner les comportements : donner par la pensée des ordres simples à des objets connectés, comme l'extinction des lumières, l'augmentation du chauffage ou la fermeture des volets. Sharko ignorait le fonctionnement de cette technologie, mais la simple idée qu'elle puisse pénétrer son esprit l'effrayait. Les machines ne se contentaient plus de franchir le seuil de vos maisons. Elles entraient aussi dans votre tête, et il se rappela la deuxième lettre de l'Ange : *Vous pensez que Google cherche à conquérir les pays ? Non, son territoire, son empire, ce sont vos cerveaux.*

Priester avait été tué parce qu'il prônait l'intelligence artificielle et nourrissait le système. L'Ange ne s'était pas contenté de le supprimer à l'arme blanche ou à bout portant. Il s'était arrangé pour qu'une machine s'en charge. L'homme, éliminé par sa propre création, en quelque sorte. Le mythe de Frankenstein.

Encore une fois, Sharko s'attarda sur le CV de Fabrice Chevalier. Un vrai cerveau. Passionné d'échecs et de mathématiques. Après un bac scientifique, il avait intégré l'école 42, fondée par Xavier Niel, le P.-D.G. du fournisseur d'accès Free. L'établissement était un incubateur de talents, gratuit, qui formait des cracks aux technologies de demain. À la sortie, Chevalier avait d'abord travaillé sur la sécurisation des réseaux chez IBM, puis rejoint les équipes de Cyberspace. Derrière la façade irréprochable, le monstre. Quand s'était-il radicalisé dans ses idées et avait-il commencé à corrompre le système ? À quel moment de son existence avait-il basculé ?

Audra l'arracha à ses pensées. Sharko lui avait passé un appel quelques instants plus tôt.

— Tu voulais me voir ?

— J'ai eu un coup de fil de Cyberspace, la boîte qui a viré Chevalier. Le patron m'a donné des infos au sujet de la puce RFID trouvée sous la peau de la victime de Bondy.

Il lui tendit un papier avec une adresse.

— Va voir ce type. Il s'appelle Alrik Sjoblad, il s'occupe d'un festival qui s'appelle Futur-sur-Seine. L'année dernière, il a créé ici, à Paris, une « Implant Party », la première et la seule du genre en France. Apparemment, il existe des gars assez barges pour se faire implanter des puces électroniques sous la peau pendant des soirées spéciales. L'événement aurait provoqué pas mal de remous chez les associations de « bio conservateurs ». Il y a quelques mois, des députés auraient demandé au gouvernement d'empêcher ce genre de pratique.

— Je veux bien, mais... je ne serais pas plus utile ici, à continuer de creuser la vie de Chevalier ?

— Tout le 36 creuse la vie de Chevalier. Tout ce qui nous rattache au cadavre de Bondy et au Punisseur nous rapproche de lui.

Audra acquiesça, résignée.

— Très bien. Au fait, tu sais où est Nicolas ? Je ne l'ai pas vu.

— Il a des soucis d'électricité avec sa péniche, il est passé il y a une heure, tu ne l'as pas croisé ?

Elle secoua la tête.

— Il a insisté pour se farcir un nouveau tour de planque à Janville, avec un gars de l'équipe Huriez. On ne peut pas non plus lâcher la piste là-bas et se permettre de louper le Punisseur. Ça consomme des ressources, mais on doit maintenir le dispositif. On ne sait jamais.

Planquer là-bas, c'était l'enfer. Il parut évident à Audra que leur aventure de la nuit sur le bateau n'était pas étrangère à sa décision de prendre le large. L'avait-elle blessé plus qu'elle ne le croyait ? Pourtant, ils se connaissaient à peine.

Avant de partir, Audra jugea bon d'aborder la question qui la taraudait depuis le jour où elle l'avait croisé à l'hôpital :

— J'ai cru comprendre qu'on le traitait pour un syndrome de stress post-traumatique...

— Il t'en a parlé ?

— Brièvement, pendant notre planque commune, mais je n'en sais pas beaucoup plus. Je suppose que c'est en rapport avec les attentats de Paris ?

Sharko secoua la tête.

— Ça n'a rien à voir. Tout l'étage est au courant, tu finiras par le savoir toi aussi, alors autant te mettre au parfum. Mais s'il te demande qui t'a renseignée, tu ne balances pas ton commandant, OK ?

Audra acquiesça d'un hochement de tête timide.

— Elle s'appelait Camille, elle était gendarme et une grosse affaire l'a amenée à enquêter avec nous. Nicolas en est tombé fou amoureux en trois ou quatre jours seulement. Un vrai coup de foudre comme on n'en voit qu'au cinéma. Il y a quatre ans, elle a été assassinée dans des conditions abominables. Nicolas était présent quand on a découvert le corps. Il ne s'en est pas remis et il est passé par tout ce que tu peux imaginer. Ce syndrome de stress, là, c'est quelque chose qui est ressorti dans sa tête il y a quelques mois, comme quand tu ouvres un vieux carton dans un grenier et que tu retrouves ta vaisselle cassée. Cauchemars, idées noires, pensées obsessionnelles. Il n'arrête pas de revoir ces images de mort et de sang. Bref, le traitement est censé le sortir de ce cauchemar...

Audra était mal à l'aise, elle s'était plantée sur lui de A à Z.

— Merci de... de m'avoir informée.

— Nicolas est un survivant, Audra. Il peut paraître solide comme un roc, mais il est au contraire très vulnérable. On lui doit tous beaucoup, dans l'équipe. Alors, s'il te plaît, sois cool avec lui.

Elle ne releva pas les yeux et disparut. Sharko n'était pas dupe, il avait senti le courant passer entre ces deux-là, depuis leur première rencontre. Audra était peut-être la solution aux tourments de Nicolas, davantage que le protocole.

Une photo de sa femme et de ses jumeaux entre les mains, il se dit que l'amour soignait souvent mieux que la médecine. Quelques minutes plus tard, l'objet de sa pensée se matérialisait aux abords du bureau. Lucie.

— Viens vite ! Avec Pascal, on tient quelque chose de sérieux.

36

Pascal avait le nez plongé dans la paperasse quand Sharko et Lucie débarquèrent dans la salle de crise.

Il se leva, agita la main et tendit un papier.

— Regarde, le dernier relevé de comptes de Chevalier. Trois retraits par carte bancaire, conséquents, ont particulièrement attiré notre attention : ils ont eu lieu dans le centre-ville de Nemours, en Seine-et-Marne, les 11, 22 et 30 octobre. Plus de cinq cents euros chaque fois.

Sharko prit la feuille et observa avec attention les lignes de comptes surlignées en jaune fluo.

— Le Bricorama de Nemours fait partie de notre liste de magasins distribuant le modèle des réservoirs qui nous intéresse, intervint Lucie. Dans le relevé de compte, on n'a pas trouvé de mouvements de carte bancaire concernant ce magasin et donc, j'ai appelé le service commercial. J'ai demandé à un responsable de rechercher les ventes et règlements de ce modèle de réservoirs en cash. Ces trucs valent plus de deux cents euros pièce, quasiment personne ne paye en liquide des sommes pareilles. Et pourtant, des enregistrements sont ressortis les 13 et 23 octobre derniers. Un seul achat par ticket de caisse.

— Il s'y est pris à deux fois pour ne pas se faire repérer, estima Sharko.

— Oui, et puis parce que transporter ces deux trucs en même temps dans le coffre d'une voiture, ce n'est pas évident. Bref, il entre dans le magasin, prend son réservoir, paye en liquide et ressort. Il recommence dix jours plus tard.

Pascal se décala vers la carte routière.

— Depuis le 30 octobre, plus aucun mouvement bancaire. Disparition totale des écrans radar, et donc, on pourrait se dire qu'il subvient à ses besoins avec du liquide et se planque n'importe où, et pas forcément du côté de Nemours.

— Ou alors, qu'il n'a plus de besoins particuliers. Il a fait ses stocks, reste sur place, bien planqué, à l'abri des écrans radar.

— Peu importe, c'est par ici que la suite se passe. Regarde... Les appels émis avec le portable de Florence, à destination de la mère, ont eu lieu dans ce coin-là, aux abords de Montargis, l'autre ville importante le long de la nationale 7. C'était la nuit de l'enlèvement de Florence, et le lendemain. Les 5 et 6 novembre. Toujours Montargis.

Sharko voyait où Pascal voulait en venir.

— Il fait plusieurs retraits et achats à Nemours fin octobre, il appelle de Montargis début novembre. Il se cacherait donc entre ces deux villes, séparées de combien, une quarantaine de kilomètres ?

— Environ, oui. Entre ces deux villes et... (son doigt suivit un trait grisâtre, collé à la nationale 7) pas loin de la voie de chemin de fer. Un endroit où Florence et Bertrand pouvaient entendre des trains klaxonner.

Sharko se rappela les mots écrits par Bertrand sur la paroi du cylindre. « Klaxon Train ».

— Entre Nemours et Montargis, c'est la pure campagne le long de cette voie de chemin de fer, poursuivit Pascal. On trouve bien sûr quelques villages, mais malgré notre ciblage, il nous est impossible de définir précisément où l'Ange se cache. Des lieux abandonnés ? Il y en a, mais c'est peu probable. Chevalier a besoin de l'électricité pour sa caméra, son éclairage et tout son système destiné à déverser l'eau. Un groupe électrogène est bruyant et donc attirerait trop l'attention. Et puis, ces endroits inoccupés peuvent être visités par des passionnés d'urbex, surtout sur des durées de plusieurs semaines. L'Ange n'aurait pas pris ce risque. Il lui fallait quelque chose de tout aussi isolé, mais de beaucoup plus sûr. Comme une maison. Je croise les doigts, mais il est fort possible que Lucie ait apporté la solution.

Sharko se tourna vers sa femme avec un air interrogateur. Elle lui tendit une photo et montra son téléphone portable.

— J'attends un coup de fil du centre des impôts d'un instant à l'autre.

Franck se concentra sur le cliché. Il l'avait déjà remarqué dans l'appartement de Chevalier. On y voyait Grégoire Priester déposer des cannes à pêche dans le coffre d'un cabriolet. La première fois, il n'avait pas prêté attention à l'arrière-plan : une belle bâtisse en pierre, cernée d'arbres et de verdure.

— Ça ressemble à une maison de campagne, non ? suggéra Lucie. Et si elle appartenait à Priester et que Chevalier la squattait depuis quelques semaines, même avant la mort de Priester devant le Bastion ?

Sharko réfléchit quelques instants, séduit par l'idée.

— Ça colle bien.

Il constata qu'ils portaient tous les deux leur blouson : ils étaient prêts à prendre la route et, vu leur entrain, ils croyaient à cette hypothèse dur comme fer.

— Il y a un autre truc qu'on doit te dire, dit Robillard, mais auparavant, est-ce que tu crois que... Je veux dire, ça fait environ dix-huit heures que la caméra est éteinte. Ma question est, en admettant que l'eau se soit arrêtée de couler dans les cylindres à la coupure de l'image, cela te semble-t-il probable que Bertrand et Florence soient encore en vie ? Tu les as vus, toi, au dernier moment, t'as vu où l'eau leur arrivait...

Sharko inclina la tête. Des flammes brillaient dans leurs yeux à tous les deux. Des brûlots d'espoir éteints depuis des jours. Il fit l'effort de se rappeler, même si l'image le bouleversait.

— Ils pouvaient encore respirer, mais Florence se tenait sur la pointe des pieds. Elle était contrainte de relever le menton pour ne pas avoir de l'eau dans la bouche. Je ne sais pas combien de temps on peut tenir comme ça. Dix-huit heures, tu dis ? (Il secoua la tête.) C'est impossible. Pas dans cette position, sur la pointe des pieds... Une demi-heure, une heure, maximum ? Mais...

Il se tut, le regard dirigé vers le sol.

— Et... Bertrand ?

Sharko haussa les épaules. Il avait du mal à estimer la souffrance à endurer pour tenir aussi longtemps, debout dans l'eau, sans possibilité de s'asseoir, ni même de nager pour se détendre les muscles. La noyade par fatigue était pire, sans doute, que la noyade brutale. Devait arriver l'instant où les muscles lâchaient, les genoux pliaient. La tête glissait alors sous l'eau, le corps se tendait encore, on repartait pour dix minutes de survie, on buvait la tasse, et on sombrait à nouveau. Une mort au compte-gouttes, douloureuse, abominable. Mais combien de temps pouvait-on survivre debout, sans bouger, dans l'eau froide ? Sharko n'en avait pas la moindre idée.

— Pourquoi tu me demandes un truc pareil ?

Le téléphone de Lucie sonna. Les impôts. Après quelques secondes, portable calé entre la joue et l'épaule, elle se précipita sur la carte. Elle écrasa son index droit sur Dordives, une localité située pile entre Nemours et Montargis. Elle nota l'adresse sur un bout de feuille et raccrocha.

— Priester possède bien une résidence secondaire à Dordives. C'est là-bas qu'ils sont, Franck. C'est là-bas qu'ils sont !

Le rebondissement était si violent que Sharko peinait à comprendre. Robillard avait lui aussi le nez collé sur la carte. Il désignait les lacs au niveau de Dordives, piégés entre la nationale 7 et le Loing, un affluent de la Seine.

— On croit tous que Chevalier a brusquement coupé le contact. Pourquoi il aurait fait une chose pareille avant le bouquet final ? En y réfléchissant bien, ce n'était pas logique.

— À quoi tu penses ?

— À la montée des eaux. C'est la catastrophe, là-bas, les habitants ont les pieds dans la flotte. Et si une inondation avait fait sauter les plombs de la maison ?

Sharko n'en croyait pas ses oreilles. La crue… Cette crue dévastatrice avait peut-être sauvé ou tout au moins prolongé la vie de Bertrand. Était-il possible qu'on les retrouve aussi vite ? Et qu'il y ait encore un survivant ?

Il préféra ne pas s'emballer. D'une main nerveuse, il s'empara du téléphone, parcourut le répertoire des lignes directes et composa le numéro de l'héliport de Paris, basé à Issy. À peine eut-on décroché qu'il lâcha :

— Brigade criminelle. L'affaire Chevalier. Il nous faut un hélicoptère de toute urgence.

37

Alrik Sjoblad et son équipe étaient installés dans un immeuble du boulevard Macdonald, non loin de la Cité des sciences et de l'industrie. Nowfutur était une association loi de 1901 d'une dizaine de personnes, dont l'objectif principal était de créer des « espaces de réflexion, des rencontres et des débats autour des technologies du futur et de leurs enjeux », d'après ce qu'avait cru comprendre Audra.

Elle n'arrivait pas à se concentrer sur sa mission, sans doute trop focalisée sur la traque de l'Ange et les événements de la nuit. Comment se détacher de l'image de Florence et Bertrand puisant leurs dernières réserves d'air ? De cette course acharnée qu'ils menaient ? Du visage de Nicolas lorsqu'elle avait quitté la péniche comme la pire des voleuses ?

Les quelques données récoltées sur les sites, au sujet de Nowfutur, étaient floues, techniques. À plusieurs reprises, Audra avait vu le nom de l'association accolé au terme « transhumanisme », le mouvement mondial qui prônait l'intelligence artificielle et promouvait l'utilisation des découvertes scientifiques pour l'amélioration des performances humaines. On parlait d'homme 2.0, d'immortalité, de téléchargement du cerveau dans des machines...

L'immeuble était immense, partagé par une multitude d'entreprises, de start-up, d'agences, et elle peina à repérer les bureaux, au neuvième étage. L'hôtesse d'accueil, au bas du bâtiment, s'était perdue dans son répertoire et avait été incapable de trouver le numéro de Sjoblad pour annoncer la visite.

L'homme était enfermé dans un bureau encombré de papiers lorsqu'elle fut amenée à sa porte par l'un des employés. Elle s'attendait à un grand blond aux yeux bleus, mais Sjoblad, la trentaine, était contre toute attente plutôt râblé, avec une barbichette taillée en pointe et de longs cheveux filasse attachés en queue-de-cheval.

Audra lui présenta sa carte de police.

— Brigade criminelle. Vous auriez un peu de temps à m'accorder ?

— À quel sujet ?

— Je vais vous expliquer.

Elle s'avança d'un pas et Alrik Sjoblad n'eut d'autre choix que de refermer la porte et de lui proposer de prendre place sur la chaise face à son bureau. Aux murs, des clichés posaient l'ambiance : meetings bondés, avec Sjoblad levant les bras au ciel... Conférences dans des amphithéâtres... Photos de groupe où chacun baignait dans l'euphorie... Et aussi, des slogans sur des affiches : « Notre corps est obsolète », « Architecture anatomique alternative », « Après le paléolithique et le néolithique : le biolithique. »

Son interlocuteur s'assit à son tour et positionna ses mains à plat devant lui. Audra remarqua d'un premier coup d'œil la petite cicatrice, entre le pouce et l'index de sa main droite. Comme le cadavre de Bondy. Sjoblad suivit son regard et glissa ses mains sous le bureau.

— Que voulez-vous ?

Malgré l'accent suédois – un étrange mélange de lointaines consonances belges, québécoises et parisiennes –, il s'exprimait dans un français impeccable. La flic sortit des photos de son sac et lui présenta, en premier lieu, un gros plan de la puce.

— Nous menons une enquête criminelle. On a retrouvé cette puce RFID sur un cadavre qu'on n'a pas encore réussi à identifier. Elle était placée sous la peau, au même endroit que celle à votre main droite.

Elle le sonda. Il ramena alors ses mains devant lui, gêné.

— Ma première question est toute simple, poursuivit Audra. Est-ce que cette puce vient de chez vous ?

Sjoblad manipula le cliché avec nervosité.

— Que voulez-vous que je vous dise ? Une puce est une puce. Elles se ressemblent toutes.

— Elles se ressemblent toutes ? Parce qu'à votre avis, on porte ce genre d'engin à tous les coins de rue ? C'est une puce greffée sous la peau en dehors d'un acte chirurgical hospitalier, une puce que vous portez exactement au même endroit que notre victime. Il va falloir que vous m'expliquiez cette histoire d'Implant Party... À quoi ça sert, qui se fait poser ces puces, pourquoi. Et ce que vous faites au juste, ici, dans votre association.

Sjoblad resta un moment figé, puis se leva. Il plaqua le dos de sa main devant une photocopieuse, qui émit un bip et se mit à chauffer. Puis il prit son téléphone portable, qui se déverrouilla à l'approche de sa main.

— J'aurais pu faire la même chose avec la cafetière, là, derrière. Voilà à quoi sert ma puce : rendre des services. C'est l'avenir du téléphone portable. J'entends bien vos questions, votre ton, et j'ai l'impression que vous êtes venue ici avec vos *a priori*. Vous nous prenez pour une bande d'illuminés sortis d'un film de science-fiction...

Il se réinstalla à sa place et lui montra des plaquettes d'entreprises, de clubs de sport, des pubs pour les transports en commun.

— Mais il ne s'agit pas de science-fiction. Au Japon ou en Suède, des milliers de personnes vivent depuis plusieurs années avec un implant sous-cutané. Grâce à ça, ils ouvrent des portes, démarrent leur voiture, prennent le train, se facilitent la vie en profitant de la technologie. À Stockholm, les employés de certaines entreprises utilisent aussi les puces RFID. Plus d'oubli du badge ni du pointage, plus de gestes inutiles. Où est le mal ?

Privation de liberté... Flicage... Addiction encore plus forte qu'avec un téléphone portable, puisqu'il était impossible de s'en détacher. Sans oublier la présence d'un corps étranger sous la peau, et les ondes que ces engins devaient émettre. Audra ne voulait pas s'engager dans ce débat et le laissa poursuivre.

— Dans notre association, nous voulons désacraliser la technologie, et montrer aux plus réfractaires, ces fichus bioconservateurs, qu'un individu augmenté grâce à la technologie n'est pas un monstre. Suis-je un monstre ? Non. L'homme qui profite des avancées de la science n'a rien d'un Frankenstein.

Il pointa le poster d'un film de Spielberg, *Hook*.

— Une jambe de bois, une paire de lunettes puis des lentilles de contact, une prothèse de hanche, n'est-ce pas déjà une manière d'augmenter l'homme ? L'augmentation existe depuis l'aube des temps. Et la vaccination, la chirurgie esthétique, le Viagra ? Pourquoi l'opinion accepte-t-elle qu'on puisse vivre avec un cœur artificiel, cet organe qui porte tant de symbolique spirituelle, mais se refuse-t-elle à admettre qu'on puisse porter des puces inoffensives ?

Le discours était solide, rodé, et Sjoblad s'exprimait avec l'aisance d'un grand orateur. Il lui tendit d'autres documents auxquels Audra jeta un coup d'œil.

— Nous nous déplaçons de ville en ville, nous organisons des conférences, des manifestations en partenariat avec des entreprises de pointe. Nous nous occupons aussi du festival Futur-sur-Seine où, à travers des démarches artistiques ou des spectacles, les visiteurs peuvent participer à des expériences immersives, uniques, qui les sensibilisent au monde de demain.

— Par sensibiliser, vous voulez dire répandre le message des transhumanistes ?

Il marqua son exaspération en tapant du plat de la main sur le bureau.

— Nous y voilà... Si vous voulez dire par là : proposer l'utilisation des technologies pour améliorer la qualité de vie de tout un chacun, pour supprimer la souffrance, la maladie, le handicap ou nous aider à vieillir mieux plus longtemps, alors oui, nous répandons ce message. Voyez-vous un mal quelconque à ce qu'un tétraplégique puisse remarcher grâce à la science et la robotique ? Qu'un aveugle puisse retrouver la vue grâce à un implant rétinien ? Qu'une infime manipulation génétique au moment de la fécondation puisse permettre à un futur enfant de naître sans myopathie de Duchenne ? Savez-vous qu'en Israël, la maladie génétique de Tay-Sachs, mortelle chez les enfants, touchait plus d'un Juif ashkénaze sur trente, et que depuis la mise en place des dépistages génétiques rapides et gratuits, les naissances de bébés atteints de cette pathologie ont fortement diminué, et que cette plaie de l'humanité est sur le point de disparaître ? C'est cela que les bioconservateurs veulent empêcher ? Mais dites-moi où est le mal là-dedans ?

L'homme mélangeait tout, et Audra n'aimait pas son discours. Ces mots, c'était le séduisant emballage d'idées sans doute beaucoup plus radicales. Elle avait vu à maintes reprises des termes comme « eugénisme », « robotisation de l'esprit », « secte » accolés au mouvement transhumaniste. On modifiait le gène pour éviter la myopathie de Duchenne, puis, dans la foulée, on choisissait le sexe de l'enfant. Et la couleur de ses yeux. Où était la limite ?

Mais elle ne s'y connaissait pas assez pour argumenter, et peut-être se faisait-elle de fausses idées, véhiculées à tort par les médias. Elle se recentra sur la raison de sa venue.

— Parlez-moi de cette fameuse Implant Party.

— J'ai organisé la première Implant Party de France en mars 2016, lors du festival. Rien d'illégal, bien sûr, nous possédions toutes les autorisations. On en a fait deux autres dans la foulée, à Barcelone et Copenhague, et la prochaine sera à Miami. De véritables succès chaque fois. Les gens en sont fous. Ils repartent avec leur puce sous la peau, et peuvent ensuite y stocker ce qu'ils veulent : leur numéro de carte bancaire, leurs données confidentielles, et ccla sans risque de les perdre ou de se les faire voler, contrairement à un portefeuille, une clé USB ou un disque dur. Ils peuvent aussi interagir avec leur environnement comme je l'ai fait, s'ils le souhaitent. Il suffit d'installer des récepteurs communiquant avec la puce aux endroits adéquats. Nous ne sommes qu'aux balbutiements de l'augmentation, mais c'est l'avenir, nous y arriverons, que vous le vouliez ou non.

Il la sonda de ses iris d'encre.

— Quant à l'acte chirurgical dont vous parlez... Il est réalisé par des tatoueurs-pierceurs accrédités, dans des conditions d'hygiène irréprochables. La pose d'une puce n'a rien de compliqué.

— Je suppose que vous disposez d'un listing des personnes implantées lors du festival ?

Il secoua la tête.

— Je suis désolé. Futur-sur-Seine est ouvert au grand public. N'importe qui pouvait venir à notre soirée et repartir avec sa puce comme on repart avec un tatouage ou un piercing. Cette nuit-là, on a réalisé plus de trois cents implantations gratuitement, le tout financé par Argonit, le fabricant numéro 1 de puces RFID.

Audra vérifierait tout cela, mais le propos du type était cohérent, sans hésitations. Elle essaya de cacher sa déception. Leur anonyme de la forêt risquait de le rester encore un bout de temps. Elle songea à son meurtrier présumé, le Punisseur.

— Et des doigts qui attirent le métal ? Des aimants sous la peau ? Ça vous parle ?

Il acquiesça, le regard trouble. Audra n'arrivait pas à comprendre ce qui le perturbait. Sa présence ? Ses questions ? Il répondit après un silence.

— Implants magnétiques. Le biohacking.

— Le biohacking ?

— Le piratage du corps humain. Un mouvement mondial qui se développe dans l'ombre du transhumanisme, de la même façon que les hackers informatiques. Les biohackers parlent de DIY, « Do it yourself ». Ils entendent mener leurs recherches sur le corps humain par eux-mêmes, en toute liberté, loin des laboratoires privés qui s'accaparent les connaissances, avec pour objectif, pour les plus radicaux d'entre eux, de faire avancer la science plus vite. Ils se passent des protocoles et des tests qui peuvent durer des années. Par exemple, ces gens-là considèrent la mort comme une erreur génétique et non une fatalité. Autrement dit, ils sont persuadés que la science peut apporter la solution à la mortalité. Ils veulent être la génération qui connaîtra la démultiplication de la durée de vie. Deux cents, trois cents ans, voire l'immortalité. Certains y croient profondément.

Des gens croyaient aussi que la Terre était plate, songea Audra. Ces types allaient à l'encontre de la nature. Elle avait une conviction : si la mort existait, c'était qu'il y avait une raison, une nécessité, afin que toutes les espèces puissent continuer à se développer en harmonie, dans un équilibre déjà fragile. La mort nous aidait à vivre, et une vie sans fin serait terrifiante. Si tout était possible, l'être humain ne basculerait-il pas dans la folie ?

Elle resta suspendue aux lèvres de son interlocuteur.

— Ces biohackers ont souvent un bagage technique et scientifique solide : études de médecine, de génétique, de biologie. Ils utilisent principalement Internet pour se procurer leur matériel, se construisent leurs laboratoires dans un coin de garage et expérimentent sur leurs propres corps ou sur des collègues volontaires. La plupart du temps, ça reste, comment dire… gentil. Certains se glissent des aimants sous le cuir chevelu ou au bout des doigts pour ressentir le « sens magnétique », une espèce de sixième sens, ou ils se greffent des leds aux talons, ce genre de choses. Mais pour les plus extrêmes d'entre eux, ça peut aller plus loin…

Audra se pencha vers lui.

— Du genre ?

— Implantation de haut-parleurs dans les oreilles pour accroître l'ouïe, par exemple… Mais ça peut encore être bien plus insensé et ceux-là, croyez-moi, ils sont prêts à toutes les monstruosités pour aller au bout de leurs convictions. Inutile de vous préciser que cela est extrêmement dangereux. Là où une association comme la mienne possède une démarche saine et pédagogique pour expliquer au public vers quoi nous allons, ces biohackers extrêmes sont en dehors des lois, se mettent en danger par le biais de l'expérimentation ultime et nuisent au courant transhumaniste tout entier. Je vous le répète, nous ne sommes pas des docteurs Frankenstein.

Audra sombrait dans un autre monde, celui des fous du tube à essai et du scalpel. Difficile d'imaginer ces biohackers de l'extrême, enfermés chez eux, lame tranchante à la main, en train de se charcuter pour fusionner avec la technologie. Était-ce ces groupuscules que l'Ange du futur voulait dénoncer ? Le Punisseur en faisait-il partie ?

— Ils existent en France ?

— Ils existent partout, je suppose. Mais sur ce point, je ne peux pas vous aider, j'ai mené quelques recherches par moi-même et vous ne trouverez rien sur le Net. Contrairement à nous, ils ne s'affichent pas dans les conférences et restent très discrets.

Avec hâte, Audra fouilla dans ses photos et lui montra un agrandissement de la main de la victime de Bondy, avec la première phalange de son auriculaire gauche sectionnée.

— Ça pourrait être le genre d'actes auxquels ils s'adonnent également ?

Il s'attarda sur la photo.

— L'apotemnophilie, l'amputation volontaire. Ça pourrait, oui. C'est un sacrifice de se couper une phalange, et non une amélioration. S'il fallait faire un lien avec le biohacking extrême, j'y verrais là plutôt la preuve d'un engagement fort dans le mouvement. Une modification corporelle extrême prise comme un signe d'appartenance, je dirais.

Un signe d'appartenance. Le Punisseur et le cadavre de Bondy étaient peut-être du même clan… À un moment donné, les relations auraient mal tourné entre les deux hommes, et l'un aurait exécuté l'autre. Elle se rappela les empreintes de pas au bord du trou, ces observateurs fantômes… Cette idée du groupe d'illuminés lui plaisait. Elle revint vers Sjoblad, qui avait gardé le silence tout au long, les yeux baissés.

— Écoutez, fit-il. Comme tout le monde, je suis au courant des événements d'hier. J'ai vu ces deux personnes enfermées dans les cylindres et la photo de leur kidnappeur circuler sur toutes les chaînes d'actualité. J'ai lu sa lettre postée sur les pages Facebook des victimes, ses propos violents à l'égard de l'IA, de la génétique, des avancées scientifiques en général. Et vous êtes ici aujourd'hui, comme par hasard...

— Et je sens que, depuis mon arrivée, vous avez quelque chose à me dire.

— Oui. Pendant l'Implant Party, il est venu. J'ai tout de suite reconnu son visage quand je l'ai vu à la télé.

Audra écarquilla les yeux.

— Fabrice Chevalier ?

— En personne. Je me souviens parfaitement de lui. Introverti, le regard fuyant, pas très à l'aise au milieu de la foule. Ce soir-là, lui aussi s'est fait implanter une puce. Sauf que cette puce, elle n'a pas été fournie par Argonit. Il l'avait déjà en sa possession.

38

Vu du ciel, c'était l'hécatombe.

Vers le sud, on ne différenciait plus la Seine des flaques brunes qui avaient envahi les champs. Lacs, étangs, rivières s'épousaient en un titanesque miroir d'eau sale qui luisait sous les nuages couleur gris de lin jusqu'à l'horizon. Avec l'altitude, nombre de constructions se résumaient à des pyramides de tuiles posées comme des barques sur les flots, et les voitures, à des confettis rouges, bleus, jaunes parsemés sur des flaques d'alluvions.

Lucie, Franck et Jecko observaient avec effroi cet avant-goût de fin du monde, un casque antibruit sur les oreilles. Une crue, c'était le résultat d'une nature en colère, d'une force implacable qui tirait, au cœur même de la civilisation, les sonnettes d'alarme. Le monstre sortait de ses gonds et détruisait, noyait, avalait, en réponse à l'inconséquence de l'homme. Une incursion vive, brutale, un hold-up dans le quotidien et l'intimité des gens, plus concrète que la fonte de la calotte glacière.

Un deuxième hélicoptère suivait, alourdi de trois hommes de la brigade d'intervention et du pilote. L'intuition de Robillard avait fait mouche : ils avaient eu confirmation que depuis la veille, à 21 h 40, certains quartiers de la ville de

Dordives vivaient sans électricité. C'était donc la panne de courant qui avait provoqué la coupure de la caméra et non l'intervention de l'Ange du futur. Le système introduisant l'eau dans les cylindres avait aussi dû s'interrompre.

Autrement dit, ce déferlement sauvage d'eau avait peut-être enrayé le plan de Chevalier – à savoir offrir un spectacle de mort à des millions de personnes – et l'avait empêché de délivrer les centaines ou milliers de pages de son manifeste.

Sharko se préparait à affronter l'un des épisodes les plus rudes de sa carrière. Il aurait tout donné pour que les hélicoptères volent plus vite. Installé à l'arrière, il serrait la petite main blanche de sa femme. Lucie avait insisté pour l'accompagner. Ce coup-ci, elle refusait que son mari endure seul la violence de la scène une fois sur place. Partager l'horreur revenait peut-être à diminuer sa propre souffrance de moitié. C'était aussi trouver l'autre pour en parler dans les moments difficiles, et évacuer ce qui pouvait encore l'être.

Les Écureuils de la police nationale effectuèrent un virage serré vers la droite lorsque se dessinèrent les premières habitations de Dordives. Le Loing, si timide d'ordinaire, crachait sa colère, tapissant d'un film d'aluminium les rues de cette ville de trois mille habitants. Même si l'onde de crue n'était pas encore à son apogée, l'eau atteignait le milieu des tibias aux endroits les plus exposés, et elle montait d'heure en heure avec une paresse indécente. Vingt centimètres d'eau restaient gérables, mais suffisaient pour immerger jusqu'au plafond toutes les pièces situées sous ce qu'on appelait le « niveau zéro ».

Comme les caves.

Les hélicoptères se posèrent sur le seul endroit praticable sans être trop éloignés de leur destination : un terrain de football attenant à une salle de sports. Deux policiers municipaux les attendaient, les bras chargés de salopettes kaki imperméables. Ils étaient accompagnés d'un médecin et d'infirmiers avec des brancards. Ces hommes furent informés de la raison exacte de la présence de la brigade criminelle. Jecko leur demanda de ne pas poser de questions et de les mener sur-le-champ à l'adresse indiquée.

Ils enfilèrent leur tenue en vitesse – à l'exception des gars de la BRI qui préféraient mouiller leur pantalon et devaient garder toute leur liberté de mouvement –, et se mirent en route. La propriété de Grégoire Priester se situait à six cents mètres à vol d'oiseau. Durant le trajet, personne ne parla, concentré sur ses pas, fendant l'onde, afin de ne pas se tordre la cheville parce qu'on ne voyait pas même ses pieds.

Jamais Franck n'avait entendu un silence aussi lourd dans une ville. Les rues étaient prisonnières des flots. Plus loin, ils croisèrent des pompiers qui tiraient une barque, avec un vieil homme à bord et son fauteuil roulant plié à ses pieds. Une femme et sa fille marchaient, funambules, sur des planches de fortune, des bouteilles d'eau dans chaque main. Un habitant continuait à accumuler avec l'énergie du désespoir des sacs de sable sur le pas de sa porte, alors que l'eau l'encerclait et s'infiltrait partout. Sur la gauche, un cygne noir glissait en toute quiétude le long des façades. Lucie et Sharko échangèrent un regard lourd de sens. Pourquoi là, maintenant ? Ils avaient croisé cette symbolique de mort, par le passé, et cela n'avait engendré que des drames.

Après vingt minutes d'un trajet épuisant jusqu'à la limite de la commune, ils se regroupèrent devant le portail en partie immergé d'une propriété isolée. Il était fermé, mais pas verrouillé. À une vingtaine de mètres, la bâtisse semblait flotter comme un bateau en papier au milieu d'un étang. Franck ressentit un étrange soulagement : des escaliers, dont seules les premières marches étaient submergées, montaient vers la porte d'entrée restée au sec. Le rez-de-chaussée de la demeure avait été construit sur un soubassement d'une soixantaine de centimètres au-dessus du sol. La maison avait donc, semblait-il, échappé aux inondations.

Tous les volets étaient fermés, pas de véhicule sous le carport.

Les flics parisiens dégagèrent leurs armes de leurs holsters et demandèrent aux policiers locaux de rester sur place. Ils progressèrent les uns derrière les autres, se retrouvèrent vite au sec devant la porte d'entrée fermée à clé et en profitèrent pour se débarrasser de leurs combinaisons. L'officier de la BRI vint à bout de la serrure en quelques coups de bélier portatif.

Cinq secondes plus tard, ils étaient à l'intérieur.

Ici comme dehors, le silence, l'absence de vie. Lointaines odeurs de pierre calcaire, de poutres vernies et de cire d'abeille. Franck n'était plus qu'un brûlot d'énergie brute, il puisait dans l'offensive ses dernières forces. Alors que les hommes sécurisaient les pièces, il fonça vers le hall, talonné par Lucie et Jecko. De toute sa vie, jamais il n'avait reculé, et cette fois encore, il fallait qu'il soit le premier. Sur l'une des portes on distinguait une clé fichée dans la serrure. Une grande gifle d'air frais le fouetta lors de l'ouverture. Une dizaine de marches plongeaient dans l'obscurité.

Il se tourna vers ses collègues.

— C'est là-dessous qu'ils sont.

Jecko, en retrait, ne disait rien, il n'était plus qu'un flic dans l'urgence, au même rang que ses subordonnés. Sharko transforma son téléphone en torche et s'avança sur les marches en béton. Chaque centimètre vers le fond le rapprochait d'une vérité qu'au plus profond de lui, il se refusait à affronter. Dehors, des milliers de personnes sinistrées souffraient, mais si cette fichue crue avait pu sauver au moins Bertrand, l'arracher à sa mort programmée, alors, peut-être que cette catastrophe avait une raison d'être, et qu'il existait un subtil équilibre dans ce monde devenu dingue où chaque malheur se voyait compenser, à moindre échelle, par son contraire.

L'arme braquée au-dessus de son téléphone, il foula le sol sec de la cave. La pièce était coupée en deux par le rideau qu'on voyait sur les écrans. Des morceaux de ficelle maintenaient tendu le rectangle de toile noire.

L'absence de bruit les inquiétait, ils n'entendaient rien d'autre que le roulement de leurs propres respirations. Un survivant n'aurait-il pas réagi au claquement de leurs pas ? Les gestes, dans l'eau des cylindres, les respirations, n'auraient-ils pas été perceptibles ? Vingt heures dans le froid, debout, sans manger, l'eau au ras du cou. Personne ne pouvait survivre à une telle épreuve.

Sharko ne perdit pas une seconde, il fallait en finir. Il posa sa main sur le rideau et tira d'un coup sec. Il eut un mouvement de recul. Lucie hoqueta, juste derrière. Jecko n'émit aucun son.

Face à eux, collé contre la face interne du cylindre, un masque de terreur. Bertrand les fixait, recroquevillé en position fœtale. Ses pieds touchaient le fond du bout des orteils, ses cheveux ondoyaient au-dessus de sa tête, tels d'agiles tentacules d'anémone. Il avait le front plaqué contre la paroi translucide, les yeux grands ouverts, avec les paupières qui commençaient à se décoller des orbites. Une bulle d'air était restée prisonnière au bord de sa narine droite, telle une perle de nacre. Sa gorge noire, visible au-delà de sa langue, semblait retenir un dernier cri. Lui avait coulé, mais ses vêtements flottaient à la surface comme pour le narguer. Il s'était déshabillé.

Sharko était ravagé, mais il resta debout, stable sur ses jambes, lui qui avait déjà affronté tant de ténèbres. Il sentit la main de Lucie dans son dos, une douce poussée qui l'encourageait à avancer, à découvrir l'autre cadavre parce que c'était son travail et que si lui ne le faisait pas, qui le ferait à sa place ? Alors il se décala vers la droite pour affronter le deuxième cylindre. Éclaira le fond de la pièce. Il vit d'abord la potence, la corde, puis une silhouette longiligne, droite, immobile, dans la prison cylindrique. Nue elle aussi, elle tournait sur elle-même, ses pieds ne touchaient pas le sol.

Sharko ne comprenait pas cette position, il n'était pas sûr de bien voir.

Il s'approcha.

Le cou de Florence était piégé dans son pantalon de K-Way noué aux extrémités et gonflé d'air. Le vêtement faisait office de gilet de sauvetage en maintenant la tête hors de l'eau. La jeune femme, inerte, avait les paupières baissées, la bouche rectiligne et close comme celles des poupées de cire.

Sharko sentit l'adrénaline lui donner un coup de fouet.

— Elle est peut-être encore vivante ! Lucie, le médecin, vite !

Lucie courut dans les escaliers tandis qu'il se ruait dans la partie située de l'autre côté du rideau. Il revint avec l'escabeau aperçu en entrant, le positionna et s'élança sur les marches. Il voulait y croire, il voulait qu'elle vive. Avec des gestes vifs, il arracha le tuyau et dévissa le large couvercle à l'aide de ses deux mains.

— Je vais la sortir de là. Évitez-moi de tomber.

Penché, soutenu aux chevilles par Jecko, dans une contorsion douloureuse, il tira le corps vers lui, le souleva par-dessous les bras et le hissa.

— Allez, Florence... Allez...

Ils parvinrent à la descendre. Sharko ôta son blouson, l'étala au sol et posa Florence dessus. Le souffle court, il s'agenouilla, caressa le visage pâle, repoussa les cheveux trempés vers l'arrière. Le corps dégageait cette froideur des blés qu'on fauche au petit matin, dans la rosée ; la peau luisait comme celle des jeunes morts, les lèvres saisissaient déjà les couleurs d'une aube violette. Sharko observa la poitrine, y plaqua son oreille. Ses yeux s'embuèrent lorsqu'il perçut les signes de la vie.

— Le cœur bat ! Elle respire !

39

Celle que les apparences avaient désignée comme la plus fragile avait survécu.

Dans un ultime élan de survie, Florence avait eu le réflexe d'utiliser une technique connue des aventuriers et autres militaires en milieu aquatique : piéger de l'air dans un pantalon aux extrémités et à la taille nouées – avec un lacet ou une ceinture –, coincer sa nuque entre les deux boudins flottants et attendre les secours. Épuisée, elle s'était endormie dans cette position verticale. Son corps vidé et affamé était ensuite tombé en hypothermie.

Assis au sol contre l'un des murs de la cave, les coudes appuyés sur ses genoux et les mains dans le vide, Sharko avait arraché le rideau et s'en était servi pour recouvrir le cylindre de Bertrand, en attendant que les équipes techniques arrivent et l'extraient de sa prison aquatique. Les procédures légales exigeaient qu'il ne touche pas au cadavre avant l'intervention de la police scientifique. Les techniciens de l'IJ allaient débarquer, venus de l'autre bout de la ville. Ils avançaient sans doute dans les rues avec leurs salopettes et leur matériel de pointe au bout des bras.

De la science-fiction.

Il regarda fixement le linceul, les yeux vides. Bertrand avait sans doute voulu imiter sa voisine de souffrance. Comme elle, il s'était déshabillé. Comme elle, il avait cherché à fabriquer une bouée avec ses vêtements. Mais Sharko se rappelait la manière dont Bertrand avait tiré les fils et créé des trous dans son habit. Il s'était ainsi privé de toute chance de survie. Quelle triste ironie du sort...

Franck n'osa se représenter le calvaire de ces minutes. Lui, attrapant une dernière fois l'air pour finir par couler d'épuisement. Elle, impuissante, le regardant se noyer, incapable de remonter. Bertrand avait dû cogner de toutes ses forces contre la paroi en vomissant des bulles d'air. Il avait dû la maudire.

Après sa conversation téléphonique, Lucie vint s'asseoir aux côtés de son homme, les muscles noués et une raideur tenace dans les épaules.

— Je viens d'avoir Jecko. Florence a repris connaissance au moment d'embarquer dans l'hélicoptère. Ils filent à l'hôpital. D'après le médecin, elle est réactive et serait hors de danger.

Sharko ne répondit pas, ne la regarda même pas. Elle lui massa la nuque.

— Jecko va attirer les projecteurs sur lui, mais si Florence est vivante, c'est grâce à toi, et non à lui. Tu n'as jamais rien lâché, tu nous as menés au bout.

— Grâce à moi ? Elle a survécu, mais que va-t-elle devenir ? Elle est détruite de l'intérieur. Imagine le traumatisme de sa détention, ce qu'elle a vu et vécu avec Bertrand. On va lui apprendre que sa mère a tué un homme et se trouve en prison. Elle ne pourra plus sortir sans être reconnue, elle restera celle qui n'est pas morte. Elle va devoir vivre avec ça jusqu'à la fin de ses jours.

Il hocha la tête vers le cylindre recouvert.

— Et sa femme, à lui, tu y penses ? Seule, sans gosse, avec cette histoire d'adoption illégale sur le dos. C'est quoi, son avenir ? On est des fossoyeurs. On enterre ce qui doit l'être et on passe tout de suite à autre chose, en laissant ces gens en deuil derrière nous. Je n'en peux plus de tout ça.

— Tu as toujours tout surmonté, il n'y a pas de raison que tu n'y arrives pas, cette fois encore. Et puis, je suis là, moi. Jules et Adrien sont là. En sauvant Florence, ce sont nos enfants que tu protèges un peu plus de toutes ces... toutes ces conneries.

Elle avait raison. Ce n'était qu'une affaire criminelle de plus. Horrible, certes, mais Sharko n'avait-il pas affronté les multiples facettes de l'horreur tout au long de sa carrière ? N'avait-il pas eu affaire à des crimes d'enfants ou à des trafics ignobles d'êtres humains ? Une victime restait une victime et un criminel, un criminel, quelle que fût l'affaire.

Et puis, n'avait-il pas eu, maintes fois, l'occasion de tout arrêter, de claquer la porte définitivement ? Et il était là, pourtant, face à la mort la plus abjecte, parce que des mystères enfouis dans les obscures circonvolutions de son cerveau l'empêchaient de s'arracher du pavé. Toutes ces victimes, ces personnes qui avaient connu l'enfer, l'appelaient de leurs fluettes voix d'outre-tombe et lui interdisaient de les abandonner. Elles réclamaient justice.

Il se demanda, à ce moment-là, au fond de cette cave, ce qu'il serait devenu s'il était resté seul après la disparition de sa première femme Suzanne, sans Lucie, sans enfants. Il serait sans doute mort, rongé par une cirrhose ou effondré au fond d'une impasse avec une balle dans le crâne.

Il adressa à Lucie un maigre sourire :

— Et toi qui ne dis rien, qui supportes tout ça...

À son tour, il lui glissa une main à l'arrière du crâne et massa ce cuir chevelu tiède. Quelles ténèbres abritait-il ?

Même après toutes ces années, Sharko l'ignorait. Lucie avait perdu ses jumelles et elle était toujours là, aussi forte et droite sur ses jambes qu'à leur première rencontre. Il ferma les yeux et posa sa tête contre son épaule. Ce qu'il aimait cette femme...

Il lut le sms qui venait de s'afficher sur son téléphone. « Plus beaucoup de batterie de téléphone, mais rien de neuf... La relève arrive dans quelques heures, ça devient interminable, mais on tient le coup. Des news de votre côté ? »

Des news... Quelques-unes, oui. Bellanger n'allait pas être déçu... Sharko répondrait plus tard.

Il se redressa dans une grimace, avec la sensation que toute cette eau, à l'extérieur, avait oxydé sa vieille carcasse, puis attira Lucie. Elle avait raison, il ne pouvait pas abandonner. Pas maintenant. Pour Bertrand, pour Priester, pour Laëtitia Chapelier et sa fille... Et pour tous ceux qui avaient travaillé d'arrache-pied dans cette enquête, abandonnant leurs familles, délaissant leurs enfants. Lampe torche en main, il s'approcha de la potence et effleura la grosse corde.

— Je ne comprends pas ce que ça fait là. À qui était-elle destinée ? Quel final l'Ange avait-il prévu ?

La machine à neurones se remettait en marche. Lucie le regarda faire. C'était bien lui, Sharko, le prédateur, le requin, qui repartait à la chasse. Il effleura le cylindre de Florence, en observa le sommet, ces tuyaux élancés dans l'obscurité, puis s'orienta vers la caméra, en retrait, posée sur un trépied. À l'aide de son faisceau lumineux, il suivit le câble branché à l'appareil, qui le mena vers la partie de la cave située de l'autre côté du rideau.

— C'est là que Chevalier a établi ses quartiers.

Sa femme le talonnait. Sharko éclaira un matelas, étalé au sol dans un coin. À côté, une pile de vêtements pliés, un réfrigérateur qu'il ouvrit. Il était rempli. Un réchaud, à même le sol. Mains gantées, le flic ramassa le masque blanc de Guy Fawkes, avec sa barbichette noire, posé contre le mur. L'approcha de son visage. Il vit l'Ange reclus ici, en sécurité dans la cave, alors qu'il disposait de tout le confort de la maison.

— Un rat, marmonna-t-il entre ses dents. Une saleté de rat d'égout. Il sait se cacher et vivre enterré.

Chevalier avait-il observé ses victimes en silence, avant de fiche le camp et d'aller se dissimuler ailleurs ? Avait-il pris du plaisir à les entendre s'apitoyer sur leur sort ? À le supplier de les libérer ? Où se nichait-il, en ce moment même ? En France ? À l'étranger ? Et depuis quand avait-il quitté cet endroit ?

Peut-être toutes les polices de France le traquaient-elles, mais peut-être ne le retrouveraient-elles jamais. Il suffisait de penser à Xavier Dupont de Ligonnès, auteur présumé d'un quintuple meurtre, dont le visage avait circulé à peu près partout et qui, depuis 2011, échappait aux écrans radars.

Le fil électrique était relié à deux ordinateurs portables, des modèles anciens, posés sur une table. À proximité une chaise, une corbeille à papier, des câblages partout. Un tuyau était branché sur une arrivée d'eau et relié à un gros appareil métallique, bardé de boutons et d'aiguilles.

— C'est la pompe, expliqua Franck, accroupi. L'engin qui faisait l'interface entre les ordinateurs et les cylindres.

De cette pompe perfectionnée, deux tuyaux d'arrosage grimpaient au plafond, y étaient soutenus par des crochets et retombaient au-dessus des cylindres. La pompe était également reliée à l'un des ordinateurs.

Franck revint vers la table encombrée de matériel, de tournevis, de colliers en inox et de Serflex. Lucie désigna une seringue et des flacons translucides, sur lesquels était inscrit au feutre « Ket ».

— « Ket » pour Kétamine, je suppose. Un anesthésique vétérinaire. C'est avec ça qu'il les a shootés.

Franck se focalisa sur un autre flacon sombre, sans étiquette, posé à proximité d'une boîte d'allumettes et de matériel de bureautique : stylo, cutter, rouleau de scotch, feuilles blanches et dé à coudre. Il s'en empara, dévissa le capuchon et renifla. Il plissa le nez.

— Qu'est-ce que c'est ? demanda Lucie.

Il renversa une partie du contenu sur une feuille.

— De l'encre de Chine.

Sharko se sentit submergé par une étrange sensation. Un signal d'alarme venait de se réveiller en lui, assez proche pour qu'il le sente vibrer, mais suffisamment lointain pour qu'il n'en comprenne pas l'origine. Pourquoi cette encre de Chine lui procurait-elle un tel vertige ?

Intrigué, il fixa les feuilles blanches étalées devant lui, puis secoua la boîte d'allumettes, l'ouvrit et en retourna le contenu sur la table. Lucie fronça les sourcils.

— Des aiguilles ?

En effet, une dizaine d'aiguilles se répandit sur le bois. Deux d'entre elles étaient tachées d'encre à leurs extrémités pointues. Sharko fouina parmi le matériel, les feuilles, avec des gestes soudain nerveux. Il levait, déplaçait les objets, et Lucie comprit qu'il cherchait quelque chose en particulier.

Son regard s'arrêta sur la corbeille à papier. Il s'agenouilla et la renversa. Au milieu du fouillis, des emballages de nourriture et des canettes de Coca vides, il découvrit de minces lambeaux de feuilles découpées et une boulette de papier.

C'était cette dernière qui l'intéressait. Il la saisit et la leva devant ses yeux. D'un geste précis, il la défroissa. Lucie lui apparut à travers le papier, par touches, à l'endroit où des lettres de quelques millimètres d'épaisseur avaient été découpées. Sharko ôta sa veste, releva la manche de sa chemise et plaqua la feuille sur son bras. Il la relâcha d'un coup comme si elle lui brûlait les doigts. Elle retomba au sol avec la délicatesse d'une plume.

— Franck ? Que se passe-t-il ?

Il mit du temps à réagir, à répondre. Il était sonné, et des images en accéléré défilaient devant ses yeux, pareilles aux ultimes moments d'une vie. Il revivait l'enquête, ces derniers jours, par flashes violents.

— Je sais où est l'Ange.

À présent, il se tenait la tête, tirant la peau de son visage si fort vers l'arrière qu'il semblait vouloir l'arracher.

— On le cherche partout, on le traque comme des forcenés, mais on l'avait juste sous le nez, depuis le début. Il était là, devant nous, chaque minute de chaque journée ! Qu'est-ce qu'on a foutu ?

— Explique-toi, bon sang !

Sharko revint ramasser le papier chiffonné.

— Tu ne comprends pas ? Cette feuille, c'était un patron, un guide. Tu découpes les lettres au cutter, tu colles la feuille contre ta peau avec le scotch, tu trempes une aiguille dans de l'encre de Chine, et tu te piques la peau en utilisant le patron.

— Un tatouage ?

— Pas n'importe quel tatouage.

Sharko posa la feuille à plat sur le bois sombre de la table. Lucie ressentit la même vague de désarroi lui fouetter les tempes. Le message en négatif indiquait une date et une heure précises.

« 7/11/2017 17 h 02 »

Elle recula d'un pas, abasourdie, et entendit à peine ses lèvres souffler :

— Me dis pas que...

— Si. L'Ange du futur est le cadavre de la forêt de Bondy.

Deuxième partie

LE DIABLE

40

Sur les ordres de Jecko, un autre groupe et l'Identité judiciaire avaient pris le relais dans la cave. L'analyse de la scène de crime, les relevés et les autres procédures allaient requérir encore du temps et de nombreux efforts. De surcroît, il leur fallait déceler les traces biologiques (sueur, sang, empreintes, poils, squames de peau…) de Fabrice Chevalier afin de prouver scientifiquement qu'il était sans l'ombre d'un doute le corps de la forêt de Bondy.

En début de soirée, Franck et Lucie étaient repartis à bord d'un hélicoptère pour le Bastion. Avant de décoller, Sharko avait demandé à Jacques Levallois, par téléphone, d'annoncer à Laëtitia Chapelier la relative bonne nouvelle au sujet de sa fille, et de s'arranger pour qu'elle puisse au moins lui parler. Florence allait avoir besoin de beaucoup de soutien de sa mère ; quant à cette dernière, l'amour de sa fille lui serait indispensable. Restait la pauvre femme de Bertrand Lesage… Le commandant Boetti allait jouer les oiseaux de mauvais augure…

En vol, Franck s'était repassé le film de leur enquête. Sa découverte l'avait assommé. Arrivé au 36, il était remonté au sixième étage par l'ascenseur et s'était enfermé dans la salle de crise avec une dizaine d'enquêteurs.

Il leur annonça de vive voix les différentes nouvelles. La mort de Bertrand Lesage... La survie miraculeuse de Florence et son admission à l'hôpital... Et surtout, l'identité du cadavre de Bondy.

Un silence de sidération balaya la pièce après son monologue. Les visages étaient figés. Depuis mardi dernier, date à laquelle Grégoire Priester était décédé devant le Bastion, ils avaient poursuivi le cadavre du tiroir d'une morgue. Un individu dont ils avaient vu, de leurs propres yeux ou sur des photos, les organes étalés sur le métal d'une table d'autopsie.

Fabrice Chevalier était déjà mort lorsque Laëtitia Chapelier avait déverrouillé le code PIN et provoqué le dysfonctionnement du pacemaker. Si seulement ils avaient su, la suite des sinistres événements aurait pu être évitée. Ils auraient pu couper l'accès au site Internet à n'importe quel moment. Ils auraient pu éviter l'apparition des boutons « Sauvez-moi », l'ouverture des vannes, la mort de Bertrand. Ils auraient pu, oui...

Même mort, l'Ange avait été plus fort qu'eux.

Sharko sentait les chefs d'équipe et les collègues anéantis, et ils avaient raison de l'être. Tenir encore debout, à côté du tableau blanc où se succédaient ses notes prises depuis le début de l'enquête, se révélait difficile pour lui, parce qu'il était le meneur et le responsable de ses hommes.

— Je sais que c'est un coup dur, mais personne, je dis bien personne, n'a quoi que ce soit à se reprocher. Nous ne pouvions pas savoir. Nous ne pouvions même pas avoir de doutes. Le cadavre de Bondy était méconnaissable, rien ne le rapprochait de l'Ange du futur que nous traquions. Nous avons été pris dans une avalanche et tout s'est enchaîné trop vite.

Les visages restaient fermés, peu convaincus. Sharko hésita, lança un regard à Lucie et ajouta :

— N'oubliez pas non plus que nous avons sauvé Florence. Nous l'avons arrachée à la mécanique infernale mise en place par Chevalier. Si ce salopard avait été vivant, vous pouvez être sûrs que les choses auraient été pires. Il ne nous aurait pas laissé agir et la jeune femme n'aurait pas survécu. Plus j'y réfléchis, et plus je suis certain que la corde du pendu était pour lui. Je pense qu'il se serait suicidé en direct, devant des millions de personnes, bien conscient qu'il finirait par se faire prendre. Il ne voulait pas d'une traque ni se cacher jusqu'à la fin de ses jours. Il voulait livrer son manifeste et partir comme ça, au bout d'une corde.

Rester debout, convaincant, lui demandait un effort démesuré, aussi luttait-il contre la fatigue avec du café amer.

— Chevalier est mort. Nous n'aurons pas à le chercher et il ne fera plus de mal à personne. Mais il faut tout reprendre dans l'ordre chronologique pour comprendre, assembler les dates et les événements dont nous disposons afin d'y voir plus clair…

Après une énième tasse, il écrasa la pointe de son marqueur sur le haut du tableau.

— Tout commence au fond de la cave d'une maison de campagne, sans doute vers la mi-octobre d'après les relevés de compte. Alors que Grégoire Priester est toujours en vie, à des lieues d'imaginer ce qui se produit dans sa résidence secondaire, Fabrice Chevalier achète des réservoirs, fait ses installations, peaufine les derniers réglages dans sa cave. Il se tatoue l'heure et la date exacte où, clairement, doit débuter la partie : mardi 7 novembre, à 17 h 02. Un moyen, pour lui, de ne pas perdre son objectif ni son échéance de vue. De ne plus jamais faire marche arrière. Avec ce message indélébile gravé sur son bras, les engrenages sont enclenchés.

Il tourna les feuilles du tableau et désigna d'autres lignes de données.

— Ici... Chevalier attaque les préliminaires, si je peux dire. Samedi 4 novembre, en début de soirée, il kidnappe Bertrand Lesage chez lui, à côté d'Orléans. Sa femme Hélène Lesage reçoit un sms du portable de son mari indiquant son enlèvement le jour même, à... 19 h 43. Le lendemain dimanche 5 novembre, à 19 heures, c'est au tour de Florence de disparaître. Chevalier l'enlève aux abords du parc Citroën, sans doute après avoir dissimulé le courrier à notre intention dans la végétation. À 21 h 39, il envoie une vidéo de la jeune femme à la mère, puis...

Sharko se frotta la tempe droite. Il fallait se concentrer, remettre les éléments dans les bonnes cases.

— ... Puis un message quelques heures plus tard, lundi à 1 heure du matin, où il demande à Laëtitia Chapelier d'aller récupérer un portable dans son garage. Le dernier ordre qu'elle reçoit date de ce même lundi, à 12 h 05 exactement : l'Ange lui indique de taper le code PIN du téléphone qu'elle a trouvé, depuis l'accueil du 36 le lendemain, à 17 h 02, si elle veut que sa fille soit libérée. Mais ce ne sera pas l'ultime message de Chevalier. Son dernier message est à destination de...

Il brandit un paquet de feuilles.

— ... Grégoire Priester. Un technicien est encore en train d'analyser son portable, mais plusieurs jours avant sa mort, Priester avait reçu de nombreux sms émis par un téléphone sans abonnement. Des sms de menace : s'il ne faisait pas ce qu'on lui disait, son pacemaker grillerait dans sa poitrine... Priester recevait un ultime message lundi, à 14 h 35, lui précisant l'heure et le lieu où il devait se rendre avec la fameuse lettre. Ce message, c'est la dernière trace que nous ayons de Chevalier vivant.

Il nota la date, l'heure, et les encadra avec son feutre.

— Mardi matin, on découvre son corps en forêt de Bondy. D'après le légiste, il aurait été tué dans la nuit de lundi à mardi, entre 22 heures et 2 heures. Laëtitia Chapelier, comme Grégoire Priester, ignorent bien sûr qu'il est mort la veille et suivent les ordres à la lettre. L'un quitte son appartement, prend le métro et se rend sur les lieux indiqués, sans papiers ni portable ; l'autre, de l'intérieur du 36, déclenche le dysfonctionnement du pacemaker exactement à l'heure prévue. C'est là que tout s'enclenche pour nous. On récupère la lettre des mains du cadavre, l'adresse du site, on s'y connecte...

Sharko posa ses deux mains à plat sur la table. Son regard se perdit dans le vague quelques secondes, visualisant les trajectoires indépendantes de Priester et de Chapelier, ce soir-là. C'était dingue, cette histoire. Il aurait suffi que Priester arrive en retard à cause d'un problème de transport par exemple, ou panique et fasse demi-tour. Le dysfonctionnement n'aurait pas été provoqué, le plan posthume de l'Ange ne se serait pas enclenché. Que se serait-il passé, ensuite ? De quelle façon leurs destins à tous auraient-ils basculé ?

Il secoua la tête et reprit le cours de son exposé.

— Je me souviens d'un point rouge mobile dans le noir lorsque nous nous sommes connectés pour la première fois au site. Bertrand et Florence étaient déjà enfermés dans les cylindres depuis leur enlèvement. Tout le système était prêt à se mettre en marche. Par la suite, on s'est contentés de suivre des cailloux blancs, et de déclencher des actions préprogrammées. Mercredi matin, des lumières s'allument et nous permettent de voir les prisonniers. Des internautes, inquiets de la disparition brutale de Florence et de l'étrange dernière photo postée par sa caméra, appellent. L'information nous remonte le... mercredi soir. À ce moment-là, on trouve la seconde lettre dans le parc Citroën, on se connecte au site indiqué, et on lance le compte à rebours, à 20 h 30. Parallèlement, des messages sont automatiquement postés sur les comptes Facebook, incitant les internautes à se connecter au site, des mails sont envoyés aux journalistes... L'embrasement médiatique a lieu, le nombre de connexions explose. On connaît la suite...

Tout cela lui paraissait encore improbable. Quand on traque quelqu'un, il se matérialise dans votre tête, même s'il n'a pas de visage précis. Il devient votre obsession, votre but, et vous ne vivez plus que pour vous retrouver un jour en face de lui, le sentir, le toucher, lui parler. Apprendre sa mort, forcément, crée un choc en même temps qu'un grand vide.

— Ces derniers jours, on a traversé un ouragan, mais on est tous ici, debout. Vous, vos hommes, vous vous êtes battus autant que vous le pouviez et je vous félicite pour ça. Personne n'a quoi que ce soit à se reprocher. S'il faut voir une petite lueur dans cette tempête, c'est que Fabrice Chevalier est mort, il ne nuira plus à personne.

Il s'écrasa sur sa chaise. Termina son café.

— Jecko et le procureur vont annoncer sa mort, et je leur fais confiance pour trouver la bonne tournure sans nous faire passer pour des cons. On a sauvé Florence, malgré tout, la presse risque de ne pas être tendre. On s'en tape, nous, on doit continuer à bosser. Alors, éteignez vos télés, arrêtez de lire les journaux et éloignez-vous de toute cette crasse le temps nécessaire. En dépit de ses actes, Chevalier reste la victime du bois. Il a été sauvagement tué, mutilé, et il va nous falloir retrouver son ou ses assassins. Rétablir ce qui s'est passé lundi dernier, entre le moment où il a envoyé son sms à Grégoire Priester dans l'après-midi et celui où on l'a donné en pitance à un chien. Et comprendre pourquoi ces gens qui ont assisté à sa mise à mort lui ont fait subir un tel sort.

Audra leva le bras.

— Je ne vous ai pas encore parlé de ma visite de l'après-midi, mais... j'ai des éclaircissements à vous apporter.

Sharko hocha le menton pour lui signifier qu'il l'écoutait. Les regards convergèrent vers elle.

— Je suis allée rendre visite à Alrik Sjoblad, le président d'une association transhumaniste. À première vue, rien d'illégal là-dedans. Avec ses employés, Sjoblad propage des messages qui prônent l'avènement d'un homme 2.0, c'est-à-dire connecté et augmenté par la technologie ou la biologie. Il a organisé une Implant Party en mars 2016, une soirée spéciale où des visiteurs pouvaient se faire implanter gratuitement des puces RFID. Fabrice Chevalier était dans le lot. Celui qui déteste plus que tout au monde ce genre de choses, celui qui a kidnappé et mis en branle tout ce qu'on vient de vivre pour défendre ses idées contre l'invasion de la technologie sur l'homme, est venu avec sa propre puce et a accepté qu'on lui greffe un concentré de technologie sous la peau. Il y a comme un problème.

Audra écrasa son index sur la table.

— Que fait le loup qui veut entrer dans la bergerie ? Il se déguise en mouton et se mêle au groupe, puis il attend le meilleur moment pour agir. Chevalier n'a-t-il pas déjà fait ça, lorsqu'il travaillait chez Cyberspace ? S'infiltrer, pour mieux détruire ? Imaginez que, dans son processus de dénonciation, il cherche à intégrer un mouvement, un groupe, dans le but de l'anéantir ou de dévoiler son existence au grand jour. Un mouvement de l'ombre qui aurait trait au transhumanisme ou l'une de ses branches les plus radicales. Un groupe d'individus qui contournerait les règles éthiques et les protocoles pour mener des recherches... On a tous en tête les propos de la première lettre de Chevalier : « *Je vous montrerai de quoi les monstres cachés ici, en France, ou des types comme le Punisseur sont capables.* »

Elle leur résuma les propos de Sjoblad au sujet des biohackers extrêmes, ces expériences dangereuses, aberrantes, qu'ils menaient parfois sur leurs propres corps.

— Je crois que Chevalier avait réussi à infiltrer un mouvement de ce genre. La puce RFID était un point d'entrée, un moyen d'intégrer la mouvance transhumaniste. J'ai mené quelques recherches sur Internet. Google regorge de références sur les transhumanistes, il y a quelques mouvements bien identifiés en France, on parle aussi des biohackers, mais rien qui semble se rapprocher de notre affaire. Les leaders sur lesquels je suis tombée essaient plutôt de faire parler d'eux, ils sont sur tous les fronts et ne se cachent pas.

— Et donc, pour en revenir à Chevalier, la puce d'abord, la phalange coupée ensuite ? intervint Lucie.

— Comme preuve d'un engagement, oui. Un moyen de se faire accepter. Une sorte de rituel de passage, d'épreuve du feu. Chevalier est brillant et indétectable. Tout son parcours, de l'école jusqu'à ses jobs, laisse penser qu'il a tout d'un « technologue ». Il colle parfaitement au profil recherché par les transhumanistes : un homme brillant, jeune, avec des compétences dans les technologies et tourné vers demain. Alors, il s'arrange pour approcher ces types, pénétrer leur groupe en y sacrifiant une partie de son anatomie...

Sharko acquiesça. Spick lui plaisait de plus en plus.

— Mais on finit par le repérer, dit-il.

— Exactement. Et lundi dernier, alors qu'il s'apprête à lancer son offensive, à révéler au monde ses découvertes, on l'attrape. Le rapport du légiste évoque des marques de liens. Un visage défoncé et brûlé à l'acide. A-t-il été torturé, battu à mort avant d'être dévoré ? A-t-on réussi à récupérer son manifeste à temps ? Toujours est-il qu'on finit par l'emmener dans la forêt de Bondy. Le Punisseur connaît l'endroit, il y a déjà fait combattre son chien. Il balance Chevalier dans la fosse et le livre aux mâchoires de son monstre.

— Et des membres de ce groupe en question assistent au carnage...

Ça tenait la route, c'était même le scénario le plus probable. Le Punisseur avait offert à Chevalier une mort à la hauteur de sa trahison. Sharko prit une large inspiration et expulsa l'air longuement. Il regarda l'heure sur sa montre à aiguilles, et se demanda, une fraction de seconde, s'il était 8 ou 20 heures. Il écrasa ses mains sur son visage et se massa les joues. Il constata à quel point les poils avaient poussé. Depuis quand ne s'était-il pas rasé ? Il l'ignorait.

— Je sais que c'est le week-end, mais... des bras, des présences seraient appréciés au moins demain ; on doit rester dans la même dynamique, continua Sharko. Pour le moment, il y a quelque chose que vous allez faire pour moi : c'est rentrer chez vous, retrouver vos proches, votre lit, et dormir. Dormez, jusqu'à en crever, d'accord ? Surtout, pas un mot à la presse en sortant d'ici, la hiérarchie s'en occupe. Il va falloir des semaines, peut-être des mois avant que le soufflé retombe... Au fait, personne n'est impacté par la montée des eaux ?

La plupart secouèrent la tête, d'autres évoquèrent des proches ou des amis touchés. Franck se leva, le visage grimaçant. Il avait mal partout.

— Allez, fichez le camp.

Ils lui rendirent son salut, avec des mines partagées entre la gravité et le soulagement de profiter de quelques heures de répit. La salle se vida. Plus tard, Lucie le rejoignit dans son bureau, le blouson sur les épaules. Sharko était installé devant son ordinateur et branché à l'application reliée au traceur GPS en possession de Nicolas. Sur un écran, une carte d'une grande précision était dessinée, avec un point rouge immobile à l'extrémité sud de l'île Jean-Lenoble. Il s'agissait de l'endroit où les deux policiers planquaient. Sur l'autre, le profil Facebook de Bertrand Lesage. Sharko regardait ce dernier sans bouger.

— Qu'est-ce que ça devient, ça, quand les gens sont morts ? Ils continuent à exister sur Facebook, tu crois ?

Lucie lui posa une main sur l'épaule.

— Rentrons.

Franck mit un terme à sa réflexion et décrocha son téléphone.

— Il faut au moins que je prévienne Nicolas et Alex. Qu'ils sachent.

— Tu pourras appeler en route. On rentre, Franck. S'il te plaît.

Franck hésita, éteignit ses écrans et se leva.

— On rentre... D'accord.

Lucie se serra contre lui et lui caressa le dos.

— Je sais que ça a été difficile pour toi, mais t'as assuré. Les hommes avaient besoin que tu leur dises ça. On en avait tous besoin...

41

Nicolas venait de raccrocher avec Sharko, sonné par le tournant pris par l'enquête. Arraché de son sommeil au milieu des emballages de sandwichs sur la banquette arrière, son collègue de planque était lui aussi sous le choc. Ainsi positionné, le jeune Alex Taffin ressemblait à un meuble en kit, avec ses grandes jambes repliées et ses bras placés à l'équerre.

« Putain » fut le seul mot qui vint troubler le calme de l'habitacle.

Nicolas eut l'impression de voir un film se jouer un accéléré, les images s'enchaînaient en tableaux de lumière vive. Florence avait été sauvée, mais Bertrand était mort noyé. Tous deux avaient été enfermés dans la résidence secondaire de l'homme au pacemaker. Fabrice Chevalier était le cadavre de la forêt de Bondy...

Bellanger n'en revenait pas. Il se souvenait encore des mots qu'il avait lancés à Jecko, lors de leur première réunion, après la découverte du tatouage. *Ça ne peut pas être un hasard, les affaires sont forcément liées. Avancer sur l'une, c'est avancer sur l'autre.* Il n'y avait jamais eu deux affaires, mais une seule. Si Chevalier était mort des mains du Punisseur – ou plutôt, des crocs de son chien –, les deux autres victimes, Grégoire

Priester et Bertrand Lesage, avaient été tuées par des clics et des machines programmées par Chevalier en personne.

Le choc encaissé, Nicolas baissa sa vitre et respira l'air de la nuit. Il avait beaucoup réfléchi pendant ces heures de planque. Sur tout. Sa vie, son avenir, ses envies. Notamment, celle de s'en sortir, de ne pas être esclave d'un passé cyanosé. Il allait lutter pour mieux vivre.

Il avait cogité sur la suite à donner à sa thérapie à la Salpêtrière. Et il s'était décidé : il allait poursuivre les séances. Sa mésaventure avec Audra ne détruirait pas ce qu'il avait commencé à entreprendre. Il avait pris la place de quelqu'un d'autre dans le protocole ; il se devait, par respect, d'aller au bout. De ce fait, il regrettait d'avoir brûlé cette lettre arrachée à ses tripes. Il allait la réécrire ce week-end et dès lundi, il serait dans le bureau du psychiatre en train de la lire, un cachet de Duméronol au fond de l'estomac.

Son téléphone vibra à nouveau. Le niveau de batterie clignotait à 1 % : il n'avait pas pu le recharger à cause de la panne d'électricité de la nuit précédente et, de surcroît, en prenant le relais de leurs prédécesseurs, les deux hommes avaient oublié d'apporter une nouvelle batterie externe. Après dix heures à surfer, écouter la radio ou téléphoner, leurs appareils étaient à bout de souffle.

L'appel était personnel. Il sortit du véhicule cette fois, s'isola et décrocha.

— Merci de me rappeler, Thibaud. Oui, oui, c'est affreux cette histoire... On avance, mais je ne peux pas t'en dire plus pour le moment, c'est trop sensible et on n'a pas le droit de communiquer, même en interne... Ouais, désolé... Écoute, ce n'est pas pour ça que je t'ai appelé et mon portable risque de couper. J'ai un service à te demander. Tu bosses toujours aux Stups de Nice ? Super... J'aimerais que tu te rencardes sur une nana du nom d'Audra Spick. Elle a bossé à la traite des êtres humains jusqu'à l'année dernière... La période qui m'intéresse est celle du camion fou... Oui, l'attentat.

Il jeta un œil vers le véhicule. Appuyé contre la portière, Alex Tassin grillait une cigarette.

— J'aimerais savoir ce qui lui est arrivé. Est-elle intervenue ce soir-là ? Tu peux me faire ça ? Pour lundi... OK, parfait, mais sois discret, s'il te plaît... Je te...

Il n'eut pas le temps de finir sa phrase que le téléphone s'éteignit. Il retourna à l'intérieur. Il regrettait déjà sa requête, mais c'était plus fort que lui : il n'arrivait pas à sortir cette femme de sa tête et il voulait piger ce qui n'allait pas chez elle. Et puis, dans l'après-midi, sa demande d'amis à Roland Casulois avait été rejetée, accompagnée d'une seule ligne d'explication : « *Désolé, mais ce compte ne peut plus accepter de nouveaux amis.* »

Du grand n'importe quoi. À ce moment-là, Nicolas avait ressenti de la rage et mené des recherches sur Internet pour en savoir plus sur ce type. Il avait déniché quelques photos anciennes, des liens vers des sites du genre Copains d'avant, mais rien de récent.

Il balança son téléphone sur le tableau de bord, à côté de celui de Tassin.

— Voilà, à plat. Sharko savait qu'on allait devenir injoignables. Il va se brancher sur le signal du traceur et veiller au grain, en attendant la relève.

— Ouais, ben j'espère qu'elle va bientôt se pointer, la relève. J'en ai ma claque.

Nicolas contempla les reflets sur l'Oise, au loin. Ici aussi, les eaux avaient monté. Les villes en bordure de rivière n'allaient plus résister longtemps à cette lente révolte de la nature. Nicolas s'inquiétait à l'idée de retourner à Asnières. D'après Yassine, qu'il avait eu en ligne à plusieurs reprises dans la journée, l'eau allait dépasser le niveau de 2016 le lendemain dans la soirée, et sans doute atteindre le bas du parking. Si tel était le cas, toutes les péniches au nord du port, dont la sienne, seraient inaccessibles.

Et donc ? Comment allait-il faire ? Qu'allait-il devenir ? Lui qui pensait pouvoir sortir la tête de l'eau, pour ainsi dire... La péniche, la thérapie, ses bonnes résolutions se voyaient soudain balayées par de douloureux impondérables : la crue, Audra, ses vieux fantômes...

Les minutes passant, la fatigue revint au galop. Il demanda à Tassin de rester vigilant et se laissa envelopper par le sommeil. Il se sentit partir, la tête contre la vitre. Les bruits s'adoucirent, devinrent murmures, les silhouettes dansaient sous ses paupières. Puis succéda le noir, le vide de l'entre-monde, le gouffre sans début ni fin, avec, jailli du fond de ce néant, un soudain signal d'alarme.

— ...eille-toi !

Nicolas émergea. Deux phares blancs apparaissaient par intermittence à travers le relief, loin sur la droite. Le flic regarda l'heure : 22 h 13.

— La relève n'est pas censée arriver vers 23 heures ?

— Si... Et j'ai l'impression que ça roule sur le chemin et que ça se rapproche.

Nicolas ne parvenait pas à y croire. Était-il possible que le Punisseur ait maintenu le combat du surlendemain et vienne faire son repérage ? Les deux hommes se figèrent et retinrent leur souffle quand ils perçurent le bruit grave d'un moteur. Le véhicule de type van circula le long du chemin, dix mètres devant, et poursuivit sa route sans même ralentir. Tassin frappa du poing sur l'habitacle.

— Merde !

Nicolas suivit des yeux les feux arrière, jusqu'à les perdre dans une courbe.

— Il n'y a quasiment pas eu de voiture de la journée. C'est lui. Il va revenir. Prost a dit qu'il était parano, hyper-prudent. Il fait le tour de l'île par pure précaution.

L'excitation venait de chasser d'un coup les heures d'ennui mortel. Ils attendirent, sans un mot. Peut-être s'agissait-il juste de l'un des rares habitants qui rentrait chez lui en faisait un détour par le bout de l'île pour une raison ou une autre ? Au bout de cinq minutes, la tension retomba. Nicolas s'affaissa sur son siège.

— C'est mort... On se...

Il ne termina pas sa phrase et se redressa. À nouveau, les phares, vers la droite. L'individu revenait par l'endroit où il était arrivé, en douceur cette fois. L'obscurité redevint totale, le moteur du véhicule s'arrêta : son chauffeur avait dû se garer au bord du chemin, au niveau de la passerelle.

— J'y crois pas...

Un instant de panique, lié à la surprise, s'ensuivit. Avec des gestes vifs, Nicolas s'empara de la balise GPS aimantée et de son pistolet. Puis ils sortirent sans claquer les portières. Ils connaissaient au détail près leurs rôles respectifs. Tassin resta en couverture, Nicolas fila droit devant et coupa par la végétation, invisible. Embusqué, il put apercevoir le véhicule. Impossible de dire si leur homme était encore à l'intérieur ou s'il s'était engagé en direction des péniches.

Il patienta et remarqua alors l'œil jaune d'une torche, suspendue le long de la berge. Quand il estima que le Punisseur devait progresser aux abords de la dernière péniche, il traversa les broussailles, prit le chemin et courut sur l'asphalte. Le van noir, dépourvu de fenêtres à l'arrière, dormait sur le bas-côté. Le souffle court, le flic ne put mémoriser le numéro de plaque d'immatriculation : elle était noire de boue. Il se rapprocha et, à moins de trois mètres du véhicule, des aboiements retentirent, graves, puissants.

La bête était à l'intérieur. Le véhicule tangua. Pire qu'un système d'alarme.

Au loin, le faisceau réapparut entre les branchages : l'homme courait. Le flic se rua sur le côté droit, s'accroupit et plaqua l'aimant sous le passage de roue arrière, avant de filer sur quelques mètres le long du chemin et de bifurquer ensuite par les hautes herbes. Trois secondes plus tard, le faisceau fouillait dans la végétation avoisinante.

Nicolas parvint à rejoindre Tassin, qui n'avait pas bougé. Ils se tapirent comme deux léopards à l'affût. Le capitaine plaqua son doigt sur ses lèvres. À une quinzaine de mètres de là, le chien continuait à gueuler.

L'individu était revenu à proximité de son van. Ils entendirent le son diffus de sa voix, puis les aboiements cessèrent. Il longea le chemin dans leur direction. S'il les doublait et tournait vers le chantier naval, s'il en éclairait le fond, il apercevrait leur voiture.

Claquements de pas... Un halètement... Le faisceau, juste devant, épousant les herbes, furetant dans les moindres recoins... L'ombre qui tenait la torche paraissait colossale. Il sembla à Nicolas que le métal froid d'une arme avait brillé une fraction de seconde. Serré contre lui, le grand Tassin avait la tête rentrée entre les épaules, son Sig dans la main droite. Le temps se suspendit, avant que l'homme fasse demi-tour. Dix secondes plus tard, le véhicule démarrait et disparaissait dans la nuit.

Les deux flics préférèrent ne pas bouger ni parler tout le temps qu'ils entendirent le bruit du moteur. Enfin, quand le silence et la nuit furent revenus, Nicolas se redressa. Ses muscles gorgés d'acide lactique le brûlaient. Il sortit une cigarette et en tendit une à son collègue, soufflant un grand coup.

— On le tient... Mais bordel, ce chien a failli tout planter.

— À ton avis, il s'est douté de quelque chose ?

Le long des hangars, Nicolas alluma leurs clopes. Ils prirent quelques minutes pour savourer leur victoire : la planque n'avait pas été vaine.

— Le chien aurait pu gueuler pour n'importe quoi : un oiseau, un animal dans les herbes. Aucune raison qu'il ait des doutes, mais il doit être très nerveux avec les événements de ces derniers jours. Allez, on se met en route et on trace jusqu'au Bastion. J'espère que Sharko est derrière son écran. Il va jubiler.

Tassin leva un paquet de mouchoirs en papier.

— Faut que j'aille... Bref, tu vois quoi ?

Il disparut derrière l'entrepôt, les fesses serrées. Nicolas lâcha un sourire nerveux : Tassin avait failli faire dans son froc. Les premières missions, la peur de l'affrontement et de tirer sur autre chose que des cibles...

Il retourna dans la voiture, encore tendu. Tout avait failli capoter à cause du chien. Il se rappela la façon dont la camionnette avait bougé. Quel animal pouvait provoquer un tel mouvement ? Quel monstre abritait-elle ?

Sans le savoir, le Punisseur allait les mener droit dans son antre.

42

Sharko avait tout fait pour maintenir les jumeaux éveillés. Il avait ressorti d'antiques jouets en bois du placard de leur chambre. L'un d'entre eux consistait à empiler des pièces de formes variées, blanches et noires, dans le but de bâtir la plus grande tour possible. Le joueur qui provoquait la chute de l'édifice en posant sa pièce perdait la partie. Même Janus était de la fête, couché sur le tapis dans une posture de sphinx.

Les enfants s'éclataient, et il aimait l'innocence qui rayonnait encore dans leur regard. À 5 ans, leurs interrogations portaient sur tout et n'importe quoi : pourquoi la mer était bleue, quelle force empêchait la lune de ne pas tomber du ciel... Mais bientôt, d'autres s'y ajouteraient, à propos de la mort, de la violence, de ces horreurs que les médias balancent en continu, histoire d'injecter la peur en intraveineuse. La terreur s'apprenait tôt.

Quand Jules fit tomber la tour, juste avant 22 heures, Sharko en profita pour balayer de l'index l'écran de son téléphone et vérifia que le signal émis par le GPS n'avait pas bougé. Il claqua des mains.

— Allez, au lit, les grands !

Ils ne protestèrent pas. Dans la chambre, il prit un soin particulier à les border, à les écouter chuchoter, alors que la nuit les caressait.

Vingt-quatre heures à vivre...

En un battement de cils, les lits se redressèrent soudain et se transformèrent en cylindres remplis d'eau. À l'intérieur, Jules et Adrien tapaient contre la paroi en hurlant, leurs yeux écarquillés.

Sharko revit le visage de Bertrand, la bulle d'air au bord de son nez, et sa position quasi fœtale dans la transparence du réservoir. Il se rendit dans la cuisine en apnée et avala d'un trait un grand verre d'eau. Ses yeux étaient si incandescents que Lucie se demanda s'il n'avait pas pleuré.

— Que se passe-t-il ?

Sharko s'assit à table.

— Je voudrais m'excuser. Pour mes propos, l'autre fois, dans le bureau. Puis dans la voiture quand on était devant l'immeuble de Chevalier. Cette affaire me rend fou et parfois je ne sais plus très bien ce que je dis.

Lucie avait terminé de réchauffer deux parts de chili con carne congelé. Elle posa les deux assiettes et s'installa en face de son mari.

— Tu te souviens de ce que tu m'as balancé à la figure, la toute première fois qu'on s'est rencontrés dans ce café en face de la gare du Nord ?

Il secoua la tête.

— Ce n'était pas une réplique d'*Autant en emporte le vent*, continua Lucie. Disons que t'étais un peu moins poétique que Clark Gable.

— Hmmm ?

— Tu m'as dit que je me trouvais là, devant toi, parce que j'étais en train de passer à côté de ma vie. Que dans ma tête, des photos de cadavres remplaçaient celles de mes enfants.

Tu m'as dit de faire demi-tour, sinon, je finirais comme toi, seule au milieu d'un monde qui crève à petit feu...

Sharko rentra la tête dans les épaules, comme un môme fautif.

— J'ai vraiment dit ça, moi ? À notre première rencontre ?

Elle porta une portion de chili à sa bouche.

— C'étaient tes premiers mots, oui... Du Sharko tout craché. Ça donnait le ton, tu ne crois pas ? Toutes les femmes n'auraient pas pu entendre ça, surtout pour une première ! Mais moi, si. Et si on est là, tous les deux, c'est parce que au fond de moi, je suis prête à entendre ces propos de ta bouche, à n'importe quel moment. C'est dur, mais je suis prête...

Sharko acquiesça avec une timidité touchante. Il remua les haricots rouges dans son assiette.

— Tout à l'heure, Jecko m'a appelé pour me dire que Florence aimerait voir ceux qui l'ont sauvée, confia-t-il. Elle voudrait les remercier...

— Tu ne m'en as pas parlé.

— Je ne veux pas aller la voir. J'ai arrêté sa mère. Non, c'est pas bien qu'elle me voie. Tu iras, toi. Tu sais quoi dire dans ces moments-là.

Lucie ne répondit rien, mais elle non plus n'irait pas là-bas. Le repas, le calme, les regards : c'était dans ces moments-là que la vie prenait tout son sens, le trésor se cachait toujours dans la simplicité. Une famille, un chien, de vieux jouets étalés au sol, un toit... Que demander de plus ? Cette existence-là suffisait à Sharko et il la préserverait, coûte que coûte.

Il aida Lucie à remplir le lave-vaisselle, retourna dans le salon et s'affala dans le sofa, face à une chaîne d'informations. Ça continuait, en direct, en différé, seconde après seconde... Plans de l'hôpital où on soignait Florence, de la résidence secondaire de Priester gardée par un rideau de flics avec les pieds dans l'eau, interventions du procureur, de Jecko, entre deux images d'inondations et d'habitants en détresse. On avait beau zapper, partout la même sauce : pleurs, plaintes, visages en souffrance, colère, insultes... Sharko se trompait, le monde ne crevait plus à petit feu. Il s'embrasait.

Il éteignit la télévision et s'empara de son téléphone dont il alluma l'écran. Le point du GPS demeurait fixe. Une équipe allait prendre sa garde d'ici une demi-heure. Puis une autre encore, jusqu'à dimanche soir. Il espérait que le Punisseur tiendrait ses engagements et que leurs efforts payeraient.

Un coup de fil arriva au moment où il allait reposer le portable. C'était Pascal.

— Sharko.

— Ça tournait, ça tournait dans ma tête, fit Robillard, et crois-le ou pas, je viens de trouver la solution en lisant *Le Parisien* dans mes chiottes ! LP : *Le Parisien* ! Le message écrit sur le pacemaker, LP/8/9/14/P3, tu te rappelles ?

Sharko serra plus encore l'appareil contre son oreille.

— *Le Parisien*, une date et...

— Un numéro de page ! C'est « *Le Parisien*, le 8 septembre 2014, page 3 ». Je suis allé consulter leurs archives sur Internet et, putain... il y avait un truc. Je t'ai scanné la page et l'ai envoyée sur ta boîte pro et perso. Ça concerne l'affaire du cadavre de Mennecy, Franck. On ne savait pas s'il y avait un lien, eh bien, maintenant, on en est sûrs. Je te laisse cogiter là-dessus, faut que j'y retourne...

Il raccrocha aussitôt. Sharko ouvrit sa boîte mail. Lucie venait de le rejoindre, une boule de coton démaquillant à la main.

— Qui c'était ?
— Pascal... Il a décrypté le message sur le pacemaker... Un journal, une date, un numéro de page...
Il imprima le fichier. Trois articles occupaient la page et un seul attira son attention.

« Ce mardi 7 septembre, en début d'après-midi, un cadavre a été repêché par des plongeurs dans un étang de Mennecy, dans l'Essonne. Les policiers draguaient le fond pour une tout autre raison, puisqu'ils recherchaient la voiture d'un braquage perpétré à l'Intermarché de la ville. Selon nos premières informations, le corps a été enroulé dans une bâche lestée avec des pierres. Nous ignorons à l'heure actuelle s'il s'agit d'un homme ou d'une femme. Une découverte sordide qui risque fort de perturber les habitants d'une petite ville jusque-là tranquille. Une enquête a été ouverte par la brigade criminelle de la police judiciaire de Versailles. »

Après avoir lu, Lucie resta figée.
— Bon sang !
Franck se mit à aller et venir, l'index pointé devant lui.
— Ça signifie deux choses. La première : le Punisseur qu'on traque aujourd'hui, en 2017, est bien relié au crime de 2013, et Fabrice Chevalier le savait. La deuxième : il y a un lien avec le petit Luca. Chevalier nous a laissé cet indice, or ses indices ont toujours été fiables. Il parle de secret. Un secret du môme, qui mènerait au corps lesté au fond d'un étang.
Il secoua la tête, les mains sur les tempes.
— En quoi la découverte d'un corps il y a trois ans pourrait porter le secret d'un bébé né il y a quelques mois ? T'y comprends quelque chose, toi ?
Lucie n'avait plus l'air d'écouter. Elle avait le regard figé sur le portable de son mari.

— Le point, Franck. On dirait qu'il bouge...

Sharko se précipita. D'un mouvement de doigts, il zooma sur l'île Jean-Lenoble et n'en crut pas ses yeux : Lucie avait raison, le signal se déplaçait.

Il tendit la main vers sa femme, fouinant sur les dessus de meubles.

— Ton portable ! Vite !

— Dans la poche de mon blouson.

Sharko récupéra l'appareil et essaya d'appeler Bellanger et Tassin. Mais il tomba sur les messageries. Les portables étaient déchargés.

— Une possibilité pour que ce soit leur véhicule ? demanda Lucie.

— Aucune, les consignes étaient claires. Si ça bouge, c'est que le GPS est collé au véhicule du Punisseur. Ils y sont arrivés.

Franck essaya de contenir son enthousiasme. Il n'y avait aucune raison de s'emballer, de se précipiter. Si le Punisseur était venu faire son repérage, c'était qu'il se sentait serein malgré les événements de ces derniers jours. Il ignorait sa mise sous surveillance et allait les mener chez lui.

Sharko se cala dans le sofa, accolé à Lucie, comme pour assister à un bon film à suspense. Dans quelle ville ce salopard allait-il les amener ?

Grâce à la précision de l'appareil, ils pouvaient suivre le trajet à cinq mètres près, et en temps réel. Le véhicule se déplaçait à 35 km/h. Le point rouge arriva au niveau du pont qui reliait l'île à la ville. Soudain, Sharko eut l'impression que son cœur s'était arrêté de battre.

Le véhicule n'avait pas tourné en direction du pont. Il poursuivait son trajet sur la route côtière.

Celle qui faisait le tour de l'île.

Sharko comprit. Ses mains se crispèrent sur l'appareil.

— Il roule vers eux, bon sang. Il a dû les repérer. Il va les prendre à revers.

Le film à suspense tournait au film d'horreur, reléguant Franck et Lucie au rang de spectateurs désarmés. Ni Nicolas ni Alex Tassin n'avaient la possibilité de savoir que le Punisseur revenait par l'autre côté de l'île. Mais peut-être s'étaient-ils déjà remis en route. Peut-être que le Punisseur effectuait juste une nouvelle inspection.

Deux ou trois minutes plus tard, le point ne bougea plus. Franck estima que le véhicule devait être garé à une centaine de mètres de l'ancien chantier naval. Les secondes lui parurent interminables. Les pires scénarios lui traversèrent l'esprit.

— Faut qu'on fasse quelque chose ! s'écria Lucie. On ne peut pas rester là à regarder !

Sharko se leva, fit les cent pas.

— Ils sont partis... Je suis sûr qu'ils sont partis. Il s'est passé quoi ? Cinq minutes avant que le Punisseur revienne par l'autre côté de l'île ? Pourquoi Nicolas et Tassin seraient restés sur place ?

Sur l'écran, le point se remit à bouger. Demi-tour. La vitesse afficha 65 km/h. Deux minutes après, le pont était franchi. 80 km/h. Le Punisseur roulait vite. Trop vite.

Il s'était déroulé un drame.

Franck n'y tenait plus. Lucie remarqua qu'un voile humide venait de recouvrir ses yeux. Sharko préféra ne plus réfléchir. Il enfila ses chaussures. Ceintura son holster. Plongea dans son blouson. Sa femme essaya de s'interposer.

— Non, Franck.

Il afficha la carte sur l'écran du téléphone de Lucie et le lui mit entre les mains.

— La relève est en route. Tu les appelles et leur dis de foncer pied au plancher vers l'île. Essaye de contacter les flics ou les pompiers de Janville, qu'ils se rendent aussi sur place. On ne sait pas quel genre de véhicule possède le Punisseur et notre seul repère, c'est ce point. Je vais le traquer. Je...

— Fais pas ça.

— On n'a pas le choix. Fais ce que je te dis.

Il s'empara des clés de voiture et disparut en claquant la porte.

43

En traçant la route, Sharko venait d'expliquer la situation à Jecko. Il était tard, mais il fallait des hommes pour une intervention en urgence absolue. Le chef de la Crim s'était connecté au signal et avait évalué le caractère critique de la situation. Il avait promis de faire au plus vite et ordonné à Sharko de ne pas intervenir seul. Puis il avait raccroché.

Sur l'écran, le point du GPS descendait en direction de Paris sur l'autoroute A1. Le véhicule du Punisseur évoluait au niveau de Compiègne et poursuivait sa route à une vitesse de 140 km/h. Sharko, de son côté, remontait depuis Sceaux vers le sud de la capitale, avec une décision à prendre au moment de s'engager sur le périphérique : est ou ouest ? Il choisit l'est.

Franck ne croyait en rien, aucune divinité, nul esprit supérieur, mais alors qu'il s'agrippait à son volant, il marmonnait des prières, il suppliait le ciel ou un dieu quelconque que ses hommes soient vivants. Mais des détonations résonnaient dans sa tête et une scène tournait en boucle devant ses yeux : Nicolas et le jeune Alex, assis dans leur voiture, prêts à reprendre la route et sans doute fiers de leur coup... Une ombre qui surgit sur le côté, l'arme braquée, et qui crache la mort à travers la vitre. Des éclairs dans la nuit, des giclées rouges et des éclats d'os répandus dans l'habitacle. Puis le silence de l'après-massacre, dans la brume de la poudre des munitions.

Sharko poussa un long cri, seul dans sa voiture. Ses nerfs lâchaient. Pas Nicolas... Pas lui... Lui enlever son capitaine de police revenait à lui arracher un bras, lui enfoncer une flèche dans le cœur et tourner pour qu'il saigne encore plus. Nicolas était plus qu'un partenaire, il était un élément indispensable de sa vie, de son équilibre. Avec Lucie, ils lui devaient leur liberté. Sharko refusait qu'on lui vole un membre de sa famille. Pas de cette façon, abattu dans une bagnole de flic par une nuit froide d'automne, le cerveau en bouillie sur le pare-brise. Non, non, non...

Il hurlait encore dans sa voiture « Qu'est-ce qu'ils foutent ! », parce que, depuis une demi-heure qu'il dépassait les portes du périphérique dans une circulation fluide – Italie, Bercy... –, il attendait le coup de fil de Lucie, des pompiers et même de la relève, qui aurait déjà dû arriver sur l'île. Le pire semblait plus que jamais probable. Personne n'appelait parce qu'il y avait eu un carnage...

Il était 23 h 20 quand un groupe d'intervention partit du 36. Le véhicule du Punisseur avait quitté l'A1, il venait de s'engager sur l'A104, vers l'est, en direction de Villepinte. Sharko se rapprochait, vingt kilomètres plus bas, englué dans les tentacules des sorties et des embranchements d'autoroutes.

Sonnerie. Le prénom de Lucie s'afficha. Sharko retint son souffle et se rendit compte à quel point sa main tremblait lorsqu'il décrocha.

— Franck, ils ont retrouvé Alex Tassin le long du chantier naval. Vivant. Il était inconscient, visiblement frappé au crâne, mais il vient de reprendre connaissance. Ils l'emmènent à l'hôpital.

Sharko déglutit. Il connaissait chaque intonation de la voix de sa femme, il savait quand elle n'allait pas bien.

— Et Nicolas ?

— Nulle part. La portière de la voiture était ouverte, son portable à terre. Ils pensent que... que le Punisseur l'a emmené.

Sharko sentit le désespoir l'envahir et eut envie de fracasser son téléphone. Il songea à la façon dont Chevalier était mort, aux souffrances qu'il avait dû endurer sous le joug du Punisseur. La seule chance était d'interpeller le tueur avant sa destination finale. Mais d'après les indications, Sharko se trouvait encore à vingt minutes de lui, et c'était pire pour l'équipe d'intervention.

La petite voix, dans l'écouteur.

— Je ne veux pas que tu prennes des risques, fit Lucie. Quoi qu'il arrive, tu attends la BRI. Franck, tu m'entends ? Tu attends les renforts.

— Je ferai gaffe.

Sharko raccrocha sans attendre de réponse. Lorsqu'elle rappela juste après, il s'efforça de ne pas prendre la communication. Sa promesse de ne pas prendre de risque volait si vite en éclats... Chaque minute comptait. Si le Punisseur avait emmené Nicolas, peut-être envisageait-il de le faire parler. Comprendre par quel biais les flics étaient remontés jusqu'à lui.

Dès qu'il le saurait, ou si Nicolas s'entêtait à garder le silence, il le tuerait.

Sharko sortit du périphérique à la porte de Bagnolet. Restait environ dix kilomètres entre le Punisseur et lui, mais, désormais, les deux véhicules avançaient dans la même direction et il était donc plus difficile de réduire l'écart. Aux dernières nouvelles, la BRI suivait à dix minutes derrière. Les départementales, les autoroutes s'étaient vidées de leur flux de métal brûlant de la journée. À fond sur la voie de gauche, Sharko s'était fait flasher trois fois.

L'angoisse lui creusa le ventre quand il vit apparaître sur son écran l'énorme tache verte vers laquelle filait le Punisseur. Ce fut à ce moment-là qu'il comprit.

La forêt de Bondy.

Le tueur revenait aux origines.

Sur les lieux de son crime.

44

Sharko affola le compteur de vitesse, il dépassait les 140 km/h sur une route à 90. À deux reprises, pour des virages avalés trop vite, il crut se tuer.

Désormais, le point ne bougeait plus, enfoncé dans la forêt. Le Punisseur avait dû se garer. Un autre compte à rebours venait de s'enclencher. Sharko devinait la terreur de Nicolas. On l'emmenait dans la gorge humide des bois pour le balancer dans une arène glaciale. Bellanger avait assisté à l'autopsie, il avait vu ce corps nu, mutilé, et la taille des morsures. Il savait à quoi s'attendre.

Tout en conduisant, Sharko ôta la sécurité de son Sig posé sur le siège passager.

Douze minutes plus tard, il se gara à côté d'un van noir, à l'endroit où il avait stationné le jour de la découverte du corps de Chevalier. De mémoire, huit cents mètres de marche l'attendaient jusqu'à la fosse. Autour, la forêt s'était refermée, et de son emprise farouche s'exhalait des odeurs de champignon et de mousse verte. Elle se dressait comme un adversaire de plus à combattre.

Pistolet en main, le flic s'élança droit devant à travers cette armée de lances érigées vers le ciel, crevant ce rempart comme une balle dans la nuit. Il essaya de se rappeler le chemin, sans lampe, à l'instinct brut. Longer un boyau de randonnée, continuer tout droit après un grand virage vers la gauche, dénicher les étangs enfouis derrière leurs remparts de glycéries et de rubaniers...

L'eau saumâtre se mit à luire telle une lame quand il s'en rapprocha. Il était à mi-chemin. Il contourna les flaques oblongues par la gauche, poursuivit rageusement sur trois cents mètres, avec l'espoir de ne pas trop dévier de la bonne trajectoire. Sharko jetait toutes ses forces dans cette course à la survie, à s'en éclater le cœur, à un point tel qu'il lui sembla respirer à travers une paille.

L'adrénaline le fouetta quand lui parvinrent des aboiements. Les cris fendaient l'armure de la forêt, partout, nulle part, comme poussés par la nuit elle-même au cœur de cet infini champ de bataille. Le chien était là, et le chien avait faim. À chaque pas, à chaque inspiration douloureuse, les arbres surgissaient, fonçaient vers lui en une armée inorganisée, et il esquivait tel un boxeur, agressé par la boue, les fougères, les racines.

Plus loin, il reprit son souffle, les mains croisées sur les genoux, un feu roulant dans ses poumons, si ardent qu'il ne se rendit pas compte tout de suite que les aboiements avaient cessé.

Tout était devenu beaucoup trop calme.

Un mot lui vint à l'esprit : chasse.

Sharko se figea avec la rapidité d'une proie. Il y eut un bref feulement, sur sa droite, un bruit de feuilles gorgées d'eau qu'on chiffonne. Il vira d'un quart de tour, l'arme braquée, mais l'obscurité se dressait en un mur circulaire. L'animal pouvait sans doute le voir, le sentir, et lui était aveugle, piégé, avec son pistolet oscillant dans sa ligne de visée à cause de son essoufflement.

Soudain, il perçut une sorte de galop, au rythme de plus en plus lourd, un quatre temps parfait qui lui arrivait par une seule oreille. Derrière lui. Il pivotait à peine, la trajectoire du canon d'acier décrivant un arc de cercle, qu'une gueule surgissait entre ciel et terre, deux arcs d'émail séparés par un gouffre insondable. Au-dessus de l'ovale des mâchoires, deux flaques noires d'hiver brillaient, protégées par des structures osseuses complexes.

Sharko ouvrit le feu, une longue pression sur la queue de détente, une plus courte juste derrière. Le parfait double-coup qu'on apprenait dans toutes les écoles de police. La forêt s'illumina, une fraction de seconde, un instantané de poudre qui fit flamber l'énorme masse suspendue dans les airs. Le corps inerte du staff glissa dans les feuilles mortes jusqu'à s'écraser contre un tronc. Les muscles disproportionnés bougeaient encore sous le pelage, on eût dit des flans posés sur des assiettes vacillantes.

Une balle siffla, pas loin. Une autre éclata l'écorce d'un chêne, à deux doigts du visage de Sharko. Le canon crachait sa mort à une dizaine de mètres, par le côté droit. Franck se réfugia derrière un tronc et répliqua un double coup au jugé. Sous son blouson, son corps fumait de transpiration.

Les herbes bruissaient. L'adversaire se déplaçait en coup de vent. Où était la fosse ? Courbé, Franck gonfla ses poumons et fonça droit devant lui, jaillissant de tronc en tronc. Une pluie de mitraille se déversa autour de lui. Il haleta, dos contre un arbre, arme plaquée sur sa joue droite. Partout, ça sentait la poudre chaude, le cuivre tiède, et ces entêtantes odeurs tanniques. Il remarqua, à ses pieds, des morceaux de Rubalise entremêlés à la végétation. Et aperçut alors, trois mètres devant, le tombeau, plus noir encore que la terre elle-même.

— Nicolas !

Pour réponse, il perçut un grognement lointain, une plainte étouffée. Nicolas était vivant, là, dans le trou, Dieu merci, mais dans quel état ? Depuis son refuge, Sharko balança un bâton à l'aveugle. Une balle gicla.

— Ça ne sert à rien ! cria le flic. Les renforts vont arriver !

— Va te faire foutre !

— Tu n'arriv...

Un roulement de cris et de sommations couvrit sa voix, et tout explosa dans un feu d'artifice de jaune cru. Les flambées de poudre convergeaient vers le même point, les balles sifflaient, heurtaient le bois, cisaillaient les pousses. Sharko s'était assis contre un tronc, à revers, les genoux repliés contre son torse. Le festival dura une dizaine de secondes avant qu'un « Cessez-le-feu ! » claque dans l'obscurité et que la forêt, enfin, se taise.

— Cible au sol ! s'écria ensuite une voix. Cible au sol !

Sharko s'élança vers la fosse, alors que des lampes virevoltaient comme des lucioles. Trois collègues de la BRI apportèrent la lumière. Nicolas était couché en chien de fusil, au fond, pieds et poings liés, le visage boueux, bâillonné par plusieurs épaisseurs de Chatterton qui lui encerclaient la tête. Franck se laissa glisser contre le bord et le sortit de sa prison avec l'aide des hommes. Ils le libérèrent de ses entraves, et Nicolas poussa un cri quand le ruban adhésif qu'on tira lui arracha des cheveux et de la peau des lèvres.

— Si tu gueules, c'est que t'es vivant. Rien de cassé ?

— Alex...

— Hors de danger.

Bellanger serra les mâchoires, semblable au boxeur après une victoire en demi-teinte, et frappa d'un geste amical dans l'épaule de Sharko.

— Il m'a tasé quand j'ai vu qu'Alex ne revenait pas et que je suis sorti. J'ai vraiment cru que c'était fini, cette fois...

Il ne dit plus rien, resta là, immobile, une vingtaine de secondes. Puis il avança vers la masse inerte que les lampes éclairaient. Le Punisseur gisait contre des racines, les yeux et la bouche ouverts. Son crâne en pain de sucre luisait, et trois fleurs brûlées creusaient son bombers au niveau de la poitrine. Plus loin, un collègue pointait son faisceau vers le chien.

— C'était la mort en face, ce clébard.

Il se tourna vers Sharko et l'emmena à l'écart. Au sol, des douilles fumaient encore.

— Il allait lâcher sa bête sur moi. Si t'avais pas été là, je serais mort. Tu m'as sauvé la vie. Encore. Je ne sais pas comment...

Sharko leva une main ouverte.

— Ce qui compte désormais, ce n'est pas que tu te contentes d'exister, mais que tu vives. Tu pourras faire ça pour moi à partir de maintenant ? Vivre ?

Nicolas n'était pas sûr de comprendre où Sharko voulait en venir et pourquoi il philosophait dans de telles circonstances.

— Je vais aller voir Alex...

45

En ce samedi matin, Audra avait l'impression d'avoir manqué l'épisode phare d'une série à suspense. Aux dernières nouvelles, le Punisseur était mort dans la nuit, abattu par les hommes de la BRI. Sur son message, son commandant de police n'en disait pas plus et lui demandait de venir dès que possible.

Ça signifiait que la planque de Nicolas ou de ses successeurs avait fonctionné. Le Punisseur était venu repérer les lieux avant le combat prévu le dimanche et s'était laissé piéger. Ensuite, semblait-il, la fin de l'opération avait été houleuse, puisqu'on ne l'avait pas pris vivant.

Alors qu'elle descendait de l'étage de la psychiatrie par les escaliers, Audra frotta du dos de la main ses yeux rouges d'émotion. Relire cette lettre, repliée avec soin au fond de son sac, avait été un enfer. Rien n'avait évolué, ni ses états d'âme ni sa souffrance, mais d'après le spécialiste, c'était normal, il fallait encore une ou deux prises de Duméronol pour que les premiers effets de la thérapie se fassent ressentir.

Entre les murs de la Salpêtrière, Audra sentait la vive tension liée à la crue. Le personnel médical était nerveux et ne parlait que de la catastrophe. En bas, des hommes livraient des groupes électrogènes. Dans la cour, on installait de manière préventive des pompes, qu'on glissait dans des trous vers les sous-sols. Des équipes techniques bardées de matériel et d'instruments de mesure circulaient dans les couloirs, les visages fermés.

D'après ce qu'avait compris Audra, tous les bâtiments de l'établissement se situaient en zone inondable et la nappe phréatique, qui montait peu à peu, circulait juste sous les blocs opératoires. La crue ne ravageait pas que la surface, elle prenait possession du Paris souterrain de façon invisible. Un patient fumant à l'extérieur racontait avoir vu, tôt dans la matinée, des rats circuler le long des murs. Des animaux qui fuyaient ainsi les ténèbres pour la lumière ne pouvaient qu'augurer un mauvais présage.

Avant de retourner au boulot, Audra voulait voir le désastre de ses propres yeux. Alors, écouteurs dans les oreilles et branchée sur les ondes, elle se dirigea vers Austerlitz avant de gagner le pont. Appuyés sur la pierre, les curieux contemplaient le spectacle, subjugués et sans doute aussi effrayés. Certains touristes prenaient même des photos. Jamais elle n'avait vu un fleuve à ce point gonflé dans sa vieille robe sale. Il rampait comme un anaconda géant, un monstre silencieux qui, adoptant une lenteur sadique, s'insinuait sans fracas au sein de la population pour mieux l'étouffer. En se penchant au-dessus de la rambarde, Audra pourrait presque toucher sa peau froide.

D'après les informations en direct, le fameux Zouave, à quelques kilomètres plus à l'ouest, était immergé jusqu'au pli du coude gauche. Le niveau atteignait désormais six mètres cinquante et Vigicrues prévoyait six mètres quatre-vingt-dix dans deux jours, soit quatre-vingts centimètres de plus qu'en 2016, avant l'amorce d'une lente décrue.

Six mètres quatre-vingt-dix… Audra n'arrivait pas à estimer si l'eau monterait au-delà du haut des quais pour se répandre dans les boulevards et les rues, comme c'était le cas dans de nombreuses villes de la région. Ou si, selon la prédiction de l'Ange, la gare d'Austerlitz aurait les pieds dans l'eau.

En tout cas, d'après la radio, le Premier ministre venait de lancer la mise en œuvre du plan de continuité du travail gouvernemental, impliquant un déménagement immédiat de l'exécutif dans une aile du château de Vincennes. Les accès aux quatre stations de métro les plus exposées étaient murés, les voies sur berges, interdites, et les règles de circulation minimale dans la capitale, établies.

Tout comme le personnel de la Salpêtrière, celui des administrations, collectivités, bâtiments sensibles et entreprises, déroulait la mise en œuvre de leurs PPRI. Fermeture de certaines ailes du Louvre, du musée d'Orsay, de l'Orangerie, et déménagement de milliers d'œuvres d'art aux étages supérieurs. À la préfecture de police, installation de groupes électrogènes, mise en place de deux caravanes sanitaires, évacuation des personnels travaillant dans les sous-sols... Autres actions dans les stations de traitement de déchets ou d'eau potable, les écoles, les mairies d'arrondissement exposées ou à la RATP, d'où on sortait des tonnes de béton, de ciment et de sable des entrepôts afin de protéger au mieux les installations sensibles. Une toile d'araignée d'interdictions, d'évacuations, d'alertes, engluait Paris et risquait de rendre sa population aussi nerveuse qu'une fourmilière dérangée par le pas d'un homme.

Elle attrapa une rame de métro à Saint-Marcel. Visages fermés et inquiets des passagers, leurs nez fourrés derrière une presse qui partageait la une entre l'affaire Chevalier et la catastrophe naturelle. Les doigts glissaient sur les écrans de téléphone, les regards fuyaient, comme si chacun devait craindre l'autre. Tous ensemble, agglutinés, et pourtant si seuls dans leurs cavernes. Progressivement, les gens s'éloignaient les uns des autres, ne se touchaient plus, ne se parlaient plus, se rapprochaient des machines. Audra serra son portable avec aigreur. Si seulement elle arrivait à s'en débarrasser, à oublier les réseaux sociaux qui, au lieu de créer des liens, isolaient les individus dans des bulles.

Mais il y avait Roland... Cette folie, dont elle était consciente, et contre laquelle elle ne pouvait rien.

Elle arriva au Bastion aux alentours de 11 heures. Les camions aux antennes satellites avaient disparu, la rue retrouvait son calme apparent, mais la presse ne lâchait pas : on parlerait de cette histoire encore longtemps, on débattrait à n'en plus finir sur des questions de sécurité, de diffusion de l'information, de ce cyberterrorisme d'un genre nouveau...

Six étages plus haut, elle s'orienta tout d'abord vers le bureau de son commandant. Sharko lui apprit alors ce dont il avait omis de lui parler dans le message : l'enlèvement de Nicolas et son sauvetage *in extremis* dans la forêt de Bondy, où avaient été abattus le tueur et son chien.

Outre le choc de la nouvelle, Audra avait eu la sensation de recevoir un coup de couteau dans le cœur lorsque, l'espace de deux ou trois secondes, elle s'était imaginé le futur sans Nicolas. Il ne s'agissait pas seulement de l'insondable douleur de perdre un collègue dans une affaire criminelle, non, cela ressemblait plutôt au sentiment soudain d'un vide abyssal, un trou noir qui, d'un coup, était venu lui couper la respiration et l'aspirer.

Elle chassa ces idées de sa tête comme si elles lui étaient interdites, et éprouva le besoin de vérifier dans son téléphone portable qu'aucun message de Roland n'était arrivé. Ça n'allait pas bien, ses gestes répétitifs et ses tremblements le prouvaient, mais que pouvait-elle y faire ?

Dans leur espace, Nicolas était seul, devant la fenêtre, un mug de café à la main, serein et tout à la fois absorbé dans ses pensées. Comment pouvait-il se tenir là, debout, après ce qu'il venait de subir ?

À l'extérieur, sur le chantier, une grue pivotait et déplaçait d'effarants blocs de béton avec des bips agressifs. Le ciel avait retrouvé une couleur pâle, ni grise ni nâcrée, une sorte de pâte à sel qui engluait la ville. De cet endroit, on ne voyait pas la Seine ni ses ravages, mais Nicolas savait qu'une partie d'Asnières se métamorphosait en un grand lac et que les passerelles ne servaient plus à rien, car pas assez longues. Au début de la matinée, les marins-pompiers avaient demandé aux derniers pénichards restés sur place de quitter les lieux. On l'avait chassé de chez lui.

Le port Van-Gogh n'était plus qu'un cimetière et ses péniches, des tombes.

Audra posa son Thermos de thé noir sur sa table et resta là, silencieuse, sans savoir quoi faire. Nicolas était un teigneux. D'après Sharko, il avait refusé d'être ausculté par un médecin et de prendre la moindre journée de récupération. Guérir par le travail... Elle remarqua le gros sac de sport posé contre le mur, à gauche de son bureau. Il était plein à craquer et elle pensa à la crue et aux péniches. Bien sûr...

— Comment tu te sens ? demanda-t-elle.

Il la regarda à peine et haussa les épaules.

— Pas trop douloureux, ton rendez-vous chez le dentiste ? répliqua-t-il d'un ton âpre.

— Nicolas, écoute, je...

— Ça va, je vais bien, OK ? Ne te noie pas dans les explications ou dans un débordement de fausse compassion. C'est inutile.

— Ce n'est pas de la fausse compassion.

— Ce qui s'est passé cette nuit, et celle d'avant, je m'en remettrai. Je ne sais pas laquelle des deux fait le plus mal, mais ça va aller, j'ai l'habitude. Et puis, moi aussi je me soigne les dents... Hein, Lucie ?

Lucie venait d'entrer dans la pièce, des feuilles à la main.

— Quoi ?

— On s'est tous soigné les dents à un moment donné dans ce service. On a tous eu, un jour, une carie venue de nulle part nous pourrir la vie, n'est-ce pas ?

Audra piqua un fard et se rua sur son Thermos. À quoi jouait-il ? Heureusement, Lucie avait la tête ailleurs et vint fourrer ses papiers dans les mains de son collègue.

— On file pour la perquise en bonne et due forme. Il crèche du côté de Magny-en-Vexin, un bled à cinquante kilomètres d'ici.

Lucie se tourna vers Audra.

— Si tu veux venir, on ne sera pas trop de trois pour commencer chez Demonchaux. Franck part en réunion avec les collègues du SRPJ de Versailles, d'Orléans et les juges d'instruction des différentes affaires. Pascal est à l'IML avec le légiste, et une bonne partie de l'équipe Huriez bosse sur Chevalier.

Audra réussirait-elle un jour à avaler son thé ? Sa tasse en plastique fumait entre ses mains.

— SRPJ de Versailles et d'Orléans ? Demonchaux ? On m'explique, avant ?

— Ah oui, désolée. Deux choses importantes.

Lucie se rendit à son bureau et lui montra l'impression de l'article du *Parisien*.

— La première, c'est que Pascal a décrypté le message sur le pacemaker. Il fait référence à un article qui signale la découverte du corps féminin dans l'Essonne. Donc, si on en croit l'Ange, cette affaire vieille d'il y a trois ans porterait le secret du petit Luca. Quel secret peut unir un cadavre vieux de trois ans et un gamin tout juste né ? C'est ce qu'ils vont essayer de comprendre.

Lucie lui montra des photocopies. Carte grise, permis de conduire.

— Demonchaux, maintenant...

Elle lui présenta aussi des photos de la scène de crime. Audra laissa traîner un regard ahuri sur le cadavre du chien. Les proportions de la bête dépassaient ses pires pronostics.

— Le Punisseur avait ses papiers d'identité sur lui. Il s'appelle en réalité Arnaud Demonchaux, 38 ans et domicilié dans le Val-d'Oise. Le van de la forêt de Bondy est immatriculé à son nom. C'est tout ce qu'on a pour le moment sur lui. Pas de trace dans les fichiers de la police, casier vierge.

Elle leva un gros jeu de clés, rangé au fond d'un sac. Certaines d'entre elles étaient lourdes et anciennes.

— Et on a trouvé ça aussi dans la boîte à gants de son van. Ça évitera le serrurier.

Pas de temps mort, l'enquête continuait. Chevalier était décédé, Demonchaux aussi, mais qui étaient les spectateurs du bord de la fosse ? Pourquoi l'Ange était-il mort ? Quel était le secret de Luca ? Il leur restait d'innombrables questions à éclaircir. Vu l'ampleur de l'affaire, leurs patrons allaient de toute évidence exiger un dossier sans zone d'ombre.

Ils se mirent en route, Nicolas au volant, Lucie à ses côtés. Audra avait insisté pour s'installer à l'arrière. Elle garda ses mains crispées contre ses jambes et observa Nicolas en diagonale, cette colère qu'il semblait contenir à la façon dont il serrait les mâchoires, la lumière qui dansait sur le cristallin de son œil droit, comme si celle-ci lui projetait un film à la fois émouvant et triste. À quoi pensait-il ?

Le souffle d'une campagne grasse et généreuse chassa les relents de la ville. Jusqu'à l'horizon, des strates de vert profond et de rouille flamboyant luttaient encore contre la brune pourriture de l'automne. Audra découvrait une autre France, celle du nord, discrète, presque pudique, recroquevillée derrière la courbe voluptueuse de ses plaines charnues et d'une éclatante beauté.

Ils arrivèrent aux alentours de 13 heures dans un hameau d'à peine quelques maisons, semées çà et là. Un chemin rural zigzaguait jusqu'à la propriété isolée de Demonchaux, une ancienne ferme plantée sur un terrain herbeux, au cœur de la lande. Audra songea à une terre d'Écosse ou même lapone, ouverte sur l'infini d'une vallée aux couleurs de feu. Les pierres calcaires de l'habitation, sa dépendance et son écurie vide, leurs tuiles plates et bleutées se fondaient dans le paysage, semblant prises dans l'éternité du monde. En retrait, la bouche d'un vieux puits ouvrait ses lèvres au ciel.

Ils enfilèrent des gants en latex. Nicolas s'empara d'un appareil photo reflex. Audra portait deux cartons vides destinés à embarquer les pièces à conviction. À l'aide du jeu de clés, Lucie parvint à ouvrir la lourde porte de la demeure. Ils entrèrent et ressentirent la force tranquille que dégageaient les vieilles fermes, avec leur grande cheminée, leurs poutres en chêne, leurs pierres de taille renfermant des siècles d'histoire.

Arnaud Demonchaux était un chasseur. Partout, accrochés à gauche d'une collection de fusils, des trophées empaillés paradaient. Des cerfs, des sangliers, des renards, gueules tendues, billes des yeux luisant sous la lumière blême, retenaient encore leur dernier souffle.

— Ordinateur, papiers, téléphone, fit Nicolas, on rafle tout.

— Je vais jeter un œil aux dépendances, répliqua Lucie.

Elle ressortit avec le jeu de clés, et ses deux collègues entamèrent les fouilles à l'intérieur. Nicolas dénicha une pile de factures et de paperasse dans un tiroir du meuble de la salle à manger, qu'il posa sur la table. Audra avait quitté la cuisine et disparu dans une autre pièce. Des factures, un abonnement à une salle de musculation, des paquets d'enveloppes et de papier à lettres. Il mit de côté des fiches de paie, en scruta les lignes. Apparemment, Demonchaux travaillait en tant que commercial pour IDF Med, une société située à Mantes-la-Jolie, et gagnait aux alentours de trois mille euros par mois.

Nicolas poursuivit ses recherches. Il ne trouva ni ordinateur, ni téléphone portable ou factures associées à un abonnement téléphonique. Le Punisseur, bien que portant un concentré de technologie dans une puce implantée, semblait coupé du monde. Volonté de ne laisser aucune trace ?

Il rangea dans un carton ce qu'il jugea nécessaire d'embarquer puis se dirigea vers le salon. Dans le hall, les marches craquaient, et les pas d'Audra résonnaient désormais au-dessus de sa tête. Il passa devant un bar fourni en alcools forts, puis son œil fut attiré par le magnétoscope et la rangée de cassettes VHS, sous le téléviseur dernier cri. Qui utilisait encore ce genre de vieilleries à l'heure d'Internet et de Netflix ? Sur la table basse, il ramassa un boîtier vide, dont la jaquette, à l'impression de mauvaise qualité indiquait : *August Underground.*

La cassette associée au boîtier dépassait de la bouche du magnétoscope. Nicolas appuya sur « Play » et fut frappé par le caractère à la fois réaliste et granuleux de l'image. Une caméra à l'épaule filmait, les couleurs étaient teintées du bleu froid de l'acier dans la glace. Une fille qui ne devait pas avoir 20 ans subissait les tortures d'un gros homme huileux à l'arrière d'un poids lourd. Il n'y avait, dans l'interminable séquence, rien d'autre qu'un infernal cocktail de bestialité et de perversion. Ça ne ressemblait pas à un film, mais à... une sorte de reportage, de viol en direct : un individu qui s'en prenait à une fille, un complice qui filmait dans l'espace exigu d'une remorque...

Mal à l'aise, il stoppa la lecture et passa en revue la dizaine de boîtiers rangés sous le meuble. Il glissa les cassettes dans le magnétoscope les unes après les autres. Difficile de deviner s'il s'agissait là de vrais films de cinéma ou de scènes réelles de torture, d'enfermement, de sexe. Pas de générique et sur les jaquettes, pas de nom de réalisateur, de producteur, d'acteur... Lorsqu'il voulut éjecter la cassette de *Phenomenia*, la bande resta coincée dans une tête de lecture. S'il forçait, il allait tout arracher, alors il l'abandonna dans son compartiment et poursuivit ses investigations.

Appareil photo en main, il monta à l'étage, inspectant les pièces, les aménagements. Des stries de lumière jaune filtraient par les lames des volets fermés, les pierres dégageaient une froideur sinistre. Il effleura la rambarde sans prélever la moindre trace de poussière. Depuis son arrivée dans la demeure, il avait le sentiment d'une propreté extrême, d'une forme de maniaquerie dans la façon dont les éléments étaient arrangés. Rien ne dépassait. Pas un poil de chien, pas un papier qui traînait.

Audra fouillait dans une grande chambre. Elle lui tendit un masque de Guy Fawkes.

— Il était là-bas, posé sur la commode.

Nicolas soupesa le masque, identique à celui de l'Ange du futur. Il imagina Chevalier, Demonchaux, et peut-être d'autres, cachés derrière cette face de cire blanche.

— Ordinateur ? Téléphone ?

— Pour le moment, rien. Tout est clean. Mais il y avait ça dans un tiroir... Regarde la première page.

Elle lui tendit un cahier. Nicolas l'ouvrit et observa le premier réalisé au fusain. Il représentait un aigle noir, aux serres puissantes, penché sur un homme nu, enchaîné à un rocher et au ventre ouvert. Le rapace lui arrachait des morceaux de foie avec son bec.

— La scène de crime, souffla Nicolas.
— On dirait bien.

L'image du corps de Chevalier, nu au fond de la fosse, mordu de part en part et avec son foie à l'air, les traces de liens sur ses membres... L'analogie lui parut évidente. La façon dont avait été découvert le corps dans la forêt ne relevait pas du hasard. Il s'agissait d'une mise en scène.

— Ça ne te dit rien, ce dessin ? demanda Nicolas. Ce ne serait pas un truc antique ?

Audra haussa les épaules. Nicolas n'arriva pas à se remémorer où il avait déjà vu ça. Il feuilleta le reste. Au fil des pages, l'esprit de Demonchaux semblait s'être empli de ténèbres. Il s'était mis à dessiner des êtres hybrides, des visages fusionnés avec des morceaux de métaux, des oreilles greffées sur des bras. Le trait était agressif, noir, creusant le papier à la limite de la déchirure. Sur une double page, des fœtus maudits se tenaient par la main en formant une ronde. Les bouches étaient béantes, les fronts défoncés, les yeux fondus sur les joues en larmes visqueuses. Nicolas y vit certains tableaux de Francis Bacon, complexes et torturés. Quel sens donner à ces dessins ?

Il embarqua le carnet et ils poursuivirent la fouille, chacun dans son coin. Il suffisait qu'Audra s'approche pour que son collègue change d'endroit, maintenant une distance froide. Une pièce était aménagée en salle de musculation. Des pots de protéines et de boissons énergisantes s'entassaient. Accrochés aux murs, des posters de colosses, dans des poses d'athlètes grecs. Sur un banc de développé-couché, une barre et ses poids étaient encore en place. Nicolas compta plus de cent quarante kilos. D'après ce qu'il savait, Pascal en levait à peine cent vingt-cinq, ce qui était en soi un exploit.

Au fond d'une armoire, il découvrit des boîtes en fer. Sous la paperasse, il mit la main sur de belles piles d'argent liquide. Il y avait plus de seize mille euros qu'il photographia et répertoria. Le fruit des combats de chiens ?

Soudain, venant de l'extérieur, il perçut un sifflement. Il s'approcha de la fenêtre et ouvrit. En contrebas, sur la droite, Lucie se tenait à proximité du puits et lui adressait de grands signes.

46

Le vent, dévalant des grandes plaines du Vexin, emportait les dernières feuilles des vieux saules et chahutait les fruits secs et noirs des noyers. L'air charriait des odeurs de limon venues des fleuves et des rivières, des parfums de fruits sauvages aussi, arrachés au sol des bois gorgés d'insectes et de matière putride.

À des kilomètres de là, au-dessus du large puits d'une propriété isolée où il devait faire bon vivre, il y avait un treuil à la poulie marron et rouillée. Lucie avait tiré sur la corde pour en remonter non pas un seau comme au bon vieux temps, mais une cage métallique constituée d'un socle en bois et de grillage à poules. Coincés dans les maillages, des touffes de poils blancs et bruns dansaient au vent.

— J'ai fouiné du côté de l'écurie et de la dépendance, il n'y a rien de spécial, mais on dirait bien que c'est au fond de ce trou qu'il gardait le chien, expliqua Lucie. Et je crois que ce n'est pas qu'un puits. Regardez.

À l'aide d'une lampe torche récupérée dans le coffre du véhicule, elle éclaira une échelle en aluminium qui descendait cinq mètres plus bas. On devinait, au fond, une surface de béton et une arche creusée dans la roche.

— Il y a un souterrain. On devrait aller jeter un œil.

Nicolas resta figé, les mains crispées sur les lèvres de pierre. Ce n'était pas seulement la bouche d'un puits, c'était aussi une descente dans des entrailles, un appel à affronter ses angoisses. Là-dessous erraient des démons qu'il ne voulait plus croiser. Il se revit à genoux sur les pierres pour franchir un passage obstrué dans les carrières. Il sentit le remous d'air provoqué par le corps de Sharko à sa gauche. Lui apparut alors, aussi fort qu'il voyait Audra ou Lucie, l'ombre chinoise du corps crucifié de Camille derrière le drap blanc...

Son front sua à grosses gouttes, un volcan lui brûla la chair. Il lâcha la pierre et se recula d'un pas maladroit. Impossible d'avancer à nouveau, il n'y arrivait pas et s'en mordait les lèvres. Il haïssait son cerveau qui lui dictait de reculer et son fichu corps hors de contrôle.

— Je reste ici... Appelez-moi en cas de pépin.

Il dut s'y prendre à deux reprises pour sortir son paquet de cigarettes de sa poche. Il s'éloigna, une clope au bord des lèvres qu'il alluma plus loin de ses mains tremblantes. Lucie se tourna vers Audra :

— T'es au courant, pour lui ?

— Franck m'a informée, oui. Sa compagne, morte il y a quatre ans. C'est terrible.

— C'est peu de le dire. Et il sait que tu sais ?

— Je ne crois pas, non...

— Il t'en parlera peut-être de lui-même un de ces quatre.

Lucie s'agrippa à l'échelle et descendit, suivie de sa partenaire. Lorsqu'elles furent en bas, elles s'engagèrent sous l'arche. Une massive porte de bois se dressait devant elles. Lucie sortit le trousseau de la poche de son blouson et essaya plusieurs clés, jusqu'à tomber sur la bonne. Il fallait forcer pour ouvrir, à cause du manque d'huile dans les gonds et de l'humidité qui avait fait gonfler le bois.

Les battants s'écartèrent et dévoilèrent une alcôve au sol de paille, une pyramide de ballots dans un coin, des piles de sacs de croquettes, des laisses, des muselières et des colliers accrochés avec soin à des clous. À l'opposé de chez Prost, tout était propre, bien sec, sans odeur de chien ni d'excréments. Rien n'indiquait que l'animal avait été battu ou dressé au combat, sans doute sa puissance naturelle lui suffisait-elle à remporter les victoires. L'animal vivait ici, dans l'obscurité. Demonchaux en prenait soin et veillait à ce que personne ne soupçonne son existence.

Audra palpa un interrupteur et fit jaillir la lumière d'une ampoule suspendue. Des fils électriques couraient le long de la pierre et disparaissaient au-dessus d'une autre porte, à gauche des ballots. Ces souterrains étaient anciens, sans doute avaient-ils été construits en même temps que la demeure centenaire. Lucie en ignorait l'utilité à l'origine – peut-être un endroit où stocker les récoltes –, mais les câbles, les interrupteurs étaient récents. Le Punisseur avait tout réaménagé à sa sauce.

Elle ouvrit la marche. Audra la suivait et avait l'impression de s'enfoncer dans les méandres du cerveau d'Arnaud Demonchaux. Autres interrupteurs. Grésillements de néons cette fois, et la lumière qui se deverse dans la pièce.

La découverte les stupéfia. Les deux femmes levèrent les yeux et virent deux index dans un unique bocal rempli de formol et posé sur une table. L'un d'eux portait encore son vernis rouge sur l'ongle : une phalange de petit doigt de femme, sans doute l'auriculaire.

— T'as découvert les traces d'une présence féminine chez lui ? demanda Lucie.

— Rien du tout.

Demonchaux et une femme s'étaient tranché une phalange et en avaient gardé la sinistre relique dans ce bocal. Qui était-elle ? Une compagne ? Une tarée, comme lui ? Audra se remémora les empreintes de pas de petite taille, autour de la fosse. Elle s'approcha d'un bidon aux trois quarts vide rangé dans un coin. Elle le déplaça, son étiquette indiquait « Acide chlorhydrique ».

Cachés derrière le bidon, deux boîtiers noirs contenant des cassettes VHS. Sur l'une d'elles, l'affiche représentait une centaine de masques blancs de Guy Fawkes, disposés les uns à côté ou au-dessus des autres. Une giclée de sang éclaboussait certains d'entre eux. Le titre indiquait *Her last fucking bloody day*. « Son dernier putain de jour sanglant ». L'autre avait pour titre *Atrautz*.

— Il y avait des cassettes chez lui, fit Audra. Mais pourquoi avoir caché ces deux films-là en particulier ? Et puis, t'as vu les masques ?

Lucie s'approcha d'une nouvelle porte, plus petite, et carrée celle-là. Tout en tournant la bonne clé dans la serrure, elle réfléchit. L'Ange du futur était remonté jusqu'à Demonchaux, il avait intégré un groupe en s'amputant une phalange et il avait été assassiné au fond d'un bois. De quel groupe parlait-on ? Quelles horreurs avait découvertes Fabrice Chevalier ? Que s'apprêtait-il à dénoncer devant des millions de personnes ? *Je vous montrerai de quoi les monstres cachés ici, en France, ou des types comme le Punisseur sont capables.*

Après l'avoir déverrouillée, elle écarta la porte du chambranle avec une vive appréhension, et elle se rendit compte qu'elle respirait vite, par courtes inspirations et expirations, comme si on lui maintenait la tête dans un sac en plastique. Derrière, Audra n'était pas plus rassurée, et Lucie pouvait sentir le souffle chaud de son haleine sur sa nuque.

Sur un sol de béton d'une propreté irréprochable se dressaient des paillasses faites à l'aide de planches et de tréteaux qui supportaient pipettes, tubes à essai, flacons de produits chimiques. Accrochées au portemanteau, pas loin de paquets de gants et de masques, une blouse, une charlotte, et sur la gauche, un radiateur électrique. S'ajoutait à cela du matériel chirurgical disposé sur des serviettes en papier : bistouris, fil, agrafes.

L'endroit dégageait une forme évidente d'amateurisme : des néons vissés dans les murs recouverts de film plastique, les fils électriques suspendus sous la voûte. La science mélangée au bricolage, songea Audra qui se souvenait des propos d'Alrik Sjoblad au sujet des biohackers.

— T'as vu ça ? lâcha Lucie.

Audra vint se poster aux côtés de sa collègue. Au fond d'un vivarium, deux souris gesticulaient et ressemblaient à des rosbifs miniatures ficelés dans leur résille. L'une d'entre elles était si musclée que, retournée sur le dos, elle était incapable de se redresser.

— Comme pour le chien...

Le silence régnait, le monde de dehors n'existait plus. Il y avait ces souris, ces pipettes, ces doigts coupés, et la jeune fille visualisa le Punisseur en blouse, cette bête féroce capable de lâcher un chien sur un homme nu au fond d'une fosse, penché sur un microscope avec un calme olympien.

Audra s'approcha avec prudence d'une pile d'emballages cartonnés, la plupart de la taille de boîtes à chaussures : *Synthetic biology*, *GeneArt Genomic Clivage*, *CRISPR Gene Knockout Kit*, était-il inscrit en belles lettres sur le dessus et les côtés, le tout accompagné d'illustrations de brins d'ADN ou de photos de scientifiques masqués vantant le mérite du produit. Elle ouvrit un de ces kits, découvrit encore du matériel de laboratoire emballé, des flacons de produits sombres étiquetés d'un jargon dont elle ne comprenait rien.

Plus loin, une mallette était ouverte, à l'extrémité de la paillasse. À l'intérieur, Audra reconnut des appareils utilisés en laboratoire de police scientifique pour extraire et analyser l'ADN, sauf que ceux-là étaient beaucoup plus petits et moins complexes.

— Un thermocycleur, une centrifugeuse, des microplaques à quatre-vingt-seize puits pour y déposer les échantillons, constata-t-elle. C'est dément. Comment il a obtenu ça ? Je ne savais même pas qu'on avait le droit de vendre ce genre de matériel en dehors de nos gros laboratoires de microbiologie.

Lucie observait sans toucher. Facile de deviner où passait l'argent gagné avec les combats de chiens.

— Et surtout, à quoi ça lui sert ? Jette un œil à l'expéditeur de ces kits. C'est qui ? Une entreprise ? Un laboratoire ?

Audra chercha une étiquette et la repéra sur le dessus de la mallette. Ses yeux s'écarquillèrent.

— C'est... c'est Amazon...

Elle remua les autres paquets.

— Amazon, partout. Sur chaque boîte.

47

Nicolas avait vu le matériel, les deux phalanges et les cassettes extraits du puits par les équipes de Fortran. Les hommes en tenue en étaient sortis comme après une lointaine expédition souterraine. Pendant l'opération, pas un technicien, pas un flic, parmi la dizaine d'individus présents n'avait parlé. Nicolas demanda qu'on embarque le magnétoscope et toutes les cassettes. Il connaissait un cinéphile dans le service, spécialiste des films d'horreur ou gores, qui pourrait l'aider à en savoir plus sur cette sinistre collection.

Lucie et Audra étaient remontées marquées par leur découverte, l'air sombre. Quand, au soleil couchant, les véhicules s'étaient remis en route, l'aile froide du silence survolait les plaines battues par le vent d'ouest.

Il avait fallu retourner au Bastion. Le groupe Sharko tout entier accusait le coup de cette nouvelle journée. Franck finissait son interminable réunion avec les flics des autres SRPJ et les juges d'instruction, Lucie était repartie plus tôt, si l'on considérait que 20 heures l'était pour un samedi : la nourrice des jumeaux partageait un dîner familial et ne pouvait assurer la garde de ses fils. Pascal était venu dresser un bilan après l'autopsie de Demonchaux puis, fatigué, avait plié bagage, avec ce constat terrible : « Ça n'en finira donc jamais. »

Le rapport d'autopsie du Punisseur n'arriverait pas tout de suite, mais Pascal avait expliqué : outre l'aimant sous le majeur droit, la phalange de l'auriculaire gauche sectionnée, Demonchaux devait porter la même puce que Chevalier sous la peau du poignet gauche, mais elle avait été endommagée par l'impact d'une balle calibre de 9 mm ayant explosé le radius. Le légiste avait relevé de nombreuses traces d'injections au niveau des biceps droit et gauche, et certaines parties de ces muscles étaient surdéveloppées par rapport à d'autres. Mais le renforcement des fibres était anarchique, bosselant et creusant le biceps comme un steak mal cuit. Le médecin n'avait jamais vu ça et, à l'évidence, Demonchaux s'était injecté des substances dont la composition, l'espérait-on, ressortirait lors des analyses toxicologiques.

Le cadavre de son chien était entre les mains d'un vétérinaire. L'ADN des doigts, ainsi que ces étranges kits de biologie, étaient partis pour le laboratoire de police scientifique, quai de l'Horloge, avec une demande d'analyse en priorité haute. Nicolas avait transmis les cassettes vidéo à son collègue cinéphile, qui était reparti avec la pile sous le bras, promettant de s'en occuper à son retour, lundi. Bellanger lui avait demandé de prêter une attention particulière aux deux films récupérés dans le souterrain.

À la lueur de sa lampe de bureau, il parcourait le carnet à dessins trouvé chez Demonchaux. Face à lui, Audra était toujours là, le nez dans la paperasse. Une lumière bleue se reflétait dans ses pupilles. On approchait les 21 heures et elle n'arrêtait pas de bâiller.

Lui se concentrait sur le dessin de l'aigle dévorant le foie. Une représentation mythologique, il en était certain. Il trouva son bonheur sur Internet.

Le mythe de Prométhée...

Un bruit devant lui. Nicolas releva ses yeux brillants vers Audra, debout devant son bureau. Elle était emmitouflée dans son manteau et tenait une pochette sous son bras.

— Alors ?

Nicolas referma le carnet.

— Alors pas grand-chose.

Il fit mine de s'intéresser à son écran, déclenchant quelques clics de souris. Audra comprit qu'il ne souhaitait pas lui parler.

— Bon... J'ai jeté un œil à la paperasse, fit-elle. Sur sa feuille d'impôts, il n'est ni marié ni pacsé. Pas de signe d'une éventuelle femme dans sa vie. Donc, pour le moment, aucun moyen de savoir à qui appartient le doigt à l'ongle verni dans le bocal. On n'a aucune trace de téléphone portable ni d'abonnement, il y a une box Internet, mais pas d'ordinateur. Peut-être qu'il le planque quelque part. Ça donne le profil d'un mec ultra-prudent. J'ai aussi recherché sur le Web, pour la société où il bosse, IDF Med. C'est une boîte qui fournit des produits et du matériel de laboratoire de pointe, dans le domaine médical, sur l'ensemble de l'Île-de-France. Apparemment, ils sont spécialisés dans le domaine de la gynécologie, la PMA, et travaillent avec les maternités, les laboratoires d'analyses médicales, les cabinets et un paquet de cliniques privées... Fermés aujourd'hui et demain, évidemment.

Il l'écoutait à peine.

— Les labos de police scientifique ne rendront pas le moindre résultat avant lundi, les administrations seront fermées et... (elle hésita) demain, c'est dimanche et Franck ne veut pas me voir ici. Je me disais que... enfin si tu veux, tu pourrais peut-être me montrer un ou deux trucs sympas dans Paris. Ça fera du bien de prendre l'air et de penser un peu à autre chose.

— Désolé, j'ai déjà prévu des trucs, répliqua Nicolas du tac au tac.

Elle prit l'affront comme il lui arriva : en pleine figure.

— OK. On se voit lundi, alors.

— Voilà.

Elle retourna à son bureau d'un pas vif et embarqua son Thermos de thé. Avant de sortir, elle s'arrêta, puis hocha la tête vers le sac de sport :

— Je suis désolée pour ta péniche. Je suppose que tu as un endroit où aller ?

— Chez les Sharko. Ils ont une chambre d'amis.

Elle lui adressa un sourire crispé, puis sortit. Nicolas la regarda s'éloigner dans le couloir. Il s'en voulait d'être si dur avec elle, mais il était incapable de la cerner, de comprendre son jeu. Un jour, elle le jetait comme une vieille chaussette, et le lendemain, elle voulait crapahuter avec lui ?

Il alla se remplir un gobelet d'eau dans la salle de pause. L'étage était presque vide, et dans ces instants de grâce Nicolas se sentait bien. Il alla à la fenêtre. En bas, la fine silhouette de sa partenaire longeait la rue d'un pas pressé. *Qui es-tu, Audra ? Après quoi cours-tu ?* Il l'observa aussi longtemps qu'il put et retourna à sa place.

Il revint sur le dessin du carnet. L'aigle, penché sur le foie de l'homme nu. Le mythe de Prométhée.

Prométhée était un Titan dont le frère, Épithémée, avait distribué des facultés à tous les animaux en oubliant de donner un don aux hommes. Si les tortues avaient des carapaces pour se protéger, les lapins la capacité de creuser des terriers pour survivre, les humains, eux, se retrouvaient nus, sans plan de secours. Alors Prométhée, pour réparer l'erreur fraternelle, vola le feu sur l'Olympe pour l'offrir aux pauvres mortels, faibles et vulnérables. Dès lors, l'Homme acquit la connaissance, la force, la capacité de détruire aussi, développa sa supériorité sur tous les êtres vivants, et devint presque l'égal des dieux. Jaloux du succès des hommes, Zeus fit enchaîner Prométhée à un rocher et le condamna à se faire dévorer le foie par un aigle. Un foie qui se régénérait chaque nuit et impliquait une souffrance sans fin.

Nicolas resta immobile, les yeux rivés sur le dessin. L'homme créateur, l'homme destructeur. L'homme égal des dieux. Où se plaçait Demonchaux dans ce schéma ? Pourquoi ce mythe avait-il autant d'importance pour lui ? Qu'avait-il voulu exprimer à travers sa scène de crime ? Qu'il était un dieu punisseur ?

Une demi-heure après le départ d'Audra, Sharko passa la tête dans l'embrasure de la porte, de petits lacs de boue en guise de cernes. Il lui signala qu'il se mettait en route. Nicolas éteignit son écran, remit le cahier dans l'armoire avec les pièces à conviction et embarqua son sac de sport. Les deux hommes s'avancèrent vers l'ascenseur.

— Alors, cette grosse réunion ? demanda Nicolas.

Sharko appuya sur le bouton.

— Un bordel, je ne t'explique pas. On ne sait pas, on cherche tous le lien entre le môme et le cadavre d'une femme d'environ 45 ans, inconnue, dont on a un pseudo-portrait-robot. Boetti, celui qui gère le dossier GPA, va fouiller dans la famille de la mère du bébé, Émilie Robin, pour voir si elle n'a pas un proche disparu – une tante, une sœur, une cousine – qui pourrait être la victime de l'étang. On a réussi à convaincre les juges d'instruction d'autoriser un comparatif ADN entre les échantillons de Luca et ceux de la victime de l'Essonne. Ces échantillons sont déjà au laboratoire de Bordeaux, ça va faciliter les procédures. Les scientifiques vont comparer les chromosomes X, ou Y, il y a des histoires d'ADN mitochondrial aussi, afin d'établir des filiations possibles. Bref, s'il existe un lien génétique, ils le découvriront.

Les portes s'ouvrirent. Ils s'engagèrent dans l'ascenseur. Sharko se regarda dans le miroir et dénoua sa cravate dans un souffle.

— Il faut qu'on découvre ce secret, ou ça va me rendre marteau comme le requin dessiné sur la porte. Au fait, tu peux me le dire, maintenant, et promis, je ne m'énerverai pas : qui a fait ça ?

48

— Bonsoir, Audra.
Sa voix... Audra ferma les yeux.
— Roland...
— Il est tard chez toi. Et quand tu appelles tard, c'est que quelque chose ne va pas. Dis-moi.
Portable à l'oreille, Audra se tenait debout, devant la fenêtre de la cuisine de son appartement. Ça sentait la menthe fraîche achetée à l'épicerie en bas de chez elle. À l'extérieur, les lueurs orangées se répandaient en une brume diaphane, et elle devinait, en contrebas, la courbure froide et bleutée des rails du RER.
— Pourquoi tu m'as abandonnée ? Pourquoi, Roland ?
— Je ne t'ai pas abandonnée. Même si je suis loin de toi, je suis là. Je serai toujours là, et tu le sais.
Dans les pièces, les lumières étaient éteintes. Seul le carré lumineux d'un écran d'ordinateur rayonnait au fond du salon. Audra inspira fort dans l'unique but de retenir ses larmes.
— Je vais devoir apprendre à vivre sans toi, parce que ça me détruit. Tu me détruis, comme un clou qu'on enfonce chaque jour un peu plus dans une plaie. Ton image, ta voix vont devoir quitter ma tête... C'est pour ça, les séances. Pour ne plus souffrir.

Un silence de quelques secondes s'étira.

— Je sais que tu es en colère, Audra, mais c'est toi qui décides. Je ne peux rien forcer. Tu le sais ?

Audra ne trouvait plus les mots. Bien sûr, elle le savait. Elle connaissait aussi l'ampleur de son problème, et la difficulté qu'elle éprouvait à relire sa lettre devant le psychiatre de la Salpêtrière.

— Audra ? Tu es là ?

Elle raccrocha, avec la sensation que le téléphone lui brûlait la main. Pourquoi avait-elle appelé ? Toute cette mascarade, c'était de la folie. À l'extérieur, en contrebas, s'éleva un grincement. Un grand serpent noir déversa des passagers dans la nuit, les derniers, ces chapeaux et ces imperméables qui allaient rentrer chez eux pour recommencer le lendemain. Était-ce cela, la vie, un éternel recommencement ? Ou au contraire, une fuite en avant ?

La vibration d'un sms. Un message, accompagné de smileys. « Va voir sur Facebook... Je viens d'y poster une surprise. Roland. »

Audra hésita, puis s'approcha de son ordinateur. Avant l'appel, elle était déjà connectée au réseau social, sur la page de Roland, justement.

Un autre message l'attendait. « Tu es devant ? »

Les larmes étaient là. Une vieille photo d'une dizaine d'années dont Audra ne se souvenait même plus venait d'apparaître. Il s'agissait d'un cliché tout simple – eux deux, assis sur un banc, dans un parc –, mais la vue du rouge-gorge, posé sur le banc à côté de l'épaule de Roland, déclencha ses pleurs. Cette même espèce d'oiseau était aussi venue sur la tombe de sa mère alors qu'Audra n'avait que 8 ans, et le volatile l'avait regardée de ses petites billes noires, comme pour lui parler, lui dire que sa mère était partie, mais qu'elle veillait sur elle.

« Tu es devant ? » s'afficha de nouveau. Audra s'effondra sur son fauteuil. Elle passa ses doigts sur l'oiseau, puis sur le visage constellé de taches de rousseur de Roland. Elle fixa l'écran de son téléphone, puis composa un numéro. Elle avait besoin d'entendre sa voix, juste quelques minutes. Oui, quelques minutes. Après que la deuxième sonnerie s'interrompit, elle dit :

— Je suis devant...

Bien plus tard, après une longue conversation, elle raccrocha avec un sourire. Mais rapidement, faisant face à l'obscurité complète qui l'ensevelit après l'extinction de l'écran de son ordinateur, son sourire disparut et son visage se couvrit lui aussi de ténèbres. Elle pressa ses paumes sur ses joues et tira ses traits vers l'arrière.

— Je suis complètement folle.

49

Au bout d'âpres négociations avec un Franck plus que jamais irascible, Nicolas avait fini par renoncer à une chambre d'hôtel en solo et pris ses quartiers chez les Sharko, à l'étage au bout du couloir, dans la chambre d'amis.

Attablés autour d'une bonne bouteille, les deux hommes et Lucie mangeaient un poulet fumé et des pommes de terre rissolées. L'affaire était, bien sûr, au cœur de leur conversation. Nicolas avait exposé sa découverte au sujet du mythe de Prométhée.

— Vous n'avez pas entendu les dernières infos, je suppose ? rebondit Lucie.

— Je n'écoute plus les infos, répliqua Sharko.

— Tu devrais. Aujourd'hui, au Soudan, il y a eu des affrontements entre la population et les forces de l'ordre, à cause de la hausse du prix de la farine, et donc du pain.

Nicolas fronça les sourcils.

— Exactement ce qu'avait dit Chevalier dans sa lettre. La troisième prédiction.

— Oui, c'est dingue, non ? J'ai regardé un peu le truc avant que vous rentriez. J'ai fouiné sur Internet, et on n'en parlait nulle part dans les médias avant aujourd'hui. Autrement dit, il y a une dizaine de jours, Chevalier pouvait difficilement être au courant des événements d'aujourd'hui.

— Sauf s'il connaissait des gens sur place ?
— Au Soudan ? Et à Cuba aussi, tant qu'on y est ?
— Tu as raison, répliqua Nicolas. Ça ne tient pas la route.

Lucie but une gorgée de vin.

— Figure-toi que de violentes émeutes avaient éclaté au Soudan en 2013, puis en 2016, autour du même sujet : la hausse des denrées de base. Alors, je me suis intéressée à cette histoire de virus de choléra, à Cuba. Là aussi, en 2013 et 2016 se sont déclarées des épidémies de choléra, et d'autres bien avant. Quant aux grandes crues de la Seine aussi importantes que celle qu'on vit en ce moment, il y a eu 1910 bien sûr, puis 1955, 1982 et 2016.

Sharko écoutait sans rien dire. Il termina son verre et s'en reservit un.

— 2016, année noire, on dirait, fit Nicolas, intrigué. Et ?
— Ben... je ne sais pas, mais tous ces événements sont reproductibles, cycliques et non pas uniques. Et quand une même chose se reproduit, il y a forcément une succession de causes à l'origine qui restent globalement les mêmes. Les saisons comme l'automne ou l'hiver entraînent des précipitations. Les pluies gorgent les sols. Les rivières gonflent et finissent par sortir de leur lit. Je sais, c'est vague, imprécis, mais c'est de cette façon que ça se passe, non ? Et si Chevalier avait trouvé... je ne sais pas, un lien entre tout ça ? Un truc qui permet de prédire les événements sur le point de se reproduire ?

Nicolas secoua la tête.

— Chevalier aurait découvert un mécanisme que des météorologues ou des épidémiologistes n'ont pas encore trouvé, malgré leurs connaissances, la puissance de leurs ordinateurs et leurs modèles mathématiques ? Tu te doutes que c'est impossible. Et puis, bon sang, Lucie, admettons qu'il y ait un truc, et il y en a forcément un, c'est quoi, le lien avec ce labo chez Demonchaux ? Sous terre, là-bas, c'étaient pas des prédictions ou des probabilités. C'étaient des doigts dans des bocaux et des kits génétiques qui servent à je ne sais quoi !

Lucie haussa les épaules.

— Je sais, je sais. Mais je suis sûre que tout est lié.

Ils débarrassèrent, puis allèrent se coucher. Franck avait prévu de passer son dimanche matin au Bastion avec Pascal, à régler une partie de la paperasse accumulée depuis des jours. Il comptait néanmoins s'accorder un après-midi en famille avant la reprise de lundi. Nicolas, lui, avait décidé de se lever tôt, avec une destination en tête.

Il regarda l'heure. Bientôt minuit. Pas envie de dormir, trop d'idées en tête, trop d'inconnues. Son téléphone émit une notification au moment où il se lova enfin dans la chaleur de ses draps. Il le consulta aussitôt. L'alerte provenait du faux profil Facebook auquel il était resté connecté. Angel Benllasoric venait de recevoir une acceptation d'ami de Roland Casulois, le petit ami d'Audra. Un message l'accompagnait : « Angel, oui, bien sûr, je me souviens de toi, la fac de droit. Désolé pour le refus précédent, tu sais, les messages automatiques... Bienvenue sur ma page. Tu me dis ce que tu deviens ? Tu m'acceptes aussi en ami ? Amicalement, Roland. »

Nicolas émit un petit rire.

— Tu te souviens de moi, c'est ça. Faux cul.

Il alluma la veilleuse et se rendit sur le fil d'actualités de Casulois. Il faisait partie des privilégiés : le profil indiquait vingt-trois amis. Un statut mentionnait « En couple avec Audra Spick ». Nicolas hésita à s'attarder sur la page – à quoi bon ? –, mais la curiosité l'emporta.

Les messages postés par Casulois étaient réguliers. Il ne se prenait jamais en photo, mais affichait des images commentées de nature sauvage, de lagons, de fleurs, on ne comprenait pas vraiment ses centres d'intérêt... Il vivait à Tahiti. Papeete, plus précisément.

Nicolas s'enfonça dans son siège : ainsi, Casulois avec sa chevelure de feu était installé à l'autre bout du monde, et non en France comme il le pensait. Pourquoi était-il parti ? Depuis quand ?

Il postait des vidéos ou des clichés d'Audra et lui, ou d'Audra seule, avec des commentaires qui ne laissaient aucun doute sur son amour pour elle. Les dates, les situations étaient désordonnées. Une fête à Marseille en 2008. Eux deux, assis devant une tente sur une étape du GR20 en Corse, en 2013. Elle, le nez dans un bol de lait, un matin pluvieux de 2007. Lui, enfant. Elle, adolescente... Et ainsi de suite. Des souvenirs parfois intimes jetés sur la Toile. La photo la plus récente datait d'il y a une heure à peine – lui et Audra sur un banc, avec un oiseau prenant la pause.

On voyait aussi de simples messages où il écrivait combien elle lui manquait, et elle qui répondait en commentaire, et lui derrière, *ad vitam aeternam*, tel un jeu sans fin entre deux amants.

Nicolas éprouvait de la honte à s'insinuer ainsi dans cette étrange intimité, une espèce de cri électronique qui disait : « On est tous les deux, mais vous pouvez quand même regarder, parce qu'on vous y autorise. » Il poursuivit son intrusion, intrigué, avec l'envie de connaître la suite. Quand Casulois était-il parti ? Pourquoi ? Comptait-il revenir ? Plus Nicolas descendait sur la page, plus il remontait dans le temps. Il découvrit ensuite une rupture dans le fil d'informations, un trou temporel, un avant et un après.

L'été 2016. Celui de l'attentat de Nice.

Autour de cette période, trois mois et demi séparaient deux messages successifs. L'un datait de fin juin – Casulois et Audra avaient fait un selfie au cap d'Antibes –, et le suivant, du 13 octobre : depuis un hublot, une vue aérienne de la Polynésie.

À l'évidence, Roland avait fui les ténèbres du drame sur la promenade des Anglais. Plus de messages, un départ à l'étranger… Mais qu'avait-il fui exactement ? Pourquoi avait-il abandonné celle qu'il semblait encore aimer par-dessus tout ? Nicolas essaya de trouver une raison, et songea alors à un enfant. Ces deux-là étaient-ils parents ? Ou l'avaient-ils été ?

Avec son œil de flic, il décortiqua les messages plus anciens et ne releva rien qui puisse expliquer un si brusque départ dans l'autre hémisphère. Le compte Facebook avait été créé deux ans avant les attentats, Casulois ne parlait pas de son métier. Dans quoi exerçait-il ? Pourquoi Audra ne l'avait-elle pas suivi en Polynésie française ? Son compagnon allait-il bientôt revenir ?

Qu'importaient les réponses à toutes ces questions, la jeune femme souffrait, et beaucoup. Le drame de juillet 2016 l'avait poussée ici, à Paris, loin de ses racines. Une fille capable de dormir dans ses draps et de s'enfuir à moitié dévêtue la minute d'après. Un pétale de rose qui tremblait rien qu'au ronflement du moteur d'un camion. L'idée de l'enfant tournait en boucle dans la tête de Nicolas. La perte d'un enfant… Mais peut-être se trompait-il ? Car nulle part, dans aucun message, il n'était fait allusion à un enfant.

Il quitta le profil sans répondre au message, sans inviter Roland en contrepartie. Roland… Voilà qu'il l'appelait Roland maintenant, comme un vieil ami. Il secoua la tête de dépit. L'air de rien, il éprouvait une forme d'empathie pour un type qu'il ne connaissait pas. Même pas pour l'homme d'ailleurs, mais pour sa représentation virtuelle. Ce n'était pas Roland qu'il trouvait sympathique, mais l'avatar que Facebook décidait de lui présenter.

Il se déconnecta, ferma la page puis relança son navigateur pour s'assurer qu'aucune trace ne resterait dans la mémoire vive de son téléphone. Puis il se connecta sous son propre compte, « Nicolas Bellanger », qui n'avait aucun lien avec le faux profil Angel Benllasoric. Pas d'amis en commun, pas de points d'intérêts convergents, rien.

Une publicité pour des vols pas chers pour la Polynésie française s'afficha alors au beau milieu de son propre fil d'actualité. Las, Nicolas éteignit son téléphone, la veilleuse, et ferma les yeux. Aucun doute : le patron de Facebook, Mark Zuckerberg, veillait sur lui.

50

Te souviens-tu de cette plage, cette bande de sable improbable qui court sur des kilomètres, entre Berck et Merlimont ? Nous y étions venus un week-end d'automne, un peu comme celui-ci. Il n'y avait personne. Seulement nous, les oiseaux et la nature. On marchait au bord de cette mer du Nord, main dans la main, et tu t'arrêtais chaque fois que tu voyais la tête d'un phoque gris dépasser de l'eau, du côté de la baie d'Authie qu'on devine à peine, tout là-bas. Tu laissais tes pieds tout blancs s'enfoncer dans le sable. Bon Dieu, tu chaussais du 43, Camille, tes pieds étaient immenses !

Assis au sommet d'un bunker enfoui dans les dunes, Nicolas relève le nez de sa lettre avec un sourire. Il écarte la mèche insolente que le vent rabat au-devant des ovales noirs, humides et bombés, qui scrutent la masse sombre de l'Angleterre, sur le fil de l'horizon, et finissent par se rabattre sur les grappes de bécasseaux sanderling aussi vifs qu'une poignée de cristaux jetés au ciel. Il se sent bien ici, à des années-lumière de Paris, de la crue, du Soudan ou de Cuba, et si loin de l'obscur désordre de ses pensées. Camille frôle l'eau du bout de ses interminables doigts. Elle marche, et saute, et tourne devant lui, elle a froid, mais elle ne dit rien parce qu'il n'a jamais été dans ses habitudes de se plaindre. Nicolas serre son stylo, pince sa feuille et, de cette blanche limpidité qui s'écoule de ses souvenirs, poursuit le voyage.

... Ce jour-là, on s'est assis ici, sur ce bunker, nos pieds nus dans le vide. On a sorti deux bières, on a regardé la marée descendre, les pieux noirs où s'enroulaient des milliers de moules et les pêcheurs de crevettes avec leurs grandes épuisettes vertes. C'est exactement à cet endroit que j'ai posé ma main sur ta poitrine, que j'ai senti battre ce cœur d'un autre dont tu m'as toujours dit qu'il était tombé du ciel. Tu as dit : « Il y a la mer, il y a nous et il y a mon moteur diesel qui se bat pour fonctionner. Je n'ai besoin de rien d'autre pour être heureuse. » C'était vrai, je t'ai sentie tellement heureuse, et je sais que tu me croirais si je te disais aujourd'hui que ce jour-là était le plus beau jour de ma vie. Ce n'était pourtant que nous deux sur une plage déserte, à boire une bière et à nous réchauffer aux battements de ton moteur diesel, mais plus rien ne vaudra jamais ça. Chaque fois que je me couche et que j'entends mon cœur battre, je pense au tien, et à tes mots que le vent a portés loin vers le ciel et que les cris des goélands me ramènent à l'instant. Ces si jolis mots...

Vers le sud, un homme promène son chien, sans doute un terrier, vu la manière effrontée dont il renifle et creuse le sable. Peut-être a-t-il repéré un couteau, ou une coque parce qu'on les ramasse à pleines brassées dans le coin. Plus loin, un cerf-volant dessine des arabesques avec une grâce de ballerine. Nicolas n'arrive à discerner son pilote que par intermittence dans les moutons d'écume, les œufs de raie et les éponges sèches qui roulent au vent. Il se dit que cet homme est un artiste.

... J'ai mal de toi, Camille. Une douleur lancinante qui n'est plus celle du manque. Non, c'est autre chose qui me tord le ventre et me rend un peu plus malade chaque jour. Un démon qui, si je le laisse faire, va me détruire.

Je ne peux plus m'accrocher à un fantôme ni à l'ombre noire de mon passé. Je dois vivre, je dois vivre parce que j'ai encore des choses à accomplir sur cette Terre et je veux pouvoir revenir ici en pensant à toi comme étant la plus belle personne qu'il m'ait été donné de rencontrer...

Le vent forcit, emmêle les chevelures feu des oyats et fait chanter les chétifs arbousiers. L'écume monte au ciel. Des essaims de coquilles digérées par les siècles s'arrachent des dunes et viennent grésiller sur la lettre comme autant de bâtons de pluie. Une partie de l'esprit de Nicolas sait que rien de tout cela n'est normal, une autre se convainc que cette brutale agitation des éléments résulte d'une coïncidence, comme l'autre fois avec la bougie. Il souffle sur le sable qui revient aussitôt, plante sa plume sur le papier et s'efforce d'aller au bout.

... La lettre que je vais écrire juste après celle-ci me déchire le cœur, mais je dois me lancer. Cette lettre, à travers les horreurs qu'elle relate, va me permettre de ne garder que le meilleur de toi, c'est là tout son paradoxe. C'est aussi sa force. Tu vas quitter ma tête comme un enfant quitte le ventre de sa mère, dans la douleur et les cris, mais tu seras toujours là, près de moi, comme une amie qui veille, une amie posée sur mon épaule et qui me veut du bien. Je t'ai aimée, Camille, aussi fort et intensément qu'on puisse aimer, mais il est temps de ranger cet amour dans le coffre du passé.

Adieu, mon Amour. Au revoir, mon amie.

Nicolas

Une larme mêle son sel invisible au sel plus clair qui tapisse ses joues, et y creuse un sillon courbe rabattu vers les lèvres par le vent. Nicolas la récolte avec la pointe de la langue, elle a le goût d'une mer tiède forcément lointaine, une mer qui recule et s'éloigne, et qui ne reviendra pas.

Au loin, la silhouette de l'Angleterre a disparu.

Il arrache avec précaution la lettre du cahier, pour ne pas l'abîmer, et saute du bunker. Il se retrouve nez à nez avec un calamar géant aux yeux exorbités et délirants, peint par un anonyme sur le gris poreux du béton. Les parois aux odeurs d'algue sèche et de fer rouillé protègent la flamme que vient de souffler son briquet. L'iode ne doit pas être étranger à la légère couleur verte qu'elle prend à la base, avant de virer à l'orange pâle jusqu'à sa pointe frémissante.

Nicolas ne se souvient pas avoir regardé une flamme de cette façon, belle et meurtrière telle une gloriosa. Il hésite, il sait, au fond de son cœur, que la guérison doit s'opérer maintenant, que s'il ne va pas au bout de son geste, les angoisses et les cauchemars reviendront comme les vagues en face de lui. La flamme s'impatiente, le calamar l'épie, le vent siffle dans les compartiments humides et obscurs du vestige de guerre.

L'instant d'après, des papillons noirs s'envolent et tourbillonnent, et les mots qu'ils emportent sur leurs ailes vont s'accrocher dans le ciel telles de petites étoiles allumées pour l'éternité.

51

Sylvain Macé était un type tout droit sorti d'une imprimante à jet d'encre. Tatoué sur les avant-bras et dans le cou, cheveux longs couleur aile de scarabée, look vampire. Mais sur le terrain, c'était un policier d'une efficacité redoutable. Ce grand cinéphile travaillait à la brigade de répression du banditisme, au niveau 3. Nicolas lui avait demandé de jeter un œil aux cassettes vidéo.

En ce lundi matin, Bellanger était allé tôt à son rendez-vous à la Salpêtrière, y avait pris son Duméronol, lu sa lettre dans la douleur certes, mais avec une force profonde qui l'avait empêché de craquer, ce que le médecin avait qualifié de vrai progrès. Puis il s'était rendu au Bastion dans un métro bondé – la ligne 13 s'apparentait à l'enfer, et ce serait encore pire à l'ouverture du Palais de justice –, dans cette salle de réunion du niveau 3.

Macé avait baissé les stores.

— Bon... fit-il en revenant avec deux cafés. Bon, bon, bon... J'ai commencé à mater ça hier soir et je peux te dire que je n'ai pas beaucoup fermé l'œil cette nuit. Entrons dans le vif du sujet, si je peux dire ça comme ça. Cinéma underground extrême, tu connais ?

Nicolas but une gorgée de café en secouant la tête. Sylvain alluma le téléviseur d'un coup de télécommande. Le magnétoscope récupéré chez Demonchaux était branché et indiquait la présence d'une cassette. Sur la table, Nicolas remarqua la jaquette avec les masques de Guy Fawkes.

— Slasher ultra-gore allemand, porno sadique, déviances corsées, bizarreries, expérimental, le tout à petit budget. On retrouve tout ça dans l'underground extrême. Ce sont des films ultra-marginaux, que seules des communautés très restreintes d'amateurs parviennent à obtenir. Pas de sortie en salle, rarement une commercialisation en DVD. On les récupère à la débrouille sur le Net ou lors de projections en cercle restreint, au cours de rencontres improvisées. En général, tu y croises une poignée d'adeptes, d'amateurs de sensations fortes, qui sont au courant d'une projection et s'y rendent. C'est le genre d'endroits qui crée des affinités, si tu vois ce que je veux dire.

Macé lui mit deux jaquettes entre les mains.

— J'avais entendu parler de ces deux-là, *August Underground* et *Monstrosity*. Celui-là, *Monstrosity*, c'est l'histoire d'un couple qui utilise son temps libre à torturer, tuer et violer des innocents, en filmant avec un appareil photo.

— Sacré scénario...

— Ouais, on ne peut pas dire que le scénario soit le point fort de ce genre de film, il tient en général sur un timbre-poste. Et celui-là est tourné en noir et blanc. Ça donne un aspect ultra-réaliste particulièrement troublant. Si tu ne sais pas que c'est un film ni que t'as affaire à des acteurs, tu pourrais croire à une vraie scène, à un vrai meurtre, genre snuff movie. En plus, ton gus, là, il a mis ces films sur des vieilles bandes vidéo et coupé les génériques. Pas de nom d'acteurs ni de réalisateur. Rien. Le film démarre direct, brut de décoffrage. Ça te donne l'impression d'une rareté, tu sais, la cassette interdite, qui tourne sous le manteau et attise tous les fantasmes ? Comme on dit, on pourrait s'y croire. Bon, je ne te propose pas de les regarder, c'est sans intérêt.

— Merci de m'épargner ça.

Sylvain pointa deux pochettes sur la table, dont celle avec les masques.

— Ces deux-là m'ont posé un vrai problème. D'abord, *Atrautz*. J'ai eu beau fouiner, ce titre n'existe pas, personne n'en parle, même sur les forums ultra-spécialisés. Ça veut dire qu'il s'agit d'un inédit jamais mis sur le marché, et qui doit circuler uniquement parmi quelques initiés. C'est tourné avec un téléphone portable, comme *Her Last Fucking Bloody Day*, mais on en reparlera après, de celui-là.

Il montra une clé USB à Nicolas.

— Je les ai numérisés sur la clé, je vais la filer à un pote monteur pour le cinéma, si tu m'y autorises. Il est capable de voir des détails qui nous échappent.

— Oui, bien sûr. S'il peut nous aider.

Il désigna son ordinateur.

— Ils sont aussi sur mon PC. Je pourrai te les transférer en numérique sur ton téléphone. T'en feras ce que tu veux.

— Parfait.

Sylvain lança le magnétoscope.

— Pour résumer, dans *Atrautz*, tu suis les errances et délires de deux individus, dont tu ne sais pas trop d'où ils sortent, mais qui entrent au début du film dans une maison qui a l'air abandonnée. On ne voit pas celui ou celle qui tient le téléphone, et l'autre est cagoulé pendant toute l'histoire. Une fille traîne dans la baraque, une squatteuse sale à moitié défoncée au crack. Ils vont tout lui faire subir. Quand je dis tout, c'est tout. Glaçant.

Il lança la lecture. L'image apparut de travers et tremblotante. La bande apportait du grain à l'image, ce qui lui donnait un caractère ancien et documentaire. Une maison individuelle en vieille pierre, cernée d'herbes hautes et d'hortensias moribonds, occupait l'image. C'était la fin de la journée, le soleil tombait sur la gauche, derrière une rangée de troènes. Des planches taguées obstruaient les fenêtres du bas. Nicolas observa les moindres détails, tandis que la caméra s'approchait de l'entrée. Une main gantée glissait la clé dans la serrure.

— Tu remarqueras qu'ils ont la clé de la maison. Elle a l'air abandonnée, mais on leur a fourni le moyen d'y pénétrer.

Soudain, l'image se troubla et tout accéléra. Sylvain venait d'appuyer sur un bouton.

— Je vais aller à l'essentiel. Les scènes sexuelles qu'on visionne par la suite sont bien réelles, et les coups qu'elle prend, bon Dieu... Je vais te montrer, c'est pas vraiment pour le plaisir, mais regarde attentivement, c'est important pour la suite. Je vais positionner la bande à environ cinq minutes de la fin.

Au bout d'une trentaine de secondes, il remit à vitesse normale. On voyait une fenêtre, et la nuit derrière. La fille était agenouillée dans une chambre, devant une table, les mains posées à plat sur le bois, nue et squelettique, le visage ravagé par les larmes. Quel âge avait-elle ? Une vingtaine d'années ? Sa lèvre inférieure et ouverte pissait le sang, ses pommettes viraient fraise des bois. On lui avait rasé la moitié du crâne, dessiné des croix gammées sur le front, les seins. Le corps était lardé de coupures, de cratères, de cicatrices.

— Son corps était déjà criblé de cicatrices au début du film. Ou cette femme est une adepte des milieux SM, des automutilations, ou alors, on lui a infligé ça bien avant le tournage. Maintenant, mate le tatouage.

Nicolas remarqua un aigle sur l'avant-bras gauche, et repensa au mythe de Prométhée. Il serra ses mains autour de sa tasse quand la silhouette du bourreau entra dans le champ. Il était nu, lui aussi, avec sa cagoule noire et ses mains gantées de cuir. Un corps tout en nerfs, sec et blanc, maculé de sang. Un couteau à lame courbe brillait dans son poing droit.

La caméra s'avançait. Les mains de la femme, le couteau qui s'approchait, puis les hurlements quand la lame tranchait la phalange de l'auriculaire gauche. Sylvain s'agitait sur le canapé, en se frottant le menton.

À l'écran, le morceau de doigt roulait sur la table, alors que le couteau remontait, tenu par ce bras assassin. Nicolas eut le temps de penser : *L'ongle est verni comme celui du bocal*, mais son ventre se serra au moment où la lame frappait dans le cou de la victime, avec ce bruit ignoble de fer dans la chair, et le sang qui giclait sur le visage du tueur et sur l'objectif.

Puis le noir, l'écran qui se couvrait d'une neige grise, et le sifflement à peine perceptible de la bande vidéo qui continuait à défiler.

Nicolas se leva. Il éprouvait le besoin de marcher, de sentir ses membres pour se prouver qu'il était vivant, éveillé, et non en plein cauchemar. Sylvain Macé rembobina la cassette.

— Hard pour un lundi matin, hein ?

— Hard ? Une femme qui a quoi... 25 ans, se fait buter en direct devant un téléphone, et toi, c'est tout ce que tu trouves à dire ? Hard ?

— J'étais dans le même état que toi la première fois. Tu penses bien, c'est quand même sacrément réaliste. J'ai revu la séquence une dizaine de fois. C'est presque imperceptible, mais quand tu passes la bobine au ralenti, tu remarques une légère coupure dans l'image entre le moment où la lame pointe sur la gorge et le moment où elle s'enfonce. On voit mal parce qu'il s'agit d'une cassette vidéo, que c'est filmé avec un portable, mais... regarde...

Il repassa alors la scène image par image. Et Nicolas perçut la subtile rupture de continuité dans l'action.

— Avec les logiciels sur le Net, on peut réaliser des miracles en termes d'effets spéciaux pour trois fois rien, continua Sylvain. Son état de camée, les coups, le viol, le doigt coupé, tout ça me semble véridique. Il n'y a pas de changement de plan, c'est filmé de près et je ne vois pas comment ils auraient pu faire. Il y a des tarés, y compris des femmes, qui prennent leur pied dans ce genre de rapports ultra-violents, jusqu'à l'amputation, qui est finalement une étape ultime de transformation du corps, au même titre que les scarifications. C'est pour cette raison que je pense à du SM dur. Mais le meurtre, lui, n'en est pas un. Du pipeau. Ces hommes se sont fait un délire et ont filmé le tout, sans doute pour... que ça circule entre quelques mains, et que des mecs s'astiquent le manche devant ce genre de faux snuff.

— Comment tu peux prouver qu'il s'agit d'un faux ?

Il leva sa tasse de café.

— C'est maintenant qu'entre en jeu la deuxième cassette. Et là, mon gars, il va falloir t'accrocher. Parce que ce que t'as vu jusque-là, c'est de la blague...

52

Audra et Lucie empruntèrent le Pont-Neuf en silence. Elles étaient attendues pour 11 heures au laboratoire de police scientifique situé quai de l'Horloge, à deux pas de l'ancien 36. En contrebas, la Seine se résumait à une vaste traînée brune qui charriait des déchets. Les bateaux-mouches s'étaient envolés, certaines péniches-restaurants ballottaient au gré des flots. Le niveau de l'eau atteignait six mètres quatre-vingt-huit et d'après les experts, il ne monterait plus. La décrue devait s'amorcer dans les jours à venir, mais la galère était loin d'être terminée.

En attendant, Paris tout entier tournait au ralenti.

Tout le monde, sauf eux.

Cindy Bouchard, une technicienne de laboratoire spécialisée dans l'ADN, les accueillit. Entre les murs de l'unité de traces ADN, on analysait la plupart des objets, vêtements ou matières biologiques en rapport avec une affaire criminelle. On scrutait chaque élément, on y cherchait des traces de sperme, sang, poils, cellules dont on extrayait et analysait le code génétique afin de pouvoir mener des requêtes dans les fichiers.

Bouchard les emmena non pas dans le laboratoire à proprement parler, ce qui aurait exigé qu'elles enfilent des tenues et se fassent prélever leur ADN pour éviter toute contamination, mais dans une salle annexe aux conditions de sécurité beaucoup moins strictes. Elle leur présenta les deux phalanges plongées dans leurs bocaux posés sur une paillasse.

— Concernant ces doigts, tout d'abord. Nous avons comparé l'ADN du doigt masculin à celui prélevé sur le cadavre d'Arnaud Demonchaux. Il s'agit du même ADN. Pour la phalange féminine, nous avons dressé un profil et transmis les éléments à votre service.

— Parfait.

Bouchard la regarda du coin de l'œil. C'était une femme courte sur pattes aux joues pleines et roses, avec des lunettes extravagantes aux grands verres et à la monture rouge vif, comme son rouge à lèvres.

— À la demande du juge, nous avons envoyé ce week-end un échantillon ADN du doigt féminin et un autre prélevé sur Arnaud Demonchaux au labo de Bordeaux. Apparemment, leurs spécialistes travaillent dessus pour établir des liens biologiques avec le petit Luca.

— Oui, on est au courant, répliqua Lucie. Il y a tout un pataquès autour de ce bébé.

Bouchard les conduisit auprès du matériel récolté dans le laboratoire souterrain de Demonchaux. Les kits avaient été sortis de leurs cartons, et leur contenu méticuleusement disposé sur la paillasse : une notice en anglais, des boîtes de Petri, des pipettes, des gants en nitrile, un flacon avec une étiquette « *Non-pathogenic E. coli bacteria* », et divers ustensiles qui semblaient sortis d'une boîte de jeu.

— Ce sont ce qu'on appelle des kits CRISPR. Ils pullulent sur Internet pour quelques centaines de dollars et sont conçus pour être utilisés sans formation, comme une recette de cuisine. De quoi jouer les apprentis-sorciers. La découverte CRISPR-Cas9 est certainement la plus grande boîte de Pandore jamais ouverte dans le monde de la microbiologie. Les services de santé et comités d'éthique de différents pays, notamment européens, commencent à regarder la chose de très très près. Des procès en Allemagne sont déjà ouverts contre la commercialisation de ces kits. À mon avis, il y a plus qu'urgence.

— Crispère quoi ?

— CRISPR-Cas9, ça se prononce « cazeneuve », mais ça s'écrit C-A-S-9. Une technique découverte en 2012 par un duo franco-américain de chercheurs. Elle est devenue un enjeu économique faramineux en biotechnologies. Une révolution. Elle permet de modifier, supprimer ou ajouter des informations sur un brin d'ADN avec une grande précision, pour trois fois rien et de façon extrêmement simple. Des milliers de laboratoires à travers le monde s'en sont emparés.

Elle alla chercher un livre dans la poche d'une blouse. *Les Raisins de la colère*, de Steinbeck.

— Ma lecture du moment va vous aider à comprendre. Représentez-vous le contenu de ce livre comme la séquence ADN d'une cellule : une succession de millions de lettres qui, assemblées, forment des instructions – des phrases concernant ce livre, des gènes d'un point de vue biologique. Supposez que vous vouliez modifier un mot précis de la quatrième ligne, page 221. Remplacer « maison » par « demeure », par exemple. Avant l'invention de la technique CRISPR, cela aurait demandé du temps et des moyens énormes, aurait été réalisable seulement dans des laboratoires dernier cri. *Grosso modo*, il aurait fallu réécrire une partie du livre rien que pour effectuer cette modification. Aujourd'hui... (Elle désigna trois flacons issus du kit.) C'est beaucoup plus simple. Voici, en quelque sorte, l'équipe de choc qui va aller faire le boulot. Il y a la tête chercheuse biologique qui connaît la page, la ligne et le mot exacts que vous voulez modifier.

Elle montra le second flacon.

— Voici le ciseau, une enzyme, qui va découper ce mot. (Troisième flacon.) Et il y a le pansement, qui va remplacer « maison » par « demeure ». Pour simplifier à l'extrême, vous versez ces flacons dans un autre flacon qui contient l'ADN à modifier, et vous laissez agir... C'est mieux que la lessive.

Lucie et Audra échangèrent un regard de stupéfaction. Les propos de la scientifique étaient sidérants.

— On parle de kits vendus en ligne, et permettant de faire des manipulations génétiques ? fit Audra.

— C'est le sujet, en effet. Ce kit, par exemple, vous livre tout ce qu'il faut pour rendre fluorescentes des bactéries *E. Coli* non pathogènes, livrées dans la boîte avec le reste du matériel. Ça paraît anodin, mais c'est une sacrée prouesse technique.

— Vous voulez dire que des bactéries de type *E. Coli* franchissent les frontières dans de simples colis Amazon ?

— Aujourd'hui, oui, sans problème. C'est effroyable, je sais, de pouvoir faire acheminer ce genre de choses et *Mein Kampf* dans le même colis sans que personne ne se pose de questions. J'ai fouiné un peu. Les kits en possession de votre homme ont été envoyés par Amazon, mais ils proviennent en réalité d'un gros laboratoire, WorlDna, qui utilise le site marchand comme une plateforme de diffusion. Ce labo est un vrai monstre, il a la mainmise sur le marché mondial de l'ADN, et s'adresse autant aux particuliers qu'aux professionnels. Sa base de données de génomes humains est gigantesque.

WorlDna... Le laboratoire à qui l'Ange du futur avait envoyé l'empreinte du président, se rappela Audra.

— Attention, tout n'est pas aussi simple que ce kit, bien sûr. Et heureusement, d'ailleurs. Pour aller plus loin dans la manipulation génétique, avec des organismes plus complexes, il faut les bons ciseaux, les bonnes têtes chercheuses, le bon matériel, et les compétences. Mais des entreprises – dont WorlDna, d'ailleurs – se spécialisent dans la fabrication de ces « outils », qu'elles revendent ensuite à des laboratoires. Je vous laisse entrevoir le potentiel de la technique. Une entreprise américaine a créé une vache sans cornes, des essaims de moustiques ont été immunisés contre le paludisme, des rats atteints de cécité ont pu recouvrer en partie la vue. Une équipe de Harvard travaille même sur un projet pour recréer un mammouth. Tout ça grâce à CRISPR. Quant à Arnaud Demonchaux...

Bouchard les emmena devant un vivarium où gesticulaient les deux souris musclées.

— ... Il semblerait qu'il ait commandé les bons ciseaux, la bonne tête chercheuse dans je ne sais quel laboratoire de la planète, peut-être WorlDna, je ne sais pas, et bingo : suppression du gène codant la myostatine, celui qui limite la croissance musculaire...

— Donc, Demonchaux serait à l'origine de la musculature de ce chien ?

— Probable. Il l'a « fabriqué » lui-même. Mais il n'a pas pris un chien déjà développé pour fabriquer ce monstre. Non... Un tel développement musculaire uniforme implique une intervention à un stade embryonnaire précoce, à un moment où il y a encore peu de cellules, afin que toutes puissent être affectées par les ciseaux avant de se dupliquer. C'est là que la manipulation demande du savoir-faire, des connaissances. Arnaud Demonchaux n'était pas le premier venu. Il possédait le bon matériel, dont un thermocycleur et une centrifugeuse qui permettent de manipuler l'ADN et de le multiplier... Ça aussi, ça se trouve sur Internet à un prix plus que raisonnable, mais votre homme a un minimum de compétences pour agir au stade cellulaire. Vous savez où il travaillait ?

— Dans une entreprise qui fournit du matériel médical, répliqua Audra. L'un de nos collègues est en train de vérifier, mais Demonchaux était, selon toute vraisemblance, commercial là-bas. Ce matos, il l'a peut-être vendu à lui-même...

Audra réfléchissait. Des compétences... Ça correspondait aux propos d'Alrik Sjoblad. Certains biohackers avaient de solides connaissances et pouvaient donc aller plus loin dans leurs expériences en dehors de tout cadre légal.

— Demonchaux présentait des traces d'injection au niveau des biceps, ajouta-t-elle. D'après le légiste, ses muscles étaient difformes, inégalement développés, et l'homme semblait avoir une sacrée force vu les poids qu'il soulevait. C'est CRISPR, à votre avis ?

La biologiste plissa le nez, puis acquiesça.

— Pas impossible. Il a peut-être essayé de bloquer sa propre production de myostatine en s'injectant au petit bonheur la chance une solution contenant des millions de ciseaux et têtes chercheuses dupliqués grâce à ses appareils. Un être humain peut vivre sans myostatine. La preuve, un jeune Indien, Liam Hoekstra, est connu exclusivement pour ça. On l'appelle *X-Boy* ou *Superhuman child*. À cause d'une erreur dans son gène codant la myostatine, il est né sans cette protéine. Une erreur, certes, mais qui en fait un être doué d'une force incroyable. Avant l'âge d'un an, Liam était capable de soulever le poids de son corps lorsqu'il attrapait une barre en hauteur. Aujourd'hui, à 11 ans, sa masse musculaire est une fois et demie supérieure à la normale. Mais contrairement à Demonchaux, le gamin est né avec sa mutation, qui est donc présente dans toutes les cellules de son corps. Demonchaux, lui, essaie de la provoquer. Mais il ne peut agir que localement, dans les cellules situées autour de la zone d'injection. Vous comprenez bien qu'un paquet de ciseaux, même à des millions d'exemplaires et injectés au niveau du biceps, ne va pas voyager dans le corps et aller découper les milliards de cellules qui constituent la totalité d'un être humain.

Elle les invita à sortir de la pièce.

— Demonchaux était peut-être brillant, mais sacrément inconscient pour oser ce genre de choses, poursuivit Bouchard.

— Il s'est coupé le doigt. Il a tué un homme au fond d'une fosse et peut-être une femme il y a trois ans. D'après nous, il était prêt à tout pour aller au bout de ses convictions.

— Sans doute, mais CRISPR n'est pas sans risque et la technique doit encore être améliorée. Aujourd'hui, il arrive que les ciseaux se trompent de cible, que le pansement fonctionne mal, ce qui provoque des mutations génétiques inattendues. Par exemple, la drépanocytose, une maladie génétique de l'hémoglobine, est due à la modification d'une seule lettre dans l'ensemble de l'œuvre de Steinbeck ! Bref, vous l'avez compris, tout cela reste très dangereux et peut mener à des aberrations, des monstruosités si on n'y prend pas garde. On ne joue pas avec le génome de cette façon.

Des monstruosités... Lucie revit les dessins sur le cahier du Punisseur. Cette farandole de fœtus déformés se tenant la main. Était-ce juste un fantasme, ou ces êtres minuscules avaient-ils existé ? Elle pensa au petit Luca, à sa mère qui restait introuvable et aux mots qu'elle avait prononcés, le soir de sa rencontre avec Bertrand Lesage : « Il est spécial ce bébé. Votre anonymat sera sa meilleure protection. »

— Et les manipulations sur les embryons humains ? demanda-t-elle.

Cindy Bouchard afficha un visage grave.

— On y vient, forcément. Ça a déjà eu lieu en Chine sur des embryons non viables pour raisons éthiques. Mais pas plus tard qu'en août, des Américains ont modifié, toujours grâce à CRISPR, le gène responsable d'une maladie cardiaque sur des embryons viables, cette fois. Je parle là de ces mêmes Américains qui ont ajouté les modifications génétiques à la liste des armes de destruction massive. Et ça, c'est ce qu'on veut montrer. Vous savez, il peut s'en passer des choses dans les laboratoires.

C'était d'autant plus vrai avec les biohackers et adeptes du *do it youself*, songea Audra. Ils voulaient aller vite, court-circuiter les protocoles, et CRISPR leur donnait accès au Graal des biologistes : le génome humain. Elle se rappelait les propos de l'Ange : *Nous vivons, nous ne fonctionnons pas. Nous sommes nés, non fabriqués. Dans quel monde sommes-nous tombés, pour que la vie se crée dans des éprouvettes ?... Les chimpanzés qui contredisent les lois de la nature doivent payer.*

— Et je suppose que tout cela intéresse les transhumanistes ? demanda Audra.

— Évidemment. Avec CRISPR, la question de l'amélioration est au cœur de tous les débats actuels : avec une maîtrise parfaite de la technique dans les années à venir, serait-il éthique de laisser des enfants naître avec des maladies terribles telles que la mucoviscidose, la maladie de Huntington, certaines formes de bêta-thalassémies ? Et pourquoi pas, en même temps, les rendre plus résistants au rhume et à certaines bactéries ? Vous voyez ce que je veux dire ?

— C'est limpide, répliqua Lucie. On en profite pour améliorer de petites choses au passage. Ou on crée comme Demonchaux des chiens surpuissants.

— Exactement. À tous ceux qui hurlent au scandale, les transhumanistes répondent que nous sommes depuis longtemps dans la sélection et, quelque part, dans une forme d'eugénisme. N'existe-t-il pas l'amniocentèse pour la détection de la trisomie 21 par exemple ? Et que dire du DPI, le diagnostic préimplantatoire pour les parents à risque lors d'une fécondation *in vitro* ? On détruit les embryons atteints d'une tare génétique héréditaire et on ne réimplante chez la future mère qu'un embryon sain. Autrement dit, on garde les bons et on élimine les mauvais. Ça ne vous rappelle rien ?

Audra essayait d'établir des liens entre l'enquête et les propos de la scientifique. Elle sentait qu'ils étaient là, au bord de son esprit, mais inaccessibles.

Les trois femmes avancèrent dans le couloir.

— Un certain nombre de scientifiques considèrent que cette technique détient le potentiel de transformer l'humanité, poursuivit la biologiste. Avec elle, l'homme va de plus en plus déjouer les règles de la sélection naturelle dictées par la nature. Choisir ce qui lui plaît, et rejeter le reste. Notre patrimoine génétique ne sera plus quelque chose que l'on subit, au contraire...

— On le maîtrisera totalement.

— Oui, on passera de la chance au choix. Et tout va très vite : avec la collecte des génomes humains à travers le monde comme le fait WorlDna, la baisse du coût des séquençages et la puissance de calcul des machines, on enrichit le Big Data. Avec cette immense base de données dont les échantillons proviennent du monde entier, on comprend de mieux en mieux les différences entre les êtres, les communautés, et on décode de plus en plus vite les mystères de la vie. Quand les verrous éthiques se mettront à sauter, il n'y aura plus de limites...

Elles se trouvaient dans le hall d'entrée.

— Le revers de la médaille, c'est que ces avancées fulgurantes vont créer une médecine à deux vitesses. D'ici quelques années, les riches pourront se prémunir, eux et leur progéniture, contre toute une série de maladies potentiellement mortelles, tandis que les pauvres n'y auront pas accès. Peut-être supprimera-t-on le handicap, mais l'amélioration des facultés des plus riches fera des plus pauvres les handicapés de demain. Ceci n'est guère réjouissant, mais voilà vers quoi nous allons. Dans quelque temps, la nature n'aura plus son mot à dire...

La laborantine tendit la main et les salua.

— Bon, je retourne à mes pipettes. Je vous tiens au courant pour la suite.

— Merci, répliqua Lucie. Ah, une dernière chose : le mythe de Prométhée, ça vous parle ?

Bouchard acquiesça.

— Bien sûr, on connaît ça, nous, les scientifiques. Prométhée offre le feu à l'homme, un outil qui l'aide à progresser si vite qu'il le conduit à sa perte... Si on l'interprète à notre façon, on doit accepter qu'un progrès scientifique majeur puisse aussi s'accompagner d'une catastrophe. Pensez à Tchernobyl. La prétention des hommes à perfectionner la nature, au point de trouver les secrets ultimes du monde, et leur orgueil entraînent obligatoirement une forme de destruction collective. C'est ce que les anciens interprétaient comme la vengeance des dieux.

Elle les abandonna à leurs réflexions et s'éloigna. Les deux flics sortirent et Lucie se remémora la scène de crime de Bondy. Qu'avait voulu signifier Demonchaux ? Qu'avait découvert Chevalier ? Avait-il volé le feu, comme Prométhée, et avait-il été puni pour ça ?

Un timide rayon de soleil lui chauffa le visage. Elle fixa le fleuve aux mille reflets, dont le cours était sourd aux masses d'eau destructrices, et comprit le sens de cette crue. Face au progrès, à la folie des hommes, la nature avait décidé de ne pas se laisser faire. Cette invasion des eaux, c'était une forme d'avertissement sévère, un retour de flamme. On pouvait modifier des génomes ou inventer des machines toujours plus perfectionnées, mais on ne pouvait rien contre la colère de la nature.

L'histoire de notre planète en témoignait, ainsi que celle des espèces qui avaient été balayées au fil des millénaires. Si l'homme allait trop loin, la nature saurait se débarrasser de lui.

53

Sylvain Macé avait rempli des tasses de café, puis s'était emparé de *Her Last Fucking Bloody Day*.

— Ce second film ne dure que dix-huit minutes. C'est, disons, assez délirant. Il s'agit de la préparation et de la réalisation d'un sacrifice humain. Une femme, même endroit : le jardin, la maison forcément isolée... Encore une fois, filmé à l'iPhone, et j'ai l'impression que c'est la même « patte » que pour *Atrautz*. Le même réalisateur, si on peut appeler ça un réalisateur. Je le cale au début, je vais accélérer certaines parties, mais regarde en entier...

L'image, en noir et blanc, tanguait, comme un rafiot sur une mer mouvementée. Ça se déroulait la nuit, et une source lumineuse, sans doute une lampe torche, décrivait une sphère d'ambre que l'obscurité mangeait quelques mètres plus loin. On entendait des bruits de pas sur du gravier, sur une allée au milieu d'un jardin. Nicolas n'y voyait pas grand-chose, mais il devinait la maison de la première cassette.

— L'angle de vue est pris de l'autre côté de la maison. Par l'arrière. C'est pour ça que je te dis que c'est isolé. Tu ne ferais pas ça en pleine ville, avec des voisins...

Des silhouettes solitaires, habillées de noir, attendaient le long du chemin, espacées de quelques mètres, le masque blanc des Anonymous sur le visage. Immobiles, pareilles à des statues lugubres. Quand la caméra arrivait à leur niveau, elles avançaient tels des robots, et accompagnaient le réalisateur. Elles se ressemblaient toutes. Le ciel noir s'illuminait, à l'arrière-plan, deux fois d'affilée, deux éclairs diffus et lointains d'un orage d'été. Nicolas scrutait avec attention chaque détail. Des barges. Ces gens étaient d'absolus détraqués.

Le bruit des pas se multipliait. Une fois le seuil de l'habitation franchi, ils s'engageaient dans un long couloir à la tapisserie arrachée. Au bout, dans l'obscurité la plus complète, dans ce nuage de grains noirs et gris de la bande vidéo, des dizaines de flammes de bougies dansaient. Elles étaient disposées en cercle dans une pièce aux murs de pierre, autour d'une femme attachée en croix aux pieds d'une table retournée. Elle aussi portait un masque de Guy Fawkes. Elle était nue, son corps recouvert des stigmates de coupures, de brûlures, de cicatrices…

La procession s'arrêtait, les masques se répartissaient autour d'elle, en un second cercle à un mètre derrière les bougies. L'objectif opérait une sorte de panoramique, zoomant sur les faces de cires identiques. La femme gesticulait, se contorsionnait et poussait des hurlements étouffés. Bâillonnée sous son masque, sans doute.

Nicolas n'arriva pas à terminer son café, il le reposa sur la table. Son collègue accéléra le défilement de l'image, jusqu'à ce qu'une silhouette sorte du groupe et s'agenouille à proximité du corps, pour le nettoyer avec un seau et une éponge. Sylvain mit sur pause quand elle tendait le bras vers le corps, se levait et pointait son avant-bras gauche.

— L'aigle… C'est la même femme que dans *Atrautz*, j'ai rigoureusement comparé les tatouages. Identiques.

Il avança de quelques images, puis stoppa de nouveau.

— Sa phalange est coupée, constata Nicolas.

— Ouais. Et ça nous prouve bien que ce film a été tourné après *Atrautz*. Donc elle n'est pas morte.

Nicolas éprouva du soulagement, mais il ne se sentait pas serein : Sylvain avait gardé un air grave. La femme au tatouage d'aigle se retirait, alors que les masques se rapprochaient dans la nuit, penchés telles des pleines lunes blanches au-dessus du corps. Leurs sourires, leurs moustaches noires, leurs yeux sans expression... Nicolas en dénombra six ou sept, comme autour de la fosse dans la forêt de Bondy. Il tenta d'entrevoir des visages derrière, ces individus devaient avoir des vies sociales, des métiers. Il essaya de voir leurs mains, sans succès. Pourtant, Nicolas était persuadé que, tout comme la femme au tatouage d'aigle ou le Punisseur, ils avaient tous le doigt coupé.

Par un effet de mise en scène, le couteau courbé apparaissait, à quelques centimètres de l'objectif. Sa lame dansait dans l'air. La main sur le manche était épaisse. Une partie de l'auriculaire gauche manquait.

Ce sont eux, pensa Nicolas. *Ce sont eux qui ont assisté à la mort de Chevalier.*

La caméra changeait de main.

— Celui qui filmait jusqu'à présent passe à l'action, expliqua Sylvain. Il a confié la caméra à un voisin.

L'objectif montrait d'abord l'homme au couteau, de dos. Il était immense. Le masque tenait par un élastique autour d'un crâne chauve, en pointe. Les doigts de Nicolas se crispèrent sur ses genoux, alors qu'il se penchait sur l'écran.

— C'est lui ! C'est lui, bordel !

— Qui ?

— Le tueur de Chevalier. Le détenteur de ces cassettes. Demonchaux. Je suis quasi sûr que c'est lui.

Tous les fils de l'enquête s'entremêlaient. De quand datait le film ? Fabrice Chevalier faisait-il partie de ces observateurs cachés derrière leurs masques ? Qui étaient ces hommes ? Que cherchaient-ils ?

Une musique stridente de lames de scie frottées l'une contre l'autre jaillit des haut-parleurs. L'individu au couteau écartait ses jambes pour se retrouver au-dessus de la femme attachée, un pied à gauche de ses hanches, l'autre à droite. L'objectif essayait de capter l'ensemble de la scène, oscillant entre les masques, le corps, le bourreau. Les bouches de plastique riaient, les globes noirs roulaient derrière les trous.

L'objectif s'approchait du dos du bourreau. Et, d'un seul bloc, l'homme tombait à genoux, le couteau droit tendu devant lui, et obstruait la vision du corps. La caméra se troublait à peine une seconde et se décalait pour contourner le dos, et l'on voyait la lame plantée dans la chair descendre du sternum vers l'abdomen. Le bourreau en sortait le foie et le levait devant lui. Le corps se tordait quelques secondes, oscillait comme un drapeau en plein vent puis se figeait. Le cercle des masques s'était encore rétréci, ces sourires assassins jaillissaient de partout et comblaient le vide de la nuit.

Nicolas se rendit compte qu'il ne respirait plus, et l'air reflua d'un coup en sifflant dans ses poumons. Il regarda Sylvain, qui acquiesçait avec conviction.

— Je sais, je sais... Je n'ai pas encore capté, mais il y a un truc, forcément. Au moment où le mec se baisse avec son couteau, il obstrue le champ et il y a un problème de mise au point de l'objectif. Tout devient flou et on ne voit plus le corps durant une fraction de seconde. C'est à ce moment-là que ça se joue, j'en suis certain. Ce corps éventré, c'est peut-être un faux, un moulage avec des organes d'animaux à l'intérieur, un truc dans ce genre-là. Tu peux me croire, des mecs sont tellement doués que tu ne verrais pas la différence entre un vrai cadavre et un faux.

Her last fucking bloody day. Le Punisseur, avec ce couteau dans la main, n'avait rien d'un acteur. Du fond de son tiroir de morgue, Fabrice Chevalier pouvait en témoigner. Le flic était persuadé que cette fois, il n'était question ni d'effets spéciaux ni de mort simulée. Le clan s'était rassemblé pour assister à un véritable sacrifice. Cette femme s'était fait ouvrir le ventre et arracher le foie.

À l'écran, Demonchaux posait l'organe sur la poitrine du cadavre, se relevait et se tournait vers l'objectif. Une balafre rouge maculait son masque. D'un coup de tête, il invitait la caméra à s'avancer. L'objectif se rapprochait du sol. Nicolas visualisa sans mal celui qui tenait l'appareil progressant à demi baissé, remonter le canyon de l'entaille d'où l'on devinait les jeunes viscères, la gorge encore intacte, mais d'une tragique immobilité. L'objectif s'élevait de quelques centimètres, au moment où la main libre du Punisseur soulevait le masque de la victime pour dévoiler le visage qui se cachait derrière.

Un choc.

Nicolas connaissait cette femme.

54

Dans la salle de crise, Sharko se tenait debout, sa veste gris anthracite chiffonnée sur le dos. Pascal et Lucie étaient à sa droite, Nicolas à sa gauche. Un magnétoscope leur faisait face.

Audra s'avança vers Bellanger, qui tendit sa joue poliment, comme si de rien n'était, et lorsqu'elle lui demanda si ça allait, il se contenta de hocher le menton vers les écrans. Ils avaient retrouvé leur fonction première : trois d'entre eux renvoyaient les images des caméras braquées sur les bords de la Seine.

L'eau était partout, avec sa couleur de vieux sable. Un écran montrait le Zouave et les dégâts sur les quais. Elle aperçut, sur l'écran du bas, une vue en contre-plongée du port Van-Gogh. Une caméra devait traîner sur le pont d'Asnières. Les péniches s'imbriquaient comme des Lego géants. Certaines avaient pivoté, se décalant vers leurs voisines. Elle reconnut, à l'arrière-plan, le bateau de Nicolas, et sa passerelle en déroute qui balayait les flots. Elle déglutit sans rien dire, lui accorda un bref regard, prit place et revint vers Sharko. Il la lorgna du coin de l'œil et commença :

— Avant toute chose, deux points : le premier, la recherche dans le FNAEG du profil ADN lié au doigt féminin n'a rien donné. Ce doigt reste un doigt anonyme. Le second, j'ai eu un retour de l'informatique. Visiblement, les ordinateurs de Chevalier trouvés dans la cave où étaient retenues les victimes sont protégés par des systèmes de cryptage. Les techniciens planchent là-dessus, mais il va leur falloir des jours pour en venir à bout. Il existe aujourd'hui des moyens de crypter si complexes qu'on ne peut pas y faire grand-chose. Et donc, si le manifeste se trouve sur l'un de ces ordinateurs, on n'est pas près de le lire.

— Super nouvelle, ironisa Pascal.

Sharko demanda à Lucie et Audra de raconter leur visite au laboratoire de police scientifique. Elles expliquèrent ce qu'elles avaient retenu : la technique CRISPR-Cas9, la possibilité de manipuler le vivant avec un minimum de moyens, les expériences de Demonchaux sur son chien et sur lui-même. Et l'approche scientifique du mythe de Prométhée.

Sharko resta figé. Modifier le vivant... Il revoyait le chien qui s'était jeté sur lui. Cela signifiait-il que des individus pouvaient créer ce genre de monstres au fond de leur garage ? Sous le coup, il finit par prendre quelques notes au tableau. Puis il demanda à Pascal de parler de sa visite à IDF Med.

— Demonchaux y travaillait depuis six ans, expliqua Robillard. Il gérait un portefeuille d'une trentaine de clients – principalement dans le domaine de la gynécologie – installés à Paris et dans toute l'Île-de-France, et allait les démarcher pour leur proposer du matériel médical dernier cri. Ils m'ont fourni son CV et m'en ont appris un peu plus sur lui.

Il poussa des feuilles vers ses collègues.

— Vous jetterez un œil. Avant IDF Med, il a été délégué médical, toujours en gynécologie et encore avant, il vendait des fauteuils roulants. Il a fait ses études à la fac de Rouen, dans le commerce. Bref, rien de médical au départ, mais il aimait cette discipline. Il en connaissait un rayon dans son domaine et pouvait tenir une conversation avec des spécialistes. Il était en permanence sur la route, travaillait seul, gérait lui-même son planning et était payé au résultat. Très pro, rigoureux, solitaire, jamais de faux pas, et il dégageait du chiffre. Il était passé à mi-temps depuis deux ans, afin de vivre sa passion pour le cinéma. Il voulait se donner du temps pour essayer d'écrire et de réaliser un court métrage à petit budget, avec les moyens du bord... Évidemment, ses employeurs n'ont pas su de quoi il retournait.

Sharko désigna la jaquette avec les masques.

— Tu m'étonnes. Avant de parler de ça, tu leur as montré le carnet ? La ronde des fœtus, les dessins bizarres ?

— Oui, mais ça ne leur dit rien du tout. Fœtus, gynécologie, naissances, on se doute que c'est lié, mais difficile de savoir ce que Demonchaux a voulu dire par là. En tout cas, je ne les lâche pas, chez IDF Med. J'ai demandé la liste des employés, et ils vont aussi me fournir la liste des clients de Demonchaux. Ceux qui ont assisté à la mort de Chevalier au bord de la fosse font peut-être partie de son cercle de connaissances.

— Parfait.

Sharko prit une jaquette entre les mains.

— Les films maintenant. On a découvert cette cassette vidéo chez Demonchaux parmi une série de courts métrages déviants ultra-réalistes. Nicolas l'a apportée ce week-end à un collègue cinéphile pour obtenir un avis. Maintenant que vous êtes tous là, je vous laisse découvrir ce que Nicolas a visionné ce matin... Pour moi, c'était il y a une petite heure. On pense qu'on a débordé du cadre de la fiction.

Au fur et à mesure de la projection, l'angoisse prit Audra à la gorge. Vers la fin, elle reconnut la physionomie de Demonchaux et le vit s'approcher avec son couteau. Elle plissa le nez lors de la mise à mort de la femme, mais s'efforça de regarder jusqu'au bout. Quand Sharko fit une pause sur le visage de la victime, Lucie resta immobile. Pascal s'était affaissé sur sa chaise.

— C'était quoi, ça ? Demonchaux en train de buter quelqu'un pour de vrai ?

— *Quelqu'un*, oui, répliqua Franck.

Sharko hocha la tête vers Nicolas qui, après une manipulation, afficha sur l'écran voisin un film contenu sur une clé USB. On y voyait Bertrand Lesage, puis une femme, assise sur le lit d'une chambre d'hôtel. Bellanger figea l'image lorsque le visage encadré de longs cheveux bruns se tourna en direction de la caméra sans la voir.

— C'est la même femme ! lâcha Pascal.

— Ce film sur la clé est l'enregistrement réalisé par Bertrand Lesage dans une chambre d'hôtel de l'aéroport Charles-de-Gaulle, le soir de l'insémination, expliqua Nicolas. Oui, la femme de l'hôtel est bien celle assassinée sur la cassette.

Il put lire la stupéfaction sur les visages de ses collègues.

— Elle s'appelle Émilie Robin. C'est elle que Boetti et son équipe recherchent dans le cadre du procès des Lesage. Elle vivait à Dijon, les collègues disposaient de son adresse depuis une quinzaine de jours, mais n'ont pas réussi à l'interpeller. Et pour cause. Son meurtre filmé est récent. Un mois maximum, puisque son dernier mouvement bancaire remonte au 6 octobre dernier.

Nicolas fit avancer l'image dans la chambre d'hôtel et mit de nouveau sur pause, quand la main gauche d'Émilie Robin se décollait du lit pour enfiler un gant en latex.

— Avec Lucie, on n'y avait pas prêté attention quand on a visionné le film chez Hélène Lesage l'autre fois, parce qu'il faut vraiment se concentrer sur la main. Mais même si ce n'est pas très net, on devine que son auriculaire gauche est trop court. Il a été en partie amputé.

Un silence éloquent s'installa dans la pièce. Sharko entendit presque une série d'engrenages qui s'enclenchaient dans les têtes de ses lieutenants. Il invita Nicolas à poursuivre :

— Le scénario de ce merdier se précise un peu plus. On sait qu'Émilie Robin quitte la banlieue parisienne pour aller se cacher à Dijon en septembre 2016, deux mois après l'insémination bidon dans un hôtel proche de Charles-de-Gaulle. Elle est enceinte du petit Luca et a déjà ce doigt coupé. On pense qu'elle fuit le père biologique, ou en tout cas des poursuivants qui pourraient nuire à l'enfant dans son ventre. Quand je dis « des poursuivants », je crois que vous voyez où je veux en venir...

— Le clan des phalanges coupées, lâcha Pascal.

— Oui, et dont assurément elle fait partie, au même titre que Demonchaux. La vidéo le prouve : elle aussi porte le masque, elle aussi a la mutilation à la main. Elle a sans doute retourné sa veste, s'est sauvée, cachée. A-t-elle été battue et torturée au même titre que l'autre femme dans *Atrautz* ? A-t-elle eu droit à toutes sortes de sévices, comme un rituel de passage, avant qu'on l'ampute et l'accepte dans le clan, ou la secte, ou le club de sadiques, ou peu importe leur nom ? Elle les a sans doute trahis en fuyant, mais ils ont réussi à la retrouver avant la police. Et se sont vengés.

— Demonchaux serait le père biologique de l'enfant ? demanda Audra.

— Quand on voit avec quelle hargne il lui ouvre le ventre sur le film, ça reste une possibilité, répliqua Sharko. Elle fuit, il la retrouve à cause de la médiatisation autour des Lesage, et il organise ce sacrifice. En tout cas, on devrait le savoir dans la journée, puisque le labo de Bordeaux travaille sur son ADN et sur celui du petit Luca. Ces deux doigts sont peut-être ceux des parents du môme. Morts, tous les deux.

Il soupira. Une image qui, en d'autres circonstances, aurait pu prêter à rire, lui traversa la tête. Une fraction de seconde, il vit l'enfant plus grand, en train de lever un bocal dans chaque main, face à une assemblée : « Je vous présente mes parents. »

— Pour prolonger l'idée de Nicolas, Émilie Robin décide donc de fuir du jour au lendemain, continua-t-il. Elle se cache, elle croit mettre Luca en sécurité entre les mains du couple Lesage, mais le scandale de l'arnaque à la GPA éclate. La lumière attire alors les ombres. Demonchaux retrouve la trace de Robin. Il a un avantage sur les flics : il connaît son identité, son visage, et donc il va plus vite qu'eux. La savait-il enceinte quand elle a fui ? Ou l'a-t-il deviné lorsque le scandale a éclaté ? Difficile à dire. En tout cas, il la kidnappe, récupère des affaires dans l'appartement afin de simuler un départ, et décide de se venger de la pire des façons.

— En tournant ce film avec sa bande de tarés masqués, se désola Pascal.

— Il veut garder une trace de ses actes. Revivre ça chaque fois qu'il en aura envie.

— Qu'est-ce qu'ils veulent ?

Personne ne releva, parce que nul n'avait la réponse. Pascal avait raison : que cherchaient ces anonymes ? Quel événement avait poussé Émilie Robin à prendre la fuite ? Était-elle au courant pour le laboratoire souterrain ? Craignait-elle pour son propre enfant ?

L'enfant... Luca... Nicolas formula à voix haute la question qui lui vint à l'esprit :

— Et le môme ?

Il observa ses coéquipiers, qui le fixèrent soudain avec intérêt.

— Qu'est-ce qu'il a, le môme ? demanda Sharko.

— Ben oui, on a oublié de s'intéresser à lui, alors qu'il est visiblement au cœur de toute cette histoire. Émilie Robin disparaît et se refait une vie pour le protéger, elle met en place toute cette arnaque à la GPA, c'est un énorme sacrifice. Demonchaux la retrouve, il la kidnappe et la tue. Mais il ne s'intéresse pas à l'enfant alors qu'il sait parfaitement où le trouver... Ce type, ou plutôt, ces types sont des tueurs, ils ont l'air de faire de méchantes expériences avec ces histoires de biohacking et de CRISPR. Si ce bébé est aussi important, alors pourquoi ils ne le récupèrent pas ? Pourquoi ils ne l'ont pas enlevé, lui aussi ?

— C'est sans doute trop risqué vu la médiatisation, ils ne veulent pas attirer l'attention.

Nicolas secoua la tête.

— Je ne peux pas croire qu'ils le laissent tranquillement gazouiller dans sa pouponnière en attendant qu'on le mette dans les bras de parents adoptifs. Ils ont dû se rapprocher de lui, à un moment ou un autre.

— Ou ils attendent simplement que les choses se tassent.

— Peut-être, peut-être pas. Je veux aller là-bas. Poser des questions. Voir ce bébé et essayer de découvrir ce que Chevalier a voulu nous dire. Je veux comprendre ce que cet enfant de quelques mois peut avoir de si spécial, et pourquoi Émilie Robin était prête à risquer sa vie pour lui. J'ai le feu vert ?

Sharko réfléchit une poignée de secondes et acquiesça.

— On ne perd rien à essayer. Vas-y. Je vais prévenir Boetti de ta visite là-bas et surtout pour les cassettes. Ce n'est plus Émilie Robin qu'on doit rechercher, mais son corps.

Audra se leva également.

— Je t'accompagne, Nicolas.

Le capitaine de police la regarda dans les yeux :

— Pas besoin d'être deux pour aller voir un môme. Tu seras plus utile ici. J'y vais seul.

55

Départementales coupées, passages à gué, éboulements... Le chaos. À grand renfort de deux-tons, Nicolas galéra et dut emprunter de petites routes pour atteindre Auxerre. Il vit des mouettes flotter à l'endroit où devait exister un champ. Même les animaux perdaient leurs repères.

Avec une bonne dose de patience et un sandwich avalé en quatrième vitesse, il arriva à bon port. La pouponnière de l'Hermitage avait tout d'une école maternelle, avec sa façade bleu ciel, son parc de jeux sur un terrain en gomme, son enfilade de baies vitrées qui donnaient non pas sur des salles de classe, mais sur des chambres. Des tracteurs et des vélos en plastique étaient regroupés sous le porche.

Nicolas se présenta à l'accueil, montra sa carte de police et demanda à parler à la directrice, Maud Mazarian, qui arriva quelques minutes plus tard. Elle devait avoir son âge, avec un front haut et bombé, des cheveux aux reflets acajou, traversés de mèches gris clair et attachés en queue-de-cheval.

Nicolas expliqua la raison de sa visite : il travaillait sur une grosse affaire en rapport avec l'ultimatum sur Internet, son équipe coopérait avec le commandant Boetti et tout lui laissait penser que le petit Luca avait un rôle important à jouer dans leur enquête. Dans un premier temps, il aurait aimé voir le bébé et en savoir plus sur son séjour à la pouponnière. Maud Mazarian le regarda d'un air grave.

— Comment va la femme de Bertrand Lesage ?
— Je l'ignore. Pas bien, je suppose.
— L'histoire avec ces réservoirs d'eau, c'est horrible. Comment peut-on faire une chose pareille ?
— Malheureusement, l'imagination des assassins est sans limites.
— On a tous assisté à ces horreurs, ici. On ne pouvait pas faire autrement, c'était dans tous les médias. Mince, ça a été insupportable...

Elle garda le silence quelques secondes, puis lui posa des questions sur l'enquête, auxquelles il répondit de la manière la plus évasive possible pour ne pas la froisser. Elle finit par prendre une fiche. Elle lui demanda de la remplir et fit une copie de sa carte de police et de sa carte d'identité.

— Désolée. Ce sont les consignes. La plupart de ces enfants nous ont été confiés sur décision judiciaire. N'entre pas ici qui veut.
— Je comprends.

Elle échangea quelques mots avec l'hôtesse d'accueil et fit signe à Nicolas de la suivre.

— Nous avons trente-deux petits pensionnaires, dont nous nous occupons vingt-quatre heures sur vingt-quatre. Notre aînée, Lou, a bientôt 3 ans. Quant à Luca, il est arrivé ici une semaine après sa naissance, en mars dernier. Comme vous le savez, une décision de justice le maintient dans nos locaux. Avec ce qui s'est passé pour son père, je ne sais pas comment tout ceci va se terminer. Pauvre gamin...

Nicolas ne releva pas. Sans doute la directrice ignorait-elle encore que Bertrand Lesage n'était pas le père biologique de Luca. En tout cas, maintenant qu'elle était veuve, Hélène Lesage ne récupérerait jamais cet enfant avec lequel elle n'avait aucun lien.

Ils avancèrent dans un couloir, passèrent devant des chambres, une cuisine, une salle de soins. La vie jaillissait comme d'une fontaine de Jouvence. Des bébés de toutes tailles criaient, riaient, galopaient, encadrés par des auxiliaires de puériculture en blouse rayée de blanc et de rose. Nicolas éprouva une profonde tristesse, parce que d'une façon ou d'une autre, malgré les sourires ou les gestes tendres du personnel, ces enfants allaient vivre les premiers mois de leur existence privés de l'amour de leur mère ou de leur père. Coupables d'être nés. En croisant les yeux vifs de ces petits en besoin d'affection, Nicolas pensa à son propre père. Depuis combien de temps ne s'étaient-ils pas parlé, tous les deux ? Que lui resterait-il, s'il coupait le dernier lien qui le rattachait à sa famille ? Il se promit d'appeler quand tout ça serait terminé.

— Tous sont nés sous X ?

— Non, seulement quelques-uns. La plupart ont été victimes de graves négligences ou de maltraitance. Un juge a décidé de les éloigner de leurs parents pour leur sécurité. Ces enfants ne partent pas avec les meilleurs atouts dans la vie, aussi, nous faisons notre possible pour les aider. Vous allez trouver cela incroyable, mais certains enfants nés sous le secret se font oublier, ne pleurent jamais, ne réclament pas à manger ou dorment beaucoup, comme s'ils étaient conscients du manque d'amour de leur mère. C'est pourquoi il est important qu'ils se sentent aimés dans les premiers mois de leur existence.

— C'était le cas de Luca ? Il cherchait à se faire oublier ?
— Non. Lui était au contraire très expansif, plein de vie, réclamant beaucoup d'attention. Il a d'ailleurs fait ses premiers pas il y a quelques jours, avant ses huit mois !
— C'est tôt pour marcher ?
— Un peu tôt, oui, mais rien d'extraordinaire. Vous êtes père ?
— Non, non...
Elle n'insista pas, elle avait senti une gêne dans la réponse, une nette envie de ne pas aborder le sujet. Elle indiqua le bout du couloir.
— Nous y voilà.
Ils entrèrent dans une chambre meublée de trois lits à barreaux, de casiers colorés, de barrières en bois amovibles qui permettaient ou non d'individualiser l'espace de chaque enfant. Petite table, chaises, coin cuisine avec ustensiles, évier, micro-ondes pour chauffer les repas. Un bébé dormait, un autre était assis dans son lit, un troisième prenait son repas, installé dans une chaise haute. Une jeune femme lui tendait des cuillerées d'une mixture indéfinissable.
— Voici Gwendoline Weiss, expliqua Mazarian, elle est auxiliaire et s'occupe de six enfants, dont Luca, qui est là-bas, à droite. Elle est sa référente.
Nicolas la salua. Gwendoline lui offrit un sourire timide, et retourna à sa tâche, car le bébé s'impatientait. Le flic prit garde de ne pas écraser un jouet en s'avançant vers Luca. L'enfant, occupé à manipuler un mobile, se redressa. Ses petites mains potelées vinrent enserrer les barreaux de son lit.
Nicolas ne sut dire pourquoi, mais il ressentit une forme de déception. Il s'attendait à un Apollon, un bébé de publicité ou de catalogue, mais Luca n'était pas d'une beauté singulière, avec un nez écrasé et des yeux noirs qui

paraissaient trop écartés. Ses cheveux se dressaient comme des pics. L'enfant lui sourit, alors Nicolas s'accroupit et lui sourit à son tour.

— Alors, c'est toi, Luca ?

Le bébé poussa un cri et ouvrit encore plus sa bouche, d'où jaillissaient deux pointes d'émail blanches. Nicolas lui toucha la main et ressentit une sorte de chaleur au fond de son cœur. Il évita de se laisser attendrir, se redressa et recula. Se tourna vers la référente.

— Vous n'avez rien remarqué en ce qui le concerne ? Je veux dire, il a l'air... OK ? Pas de soucis ? De maladies remarquables ? De particularités ?

Gwendoline secoua la tête.

— C'est un bébé comme un autre, si c'est ce que vous voulez savoir. Il est suivi par le médecin de la pouponnière, évolue dans les courbes de poids et de taille standard, a fait une otite, une jaunisse et des poussées dentaires qui lui ont provoqué des fièvres particulièrement fortes. Niveau caractère, Luca est très calme et jovial. Enfin voilà, je... je ne sais pas quoi vous dire de plus. Il n'y a pas plus « OK » que lui.

Nicolas acquiesça, puis s'adressa à la directrice.

— Des gens sont-ils venus le voir ? Vous poser des questions à son sujet ? Aurait-il pu se passer des choses inhabituelles autour de Luca, hormis tout ce qui touche à la médiatisation de cette histoire de GPA ?

— Non, rien de particulier. Le commandant Boetti est venu juste une fois avec un spécialiste pour un prélèvement ADN de Luca, le mois dernier, afin d'établir la paternité de Bertrand Lesage. Mais hormis le personnel interne, des assistantes sociales qui suivent le dossier, il n'y a rien à signaler. Même si son identité a filtré dans la presse, nous essayons de protéger au maximum Luca.

Personne, ici, ne s'est livré au jeu de l'interview avec les journalistes. Gwendoline vous l'a dit : Luca est un bébé comme les autres, même s'ils sont bien sûr tous différents...

Nicolas sentit le poids de la déception. Mais il n'arrivait pas à se faire à l'idée que ni Demonchaux ni sa bande de dégénérés n'avaient cherché à approcher le gamin. Ils avaient traqué, enlevé et éventré sa mère, ils ne pouvaient ignorer l'enfant. Il capta le regard de Gwendoline, et lorsqu'elle détourna la tête, il sentit une palpitation, un signal au fond de son ventre. Il s'approcha d'elle.

— Il y a quelque chose que vous voudriez me dire ?

Le bébé tapait des mains sur sa table avec l'impatience des affamés. La jeune femme glissa une cuillerée au fond de sa bouche.

— C'est que... (Elle se tourna vers sa directrice.) Cette marque rouge...

La directrice hocha la tête.

— On en a déjà parlé, Gwendoline.

La puéricultrice piqua un fard. Nicolas s'engouffra dans la brèche et fixa la jeune femme.

— Vous m'expliquez ?

— Ce n'était rien, intervint la directrice. Un matin, Gwendoline a remarqué une rougeur et un petit trou avec une pointe de sang séché sur le bras de Luca. Il avait dû se piquer quelque part durant la nuit. Peut-être une écharde dans le bois de son lit, ou une araignée.

Nicolas demanda à Gwendoline :

— C'est ce que vous croyiez ?

Elle hésita un moment, puis répondit :

— Pas sur le coup. Je ne voyais pas où il aurait pu se piquer, j'ai tout contrôlé. Ce n'était pas un bouton d'araignée. Pour tout vous dire, j'ai immédiatement pensé à une aiguille. Le point était pile sur une veine, au niveau de l'avant-bras gauche. Le teint de Luca était très pâle.

— Une prise de sang ?

Elle hésita, puis haussa les épaules.

— Ça m'est venu à l'esprit, mais ça n'avait aucun sens. Pourquoi on aurait fait une chose pareille en pleine nuit ? Madame la directrice a raison, sans doute s'était-il blessé avant le coucher, et je n'avais rien remarqué... En tout cas, le médecin l'a ausculté, tout allait bien.

— Vous vous rappelez la date exacte ?

— Le docteur l'a relevée, oui. Mais de mémoire, c'était le dernier dimanche de septembre. Dans la nuit du dimanche au lundi, donc. J'ai couché Luca à 21 heures, et il a pleuré aux alentours de 6 heures.

Bellanger remercia Gwendoline et emmena la directrice à l'écart.

— J'aurais besoin de connaître la liste des personnes présentes cette nuit-là, dans la tranche horaire indiquée. Vous avez forcément un planning.

— Je ne comprends pas : que cherchez-vous, précisément ?

— Des réponses, madame Mazarian. Ce gamin et sa mère étaient traqués, et cela, bien avant sa naissance. Avant septembre, personne ne savait où la mère et l'enfant se trouvaient. Puis l'affaire de GPA est médiatisée début septembre, le nom du gamin et celui de votre pouponnière apparaissent dans la presse. Et deux ou trois semaines plus tard arrive cette histoire de piqûre. Ce n'est pas un hasard. Je crois que quelqu'un, en interne ou étranger à l'établissement, est venu dans cette chambre pour prélever le sang du bébé.

Maud Mazarian secoua la tête.

— C'est impensable. Je vous l'ai dit, personne n'entre ici et j'ai entièrement confiance en mon personnel. Ce sont des personnes au...

— S'il vous plaît. La liste.

Après une hésitation, elle l'emmena dans son bureau, agita la souris de son ordinateur et pianota sur son clavier.

— La nuit du 24 au 25 septembre... Voilà... Cinq auxiliaires de puériculture, une infirmière, un gardien et une femme de ménage.

— Vous pouvez me l'imprimer ?

Elle s'exécuta. Nicolas récupéra la liste et la parcourut avec attention.

— C'est un personnel fiable, je suppose, et qui travaille avec vous depuis longtemps ?

— Hormis la femme de ménage, depuis des années, oui. Henri, le gardien, était là avant mon arrivée et les autres sont à mes côtés depuis au moins deux ans.

— La femme de ménage, vous dites. Parlez-moi d'elle.

La réplique de Nicolas sembla intriguer Maud Mazarian. Elle se pencha vers son écran et leva la main pour le faire patienter.

— En effet c'est curieux, maintenant que j'y pense.

Elle releva ses yeux gris vers Nicolas.

— Le personnel de nettoyage est fourni par une société d'interim, Adomi. Anne Chougrani, présente tôt le matin du 25, n'était pas l'employée que nous avions l'habitude de voir. Elle remplaçait Diane depuis quelques jours. Diane avait été agressée en rentrant chez elle et arrêtée une quinzaine de jours. C'est cette Anne Chougrani qui l'a remplacée sur cette période. Une femme au teint anémié, peu bavarde...

— Par hasard, vous savez si cette Anne Chougrani avait une phalange en moins à l'auriculaire de sa main gauche ?

Le regard de la directrice partit vers la gauche, puis revint vers Nicolas.

— Oui, oui. Je me souviens de ça.

Le clan était venu ici. Nicolas rendit sa feuille à la directrice.

— Notez-moi l'adresse de cette société d'intérim.

56

L'intelligence artificielle, l'accroissement des capacités humaines, la manipulation de la vie en éprouvette, la conquête de l'espace et l'immortalité... tels étaient les cinq grands thèmes promus par les mouvements transhumanistes.

Audra était encore tout imprégnée des propos de la scientifique du laboratoire d'ADN. Rivée derrière son ordinateur, elle avait poursuivi ses investigations sur le sujet. Quel que soit le thème abordé, les GAFA revenaient systématiquement. Mark Zuckerberg, patron de Facebook, travaillait pour développer une interface cerveau-machine qui permettrait aux individus de communiquer sans parler. Elon Musk, visionnaire milliardaire, développait des implants pour accroître les capacités intellectuelles de l'homme. Larry Page, le cofondateur de Google, avait injecté des centaines de millions de dollars dans Calico, une société qui menait des recherches sur l'immortalité, et dont le patron, Ray Kurzweil, transhumaniste pur et dur, était persuadé que l'homme de mille ans était déjà né.

Ces gens-là n'étaient pas fous. Ils détenaient le pouvoir, l'argent, et ils voulaient changer le monde grâce à leurs propres laboratoires, financements, et le développement d'une science parallèle. Ils créaient une espèce de biohacking à l'échelle planétaire, avec pignon sur rue, et comme l'avait écrit l'Ange, on les laissait agir impunément.

Breakout Labs, Calico, Meta... Que faisait-on précisément dans ces sociétés financées par les ultra-riches, au sein desquelles les plus brillants cerveaux phosphoraient ? Personne ne le savait, aucune donnée ne filtrait. De véritables boîtes noires. Google et ses comparses ne se contentaient pas de rayonner dans la Silicon Valley. *Via* leurs filiales dédiées aux sciences, ces sociétés investissaient des centaines de millions de dollars dans les entreprises européennes de biotechnologie. On sentait leur souffle jusqu'à Paris, Nantes ou Grenoble.

Audra releva les yeux lorsque Pascal s'éjecta de sa chaise, après avoir raccroché son téléphone. Il enfila son blouson d'un geste et s'adressa aux deux femmes.

— Nicolas a besoin de moi. Je vais prévenir Franck et je file à Melun.

Il n'en ajouta pas plus et disparut en coup de vent. Audra considéra Lucie, haussa les épaules et retourna à son écran. Grenoble... Une véritable pépinière d'entreprises biotechnologiques. Quelques mois auparavant, un neurochirurgien réputé avait opéré, là-bas, le cerveau d'un tétraplégique pour qu'il puisse actionner par la pensée un exosquelette et ainsi remarcher. Le spécialiste se revendiquait proche du mouvement transhumaniste : grâce à la science et à la technologie, un individu condamné au fauteuil roulant avait retrouvé la capacité de marcher. Était-il humain de l'en priver ?

Ces individus se répandaient partout, dans des conférences, sur les radios, se regroupaient dans des associations comme celle d'Alrik Sjoblad. Ils dirigeaient des start-up, des services d'hôpitaux, étaient scientifiques, étudiants ou intellectuels, et s'opposaient en permanence aux bioconservateurs, à l'Église, et de manière générale, à tous ceux qui vivaient dans le passé. Les débats étaient houleux, les manifestations réelles, mais le discours était clair, plutôt pacifiste, et leurs démonstrations éblouissantes. Bref, rien en rapport avec la violence des actes d'une bande de dégénérés aux doigts coupés.

Audra fit chou blanc. Ni les noms de Demonchaux ou de Chevalier ne ressortirent dans ses requêtes. Ses investigations sur les biohackers extrêmes ne donnèrent rien de concret. Les kits CRISPR-Cas9 se vendaient en masse dans le monde entier. Elle pataugeait.

En fin d'après-midi, Sharko arriva dans la pièce, son téléphone portable entre les mains comme s'il s'agissait du Saint Graal. Il ferma la porte et claqua des doigts pour solliciter l'attention des deux femmes. Lucie et Audra cessèrent leurs activités.

— Je suis en ligne avec le laboratoire de Bordeaux pour l'ADN, expliqua-t-il. Professeur Samson, je suis avec une partie de mon équipe. Nous vous écoutons.

Les deux flics se regroupèrent autour du téléphone de Sharko, qui avait mis le haut-parleur à fond.

— Très bien, fit la voix féminine. Nous avons donc réalisé les analyses pour lesquelles le laboratoire a été sollicité. Je vous rappelle que nous avons travaillé tout le week-end avec quatre sources distinctes : l'ADN du petit Luca, celui du doigt féminin issu du bocal, celui d'Arnaud Demonchaux et celui du corps anonyme découvert dans l'Essonne en 2013. Vous m'entendez bien ?

— Nous vous entendons.

— Nous avons dans un premier temps vérifié s'il existait un lien de paternité entre Arnaud Demonchaux et Luca. Je vous confirme qu'Arnaud Demonchaux n'est pas le père de l'enfant. De même, l'ADN du doigt féminin n'a rien donné, il n'y a aucun lien biologique avec le bébé.

Sharko fit la grimace. Il avait attendu des réponses, mais pas celles-là. Le mystère continuait à planer autour des origines du môme.

— Bien reçu, répliqua-t-il avec calme.

— En revanche, nous avons trouvé un lien génétique entre l'individu de 2013 et Luca, fit la voix dans le haut-parleur. Nos résultats sont fiables à 99,99 %, il ne peut pas y avoir d'erreur, même si, je vous l'accorde, tout cela est extrêmement troublant...

Un silence s'ensuivit. Les flics étaient suspendus à la voix comme si elle allait leur annoncer la fin du monde. Ce qui, d'une certaine façon, fut le cas.

— Le lien entre l'ADN de Luca et celui de la femme repêchée dans l'étang est maternel. L'inconnue morte en 2013 dans l'Essonne est la mère de Luca.

57

En s'inscrivant à l'agence d'interim d'Auxerre, Anne Chougrani avait dû fournir des papiers, des factures récentes, un relevé de compte. Nicolas disposait d'une adresse et de photos d'identité qui l'avaient scotché : Chougrani était la jeune femme au tatouage d'aigle, battue, violée et mutilée dans *Atrautz*. C'était elle qui, dans *Her Last Fucking Bloody Day*, nettoyait le corps d'Émilie Robin avec une éponge avant le meurtre filmé.

L'attraper revenait à mettre la main sur le clan. Une facture de gaz à son nom, datant d'août dernier, indiquait qu'elle habitait dans un immeuble de Melun, au sud de Paris. Nicolas avait appelé la brigade pour une requête dans le fichier des infractions et des antécédents judiciaires. Son casier était vierge.

D'après le responsable de l'agence, Chougrani avait prétendu habiter momentanément chez sa mère impotente à Auxerre, afin d'expliquer sa recherche d'emploi dans la ville alors que ses papiers indiquaient une adresse à Melun, à cent cinquante kilomètres de là. Elle s'était inscrite pour une demande d'emploi d'agent d'entretien trois jours avant que Diane Marck ne soit agressée. Après son travail à la pouponnière, l'agence l'avait rappelée pour d'autres missions, mais son numéro de portable renvoyait à une ligne non attribuée. Quant à son CV, Nicolas avait contacté l'une des références qui y figuraient, une crèche d'Arcueil, pour se rendre compte que Chougrani n'y avait jamais mis les pieds.

Il avait aussi appelé Diane Marck pour obtenir les détails de son agression. La jeune femme avait été frappée à la tête en rentrant chez elle, tard le soir. Son agresseur n'avait rien volé, et l'enquête de police n'avait rien donné. Tout avait été orchestré pour qu'Anne Chougrani puisse approcher Luca.

L'enquête le prenait aux tripes, et le sourire de Luca, avec ses petites quenottes qui pointaient, lui trottait dans la tête. On avait traqué cet enfant, tué sa mère de la plus cruelle des façons, et on lui avait arraché son bien le plus précieux : son sang. Pourquoi ? Qu'y cherchait-on ? Trop de morts jalonnaient cette histoire. Il allait faire parler cette Anne Chougrani.

Son téléphone sonna, alors qu'il entrait dans Melun au coucher du soleil et que Pascal lui avait annoncé, par sms, qu'il arrivait bientôt sur place. C'était Thibaud Ishacian, son contact à la PJ de Nice.

— J'ai du neuf sur ton Audra Spick. Je peux te parler ?

Nicolas posa son téléphone sur le siège passager.

— Je t'ai mis sur haut-parleur, mais je suis seul dans ma voiture. Je t'écoute.

— Très bien. Le soir du 14 juillet 2016... Spick venait de prendre un mois de congés. Tu te rappelles les événements de cette nuit-là... Le feu d'artifice aux alentours de 22 heures, près de trente mille personnes réunies... Peu de temps après la fin du feu, le poids lourd qui débarque sur la promenade des Anglais. Et je t'épargne la suite.

Nicolas la connaissait, la suite, bien sûr. L'horreur, les secours qui tentent de s'organiser en plein chaos...

— Deux heures plus tard, il y a cette femme... Cette femme qui erre sur la plage, dans la nuit, les vêtements couverts de sang et de l'eau jusqu'aux genoux. Elle est perdue, un peu alcoolisée, elle ne parle pas. Un pompier l'emmène au Negresco transformé en hôpital de fortune. Un collègue finit par la reconnaître : Audra Spick, brigadier-chef à la Crim de Nice.

Le GPS n'indiquait plus qu'un kilomètre. Nicolas se gara le long d'un trottoir et coupa le moteur pour mieux entendre.

— Vu son état, le collègue comprend qu'il est arrivé quelque chose de grave. Elle serre la branche d'une paire de lunettes complètement broyée contre son cœur, elle a du sang sur le front, les bras, les mains, mais ne présente aucune blessure. Enfin, elle prononce un nom, qu'elle répète comme un mantra : « Nicolas »...

Ça lui faisait drôle d'entendre son propre prénom.

— D'après ce que m'a raconté le collègue, elle s'est levée, et elle est partie à la recherche d'un corps. Elle tenait à peine debout. Tout ce qu'elle parvenait à faire, c'était répéter « Nicolas ». Elle a décrit ses vêtements. On l'a prise en charge et on a cherché pour elle.

— Nicolas, c'était... son fils ?

— Non. Son compagnon. Nicolas Soulard.

Bellanger n'y comprenait rien. Si ce Nicolas était son petit ami, qui était ce Roland qu'elle aimait et côtoyait depuis la fac ?

— Ils l'ont retrouvé ?

Un soupir dans le téléphone.

— Mort. Victime de ce salopard et de son putain de camion. Difficilement reconnaissable. Je t'épargne les détails, mais il avait ses papiers sur lui et correspondait à la description de Spick. Son identification est passée par le processus strict mis en place par la commission d'experts, jusqu'aux analyses ADN. Le corps a été restitué à sa famille. Nicolas Soulard était visiblement brillant, un chercheur à Sophia Antiopolis qui bossait dans ce truc à la mode, là, l'intelligence artificielle.

Bellanger se massa les tempes. L'IA. Il nageait en plein dedans, et Audra n'y avait jamais fait la moindre allusion. Il essaya de mettre de l'ordre dans ses pensées. Nicolas, Roland, l'intelligence artificielle...

— Il travaillait sur quoi ?

— Un truc lié aux émotions et aux machines. J'ai entendu parler d'un projet sur lequel il bossait, Morphéus, mais j'ai fouillé un peu et je n'ai pas d'autres détails. Le nom de la boîte, c'est... Attends, le collègue me l'a dit... Digibot... Ouais, c'est ça, Digibot. Désolé, mais je n'en sais pas plus.

Nicolas nota les informations sur un coin de feuille.

— C'est déjà beaucoup. Ensuite ? Spick est revenue au travail ?

— Oui. Elle a rallongé ses congés de quinze jours, puis a repris le taf six semaines après avoir vécu l'enfer. Mon pote à la Crim m'a fait part de la drôle d'ambiance à son retour. Elle a fait comme si de rien n'était et, par conséquent, eux aussi, puisqu'elle n'abordait pas le sujet. Elle paraissait même avoir bien encaissé le choc. Elle a réussi à convaincre le commissaire de ne pas mentionner cet épisode dans son dossier, et il n'avait aucune raison de le faire, puisqu'elle n'était pas en service ce soir-là et que ça ne l'a pas empêchée de bosser correctement. Bref, une sacrée nana. Voilà tout ce que je peux te raconter. On m'a dit qu'elle était partie à Paris. C'est ta collègue ?

Nicolas n'en revenait pas. Audra avait absorbé le choc, mais la douleur de cette nuit-là n'avait pas disparu : elle l'avait juste mise en veille pour ensuite la sentir germer, un an plus tard, sous la forme d'un syndrome de stress post-traumatique.

— Je travaille avec elle, oui. Merci, Thibaud. À charge de revanche. Et cette conversation n'a jamais existé.

Il raccrocha et abandonna son regard sur la rue vide devant lui. Il se rappela Audra chez lui, la nuit de l'expiration de l'ultimatum. Son abandon, et lorsqu'elle avait répété son prénom dans le creux de son oreille... Nicolas... Était-ce lui qu'elle avait à l'esprit, ou bien l'homme mort le 14 juillet 2016 ?

Il réfléchit encore, songea à la longue absence de messages sur le profil de Roland Casulois après l'attentat. Son départ pour Tahiti. Les échanges enflammés entre Audra et lui. Il n'avait jamais été question d'un Nicolas Soulard.

Qui était l'homme décédé cette nuit-là ? Et l'individu à la chevelure de feu ? Soulard et Casulois se connaissaient-ils ? Audra jouait-elle sur deux tableaux ? Deux petits amis, deux vies personnelles parallèles ?

Nicolas n'eut pas le temps de pousser sa réflexion : Pascal l'appelait. Il était arrivé au point de rendez-vous, à une centaine de mètres de l'adresse.

L'énigme Spick attendrait encore un peu.

58

Nicolas et Pascal s'étaient avancés à pied le long du trottoir. Après deux minutes de marche, Bellanger s'arrêta devant un débit de tabac. Il montra du doigt une maison à la façade blanche, haute de trois étages et transformée en immeuble, située sur leur droite.
— C'est cet immeuble blanc, là-bas. Elle crèche au deuxième.
— Seule ? En couple ?
— Je n'en ai pas la moindre idée.
— Tu ne sais pas grand-chose.
— Voilà. Je vais m'acheter des clopes... Attends-moi.
Deux minutes plus tard, il s'appuya contre un poteau électrique et alluma une cigarette, l'œil rivé à la façade d'en face.
— Il est 18 heures, fit Pascal. Et si elle n'est pas là ?
— On pose notre cul dans le café et on attend. Et si le café ferme, on collera notre cul dans les voitures. Il me faut cette nana aujourd'hui.
Pascal marqua son exaspération en soufflant par le nez.
— Et c'est moi que t'appelles, bien sûr.
— Il me fallait un balèze, au cas où.
— Et je m'entraîne quand, moi ? Depuis que cette affaire a commencé, je n'ai pas mis les pieds dans une salle.

Nicolas tira quelques taffes et écrasa sa cigarette contre une poubelle métallique.

— T'auras tout le temps de faire de la gonflette quand tu seras mort. Allez, go.

Ils traversèrent d'un pas rapide et observèrent l'interphone équipé d'une caméra miniature. Nicolas appuya sur tous les boutons, sauf celui indiquant « Anne Chougrani, 2e étage ». Quelqu'un finit par ouvrir.

— Reste à l'interphone, fit Nicolas en maintenant la porte ouverte. Dans deux minutes, tu sonnes chez elle. Fais-toi passer pour un vendeur d'aspirateurs.

— J'ai une gueule de vendeur d'aspirateurs ?

Nicolas bloqua le battant avec un prospectus, vérifia l'identité sur la boîte aux lettres, grimpa au pas de course au deuxième et s'engagea dans le hall. Il plaqua son oreille contre la porte de Chougrani. Pas un bruit, et rien non plus quand la sonnerie retentit. Elle n'était pas là. Il ressortit en vitesse, et les deux hommes gagnèrent le débit de tabac, où ils commandèrent un café, avec vue directe sur l'entrée de l'immeuble.

En attendant, Nicolas en profita pour appeler Yassine et prendre des nouvelles de sa péniche. Les amarres tenaient le coup, mais avec la force des courants et le niveau de l'eau, le haut des ducs-d'albe frottait contre la coque. D'après Yassine, le frottement émettait d'étranges bruits métalliques et les rayures occasionnées se voyaient depuis la berge. Nicolas lui demanda s'il pouvait prendre une photo et la lui envoyer. Cinq minutes plus tard, il la reçut.

— Bon sang.

Pascal tendit la main pour voir le cliché, scruta les renfoncements et les larges rayures que l'on devinait dans la coque, au loin.

— Ça risque de coûter bonbon.

— Toujours le mot pour rassurer...

Dans quel état retrouverait-il son bateau ? Il pria pour que la décrue s'amorce et préféra changer de sujet.

— Dis, qu'est-ce que tu penses de Spick ?

Pascal vida sa tasse, qui semblait ridicule dans sa large main. La partie droite de sa lèvre supérieure s'étira vers le haut. Nicolas le fixa avec de grands yeux.

— Pourquoi cette espèce de sourire de mafieux ?

— Ah rien, rien.

— Arrête tes conneries. T'as jamais su mentir.

Pascal aurait voulu esquiver, mais trop tard : Nicolas ne le lâcherait pas.

— C'est que... dimanche matin... On était au Bastion avec Franck, pour de la paperasse. Toi, t'étais parti sur la côte d'Opale.

— Et ?

— Ben... On a affiché la caméra de surveillance qui donne sur le port Van-Gogh. Il était 10 heures à peu près. On voulait jeter un œil à ta péniche. C'est là qu'on a vu une femme, assise sur un banc à la limite de la montée des eaux, face à ton bateau. C'était elle, Nicolas. Audra Spick.

— Audra ? Qu'est-ce qu'elle fichait là ?

— Je n'en sais rien. T'aurais vu Sharko, il s'amusait comme un fou avec les manettes de la caméra. Tu le vois avec ses gros doigts ? Il a zoomé... Mais hormis pianoter sur son téléphone, Spick ne faisait rien. Elle attendait et elle était encore là à notre départ, vers midi. J'ai la sérieuse impression qu'elle espérait te voir... Alors maintenant que tu sais qu'on sait, tu peux peut-être me le dire : il y a un truc entre vous ?

Nicolas piqua un fard. Il se redressa comme un cobra.

— Bande d'enfoirés !

À la manière dont Pascal rentra la tête entre les épaules, Bellanger finit par éclater de rire.

— Vraiment des enfoirés. Des sales mômes prépubères !

Il allait se rendre aux toilettes, mais soudain, Pascal l'interpella : une silhouette garait sa moto sur le trottoir d'en face. Une femme avec un blouson de cuir noir, d'allure jeune, sac en forme de hérisson au dos. Elle descendit de son engin, le casque sur la tête, et disparut sous le porche de l'immeuble.

— Range ton sourire. C'est elle.

Pascal abandonna vite un billet. Ils attrapèrent leurs manteaux et se précipitèrent dans la rue. Ils arrivèrent de part et d'autre, alors que la femme casquée enfonçait la clé dans la porte d'entrée de l'immeuble.

— Anne Chougrani ?

La femme se retourna en ôtant son casque.

— Oui.

Une frange en virgule tomba devant ses yeux noirs, son cou s'étira, long et gracile. Elle portait du vernis noir, un rouge à lèvres sombre. Avec davantage de maquillage, elle aurait pu tenir un premier rôle dans une série de zombies.

Mais elle n'avait pas de phalange coupée, et ne ressemblait en rien au portrait sur la photo d'identité récupérée par Nicolas.

Les deux flics se regardèrent d'un air bête. Ils s'étaient plantés.

Celle qui était allée prélever le sang de Luca sous l'identité d'Anne Chougrani les avait baisés de A à Z.

59

Sharko avait raccroché avec la scientifique du laboratoire de Bordeaux. Abasourdi. Et maintenant, il fallait se triturer les méninges pour essayer de comprendre l'impossible : comment une mère biologique pouvait être morte trois ans avant la naissance de son fils.

Julie Samson avait évoqué la seule solution envisageable dans ce genre de situation : Émilie Robin avait été inséminée de façon artificielle. On avait déposé dans son utérus un embryon congelé depuis de longues années et qui portait, côté maternel, le patrimoine génétique de l'inconnue de l'étang de Mennecy.

Samson avait expliqué que congeler des embryons était une pratique relativement courante dans les centres ou les cliniques d'insémination artificielle. D'après ce qu'avait compris Sharko, lors d'une fécondation *in vitro*, les biologistes fabriquaient plusieurs embryons – jusqu'à une dizaine. On inséminait la patiente avec un ou deux d'entre eux et on conservait les autres – des « embryons surnuméraires » – dans des bains d'azote liquide, au cœur même de la clinique. En cas d'échec de la première insémination, ces embryons congelés pouvaient alors donner de nouvelles chances aux futurs parents.

Samson leur avait aussi expliqué les problèmes liés à ces banques : plongés dans des cuves d'azote à − 196 °C, combien de ces organismes attendaient que leurs « parents » décident de leur avenir ? Nouvelle implantation ? Don à un couple stérile ? Destruction ? Et que faire des embryons des parents divorcés, de ceux qui avaient déménagé et ne donnaient plus de nouvelles, ou des parents décédés ? Combien de ces possibles êtres humains étaient oubliés dans les profondeurs des cuves ? On estimait leur nombre à plus de trente mille.

En raccrochant, Samson avait abandonné les policiers dans un état de tension et de stupéfaction intenses. Les fesses rebondies de Sharko réchauffaient le bord du bureau de Nicolas. Trois sillons parallèles lui creusaient le front. Dehors, l'obscurité gommait les contrastes. Une nouvelle nuit froide arrivait, les ténèbres dévalaient, et avec elles, leurs fantômes.

— Bon… Réfléchissons… On remonte le temps, on part de ce qu'on sait aujourd'hui d'Émilie Robin et on retourne en arrière pour essayer de piger quelque chose à ce fichu sac de nœuds.

Il se décolla du bureau, sélectionna une feuille vierge d'un tableau qu'il tira au milieu de la pièce et s'empara d'un marqueur noir.

— Il y a quelques semaines, Robin est morte en fuyant un groupe auquel elle appartenait : le clan des phalanges coupées. Elle a été retrouvée et littéralement exécutée par Arnaud Demonchaux, alias le Punisseur. Il lui a ouvert le ventre et sorti le foie, en référence au mythe de Prométhée : tout progrès scientifique majeur s'accompagne d'une catastrophe.

Sharko se frotta le menton, puis poursuivit :

— Sept mois plus tôt, en mars dernier, Robin donne naissance au petit Luca de la façon la plus anonyme qui soit. Elle se cache à Dijon, accouche à Auxerre et s'est arrangée, par cette histoire de GPA illégale, pour que Luca soit recueilli par des parents censés rester anonymes…

Il nota les étapes essentielles. Lucie et Audra étaient elles aussi debout, attentives et concentrées.

— Remontons encore neuf mois en arrière. Aux alentours de juin ou juillet 2016, au moment où Robin tombe enceinte. Il ne s'agit pas d'un rapport sexuel classique, mais, selon toute vraisemblance, d'une insémination artificielle. Une FIV, comme on dit. *Quelqu'un*, un individu certainement très compétent, gynécologue, obstétricien, laborantin, ou dans ce domaine-là, décongèle un embryon déjà existant, génétiquement étranger à Émilie Robin, et l'introduit en elle, la transformant ainsi en mère porteuse.

— Je sais à peu près comment ça fonctionne, intervint Lucie. La FIV, c'est complexe et technique. Même si Demonchaux a su manipuler des embryons de chien, pour un humain, c'est une autre paire de manches. J'ai du mal à le voir réaliser une intervention pareille seul. Encore moins dans son laboratoire.

— Ils sont peut-être plusieurs. À ce stade, je me pose des questions auxquelles je n'ai pas la réponse : pourquoi ? Et pourquoi Émilie Robin ? Connaissait-elle les origines de cet embryon ? Tout s'était-il déroulé légalement, dans un centre, avec des médecins, ou de façon illégale ? Qu'était-elle censée faire de l'enfant si elle n'avait pas fui ni accouché normalement ? L'élever ? Enfin bref, on ne sait pas. On sait, par contre, que cet embryon va devenir Luca, et on « connaît » l'un de ses deux parents…

Il nota en grand « inconnue de Mennecy » qu'il souligna à plusieurs reprises.

— Il s'agit de l'embryon qui doit la moitié de sa constitution à cette femme morte en 2013. Un embryon qui est resté congelé trois ans, quelque part dans de l'azote liquide à environ − 170 °C. Mais cet embryon, il a fallu le constituer, le récupérer avant de le congeler... Je veux dire, on ne l'a pas sorti du ventre de cette inconnue de l'étang pour le mettre dans une éprouvette...

— Une autre fécondation *in vitro* ? proposa Lucie.

— Je ne sais pas comment tout ça fonctionne, mais j'ai assez de jugeote pour dire que c'est forcément le cas.

Il pointa sa dernière note du bout de son marqueur.

— Poursuivons... En 2013, un coup sur le crâne tue l'inconnue de Mennecy. Accident, meurtre ? On ne sait pas. Demonchaux, notre commercial bien mis, assassin de Chevalier et d'Émilie Robin, lui brûle le visage à l'acide, lui brise les mâchoires et les pommettes pour empêcher toute identification, puis l'enroule dans une bâche lestée avant de la balancer au fond d'un étang pour qu'on ne la retrouve jamais. Est-il son meurtrier ? Impossible de le certifier. Mais en tout cas, il est son nettoyeur.

Il nota « LUCA ».

— Aussi incroyable que cela puisse paraître, ce qui sera Luca aujourd'hui existe déjà avant la mort de sa vraie mère biologique. L'inconnue de Mennecy a forcément donné un ou plusieurs ovules pour que l'embryon puisse se constituer. Combien de temps avant de mourir ? Des mois ? Des années ? Y a-t-il un lien entre la raison de sa mort et Luca ? Et, toujours la même question qu'on se pose depuis le début : qui est le père biologique de cet enfant ?

Il regarda sa montre, puis désigna une pile de dossiers rapportés de son bureau.

— Dès demain, il faudra m'éplucher en profondeur le dossier Mennecy, voir si les collègues de Versailles ne sont pas passés à côté de quelque chose, un détail qui prendrait tout son sens aujourd'hui. On doit découvrir qui est cette femme. Elle est la clé de toute l'affaire, j'en suis persuadé.

— Je vais m'y coller, annonça Lucie.

Sharko acquiesça et se tourna vers Audra.

— Tu sais si Pascal a pu récupérer les infos de la boîte de Demonchaux, IDF Med ? Ses collègues, ses clients ?

— Je ne crois pas. Si tu veux, je vois avec lui et les rappelle demain à la première heure si nécessaire.

— Fais-le, oui. Quand l'inconnue de Mennecy a été tuée, Demonchaux bossait déjà pour cette boîte. Une société qui fournit du matériel à des cliniques privées et des cabinets en rapport avec la procréation, c'est bien ça ?

— Oui, obstétrique, gynécologie, centres de PMA.

— Comme par hasard. Un commercial est forcément en contact avec de nombreux spécialistes à l'intérieur même des cliniques et des laboratoires. Son métier, c'est une sorte de sésame pour pénétrer dans ces endroits sécurisés. Je veux que toi ou Pascal creusiez ça. Luca a séjourné trois ans au frais, et ce n'est certainement pas dans le premier frigo venu. Trouvez-moi les établissements où on conserve les embryons et qui figurent sur le carnet d'adresses de Demonchaux, aujourd'hui et il y a trois ans. Ce *quelqu'un* qui a prélevé l'ovule de l'inconnue du lac et qui a inséminé Émilie Robin se cache peut-être dans les contacts du Punisseur.

Sharko considéra l'ensemble de ses notes.

— On doit mettre la main dessus.

60

Après qu'ils lui eurent expliqué la situation, la vraie Anne Chougrani les avait accueillis dans son appartement. L'habitation était à son image, énigmatique et morbide. Crucifix inversés, pentacles en métal, icônes religieuses brisées... Les rideaux noirs tirés avalaient toute lumière venant de l'extérieur. Des CD de death metal s'empilaient dans une colonne surplombée d'une main squelettique serrant un globe.

La jeune femme était encore sous le coup de la nouvelle. Elle tenait la photo de son usurpatrice, celle qui avait utilisé ses factures, son adresse pour pénétrer dans une pouponnière et accéder à l'enfant dont tout le monde parlait dans les médias.

— Oui, oui, je la connais. Bien sûr que je la connais.

Nicolas éprouva un soulagement. La piste ne menait pas à un énième cul-de-sac. Chougrani ôta son blouson en cuir, le balança sur une chaise avec un geste d'écœurement.

— Elle se faisait appeler Karo, avec un K. J'ignore son nom, je ne connais pas grand-chose en définitive. Elle venait chez moi, il lui arrivait de dormir ici et... merde, elle avait même une clé de mon appart que je n'ai jamais récupérée.

Elle se lissa les cheveux vers l'arrière, perturbée. Nicolas ne la lâchait pas des yeux, il voulait s'assurer qu'elle ne jouait pas la comédie.
— Ça veut dire qu'elle s'est pointée ici ? Qu'elle m'a piqué des papiers ?
— On dirait bien, oui.
— Pourquoi ? Qu'est-ce qu'elle lui voulait à ce gosse ?
— Pas que du bien.
Elle resta debout, perdue et pensive. Nicolas désigna le fauteuil :
— On peut s'installer cinq minutes pour que vous nous expliquiez ?
Chougrani acquiesça.
— Oui, oui, allez-y. Je vais juste boire de l'eau. On crève de chaud sous ces casques. Vous voulez un truc ?
Ils déclinèrent. Elle alla remplir un verre au robinet. Alors que Pascal s'asseyait, Nicolas s'approcha de la collection de DVD. Il en sortit quelques-uns. Tomba sur *August Underground*.
— Un goût pour le cinéma déviant extrême ? fit-il alors qu'elle revenait.
Elle s'installa face à Pascal, qui se perdit une fraction de seconde dans son décolleté. Ses fringues étaient plus qu'ajustées, et elle portait des mocassins noirs aux semelles épaisses comme une belle pile de crêpes.
— J'ai toujours été attirée par ce genre de films ultra-transgressifs. Ceux que personne ne regarde, et qui mettent mal à l'aise, explorent la face sombre de l'humanité. *August Underground*, ça va encore, mais il y a des films genre *Maladolescenza*, carrément interdits sur le marché, qui sont encore pire. Ce n'est pas tant de les mater qui rend dingue, c'est… la façon dont on se les procure.
— Un peu à la manière d'un collectionneur, c'est ça ?

— Si on veut, oui. Il faut s'armer de patience et aussi beaucoup fouiner pour accéder aux petites communautés qui gravitent autour de ces films. Au fil du temps, tu es de plus en plus au courant de projections organisées dans des sous-sols, des stations de métro fermées, des vieux théâtres abandonnés. Tu y croises souvent les mêmes visages, tu discutes. C'est là-bas que j'ai rencontré Karo.

Nicolas avait terminé de parcourir les titres, avec des couvertures toutes plus scandaleuses les unes que les autres. Il vint s'appuyer sur le bras du fauteuil, à côté de son collègue.

— Quand ?

— Je ne sais plus exactement, je dirais il y a environ deux ans, l'été. Je ne sais pas trop où ni comment elle vivait à l'époque. Elle était une espèce de fille bohème qui dormait chez l'un, chez l'autre. Des copains, des aventures d'une nuit, des squats... Elle cumulait les petits boulots. Elle est venue ici passer quelques jours à plusieurs reprises. On buvait, on matait des films, on baisait...

Elle fit tourner la pierre d'un briquet « vanité » en forme de crâne, fixa la flamme dont l'éclat vint danser sur l'onyx de ses rétines.

— C'est elle qui, par la suite, m'a initiée au SM et introduite dans les milieux de la nuit parisienne. Le B & B bar, le Donjon noir, l'Absolu...

Le chat vint se coller contre ses jambes, elle le prit sur ses genoux et le caressa.

— Elle aimait bien qu'on lui fasse mal, et pas qu'un peu. Je l'ai vue plusieurs fois se faire dérouiller dans des donjons. Des types lui écrasaient le visage avec leurs pompes. D'autres lui broyaient les seins dans des machines de torture médiévales. Puis il y avait les entailles, les scarifications. C'était pas ma came. Beaucoup trop extrême.

Nicolas se rappela les mutilations sur son corps, dans *Atrautz*. La façon dont elle se faisait mettre en pièces.

— Vous étiez ensemble ? demanda Pascal. Je veux dire, en couple ?

— Oui, non. Vous savez, les frontières dans ces milieux-là ne sont pas aussi claires que celles auxquelles les gens sont habitués. Ça allait, ça venait. Toujours est-il qu'au fil du temps, j'ai vu Karo s'enfoncer dans l'obscurité. Elle fréquentait de moins en moins les clubs classiques, on commençait à lui parler de territoires d'exploration nouveaux, où il existait d'autres expériences...

— Quelles expériences ?

— Je ne sais pas. Des trucs privés, sans doute, que tu ne ferais pas en club. Le genre de soirée où il faut connaître quelqu'un, qui connaît quelqu'un. Elle ne m'autorisait plus à la suivre et de toute façon, je n'en avais plus envie. Elle était déjà trop loin dans la transformation des corps...

— La transformation des corps ?

Elle promena la flamme devant ses yeux. Pascal, fasciné, se demanda quel genre de créature elle était dans ces donjons en question. Ange ou démon ?

— Elle affirmait que le corps dans son état actuel n'avait plus sa place dans notre société. Pour elle, toucher à son corps, c'était quelque part violer la propriété de l'État. Leur dire d'aller se faire foutre. En malmenant son corps à l'extrême, elle voulait se défaire de ce que la nature avait fait d'elle : une esclave de la société.

Des propos délirants, mais qui intéressaient au plus haut point les deux flics. Chougrani secoua la tête.

— Je bosse dans un hôpital, je suis souvent de garde et quand je rentrais du boulot tard dans la nuit, elle était chez moi. Je la récupérais en sang, il m'arrivait de rattraper ses conneries, de la soigner. Une fois, elle est revenue avec un implant qui lui sortait du crâne, comme une bosse. Un travail de sauvage.

Nicolas imagina les soirées à coups de lames et de tortures. Les corps huileux dans la chaleur d'une voûte, les chairs humides. Tout cela le répugnait, mais il resta concentré.

— J'en ai eu marre, alors, je lui ai fait comprendre qu'elle n'était plus la bienvenue chez moi. Elle est partie, je n'ai pas récupéré ma clé et je ne l'ai plus jamais croisée.

— À quand ça remonte ?

— Deux ans environ. Octobre, novembre 2015, dans ces eaux-là.

— Et... avait-elle la phalange de son petit doigt gauche coupée à ce moment-là ?

— Non, non...

Le film *Atrautz* où cette Karo se faisait mutiler datait donc de moins de deux ans. Nicolas lui montra la photo du Punisseur.

— Jamais vu.

Pareil pour Chevalier, elle ne l'avait vu qu'à la télé. Le flic fit une manipulation sur son téléphone portable.

— *Her Last Fucking Bloody Day*, ça vous parle ?

— Non. C'est quoi ?

Il lui tendit son appareil.

— Un film. De ceux que vous avez dans votre collection, mais qui va beaucoup plus loin. J'aimerais que vous le regardiez attentivement jusqu'au bout.

Anne Chougrani écarta le chat, lança la lecture et posa l'appareil sur ses genoux. Elle se tortilla les mains lorsqu'elle vit les masques de Guy Fawkes autour de la caméra, puis la jeune femme nettoyer le corps attaché aux pieds de la table.

— C'est elle. Elle s'est coupé les cheveux, mais je la reconnais. C'est Karo.

Un silence. Elle détourna brusquement la tête quand Demonchaux s'abattait sur Émilie Robin et lui ouvrait la poitrine. Reprit le cours du film pour le terminer, les mains devant la bouche. Quand tout fut fini, elle essaya de se rassurer :

— C'est forcément truqué. Dites-moi que rien de tout ceci n'est vrai. Que Karo n'a pas participé à ce carnage.

— Si. Tout nous indique que cette femme s'est fait assassiner en direct.

Chougrani accusa le coup et lui rendit son téléphone d'une main tremblante. Nicolas la laissa encaisser le choc et demanda :

— Reconnaissez-vous quelque chose sur ce film ? Les lieux vous parlent-ils ? Les masques, vous les avez déjà vus dans vos soirées ? Est-ce qu'ils rôdaient autour de Karo du temps où vous sortiez ensemble ?

Elle secoua la tête.

— Non, non. Il y a parfois des gens masqués, ça fait partie du jeu, mais... pas ces masques-là, je m'en souviendrais. Tout ça ne me dit rien du tout. Je suis désolée. Je ne peux pas vous aider.

Vu sa tête, elle risquait de se souvenir du film encore longtemps.

— Je vous l'ai dit, Karo était partie dans des délires que je ne réussissais plus à suivre. Ses propos se radicalisaient, elle avait jeté son téléphone, son ordinateur. Elle se voulait libre, différente. Et puis elle se transformait physiquement... Les coupures, les coups, les implants, la puce, c'était trop pour moi.

Pascal se redressa avec la vivacité d'un suricate à l'affût.

— Une puce ?

— Oui. Ici, au niveau du poignet.

Elle montra l'endroit sur son poignet gauche.

— À quoi servait cette puce ? demanda Bellanger.

Chougrani haussa les épaules.

— Karo ne voulait rien me dire. Je ne sais pas d'où venait ce machin, qui le lui avait donné et comment on lui avait collé ça sous la peau. Sans doute un pierceur ou un spécialiste en modifications corporelles. Mais un soir qu'elle était camée, elle a parlé d'un truc qui s'appelait l'Hydre...

Nicolas eut l'impression de recevoir la première lettre de l'Ange en pleine figure. Pascal aussi avait fait le rapprochement. *De la puce au monstre de l'Hydre, il n'y a qu'une porte à franchir*, avait écrit Fabrice Chevalier.

— L'Hydre ?

— Je n'ai rien pigé, elle planait à dix mille, mais je suppose qu'elle parlait d'un lieu. Et elle disait que dans l'Hydre, il existait une porte qui, une fois ouverte, permettait de basculer dans une autre dimension, de toucher à des expériences ultimes de souffrance et de mutation. De s'échapper de ce fichu monde pourri d'humains. Quand elle est redevenue lucide, elle ne m'a plus rien dit. Je n'ai pas cherché à pousser plus loin. Elle est partie comme je vous le disais, et on ne s'est plus jamais croisées.

L'Hydre... Le monstre à neuf têtes de la mythologie grecque.

Assurément, la puce RFID permettait de franchir une porte.

Une porte qui, selon toute vraisemblance, menait droit en enfer.

61

Dans la nuit, le Bastion tel un bloc austère dont l'acier des arêtes luisait sous la lueur blême des lampadaires. Derrière les quelques carrés lumineux répartis de façon aléatoire sur la grande façade, on devinait des hommes. Les uns réglaient des urgences ou bouclaient des dossiers. Les autres répondaient aux appels, parce que le crime et la mort n'avaient pas d'heure. S'ajoutaient ceux qui préféraient l'enfer d'une enquête à celui de la maison.

Derrière la porte avec le dessin du requin-marteau, deux visages séparés par des écrans et un passage central se faisaient face. Des espèces d'apatrides, arrachés à leurs racines ou chassés de leurs terres. L'une par la folie de l'homme et l'autre par la colère de la nature.

Seuls les clics de souris et les claquements des touches sur les claviers perturbaient le silence. Nicolas ne pouvait s'empêcher de lever les yeux discrètement vers Audra, qu'il voyait concentrée, ses fins sourcils noirs froncés, avec cette lueur bleutée de l'écran qui se reflétait dans ses iris comme une aurore boréale.

Quel secret cachait ce visage ?

Nicolas sentait l'obsession lui ronger le ventre. Il fixa son attention sur son écran. D'un côté, il espionnait le compte Facebook de Roland, de l'autre, il venait d'ouvrir un nouvel onglet dans son navigateur et d'entrer « Nicolas Soulard » dans Google. À sa plus grande surprise, il ne dénicha aucun enregistrement, pas une photo. Il ne comprenait pas : n'aurait-il pas dû ressortir au moins un article en lien avec l'attentat ? Qui n'abandonnait pas la moindre trace sur Internet ? Il ne récolta rien non plus sur les réseaux sociaux.

Cela était-il dû à son activité chez Digibot ? Avait-il exercé son métier dans le secret ? Lui avait-on interdit de laisser des données sur Internet ?

Digibot comptait une soixantaine d'employés qui travaillaient, entre autres, sur *la recommandation vocale personnalisée*. De ses recherches, il ne releva rien sur un éventuel projet Morphéus. En revanche, on parlait beaucoup de Wilson, une plateforme destinée aux grandes enseignes. Wilson était ce qu'on appelait un « agent conversationnel », capable d'analyser la personnalité d'un individu à travers ses profils sociaux, sa manière de naviguer sur le site commercial en question, afin de lui proposer les offres les plus pertinentes. L'acheteur potentiel pouvait contacter Wilson par téléphone. Comme un vendeur dans une boutique de sport, le robot vocal guidait l'internaute en lui posant des questions. « Où et quand allez-vous utiliser cette veste ? » « Quel sport pratiquez-vous ? » En fonction des réponses, « l'agent » était capable de proposer le modèle le plus adapté.

Nicolas trouvait ces évolutions effrayantes, et il était évident qu'elles finiraient par envahir la police. Y aurait-il, un jour, des robots qui prendraient leur place sur les scènes de crime ? Qui reconstitueraient ensuite les lieux avec un hologramme, récolteraient les échantillons et les analyseraient en temps réel pour vous donner le portrait génétique d'un assassin au bout d'une heure ? Qui vous déclineraient l'identité de la victime en scannant son visage et en le comparant aux milliards de photos stockées dans le Big Data ?

— Je crois que j'ai trouvé.

Nicolas releva la tête. Audra lui faisait signe de la rejoindre. Il ferma les onglets de son navigateur et vint à ses côtés, se disant que pour le moment, Dieu merci, on était encore loin de tout ça : les machines n'étaient pas capables d'intuition – le fameux flair du flic.

— Regarde ça.

Sur une page Web était affiché un ensemble de bâtiments industriels peints en rouge et blanc. Des tags en couvraient les façades : des visages avec des câbles surgissant de leurs crânes, des bustes éventrés, où gisaient des organes en forme d'engrenages... De part et d'autre d'une cheminée en béton, des lettres géantes formaient le mot HYDRE.

— Ce sont les bâtiments d'une ancienne usine textile nichée au bord d'une friche industrielle. Ils appartiennent désormais à une compagnie de théâtre de contre-culture underground, Les Parques.

— Les trois divinités maîtresses de la destinée humaine...

— Encore un truc mythologique, oui.

Audra afficha quelques photos. Des jeux de lumière perçaient la nuit aux fenêtres des vieux édifices. Une scène extérieure, des artistes engoncés dans des tenues industrielles orange et bleu, crânes rasés, et qui crachaient du feu. Puis la photo de deux hommes et d'une femme, épaule contre épaule, les visages sombres et maquillés. L'homme, Christophe Dolls, inspirait une forme de malaise. Sourcils épilés, visage brillant comme la cire et un torse – il avait pris la photo à moitié nu – dépourvu de poils.

— Voilà les trois membres fondateurs de la compagnie. Leur affaire est complètement légale, même si ça a l'air de causer pas mal de souci dans la région : ils se sont mis toutes les communes du coin à dos à cause du caractère déviant de leurs manifestations. Des gens du cru ont longtemps parlé de secte, et ces trois-là en jouent par pure provocation. Apparemment, pas de doigts coupés, rien de flagrant qui m'ait alertée à leur sujet.

— L'Hydre se trouve où ? fit-il en retournant à son clavier.

— Paumé au milieu de la campagne, du côté d'Évreux, dans l'Eure. La troupe y organise régulièrement des soirées électro, des expositions, des conférences et des festivals en rapport avec l'art vivant, le corps transgressif, celui qui se transforme et échappe aux normes. Intérêt pour les déviances, radicalité dans les propos, rapport exacerbé à la nudité et au sexe. Bref, que de la provoc.

Avec les informations d'Audra, Nicolas mena des recherches et tomba sur quelques articles. La troupe puisait ses thèmes dans les névroses, les rites, l'animalité et le rapport des hommes aux machines. Dans les quelques interviews accordées par Christophe Dolls, le corps devait muter, évoluer avec son temps. Selon lui, le corps humain se résumait à des pièces de rechange reliées à un cerveau. Étant biodégradable, il devait avoir le droit à des substituts issus de la technologie. On parlait de *body art*, de *fetish*, de *sadomasochisme*, de *cyberpunk*, de *body hacktivisme*... Bref, tout ce qui était en dehors des clous.

— Ça a l'air de coller avec notre affaire. Modifications corporelles, fusion avec des machines, *body hacking*... En tout cas, Karo a très bien pu se retrouver là-bas après son départ de chez Anne Chougrani. L'Hydre...

— Je ne sais pas si tu as vu, mais un festival d'une semaine a commencé samedi. Ils appellent ça Corps Limite.

Apparemment, c'est connu dans le milieu et il a lieu tous les ans. Le thème de cette année, c'est « Survivre à l'apocalypse ».

— Ça consiste en quoi ?

— Chaque soir, des performances liées aux machines des milieux industriels, développées dans des conditions extrêmes, sont réalisées par des artistes venus du monde entier. Enterrements des performeurs, corps malmenés, engagement physique intense, exposition au grand froid... Ces individus vont très loin, semble-t-il, et il y a pas mal de barges qui se déplacent de la France entière pour assister à ça. Il y aurait chaque soir plusieurs centaines de personnes. Ambiance bière, sexe et tentes plantées dans la campagne, si tu vois ce que je veux dire.

Nicolas s'empara de la photo d'identité de Karo et y perdit son regard.

— Alors ce serait là-bas que t'as franchi la porte... Qu'y avait-il derrière, Karo ?

Nicolas piocha une cigarette dans son paquet. L'Ange du futur était-il passé par l'Hydre, lui aussi, pour intégrer le clan ? Quelles étaient les étapes ? D'abord les milieux SM extrêmes, qui menaient à l'Hydre ? Puis l'Hydre qui ouvrait vers des abîmes encore plus sombres ? Combien de niveaux imbriqués pour atteindre le cœur du clan ?

Nicolas savait qu'il était sur le bon chemin, il le sentait au fond de ses tripes. Cet endroit paumé loin des grandes villes était peut-être l'arbre qui cachait la forêt. Il fit quelques pas, puis s'assit en amazone sur le bord de son bureau, la clope éteinte entre ses doigts. Audra quitta sa chaise et circula dans l'allée.

— Ce festival, c'est une bonne opportunité pour se mêler à la foule.

Elle revint vers lui.

— Qu'est-ce que t'en penses ? On devrait en parler à Sharko. On prépare l'opération demain dans la journée, et le soir on se pointe là-bas, toi, moi, comme n'importe quel festivalier. On forme un couple de junkies et on sonde le terrain, sans risque.

Nicolas ne dit rien, mais elle avait raison. Mieux valait y aller en se fondant dans le groupe que de manière frontale, avec les flingues et les cartes de police. Il sauta du bureau et se dirigea vers l'armoire à scellés, qu'il ouvrit après avoir tapé un code. Il resta devant, figé, si bien qu'Audra se glissa dans son dos.

— Qu'est-ce qu'il y a ?

Il se retourna, un sac à la main.

— La puce de Demonchaux est morte, mais on possède celle de Chevalier. Ça veut dire que si on repère cette fameuse porte, on devrait pouvoir l'ouvrir. T'as déniché l'Hydre, t'as eu une bonne idée. Mais c'est moi qui irai là-bas demain, et seul. On n'a qu'une puce de toute façon.

Audra secoua la tête.

— Pas cette fois. J'ai vu ce qui s'est passé dans la péniche et au bord du puits. L'Hydre, ce n'est pas un hôtel quatre étoiles avec vue sur la mer. S'il faut descendre au fond d'une cave et que tu te mets à trembler comme une feuille, comment tu vas faire ?

Il la fixa, la bouche à demi ouverte, sans doute surpris par autant de franchise. Audra affronta son regard parce qu'elle voulait lui tenir tête et que, d'un autre côté, elle aimait se plonger dans ces grands yeux-là. Alors, sur une durée que Nicolas fut incapable d'estimer, ils se jaugèrent, et il sentit son cœur s'emballer quand il la vit basculer vers lui. Il préféra se retourner vers l'armoire plutôt qu'à son tour se pencher vers elle et sombrer encore dans ses bras. *Je me détourne, tout comme tu m'as tourné le dos cette nuit-là,* pensa-t-il, car il voulait lui faire mal, lui montrer que, lui aussi, il était capable de blesser.

Il remit en place le sac avec la puce et sentit un courant d'air dans son dos. Audra s'éloignait. Elle décrocha son manteau, récupéra sa Thermos d'un geste sec et lui adressa un bref « au revoir » avant de disparaître.

Nicolas garda la main crispée sur la poignée de l'armoire pour ne pas lui courir après.

62

Malheureusement pour Lucie, l'inconnue de Mennecy ne lui livrerait aucun secret.

La flic avait passé une bonne partie de son mardi à parcourir un à un les dossiers du SRPJ de Versailles. L'affaire était un vrai cul-de-sac. Pas de témoins. Pas de disparition signalée correspondant au profil d'une femme de 45 ans, taille et poids moyens. Son séjour dans l'eau avait ôté tout espoir de prélever des traces biologiques autres que les siennes. Arnaud Demonchaux l'avait défigurée et immergée au fond de l'étang, scellant son sort pour l'éternité.

Lucie prit le portrait-robot de la mère biologique de Luca en main, et observa ce visage aux traits anonymes, ces grands yeux ronds et noirs qui la fixaient, ce nez en bec d'aigle. Où cette femme était-elle morte ? De quelle façon ? Et pourquoi ? Lucie avait beau essayer par tous les moyens de raccrocher cette vieille affaire à la leur, elle ne trouvait pas le lien.

Elle releva la tête avec lassitude. Pascal creusait la piste de l'activité professionnelle de Demonchaux, réclamait des listes et donnait des coups de fil. Il récupérait des noms de cliniques, d'hôpitaux, se rencardait sur l'existence de banques d'embryons, de centres d'insémination. Un travail de titan.

Quant à Nicolas, Audra et Franck, ils étaient en réunion avec Jecko. D'après ce que Lucie avait compris, il était question d'envoyer des effectifs parmi des festivaliers, afin de sonder le terrain dans un lieu appelé l'Hydre.

Elle alla se verser un café dans la salle de pause. Un soleil vif brillait à travers les fenêtres, le ciel d'un bleu minéral incitait à la rêverie. Mais en bas, c'était l'hécatombe. La crue poursuivait son travail de sape, des quartiers de Paris vivaient sans électricité, malgré une imperceptible baisse du niveau de la Seine. Dans une partie du 13e arrondissement, les ordures n'avaient pu être collectées depuis dix jours et les rats chassés des sous-sols circulaient en grappes sombres, dans une atmosphère médiévale.

De retour dans son espace, elle tomba sur Sylvain Macé, le gars de la BRB à qui Nicolas avait confié les cassettes vidéo. Il discutait avec Pascal, qui lui fit signe de s'approcher.

— Sylvain a quelque chose pour nous, dit Robillard en se levant.

Pascal offrit sa place à son collègue du deuxième étage. Lucie le salua et observa l'écran. Macé avait posé une carte Michelin sur le bureau. Une fois assis, il introduisit une clé USB dans l'unité centrale de l'ordinateur de Robillard, s'empara de la souris et ouvrit un répertoire avec des photos.

— Mon pote monteur a décortiqué les deux films, *Atrautz* et *Her Last Fucking Bloody Day*... Avec ses logiciels, il en a extrait et manipulé des images qui vont forcément vous intéresser. Niveau identités, il n'a pu déceler aucun indice intéressant au sujet de ces tarés derrière leurs masques. Ses découvertes concernent surtout la maison où se déroulent ces horreurs. D'abord, ici...

Il afficha un premier cliché. On y voyait des branchages pixélisés qui, bien que serrés, laissaient filtrer une couleur uniforme en arrière-plan.

— Cette photo a été extraite du début d'*Atrautz*, au moment où les deux individus s'avancent dans le jardin vers la maison. Une rangée de troènes de plus de deux mètres de haut poussent de façon anarchique et bouchent complètement la vue, sauf entre certains troncs où il n'y a pas de feuilles. C'est là que mon pote a zoomé. Ce mec-là est extra. Regardez la couleur uniforme, derrière... Et la photo qui suit...

Un autre clic. Dans la pagaille de branchages qui traversaient l'écran, on pouvait deviner une ligne de démarcation, parfaitement horizontale, entre deux nuances de gris.

— L'horizon, souffla Pascal. La mer...

— Exactement. La maison surplombe la mer, et rien n'obstrue la vue, hormis ces arbres. Elle donne sur une côte orientée au nord si on se fie à la position du soleil couchant qu'on voit un peu avant dans le film. La demeure est grande et isolée, plafonds hauts, vieilles pierres, mon pote a dénombré une dizaine de pièces minimum. Une maison en première ligne et en hauteur, peut-être au bord d'une falaise ou d'une colline.

Sylvain afficha un autre cliché : les tags sur les planches qui obstruaient les fenêtres. Des sigles incompréhensibles, des visages avec des bouches ouvertes, des lettres dans le chaos. Nouvelle image, zoom sur une partie de la photo précédente. Sylvain écrasa son doigt sur l'écran.

— Ce tag, là, *Breizh 29*. Il s'agit d'un petit collectif breton assez radical, qui militait pour la Bretagne libre, et dissocié en 2014. 29, parce qu'ils étaient du Finistère. De Morlaix, plus précisément.

Penché vers l'avant, Pascal tapota du bout des doigts sur son bureau.

— D'accord. Imaginons que ces deux films aient été tournés à Morlaix ou dans les environs. Le problème, c'est qu'une maison en hauteur au bord de la mer en Bretagne, c'est aussi rare qu'un flic dans le Bastion.

— Une maison abandonnée depuis au moins trois ans, Pascal, ne l'oublions pas. Et attends, je vous ai gardé le meilleur pour la fin. Je vous passe maintenant un extrait vidéo de l'autre film. Ça dure moins de dix secondes.

Il lança la lecture. Dans l'obscurité, les masques de Guy Fawkes avançaient vers la maison au rythme de la caméra. Une brève illumination blanchissait une partie du ciel assez fortement, suivie d'une deuxième plus faiblarde, une fraction de seconde plus tard. Le phénomène se renouvelait avant que le groupe pénètre dans la demeure. Lucie se rappelait son premier visionnage du film : elle avait cru à des éclairs, mais l'évidence lui sautait aux yeux à présent.

— Un phare.

— Non pas un phare, mais deux, tournant de façon décalée, avec l'un qui paraît beaucoup plus éloigné que l'autre. Sa lumière arrive à peine, comme en écho à la première. Deux phares forcément situés au nord de la maison, côté mer.

Sylvain déplia la carte Michelin du Finistère et la posa sur le bureau.

— Si on parie sur Morlaix, je ne vois pas trente-six solutions.

Il pointa deux îles à l'entrée de la grande baie.

— Voilà l'île Noire et l'île Louët, toutes deux protégées par leur phare et séparées l'une de l'autre d'un petit kilomètre.

Son doigt parcourut un morceau de côte en face de l'île Louët, sur la partie ouest.

— Si on tient compte des orientations, du fait que la maison soit en hauteur, il est fort possible qu'elle soit dans ce coin-là, sur la côte ouest de la rade, sur les hauteurs de la pointe de Pen-al-Lann. Apparemment, c'est un endroit assez peu peuplé. Si on ne s'est pas plantés, vous devriez pouvoir retrouver la baraque.

Pascal le remercia et l'accompagna jusqu'à la machine à café. Lucie resta devant la carte. La Bretagne... La côte déchiquetée... Elle s'imagina une mer déchaînée, les vagues immenses, en contrebas de la maison, les cris des victimes perdus dans le vent et ces lueurs de phares éclaboussant la nuit... Pourquoi les avait-on emmenées là-bas, si loin ? Pourquoi cette maison-là ?

Lucie ne voulait pas négliger la piste. Un paquet de kilomètres l'attendaient avant d'arriver en Bretagne, mais elle allait prendre la route et dénicher cette maison. Peut-être n'y aurait-il que de la poussière à déplacer, mais voilà moins d'un an, un massacre avait eu lieu à l'intérieur de cette demeure abandonnée. Une bande de dégénérés avait traversé la France d'est en ouest pour y sacrifier Émilie Robin.

Là-bas, et nulle part ailleurs.

Il existait forcément une raison.

63

Deux voitures banalisées fendaient la campagne noire en direction d'Évreux. Sharko n'avait pas voulu prendre de risque : tandis que Nicolas et Audra s'enfonceraient entre les neuf têtes de l'Hydre, trois hommes, dont Pascal Robillard, planqueraient dans un véhicule et interviendraient en cas de pépin.

Si Nicolas était resté habillé tel quel – jean, blouson de cuir, Doc Martens –, Audra avait adopté un look en conséquence. Eyeliner et mascara noir, rouge à lèvres violine, teint de talc. Ses cheveux au carré, un cuir moulant et une veste queue-de-pie en panne de velours complétaient le tableau. Pas de flingue, ils seraient sûrement fouillés avant d'entrer sur les lieux.

Il avait été décidé, après une longue prise de bec entre Nicolas et Sharko, qu'elle porterait la puce, maintenue sur la face interne de son poignet par un sparadrap couleur peau. Elle savait convaincre : avec un passage au service des Stups, elle était capable de se fondre dans le décor. Mais quoi qu'il arrive, ils devaient rester à deux.

Le capitaine de police la trouva bluffante, mais il garda cette impression pour lui. Il conduisait, concentré, sur la route sinueuse, destination nulle part. Ils avaient passé la journée à récolter des informations sur l'Hydre, à s'intéresser aux parcours et personnalités des trois membres fondateurs. Les fichiers n'avaient rien fait ressortir : casiers vierges. Christophe Dolls, le seul mec du trio, était à l'évidence fasciné par les poupées, au point d'arborer ce look d'homme de cire. Avant l'Hydre, il avait été photographe et avait fabriqué sur ordinateur des femmes-robots en pièces détachées, des poupées transparentes avec des organes, qu'il avait ensuite matérialisées avec des imprimantes 3D. Il avait pas mal exposé dans des galeries réputées de Tokyo. Quant à ses deux comparses, rien de particulier. L'une avait été graphiste, l'autre performeuse dans une boîte de strip-tease à Paris.

Les langues des phares léchaient désormais des fossés obscurs, des collines muettes, des talus perdus. Toute trace de civilisation avait disparu. Après des kilomètres, des points lumineux blancs, bleus, verts, suspendus dans les airs, se dessinèrent enfin autour d'une aube rosée et palpitante : l'ancienne usine textile qui abritait l'Hydre.

Le véhicule suiveur ralentit et les laissa s'éloigner. Le décor vira au paysage industriel, avec des cheminées, des tuyères branlantes, des rails aériens. L'Hydre se déployait en périphérie de la zone. Par une route pavée, on accédait à un large parking aux contours mal définis : les pneus de centaines de voitures, de vans et de motos pataugeaient dans la boue. Nicolas se gara comme il put et ils sortirent du véhicule avec un objectif principal en tête : repérer des visages, chercher des masques, observer des mains. Accrocher, peut-être, un membre du clan et ne plus le lâcher.

Avant de claquer les portières, ils déclenchèrent les micros de leurs téléphones grâce à une application. Les engins paraissaient éteints, mais des oreilles écoutaient...

Un martèlement de basses, un vrombissement de musique lourde, donnaient l'illusion que les forges de l'enfer tournaient à plein régime, sous terre. Audra récupéra deux canettes dans son sac et en balança une à Nicolas.

— Faut se détendre. Si on y va avec un balai dans le cul, ça ne va pas le faire. Combien tu peux tenir de bières en restant sobre ?

— Je... je ne sais pas. Trois, quatre.

— On va en boire deux. Une maintenant, une dedans. Allez, enfile.

— T'es consciente que ton commandant de police t'écoute ?

— Dans ce cas, santé à mon commandant.

Elle engloutit son alcool et écrasa la boîte du talon, avant de la jeter dans le coffre. Nicolas était scotché. Quand il eut lui aussi ingurgité sa bière, elle lui sortit la chemise du pantalon, attrapa sa main et sentit de la résistance.

— Ben quoi ? Tu veux qu'on avance côte à côte comme deux inconnus ?

Nicolas finit par se laisser guider. Au fond, aucun de ses gestes ne lui déplaisait. Il était ferré depuis leur première rencontre.

Ils remontèrent une allée de pavés et franchirent un portail ouvert et défoncé, où se maintenaient deux gus en treillis, lunette infrarouge perfectionnée sur l'œil et maquillage chromé. Des créatures tout droit sorties d'un film de Besson. Au-dessus d'eux, un écriteau en fer forgé : « Vous qui entrez ici, abandonnez toute espérance. » Les flics se firent palper de haut en bas.

— On ne filme pas, on ne photographie pas, grogna l'un des robocops. Bien clair ?

— Limpide, répliqua Nicolas.

Ils payèrent leur entrée à vingt euros et arrivèrent au cœur d'une place de bâtiments en U. Sur la gauche, le fameux Christian Dolls discutait avec un groupe de types habillés à l'identique, tels des clones, avec une crête jaune pisse, et leur indiquait une direction. Au-dessus d'eux, des grilles suspendues, des filets tendus, sur lesquels rampait une silhouette ceinte dans une sorte de bas nylon géant. Pas de nez, pas d'yeux, pas de visage, juste une surface lisse et cauchemardesque. Nicolas pensa au *Cri* de Munch et se demanda comment ce malade, qui se déplaçait avec l'agilité d'une araignée, respirait. La chose élança ses bras à travers la grille pour les attraper.

Devant eux, dans l'ambiance sordide des éclairages pâles, une impression de chaos. Des machines industrielles avaient été transformées, désossées, mutées en monstres d'acier. Un écran géant projetait des images chocs – sœurs siamoises collées par le flanc, vis plantées dans des crânes, *freaks* de tous bords, culs-de-jatte, manchots... Des enceintes crachaient une musique grasse, mélange de frictions métalliques, de bruissements d'ailes, de palpitations électriques. Des pancartes, des tags, des messages collés, barbouillés. « Êtres hybrides », « Mi-matière organique, mi-produit manufacturé », « Reprendre possession des corps pour mieux maîtriser nos esprits », « Vive l'accouplement avec les machines »... Sous un porche, un bar bondé. Fûts de bière, alcools forts.

Audra l'entraîna vers le zinc, commanda deux pressions d'un claquement de doigts. Elle souriait, agitait la tête comme si son corps vibrait au rythme des basses, mais, le nez dans sa mousse, elle bossait à plein régime. Elle matait du coin de l'œil les mutants tatoués, piercés. Crêtes de métal, dents chromées... Plus loin, une femme en laisse avançait, guidée par un homme avec une prothèse métallique en guise de bras gauche. De quelle planète venaient ces hurluberlus ? Elle songea à un autre film, avec Tarantino : *Une nuit en enfer*. Le genre de soirée qui pouvait virer au cauchemar.

L'homme-nylon bondit au-dessus d'eux et grimpa sur un toit, où il exécuta au ralenti des contorsions bizarres. Nicolas essayait tant bien que mal de se décontracter, plongé au beau milieu de cette atmosphère d'hôpital psychiatrique, tendance psychédélique. Les deux gérantes de l'Hydre discutaient, plus loin, orientaient, accueillaient. Rien à signaler de ce côté-là. Sur la droite, une porte où s'engouffraient des grappes de festivaliers. Verre à la main, sous l'impulsion d'Audra, Nicolas la suivit. Ils passèrent devant des salles avec des tableaux, des dessins, des photos. Nicolas les scruta. Hommes-machines, mutation des corps, cyborgs, des vieux à poil, sans dents, les couilles et les seins qui pendaient. Du crado, de la provoc, de la folie d'artistes, certes, mais rien d'illégal, ou concernant leur enquête.

Plus loin, une voûte, où pendait une araignée géante en métal, avec ses centaines d'yeux luisants. D'anciennes cuves peintes, déformées, tordues, renvoyant leurs propres reflets monstrueux, fronts hauts, bouches infinies, membres tordus... Sur une scène aménagée, un quadra en costume, chemise blanche, cravate, assis dans un fauteuil club, dégustait du foie gras en le prélevant directement dans l'oie ouverte. Derrière, un écran semblait reproduire ce que son œil voyait, mais avec une définition dégradée. Implant rétinien ou mise en scène ?

D'un geste calme, il versa le champagne dans un saladier d'argent, s'en imprégna le visage, et commença à s'autoflageller avec des boules hérissées de pointes. Des pétales rouges fleurirent sur sa chemise. L'ambiance changea, la musique se fit stridente, la luminosité vira au bleu nuit, l'artiste se déshabilla et dans sa chorégraphie, dévoila un corps musclé d'un blanc laiteux, emprisonné dans du fil de fer barbelé. La ronce d'acier était incrustée dans sa chair.

Deux individus en bleu de travail arrivèrent, l'enchaînèrent, le traînèrent dans des couloirs jusqu'à une cour extérieure, nichée derrière une tractopelle où une femme était pendue par les pieds, gesticulant comme un ver. Elle agitait un grand drapeau « Quelle chenille penserait à voler avant de devenir papillon ? » Les flics suivirent, emmenés par la foule silencieuse. Ils guettaient les recoins, les zones d'ombre, à la recherche d'une porte, d'un signe. Mais rien. On attacha l'artiste à une croix placée devant un mur où était peint un circuit imprimé géant. On se mit à le fouetter. Nicolas y vit là le symbole de l'ouvrier qui se révolte contre son patron, version *hard*.

— T'as vu quelque chose ? murmura Nicolas à l'oreille d'Audra.

— Que dalle. On retourne dans les bâtiments.

Ils s'éloignèrent, et Audra prit Nicolas par l'épaule.

— Sois pas trop guindé, on dirait qu'on va te remettre la Légion d'honneur. Détends-toi.

— Je suis détendu. Qu'est-ce que je dois faire ? Danser sur une table ?

— Ça pourrait être bien, oui.

Ils déambulèrent dans un labyrinthe de constructions délirantes, d'emboîtements improbables où chaque tuyau, chaque échelle, chaque coude métallique révélait une œuvre d'art. Des inscriptions partout, au sol, sur les murs, des peintures sur d'autres peintures, de toutes origines, dans toutes les langues, pas un centimètre carré n'avait échappé au délire d'un quelconque artiste.

Dans le chaos, Audra s'arrêta devant une œuvre, un matériau jailli des mains d'un sculpteur de l'impossible, où le métal dansait sur un socle – deux brins d'ADN enlacés comme des ballerines.

— J'ai déjà vu ce motif. Ça ne te dit rien ?

Nicolas secoua la tête. Il était distrait par l'homme-nylon, immobile sur un toit de tôle, en position de Spiderman. Sa face élastique semblait les regarder. Les suivait-il ? Audra enrageait : la sculpture, sa forme, cet objet avait un rapport avec leur enquête, elle en était certaine. Mais lequel ?

Discrètement, elle fit une photo, puis emmena son partenaire vers la droite. Une nouvelle porte. Des salles, des couloirs, qu'ils explorèrent sur des centaines de mètres dans les entrailles des bâtiments. Où se planquait cette fichue porte ? Ils débouchèrent sur un tunnel de brique aux éclairages verdâtres, baigné d'une musique électro hypnotique... Ils progressèrent parmi deux, trois ombres perdues comme eux. Des gens baisaient dans une forêt de mains métalliques plantées dans le sol. Le froid s'était intensifié.

À droite, une femme était piégée dans la carcasse d'une voiture réduite en cube, à un point tel qu'elle semblait s'être trouvée à l'intérieur *avant* qu'on ne broie la tôle. Son bras gauche sortait du cube, sa nuque paraissait brisée en deux, un genou lui rentrait presque dans l'oreille droite. L'œuvre portait un nom : « *Accident de chair*/Marilyn Greystock ». Ses lèvres grimaçaient de souffrance et Nicolas se dit que seule la désincarcération la sortirait de sa prison.

Plus ils avançaient dans le tunnel, plus l'intensité lumineuse baissait, et plus les œuvres vivantes étaient folles, abominables. « *Bras articulé*/Merlin Von Haas », « *Réseau de fer*/Greta Fitzgerald », « *Cheveux-clous*/Kevin Pain ». Nicolas et Audra s'immobilisèrent devant « *L'Homme-*

écrou/Peter Klein », piégé à l'intérieur du même réservoir qu'avait utilisé l'Ange, un cylindre rempli de milliers d'écrous l'immergeant jusqu'au cou. Un câble était relié à un gros bouton vert, placé en regard du cylindre. Les visiteurs le contemplaient, silencieux, chuchotaient entre eux. Ils avaient dû faire le rapprochement avec les cylindres vus sur Internet. Ce qui n'empêcha pas un type d'appuyer sur le bouton à plusieurs reprises. À chaque pression, un écrou roulait dans un tuyau relié au couvercle et venait percuter la tête du performeur, avant de rejoindre les autres. Dans quelques heures, à ce rythme-là, l'artiste serait submergé, et Nicolas se demanda si on pouvait survivre à une noyade d'écrous.

— Bon sang… marmonna Audra.

L'Ange du futur était venu ici, cette « œuvre » l'avait de toute évidence influencé pour mettre en place son stratagème. Ou l'inverse ? Cet artiste belge s'était-il inspiré de l'Ange par pure provocation ? Nicolas se dit qu'entre un meurtrier et un artiste, il n'y avait parfois qu'un pas…

Le tunnel virait à gauche, là où s'engageaient les visiteurs, mais Audra donna un coup à Nicolas : sur la droite, au fond d'une alcôve protégée par une grille, encombrée de matériel de spectacle et de couvertures, une porte en bois, fermée et peu éclairée, avec un dessin gravé : l'Hydre de Lerne, avec ses neuf têtes furieuses. Sur la grille, un panneau « Défense d'entrer ».

Audra sut d'instinct qu'ils cheminaient sur la bonne voie. Elle poussa la grille et marcha entre les objets hétéroclites. Nicolas lui emboîta le pas. La porte en bois n'était pas verrouillée, il suffisait juste de tirer pour l'ouvrir. Des escaliers s'enfonçaient dans l'obscurité. Peut-être dix mètres plus bas, encore des lueurs vertes. En se penchant, Nicolas sentit l'angoisse déployer ses racines dans chaque fibre de ses muscles. Il crut qu'il allait tomber, mais il tenait sur ses jambes. Le blocage n'était plus aussi fort. Les effets apaisants des bières ? Son traitement ?

— Avance, murmura-t-il. Avance...

Audra s'engouffra dans les profondeurs, la température baissa encore d'un cran. Leurs ombres grandirent, les devancèrent. Derrière eux, la porte se referma avec un claquement. Au fond, un couloir en brique sombre, des diodes au sol, comme sur les pistes d'aéroport. Et au bout de l'allée, une ombre, debout, devant une autre porte, métallique celle-là. On pouvait entendre des vibrations, depuis l'intérieur des murs. L'enfer était là, pas loin.

Les deux flics s'approchèrent, l'un derrière l'autre, car il n'y avait pas de place pour deux. Nicolas s'évertuait à maîtriser sa respiration, pour tenter de calmer ses nerfs. L'homme portait un costume et était aussi large qu'eux deux réunis. Un talkie-walkie grésillait à sa ceinture.

— On s'est perdus ?

Sa gueule restait fermée comme un coffre. À sa droite, sur la porte, une poignée grise, positionnée sous un rectangle noir. Audra y alla à l'instinct. Elle avança son poignet gauche, porteur de la puce, vers la surface plate. Il y eut un bip, et la porte s'écarta, juste assez pour qu'elle circule. L'homme acquiesça, baissant les paupières.

Ils y étaient.

Elle s'engagea de l'autre côté, Nicolas voulut suivre, mais le gardien lui posa la main sur la poitrine. La porte se referma d'un coup sec.

— Maintenant, c'est ton tour.

Nicolas était secoué. Comme Audra il approcha sa main, mais rien ne se produisit, évidemment. Il recommença.

— Ma puce doit déconner.

L'individu lui adressa un sourire pervers.

— Dans ce cas, t'entres pas.

Nicolas se mit à piétiner. Il était piégé.

— Il y en a pour combien de temps ?

L'homme ne dit rien, la main sur son talkie. Trop de questions, d'insistance, et Nicolas attirerait l'attention. Il observa le visage impassible et n'eut d'autre choix que de rebrousser chemin. Il s'en voulait à mort.

Audra était seule dans l'inconnu, perdue dans les entrailles de l'Hydre.

Et il ne pouvait rien faire pour l'aider.

64

La Bretagne. Une claque d'air frais et d'embruns qui vous transperçait jusqu'à l'os. Lucie avait tracé la route plein ouest. Elle avait vu le bleu du ciel virer au noir, à mesure que son véhicule traversait ce morceau de France, enfoncé comme un bras titanesque dans la mer d'un côté, et l'océan de l'autre.

Elle venait de terminer une conversation téléphonique avec Jaya. À 22 heures, les jumeaux venaient de s'endormir, sans père ni mère pour leur lire une histoire. Lucie s'en voulait désormais, si loin de chez elle, seule dans la lande, avec ses fringues de rechange. Mais elle y croyait. Elle devait récupérer l'adresse qui permettrait de remonter aux derniers propriétaires de la demeure et connaître l'histoire de cette baraque.

Fougères, Saint-Brieuc, Guingamp... Un interminable enchaînement de kilomètres, dans les lueurs blafardes des lampes de la N12, qui pesait sur ses paupières telles des briques. Lucie était venue chaque fois en coup de vent dans cette région, pour des enquêtes sordides. Cette fois-là ne dérogerait pas à la règle.

Les lumières de Morlaix lui donnèrent un coup de fouet, mais les villes bretonnes, l'automne et le soir, filaient le cafard. Rues exsangues aux vents mauvais, façades de pierre hostiles, et les flots d'encre où palpitaient de vagues reflets agonisants. Lucie abandonna la ville derrière elle et s'engagea sur la côte ouest de la baie. À la lumière du jour, l'endroit devait rayonner de beauté – des eaux bleu outremer, des teintes de roches pastel, des voiliers somptueux –, mais à cette heure-là, seule s'ouvrait une bouche d'ogre prête à vous engloutir.

Après une dizaine de kilomètres, la route se rétrécit et tourna vers la droite. Après Carantec, les habitations se raréfièrent. Le relief se fit encore plus sauvage, la voie se résumait à un trait de bitume entre terre et roche. Cette partie de la côte suggérait une tête d'hippocampe, et la voiture évoluait désormais au niveau de la trompe, s'élevant davantage par rapport au niveau de la mer.

Lucie eut la boule au ventre quand elle discerna, jaillie du fond de la nuit, vers le nord, la double palpitation des phares, ces deux brefs clins d'œil décalés d'une fraction de seconde qui l'orientaient comme le marin en mer. Elle suivit la route principale, et chaque fois qu'un chemin partait vers la droite – au plus près de la mer –, elle s'y engageait. Alors, elle devinait des propriétés nichées telles des perles rares dans la végétation. Des résidences secondaires, vides et sans vie, confondues avec les ténèbres. Seul le faisceau des phares en révélait l'existence. Lucie les observait, sortait parfois du véhicule pour vérifier et reprenait le volant.

Elle la découvrit au bout de vingt minutes, au détour d'un chemin d'environ quatre cents mètres, isolée, serrée entre ses troènes, ses hortensias en pagaille, ses herbes folles : la maison de l'horreur. Une bretonne classique, avec toit d'ardoises, arêtes en pierre, façade claire, mordue par les tags et le lierre. Un portail branlant défendait l'accès à la propriété. Lucie eut beau chercher une adresse, un nom de rue, un numéro, elle fit chou blanc. Elle était quelque part, sur la pointe de Pen-al-Lann.

Elle envoya un sms à Sharko. « Je l'ai trouvée, mais pas d'adresse... Vais me prendre une chambre d'hôtel et interroger les habitants de la pointe demain... »

Lucie coupa les phares, posa ses mains sur le volant et inspira. Peut-être devrait-elle faire ce qu'elle venait d'écrire. Juste s'installer dans une chambre d'hôtel, récupérer de son long trajet et attendre le lendemain pour poursuivre ses investigations. Mais depuis son départ, elle n'avait qu'une obsession : pénétrer dans cette maison et sentir ses drames dans chaque couloir, chaque pierre. Il faisait noir, certes, mais l'obscurité serait un stimulant supplémentaire.

Lucie avait tout prévu : gants, lampe torche, pulvérisateur de Bluestar piqué en douce parmi le matériel dans le séchoir de leur étage. Elle glissa son arme à l'arrière de son jean et s'engagea sur le terrain. Un vent d'ouest cinglant la cueillit, une morsure cruelle qui la poussa à remonter la fermeture de son anorak jusqu'au menton. Plus elle s'avançait, plus sa conviction qu'il ne s'agissait pas d'un squat choisi au hasard grandissait. Il fallait le vouloir pour venir se perdre dans ce coin paumé. Lucie sentait un lien profond, symbolique, entre la horde et les lieux. C'était entre ces murs qu'on avait sacrifié la mère porteuse de Luca, c'était là que le Punisseur avait sorti le foie de ses tripes.

Son portable vibra dans sa poche. Réponse de Sharko : elle pouvait l'appeler une fois installée à l'hôtel. Il devait être très occupé avec l'infiltration d'Audra et Nicolas à l'Hydre. Tant mieux.

Elle s'approcha de la façade, éclaira les planches clouées devant les fenêtres. Le tag *Breizh 29* était toujours là. Porte avant fermée à clé. D'un pas vif, elle entama le tour de la maison quand elle perçut une silhouette, à l'orée du jardin. À peine eut-elle le temps de cligner des yeux que l'ombre s'enfonçait dans les arbres. Dix secondes plus tard, un bruit de moteur résonna – un scooter, songea Lucie. Elle accourut, mais il était trop tard.

Un habitant de la pointe ? Un squatteur ? Ou la surveillait-on ?

Elle resta sur ses gardes et se dirigea vers l'arrière de la maison. La pulsation blanche des phares donnait l'impression d'un orage permanent bourré d'électricité et accroché à la côte bretonne comme un tentacule de pieuvre. L'air de la baie remontait – une vague odeur d'algues et de vase. Lucie ne découvrit aucun point d'accès, alors elle s'acharna sur les planches qui condamnaient une fenêtre à l'arrière. Elle utilisa le canon de son Sig en guise de pied-de-biche. Elle crut ne jamais y arriver, mais un premier craquement la remotiva et, au bout d'un quart d'heure, elle put glisser son corps menu à l'intérieur.

65

La porte se referma dans un claquement sec derrière Audra. Pas de bouton, pas de poignée pour ressortir. Juste un mur de métal, des parois de roche grise, bordées de faibles lumières qui menaient vers l'inconnu. Elle patienta quelques secondes et comprit que Nicolas ne la suivrait pas.

Alors, elle s'enfonça dans la gueule de l'Hydre, puis dans son interminable cou où rampaient tuyauteries et tubulures, guidées par des flambeaux dispersés comme des glandes prêtes à cracher une tempête de feu. Sur le côté, elle découvrit une autre porte métallique, avec une ouverture à puce et portant l'inscription, « EXIT ». Audra hésita, elle pouvait encore rejoindre Nicolas. Mais comme elle y était, là, maintenant, elle poursuivit son chemin.

Au détour d'une courbe, une femme attendait derrière un comptoir. Une espèce de fil de fer moulé dans une salopette en latex, avec une capote sur le crâne. Elle lui tendit un panier.

— Téléphone portable, appareil photo... Pas de film, pas de photo.

Audra s'exécuta à contrecœur. Le contact avec l'extérieur allait être rompu. Elle éteignit l'appareil pour être sûre de ne pas recevoir les messages de Nicolas. L'hôtesse lui tendit un ticket avec un numéro correspondant au casier où elle posa son téléphone.

— Volontaire pour monter sur scène ?

— Non.

Elle ignorait de quoi il s'agissait, mais préférait éviter. On lui colla un bracelet blanc autour du poignet et elle poursuivit sa progression. L'air devenait plus tiède, plus humide. Évoluait-elle sous les salles visitées en surface ? Elle ne le savait pas. La luminosité avait encore diminué, et sa marche lui parut interminable. Elle finit par apercevoir une succession d'alcôves éclairées dans la pierre. Des silhouettes erraient, pareilles à des ombres de marionnettes, butinaient de niche en niche. Dès qu'elle le pouvait, Audra observait les mains. Autour des poignets, des bracelets blancs identiques au sien. Mais d'autres étaient rouges...

Les premières pièces se présentèrent en forme d'igloos, avec des peaux de bêtes étendues au sol, des bancs circulaires, des fauteuils, où se mêlaient des corps luisants. Des gens baisaient, d'autres mataient. Calme, luxure, voyeurisme. *Pas de quoi fouetter un chat.* Elle sourit à sa propre blague pour se rassurer. À deux pas, des petits stands, comme sur un marché. Matériel sexuel, godes, menottes, batteries électriques, écarteurs, et un tas d'objets dont elle n'osait imaginer la fonction.

Plus loin, odeurs d'antiseptiques et de produits médicaux. Un homme reposait sur un fauteuil, le visage éclairé par une lampe de dentiste. Un gars aux mains gantées et piercé de partout se penchait sur lui et enfonçait l'aiguille d'une immense seringue dans son œil gauche. Il retira son instrument et massa la paupière du type. Puis tourna son visage vers Audra. Deux grands cratères l'observèrent : des billes de verre, pleines et brunes, qu'on lui aurait enfoncées à la place des yeux. Une copie conforme de l'extraterrestre de Roswell.

— Chlorine e6, murmura-t-il. On l'injecte à l'intérieur des globes oculaires pour voir dans la nuit. C'est comme les lunettes infrarouges, ça fonctionne nickel. Je te le fais pour cinq cents billets, tu trouveras pas moins cher sur le marché. Je suis à toi dans vingt minutes.

Elle s'éloigna, écœurée. Autre alcôve. Grésillements, odeur de grillé, chairs découpées. Sur le bras d'une femme, elle vit un circuit imprimé greffé à la place d'un pan complet de peau. Un homme en blouse blanche exécutait des sutures, tirant avec dextérité sur des fils de soie. Une affiche : « Rechargez votre portable par induction corporelle. »

Plus loin, un homme debout devant son alcôve, Borsalino incliné, costume blanc. La caricature du mafieux. Derrière lui, un empilement de boîtes, du matériel de laboratoire.

— Tu trouveras pas ça sur Internet, fit-il. Viens voir dans ma boutique. Bien sûr, matos classique pour extraire et dupliquer l'ADN. Mais niveau CRIPSR, j'ai pas mal de trucs sympa. Bon, si t'aimes t'éclater, j'ai de quoi faire de la bière fluorescente ou des épices démentes.

— Et la myostatine ? demanda Audra.

— Ah. Je vois que t'es rencardée.

Il lui attrapa le bras et l'entraîna à l'intérieur. Une vraie caverne d'Ali Baba. Pas de kits commerciaux, mais des flacons déjà préparés, regroupés dans des sachets. Audra observait ses mains. Intactes. Il lui glissa un package entre les mains.

— Avec ça, tu vas avoir une force de titan. Je te le fais quatre cents. Pour toi.

Audra lui rendit son paquet.

— Je ne suis pas intéressée.

— Attends, attends ! J'ai ça aussi ! (Il agitait un autre sachet.) Tu t'injectes ce cocktail et je te garantis que tu ne te feras plus jamais piquer par un moustique de ta vie... Et... attends... Si t'as des potes séropos, je suis là pour eux. Ce CRISPR, là, il te cible et te casse en deux cette saleté de virus. Tu crois que ça marche pas ? Va voir sur Internet, ils font ça dans les labos américains sur les souris. Putain, c'est génial, des souris atteintes du SIDA et qui guérissent. Moi, je te le propose là, en direct, pour peau de balle, et ça t'intéresse pas ?

Audra ne releva pas et préféra sortir. Elle étouffait. Elle sentit le souffle de l'homme dans son dos.

— Va te faire foutre ! J'ai ton produit, alors pourquoi tu le prends pas ?

La flic bifurqua dans un coude. Toutes ces activités étaient peut-être répréhensibles par la loi – exercice illégal d'activité de chirurgie dans une installation non autorisée, produits et ventes non déclarés... –, mais faire tomber les responsables pour ce genre de délit n'intéressait personne. Ils voulaient les auteurs des meurtres et leurs complices. Retrouver le clan.

L'alcôve suivante était plongée dans l'obscurité. Audra devina une silhouette trapue, assise contre la roche. Rien. Pas de matériel ni de présentoir. Juste une pancarte, clouée sur le mur : « Nullification ». Elle s'approcha. L'individu tenait ses mains regroupées entre ses jambes. Invisibles. Une sale gueule frappée par une pluie de météorites. Des implants tapissaient son crâne chauve : une planche de fakir.

— Ça te branche ?
— Ça dépend.

Il la scruta de haut en bas.

— On fait ça chez moi, avec le matos stérilisé qui va bien. Deux jours plus tard, t'es dehors...

— En quoi ça consiste, exactement ?

L'homme pointa le bracelet blanc d'Audra. Sa main droite était intacte.

— C'est ta première, hein ? Allez, tire-toi, gamine. C'est pas pour toi.

Audra ne bougea pas. Elle voulait voir l'autre main. L'homme la gratifia d'un sourire mauvais. Il poussa sur ses genoux, se redressa. Il la dominait d'une tête. Son bras descendit vers l'entrejambe d'Audra.

— En quoi ça consiste ? Je t'enlève la totalité des parties génitales, des lèvres jusqu'au clito. Certains font ça dans leur garage avec des outils de bagnole, mais moi, je travaille proprement, dans les règles de l'art. J'ai le matos stérile, les médocs, et les diplômes qu'il faut. Crois-moi, quand t'auras plus rien dans le bide, tu te sentiras jamais aussi proche des machines.

Audra était au bord de la nausée. Une fois qu'elle eut vérifié l'intégrité de ses mains, elle disparut dans la moiteur du tunnel. Tourna à gauche. D'autres marches l'enfoncèrent davantage dans l'organisme du monstre. Elle réfléchissait : certains biohackers extrêmes subissaient leurs modifications corporelles dans cet endroit, se laissaient introduire des corps étrangers dans leurs propres chairs, accédaient à des produits de modification du vivant. Chevalier, Demonchaux, Émilie Robin, et la fausse Anne Chougrani étaient venus dans ces tunnels. Un passage obligé pour intégrer le clan ?

Audra ne comprenait pas comment on les avait repérés. Tous ces individus autour d'elle portaient la puce puisqu'ils étaient là, ça n'en faisait pas tous des membres des phalanges coupées. Les observait-on pour pouvoir les sélectionner ensuite ? Était-ce une question de couleur de bracelet ? Les personnes qui franchissaient la porte étaient-elles sous surveillance ?

L'idée qu'on puisse l'épier la frigorifia. Au fur et à mesure qu'elle s'enfonçait dans les entrailles de l'Hydre, la jeune femme sentit la morsure du givre sur sa nuque : elle devait rester sur ses gardes.

66

Le vent s'engouffrait derrière Lucie, agitait les lambeaux de papier peint arraché, levait des spirales de poussière rousse. Elle se figea un instant, comme si ses pieds pesaient des tonnes. S'aventurer de façon illégale dans une maison avait failli lui coûter la vie, un an et demi plus tôt. Elle essaya de se calmer et s'avança. Ces lieux lui parlaient. Elle revit le clan aux masques progresser dans ce même couloir. Elle marchait dans leurs pas. À l'intérieur même du film.

Ça sentait le salpêtre et le ciment humide. Face à elle, les vestiges du salon. Massive cheminée en pierre, tomettes à l'ancienne au sol, poutres. Des meubles, restés en place. Un canapé déchiré. Elle se focalisa sur la table poussée dans un coin, celle utilisée pour attacher Émilie Robin. Ne releva aucune trace de sang par terre. Ces bâtards avaient sans doute nettoyé.

Elle éteignit sa lampe, ralluma, éteignit. Flash, les masques blancs... Flash, les bougies... Flash, la horde rassemblée autour du corps attaché... Ici sans doute, à l'endroit même où elle se tenait. Elle se pencha et pulvérisa du Bluestar autour d'elle. Le produit détectait la présence de sang sur les sols nettoyés, même des années plus tard.

Alors, la mort se répandit à ses pieds en un voile funeste, et elle revit, une fraction de seconde, la victime ouverte du nombril au sternum. Un frisson la mordit. À coups de pulvérisations, de petits *pschitt !* dans la nuit, elle remonta la rivière fluorescente, qui se répandait de pièce en pièce – ex-cuisine, ex-salle à manger, couloirs... Le cadavre de Robin avait dû être traîné par les cheveux, partout à travers la maison, comme pour marquer un territoire, ou une quelconque victoire. Lucie voyait la meute assoiffée de sang et de mort en train de pousser des cris bestiaux. Le parcours s'arrêtait dans la baignoire de la salle de bains. On l'avait déposée là et vidée de son sang, avant de l'embarquer, de la débiter ou de la diluer à l'acide sur place.

Puis ils avaient tout nettoyé, en bonnes petites fées du logis.

Des bêtes.

Lucie retourna vite à la fenêtre respirer l'air du large. Cette maison puait la mort et gardait, dans ses entrailles, les marques du massacre. Quand elle eut repris ses esprits, elle poursuivit l'exploration. La fluorescence du Bluestar s'était estompée, le passé redevenait passé. Elle monta à l'étage, dépassa une chambre d'enfant – vestiges de tapisserie à motifs, grosse peluche déchirée dans un coin, un lit à barreaux fracassé... Puis une autre qui lui rappela le décor du premier film, *Atrautz*. La fausse Anne Chougrani s'était fait violer, défoncer et couper une phalange entre ces murs, afin d'appartenir à la meute. Le révélateur chimique confirma son hypothèse.

Le vieux lit n'avait pas bougé. Des commodes et tables de nuit en bon état, dont elle ouvrit les tiroirs. Un dressing, vide. Pourquoi cette maison abandonnée comportait-elle encore du mobilier ? De pièce en pièce, Lucie se représenta la vie ici. La vue sur le large, la nature, les grands espaces...

Puis cette bascule, qui avait transformé cette demeure en un lieu de poussière et de vieux fantômes, le théâtre des pires horreurs.

Qui avait occupé ces murs ? Lucie allait mettre en application le message envoyé à Franck : se dénicher un hôtel où dormir puis interroger les résidents de la pointe dès le lendemain matin. Elle trouverait bien quelqu'un qui saurait.

Dans le couloir, elle éclaira une trappe inaccessible dans le plafond. Elle eut envie de jeter un œil avant de partir. En déplaçant une table de chevet sur laquelle elle grimpa, elle parvint à l'ouvrir. Une cordelette permettait de déployer une échelle, qui dévala à ses pieds dans un bruit infernal.

Elle passa la tête, balaya l'intérieur avec sa lampe. Un grenier encombré se nichait sous la toiture. Une poussière d'argent oscillait dans le faisceau. Lucie se décida à aller fouiner. Elle franchit le dernier échelon et posa le pied sur un plancher d'un noir de suie. Quand une toile d'araignée lui explosa au visage, elle hurla dans un réflexe stupide et agita les bras dans tous les sens.

— Calme-toi, bordel !

Elle haletait. Le vent sifflait sous les tuiles, un subtil courant d'air lui électrisait la nuque. La pièce était immense et devait couvrir la surface au sol de la maison. Un fourre-tout, encombré de vieilles malles, de cartons affaissés, de piles de livres et de magazines, d'appareils électriques enchevêtrés : raclette, croque-monsieur, gaufres... Lucie s'avança en prenant garde aux rubans de soie grise et à leurs noires occupantes, boules d'encre dans le brouillard.

Plus loin, elle souleva de grandes bâches qui abritaient des vêtements de bébé et des jouets : cheval à bascule, dînette, mobiles, peluches, et même un autre lit à barreaux... Ainsi, une famille avec un ou plusieurs enfants – 3 ou 4 ans maximum vu les jouets et les habits – avait vécu dans cette maison.

Elle ne sut exprimer pourquoi, mais elle sentait qu'un drame avait eu lieu ici, du temps où cette maison était habitée, bien avant le meurtre sauvage. Ses habitants l'avaient quittée dans la précipitation, y sacrifiant une partie de leurs souvenirs.

Elle enjamba des piles d'assiettes, des verres rangés dans leurs boîtes d'origine, tous ces objets qu'on accumule et dont on ne se débarrasse jamais. Plus elle progressait, plus elle remontait le temps, et plus l'obscurité se resserrait autour d'elle – la trappe lui paraissait à des années-lumière. La sous-pente se fit plus basse, et Lucie dut se courber pour atteindre le fond.

Posé contre un mur, un chevalet. À ses pieds, des faisceaux de pinceaux inutilisables, collés par la peinture sur des palettes ou roulés dans des chiffons. Des encadrements de tailles variées, des pigments dans des bocaux. Sous un drap, des toiles. Lucie s'agenouilla, souffla sur la poussière et observa les peintures. La mer, des bateaux, une plage, des parasols. Puis des hortensias fleuris ornant la façade d'une belle maison : celle-ci, avant l'abandon. Lucie devinait une touche mélancolique, une forme de tristesse évidente qui habitait ces œuvres. Elle orienta le faisceau de sa lampe vers le coin gauche, au bas des toiles. Une signature, *Maggie*, et un titre chaque fois : *Baie des anges*, *Tristesse de ciels*, *Langueur et Solitude*.

— Maggie, répéta Lucie.

Elle ôta un vieux drap et découvrit deux autres tableaux. Sur celui du dessus, un voilier qui fendait les flots, avec un soleil rouge vif embrasant le ciel. Écrit sur la coque blanche, en bleu nuit, un nom qui lui hérissa les poils :

LUCA

Elle perçut des bruissements d'ailes sur la toiture. Des roucoulements. Des oiseaux devaient nicher ou se protéger du vent. Lucie revint vers la peinture et n'avait plus qu'une hâte : sortir d'ici. Elle dévoila rapidement le second tableau. Il s'agissait d'un visage de trois quarts. Un vrai coup de fouet en pleine figure.

Maggie, autoportrait.

Les deux grands iris bleus où brillait un voile de larmes, la forme du nez, le fil de la bouche... Lucie n'en croyait pas ses yeux. Elle se précipita vers les bocaux à pigments, décrypta les étiquettes. « Blanc de plomb », « Or cuivre », « Bleu de cobalt ». Des oxydes... De ceux détectés en faible quantité dans les cheveux du cadavre de Mennecy.

Nul doute possible.

Elle avait retrouvé la mère biologique de Luca.

67

Audra poursuivit sa descente. Après un virage, des hurlements bondirent de loin en loin : les cris d'une femme, âcres et chargés de mort. Des éclairs de lumière crue jaillissaient du fond, et plus elle s'approchait, plus une humidité grasse s'accrochait aux parois luisantes – l'infernale salive de la bête.

Une porte entrebâillée qu'elle poussa. Une chaleur de four.

Une foule dense, étrange, certains debout, d'autres assis, occupait une salle dont Audra ne put deviner où ses murs s'arrêtaient. Les projecteurs aveuglants se focalisaient sur une scène où une femme était dressée sur la pointe des pieds, mains attachées devant elle, le cou entouré d'un nœud coulant. Si elle relâchait l'effort, elle s'étranglait. Elle portait un bracelet rouge. Un barbu en bleu de travail, casque de chantier sur la tête, lui tournait autour, lui infligeant d'infimes coups de rasoir. Des larmes pourpres perlaient.

Audra se glissa sur la droite et se fit une place. Autour d'elle, crânes en coquille d'œuf, vestes en cuir, femmes à moitié nues. L'oreille d'un type clignotait comme ces gadgets qu'on vendait les soirs de feu d'artifice. Une minicaméra était vissée sur le crâne. Dans le cou d'un gus, un tatouage rétroéclairé. Elle hallucina quand elle vit une plante intégrée dans la chevelure rousse d'une femme. Des corps mutilés aussi.

Des chairs torturées, labourées de perforations, coupures, morsures... Beaucoup de bracelets rouges. Des habitués. Une vraie foire aux monstres.

Des performances, avec des volontaires choisis par le barbu, se poursuivirent. Les « artistes » enchaînaient les shows. Suspension par les seins, coups de fouet, plaies à vif. Ça frappait fort, ça claquait, ça saignait. Audra observait les visages et les mains, sans déceler dans son propre environnement la moindre phalange coupée.

Soudain, son regard se figea sur le fond de la salle, côté gauche. Dans l'obscurité, le blanc laqué d'un masque de Guy Fawkes se détachait. Il flottait dans l'air comme un spectre. Audra se raidit et regarda de nouveau la scène.

L'un d'entre eux était là, à scruter le public.

La flic essaya de garder son calme. Si seulement elle avait pu prévenir Nicolas.

Soudain, le noir complet. Murmures. Claquement de porte. Audra sentit un crépitement, une tension. Le silence. On courait sur la scène, on tirait des objets. Puis une respiration, jaillie d'elle ne savait où, qui la prit aux tripes. C'était comme si celui qui respirait avait ses lèvres collées à son oreille. Comme si elle percevait son propre souffle. Ensuite de rapides battements de cœur, qui la frappaient avec la netteté d'une écoute au stéthoscope. Diastole, systole, écoulement dans les artères, pulsations dans les tempes. *En elle*.

Écran blanc sur la scène, un titre : « PROMÉTHÉUS ».

Lumière tamisée, ambiance. Un décor de montagne sur les côtés de l'écran, un faux rocher. Une torche s'embrasa. Le feu comme dans le mythe. Au milieu de l'estrade, une femme se tenait en sous-vêtements, le poignet orné d'un bracelet rouge. Un masque noir lui mangeait le bas du visage, comme celui d'Hannibal Lecter dans *Le Silence des agneaux*. Les bruits de respiration provenaient donc de cet amplificateur. Sa poitrine, ses bras scarifiés étaient tapissés de capteurs. Sur sa tête, un de ces casques ressemblant à celui d'un cycliste, qui filmait son visage en subjectif et captait ses ondes cérébrales. Des courbes oscillèrent sur l'écran. « Rythme cardiaque », « pression sanguine », « degré de douleur ». Son visage s'afficha en gros plan.

Une expérience interactive, songea Audra, *un voyage infernal dans la douleur de cette femme...*

Le cœur battait vite, la respiration était saccadée et Audra sentit ses propres constantes se calquer sur celles de la femme. La volontaire avait peur, et par cette communion organique, sa peur pénétrait Audra. Comment cela était-il possible ?

Un homme apparut. Il portait un costume couvert de plumes noires, un bec orangé et d'immenses serres d'acier au bout des doigts. Il se positionna à côté du rocher tandis que deux femmes, robe blanche, longue chevelure – des déesses, songea Audra –, arrivaient avec des chaînes et une tablette sur roulettes transportant compresses et flacons.

La femme fut enchaînée au rocher, bras et jambes écartés. Son visage se raidit. L'aigle agitait ses ailes noires. Leur bruissement transperça Audra, sa respiration se confondit avec celle de la volontaire et elle se sentit hypnotisée. L'acoustique, la chaleur, les lumières stroboscopiques... tout cela devait contribuer à créer cet effet d'apesanteur. Elle tenta de rester concentrée, de ne pas perdre le masque de vue. Elle était mal placée. Difficile de bouger sans attirer l'attention. Avec discrétion, elle fit quelques pas en arrière et se glissa le long d'un pilier. Le masque observait toujours.

Le tam-tam des pulsations s'amplifiait. Sur scène, l'aigle promenait ses serres sur les épaules nues. La respiration s'emballa quand une lame dessina un sillon sur le sein gauche. Audra eut mal pour la femme. Un flash illumina la pièce. À l'écran, la courbe de douleur traça un pic. Le cœur crachait son sang. Boom, boom, boom...

L'aigle mutilait, la volontaire criait – un son qui vrillait les tympans –, ses constantes filaient. Mains gantées, les déesses complices épongeaient, soignaient, avec compresses, produits, tandis que quatre hommes-robots dansaient sur scène et crachaient du feu.

Un partage de souffrance, songea Audra. De la mise en scène cruelle, odieuse, pour spectateurs initiés, mais rien d'autre qu'une fresque avec effets sonores et visuels, déployant mythologie et technologie. Elle était même presque certaine que d'un point de vue légal, on restait dans les clous : ceux qui se faisaient torturer ou taillader étaient tous volontaires.

À nouveau, elle jeta un regard discret vers l'arrière. Le masque avait disparu. La porte venait de se rabattre. Elle se fraya un passage dans la foule, peina à s'extraire des masses de chair, mais parvint à gagner la porte. L'ombre disparut en courant, au bout du couloir.

Elle se précipita dans le tunnel étroit, avec les flammes des flambeaux qui lui léchaient les cheveux. Son dos ruisselait de sueur. Avait-elle été repérée ? Plus loin, les alcôves, le peuple de l'obscurité, les grésillements des appareils, les curieux qui déambulaient.

— Un masque blanc, haleta-t-elle. Vous avez vu ?

Un homme hocha le menton vers la droite. Audra s'élança, remonta une pente. L'hôtesse en tenue de latex était appuyée sur son comptoir, le nez rivé sur son téléphone. Audra la dépassa en coup de vent, retrouva la porte marquée EXIT. Vite, elle y colla son poignet. Déclic, ouverture. Bourrasque d'air frais en pleine figure. Elle avait atterri à l'arrière des bâtiments, cernée de blocs de voitures broyées et serrées en un labyrinthe de tôle dans l'air glacé de la nuit. Elle remonta un chemin, prit à droite quand, soudain, une bombe explosa derrière son crâne.

La seconde d'après, elle s'écrasait au sol. Flou. Bourdonnements. Le monde tanguait comme sur une mer d'ouate. Elle n'eut pas la force de grogner. Déjà, elle sentait le goût du sang sur sa langue. Dans un effort démesuré, elle rampa et se retourna. Une barre noire s'abattait sur elle. Elle roula dans un réflexe et sentit la morsure du bois au ras de son oreille. Le masque dansait au-dessus d'elle, oscillait telle une lune mesquine. La barre remonta dans un sifflement. Audra était acculée contre la tôle. Elle croisa ses bras devant son visage et ferma les paupières, alors qu'un râle mourait au fond de sa gorge.

Rien n'arriva. Elle rouvrit les yeux et découvrit deux visages d'hommes penchés au-dessus d'elle. L'un d'eux glissa sa main derrière sa nuque :

— Ça va ?

Un gong résonnait dans sa tête. Elle respira un grand coup, tenta de se relever, tituba et tomba un mètre plus loin. Les yeux vers les étoiles, sa dernière pensée fut de se dire que le ciel était d'une beauté extraordinaire, vu d'ici.

68

C'était une nuit froide d'automne au milieu des champs, l'une de celles où le vent, gonflé d'un long voyage sans obstacles, s'engouffrait dans les friches et vous piquetait la peau comme des milliers d'aiguilles. Audra était appuyée contre leur voiture, emmitouflée dans son blouson. Elle n'avait pas de plaie ouverte au crâne, n'avait pas perdu connaissance et avait refusé qu'on l'emmène à l'hôpital.

Après son agression, il lui avait fallu une dizaine de minutes pour retrouver Nicolas. À l'évidence, l'individu armé de son bâton avait réussi à se fondre dans la foule – peut-être en se débarrassant de son masque –, à regagner le parking et à prendre la fuite avant même que la seconde équipe soit informée.

À 1 h 30 du matin, la musique s'était tue. Les derniers festivaliers reprenaient la route, sous l'œil avisé des flics positionnés à proximité de la grille d'entrée. Seules les lumières de la vieille usine brillaient encore dans la campagne, comme les derniers brûlots d'une colonie de résistants.

Nicolas revint vers le véhicule, cigarette au bec.

— Comment tu te sens ?

— Je tiens le choc.

Il souffla la fumée vers le ciel.

— Les derniers festivaliers viennent de récupérer leurs téléphones portables dans la consigne. Il ne reste aucun appareil. Probable que ton agresseur n'en avait pas avec lui.

Nicolas la fixa, puis désigna du menton les collègues.

— Ils vont emmener Dolls et ses deux associées pour une audition au Bastion. Ils sont plutôt coopératifs et bien sûr, à les écouter, ils n'ont rien à se reprocher : leur affaire est légale, les types qui agissent là-dessous ont les autorisations et les diplômes, ce genre de baratin.

— Légale ? Et le mec qui propose d'ôter les organes sexuels ?

Nicolas balança son mégot d'une chiquenaude.

— Disparu avant qu'on se pointe, évidemment. En tout cas, ceux qui jouaient *Prométhéus* sur scène sont des performeurs français ; ils se produisent ici deux fois par semaine. Les Marcheurs noirs. Ils utilisent tout ce qu'il y a de plus récent en matière de biotechnologie : casques capables de mesurer les ondes cérébrales, sons binauraux pour une immersion complète, lumières stroboscopiques à effet de résonance... Ça te donne l'impression de ressentir la douleur de l'autre, un truc avec des neurones miroirs, je n'ai rien compris. Ce que j'ai capté, en revanche, c'est qu'ils sélectionnent un volontaire à bracelet rouge une heure avant le « spectacle », le briefent et s'assurent qu'il est coutumier de ce genre de pratique extrême.

— Et quand tu parles à Dolls et ses comparses des masques de Fawkes ?

— Ils ne savent pas et disent qu'ils n'ont rien à voir avec ça. Porter un masque ici, un casque à pointe, ou se balader avec des gants à la Freddy Krueger, ça arrive tout le temps. Alors oui, ils ont déjà vu des masques de Fawkes, mais on ne peut pas en tirer grand-chose. Quant aux puces...

Nicolas voyait qu'elle tremblotait, alors il se glissa dans le véhicule. Audra en fit le tour et s'installa côté passager. Elle ferma la porte et tourna le bouton du chauffage.

— C'est un truc très particulier, inventé par Dolls il y a environ trois ans. D'après ce qu'il raconte, quand il a créé cet endroit sous l'Hydre, il a donné dix puces à des connaissances, des adeptes de la contre-culture, du SM extrême, des modifications corporelles et du biohacking. Il leur a proposé de se faire implanter la puce chez n'importe quel pierceur et de descendre là-dessous, histoire d'inaugurer les lieux. Ces dix connaissances sont reparties avec une puce chacune, à donner à une personne de confiance, dont elles devenaient en quelque sorte le parrain. Et ainsi de suite. Voilà comment est née la mythologie de l'endroit.

— Un endroit soi-disant secret où on ne peut entrer que par cooptation...

— Ce genre-là, oui. Ce sont pas loin de quatre cents puces qui ont circulé de main en main et sont de ce fait parties dans la nature. Dolls réinjecte des puces dans le circuit de temps en temps, pour faire tourner les sous-sols avec une moyenne de deux cents entrées par soirée...

— Difficile, donc, de retrouver les identités de tous les porteurs.

— Ouais, ça risque de prendre des plombes. Pour Dolls, sa démarche est une forme d'œuvre d'art. « Les tentacules de la contre-culture qui envahissent les sous-sols de la ville », ce type de conneries. Évidemment, pour les doigts coupés, personne n'est au courant. Jamais vu, jamais entendu parler.

Alors que Nicolas reprenait la route, Audra essayait de comprendre.

— Donc pour résumer, Arnaud Demonchaux, Émilie Robin, la fausse Anne Chougrani ont fréquenté les milieux extrêmes, et se sont retrouvés un jour en possession de ces puces pour pouvoir descendre là-dessous.

— Oui. Et Fabrice Chevalier a réussi à intégrer le circuit. La suite, on la connaît. Tous ces gens-là viennent dans ces sous-sols et atterrissent plus tard dans le clan des phalanges coupées...

Audra revit les flashes, les griffes de l'aigle sur les chairs, ces battements cardiaques dans ses tempes. Et le masque de Guy Fawkes oscillant dans les airs.

— L'un d'eux observait, du fond de la salle. Debout, pas loin de la porte. Il y avait ces festivaliers qui montaient sur scène pour se faire charcuter, fouetter, planter des tas de trucs dans le corps. Et si c'était de cette façon que les futurs membres du clan, les plus extrêmes, les plus transgressifs, étaient approchés ? Tu vas me dire, ils sont forcément tous extrêmes puisqu'ils ont franchi les étapes pour se retrouver là, mais ceux qui vont sur la scène, ceux qui se font greffer des machins dans les alcôves, ceux qui se procurent ces kits pour réaliser leurs expériences sur le vivant, ils sont encore un cran au-dessus, si tu vois ce que je veux dire.

Nicolas se rappelait... Émilie Robin, ses mutilations de jeunesse et ses séances chez le psychiatre. La fausse Anne Chougrani, et sa quête permanente de la douleur... Demonchaux le bourreau et l'expérimentateur... L'idée d'Audra tenait la route. L'Hydre servait peut-être de centre de recrutement qui échappait à ses propriétaires, un noyau dur où, au fil des mois, un ou plusieurs membres du clan se fondaient dans la masse pour surveiller et aborder les sujets à bracelet rouge qui les intéressaient. Tout le principe d'une secte. Et Demonchaux, dans l'agencement de ses crimes, se serait inspiré du spectacle autour du mythe de Prométhée...

Certes, ils progressaient, mais il leur manquait la réponse à la question principale : que cherchait ce clan ? Quel était son but ? Pourquoi avoir éliminé Émilie Robin et prélevé le sang de Luca ? Nicolas remarqua qu'Audra papillotait des yeux, alors, il relança la conversation.

— Au fait, Sharko m'a informé que Lucie était entrée dans la maison abandonnée, en Bretagne, et qu'elle l'avait fouillée. Selon elle, cette habitation était celle de la mère biologique de Luca, notre inconnue de l'étang de Mennecy.

La voix de Nicolas bourdonna dans les oreilles d'Audra et à un moment donné, elle n'entendit plus rien. Il lui sembla tomber dans un trou. Son partenaire était en train de la secouer par l'épaule quand elle rouvrit les yeux.

— Oh ! Ça va ?

— Oui, oui... Je... je m'endormais...

Nicolas enfonça la pédale d'accélérateur.

— Je te ramène chez toi.

69

Nicolas avait hésité à conduire Audra aux urgences pour un contrôle, mais devant son refus catégorique, il avait abdiqué à une seule condition : qu'elle reste sous sa surveillance jusqu'au matin. Il fallait vérifier qu'elle ne serait pas prise de nausées ou de vomissements durant son sommeil.

Elle ne tenait plus debout et eut du mal à ouvrir la porte de son appartement. Elle eut à peine le temps de dire à Nicolas de faire comme chez lui qu'elle s'endormit dès l'instant où elle s'allongea encore habillée sur son lit. Il était plus de 3 heures.

Le capitaine de police avait prévenu Sharko de la situation et qu'il ne rentrerait pas cette nuit. Il tira un pouf contre le mur et regarda Audra dormir, toute recroquevillée tel un animal fragile. Leur opération nocturne aurait pu finir de manière beaucoup plus dramatique. Nicolas avait foiré. Serait-il un jour capable de protéger quelqu'un ? D'éviter que ses actions partent en vrille ? Il était comme Sisyphe poussant son rocher : condamné à une forme d'échec perpétuel.

Le sommeil vint le cueillir, lui aussi. Dans cet état de demi-veille où il se sentait partir et revenir, les images hypnagogiques affluèrent : des visages fendus par des scies circulaires, des chiens avec une pelleteuse en guise de gueule, des fœtus à plusieurs têtes et aux dents d'acier. Il sursautait, le front trempé, tentait de rester éveillé, et sombrait encore. À un moment, tout devint noir. Lorsqu'il rouvrit les yeux, son menton s'écrasait contre son torse et une douleur aiguë lui paralysait la nuque.

6 h 40. L'aube orangée des lampadaires pointait par la fenêtre et l'on pouvait percevoir déjà les crissements lointains du RER : la France de ceux qui se lèvent tôt reprenait vie. Nicolas se leva et s'étira en grimaçant, avec la sensation d'être encore plus claqué que la veille. Audra dormait d'une respiration lente et apaisée.

Il se rendit à la cuisine, en quête de son café fort matinal. Mais il ne trouva rien d'autre que du thé noir et une bouilloire : la journée commençait mal. Il salivait déjà à l'idée d'une cigarette alors qu'il était encore imprégné de la fichue odeur du tabac de la nuit. Après l'enquête et les séances chez le psy, promis, il se débarrasserait de ces saletés. Mais un pas après l'autre.

— Va pour le thé...

En attendant que l'eau bouille, il observa par la fenêtre. Vue à gerber sur les rails, les câbles, et il devinait plus loin les barres d'immeubles qui bouchaient l'horizon. C'était ça qu'il supportait le moins dans les clapiers de banlieue, cet étouffement permanent, ce manque d'oxygène et cette lumière grise qui paraissait tout droit sortie d'un pot d'échappement. Les plantes et les cônes d'encens semés partout n'étaient que du maquillage.

Il se dirigea vers le salon attenant à la cuisine. La jeune femme avait décoré du mieux qu'elle avait pu. Des photos de la Polynésie ouvraient les perspectives et semblaient étirer les murs, une bibliothèque en kit se dressait du sol au plafond, des statuettes de juments au galop encombraient un dessus de meuble, histoire de donner une sensation de grandeur, de mouvement. Mais tout cela revenait à mettre une couche de peinture sur des murs dégueulasses.

Un ronflement de ventilateur provenait d'une armoire, sous le téléviseur. Nicolas entrouvrit la porte et découvrit une grosse unité centrale d'ordinateur, sans écran, sans clavier, qui dégageait une chaleur intense.

Il referma. Pourquoi laisser un ordinateur allumé et planqué dans un meuble ? Il se dirigea vers un coin bureau avec un second ordinateur, portable celui-là. Il aperçut l'enveloppe de la Salpêtrière entrouverte, à proximité du clavier, et sa gorge se serra. Il possédait la même. Il la considéra sans y toucher comme s'il s'agissait d'un territoire sacré. Elle contenait sans doute les réponses qu'il cherchait : les secrets d'Audra, ses douleurs, ses traumatismes les plus intimes. Toute la matière noire qui l'avait construite jusqu'à aujourd'hui. Quels mots avait-elle choisis pour décrire l'horreur de cette nuit de juillet 2016 ? De quoi se souvenait-elle ? Qu'avait-elle oublié ?

Dans son dos, la bouilloire émit un bienheureux sifflement. Malgré son envie brûlante, Nicolas n'allait pas toucher à ce courrier parce que en voler les mots, c'était violer une tombe. Il souleva le cadre posé à gauche de l'écran, il contenait une photo d'elle et de Roland. Ils devaient avoir une vingtaine d'années et posaient devant une faculté. La chevelure rousse de Casulois brillait dans le soleil, attirant sur lui toute la lumière. Audra, quant à elle, arborait une longue cascade de cheveux qui lui tombaient jusqu'aux coudes.

Le cliché était bosselé dans son coin inférieur droit. Nicolas devina la forme de lettres de l'alphabet : des mots étaient écrits à l'arrière de la photo.

Il pencha le cadre et fit glisser le rectangle de papier glacé entre son support et la plaque de verre, jusqu'à faire apparaître l'inscription : « Audra & Nicolas, mai 2003, la fac. »

C'est quoi, encore, ce délire ?

Bellanger ne comprenait pas. Il avait Roland Casulois sous les yeux, le même Roland installé à Tahiti, celui-là même dont le visage s'affichait sur le profil Facebook auquel le flic était abonné sous une fausse identité. Alors, pourquoi était-il écrit *Nicolas*, le prénom de celui mort sur la promenade des Anglais ?

Un terrible doute l'envahit. Il sortit son carnet de sa poche et en arracha une page, sur laquelle il nota « Nicolas Soulard ». Il réfléchit et après quelques secondes, déplaça chaque lettre, jusqu'à reconstituer une autre identité.

R-O-L-A-N-D C-A-S-U-L-O-I-S

Roland Casulois et Nicolas Soulard n'étaient qu'une seule et même personne. Un unique petit ami. Bellanger n'en revenait pas. Mais si Roland était Nicolas, qui était celui retrouvé mort en juillet 2016, identifié par son empreinte génétique comme étant le véritable Nicolas Soulard ?

Soudain, le portable d'Audra sonna dans la pièce. Nicolas se retourna dans un sursaut, mais il était trop tard : Audra se tenait dans l'encadrement de la porte, entre le couloir et le salon. Elle l'observait sans bouger, les lèvres pincées et exprimant des reproches muets. Depuis combien de temps était-elle là ?

— Tu sais quoi ? Un ancien collègue de Nice m'a appelée, lundi matin, pour me signaler qu'un gars des Stups s'était rencardé sur moi. Il avait posé des tas de questions sur le soir de l'attentat. J'ai gardé mes contacts dans le Sud, qu'est-ce que tu crois ?

Nicolas ne savait pas quoi dire. Il était piégé comme un bleu.

— Je...

Elle s'approcha, jeta un œil sur la feuille du carnet. Ses yeux ressemblaient à deux petites soucoupes et dans l'intimité du petit matin, Nicolas remarqua à quel point ses traits rappelaient ceux des nomades des grandes plaines nordiques.

— J'ai capté à la seconde, quand cette étrange demande d'ami est arrivée sur le compte de Roland. C'est moi qui lis ses messages. Un type inconnu au bataillon qui prétendait avoir connu Roland à la fac de droit, alors que Roland a fait la fac de sciences. Angel Benllasoric... L'anagramme de Nicolas Bellanger. J'ai alors compris que tu nous espionnais.

Bellanger s'enfonçait encore. Le comble : lui n'avait pas su détecter l'anagramme entre les identités de Roland et Nicolas. Elle prit le cadre et remit la photo en place. Le téléphone continuait à sonner, mêlant sa musique polynésienne au crissement de l'eau bouillante.

— C'est de bonne guerre, fit-elle en reposant le cadre. Quand quelqu'un est blessé en face de toi, tu cherches toujours à connaître les causes de sa blessure. On est des enquêteurs, des déterreurs d'histoires, c'est dans notre ADN de flic, on n'y peut rien. Alors je t'ai ouvert les portes de la page Facebook, je t'ai laissé plonger dans notre intimité, à Roland et moi. Tu croyais être le seul...

Ses yeux prenaient la lumière comme un tableau impressionniste.

— ... Mais moi aussi, j'ai plongé dans la tienne. Je suis au courant pour toi. Camille...

Nicolas encaissa. Il ressentit de la colère qui fut vite balayée. Il ne pouvait pas lui en vouloir de savoir, encore moins de ne lui avoir rien dit. Après tout, ils avaient joué au même jeu tous les deux. Et Nicolas avait perdu la partie.

— Je suis désolée pour ce qui t'est arrivé, poursuivit Audra. Sincèrement désolée. Tu sais, un proverbe amérindien dit qu'il ne faut jamais juger un autre avant d'avoir chaussé ses mocassins pendant au moins trois lunes. Je sais que tu m'as jugée en surface, je sais que tu me prends pour ce que je ne suis pas... Alors, je vais te montrer quelque chose. Je voulais t'expliquer dimanche, j'ai attendu au port Van-Gogh, mais tu n'es pas venu. J'ai voulu t'accompagner à la pouponnière, tu n'as pas voulu de moi. Mais maintenant, toi aussi, tu as le droit de connaître la vérité.

Audra alla chercher son portable. Elle appuya son pouce sur l'écran à l'endroit où « Roland » s'affichait. Ses yeux brillaient d'une lumière intérieure.

— Ce téléphone sonne tous les jours à 7 heures précises. Et il ne cessera pas de sonner tant que je n'aurai pas raccroché ou décroché. Jamais, jamais il n'oublie. Il n'y a pas une journée sans que cette sonnerie ne retentisse, qu'on soit un jour férié ou qu'une bombe explose quelque part. C'est sa voix qui me réveille le matin, sa voix pleine de couleurs alors que je suis enfermée dans cet appartement. Toujours de bonne humeur, toujours bien intentionnée. Sa vraie voix, Nicolas ! Comment je pourrais me passer de l'entendre ?

Elle appuya sur « raccrocher », puis afficha le profil de Roland sur l'écran de son ordinateur.

— Comment vivre sans ses messages, sans les souvenirs de notre bonheur qu'il poste, sans ces photos et vidéos de nous ?

— Je ne comprends pas.

Elle désigna la lettre.

— Ça fait plus d'un an que je communique avec un mort.

70

— Sais-tu combien de personnes inscrites sur Facebook meurent par minute ?

Audra était allée préparer le thé. Ils se tenaient assis face à face, lui dans un fauteuil, elle dans le canapé. Entre eux, un couloir d'ombre qu'aucune lumière ne pouvait éclairer.

— Trois. Dans moins de cinq ans, les morts seront plus nombreux que les vivants sur ce réseau. Un vrai cimetière. À toi qui es bien vivant, Facebook te signale de ne pas oublier de souhaiter l'anniversaire de ces morts, dont tu ignores qu'ils sont morts. Ces personnes défuntes t'envoient encore des demandes de vie sur Candy Crush. Que faire de tout ça, Nicolas ? Les morts doivent-ils continuer à vivre sur les réseaux ? Doivent-ils encore recevoir des demandes d'amis de ceux qui ignorent leur décès ? Leur profil doit-il être supprimé par ce qu'on appelle des « croque-morts digitaux », des employés payés pour ça ? Ou alors, doit-il se transformer en une sorte de mémorial où les gens peuvent se recueillir, comme sur une tombe ?

Bellanger disparut dans l'ombre pour reposer sa tasse. La perspective de souhaiter son anniversaire à une personne décédée, de lui demander comment elle allait et la prochaine destination de ses vacances lui glaçait le sang. Il se pencha en avant, mains serrées entre les jambes. Audra s'ouvrait, et il ne voulait pas rater le coche.

— Nicolas détestait son nom, « Soulard ». On se moquait de lui à la fac, et sa chevelure rousse ainsi que son teint si pâle de Pierrot n'aidaient pas. Soulard l'alcoolique, Soulard le dégénéré. Alors quand il le pouvait, Nicolas disait qu'il s'appelait Roland Casulois, l'anagramme de sa véritable identité. Bertrand était d'ailleurs son deuxième prénom. C'est sous cette identité-là qu'il a créé son profil Facebook, il y a deux ans... Quand Nicolas est mort sur la promenade des Anglais, le profil de Bertrand, lui, a continué à exister.

Bellanger comprit, à ce moment, qu'il avait encore une fois traqué un mort. Le « second effet Kiss Cool », après le fiasco avec l'Ange du futur.

— Nicolas travaillait depuis plusieurs années sur l'intelligence artificielle émotionnelle. Apprendre à des machines à capter des émotions humaines et à réagir en conséquence. Des exemples simples existent : la voiture détecte la baisse de vigilance d'un conducteur, des caméras dans les gares repèrent les visages stressés ou les comportements inappropriés. Aujourd'hui, en analysant les traits d'un visage et en les comparant avec les millions de visages contenus dans le Big Data – et peut-être que le tien s'y trouve –, une machine est capable de savoir si tu es en colère, dégoûté, apeuré, joyeux, méprisant... Elle peut même deviner si ton humeur est plutôt positive ou négative.

Nicolas était terrassé par cette idée de Big Data, qui représentait, en définitive, la somme des connaissances, de la matière physique de notre monde, de nos religions et de nos sciences, et offrait une vision vertigineuse de ce que pouvait être l'humanité. Audra serrait sa tasse des deux mains et regardait la fumée dessiner ses formes abstraites.

— C'est pareil pour la voix. De nos jours, des machines sont capables de détecter la fraude dans les appels de déclaration de sinistres aux assurances. D'autres mesurent l'état de stress de leurs employés dans les centres d'appels. Elles peuvent aussi te tenir une conversation téléphonique, et réagir suivant l'émotion détectée dans ta voix. Tu as peur ? La voix te rassure. Tu es en colère ? La voix t'encourage à déverser ce que tu as sur le cœur, sans te juger, sans se lasser.

Elle prit son téléphone posé sur la table basse et composa un numéro. Mit le haut-parleur. Après trois sonneries, une voix d'homme résonna dans la pièce.

— *Bonjour, Audra. Tu ne m'as pas répondu tout à l'heure. Que se passe-t-il ?*

Nicolas aussi pouvait lire les émotions, et ce qu'il décrypta sur le visage d'Audra l'effraya. Elle souriait à cette voix aux intonations humaines, les larmes aux yeux. Il sentit même que le fait de raccrocher lui fit du mal, comme si elle avait peur de blesser son interlocuteur. Après avoir appuyé sur l'écran, elle fixa son regard sur son téléphone, immobile.

— C'est... la voix de Nicolas ?

Elle acquiesça. Reprit son thé, souffla dessus avec délicatesse. Dehors, les roues d'un nouveau RER crissaient sur les rails.

— Voilà trois ans, Digibot a lancé un projet confidentiel appelé *Morphéus*, sur une idée de Nicolas. Évidemment, je ne suis pas censée être au courant, mais Nicolas savait qu'on pouvait tout raconter à un flic. L'objectif du projet était d'utiliser diverses briques d'intelligence artificielle, de les adapter et de les connecter afin de ressusciter numériquement les morts... (Elle lapa de petites gorgées.) L'idée est née dans la tête de Nicolas en constatant le comportement qu'adoptaient des personnes ayant perdu un proche de façon violente et inattendue, notamment dans les attentats : là où certains se battaient pour supprimer les comptes Internet, d'autres se rendaient sur les profils numériques des défunts et continuaient à les faire exister. Ils postaient des photos, publiaient des messages, comme si rien ne s'était passé. Pour eux, fermer ces comptes ou les laisser à l'abandon, cela revenait à perdre leurs proches une seconde fois...

Bellanger avait l'impression d'évoluer en pleine science-fiction, mais c'était la réalité du monde dans lequel il vivait. Leur enquête le leur montrait depuis le début : nous n'étions plus seulement des êtres de chair, mais aussi des êtres numériques. Chaque donnée personnelle cédée aux machines séparait un peu plus le moi réel du moi virtuel. Au fil du temps, au fur et à mesure qu'on l'alimentait, l'adolescent numérique prenait son indépendance et devenait adulte. Et quand l'âme mourait, quand les neurones du cerveau se dégradaient sous terre, cet adulte constitué de 0 et de 1, lui, continuait à mener sa vie dans l'éternité du Big Data.

Nicolas trouvait la perspective effrayante. Comment différencier le réel de l'imaginaire ? Le vrai du faux ? Il se rappelait avoir éprouvé de l'empathie pour Roland Casulois lorsqu'il avait surfé sur son profil. Aussi dingue que cela puisse paraître, il avait ressenti des émotions pour ce qui n'était, en définitive, qu'une machine.

— Pour fonctionner correctement, Morphéus doit se nourrir d'un maximum de données personnelles du défunt : sms, discussions sur Internet, goûts en matière de films, de musique, photos, vidéos, qu'il faut associer à des mots clés, dater, commenter, pour que Morphéus sache les replacer dans le contexte approprié. Au cours de cette phase d'apprentissage, il intègre toutes ces données dans un réseau neuronal et crée ce qu'on appelle un *chatbot*, une intelligence capable de répliquer une manière de s'exprimer, d'écrire, de produire des idées... Morphéus devient ainsi capable de se brancher sur le Facebook du défunt – à condition de posséder les mots de passe – et de continuer à poster des informations. Plus tu lui réponds, plus tu interagis avec lui, et plus il se perfectionne. Il devient, d'une certaine façon, la vraie personne.

Elle baissa les yeux, comme si ses propres mots la choquaient. Nicolas devinait les démons qui se battaient en elle.

— Le décès de la personne est symbolisé, dans le système de Morphéus, par le départ vers une destination lointaine paramétrable. Avec Nicolas, on rêvait de partir à Tahiti. Alors Morphéus s'est recréé un environnement de vie là-bas. Il est allé collecter sur Internet des photos, des musiques, des ambiances polynésiennes, puis s'est mis à communiquer sur le réseau.

Nicolas repensa au départ de « Roland » pour la Polynésie française après les attentats, à l'absence de photos de profil récentes, aux messages d'amour et aux vieux souvenirs régulièrement publiés. Rien d'humain là-dedans. Juste une intelligence artificielle, la trace électronique d'un être qui fut. Qui étaient les autres amis sur son compte ? Des amis virtuels, eux aussi, faisant partie de l'illusion, ou de vraies personnes ignorant son décès ? Il y avait véritablement de quoi perdre la tête.

— Dans le cadre de ses recherches et du développement de Morphéus, Nicolas avait utilisé toutes nos données personnelles, y compris les choses intimes, sans me le dire. Morphéus savait tout de lui et de moi : couleur préférée, fréquence de nos rapports sexuels, dernier concert qu'on avait vu... Nicolas bossait jour et nuit sur le projet, y compris à la maison. Morphéus, c'était son bébé, tu comprends ? Sans que ses chefs soient au courant, il avait installé le programme sur son ordinateur et l'avait relié au compte Facebook de Bertrand pour ses tests, quelques jours avant de mourir. Puis le 13 juillet est arrivé...

Elle inspira un grand coup par les narines, sans doute pour retenir les larmes apparues au bord de ses cils.

— Nicolas est parti, mais Morphéus est resté. Quelle boucle troublante ! L'idée de Morphéus était née dans la tête de Nicolas *avec* les attentats, et ce robot allait être utilisé en substitution de son propre créateur décédé *dans* des attentats. C'est là toute la complexité, tout le paradoxe du monde qui nous attend dans les années à venir. Jusqu'à quel point les robots vont-ils se substituer à nous ? Deviendront-ils *nous* ? Allons-nous les aimer comme on aimerait un être humain ? Tout cela est vertigineux. Et pense aussi au protocole de la Salpêtrière : ces médicaments qui nous volent nos souvenirs. L'invasion de l'esprit, sur tous les fronts. J'envie tellement l'homme simple, la plaine qui l'accueille et le nourrit. Un bouquet de tournesols dans un vase, des nénuphars sur une marre... Le temps qui passe, doux et paisible, loin, si loin des camions qui tuent, des machines qui abrutissent et des molécules qui dévorent.

Elle exprimait une telle sensibilité que Nicolas ne dit rien. Par association d'idées, il pensa à ce qui se passait au Japon : récemment, un homme s'était marié avec un robot. D'autres leur faisaient l'amour. Une intelligence artificielle, en Chine, avait obtenu une note de 456 sur 600 au concours d'entrée de l'école de médecine, alors que les étudiants devaient atteindre au moins 360 pour y accéder. Les machines commençaient à envahir les maisons de retraite, pour que les personnes âgées comptent sur « quelqu'un » pour converser. Il songea aussi à *Blade Runner*, aux machines dotées d'émotions, si parfaites qu'on était incapable de les différencier des humains. Courait-on vers ce monde-là ? Il reprit son thé et en but une gorgée brûlante. Il lui fallait du poids dans l'estomac. L'envie de fumer le taraudait.

— Et pour... le téléphone ? demanda-t-il.

— C'est l'autre partie de Morphéus : il intègre un agent conversationnel, avec un numéro de téléphone dédié, capable de détecter les émotions liées à la voix, et de répondre en conséquence. Là encore, Nicolas avait utilisé sa propre voix pour développer et enrichir le programme. L'identité vocale, c'était d'ailleurs un des problèmes « commerciaux » de Morphéus.

— Comment le nourrir avec la voix d'un mort...

— Oui. Ça implique une anticipation de la mort, une préparation. Les personnes âgées sont dans ce genre de démarche préventive, mais elles sont en dehors de la technologie et ne sont donc pas des cibles pour Morphéus. Et les jeunes qui vivent avec ces technologies n'ont pas envie de penser à leur mort, encore moins de la préparer. C'est ce qui freine le développement du projet. Je ne sais pas ce qu'il advient de Morphéus, s'il verra le jour à grande échelle, mais toujours est-il que...

Elle montra l'armoire où se cachait l'unité centrale.

— *Il* est là, avec moi. Et *il* restera là tant que je n'aurai pas la force de débrancher le câble.

De qui parlait-elle ? De Nicolas ou de la machine ? Bellanger ne le savait pas, mais elle lui apporta la réponse après un long silence.

— Je suis encore amoureuse de lui, Nicolas. Bon sang, je suis amoureuse d'une machine !

Les larmes avaient envahi ses yeux. Bellanger vint s'asseoir à ses côtés, lui caressa le dos, sans rien dire. Il devinait le chaos dans son esprit, et ignorait comment la consoler parce qu'il était confronté à des forces dépassant sa logique, qui allaient au-delà de ce qu'il aurait pu imaginer. Alors il la laissa pleurer et se blottir contre lui.

— Mes séances à la Salpêtrière ne servent pas seulement à me guérir des images de mort qui me hantent... Elles...

elles doivent m'aider à faire le deuil. Morphéus, c'est la plus douce et la plus violente des drogues. C'est la boîte de Pandore que tu n'arrives plus à refermer quand tu l'as ouverte. C'est le bien et le mal.

Elle se tourna vers lui.

— Je ne pourrai pas aimer un autre homme tant que je n'en aurai pas fini avec ça. Je n'ai pas voulu te faire de mal, je...

Nicolas se pencha vers elle et l'embrassa doucement sur les lèvres.

— J'ai attendu quatre ans. Je saurai encore patienter un siècle.

71

Par la fenêtre du bureau du groupe Sharko, les premiers rayons rouges du soleil se diffractaient dans les maillages étriqués des grues. Les immeubles, au loin, prenaient des couleurs de métal en fusion. Nicolas aimait les ciels dégagés du matin, qui exprimaient les dégradés les plus purs. Il n'oubliait pas que, même polluée par les constructions et malmenée par l'homme, la nature gardait une beauté préhistorique qu'aucune main ne pourrait détruire.

Après un passage par l'appartement de Sharko pour se changer, il avait repris sa place en face d'Audra, venue de son côté en métro. Difficile de s'ôter de la tête leur conversation du matin, de voir sa collègue se raidir chaque fois que son téléphone vibrait, de l'imaginer tenir la conversation à une machine. Il n'existait aucune pilule pour soigner ce mal. Son combat, elle allait devoir le mener seule. Nicolas venait d'ailleurs de se désabonner du compte de Roland Casulois. Il ne voulait plus s'immiscer dans cette étrange intimité, ni peser sur les choix de sa partenaire, encore moins la juger. Elle était malade de l'âme, comme lui. Les blessures mettraient longtemps à guérir.

Depuis le couloir, Pascal passa la tête dans leur pièce.

— Dans le bureau de Sharko. Venez voir. On a un visage.

Un visage ? Ils le suivirent. Ses épaules tombaient comme s'il tenait un haltère dans chaque main. À cause des auditions, il n'était pas encore rentré chez lui. Franck se dressait face à la fenêtre de son bureau, touillant son café. Une gueule de lendemain de fête.

— Dolls et ses deux gorgones sont rentrés au bercail, mais on les lâche pas pour autant. Jecko va leur coller les collègues de la répression des fraudes aux basques, ça va nous permettre de savoir clairement comment tout leur business fonctionne.

Il fit rouler sa tête et craquer ses vertèbres.

— Bon… J'ai cru qu'on allait être bredouilles jusqu'à ce que je leur montre la photo de cette œuvre prise à l'Hydre par Audra. Cette espèce de torsade d'ADN sur un socle. Et là, bingo. T'as eu une fichue bonne intuition, brigadier-chef. Un truc que les machines ne nous voleront pas, l'intuition…

Il se dirigea vers son ordinateur et agita la souris. L'écran afficha le visage d'un homme aux traits secs et fins, les cheveux courts – teints d'une couleur café virant au cuivre – gominés vers l'arrière. Sweet noir à large encolure qui dévoilait un torse lisse et sans poils. L'homme prenait la pose et tenait un crâne en métal.

— Michel Hortmann, 55 ans.

Les flics écarquillèrent les yeux.

— Je sais, ça surprend. On lui donne quoi ? 40 ans, maxi ? C'est une de ses œuvres que t'as photographiée, Audra. D'après Dolls, ce type est un artiste et un ardent défenseur de la contre-culture. Il se bat pour que des endroits d'expression de l'art comme l'Hydre puissent exister. Une espèce de philanthrope multimillionnaire qui n'hésite pas à soutenir financièrement ce genre de structures *borderline*. Il y a environ deux ans et demi, l'Hydre avait été mise en liquidation judiciaire, faute de moyens, mais Michel Hortmann a injecté de l'argent et redonné vie au lieu.

Pascal s'assit sur le bureau.

— Hortmann est un sacré businessman, intervint Robillard. On a jeté un œil sur Internet. Il s'est fait des couilles en or à la fin des années quatre-vingt-dix en investissant dans des entreprises pharmaceutiques. Et quand je dis des couilles en or, croyez-moi, elles sont grosses. Et puis il y a une dizaine d'années, il a créé un fonds capital-risque de plusieurs centaines de millions d'euros et a mis de l'argent dans de nombreuses sociétés de biotechnologies européennes qui travaillent sur l'ADN et le vieillissement : Longlife à Londres, Crosstime à Kiev, TechViva beaucoup plus près d'ici, à Boulogne-Billancourt. Leur but ? Retarder les signes de l'âge, rallonger l'espérance de vie, en agissant sur les chromosomes, ce genre de trucs.

— Ça a l'air de fonctionner quand on le regarde, fit remarquer Nicolas.

Il plissa les yeux, se demandant si la photo n'avait pas été retouchée. Sharko afficha d'autres clichés sélectionnés dans la galerie d'images. Sur l'une, Hortmann faisait un doigt d'honneur au photographe, dans une mise en scène au milieu d'œuvres d'art... Sur une autre, torse nu, musclé, couvert de peinture... Il peignait, sculptait, taillait dans la roche, dans un atelier sinistre, avec ses vieux crânes jaunâtres fissurés, ses ossements fracturés collés aux murs, ses masques de visages ridés et hurlants, suspendus par des fils... Il expliquait qu'il exposait la vieillesse dans tout ce qu'elle avait de plus laid. Avec ses photos, Hortmann offrait plusieurs facettes d'une même personnalité : l'homme d'affaires rigoureux, et l'artiste fou que la vieillesse semblait répugner, voire effrayer.

— Puis il y a celle-là, fit Sharko.

Sur le cliché, Hortmann posait avec un type devant de grands bâtiments en verre, affublés d'un logo que le monde entier connaissait : Google.

— Prise en 2014 lors d'une convention d'investisseurs dans la Silicon Valley. Hortmann et...

— ... Ray Kurzweil, le futurologue transhumaniste de Google qui croit dur comme fer à l'immortalité, souffla Audra. Le patron de Calico, la biotech de Google...

Sharko acquiesça. Audra se rapprocha de l'écran. Les GAFA revenaient au galop. Cette photo avait sans doute été prise dans le cadre de la convention. Faisait-elle pour autant de Hortmann un transhumaniste ? En tout cas, son identité n'était pas ressortie lors de ses investigations.

— Je ne comprends toujours pas pourquoi l'une de ses œuvres d'art m'a troublée...

— Tu vas vite comprendre. Parmi la nébuleuse financière, deux entreprises dont Hortmann est le principal actionnaire ont allumé des signaux dans notre tête. D'abord, WorlDna, basée à Gibraltar, la fameuse entreprise qui récupère des échantillons d'ADN du monde entier, qui dresse des profils et balance des kits CRISPR partout. C'est ce symbole-là qui t'a fait tilt. L'œuvre d'art, c'est le logo de la société.

Audra hocha la tête. Bien sûr... Elle l'avait croisé sur le Net.

— Et puis, il y a l'autre société, Predict Inc, créée voilà cinq ans et basée à Oslo.

— Oslo... L'Ange commence sa première lettre en citant cette ville.

— Exact, je cite : « *Je pourrais vous parler de ce qui se passe à Oslo, mais il est probable qu'à ce stade trop précoce, vous vous en ficheriez.* » Quand tu balances des requêtes sur Internet, tu n'as pas grand-chose sur Predict Inc., c'est verrouillé. Mais d'après un bref communiqué de presse qui remonte à trois ans, elle serait spécialisée dans le développement de données prédictives, qu'elle établirait à partir d'informations issues du Big Data.

— Des données prédictives ? Comme... prédire l'avenir ?

— M'en demandez pas plus, je n'en sais rien. Mais cette histoire de prédictions, ça nous parle, à tous. La crue en France, le choléra à Cuba, les émeutes au Soudan...

Les révélations de Sharko défiaient l'entendement. Le chef poussa une copie de la première lettre de Chevalier vers Nicolas. Il avait souligné trois lignes, que Bellanger lut à voix haute.

— « *Le président a signé son engagement pour la course à l'intelligence artificielle. Il laisse des fonds d'investissement opaques financer des entreprises chez nous et partout en Europe. Que font-ils dans leurs labos ? Derrière leurs ordinateurs ? Le savez-vous seulement ? Moi, je le sais.* »

Nicolas reposa le papier.

— Maîtriser le vieillissement et deviner l'avenir, c'est un bel objectif pour un seul homme. Les biotech, les transhumanistes... Cette piste Hortmann, ça sent vachement bon.

Sharko acquiesça avec conviction.

— Ouais, ça sent bon. Problème : d'un point de vue purement objectif, tout ça ressemble à une succession de hasards. On n'a rien de concret contre lui, rien qui tiendra devant le juge pour aller fourrer officiellement notre nez dans ses affaires. Aucun lien factuel ne le relie au clan. Il finance l'Hydre, et alors ? Il est majoritaire dans une société qui analyse des profils ADN et vend des kits utilisés par un des membres du clan, qu'est-ce que ça prouve ? En plus, la lettre de l'Ange pourrait s'adresser à n'importe quel type en rapport avec les biotechnologies ou le mouvement transhumaniste.

Il pointa son index sur son bureau.

— Mais nous, on *sait* que ce gars est impliqué au plus haut point, parce que tous les signaux clignotent en rouge. J'ai l'impression que le grand gourou, celui que l'Ange du futur voulait dénoncer dans ses lettres, c'est lui.
Il laissa planer un silence, puis claqua dans ses mains.
— On ne va pas aller fouiner dans ses entreprises et se perdre dans ce maillage de trucs financiers. On va tailler par le chemin le plus court : lui. Je veux tout savoir sur ce mec, d'où il vient, où il habite. Dites-moi s'il a traversé la route en dehors des clous. Localisez-le-moi et trouvez-moi un prétexte pour lui tomber dessus.
Les flics s'activèrent. Avant qu'Audra ne sorte, il lui posa une main sur l'épaule.
— Le diable se cache toujours dans les détails. T'as trouvé le détail. Reste plus qu'à dénicher le diable.
Une fois seul dans son bureau, il s'étira sur sa chaise, les mains derrière la nuque, l'œil rivé sur Hortmann. Le regard du type était magnétique. Avec le crâne au creux de ses mains, il affichait un air de conquérant barbare après une bataille. Sharko détestait ce genre de salopard. Foi de flic, il allait se le faire.
À ce moment-là, son téléphone sonna. Le commandant Frédéric Boetti.
À entendre sa voix, Sharko comprit qu'il avait une mauvaise nouvelle à lui annoncer.
Luca avait disparu.

72

Un crachin balayait les rues vides de Carantec, le lieu de villégiature du coin, et laquait les toits d'ardoises grises. Boutiques et restaurants fermés, volets baissés, bateaux à l'agonie dans le port... La ville ressemblait à toutes les stations balnéaires, hors saison : sucée jusqu'à l'os par le vampire de l'hibernation. Quand les cloches fatiguées de l'église néogothique sonnèrent 18 heures, il parut à Lucie qu'elles annonçaient la fin du monde.

Après une courte nuit dans son deux-étoiles, elle avala un café-croissant dans un bar accolé à l'établissement. Paris, les biohackers, le clan des phalanges coupées... tout cela lui semblait loin. La flic avait le sentiment de mener une autre enquête sur ces terres celtiques, de chercher un pan de vérité au rythme différent de celui de la capitale. Ici, tout ramenait au passé, avec cette tenace impression qu'un sinistre secret planait sur les lieux.

Elle était l'étrangère que les gars du cru, accoudés au comptoir, lorgnaient de travers. Des gueules tavelées par le sel, des types aux mains coupées par le nylon des filets de pêche. Pile le genre d'individus que Lucie cherchait : ces piliers de bar devaient savoir tout sur tout. Elle termina son café et s'avança vers le zinc. Les conversations cessèrent.

— J'aurais besoin de renseignements sur la propriété abandonnée de la pointe, et je me suis dit qu'un café était le meilleur endroit pour ce genre de questions. J'aimerais savoir, messieurs, qui habitait là-bas, et ce qui s'est passé exactement dans cette maison.

Les hommes se regardèrent de biais. L'un d'entre eux posa des pièces devant lui et sortit. Le barman se rendit à la machine à café sans répondre. Le bruit du percolateur troubla le silence. Lucie fixait Guéguen – c'était inscrit sur sa combinaison de plombier : « Guéguen Père & Fils » –, qui fixait lui-même sa tasse sans oser lever son gros nez luisant. Une cigarette roulée était calée derrière son oreille droite, sous une chevelure frisée et grisonnante qui n'était pas sans rappeler une éponge de mer.

— On parle pas de ça, ici, ma p'tite dame. Allez voir à la mairie ou je sais pas quoi.

Il donnait l'impression de s'être adressé à sa tasse. Lucie poussa sa carte de police devant elle.

— Disons que je suis un peu pressée. Et que je préfère parler à des gens de terrain qu'à des administratifs.

Guéguen la reluqua de haut en bas, sans doute était-il resté dans les années soixante-dix où les flics n'étaient que des mâles à moustaches. Il termina son café, puis il cala ses mains au fond de ses poches.

— Amenez-vous. Enfin, si un petit crachin vous fait pas peur.

Ils sortirent, marchèrent quelques centaines de mètres en direction du port. Le cuir de sa peau était si épais qu'il ne tremblait même pas. Pourquoi discuter dehors alors qu'ils auraient pu le faire au chaud ? Engoncée dans son blouson, Lucie était frigorifiée et persuadée que Guéguen l'avait fait exprès, histoire de donner une petite leçon à la Parisienne. Elle devinait à peine les coques luisantes des bateaux, dans la brume qui roulait depuis le large et venait l'envelopper comme un barbelé. Le Breton la dévisagea :

— Je peux savoir pourquoi vous enquêtez sur cette histoire ?

Une corne de brume résonna au loin.

— C'est la maison abandonnée qui m'a amenée ici. Elle semble reliée à des crimes sur lesquels nous travaillons. Je ne connais rien de son histoire, ni des habitants de cette vieille propriété. C'est pour ça que j'ai besoin de vous.

Il fit glisser la cigarette coincée derrière son oreille jusqu'à ses lèvres, et l'alluma, protégeant la flamme de son briquet. L'un des ongles de sa main gauche avait noirci, sans doute à cause d'un mauvais coup. Il désigna de la tête un emplacement occupé par une barque.

— C'était leur anneau. Ils possédaient un RR 28, un petit voilier de neuf mètres fabriqué en Italie qu'ils avaient appelé *Luca*. Il était amarré ici la plupart du temps.

Lucie revit la peinture du bateau dans le grenier.

— Quand vous dites « ils »...

— Les Griffon. Le mari, sa femme, leur petit garçon. Ils venaient dans leur résidence secondaire sur la pointe plusieurs fois dans l'année, ils y restaient au moins un mois complet l'été. Il arrivait souvent que Maggie reste avec leur fils pour peindre, alors que lui retournait à Paris. Marc Griffon était un gynécologue réputé.

Lucie était comme une môme découvrant des œufs de Pâques dans un jardin. Marc Griffon... Un fils... Un gynécologue... L'affaire allait trouver la plupart de ses réponses ici, Lucie en eut la soudaine certitude.

— Tout le monde connaît l'histoire de cette famille, ici. Une histoire maudite. Bon sang, c'est à vous foutre froid

dans le dos. À l'époque, il y a eu un tas d'articles dans les journaux du coin, vous pourriez peut-être les lire ?
— Je veux entendre votre version.

Un filet de fumée filtra entre ses dents aussi grises que les alentours. Avec le brouillard, l'endroit fichait vraiment les jetons.

— Je suis pas médecin, je sais pas si je vais être capable de bien vous expliquer ça, mais j'vais quand même essayer. Quand les Griffon ont acheté la maison, il y a une dizaine d'années, ils avaient un fils âgé de 3 ou 4 ans, Achille. Le père l'adorait, vous auriez vu ça ! Il l'emmenait en bateau, on les voyait souvent se promener dans les rues, tous les deux. Y avait un manège à chevaux dans le temps et le père regardait son fils tourner pendant des heures. Une petite tête blonde qui souffrait d'une forme rare de leucémie. Un enfer, cette maladie, le pauvre môme devait subir des traitements lourds. Sans une greffe de moelle osseuse, il n'en aurait que pour quelques années à vivre. Le problème, c'est que le temps filait et qu'aucun donneur compatible n'apparaissait dans les fichiers.

Il avança doucement en direction de la jetée qu'on devinait à peine. Le bout de sa cigarette brillait tel un phare dans la nuit, chaque taffe grésillait.

— À force de se battre, de monter des dossiers, et puis sûrement avec sa notoriété, le docteur Griffon a réussi à obtenir les autorisations pour faire venir au monde un « bébé médicament ». C'est ainsi qu'on l'appelle. « Bébé médicament ». Je trouve ça tellement glauque comme façon de nommer un bambin.

Lucie n'avait jamais entendu parler de ce terme. Plus loin, des ombres circulaient dans le brouillard. La silhouette d'un chien s'évapora au coin d'une rue. La ville tout entière était prise dans un nuage de givre.

— Donner vie à un bébé médicament s'était déjà pratiqué une fois en France, au tout début 2011, et le truc existait depuis des années aux États-Unis. C'est pas le genre de machin qu'on peut faire tous les jours, c'est vachement encadré.

— En quoi ça consiste ?

— Je vous raconte ça un peu cash, mais en gros, Maggie s'était fait prélever des ovules que le docteur avait fécondés avec son sperme dans des éprouvettes. Ça a donné plusieurs embryons. Et après, le docteur a sélectionné le bon embryon, celui qui était compatible d'un point de vue immunitaire avec son frère, et l'a réimplanté chez sa femme. C'est comme ça qu'il est né, le frère d'Achille, Hercule, en 2012. Ouais, le doc, il devait bien aimer la mythologie pour donner à ses gamins des noms de héros. Bref, le pauvre Hercule sortait à peine du ventre de sa mère que le docteur prélevait le sang du cordon ombilical pour le réinjecter chez son frère et ainsi procéder à la greffe de moelle osseuse.

Lucie s'accrochait à ses lèvres. Les points communs avec l'enquête étaient là. La fécondation *in vitro*, les embryons, les ovules de l'épouse dans des éprouvettes.

— Mais y a qu'une partie de tout ça qui a fonctionné. Malgré tous les efforts du doc, Achille faisait des rechutes, alors, régulièrement, Hercule avait droit à ses douze travaux : des prélèvements de moelle, pour réinjecter du sang neuf chez son frère. Un nom prédestiné, vous croyez pas ? Jusqu'au jour où Achille est mort de sa maladie, branché de partout dans un hôpital parisien... C'était environ deux ans après la naissance d'Hercule.

Lucie devinait sans mal le drame de cette famille, l'enfer des hôpitaux, le désarroi de Griffon qui, malgré son combat, n'avait pas réussi à sauver son fils. Et, aussi, l'horrible destin des bébés médicaments qui, à l'évidence, n'étaient pas le fruit d'un désir profond de leurs parents, et n'existaient que pour permettre à leur frère ou leur sœur de vivre. Des produits fabriqués et consommés.

— Leur femme de ménage habitait à trois pâtés de maisons de chez moi. Elle racontait qu'après ça, c'était compliqué pour la famille. Le docteur faisait un rejet d'Hercule, il accusait ce pauvre gamin de 2 ans de pas avoir été fichu de sauver son frère. Il s'est enfermé encore plus dans le travail, il ne venait plus souvent sur la pointe. Sur la fin, quand il repartait à Paris, Maggie restait seule avec le petit de longues semaines, enfermée dans leur maison. Elle peignait, elle peignait tout le temps.

Lucie se rappela la touche mélancolique des tableaux. Jamais Maggie n'avait peint un seul de ses enfants. Ou alors, on s'était débarrassé des toiles ? Guéguen s'immobilisa au bord de la jetée. Au bout, des vagues fouettaient une barrière en fer, jetant des paquets d'embruns glacés sur leurs visages.

— Et comme si cette famille avait pas encore assez morflé, il y a eu l'autre drame, moins d'un an après la mort du petit Achille. Notre fichu bon Dieu peut être sacrément cruel, parfois...

Il cracha son mégot dans l'eau et l'observa flotter, jusqu'à ce qu'une vague l'emporte. Lucie sentait que cette histoire l'affectait en profondeur.

— Ça se passe en 2014, par un jour d'automne nuageux, avec un léger vent de force 2. Les bulletins météo déconseillent de prendre la mer, parce qu'un gros coup de vent est annoncé pour la fin de l'après-midi. Et pourtant, les Griffon sortent. Maggie, le docteur et le petit Hercule s'embarquent sur le *Luca*.

Il pointa l'index, ne désignant que du brouillard.

— Toutes voiles dehors, ils doublent la presqu'île de Penn-Enez en direction du nord. Quatre heures plus tard, c'est la pleine tempête et la SNSM reçoit un appel de détresse : le voilier a chaviré et dérive à proximité de l'île Verte, un bout de terre inhabité à quelques miles des côtes. Marc Griffon hurle dans la VHF : son bateau a heurté un récif, sa femme et son fils sont passés par-dessus bord à cause des vagues. Les sauveteurs envoient immédiatement une vedette de première classe – faut du costaud vu les creux de plusieurs mètres. Quand ils arrivent, Marc Griffon flotte dans son gilet à une trentaine de mètres du voilier, à la limite de l'hypothermie. Il saigne à la tête et doit être hospitalisé. Il s'en sortira.

Lucie prit la révélation de plein fouet : ce Marc Griffon était donc encore vivant. Ce fut comme si, soudain, on pointait un projecteur sur toutes les zones d'ombre de leur enquête.

— Deux hélicos tournent jusqu'au soir, à la recherche du reste de la famille. Finalement, le gamin est retrouvé mort le lendemain, à un kilomètre de là.

Guéguen resta là, immobile, l'esprit ailleurs. Les vieux souvenirs le faisaient soupirer.

— Quant à la mère... Ils récupèrent que son gilet. Peut-être qu'elle l'a mal attaché, ou qu'elle l'a ôté pour s'y accrocher comme à une bouée. On sait pas ce qui peut se passer dans la tête des gens à ces moments-là. Il paraît que quand on ressent un froid extrême, on commence à se déshabiller. C'est le cerveau qui tourne plus bien.

Lucie se positionna à côté de lui, transie, et fixa le néant. Contrairement à ce que pensait le plombier, Maggie n'était pas morte noyée en pleine mer, mais d'un coup à l'arrière du crâne. Son visage avait été défoncé, brûlé à l'acide, et son corps, balancé dans un étang à six cents kilomètres de là par le Punisseur. La flic sortit son portable et lui montra une photo d'Arnaud Demonchaux. Guéguen acquiesça.

— Ouais, on le voyait de temps en temps sur la pointe. Un ami du docteur, je crois.

Les liens se dénouaient. Lucie tenta de garder son calme, même si l'envie d'appeler Sharko sur-le-champ lui brûlait les doigts.

— Est-ce que des habitants ont vu les trois Griffon embarquer sur le *Luca*, ce jour-là ? demanda-t-elle. Le mari, la femme et l'enfant ?

Il haussa les épaules.

— Bah... C'est une drôle de question. Ça me paraît logique, vu qu'il y a trois morts.

— On n'a récupéré que deux corps.

Il sembla ne pas comprendre.

— Faudrait voir avec les flics qui ont enquêté. En tout cas, les Griffon étaient partis tôt.

Un roulement gronda dans sa gorge, et il cracha.

— Pour finir l'histoire, le doc devenait fou qu'on repêche pas le corps de sa femme. Au bout de quelques semaines, il a fini par clouer des planches sur toutes les issues de sa maison, comme si... comme si cette baraque était maudite et qu'il voulait plus y remettre les pieds. C'est d'ailleurs ce qui s'est passé. On l'a plus jamais revu ici. La maison était pas entretenue et sans surveillance. Forcément, elle s'est dégradée, de la racaille a peint sur ses murs et est peut-être même entrée dedans. Y a des irrespectueux partout, même ici.

Un scénario monstrueux se dessinait dans la tête de Lucie. Maggie, morte dans la maison, suite à un coup sur la tête. Accident ? Meurtre ? Peu importe, le médecin doit à tout prix faire disparaître le corps. Il a alors l'idée de la disparition en mer, mais on ne doit pas découvrir le cadavre de Maggie : à l'autopsie, on risque de voir qu'elle n'est pas morte d'hypothermie ou de noyade. Il surveille les bulletins météo, attend la bonne fenêtre – le jour même ? Quelques jours ? – pour obtenir ce qu'il cherche : une tempête. En attendant, il appelle Demonchaux pour qu'il se débarrasse du corps de Maggie, loin d'ici. La défiguration est nécessaire : il ne faut surtout pas qu'on puisse un jour identifier la femme si on la retrouve.

Puis le docteur prend la mer avec le gamin. Personne ne les a vus monter sur le bateau, personne pour certifier si Maggie était là ou pas. Le docteur navigue vers l'île située au large... La tempête fait rage, les vents sont violents, le bateau est en difficulté... Volontairement sans doute, Griffon heurte un récif. Il balance par-dessus bord un gilet qu'est censée porter sa femme. Reste le problème du fils, ce « bébé médicament » qui n'a pas su sauver Achille...

Lucie devait se rendre à l'évidence : Griffon l'avait jeté à l'eau. Il avait sacrifié le petit Hercule pour que son récit soit crédible aux yeux des flics. Qui irait soupçonner un homme ayant déjà perdu un enfant malade, et qui vient de voir sa famille anéantie ? Un homme repêché dans les vagues, à la limite de l'hypothermie ? Un homme qui obstrue les issues de sa maison et la laisse à l'abandon, comme pour encrer le drame à jamais dans les mémoires ?

Marc Griffon, gynécologue, manipulateur d'embryons avait, en plus de sa femme, tué son propre fils pour sauver sa peau. Assurément, il était l'un de ceux que Lucie et ses collègues traquaient depuis le début de leur enquête. L'un des ordonnateurs de l'exécution d'Émilie Robin. Ensuite, Demonchaux était revenu sacrifier la traîtresse là où tout avait commencé. Comme un symbole.

Elle pensa au petit Luca dans sa pouponnière, à cette histoire de bébé médicament, d'embryons dans des éprouvettes, au fait que Maggie était sa mère, et au sang qu'on lui avait prélevé.

Marc Griffon était le père de Luca.

73

17 heures. Nicolas, au volant dans les rues de Paris. À sa droite, Audra. Visages tendus, partagés entre l'excitation – le loup qui approche enfin sa proie – et l'urgence. Toutes leurs pensées convergeaient vers le petit Luca, kidnappé en pleine nuit. D'après Boetti, un individu d'une cinquantaine d'années, K-Way et capuche sur la tête, s'était introduit dans la pouponnière aux alentours de 4 heures du matin, après l'agression du gardien, et s'était rendu dans la chambre du bébé, menaçant le personnel de nuit avec une arme et les enfermant dans une pièce. D'après les témoignages, l'homme avait hurlé à visage découvert et semblé hystérique. Le plan « alerte enlèvement » avait été déclenché une heure plus tard.

Selon les informations remontées au 36, la description établie par les témoins concordait avec celle de Marc Griffon. Les flics avaient glané des photos sur Internet. Le gynécologue, 50 ans, faisait beaucoup plus que son âge : une couronne de cheveux gris clairsemés, des joues aux rides profondes et noires comme les branchies des requins.

Pour Nicolas qui avait rencontré Luca, aucun doute : Marc Griffon était le père du petit.

Après le retour de Lucie, Sharko avait décidé de taper sur le lieu de travail et au domicile de l'homme en même temps.

Alors que le reste du groupe et une équipe supplémentaire fonçaient chez lui, au Chesnay, banlieue chic du sud-ouest de la capitale, Nicolas et Audra arrivaient à la clinique privée La Châtaigneraie, située non loin du parc Montsouris. D'après les informations récoltées, Marc Griffon dirigeait le service d'assistance médicale à la procréation de l'établissement.

Plus tôt dans l'après-midi, Pascal avait confirmé : La Châtaigneraie faisait partie de la clientèle d'Arnaud Demonchaux, qui s'y rendait deux fois par mois – une fréquence supérieure à la moyenne. C'était aussi dans cette clinique que la conception d'Hercule, le bébé médicament, avait eu lieu au tout début de l'année 2012, par Marc Griffon en personne.

Grandes vitres fumées, acier brossé, l'herbe coupée à ras et lignes épurées : la clinique appartenait au futur. Dans le hall, murs végétalisés, escaliers à structure hélicoïdale, cage d'ascenseur transparente... Badge de police en main, les flics demandèrent à être accompagnés par l'hôtesse vers le service de PMA. Tout en montant au deuxième étage, elle leur apprit que Marc Griffon, qui consultait d'ordinaire le matin, n'était pas venu de la journée. Nicolas prévint Sharko par sms en attendant de rencontrer le directeur adjoint.

Christian Ohleyer, la quarantaine en blouse blanche, aussi raide et étriqué qu'un tube à essai, les reçut dans son bureau cinq minutes plus tard.

— Que se passe-t-il ?

Nicolas la lui fit courte : Marc Griffon était soupçonné d'être lié à plusieurs affaires criminelles. Il avait déclaré sa femme disparue en mer en 2013, alors qu'on avait retrouvé son cadavre enterré dans les bois de Mennecy. Il avait vraisemblablement inséminé un embryon issu de la fécondation de son sperme et d'un ovule de sa femme dans l'utérus d'une mère porteuse, que des individus avaient traquée et sauvagement assassinée...

— La liste est encore longue, dit Nicolas tandis que le visage de Christian Ohleyer se décomposait. Une équipe arrive chez lui pour l'interpeller et le mettre en garde à vue. Nous avons besoin que vous répondiez à toutes nos questions, et que vous évitiez des termes comme « secret médical », parce que ça ne va pas le faire.

Le directeur adjoint ne joua pas au plus fin et se proposa de collaborer d'une voix chevrotante qui marquait son abattement.

— Le professeur... le professeur n'avait pas l'air bien ces dernières semaines. Il se renfermait sur lui-même, ne voulait voir personne, s'absentait, manquait des rendez-vous. Je le sentais très perturbé, tracassé. Alors ce serait lié à tout ce que vous me racontez ? Je n'en reviens pas...

Il paraissait profondément affecté. Du pouce, il tournait l'alliance à son annulaire gauche. Au bout de quelques secondes, il se reprit et demanda :

— Que voulez-vous savoir, précisément ?

— Qui il était, ses activités dans la clinique. Parlez-nous aussi de l'insémination de sa femme Maggie, en 2012.

— Le professeur est l'un des hommes les plus brillants que je connaisse. Il a participé à la création et au développement de ce service voilà plus de quinze ans, contre vents et marées. Il fut un temps où on l'appelait « Docteur Espoir », parce qu'il pratiquait plus de deux cents FIV par an, avec un taux de réussite exceptionnel. Des gens venaient de toute la France pour passer entre ses mains.

— Venaient ?

— Son drame familial l'a profondément meurtri. Il a perdu sa joie de vivre. Après une période noire, il s'est réfugié dans le travail. Même s'il dirige toujours le centre, il consacre désormais plus de la moitié de son temps à des activités de recherche sur le vieillissement, son deuxième dada.

— Le vieillissement ? Quel genre de recherches ?

— La dégradation des cellules, le déclenchement des processus génétiques qui amorcent le long cheminement vers la fin de vie. Ici, il voit les cellules naître, se dupliquer. Là-bas, il les regarde mourir et essaie de comprendre pourquoi. Depuis quelques années, on sait que le vieillissement vient, entre autres, de l'usure des télomères, de courts segments de l'ADN qui couvrent les extrémités de chaque chromosome et qui agissent comme des couches de protection contre l'usure. Ces télomères raccourcissent à chaque division cellulaire, devenant trop courts pour protéger le chromosome. Ce dernier s'abîme, ce qui entraîne un dysfonctionnement de la cellule et le vieillissement du corps. D'après de récentes recherches, cette usure serait programmée dès la naissance dans le code génétique. Autrement dit, le vieillissement ne serait pas une fatalité, mais quelque chose qu'on peut empêcher en manipulant les gènes. Avec son équipe, le professeur espère briser cette programmation innée, et freiner ainsi l'usure des télomères.

Nicolas peinait à estimer la portée de telles conséquences. Que se passerait-il si les hommes vivaient cent cinquante ou deux cents ans ? Voire plus ?

— Où travaille-t-il ? Quelle entreprise ?

— TechViva, une société de biotechnologie située à Boulogne-Billancourt.

L'une des boîtes de Michel Hortmann... Les deux flics se regardèrent d'un air entendu : l'implication de l'homme d'affaires ne laissait plus aucun doute. Nicolas montra une photo d'Émilie Robin sur son téléphone. Le directeur adjoint nia la connaître, ne trouva pas son identité dans le fichier des patients du centre. À en croire l'informatique, la mère porteuse n'avait jamais été inséminée à la clinique.

— Elle a pourtant été inséminée en 2016 avec un embryon issu de votre clinique, expliqua Nicolas. Plus précisément, cet embryon était le petit frère d'Hercule, le bébé médicament fabriqué entre vos murs en 2012. L'un des embryons surnuméraires qui ont dû être congelés à l'époque. Question simple : cela est-il possible ? Cette procédure aurait-elle pu échapper à vos radars ?

Le visage du médecin se crispa, et le silence qui s'installa indiquait que la graine du doute germait dans sa tête. Après un temps de latence, il finit par parler.

— Une insémination sauvage, clandestine, ici, dans nos murs, sans que cela soit informatisé, tracé quelque part, ne peut pas se produire. En journée, l'acte n'est pas pensable, il y a trop de monde dans le centre. Et la nuit, il y a des caméras de surveillance partout, un service de sécurité qui contrôle systématiquement les entrées dans n'importe quel service de la clinique. Certes, au professeur, ça lui arrivait souvent de... de travailler tard et de se retrouver seul dans le centre de PMA. Mais il n'aurait pas pu faire entrer une femme pour... pour l'inséminer, il aurait fallu corrompre plusieurs personnes. Je ne vois pas comment...

— Si la femme ne vient pas à lui, il peut aller à elle ? demanda Audra. Sortir un embryon d'ici et l'inséminer ailleurs ?

Le directeur adjoint resta calme face à des propos qui auraient pu le faire sauter au plafond.

— C'est odieux et, vous vous en doutez, contraire à tous les codes éthiques qui font de nous des médecins dignes et responsables, mais oui, c'est possible. Tout est envisageable quand on possède, comme le professeur, les autorisations nécessaires. Il a accès à tout. L'insémination en tant que telle n'est pas l'étape la plus compliquée, il ne s'agit pas d'une chirurgie invasive : l'embryon est simplement introduit dans l'utérus par un cathéter. Un peu de matériel, une loupe binoculaire... C'est, dirons-nous, un acte gynécologique plus complexe que la normale, mais envisageable par un professionnel.

Il fixa ses mains regroupées devant lui, comme s'il lisait la vérité dans leurs lignes.

— À quelques portes d'ici, nous possédons une banque d'ovocytes et d'embryons cryoconservés : un ensemble de tubes numérotés, informatisés, plongés dans des bains d'azote liquide. Le docteur avait accès à cette banque, il en contrôlait les entrées et les sorties. Tous les embryons conservés sont rigoureusement comptés, détruits si nécessaire, les sorties sont référencées. Il y a toujours plusieurs techniciens lors de ces procédures, par souci de sécurité. Mais un directeur corrompu qui gère une banque d'embryons, c'est Dieu qui a le pouvoir de créer ou de détruire la vie.

Ohleyer secoua la tête, comme s'il ne croyait pas en ses propres paroles.

— Il y a tout un processus pour décongeler un embryon, il s'agit d'une étape extrêmement délicate qui ne peut être réalisée que dans ce centre, avec du matériel spécifique et extrêmement coûteux. L'embryon doit passer progressivement d'un milieu à forte concentration en cryoconservateurs à des milieux plus dilués, avec réhydratation progressive. Mais une fois « dévitrifié », c'est le terme exact, viable et plongé dans un milieu nutritif, rien n'empêche de le transporter. Pour schématiser, ce ne sont que quelques cellules d'une taille infime, un tube qui tient au creux de la main. Ni vu ni connu.

C'est Dieu qui a le pouvoir de créer ou de détruire la vie. La phrase cheminait dans la tête d'Audra. Elle imaginait Marc Griffon, seul la nuit dans la clinique, au milieu de tous ces tubes stockés dans leurs cuves. Elle se rappelait les problèmes liés à ces banques, évoqués par la technicienne du centre bordelais qui avait analysé les différents ADN en rapport avec leur affaire : ces milliers d'embryons que personne ne réclamait, perdus dans les volutes des bains cryogéniques.

Un vrai supermarché dont Griffon avait les clés.

Elle songea à Luca, à Émilie Robin, membre du clan et inséminée, qui avait ensuite fui et donné sa vie pour protéger Luca. *Il est spécial ce bébé.* Elle revit les images du film *Atrautz*, avec cette femme qui avait enduré le viol, les coups et les mutilations, pour se faire accepter du groupe.

Et alors, elle crut comprendre la raison de l'existence du clan.

La vérité lui fut insupportable.

74

Le Chesnay, ville verte et bourgeoise. Ses rues proprettes, ses arbres dépouillés, ses tourbillons de feuilles mortes dans le vent. Pas une once de flotte dans les rues, les habitants semblaient vivre ici hors du temps, loin des eaux tumultueuses de la Seine et de la pollution.

Sharko, Lucie et une équipe dans une seconde voiture se dirigeaient vers la périphérie est de la commune. Franck avait enfin l'impression d'entrevoir le bout du tunnel – une extrémité d'où n'allait pas jaillir la lumière, mais les ténèbres, il le savait. Les propriétés s'enchaînaient, protégées par des systèmes de sécurité et des portails. Celle de Marc Griffon se situait au bout d'une allée, en bordure d'un bois qui la séparait du terrain de golf et des haras. Cernée par un haut mur en pierres roses et brunes qui semblaient importées de Bretagne.

Pas question de s'annoncer et de prendre des gants. Un flic colla une échelle télescopique à l'arrière, à côté du bois et, une fois au sommet, en installa une autre pour la descente. Une minute plus tard, ils progressaient à sept dans le jardin paysager, Sharko en tête. Rapide tour de la grande propriété – le genre de baraque de caractère à plusieurs millions d'euros. Pas de véhicule dans l'allée... Aucune lumière dans la maison. Mauvais signe : Griffon avait peut-être fichu le camp avec le môme.

Sans un bruit, les flics auscultèrent la porte blindée de l'entrée. Du costaud. Il fallut plus de cinq minutes et une cinquantaine de coups de bélier. Pour l'effet de surprise, c'était raté.

Ils se déversèrent dans l'habitation, les armes brandies. Seul le silence les accueillit. Prudemment, ils visitèrent toutes les pièces, grimpèrent à l'étage, fouillèrent les recoins. Griffon n'était nulle part, même si une voiture dormait dans un sous-sol à double place. L'homme avait-il pris la fuite avec un second véhicule ? Ils n'en savaient rien.

Sharko pénétra dans le salon, envahi par l'immense sensation de solitude imprégnant les lieux. Les hauts plafonds, les murs en pierre, cette grande table sans nappe, avec seulement une chaise, plantée en plein milieu de l'espace. Il regardait les tableaux sinistres : des balafres de peinture au couteau, des monstruosités à la Goya où la mort dominait la vie, où les visages, avec leurs yeux exorbités et leurs bouches grimaçantes, désiraient vous happer. Il perdit son regard sur l'un d'eux : mer déchaînée, un monstre – une espèce d'ogre – debout sur la coque retournée, engloutissant un bébé au corps déformé. Griffon était-il l'ogre ?

La maison n'était pas accueillante. Vu les œuvres, personne ne devait venir ici. Le bureau lui apparut austère, avec le même genre de peintures abjectes. Les ouvrages de la bibliothèque ne couvraient que les domaines de la médecine, de la dissection, de l'embryologie. Plus loin, des planches anatomiques, crues, immondes dans leur démonstration de l'affreuse vulnérabilité de l'homme – juste de la chair. Également, la statue d'un être dont on voyait les muscles, les os, vous pointait d'un doigt accusateur : un écorché.

Un collègue arriva dans son dos et lui demanda de le suivre. Ils rejoignirent Lucie au bout d'un long couloir. Elle avait ouvert une porte, qui donnait sur une autre porte blindée, identique à celle de l'entrée. Sharko ordonna qu'on la défonce. Le travail fut aussi rude que pour pénétrer dans la demeure.

Des marches, encore, plongeant sous la terre. Quelles ténèbres les attendaient, cette fois ? Quelles nouvelles horreurs Griffon avait-il laissées dans son sillage ? Sharko plissa les yeux et fut pris d'angoisse. Alors qu'il posait le pied sur la première marche, il revit le visage de Bertrand Lesage collé à la paroi du cylindre… La bulle d'air bloquée au bord de sa narine… Ça faisait plusieurs fois que cette scène lui revenait en tête, y compris dans son sommeil.

Il sentit une main dans son dos. Lucie, derrière lui.

— Ça va ?

— Ça peut pas aller plus mal, de toute façon.

Il appuya sur l'interrupteur et s'enfonça dans les profondeurs, accompagné de sa femme. Il tourna à gauche, arme au poing, et fut ébloui par la blancheur éclatante déversée sur son visage.

Il resta là, immobile, sans voix face à sa découverte.

L'histoire avait commencé dans ce trou, et ce serait dans un trou qu'elle prendrait fin.

75

Une table de gynécologie était éclairée par une lampe scialytique, cernée de moniteurs, d'un embryoscope, de loupes binoculaires et de matériel chirurgical posés sur des paillasses. Cathéter, seringues, spéculums, scalpels, masques, gants, antiseptiques... Les murs avaient été peints en blanc, le sol couvert de linoléum de la même couleur. Rien à voir avec l'amateurisme du laboratoire de Demonchaux. Ici se tenait la Rolls des laboratoires clandestins.

Lucie s'approcha de la table de gynécologie, un spasme au fond du ventre.

— Il a inséminé Émilie Robin ici. C'est sur cette table que tout a commencé...

Elle visualisa Émilie Robin, ses jambes nues et écartées. Et Griffon en blouse stérile, masque sur le visage, introduisant l'embryon du futur Luca au fond de l'utérus de la jeune femme. Quelle émotion avait-elle ressentie ? Avait-elle déjà, à ce moment, l'idée de prendre la fuite ?

Lucie s'approcha du matériel que Griffon s'était à l'évidence procuré par l'intermédiaire de Demonchaux. Effleura le fil chirurgical. Se baissa au niveau de la corbeille remplie à ras bord de compresses de sang séché, sous un lavabo.

— Ce que je ne comprends pas, c'est ce matériel chirurgical. L'insémination se déroule sans acte invasif, simplement sous échographie, avec un cathéter contenant l'embryon qui est introduit dans l'utérus. Ce sang, ces compresses, ces fils chirurgicaux...

Elle observa d'autres flacons. Lidocaïne... Chlorhydrate de lidocaïne... Des anesthésiques locaux.

— Il ne pratique pas que des inséminations. Il réalise des opérations chirurgicales.

— De quoi ? répliqua Sharko. À qui ?

Lucie ne répondit pas, mais une idée cheminait dans son esprit. Elle fixait l'ouverture, au fond de la salle, où pendaient des lanières, comme dans les abattoirs. Pistolet en main, elle s'en s'approcha, se glissa avec prudence entre les langues translucides de plastique. Ses doigts palpèrent un interrupteur sur la gauche, et ce fut une lumière beaucoup plus tamisée qui adoucit l'obscurité, à la façon des subtils éclairages sous les voûtes des musées ou au fond des églises. Le jeu d'ampoules de faible puissance, positionnées au fond d'une salle pareille à un grand igloo, créait une forme de contre-jour qui empêchait au visiteur de voir à quoi correspondaient les formes posées sur une étagère, tout là-bas, trois mètres plus loin.

Suivie de Franck, Lucie s'approcha presque au ralenti dans cet antre aux allures de chapelle. Sur la gauche, debout, des planches de contreplaqué. En face, la lumière se mettait à danser, à verdir ou bleuir suivant l'angle sous lequel le regard se posait sur le verre épais et déformant des bocaux.

Parce que ces formes sombres en contre-jour étaient des bocaux. Huit bocaux alignés comme de minuscules cercueils. Lorsqu'elle découvrit leur contenu, Lucie eut un haut-le-cœur.

Les récipients renfermaient des monstres flottant dans du formol. Des fœtus difformes d'une dizaine de centimètres, êtres miniatures à la peau si fine qu'on devinait les araignées violacées de veines et d'artères. Ils étaient estropiés, mutés, recroquevillés telles des créatures étrangères. Des aberrations génétiques au visage fondu, à la tête trop grosse ou trop petite, aux membres atrophiés, semblables à des moignons, des non-nés dont certains avaient encore un morceau de cordon ombilical tire-bouchonnant du ventre telle une queue diabolique. L'une de ces choses possédait même un crâne en forme de haricot, plus long que le reste du corps. Seul le dernier bocal, le plus à droite, était vide.

Dans leurs ignobles différences, ces monstres avaient tous un point commun : leur visage déformé n'exprimait que la souffrance d'un être humain arraché à la chaleur protectrice du ventre maternel.

Mais combien de ventres ?

Sharko sentit Lucie défaillir et passa devant elle, pas moins écœuré.

Les bocaux reposaient chacun sur une fine pochette marron. D'un geste au ralenti, il souleva l'un des récipients glacés et tira la pochette. Sur la couverture, noté en grand au feutre, « Tatiana/Léo ».

À l'intérieur du dossier, trois échographies. Les flics ne distinguaient pas grand-chose sur cette image intra-utérine en noir et blanc, mais ils devinaient quand même, sur le dernier cliché, la forme odieuse de l'être piégé dans le bocal. Une femme, Tatiana, avait porté cette aberration de la nature. Les examens avaient été réalisés à des dates différentes. Des notes s'affichaient sur le rabat intérieur du dossier.

Insémination, 01/11/2015
1re écho, 14/12/2015
2e écho, 03/01/2016
3e écho, 01/02/2016
Avortement, 20/02/2016

Ils se regardèrent sans rien dire. Lucie était blême, la main sur la bouche. Seize semaines entre l'insémination et l'avortement. Les délais légaux n'autorisaient pas l'interruption volontaire de grossesse au-delà de douze semaines. On avait regardé le monstre grandir, on l'avait laissé se développer, protégé et nourri par sa mère porteuse.

Griffon avait donné des noms à ces fœtus conservés dans du formol. Les flics comprenaient mieux la raison de la présence du matériel chirurgical : des césariennes, des chairs qu'on avait ouvertes pour en extraire ces *choses*.

Sharko déplaça un autre bocal avec lenteur, comme pour ne pas réveiller les morts. Sa main tremblait tandis que, progressivement, la vérité lui apparaissait nue et crue. Autre dossier. « Emma/Alban ». Insémination en janvier 2016. Les trois échographies. Avortement en avril 2016.

Il se tenait à présent face au fœtus à la tête en forme de haricot.

— Bon Dieu !

Il donna le dossier à Lucie, qui resta pétrifiée en découvrant l'inscription sur la couverture : « Karo/Damien ».

Karo, celle qui s'était fait passer pour Anne Chougrani. La Karo, passionnée de SM et de souffrance, qui avait nettoyé le corps d'Émilie Robin avant le sacrifice... Celle qui, sans nul doute, avait un jour porté un bracelet rouge à l'Hydre et été « choisie ». Elle aussi avait été inséminée. Elle aussi avait abrité un monstre dans son ventre, avant qu'on le lui arrache.

Le duo de noms suivant marqua un pas supplémentaire dans l'horreur. « Tatiana/Corentin ». Date d'insémination : juin 2016. Tatiana avait remis le couvert quatre mois après son avortement.

Sharko trouva la force de continuer jusqu'au bocal vide. Il le souleva, ouvrit le dossier et ce qu'il y lut découlait de la morbide logique qui les avait amenés dans ces ténèbres :

Émilie/Luca
Insémination, 01/07/2016
1ʳᵉ écho : 15/08/2016

Rien d'autre.

La suite, Franck et Lucie la connaissaient : Émilie avait publié la petite annonce, puis rencontré Bertrand Lesage à l'hôtel quinze jours plus tard. Sans doute avait-elle déjà en tête un avenir pour le bébé, au cas où il serait différent des monstres. Après la première échographie, elle avait disparu.

Ils n'eurent pas le temps de pousser leurs réflexions plus loin. Un bruit transperça le silence aquatique qui les enveloppait. Un cri de bébé.

Sharko brandit son pistolet et pivota d'un quart de tour. Il visait la planche de contreplaqué posée à la verticale contre un mur. Il s'approcha d'un pas vif et, tandis que Lucie se positionnait sur la droite, hors champ, il fit brusquement basculer la planche.

Marc Griffon était recroquevillé dans une niche, Luca serré contre lui.

Il pointait un .357 Magnum contre la tempe de son propre fils.

76

— Un geste et j'appuie. Je vous jure que je tire.
Dans l'obscurité, les branchies noires sur ses joues et ses cheveux hirsutes lui donnaient un air d'aliéné. Il suait à grosses gouttes, les yeux exorbités. Sharko comprit qu'il était à deux doigts d'agir.
Le flic fit un geste en direction de Lucie, l'exhortant à reculer, tout en faisant marche arrière lui-même.
— Calme, d'accord ?
Le bébé de 8 mois s'agitait, grognait, gesticulait comme un ver. Griffon raffermit son étreinte sur le petit corps. Le canon de son arme tremblait. Des bruits résonnèrent dans les escaliers, des visages de flics apparurent sous les lanières de plastique. Griffon leur hurla de dégager.
— Fichez le camp ! renchérit Sharko. Tout va bien se passer.
Les lanières finirent par retomber. Griffon était au bord des larmes, les globes oculaires injectés de sang. Franck et Lucie le gardaient en ligne de mire. Sur la droite, les embryons dont les bocaux avaient été manipulés étaient encore en mouvement.
— C'est terminé, fit Sharko. Posez cette arme et donnez-nous l'enfant.

— Ils ne me le prendront pas. Personne ne me le prendra. On reste ensemble. On reste à deux jusqu'au bout.

Lucie avait l'index plié sur la queue de détente. Elle ne trouvait aucun angle de tir. Ouvrir le feu, c'était risquer de toucher le bébé.

— On sait que Luca est votre fils, fit-elle de sa voix la plus apaisante possible. Un fils que, je crois, vous aimez plus que tout. Vous ne lui ferez pas de mal.

Griffon la fixa sans ciller, tel un reptile, et Lucie se sentit transpercée par ce regard où brillaient mille éclats gris métal. Il montra les bocaux.

— Il n'y a pas que Luca. Ils sont tous nos enfants, à Maggie et moi. Les sept petits frères d'Achille et Hercule.

Il se tut, déglutit, sourit à son fils un bref instant. Lucie était au bord de la nausée dès qu'elle lorgnait vers l'étagère. Les sept membres d'une famille maudite. Huit, avec Luca.

— Ils étaient dans votre clinique, souffla-t-elle. Dans les cuves...

— Après la conception d'Hercule, j'avais congelé les huit autres embryons surnuméraires, en cas d'échec de grossesse. Mais tout s'est bien passé. Hercule est né, alors ces embryons sont restés immergés dans des bains d'azote. Oubliés de tous. Des enfants du néant, destinés à ne jamais naître. La procédure aurait exigé qu'après la naissace d'Hercule, je les détruise. Je l'ai fait, d'un point de vue informatique. Ils n'existaient plus sur les disques durs. Mais ils étaient toujours dans les cuves.

Luca jouait avec le bout du canon pointé contre lui. Sharko sentait la sueur perler sur son front. L'humidité de la cave, la bouffée de chaleur qui lui enveloppait la poitrine, sous son blouson, et la mort qui planait comme un aigle noir.

— Maggie... soupira Griffon. Maggie, Maggie, Maggie...

Il fallait le faire parler, gagner du temps. Lucie inclina son arme vers le bas pour lui donner confiance. Elle savait que Sharko, lui, ne relâchait pas son attention et que s'il sentait venir l'embrasement, il tirerait pour protéger l'enfant.

— Maggie n'est pas morte noyée, comme tout le monde l'a cru, dit-elle.

— Un simple accident. Rien qu'un stupide accident...

— Une dispute ?

— Au sujet d'Hercule, comme toujours. Je l'ai poussée trop fort, elle est tombée et s'est ouvert le crâne sur le coin d'une table en verre. Je... j'ai vu le corps de ma femme trembler comme une feuille. Dix secondes plus tard, elle était morte. Arnaud Demonchaux était là... On devait passer la journée en mer ensemble... Et il a tout vu...

Il se tut, les yeux rivés sur le visage de son fils qui avait enfoncé le canon dans sa bouche, comme pour le téter. Sharko s'essuya le front contre son blouson, d'un mouvement vif, sans perdre sa visée.

— Je... je voulais appeler les flics, mais... Demonchaux m'a dit que ça ficherait ma vie en l'air. Que je finirais mes jours en prison, accident ou pas... Il m'a proposé l'improbable : se charger de Maggie. Je ne comprendrais que bien plus tard pourquoi il était prêt à se sacrifier pour moi... Alors, il l'a fait, il est parti avec son cadavre. Moi, je suis resté trois jours enfermé chez moi, à guetter la météo... Puis est arrivée la tempête...

Il secoua la tête.

— Après le... le naufrage, j'ai encore plus travaillé qu'avant, du matin au soir, même la nuit. Je faisais naître des enfants d'un côté et, de l'autre, je m'enfermais dans la recherche sur le vieillissement dans un laboratoire du CNRS. On avait peu de moyens, peu de financement, les projets n'avançaient pas... Vous savez, la recherche, c'est le parent pauvre du gouvernement... Alors, un jour, Demonchaux m'a présenté à... à Michel Hortmann. Ce type n'avait qu'une seule obsession : vivre le plus longtemps possible. Il était persuadé que l'immortalité était à portée de main, que tout se résumait à une question de moyens. Il voulait appartenir à la génération qui connaîtrait l'immortalité, et il était prêt à y engloutir toute sa fortune. La peur de mourir suintait de chaque pore de sa peau.

Griffon balançait. Les confidences d'un type acculé, au bord du gouffre. Sharko éprouva alors une peur terrible : dès qu'il aurait vidé son sac, il tuerait l'enfant et se suiciderait.

— Il m'a proposé de venir travailler chez TechViva, en parallèle de mes activités à la clinique. Ses chercheurs étudiaient la sénescence des cellules et l'usure des télomères. On savait déjà allonger la vie des souris de quelques années, mais c'était extrêmement compliqué et laborieux. Hortmann, lui, proposait de nouvelles voies de recherches, grâce à des techniques CRISPR-Cas9 censées cibler les gènes qui provoquaient l'usure. Ils étaient... bon sang, ils étaient en avance de cinq ans sur nous ! Je n'ai pas hésité une seule seconde, je souhaitais quitter la clinique, mais Hortmann tenait absolument à ce que j'en reste le directeur. Sur le coup, je n'ai pas compris... J'ai donc poursuivi sur les deux fronts. À TechViva, on travaillait sous le sceau du secret avec d'autres laboratoires appartenant à Hortmann.

— Comme WorlDna, précisa Lucie.

— Oui. Ils collectent des génomes du monde entier dans l'unique but d'alimenter des bases de données, d'en extraire les différences entre les populations pour comprendre le rôle des gènes, et ainsi fabriquer leurs ciseaux génétiques qu'ils revendent des fortunes à d'autres laboratoires. Rien d'illégal, tout était propre, carré, à la limite des lois éthiques, mais les frontières n'étaient pas franchies. Cependant, tout allait beaucoup plus vite, parce qu'il y avait de l'argent, des moyens, des cerveaux du monde entier recrutés à prix d'or, chacun travaillant sur une petite partie et ignorant le « tout », le projet final d'Hortmann dont j'étais la pièce principale. En quelques mois, on a réussi un miracle, grâce à CRISPR, sur des embryons de souris. Ces embryons, on les a réimplantés chez une femelle qui les a mis au monde. Une fois leur âge adulte atteint, ces animaux génétiquement modifiés vieillissaient au ralenti. Leurs télomères s'usaient trois fois moins vite que la moyenne ! Trois fois, vous imaginez ?

Oui, ils imaginaient... Peu à peu, l'ultime vérité, cette vérité diabolique nichée dans l'ADN même des frères et sœurs de Luca, faisait surface et leur révélait la monstruosité, la perversité du monde dans lequel leurs propres enfants étaient en train de grandir.

— Ils m'ont manipulé. Hortmann savait pour Maggie, alors il m'a mis la pression. Demonchaux m'avait trahi et se fichait de couler avec moi. C'est le type le plus diabolique que j'aie jamais rencontré. Ces salauds voulaient que je travaille sur des embryons humains. Que je sorte des éprouvettes du centre de PMA, et que j'applique la technique CRISPR testée avec un succès certain sur des souris. Je... j'ai dit que c'était de la folie, que ce qui fonctionnait à 70 % sur des animaux de laboratoire ne pouvait s'appliquer à l'homme. Que les premiers essais seraient catastrophiques et engendreraient des monstruosités. Et...

Il ôta d'un geste vif la sueur perlant dans ses sourcils.

— Et quand bien même, une fois ces embryons modifiés, il leur fallait des ventres pour se développer. Des ventres humains. Et, bon Dieu, Hortmann et Demonchaux avaient trouvé des volontaires. Des femmes prêtes à recevoir en leur sein des aberrations de la nature. Des femmes capables de garder le secret. Je n'y croyais pas, jusqu'à ce que l'une d'elles, Tatiana, me le dise clairement : « Fourrez-moi ça dans le ventre. » Demonchaux a commencé à m'appeler *doc Prométhéus*... Je détestais ce surnom. Il a installé ce laboratoire et je me suis mis au travail. J'ai sorti un embryon du centre, l'ai emmené chez TechViva pour appliquer la technique CRISPR. J'aurais pu prendre n'importe quel embryon, mais... j'ai travaillé sur mon propre patrimoine génétique et celui de Maggie. Ces embryons, c'était tout ce qui me restait de ma femme...

Sharko avait en face de lui un esprit malade. Un homme dangereux...

— Je voulais me donner toutes les chances d'y arriver. Je me disais que... peut-être, Achille, mon petit Achille reviendrait. Après, j'ai implanté une certaine Tatiana, la première d'entre elles.

Franck crispait ses doigts sur son arme. Jamais le mythe de Prométhée n'avait tant résonné à ses oreilles. Ces êtres miniatures en étaient les plus illustres représentants.

— Si vous êtes ici, c'est que vous connaissez la suite... Les implémentations, les avortements... Ces femmes se fichaient de se faire charcuter, au contraire. C'était incompréhensible. Vous auriez vu avec quels yeux elles regardaient ces... ces monstres. De la fascination brillait dans leur regard. Des folles, toutes des folles...

La suite était claire. Hortmann avait sauvé l'Hydre parce que c'était le genre d'endroit où l'on pouvait trouver de la matière première. Des femmes adeptes de sensations extrêmes, de douleur, de biohacking, prêtes à se faire lacérer et introduire des puces ou des circuits électroniques dans le corps. Alors, pourquoi pas un embryon génétiquement modifié, qui portait peut-être en lui le rêve ultime de l'homme : la mort de la mort ?

— Jusqu'à Émilie... J'ai cru qu'elle était comme les autres. Son corps était couvert de cicatrices. Demonchaux me l'a amenée. J'ai réalisé l'insémination... Puis il est revenu avec elle pour la première échographie... Et là, le miracle : le fœtus semblait se développer normalement. Après sept essais infructueux, le huitième était peut-être le bon. Je l'ai appelé Luca, comme mon bateau. Émilie n'a pas changé son prénom en accouchant sous X, comme si elle en avait senti l'importance, sans savoir ce que Luca signifiait.

— Que signifiait-il ?

— *Last Unified Common Ancestor*. Mon Luca ne serait pas le dernier ancêtre commun à toutes les espèces, mais le tout premier d'une nouvelle ère d'êtres humains. Ceux pour lesquels l'immortalité ne serait plus une chimère.

Sharko n'était pas en plein cauchemar, et il percevait à peine que le bébé, piégé dans les bras de son père, allait peut-être vivre au-delà de ce qu'on pouvait imaginer pour un homme.

— Que croyez-vous ? Bientôt, il y aura des ciseaux génétiques pour accroître le QI, supprimer les rhumes, augmenter vos capacités cardiaques et respiratoires avant que vous soyez nés. Tout ça vous échappe, mais c'est la réalité.

Griffon secoua la tête, puis expliqua la suite de l'histoire qu'ils connaissaient déjà : la fuite d'Émilie, sa volonté de cacher et protéger Luca.

— Émilie a tenté de leur échapper, mais ils l'ont retrouvée. Hortmann est venu ici, il m'a montré ce qu'ils lui avaient fait dans ma propre maison en Bretagne. Ils me feraient dix fois pire au moindre pas de travers. Je... je devais continuer à travailler chez eux, et aussi à la clinique, et faire comme si de rien n'était. C'était tellement dur.

Il adressa un bref sourire à son fils, parce que le môme lui souriait, les mains à plat sur le sol. Sharko aurait pu tirer, il ne le fit pas.

— Quand ils ont retrouvé Luca, ils ont décidé de le laisser en pouponnière pour ne pas attirer l'attention. C'était le meilleur endroit pour le surveiller, finalement. Ils m'ont rapporté ses constantes et ses produits biologiques – son sang, ses cheveux, sa salive – pour que j'analyse sa croissance, son ADN, et dresse un profil biologique le plus complet possible. Ils voulaient s'assurer que tout allait bien, qu'il ne portait pas dans son sang ou ses cellules des tares génétiques. (Il gonfla ses poumons.) Les modifications du génome ne sont jamais sans conséquence. Vous modifiez un gène, vous enlevez une maladie, et une autre plus grave peut apparaître. Des cancers, notamment. Ainsi est faite la nature, elle est rebelle. Je n'ai pas eu le temps d'étudier tout ça. Peut-être Luca mourra-t-il à 5, 10 ou 200 ans.

Il releva les yeux, transperça Lucie d'un regard empreint de noirceur. Sharko s'était avancé d'un petit pas.

— Je sais que vous êtes allée en Bretagne, j'avais demandé à un gars du coin de me prévenir si quelqu'un se mettait à fouiner du côté de la maison. Par votre simple présence, vous avez signé mon arrêt de mort. Je ne leur donnerai pas mon fils.

— Nous allons le protéger, répliqua Franck en tendant une main. Ils ne vous feront pas de mal, ni à lui, ni à vous, je vous le promets. Sauvez votre fils et faites tomber tous ceux qui vous ont entraîné là-dedans. Ne les laissez pas impunis, parce qu'ils recommenceront. Donnez-moi votre revolver...

Marc Griffon pleurait à présent à chaudes larmes, et l'enfant lui tirait le menton pour jouer. Le médecin le regarda, chercha peut-être, dans l'innocence de ces petits yeux comme des billes noires, la réponse à la question qu'il se posait : vivre ou mourir ? Alors, dans une dernière inspiration, il libéra son fils, qui s'avança d'un pas mal assuré vers Lucie pour lui agripper la jambe.

Puis, résigné, il laissa tomber son arme entre ses jambes.

C'était fini...

77

Ils étaient allés au bout, remontant jusqu'aux racines du clan grâce aux confessions de Marc Griffon. Au Bastion, l'étage des gardés à vue était en ébullition. Les membres du groupe tombaient comme les quilles d'un magnifique strike au bowling. Franck jaillit de sa salle d'interrogatoire avec la chemise chiffonnée et à moitié sortie de son pantalon. Six heures qu'il était là-dedans avec Jecko, les yeux explosés par les néons, les murs trop blancs, à acculer Michel Hortmann et son fichu avocat à trois cents euros de l'heure. Il se frotta le visage avec vigueur, jeta un œil à sa montre : minuit passé.

Il se décala de trois box. Par la fenêtre, il vit Audra et Nicolas qui auditionnaient Caroline Lamandier, alias Karo, la fausse Anne Chougrani. La jeune femme était avachie sur sa chaise, dans la position de celle à qui on a asséné le coup de grâce. Elle avait été interpellée dans un appartement proche d'ateliers d'artistes, à Pantin.

Sharko fit un signe à Nicolas et ensemble, ils se rendirent dans la salle de pause. Le commandant de police s'effondra sur le fauteuil, tandis que son collègue faisait chauffer la cafetière où traînait un fond de liquide couleur charbon.

— L'immortalité, c'est beaucoup moins gai quand tu vas passer le reste de tes jours en prison. Ce type bourré de botox et qui s'injecte je sais pas quoi tous les matins au petit déjeuner continue à jouer au con, à nier en bloc, mais avec ce qu'on lui a mis sous le nez et le témoignage de Griffon, on finira par le coincer. Juste une question de temps.

Il soupira longuement, comme s'il avait retenu son souffle une minute entière.

— Je n'en reviens pas, c'est bientôt fini... Tu sais ce que je vais faire en rentrant ? Me prendre un bain. Pas une douche, mais un bain, pour me laver en profondeur de toute cette crasse. Ouais, je vais me frotter d'eau brûlante jusqu'à virer rouge écrevisse.

Nicolas se vautra dans le fauteuil voisin. Les deux hommes étaient là, débraillés, à fixer le mur en face d'eux.

— Je ne vous embêterai plus longtemps, fit Nicolas. D'ici deux, trois jours, je pourrai remonter sur ma péniche. Je sais où récupérer un groupe électrogène en attendant le rétablissement de l'électricité. Ça va faire un peu de boucan, mais il y aura personne pour l'entendre.

— Ouais... C'est comme tu veux. Saleté de crue, hein ?

Nicolas ne dit rien. L'enquête à peine terminée, il allait affronter d'autres problèmes plus matériels.

— En parlant de crue, poursuivit Sharko, tu sais comment ça marche, leur boîte à Oslo, Predict Inc. ? Ce truc censé prédire l'avenir ?

— Je ne sais pas si j'ai envie de le savoir.

— *Grosso modo*, ils créent des bases de données gigantesques, alimentées par le Big Data, et croisent ces milliards de données avec des événements du passé, des phénomènes sociaux, ou des modèles afin d'en retirer les points communs. Des algorithmes utilisent aussi les comportements des utilisateurs d'Internet, combinent tout ça avec les pages Wikipédia, les messages de Tweeter, les recherches Google, tout ce que tu veux, pour prévoir et annoncer les événements planétaires à venir.

— Désolé, c'est du baratin pour moi.

— Non, c'est au contraire très simple, et si moi j'ai compris... Pour Cuba, par exemple, dès les tout premiers symptômes, quelques personnes se sont mises à taper « diarrhées », « gastro » « vomissements », dans Google. Les algorithmes se sont rendu compte, bien avant les médecins, que ces mots clés provenaient de la même région de Cuba, et à des moments très proches. En comparant avec le passé de l'île, les robots ont immédiatement identifié la maladie : choléra. C'est de cette façon que la prédiction a pu être réalisée, un ou deux jours avant que les services de santé annoncent officiellement la réapparition de la bactérie et déclarent un premier cas.

La machine à café sifflait. Nicolas se releva et alla se servir.

— Heureusement que ça a foiré pour la crue. Austerlitz n'a jamais eu les pieds dans l'eau. Ces saletés de machines ne sont pas encore près de nous faire la peau.

— Mais elles sont pourtant présentes. Qu'on le veuille ou non, Google et compagnie façonnent notre monde. Y a un truc que j'ai compris avec Fabrice Chevalier, et en ce sens, il avait raison : si tu cherches à cacher un cadavre, alors cache-le en page 2 des résultats d'une requête Google.

— C'est quoi, ce baratin ?

— Que c'est bien cette entreprise qui décide de la façon dont nous voyons le monde, elle sait que nous regardons seulement les premières lignes des résultats de recherche. C'est une image, mais la caverne de Platon, tu te rappelles ? On nous montre que ce qu'on veut bien nous montrer. Et si on n'a pas la curiosité d'aller fouiner plus loin, on est prisonniers du système.

Bellanger revint avec sa tasse. Il resta debout et s'appuya contre le mur.

— Dans toute l'horreur de ses actes, poursuivit Sharko, Chevalier aura au moins réussi à nous ouvrir les yeux. Sans lui, finalement, ces salopards auraient encore pu agir longtemps.

Ils se turent, fatigués. Ils tenaient la plupart de leurs réponses, mais il leur restait encore des zones d'ombre à éclairer : ce qu'était devenu le cadavre d'Émilie Robin, la manière dont Hortmann et Demonchaux s'étaient rencontrés, la façon dont l'ignoble idée d'utiliser des femmes comme porteuses d'une potentielle immortalité avait germé et s'était progressivement mise en place. Restait aussi à définir le cheminement de Chevalier au sein du clan. Acculé, confronté à ses responsabilités, Michel Hortmann finirait par se mettre à table.

En recoupant les informations des diverses gardes à vue, les flics avaient conclu que le groupe des phalanges coupées existait depuis deux ans et demi et avait été composé de sept membres, quatre femmes et trois hommes. Parmi eux, Demonchaux, l'une de ses « connaissances » derrière la caméra, et finalement Chevalier arrivé plus tard, sans compter Hortmann, la grande tête pensante, et Griffon, « l'opérateur ». Caroline Lamandier, pas plus que les trois autres femmes, ne connaissaient personnellement Hortmann, et jamais son nom n'avait été prononcé. Il consistait en une ombre qui rôdait parfois derrière un masque de Fawkes, une présence anonyme qui venait assister aux inséminations et aux avortements.

Demonchaux et son complice – ainsi que durant une certaine période, Chevalier – étaient à la tête du clan, un groupe de fêlés qui fréquentaient l'Hydre, prêts à s'amputer d'un doigt et à subir la pire demi-heure de leur vie – viols, tortures – pour souder des liens entre eux et se donner l'illusion de remplir une mission.

Lorsqu'on emmenait ces femmes chez Griffon, on leur bandait les yeux. Du médecin, elles ne connaissaient que le visage et les intentions. Quelques heures auparavant, Karo avait expliqué sa fascination quand elle avait imaginé le petit être génétiquement modifié se développer dans son ventre. Sa volonté de *fucker la société*, selon ses propres termes, de tenter l'expérience ultime, inédite, du biohacking : la liberté des corps, l'accélération du progrès scientifique. Chacune de ces femmes pensait qu'elle serait celle de laquelle l'immortalité jaillirait.

Elle avait aussi raconté que Demonchaux, en plus d'être un amant bestial – le doigt féminin dans le bocal lui appartenait –, avait répandu la terreur. À travers des mises en scène perverses, il les avait contraintes à assister au massacre des traîtres : Fabrice Chevalier avec le chien, Émilie Robin dans la maison de Bretagne. *Pour souder l'unité du clan*, avait-il affirmé. *Si l'un d'entre nous coule, nous coulons tous.*

Et ils allaient tous couler. Ces irrécupérables allaient croupir derrière des barreaux. Enfin, pour ceux qui n'étaient pas déjà morts.

Quant au petit Luca... C'était sans doute le plus triste dans cette histoire. Sharko n'arrêtait pas d'y penser. Le pauvre gamin allait faire l'objet de toutes les curiosités, de toutes les convoitises. On l'étudierait comme un animal de foire. Quel serait son avenir ?

On lui avait tailladé l'ADN, ce trésor bâti et transmis par des générations de survivants depuis l'aube des temps. Développerait-il des maladies collatérales dans les années à venir ou, au contraire, traverserait-il les époques avec la force et la vigueur du chêne ? Apprendrait-il un jour la vérité sur ses origines ? Sur Achille, Hercule, Maggie, et son père dévoré par les diables ?

Quel vertige de penser que dans deux siècles ou plus, Luca serait peut-être encore là, sur cette Terre qui ne ressemblerait plus à celle d'aujourd'hui. Sharko ne parvenait pas à se le figurer et, en réalité, il n'arrivait simplement pas à y croire. C'était trop, beaucoup trop pour sa pauvre condition de mortel, lui le flic depuis presque trente ans et père de deux enfants.

Il se leva en grimaçant – pas de doute, lui ne serait pas immortel. Il sortit une enveloppe de sa poche et la posa sur une table ronde où avaient séché des traces de café. Dessus était écrit : « Le manifeste de l'Ange du futur ».

— Au fait, on a trouvé ça, planqué entre le drap housse et le matelas, à la cave où l'Ange retenait ses prisonniers. Son manifeste. Il tient sur une feuille. Peut-être qu'il comptait nous l'envoyer personnellement en plus de l'afficher sur son site, je n'en sais rien...

Nicolas soupesa l'enveloppe.

— Une feuille ? C'est tout ? Tu déconnes ?

— Tu verras en ouvrant, c'est une encre spéciale. Il faut frotter avec ton doigt pour la chauffer, et le message apparaît comme par enchantement. Son ultime tour de passe-passe.

Sharko s'éloigna, levant un bras lourd.

— Quand je pense qu'on ne m'a toujours pas dit qui avait dessiné ce fichu requin... Mais je résoudrai l'affaire. Je te le jure.

Sans se retourner, il s'enfonça dans le couloir. Nicolas regarda s'éloigner son commandant, de cette démarche qu'il connaissait par cœur, le même pas caractéristique, année après année, et il se dit que dans un mois, dans un an, Sharko s'éloignerait de la même façon, dans un couloir identique, le dos plus arrondi comme si sa croix pesait davantage. Sharko mourrait ici. Les requins ne quittent jamais leur océan.

Une fois dans son bureau, Nicolas observa l'enveloppe avec curiosité. Elle contenait le document que l'Ange aurait dû livrer à des millions de personnes. L'objet de sa colère, de son effroyable croisade contre notre monde. Non pas des centaines de pages, mais une simple feuille.

Il trembla rien qu'à l'idée de son contenu. Il se rappela du chien difforme de Demonchaux, des monstres organiques de Griffon et n'osa imaginer ce que Mao ou Hitler auraient accompli, armés de tels pouvoirs scientifiques.

Avant d'ouvrir l'enveloppe, il se rendit à la fenêtre, observa les touches de peinture orangée de la cité. Ce tableau, c'était son quotidien, sa vie. Par sa position il dominait la ville, mais c'était plutôt elle qui le dominait, elle le poussait vers le haut pour que la chute soit plus rude. La ville était perverse, elle abritait et choyait les monstres. Combien d'entre eux se repaissaient dans ses artères poisseuses ? Combien de Demonchaux, de Hortmann, de Chevalier, de futurs chauffeurs de camions fous se cachaient au-delà de son regard ? Combien d'individus prêts à basculer et à embraser définitivement le monde avec des bombes, des virus, des kalachnikov et des croyances délirantes qui les amenaient à penser que détruire le Tétrapyle de Palmyre, c'était bien ?

Nicolas avait longtemps espéré un avenir meilleur, mais cette enquête le confortait dans ses convictions : ça allait être compliqué, très compliqué. L'homme, dans toute sa démesure d'homme, pouvait bâtir les églises le matin et les détruire le soir. Il tenait le feu prométhéen entre ses mains.

Le policier ferma les yeux et songea à l'espoir, à la lumière, et l'image d'Audra lui vint. Il se rendit compte, pour la première fois, qu'il distinguait son image à elle avant celle de Camille. Un jour, cette autre image ne serait plus qu'une lucarne de lumière pâle au fond de sa tête. Un jour, peut-être, il irait mieux. Et si lui pouvait aller mieux, alors chaque individu pourrait aussi se sentir mieux dans ce monde malade. Et peut-être, au final, le monde finirait-il par aller mieux.

L'espoir. La lumière. Des mots d'une force céleste. Avec l'un, on imaginait l'avenir. Avec l'autre, on le bâtissait.

Il était temps de découvrir le manifeste à présent, ce document qu'auraient dû lire des millions de gens, tandis que Bertrand et Florence se noyaient sous leurs yeux.

La gorge serrée, il ouvrit délicatement le haut de l'enveloppe et déplia la feuille.

Elle portait, en plein centre, un rectangle noir.

Nicolas frotta doucement du bout de l'index.

Et le message lui apparut...